La femme celte

JEAN MARKALE
AUX ÉDITIONS PAYOT

Le Roi Arthur et la société celtique
Le Druidisme
Dolmens et menhirs
La Femme celte
Les Celtes et la civilisation celtique
L'Épopée celtique d'Irlande
L'Épopée celtique en Bretagne
La Tradition celtique en Bretagne armoricaine
Isabeau de Bavière
La Sagesse de la Terre (avec P.-J. Hélias)

Jean Markale

La femme celte

Mythe et sociologie

PETITE BIBLIO
PAYOT

Retrouvez l'ensemble des parutions
des Éditions Payot & Rivages sur

payot-rivages.fr

Cet ouvrage porte le numéro 108 dans la collection
« Petite Bibliothèque Payot »

Note de l'éditeur. Cet ouvrage a paru pour la première fois en 1972 dans la « Bibliothèque historique Payot ». Dans la présente édition, l'auteur a substitué à la troisième partie un nouveau texte : « La Femme-Soleil ».

Dounoc'h eo kaloun ar merc'hed
'vit ar mor douna euz ar bed.
(Plus profond est le cœur des femmes
que la plus profonde mer du monde)

Proverbe breton de l'Île de Batz.

INTRODUCTION

Au XXe siècle, la société dite « occidentale » en est arrivée, ce n'est un mystère pour personne, à un état de malaise tel que chacun s'évertue à trouver les moyens propres à lui refaire une santé. C'est donc à qui proposera une solution « révolutionnaire » ou une solution « réformatrice ». Disons tout de suite qu'une solution réformatrice a peu de chances de mener à des résultats positifs : un replâtrage ne consiste jamais qu'à boucher des trous en attendant que d'autres fissures se produisent. Ce n'est pas en remplaçant certaines pièces d'un moteur fatigué qu'on en fera un neuf : tout au plus pourra-t-on le faire tourner encore quelque temps, et ainsi prolonger une situation d'attente. Mais alors l'accident final n'en sera que plus spectaculaire et ne laissera plus de place à l'alternative. Quant à la solution révolutionnaire, elle ne peut avoir de valeur certaine que si elle porte *non pas sur un changement de structures, mais sur un changement de mentalité*. En effet, on égare tout le monde en faisant miroiter des structures nouvelles qui, à l'analyse, se révèlent être d'anciennes formules aussi usées que celles qu'on veut changer, mais baptisées différemment. D'ailleurs les structures sont des abstractions qui n'ont de réalité que par l'action des hommes, les structures valent ce que valent les hommes, et surtout ce qu'ils veulent.

Or la société actuelle, dans les conditions actuelles, compte tenu de l'acquis d'un passé culturel, repose sur une gigantesque escroquerie que l'on commence timidement à dénoncer. Cette escroquerie se cache derrière tous les problèmes politiques, religieux, sociaux, économiques et culturels qui lui servent d'alibis : il s'agit strictement du rapport entre l'Homme et la Femme, lequel rapport conditionne le couple, par conséquent la Famille, et comme chacun sait, toute notre société a pour base la cellule familiale. C'est dire que dénoncer l'absurdité du rapport existant depuis des siècles, pour ne pas dire depuis des millénaires, entre l'Homme et la Femme, est singulièrement plus grave que de se gargariser de « luttes de classes », car, si l'on arrive à prouver cette escroquerie — et c'est au fond le but de cet ouvrage —, toute la société occidentale, y compris la société dite « marxiste » qui n'en est qu'une hérésie, risque fort de perdre son postulat fondamental, à savoir : « L'Homme est *biologiquement* supérieur à la Femme ».

En effet, il n'est même pas besoin de se référer aux coutumes, aux routines : elles évoluent selon le rythme de l'Histoire. Il y a des réalités bien autrement solides et qui sont immuables depuis l'aube de ce qu'il est convenu d'appeler la « Civilisation » jusqu'à l'époque contemporaine, ce sont les *structures mentales*, transmissibles de génération en génération, habillées parfois de couleurs chatoyantes et nouvelles, toujours identiques à elles-mêmes cependant, parce que sans elles, et surtout sans leur permanence, notre société ne pourrait exister. Ces structures mentales ne sont pas autre chose que les éléments d'une axiomatique à la mesure de notre société, laquelle est le résultat d'une grandiose synthèse judéo-romano-chrétienne. En fait la société n'est qu'un *mode opératoire* nécessaire et logique dans lequel le genre humain est obligé de vivre sous peine de perdre un des éléments qui fait son humanité, la sociabilité. Mais un mode opératoire est une création de l'esprit humain, création adaptée aux besoins de la race humaine, à ses limites, et aussi, on l'oublie certes beaucoup trop, aux *aspirations* humaines.

Et tout mode opératoire repose sur des conventions, sur des postulats fondamentaux. Les Mathématiques, qui sont un moyen extraordinaire de progrès technique, n'échappent pas à cette règle. Pendant des centaines d'années, les Mathématiques ont reposé sur le célèbre postulat d'Euclide : « Par un point pris hors d'une droite, on peut faire passer une parallèle à cette droite, et une seule. » Postulat indémontrable, certes, mais qui ne prêtait pas à discussion. Personne ne mettait en doute la valeur d'une telle proposition sur laquelle s'est peu à peu bâti un système parfaitement logique et cohérent et qui, de plus, donnait des résultats pratiques indéniables. Le postulat fondamental d'Euclide est donc devenu une structure mentale transmissible sans discussion.

Or, non seulement ce postulat est indémontrable, mais il n'est pas conforme à la réalité profonde, car la ligne droite n'existe pas. C'est ce qui a permis à Riemann d'émettre une autre proposition : « Par un point pris hors d'une droite, on ne peut faire passer aucune parallèle à cette droite. » Et là-dessus, comme sur le postulat de Lobatchevsky (« on peut faire passer une infinité de parallèles »), ont pu se constituer des systèmes parfaitement cohérents. Le règne des Mathématiques euclidiennes était terminé, la porte était ouverte aux explorations les plus audacieuses de la réalité, de cette réalité que les structures mentales établies et transmissibles nous cachent derrière des brouillards, telles les « illusions trompeuses » qu'avait discernées le génie de Pascal au fond de chaque être humain.

Il y a donc un postulat fondamental à notre société,

« la supériorité de l'Homme sur la Femme ». Très peu de gens l'ont mis en doute, *encore moins les femmes elles-mêmes*, il nous appartiendra d'en examiner les raisons. Il paraît en effet évident que la femme n'est pas capable d'accomplir des travaux de force et que ceux-ci sont réservés aux représentants du sexe dit « fort ». Mais ceux qui affirment cette évidence n'ont certainement jamais vu une ancienne paysanne aux champs, ou n'ont jamais pensé que les femmes ont toujours vécu plus longtemps que les hommes, compte tenu de la mortalité à l'occasion des couches (là est le véritable point faible de la nature féminine). Et d'autre part, la femme n'a pas toujours été considérée comme faible par rapport à l'homme. De même que la dépendance de certains individus par rapport à d'autres, comme l'a montré Jean-Jacques Rousseau dans son admirable *Discours sur l'Origine de l'Inégalité*, est due à la division du travail, l'inégalité entre l'Homme et la Femme est apparue à la suite de cette division du travail, l'Homme se réservant les tâches *nobles* qui lui permettaient d'être libre et de sauvegarder son autorité, la Femme reléguée aux besognes obscures.

Enfin, la civilisation étant axée sur le *rendement*, qui fut à certaines époques une question de vie ou de mort pour la race humaine, il était nécessaire d'écarter de la vie active tout ce qui pouvait abaisser ce rendement. Par conséquent la Femme, qui pouvait détourner l'Homme du rendement social en captant son énergie au profit de la sexualité, devait être obligatoirement mise à l'écart du système et confinée dans un rôle — indispensable — de reproductrice. Il ne s'agit pas de prétendre qu'en ses débuts l'Humanité a connu des périodes heureuses où l'équilibre entre l'Homme et la Femme était atteint. Il ne s'agit pas non plus de faire l'éloge de soi-disant sociétés matriarcales archaïques et de les opposer aux sociétés actuelles de type patriarcal. Il s'agit seulement de remonter le courant dans l'Histoire, en ne négligeant aucun élément des Mythes qui sont révélateurs de ce que l'Histoire a oublié, afin de démystifier un postulat qui n'est peut-être plus valable à une époque où la notion de travail de force s'estompe complètement et où la société passe du stade du rendement pur au stade de la consommation.

Pour cela, il est nécessaire de partir d'une constatation. L'idée de la supériorité de l'Homme sur la Femme, *structure mentale*, disions-nous, est si puissante, si commune, si *normale*, que nous l'acquérons en quelque sorte à notre naissance. Toute l'éducation de l'enfant repose sur cette inégalité sexuelle. On fait savoir au garçon qu'on attend de lui qu'il se comporte différemment de la fille : il ne doit pas pleurer comme elle, il ne doit pas être douillet comme elle, il doit prendre ses responsabilités — et les responsabilités de la fille, il doit *protéger* celle-ci (c'est-à-dire en fait la réduire à un état inférieur), il doit travailler à son avenir et ne jouer qu'à des jeux virils. Quant à la fille, on lui fait bien comprendre qu'il y a des choses qui ne sont pas pour elle : elle doit jouer à la poupée, ne pas se mêler des jeux des garçons, demeurer effacée et réservée (pour ne pas dire timide), se contenter de la seconde place, prendre conscience de sa faiblesse (on n'arrête pas de le lui dire, elle finit par le croire) et aussi se préparer à son futur rôle de bonne ménagère et de bonne mère de famille, rôle nécessairement inférieur parce que privatif de liberté.

Ce sont évidemment les mères qui transmettent cette structure mentale à leurs enfants, garçons ou filles, de la même façon que leurs propres mères en usaient avec elles. Cela n'a pas changé depuis des millénaires. Cela a été entretenu par la Morale d'essence masculine qui nous gouverne depuis Moïse, et par toutes les religions, le Christianisme en particulier (alors que celui-ci, en ses débuts, se présentait comme une doctrine de libération de la femme, ce qui explique qu'il ait été accueilli si favorablement par les femmes).

Il n'y a d'ailleurs pas de raison apparente que cela puisse changer. Cette résignation a fait que Freud, aussitôt suivi par tous les Psychanalystes, a été amené à formuler la plus ridicule, la plus réactionnaire et la plus *anti-féministe* de toutes ses théories : la femme est inférieure parce qu'elle s'aperçoit qu'il lui manque quelque chose, et « l'envie du pénis » conditionne tout son comportement ! Quoi qu'il en soit de cette théorie sur laquelle nous devrons revenir, il est indéniable qu'il manque quelque chose à la femme, mais ce quelque chose est d'ordre purement psychologique : ce sont les Hommes qui lui ont retiré ce quelque chose à une époque peu déterminable de l'Histoire, et les femmes, par résignation et par suite de l'installation de cette structure mentale, se sont faites indiscutablement les complices inconscientes de cette escroquerie masculine qui rejaillit actuellement sur la société incapable de trouver son équilibre, précisément parce que cette structure mentale ne correspond plus aux nécessités de l'espèce.

Il y a des réalités auxquelles on ne peut se soustraire. C'est pourquoi l'hypothèse de base de ce travail sera nettement marxiste, sans pour cela déboucher sur des théories conformes au matérialisme historique. En faisant abstraction des traditions mythico-religieuses qui ne représentent qu'une symbolisation ultérieure, et compte tenu des progrès de la science anthropologique, on peut affirmer qu'à l'origine l'espèce humaine se distinguait fort peu des espèces animales avec lesquelles elle se trouvait en concurrence sur la totalité de la planète. À partir du moment où l'*Homo Faber* devient *Homo Sapiens* et prend ainsi lentement conscience de son intelligence, nous pouvons admettre l'apparition des éléments d'une dialectique rudimentaire : les conditions matérielles engendrent des structures mentales, lesquelles structures mentales se répercutent sur les conditions matérielles, et celles-ci se mettent donc à évoluer et même à se transcender. Il faut voir là l'origine du progrès humain. Pour parler d'une façon concrète, l'Homme se trouve en proie à trois préoccupations fondamentales, la triade de l'Être primitif : se nourrir, se protéger (des intempéries, des maladies ou des ennemis) et procréer (afin de remplacer ceux qui meurent, nécessité pour la survie de la communauté). L'Homme est obligé de trouver des solutions à ces problèmes : il organise la vie. Cette organisation devient obligatoire et, en tant que structure mentale, se superpose au réel extérieur auquel elle tente de coïncider. Ainsi les conditions de vie se trouvent-elles changées.

Mais comme il est à peu près certain qu'il y a eu plusieurs races humaines, pour ne pas dire espèces humaines, il s'est nécessairement passé quelque chose qui a fait qu'une de ces races — ou espèces — a fini par l'emporter sur les autres, probablement celle qui avait les structures mentales les plus efficaces. Nous en arrivons ainsi au paléolithique supérieur, aux environs de 40 000 ans av. J.-C., où pour la première fois, à notre connaissance, l'Homme devient artiste, philosophe et *homo religiosus*. Les conditions de vie sont celles du nomadisme chasseur : les « hordes » suivent les troupeaux sauvages dont elles tirent le plus clair de leur subsistance, le complément étant dû à la cueillette des fruits. Survient l'époque glaciaire : la préoccupation de la chasse se double de celle de l'abri, d'où l'importance des grottes. Mais parallèlement, comme le gibier se fait de plus en plus rare, l'homme imagine d'élever les animaux : c'est l'origine du nomadisme pasteur dont la Bible juive constitue un des plus anciens témoignages.

Il va sans dire que les circonstances l'exigeant, les structures mentales avaient dû être passablement bouleversées. Peut-être que les hordes qui n'avaient pas remplacé ces structures par d'autres avaient disparu de ce fait. De toutes façons, nous ne pouvons rien savoir avec précision de ces structures, sinon ce qu'elles ont conditionné sur le plan artistique. Or que trouvons-nous sur les murs des grottes du Paléolithique Supérieur et dans les tombes de cette époque ? Essentiellement des scènes de chasse et des figurations féminines du type Vénus de Lespugue ou Vénus de Willendorff, c'est-à-dire des statuettes sur lesquelles les caractères sexuels sont exagérés au maximum, preuve que la Femme, avec ses attributs sexuels, constituait une des préoccupations majeures de ces peuples.

En effet, quoi de plus mystérieux que la Femme ? On sait par des études ethnologiques que, chez tous ceux qu'on a coutume de classer comme « primitifs » (cela n'a de valeur qu'au point de vue chronologique), la fonction reproductrice de la Femme a toujours constitué un sujet d'étonnement mêlé de crainte. Il faut d'ailleurs voir là une des raisons de la misogynie, ou mieux de la « gynophobie » que nous retrouvons dans toutes nos sociétés dites « évoluées ». Cet étonnement était d'autant plus sincère et d'autant plus effrayant que l'homme, pardon le mâle, n'avait pas toujours de notion bien précise sur le phénomène de la fécondation. Il pouvait douter de son propre rôle, et il est à peu près certain que le problème s'est posé[1]. Les « primitifs », dit Gustave Welter[2], « avaient peine à admettre qu'un acte aussi rapide et à leurs yeux aussi naturel, aussi courant, que la copulation, eût pour résultat la mise au monde d'un être humain : cet événement extraordinaire ne pouvait avoir une cause ordinaire ». Cette cause pouvait être un Esprit, qui introduisait un germe dans le corps de la femme, croyance qu'on retrouve en filigrane dans des textes rabbiniques à propos d'Ève, en qui le Serpent a jeté sa souillure. À partir de là, on peut vraiment se demander si certains peuples croyaient vraiment que le mâle jouait un rôle dans le phénomène de la fécondation.

Il s'agit, bien entendu d'époques très anciennes et

mal connues, mais antérieures au culte du Phallus, du Priape, qui marquèrent vraisemblablement le renversement des valeurs et la compréhension du rôle exact de l'individu mâle dans la copulation. Avant ce stade « phallique », la femme était donc un être magique, en relation avec les divinités, un être indispensable pour la survie de l'espèce, un être que l'on protégeait (déjà !), un être qui était précieux, et qu'à l'occasion on allait ravir dans une tribu voisine. Mais fécondité et sexualité n'étaient pas liées[3]. Il est probable, mais seulement probable, car nous n'avons pas de preuves[4], qu'il a existé dans ces sociétés archaïques une liberté sexuelle beaucoup plus vaste que celle que nous connaissons, une sorte de promiscuité que l'on pourrait comparer aux expériences de certains groupes contemporains qui pratiquent le mariage collectif[5].

La conséquence de toutes ces croyances a dû nécessairement être un rôle prédominant pour la Femme sur le plan social, et aussi un culte de la Déesse, ou tout au moins d'une divinité pourvue de caractéristiques féminines, culte que l'on retrouvera à l'aube de toutes les civilisations[6]. Ces civilisations devaient d'ailleurs avoir une coloration matriarcale[7]. Il vaut mieux cependant ne pas parler de matriarcat pur, car nous n'avons aucun élément valable pour affirmer ou infirmer la généralisation de ce type de société. Néanmoins pouvons-nous prétendre que c'était l'âge d'or de la Femme, et nous sommes en contradiction avec Freud qui, dans *Totem et Tabou*, se donne bien du mal pour prouver l'existence du Père primitif. Il ne faut pas oublier que Freud, toute sa vie, a supporté, comme le plus lourd des fardeaux, le souvenir de la scène où sa propre mère a failli se précipiter avec lui sous un train. Les témoignages les plus anciens de la mythologie concordent avec les observations des ethnologues : au début, l'humanité était persuadée que la Femme était la grande responsable de la procréation, et le premier culte qui a été rendu à une divinité a probablement été celui d'une Déesse-Mère.

Par contre, quand le mâle s'est mis à affirmer qu'il jouait un rôle prépondérant dans la fécondation, les anciennes structures mentales se sont effondrées d'un coup. C'est une Révolution fort importante dans l'histoire de l'humanité et il est étonnant qu'on n'en tienne pas autant compte que celle de la roue, de l'agriculture ou de la métallurgie. Car le mâle, d'inférieur ou d'égal qu'il était, devenait supérieur à la Femme. Cela se traduit sur le plan mythologique par l'apparition de dieux-époux de la Déesse-Mère primitive. Et comme pendant des siècles, le mâle avait été en quelque sorte berné, il allait prendre sa revanche. Le plan de l'égalité ne lui suffisant plus puisqu'il comprenait toute la portée de sa puissance, il allait passer directement au plan de la domination.

Cette révolution — c'en est réellement une — allait se fondre dans une évolution fondamentale de l'humanité, la découverte de l'agriculture, vers 8000 av. J.-C. en Orient, vers 4000 en Occident. C'est la période néolithique, d'une importance considérable parce qu'elle a permis à l'humanité de devenir sédentaire. Mais ce changement radical dans les conditions de vie allait nécessairement bouleverser les structures mentales. Le néolithique est à la base de toutes nos sociétés modernes, mêmes celles qui se veulent industrielles. C'est à cette époque que le Mâle, prenant appui sur son rôle fécondateur, en a profité pour s'arroger tous les droits, pour se réserver les travaux agricoles — pénibles, il faut bien le dire —, reléguant la femme aux besognes purement domestiques. Le couple classique du XXe siècle vit encore sur ce modèle. La « femme au foyer » a été inventée par les gens du Néolithique et est devenue ainsi une de ces structures mentales dont on ne peut se défaire sans déchirer la toile qui camoufle les défauts de la Société.

Car, avec l'agriculture, apparaît nettement la division

du travail. Il y a ceux qui cultivent, ceux qui gardent les troupeaux, ceux qui vont chasser, et aussi ceux qui fabriquent les instruments pour les autres. On sait les arguments de Jean-Jacques Rousseau pour démontrer l'origine de l'inégalité : chacun dépend d'un autre et ainsi de suite, jusqu'à ce que quelqu'un dont l'activité est essentielle fasse plier les autres devant lui. Ce n'est peut-être pas le plus fort, n'en déplaise aux nostalgiques du Père primitif, mais assurément le plus habile, et c'est là qu'il faudrait parler de la fameuse Caste des Forgerons, caste rejetée par la suite au banc de la société, souvenir évident de la Révolte contre le Père, symbolisée par le boiteux Héphaistos banni dans les entrailles de la terre et dont le substitut céleste, Zeus, lui-même châtreur de son père Chronos, est l'image purifiée, *juste* et dispensatrice.

La Femme fait les frais de cette opération. À partir de là, toutes les sociétés vont s'organiser sur le type patriarcal, que pour être plus juste, nous appellerons *paternaliste*[8]. À l'apparition de nouvelles structures mentales correspond l'éclosion de nouvelles légendes mythologiques. C'est alors qu'apparaît le Héros solaire, celui qu'on appelle aussi le « Héros de Culture », et dont le type le plus parfait, dans le monde méditerranéen est Héraklès, et le plus mystérieux, cet Apollon vénéré à Delphes, vainqueur du serpent Python (figuration féminine de la Divinité-Terre), lui-même dieu-soleil, mais semble-t-il, résultant d'une masculinisation de la Déesse-Soleil primitive, laquelle, sous le nom d'Artémis, fut reléguée à la Lune.

Mais de même que le christianisme n'a jamais pu venir à bout des structures mentales datant des époques païennes et s'est contenté bien souvent de bénir des croyances et des coutumes héritées du druidisme celtique ou de toute autre religion, de même les nouveaux mythes n'ont pas totalement éclipsé les anciens. Artémis est toujours là. Aphrodite prend une importance accrue. Héra fait des scènes de ménage à

Zeus. Déméter continue de provoquer l'alternance des saisons. Et le bel Apollon, pourtant champion de la nouvelle mentalité, a besoin d'une femme pour se faire comprendre des humains : toute la Méditerranée a l'oreille branchée en permanence sur la Pythie de Delphes. Lorsqu'un ancien mythe féminin devient gênant, on le ridiculise, ou bien on l'inverse, et on fait jouer le rôle à un personnage masculin. On s'ingénie à montrer la femme sous son jour le plus noir : ainsi le mythe de Pandore fera-t-il pendant au mythe d'Ève et surtout à celui de l'inquiétante Lilith, laquelle sera d'ailleurs enfouie dans le plus profond de l'inconscient de la tradition hébraïque parce que la plus dangereuse et la plus subversive pour l'ordre mâle établi.

Des raisons multiples ont provoqué cette « occultation » de la Femme, et surtout de ce qu'elle représentait primitivement. Cette occultation paraît avoir atteint son point extrême dans la société grecque classique avec les fonctions quasi officielles des courtisanes et des hétaïres, et surtout l'institution de la pédérastie comme système d'éducation, dans la Rome primitive où elle est symbolisée par Caton l'Ancien, dans la France des débuts de la féodalité et enfin dans l'Europe occidentale de la fin du XIXe siècle et du début du XXe, triomphe du puritanisme, de la misogynie et de l'hypocrisie.

Lorsque Rome a étendu son empire sur tout le pourtour de la Méditerranée et sur une partie de l'Europe occidentale, elle a pris soin de faire disparaître tout ce qui pouvait nuire à son organisation socio-politique. L'exemple des pays celtiques est probant… Les Romains ont pourchassé les druides jusqu'à les faire disparaître en Gaule, et par la suite dans l'île de Bretagne. Les Druides représentaient pour l'État Romain un danger absolu, car, à ce qu'on peut savoir, la science et la philosophie druidique étaient en contradiction flagrante avec le conformisme romain. Les Romains étaient matérialistes, les Druides spiritualistes. Les Romains voyaient l'État comme une structure monolithique étendue sur des territoires savamment hiérarchisés, les, druides voyaient l'État comme un ordre moral librement consenti et dont le centre idéal était purement mythique. Les Romains basaient leur droit sur la possession individuelle des terres, possession uniquement reconnue d'ailleurs au chef de famille, les druides considéraient la propriété comme devant être collective. Les Romains voyaient dans la femme une reproductrice et un objet de plaisir, les druides associaient les femmes à la vie politique et religieuse de leurs peuples. On comprend dès lors la menace que faisait peser sur l'ordre romain la pensée *subversive* des Celtes. Et cela, on ne l'a jamais dit. On s'est toujours étonné de la facilité avec laquelle les Romains se sont débarrassé des élites gauloises ou bretonnes, sans se référer au fait que c'était une question de vie ou de mort pour la société romaine.

Et lorsque le christianisme, héritier de toutes les structures de l'état romain, s'est imposé à l'Europe occidentale, il a continué la même besogne systématique de destruction des valeurs celtiques, parce qu'elles représentaient le même danger pour les institutions temporelles de l'Église. La preuve en est dans la lutte menée par la Papauté contre l'Église celtique d'Irlande, de Bretagne et d'Armorique à cause de ses particularismes, ainsi que dans la faveur accordée à l'Église saxonne contre l'Église bretonne, ce qui allait permettre aux Saxons de conquérir l'île de Bretagne, et enfin, dans la trahison du Pape qui, au XIIe siècle, livra l'Irlande à Henri Plantagenêt et aux Anglo-Normands, ce qui eut les conséquences que l'on sait. De tous temps, dans les sociétés de type résolument paternaliste (et le christianisme officiel en est un bel exemple), on a tenu pour suspect tout ce qui était celtique, car la pensée celtique n'était pas conforme à l'idéal paternaliste. D'où la disparition quasi complète de la culture celtique, étouffée par la culture gréco-latine, avec un mélange de germanisme, car l'apport germanique ne menaçait pas l'édifice. N'est-il pas significatif de constater que les périodes qui ont vu s'épanouir — timidement il est vrai — le rôle de la Femme ont été des périodes marquées par une certaine renaissance du celtisme : l'époque courtoise aux XIIe et XIIIe siècles coïncide avec la résurgence dans la littérature européenne de tous les anciens mythes celtiques; l'époque contemporaine, qui verra, sans aucun doute, une véritable remise en place de la condition féminine, est aussi l'époque de la redécouverte du celtisme sous tous ses aspects. Et que penser du fait que tous les grands sanctuaires voués au culte de la Vierge Marie sont pour la plupart des lieux consacrés à une divinité celtique féminine, ne serait-ce que la cathédrale du Puy-en-Velay ou Notre-Dame de Chartres[9] ?

Il ne s'agit pas de prôner outre mesure la société celtique, qu'elle soit bretonne, galloise, irlandaise ou même gauloise. Ne nous leurrons pas : ce furent et ce sont encore des sociétés paternalistes. Les Celtes étaient des Indo-Européens et tous les Indo-Européens furent des missionnaires ardents de la conception paternaliste. Les Celtes n'ont pas échappé à la règle. Mais comme ils n'étaient qu'*une élite guerrière et intellectuelle peu nombreuse* par rapport aux populations autochtones qu'ils soumettaient, s'ils ont imposé leurs usages sociaux, leur langue et une religion unique, ils ont aussi assimilé des systèmes qui n'étaient pas les leurs. Parmi les peuples qu'ils ont soumis et dirigés, à l'ouest de l'Europe, se trouvaient tous les rescapés des civilisations précédentes, ramassés dans la frange atlantique, et qui avaient gardé leurs propres structures de pensée. La preuve en est que c'est au Pays de Galles et en Irlande, aux époques déjà chrétiennes, que nous trouvons le plus d'archaïsmes, et des archaïsmes qui dénotent des influences non-indo-européennes beaucoup plus prononcées que sur le continent même.

Alors une constatation s'impose, mais elle est essentielle : parmi le concert des peuples indo-européens, porteurs des structures mentales du paternalisme, les peuples celtiques se présentent à la croisée des chemins, et comme les héritiers de sociétés qui n'étaient pas de type paternaliste. Cette constatation primordiale repose sur la connaissance très correcte que nous avons du droit celtique : nous y voyons que la Femme y jouissait de prérogatives qui auraient fait mourir d'envie les Romaines de la même époque, et qu'il existait un équilibre entre le rôle de l'Homme et celui de la Femme, équilibre qui n'était pas dû à la supériorité de l'un sur l'autre, mais à une égalité dans laquelle chacun pouvait se sentir à l'aise. Car il ne s'agit pas non plus de tomber dans l'abus inverse. L'Homme n'a pas à être colonisé par la femme même s'il le mérite : la société serait encore une fois bancale, mais de l'autre côté[10].

Et puis, il y a les Mythes. Tout n'était pas parfait dans la société celtique. Comme les Celtes se distinguent particulièrement par leur esprit anti-historique et qu'ils rêvent leur histoire plutôt qu'ils ne la vivent, force nous est de nous attacher particulièrement aux Mythes celtiques de la Femme. Ils seront en effet révélateurs à deux degrés divers : d'abord parce que les Mythes transmettent de façon symbolique les réalités du Passé ; ensuite parce que les Mythes transcendent la réalité et deviennent l'expression la plus pure des structures idéales de la pensée d'un peuple. Allons plus loin : puisqu'il s'agit des Celtes, peuples qui ont toujours rêvé leur histoire, ce n'est pas dans l'Histoire que nous découvrirons le fond de leur pensée, mais dans les Mythes qu'ils nous ont légués et qui sont le reflet fidèle de cette pensée[11].

Bien entendu, ces Mythes s'interprètent. Ils existent même pour cela. Sinon, ils ne constitueraient qu'une belle histoire à raconter aux enfants, encore que le système de logique des Celtes soit peu en rapport avec le système si communément dispensé par notre éducation gréco-romaine. Il est courant, de nos jours, de prétendre que nous faisons revivre les mythes anciens, que nous les réactualisons, que nous les revivons, parce que l'être humain ne peut pas vivre sans incarner lui-même un mythe qui le transcende, qui le rattache à une valeur supérieure, quelle que soit cette valeur, politique, religieuse ou artistique. Mais incarner un mythe, n'est-ce pas l'interpréter aussi ? Le Mythe est nécessairement fécond, sinon il n'existerait pas, ou bien on l'aurait oublié. Mais il n'y a rien de plus tenace qu'un mythe : il constitue une réalité de la pensée. C'est, comme le dit Mircea Eliade, « une histoire vraie parce qu'il se réfère toujours à des réalités » (*Aspects du Mythe*, p. 15).

Si l'on veut reprendre un raisonnement marxiste, l'Homme doit connaître l'Histoire, l'interpréter et la projeter dans le futur, compte tenu des modifications à y apporter. En l'occurrence, dans le domaine celtique, l'Histoire, c'est le Mythe : c'est-à-dire que la connaissance de l'Histoire se trouve déjà sur un plan *mythique* ; à ce moment, la réalité de pensée constituée par le mythe prend une valeur opératoire certaine, puisqu'elle permet d'influer sur la réalité de la vie. Evhémère avait peut-être raison quand il disait que les Mythes étaient des déformations d'événements historiques et que par conséquent les dieux étaient des héros divinisés. Mais il ne voyait qu'un aspect du problème, car la dialectique *Histoire-Devenir-Mythe* est ambivalente et peut facilement se retourner en *Mythe-Devenir-Histoire*. Sans chercher à savoir qui a précédé l'autre, ce qui nous ramènerait à la querelle bien connue de l'œuf et de la poule (d'ailleurs, aux dernières nouvelles, ce serait l'œuf qui aurait précédé la poule, par conséquent le Mythe aurait précédé l'Histoire), bornons-nous à affirmer que le Mythe a toujours eu une action sur l'Histoire : autrement les grands personnages de l'Histoire n'auraient pas agi comme ils l'ont fait, et surtout, ils n'auraient pas eu la vocation, les exemples en ce domaine ne manquent pas.

Il s'agit donc, après une incursion dans le droit celtique tel que nous le connaissons, et de source parfaitement authentique, de partir d'une interprétation des mythes celtiques relatifs à la Femme et d'essayer d'en déterminer les tenants et aboutissants. Cela nous conduira à deux sortes de constatations. La première sera purement documentaire : savoir quels ont pu être le rôle et la situation de la Femme dans les civilisations qui n'avaient pas encore atteint complètement la structure paternaliste. La seconde sera théorique : le Mythe représentant une situation idéale, que pouvons-nous attendre de lui pour nous permettre d'y voir plus clair dans le problème de la Femme au XXe siècle, que pouvons-nous attendre du Mythe de la Femme tel qu'il nous est livré dans les littératures celtiques ou d'inspiration celtique ? La réponse à cette dernière question, en dehors du fait qu'elle actualise un passé jusqu'alors trop négligé, pourra peut-être servir à repenser les structures mentales d'une société plus largement humaine où l'Homme et la Femme cesseront de se livrer le combat sournois par lequel ils ne cessent de s'affaiblir depuis des siècles.

BIEUZY-LANVAUX.
1971-1972.

Notes

1. Nous n'avons aucune preuve de l'ignorance dans laquelle se seraient trouvés les Primitifs du rôle masculin dans l'acte de transmission de la vie, mais certaines

légendes insistent sur ce point et se retrouvent dans le mythe christique de l'Enfant né sans père ou de l'Enfant « né par l'opération du Saint-Esprit ». Par le fait même que le problème a été soulevé sur le plan du mythe, il doit correspondre à une réalité de l'esprit, et peut, à ce titre, être pris en considération.

2. *Les Croyances primitives et leurs survivances*, Paris, A. Colin, 1960, p. 59.

3. « À mon avis toutefois, on peut faire remonter la domination du mâle à l'époque où fut découverte la notion de paternité, où les primitifs établirent une relation de cause à effet entre les rapports sexuels et la procréation. Il s'agit là d'une découverte majeure pour l'humanité. Il me semble que tant que la notion de paternité n'a pas été acquise, toute société agricole éprouvait un tel respect pour la fertilité, l'aptitude de la mère à perpétuer l'espèce, qu'il n'était pas possible d'établir un véritable patriarcat, l'enfantement étant revêtu d'un trop grand prestige, d'un pouvoir magique, d'une valeur religieuse. Voilà à mon avis ce qui s'est passé, compte tenu des faibles vestiges dont nous disposons sur les communautés pré-patriarcales de l'ère néolithique » (Kate Millett, américaine d'origine irlandaise et catholique, auteur de *La Politique du mâle*, paru aux éditions Stock, dans une interview publiée par *Lectures pour tous*, nº 210, juillet 1971, p. 135).

4. « Il paraîtrait, au contraire, que l'homme préhistorique, ou du moins l'homme paléolithique ait eu comme les animaux, une vie sexuelle réglée, avec périodes d'accouplement, monogamie, importance du consentement de la femelle, et dévouement absolu aux tout jeunes enfants » (André Morali-Daninos, *Histoire des relations sexuelles*, Paris, PUF, 1965, p. 11).

5. Cette promiscuité sexuelle est tout de même consignée dans un texte historique concernant un peuple beaucoup plus proche de nous. César, parlant des Bretons (de l'intérieur de l'île de Bretagne), affirme en effet : « Leurs femmes sont en commun entre dix ou douze, particulièrement entre frères et entre pères et fils ; mais les enfants qui naissent de cette promiscuité sont réputés appartenir à celui qui a été le premier époux » (*Bellum Gallicum*, V, 14).

6. « On comprend ainsi que les premières représentations artistiques humaines aient été exclusivement consacrées à

la femme, et non au couple ou bien au groupe... L'image la plus ancienne de l'accouplement est celle de la grotte de Laussel. Une autre, plus récente, montre un homme en posture de supplication-adoration, devant une femme de stature plus élevée. Il est donc possible qu'un culte de la femme se soit institué dès cette époque — culte de nature plus érotique que religieuse, avec peut-être une valeur thérapeutique destinée à calmer l'anxiété et les doutes de l'homme sur la réalisation de son désir » (André Morali-Daninos, *op. cit.*, p. 11-12).

7. « Je ne crois pas que nous en sachions assez pour parler de système matriarcal. Je pense qu'il y avait la tendance patriarcale et la tendance matriarcale. Il ne me semble pas qu'on puisse dire que tout ce qui précéda le patriarcat était exactement le contraire, c'est-à-dire le matriarcat » (Kate Millett, *op. cit.*, p. 135).

8. Avec un sens nettement péjoratif. À ceux qui m'objecteraient que le système patriarcal existe déjà aux temps bibliques les plus anciens, avec les patriarches et surtout avec le dieu mâle Iaweh, je répondrais que, premièrement, les premiers livres de la Bible ont été composés à l'époque de Moïse, dans un contexte égyptien agricole et déjà paternaliste, que, deuxièmement, Iaweh est le dieu du Sinaï, c'est-à-dire le dieu Sin des Sémites, Dieu-Lune dont le sexe est ambigu à l'origine, et que, troisièmement, les personnages féminins des premiers livres bibliques ont un caractère et un comportement surprenants pour une société paternaliste.

9. « Enfant, je suis entrée dans un établissement religieux entièrement consacré à l'adoration de la Vierge — une véritable idolâtrie mariale. Je sentais le caractère patriarcal et oppressif de la Religion, mais en même temps le culte de la Vierge auquel nous étions vouées apportait une sorte de compensation, comme un élément rassurant » (Kate Millett, *op. cit.*, p. 134).

10. Cela dit pour préciser que ce livre n'est pas un ouvrage féministe au sens où certaines exaltées l'entendent parfois. Il s'agit essentiellement de rétablir une vérité que la société masculine a voulu cacher, afin de repenser entièrement les problèmes du rapport entre les deux sexes, rapport qui, répétons-le, est à la base de la cellule familiale, donc de la société tout entière.

11. Tandis que les quelques « primitifs » aujourd'hui

préservés détiennent, il va de soi, une conception de l'univers qu'ont éteinte en nous les âges de fer, une apothéose de l'indistinct s'est édifiée pour tirer de la connaissance de ces peuples, non le parti nécessaire dans l'état présent, des civilisations, mais un parti tranquillisant qui s'inscrit pour les corroborer dans des dogmatismes périmés, et spécule consciemment sur de très pauvres fringales que l'Occident s'est données pour mythes » (Vincent Bounoure, *Préface à un Traité des matrices*, dans *le Surréalisme même*, n° 4 (1958), p. 18-19). Ce jugement sévère doit être pris en considération chaque fois qu'on se penche sur un mythe hérité d'une quelconque de nos civilisations occidentales, surtout pour faire table rase des explications lénifiantes qui en ont été données jusqu'à présent.

PREMIÈRE PARTIE

La femme dans les sociétés celtiques

CHAPITRE PREMIER

Le contexte historique

Avant d'étudier le comportement, la fonction et le rôle effectif de la Femme à travers les différentes sociétés celtiques, il importe de délimiter celles-ci et de les caractériser par rapport à des sociétés qui leur sont contemporaines et aussi par rapport à des sociétés plus éloignées par le temps mais qui auraient pu, dans certains cas, conserver des éléments celtiques contrôlables.

Les pays qui sont indiscutablement celtiques sont ceux qui parlent, même partiellement, une langue celtique. Ces pays celtophones sont à l'heure actuelle l'Irlande, le Pays de Galles, la Bretagne armoricaine, et dans une moindre mesure l'île de Man et l'Écosse. Mais ce serait ignorer volontairement une partie importante de nos sources que de nous borner à l'étude de ces pays. Les Celtes ont occupé, à l'âge du fer, la quasi-totalité de l'Europe occidentale et ont évidemment marqué celle-ci en de nombreux domaines, ne serait-ce que la toponymie, ou la tradition folklorique, ou même certains usages repris par le droit coutumier et qui ont pu influencer les codes législatifs modernes.

C'est alors un vaste champ d'exploration qui s'ouvre devant nous, entre le Rhin et l'Atlantique, avec parfois des prolongements inattendus en Europe centrale et orientale : le territoire de l'ancienne Gaule, d'abord, comprenant la France, la Belgique, l'Allemagne rhénane, la Suisse et la plaine du Pô ; puis le Nord-Ouest de l'Espagne où la civilisation des Celtibères dégage, au milieu d'influences diverses et encore bien mystérieuses, des structures celtiques reconnaissables ; les îles Britanniques dans leur totalité, enfin. Mais il est nécessaire de ne pas oublier l'ensemble alpin et ses régions limitrophes qui ont été peuplées de Celtes, même de façon sporadique.

On sait que les Celtes, comme tous les autres indo-européens, venaient de la grande plaine centrale asiatique. Quelques peuples appartenant à cette race indo-européenne primitive sont allés vers les vallées de l'Indus et du Gange ou vers les hauts plateaux de l'Iran, et cela à une époque très ancienne. À l'âge néolithique, une masse indo-européenne a migré vers l'ouest en suivant la grande plaine de loess de l'Europe du Nord qui prolongeait la plaine asiatique, et qui semble l'axe le plus caractéristique le long duquel pouvait essaimer une population qui commençait à vivre de l'agriculture et de l'élevage.

Et l'essaimage s'est produit à de multiples reprises, au fur et à mesure que les conditions de vie s'amélioraient et que la population augmentait. C'est ainsi que partant d'une base située vraisemblablement sur le pourtour des Carpathes, une première vague d'Hellènes alla s'établir sur les rives de la Mer Égée : ce furent les fameux Achéens tant célébrés dans les poèmes homériques. À la même époque, un autre groupe migra à la fois vers l'ouest et le sud en passant par une base intermédiaire que l'on peut situer dans le Harz. À l'ouest, ce furent les Goidels, ou Gaëls, que nous retrouvons très tôt en Irlande, sans trop bien savoir en quels autres lieux ils auraient pu s'établir.

Au sud, ce furent les Italiotes, parmi lesquels les Osques, les Ombriens et les Latins, qui allaient plus ou moins s'amalgamer aux populations étrusques déjà installées dans la péninsule italienne.

Ces émigrations peuvent être datées des périodes moyenne et finale de l'âge du bronze, c'est-à-dire de 1500 à 900 av. J.-C. Au point de vue archéologique, cela concorde avec la civilisation dite des « Champs d'Urnes », ainsi appelée parce qu'elle se caractérise par la coutume, de l'incinération des morts et de l'utilisation des urnes funéraires. On voit que parmi ces peuples indo-européens en pleine dislocation, les Celtes sont représentés par les Gaëls, ces mystérieux Gaëls, que nous trouvons installés à l'extrême occident de l'Europe. Mais la question se pose de savoir si cette première vague celtique ne s'est pas établie ailleurs. Le bon sens, d'ailleurs, nous obligerait à le prétendre, mais il n'y a aucune possibilité de le prouver dans l'état actuel des choses. On peut seulement déduire de l'étude des langues indo-européennes quelques constatations qui sont assez curieuses et qui risqueraient de remettre en cause l'opinion établie quant à la proto-histoire de l'Europe.

En effet, si l'on compare certains mots anciens provenant d'une même racine indo-européenne contenant le son QU, on s'aperçoit qu'ils ont gardé ce son QU chez certains peuples et que, chez d'autres, le son QU est devenu P. On a tiré de cette constatation la ligne de partage entre Celtes dits gaéliques (ayant gardé le QU) et Celtes dits brittoniques (chez lesquels QU est devenu P). On en arrive à cette conclusion : les peuples qui ont gardé le son QU se sont séparés très tôt de la masse indo-européenne, c'est-à-dire à l'âge du bronze, tandis que ceux qui ont changé le QU en P ont accompli cette transformation alors qu'ils se trouvaient encore confondus dans la masse indo-européenne, et ont émigré *après*, c'est-à-dire à l'âge du fer. Ainsi les Hellènes Achéens qui parlaient une langue archaïque, dont le ionien reste le souvenir, appartenaient-ils à la civilisation du bronze et ont été défaits ensuite par une nouvelle vague d'Hellènes, les Doriens, qui connaissaient le fer, et dont la langue avait subi la mutation du QU en P. De même les Latins et les Gaëls, qui présentent une langue archaïsante avec des sons en QU, sont-ils des émigrés de la première heure, tandis que certains peuples italiotes (les Sabins particulièrement) et la plus grande partie des Celtes (Gaulois, Belges et Bretons) font partie de la seconde vague d'envahisseurs, possédant l'usage du fer et ayant subi la mutation du QU en P. L'exemple le plus significatif est celui du nombre cinq ; il se dit πέντε en grec, *quinque* en latin, *pimp* en gaulois, *pemp* en breton, *pymp* en gallois et *coic* en gaélique.

Mais si l'on étudie de près le vocabulaire gaulois — ou du moins le peu qu'il nous en reste — on s'aperçoit qu'il existe dans la langue gauloise un certain nombre d'archaïsmes proches à la fois du gaélique et du latin[1]. Pourtant, nous sommes sûrs que les Gaulois parlaient une langue brittonique : la meilleure preuve se trouve dans le fait que les Gaulois et les Bretons se parlaient sans avoir besoin d'interprète, comme nous le montre l'exemple de Commios l'Atrébate, missionné par César auprès des Bretons[2]. La langue gauloise est indiscutablement une langue celtique en P, et n'a pu être apportée en Gaule qu'au cours des émigrations de l'âge du fer, que ce soit à l'époque de Hallstatt (avant 500) ou à l'époque de la Tène (après 500). Alors comment expliquer les archaïsmes du gaulois et sa parenté évidente avec le gaélique ?

La réponse à cette question ne peut être qu'une hypothèse, mais elle a le mérite de combler la fameuse lacune concernant le sort des Gaëls entre l'époque où ils se sont séparés de la masse indo-européenne et le moment où ils se sont établis en Irlande. Il est très probable qu'ils avaient déjà des territoires dans la Gaule et qu'ils se sont fondus avec la nouvelle vague de Celtes en P, les Brittons. Ils auraient donc pu influencer très nettement la langue des envahisseurs dans un sens archaïsant. Un élément milite en faveur de cette hypothèse, c'est celui de la langue des Celtibères, peuple du nord-ouest de l'Espagne qui n'avait guère été touché par la seconde vague d'envahisseurs brittons. D'après les rares inscriptions que nous connaissons, « il semble bien que la langue des Celtibères ait appartenu au type « Q celtique », car la conjonction « et » (latin *-que*...), qui suppose un indo-européen **kwe*, est représentée en celtibère par *Ce* ou par *Cue*[3] ». Cette constatation s'accorde avec les anciennes légendes irlandaises selon lesquelles les fils de Mile, c'est-à-dire les Gaëls, seraient venus s'établir en Irlande après avoir séjourné en Espagne[4]. Il est donc permis de penser que tout le territoire de la Gaule avait reçu des immigrants gaéliques, soit à l'âge du bronze récent, soit au premier âge du fer (Hallstatt), soit aux deux âges.

Ce problème de langage montre la complexité du peuplement de la Gaule celtique. Et comme tout problème en entraîne d'autres, nous sommes amenés à nous en poser immédiatement deux autres; qui ont une grande importance, et qui sont liés ensemble : que penser de la parenté du gaulois et du latin, et pourquoi le gaulois a-t-il disparu au profit du latin sur tous les territoires occupés par les Romains sur le continent, *à l'exclusion de l'île de Bretagne, laquelle a conservé sa langue celtique* jusqu'à l'arrivée des Saxons ?

On a fait grand cas, à une certaine époque, d'une soi-disant communauté italo-celtique. Les Celtes et les Latins se seraient séparés ensemble de la masse indo-européenne et c'est ce qui expliquerait les analogies de langage. Les déclinaisons sont en effet très proches, les conjugaisons également. Latin et celtique ont le génitif en -I dans les thèmes en -O (latin *equi*, v. irlandais **eqi*), des superlatifs presque identiques (latin *maxima*, gaulois *uxisama*), des futurs en B et les verbes déponents en -R. Mais ces particularités se retrouvent un peu partout dans le domaine indo-européen et ne sont pas toutes contenues dans les autres langues italiques comme l'osque ou l'ombrien, qui, ne l'oublions pas, étaient parlés par quantité de gens dans la péninsule avant que ne s'affirmât la suprématie du latin. « L'hypothèse italo-celtique ne semble pas devoir être maintenue, tout au moins avec la rigueur qu'on lui accordait autrefois... Il est préférable de penser qu'il y a eu, à date très ancienne, des contacts suivis entre ces deux groupes de langues plutôt qu'une communauté originelle postérieure à celle de l'unité indo-européenne[5]. »

De toute façon les ressemblances entre le celtique et le latin s'expliquent aisément par leur origine commune indo-européenne et par les contacts permanents que ces peuples avaient entre eux, soit en commerçant, soit en se faisant la guerre. Des mots celtiques ont dû s'infiltrer dans la langue latine de même que des mots latins ont dû pénétrer dans la langue gauloise[6]. Le phénomène est facilement observable non seulement dans les temps anciens (influence celtique sur la langue germanique, notamment le vocabulaire technique et militaire, influence grecque sur la langue latine et *vice versa*, influence franco-normande sur l'anglais et de l'anglais sur le français), mais de plus en plus au XXe siècle, par suite des contacts de plus en plus fréquents entre les peuples (le *franglais* en est un exemple typique). C'est par là que nous abordons la seconde question, celle de la disparition relativement facile du gaulois devant la langue latine.

On est en effet très surpris, surtout lorsqu'on connaît la réalité de la civilisation gauloise, de constater que le latin s'est imposé partout et que, apparemment, il n'est rien resté de la langue gauloise dans les parlers romans qui allaient devenir le français. En fait, la date de la disparition du gaulois demeure très incertaine. « L'occupation romaine le réduisit peu à peu à n'être plus que la langue des paysans et des petites gens, tandis que le latin devenait celle de l'administration, des affaires et des lettrés. L'interdiction du druidisme par les empereurs dut aider beaucoup à ce déclin... Vers le ve siècle, la noblesse arverne venait d'abandonner son parler celtique, selon Sidoine Apollinaire... Sauf peut-être dans quelques vallées isolées de Suisse, on peut donc dire qu'au VIe siècle, le gaulois avait partout disparu, non sans laisser de traces dans la phonologie du roman de Gaule, et dans le vocabulaire français ou occitan. Il a survécu jusqu'à nos jours dans un grand nombre de noms de lieux, mais dans des contextes purement romans : le français n'est donc pas une langue celtique, mais une langue néo-latine avec un substrat celtique assez important[7]. »

Cette opinion d'un celtiste impartial et prudent met le point final à toute discussion sur l'origine de la langue française. Mais cela ne veut pas dire que le substrat celtique puisse être nié, bien au contraire, et il semble en effet qu'il soit d'une importance plus grande que celle qu'on veut bien lui accorder. Ne parlons pas de la phonologie : il est bien évident que le roman de Gaule a été du latin parlé par des Gaulois et que son évolution phonétique s'est faite selon des usages celtiques, sinon il n'y aurait guère de différence entre le français et l'italien. Mais il y a aussi un fonds lexicologique.

Nous connaissons à peu près 1 200 mots probablement celtiques, mais dont la plupart nous ont été conservés par la toponymie. Il n'y en a guère que deux cents qui soient contenus dans la langue française, comme *bief*, *if*, *bille*, *soc*, *ruche*, *claie*, *barque*, *chemin*, *lieue*, *lande*, *grève*, *roche*, *char*, *bec*, *jarret*, *briser*, *changer*, *border*, *petit*, *dru*, etc. Nous sommes sûrs de ces mots parce qu'ils n'ont pas de correspondants latins.

Mais que dire de ceux qui sont analogues aux mots latins ? Est-il pensable de prétendre que les Gaulois ont attendu les Romains pour nommer les choses les plus essentielles de la vie courante ? Nous connaissons à peine la langue gauloise. Le vieux celtique, que l'on tente de restituer à l'aide de l'irlandais, du gallois, du cornique et du breton, est purement conjectural. C'est en grande partie à cause de notre méconnaissance du gaulois que nous croyons que le vocabulaire français est en majorité de provenance latine. On objectera que les études qui ont été faites prennent en considération *tous les dialectes romans* hérités du latin et qu'une telle conclusion repose sur la comparaison entre les différentes langues romanes. C'est indiscutable, mais en fait cette conclusion que le vocabulaire français (il ne s'agit ici que du vocabulaire) est d'origine latine pour les trois quarts est bel et bien une hypothèse — qui a toutes les garanties de la vérité —, mais qui n'en est pas moins une hypothèse. Il n'est pas question, encore une fois, de prétendre, comme l'ont fait certains auteurs dont les ouvrages sont des tissus de chimères, que le français est du gaulois, mais il est permis d'avancer l'hypothèse que le français contient de très nombreux mots qui avaient, à l'origine, une forme gauloise analogue à la forme latine. Cela expliquerait pourquoi le latin a si facilement éliminé la langue gauloise : les habitants de la Gaule n'ont guère senti la différence de vocabulaire essentiel et se sont contentés d'accommoder leurs mots à la mode latine[8].

Cette hypothèse, nous la trouvons esquissée par l'un des grands celtistes du début de ce siècle, Georges Dottin, qui écrivait dans *La Langue gauloise* (p. 131) : « Il se peut que la parenté des deux vocabulaires nous induise à attribuer une origine latine à des mots qui existaient à la fois en latin et en gaulois (*gnatos*, fils, *gnata*, fille. *Cf.* latin *natus*). Il ne faut pas oublier, d'autre part, que le latin avait emprunté des mots au gaulois… les uns dès le IVe siècle av. J.-C., au gaulois de la Cisalpine, les autres au gaulois transalpin après la conquête… (p. 121). Si, en effet, le vocabulaire gaulois était proche du vocabulaire latin, il a dû se fondre plus rapidement dans celui-ci que s'il en avait été très différent. D'autre part les difficultés que présentent du point de vue phonétique quelques étymologies françaises peuvent tenir à ce que le prototype est non un mot latin mais un mot gaulois apparenté à un mot latin. »

C'est ainsi que le gaulois a disparu de la carte linguistique, d'abord à cause de l'attraction de la langue latine, langue de prestige, et aussi, ce sur quoi on n'insistera jamais assez, à cause de l'Église romaine, pour qui la langue gauloise était la langue du paganisme, et qui a tout fait pour l'étouffer dans sa besogne de christianisation des villes, puis des campagnes. N'oublions pas que si Jules César a asservi les Gaulois, si les empereurs, ses successeurs, ont quadrillé la Gaule avec la juridiction et l'administration romaines et ont détruit, avec le druidisme, la civilisation purement celtique, c'est le Christianisme qui a donné le coup de grâce à une Gaule devenue hybride et même apatride, en la faisant l'héritière de l'empire bureaucratique des Romains.

Au reste, la langue gauloise ne s'est pas éteinte d'un seul coup, puisqu'au Ve siècle, on parlait encore le celtique en Auvergne et dans les montagnes. Le Ve siècle est l'époque des immigrations bretonnes en Armorique. Pourquoi ne pas prétendre également que la langue gauloise ne s'est jamais tue en Armorique et que les Bretons, lorsqu'ils y sont arrivés, se sont trouvés en contact avec des populations à peine romanisées et parlant encore le gaulois, du moins dans certaines régions comme le pays des Vénètes[9].

Il est cependant un domaine où les Gaulois ont laissé des traces indélébiles de leur passage ou de leurs établissements : c'est celui de la toponymie. Sans être entièrement celtique, car il faut compter avec les mots pré-indo-européens et avec l'apport germanique ultérieur, cette toponymie a très peu été touchée par la romanisation, en dehors des régions les plus proches de la Méditerranée. Les noms latins désignent généralement des propriétaires de villas qui étaient d'ailleurs des Gaulois romanisés, et souvent, mots latins et gaulois se trouvent joints comme dans l'exemple célèbre d'Autun (*Augustidunum*, la citadelle d'Auguste). Les noms des principales villes françaises sont les noms des peuples gaulois qui habitaient la région à l'époque de la conquête : Paris, les *Parisii*, Nantes, les *Namnetes*, Reims, les *Remi*, Rennes, les *Redones*, Vannes, les *Veneti*, Limoges, les *Lemovices*, Arras, les *Atrebates*, Sens, les *Senones*, etc. D'autres portent encore l'ancien nom d'avant la conquête : Rouen (Rotomagos), Lyon et Laon (Lugudunum), Vienne (Vindobona), Toulouse (Tolosa), Bordeaux (Burdigala), Boulogne (Bolonia). Strasbourg est la traduction germanique du gaulois Argentorate (Forteresse argentée). Châteaudun est un pléonasme *(Dun* signifie château). Et combien de petites villes, de bourgs et de lieux-dits portent encore la marque gauloise. Quant aux rivières et aux montagnes, leurs appellations sont très anciennes, celtiques pour la plupart, et remontant parfois bien avant les Celtes.

L'étude de la toponymie nous permet de remarquer quel était le domaine occupé par les Gaulois et qui s'étendait dans toute l'Europe occidentale, bien au-delà des frontières actuelles de la France. En effet, « la toponymie n'a pas seulement pour but de retrouver la forme primitive des noms de lieux, leur étymologie, leur sens originaire. Prêtant main-forte à la géographie humaine, elle doit aider à reconstituer l'histoire du peuplement, de la mise en valeur du sol ; en face de l'absence ou de la pénurie de témoignages historiques, les noms de lieux constituent, lorsqu'on sait les faire parler, des témoins authentiques et irrécusables qui permettent, sinon de dater, du moins de jalonner dans le temps la fondation des établissements humains, et qui, en outre, nous renseignent souvent sur l'aspect des lieux au moment où ils furent créés[10] ». C'est ainsi qu'on trouvera la preuve que la Gaule était un territoire nettement consacré à l'agriculture alors que l'Irlande ou l'île de Bretagne étaient des pays plutôt voués à l'élevage. Cette distinction, appuyée en grande partie sur la toponymie, est d'une importance capitale dans l'étude de la société celtique en général et du problème féminin en particulier, comme nous le verrons par la suite.

Car toutes ces considérations d'ordre linguistique ou toponymique ne sont absolument pas gratuites. Il s'agit d'abord de tracer le cadre précis où ont évolué les Celtes, le cadre où s'est développé l'esprit celtique : l'étude de tout mythe d'origine celtique ne peut se faire que si l'on se réfère à un contexte solide, faute de quoi on risque de ne pas le comprendre dans sa valeur profonde.

Et précisément, ces considérations linguistiques et toponymiques mettent en lumière que si les Celtes ont occupé l'Europe occidentale à l'âge du fer, *ils n'étaient pas les seuls à y habiter*. Non seulement les Brittons se sont mêlés à des populations gaéliques antérieurement fixées là, mais les deux vagues d'immigrants ont rencontré des peuples qui étaient déjà sur les lieux depuis la préhistoire et qui n'ont pas tous été ou délogés ou tués. Les Celtes n'étaient pas tellement nombreux : ils n'ont guère constitué qu'une élite intellectuelle et guerrière munie de procédés techniques qui leur ont permis de dominer les populations antérieures non-celtiques, de leur imposer leur mode de vie, de les assimiler. Mais cette assimilation n'a pas joué dans un seul sens. De même que les Grecs vaincus par les Romains et pliés à la discipline romaine ont contribué à la transformation radicale de la société romaine primitive, les populations anciennes de la Gaule, de la Bretagne et de l'Irlande *ont influencé profondément la civilisation celtique primitive* : et c'est en tenant compte de ce fait, indéniable et logique, que, nous le verrons, il est possible d'expliquer les différences importantes que l'on constate entre les sociétés indo-européennes méditerranéennes ou germaniques et les sociétés celtiques, notamment en ce qui concerne la religion, l'organisation politique et juridique, ainsi que les structures familiales et par conséquent le rôle très particulier de la femme.

Récapitulons les jalons de l'histoire des Celtes. Dès le IVe siècle av. J.-C., les Brittons de la Civilisation de la Tène sont fermement implantés en Gaule, dans les îles Britanniques, dans le nord-ouest de l'Espagne. Ils poussent même une pointe vers le sud, forment la Gaule cisalpine dans la plaine du Pô et sur le rivage de l'Adriatique, menacent dangereusement les Latins et prennent Rome en 387, après la victoire de l'Allia, remportée par le Sénon Brennus sur les troupes romaines en débandade[11]. Les Romains réagissent peu à peu et parviennent d'abord à contenir les Gaulois, puis à les éliminer de l'Italie du Nord. À la même époque, comme la Gaule devenait surpeuplée, selon le témoignage des auteurs de l'Antiquité, d'autres Gaulois partirent vers la forêt hercynienne et vers les Balkans. Dans cette expédition vers les Balkans, au début du IIIe siècle, nous retrouvons un autre Brennus qui se lança à travers la Grèce, aurait même pillé le sanctuaire de Delphes aux environs de 290[12]. Ce sont les débris de l'armée de Brennus qui seraient passés en Asie et auraient fondé le célèbre royaume des Galates, lesquels parlaient encore la langue celtique au temps de saint Jérôme.

Le IIIe siècle av. J.-C. représente la période de la plus grande extension pour les Celtes. On en trouve partout en dehors des régions occidentales : sur la rive droite du Rhin, où ils ont une grande influence sur les

Germains, peuple vraisemblablement non-aryen mais indo-européanisé ; le long du Danube et dans les régions carpathiques où les Boïens attacheront leur nom (Bohème) ; dans l'Illyrie, c'est-à-dire dans la Yougoslavie actuelle ; en Asie Mineure, où, après avoir servi de mercenaires aux différents rois orientaux, ils constitueront la Galatie ; enfin, selon toute probabilité, du côté de la mer Noire et jusqu'en Crimée, où ils seront en contact à la fois avec les Slaves du Nord et avec les fameux Scythes des Steppes, ce qui a donné naissance à de vagues théories sur une communauté celto-scythe, et ce qui, en tous cas, explique certaines parentés entre l'art celtique et l'art des steppes[13].

Par contre, le IIe siècle verra le début du recul de l'empire celtique, ou ce qu'il est convenu d'appeler empire, car il n'y avait aucune unité politique dans ces immenses territoires, seulement la communauté de langue et de religion. Les Germains, ayant profité des leçons que leur ont données les Gaulois, et chassés de chez eux par les peuples baltes ou slaves, commencent à se faire de plus en plus pressants, occupent toute la rive droite du Rhin et établissent même quelques-unes de leurs tribus dans le nord de la Belgique[14]. Il est assez remarquable de constater que toutes les grandes invasions ont suivi l'axe est-ouest, et que finalement c'est dans la frange occidentale de l'Europe que se retrouveront tous les peuples refoulés les uns par les autres, ce qui prouve encore une fois qu'il est absolument vain de rechercher une race celtique pure même dans les pays actuellement celtophones.

Mais les Germains ne sont pas encore un danger immédiat pour les Gaulois. Les Romains n'ont pas oublié l'affront que leur a fait subir le Sénon Brennus : lorsqu'ils avaient négocié le départ des Gaulois de Rome, en 387, et qu'on en était arrivé à une somme de mille livres d'or, les Gaulois avaient apporté de faux poids ; et comme les Romains avaient refusé avec indignation, Brennus avait ajouté son épée dans la balance en s'écriant « malheur aux vaincus ! » (*Vae Victis*). Depuis lors, les Romains avaient tout fait pour se venger et pour écarter le danger que représentaient les troupes bruyantes des Gaulois dont la seule approche d'une ville latine déclenchait le fameux *tumultus gallicus*, cette levée en masse contre un adversaire considéré comme le plus redoutable. C'est ainsi que de 241 à 202, les Romains assurèrent leur domination sur l'ensemble de la Gaule Cisalpine.

Les Gaulois commencèrent à se rendre compte que la puissance romaine présentait des inconvénients. Cela explique qu'ils se soient rangés du côté des Carthaginois pendant les guerres puniques. Non seulement ils facilitèrent le passage à Hannibal et à ses troupes le long du Rhône et à travers les Alpes, mais de nombreux contingents gaulois participèrent à la marche triomphale des Carthaginois en Italie du nord et à la victoire de Cannes. Mais après l'hésitation fatale d'Hannibal à Capoue, le sort de l'Europe occidentale et du bassin méditerranéen était joué : plus rien ne pouvait arrêter l'expansion guerrière des Romains, « cette énorme machine à opprimer les peuples ». En 197, les Celtibères tombent sous la coupe romaine, et bien qu'ils se soient révoltés en 153, leur capitale Numance fut définitivement prise en 133 par Scipion Aemilien. Dans la Celtique, une guerre romano-gauloise éclate en 121, et qui se termine par la défaite du chef averne Bituitos.

Une diversion va intervenir dans les rapports plutôt frais des Romains et des Gaulois, diversion constituée par un danger commun, celui des Cimbres et des Teutons. Ces peuples qu'on classe généralement parmi les Germains et qui ne sont vraisemblablement que des peuples pré-indo-européens très celtisés d'ailleurs comme en témoignent leurs noms génériques et les noms de leurs principaux chefs, se précipitent sur la Gaule, l'Italie du Nord, la Panonie et la péninsule ibérique, venant du Jutland et ravageant tout sur leur passage. Ils sont finalement vaincus en 102 et en 101 par les légions romaines commandées par Marius à Fos-sur-Mer et à Pourrières, près d'Aix-en-Provence, ce qui fit donner à la montagne voisine le nom d'une déesse de la guerre christianisée sous le vocable de sainte Victoire[15]. Mais entre-temps, tout le sud de la Gaule avait été occupé par les Romains qui en avaient fait la *Provincia Romana*, celle qu'on appelle la Narbonnaise, ou encore la *Gallia Togata*, Gaule bénéficiant du droit de citoyenneté romaine.

Au cours du Ier siècle av. J.-C., la civilisation gauloise devient particulièrement brillante. Des villes se créent un peu partout. Les terres sont mises en valeur grâce à l'amendement qui consistait, comme le dit Pline l'Ancien, « à engraisser la terre par la terre ; celle-ci se nomme *marne* ». On utilise la charrue à roue, bien supérieure à l'araire des Romains de la même époque, et munie d'un coutre mobile. On connaît déjà la herse et surtout la machine à moissonner dont nous avons une représentation sur des bas-reliefs de Belgique et qui est décrite ainsi par Pline : « une grande caisse, dont le bord est armé de dents et que supportent deux roues, conduite dans le champ de blé par un bœuf qui la pousse ; les épis arrachés par les dents tombent dans la caisse ». Cela fait que le blé gaulois est abondant et peut être acheté par les marchands romains, mais aussi que des convoitises se font jour sur ce pays d'une grande richesse agricole. Au point de vue artisanal, la métallurgie se développe, aussi bien dans le domaine du fer que du bronze, de l'étain ou de l'argent. On découvre de nouveaux procédés pour la fabrication du verre, on invente la technique de l'émail, on perfectionne la tonnellerie et la construction des bateaux marins ou fluviaux. L'art ne reste pas en arrière : poteries décorées, statues de pierre mais surtout de bois, objets d'orfèvrerie, chaudrons gravés et objets utilitaires décorés en sont un témoignage irrécusable. Même les monnaies deviennent des œuvres d'art, tant la finesse et la recherche vont loin dans la gravure.

C'est alors que se profilent deux dangers de plus en plus imminents, les Germains et les Romains. Des Belges, chassés de chez eux par la poussée germanique, vont s'établir dans le sud de l'île de Bretagne. Les Helvètes, fuyant les Suèves d'Arioviste, se heurtent aux Héduens. Des rivalités entre les peuples gaulois éclatent au grand jour. Profitant du danger germanique et des rivalités intérieures gauloises, Jules César, qui n'attendait qu'une occasion pour agir et rétablir sa fortune en consacrant sa carrière politique et militaire, intervient en médiateur et en protecteur. Ayant remis de l'ordre dans les affaires gauloises, il laissa ses troupes sur place, et cela d'autant plus facilement qu'entre les deux dangers, les Gaulois avaient choisi le moindre, ou du moins ce qu'ils considéraient comme le moindre. Ils s'aperçurent un peu tard des prétentions du proconsul. C'est ainsi qu'en 56, éclata la révolte des Armoricains entraînés par les Vénètes, révolte qui se termina par l'anéantissement de la flotte vénète à l'entrée du golfe du Morbihan. César tenta deux fois de poursuivre sa conquête dans l'île de Bretagne, mais sans succès. En 52 se produisit l'insurrection générale de la Gaule contre l'occupant romain, insurrection dont le chef fut, après bien des hésitations, l'arverne Vercingétorix auquel se rallièrent bon gré mal gré la plupart des chefs gaulois, y compris ceux qui, tel Commios l'Atrébate, avaient d'abord cru à la possibilité d'une collaboration avec les Romains. On connaît la fin : la défaite d'Alésia, due en grande partie à une erreur tactique de Vercingétorix, et malgré l'action vigoureuse de Commios, lequel, dernier résistant gaulois, fut obligé par la suite de s'exiler dans l'île de Bretagne[16].

C'en était fini de l'indépendance gauloise. Les Gaulois allaient vivre une nouvelle vie, privés de leurs structures personnelles, de leur religion bientôt interdite, de leur langue dépréciée. Le territoire divisé en provinces devint la proie des bureaucrates de l'empire, lesquels étaient d'ailleurs presque tous des Gaulois qui y trouvaient leur compte. Le culte des dieux impériaux, le culte de Rome et de l'Empereur, supplantèrent les croyances métaphysiques des Druides, du moins officiellement. Puis le Christianisme triomphant s'installa sur les structures impériales. Il ne restait plus de celtique que la tradition orale populaire qui allait se maintenir sous forme de contes, de récits et aussi de superstitions coriaces que la religion chrétienne, ne pouvant complètement les faire disparaître, préféra intégrer plus ou moins dans le culte, telle la christianisation des fontaines, telle la reconnaissance de certains saints plus que suspects, telles les dévotions particulières qui sont encore en usage au XXe siècle.

L'île de Bretagne, qui avait échappé provisoirement à la romanisation, fut, malgré la résistance héroïque de certains Bretons, dont le célèbre Caratacos, la proie des Romains en 51 ap. J.-C. Dix ans plus tard, après l'odieux massacre des Druides de l'île de Môn (Anglerey), la Bretagne tout entière se souleva, sous la conduite de Bodicea, reine des Iceni, mais ce fut en pure perte. En 83 les Romains avaient atteint les régions de la Clyde et du Forth où l'empereur Antonin fit construire le fameux mur qui porte son nom, afin de protéger la nouvelle *provincia* contre les Pictes du nord-est de l'Écosse et les derniers Bretons indépendants de la côte nord-ouest.

Cependant, à la différence de la Gaule, la Bretagne ne fut jamais vraiment romanisée. Les Bretons conservèrent leur langue et leur culture, celles qui se perpétuent encore à l'heure actuelle dans le Pays de Galles *et qui n'ont jamais cessé d'exister*.

Mais si les Bretons se tirèrent relativement bien de l'occupation d'ailleurs très sporadique des Romains, il n'en fut pas de même quant aux invasions germaniques des Angles, des Jutes et des Saxons. Du IIIe au VIe siècle, sous la poussée anglo-saxonne, et parce qu'ils étaient incapables de faire taire leurs querelles intestines, les Bretons durent reculer dans l'ouest de l'île, et cela malgré des périodes de résistance victorieuse comme celle attribuée par la légende au roi Arthur. L'île de Bretagne devint aux trois quarts saxonne et les Bretons qui ne purent pas tous rester au Pays de Galles et en Cornwall durent passer la mer et s'établir dans l'Armorique gauloise qui allait prendre ainsi le nom de Bretagne. Le Cornwall tomba d'ailleurs très vite dans l'orbite saxonne. Seul le Pays de Galles put maintenir son unité et son ethnie, mais il perdit à son tour son indépendance à la fin du XIIIe siècle, où, en 1282, le roi d'Angleterre Édouard Ier garda le titre de Prince de Galles pour son fils héritier[17].

L'Irlande, elle, avait vécu à l'écart de la romanité, mais pas plus que la Gaule ou la Bretagne, elle n'avait connu d'unité politique. Au début de l'ère chrétienne, on y distingue un mélange ethnique assez étonnant : populations préhistoriques et mégalithiques (les Fomoré et les Tuatha Dé Danann de la mythologie), Gaëls qui portent encore leur nom générique de *Scots*, tribus gauloises, bretonnes et belges (Fîr Galliain, Fîr Domainn et Fîr Bolg) installées depuis le milieu du Ier siècle av. J.-C. De nombreuses tribus sont groupées, plus ou moins bien d'ailleurs, en cinq provinces : l'Ulster, le Connaught, le Leinster-Nord et le Leinster-Sud, le Munster. Ces provinces sont toujours en guerre les unes contre les autres, surtout l'Ulster et le Connaught qui se disputent la prédominance sur l'île. Au milieu du second siècle, le roi de Connaught, Conn aux Cent Batailles, fonde un nouveau royaume sur les ruines du Leinster-Nord, le royaume de *Mide* ou Meath (milieu), établit à Tara, ancien sanctuaire remontant à la nuit des temps, le siège d'une royauté suprême ayant pouvoir sur tous les autres rois d'Irlande. Lui-même se fait élire *Ard-Ri*, c'est-à-dire Haut-Roi. Cette institution de la royauté suprême allait durer jusqu'à la perte de l'indépendance de l'Irlande, mais il faut bien dire que ce fut surtout, la plupart du temps, un pouvoir parfaitement théorique.

Entre-temps, le christianisme, venu de l'île de Bretagne, et propagé en particulier par saint Patrick (mort en 461), allait submerger l'île d'Irlande et mettre fin au culte druidique. Mais à la différence de ce qui se passait en Gaule, le christianisme ne détruisit ni la langue gaélique, ni les traditions celtiques. On peut même dire que c'est l'église d'Irlande qui a sauvé tout ce qui pouvait être sauvé du celtisme : ce sont les moines qui nous ont transcrit les précieux manuscrits de la littérature en langue gaélique et d'inspiration typiquement celtique et païenne. D'ailleurs, surtout avec saint Columcill, le christianisme irlandais prit une coloration très particulière où nous pouvons retrouver une influence druidique, et cette coloration, en se transmettant aux Bretons insulaires et armoricains, allait donner naissance à une église celtique prodigieusement fervente et active, qui contribua à l'évangélisation du continent, mais qui devint bientôt très suspecte à l'orthodoxie romaine[18].

L'Irlande, en dépit de ses difficultés intérieures, en dépit des invasions scandinaves, allait devenir pendant tout le Haut Moyen Âge, non seulement un foyer de spiritualité, mais aussi, comme le Pays de Galles, un véritable conservatoire de la langue, de la littérature et de l'art celtiques. Cependant, au XIIe siècle, à la suite de combinaisons obscures où la papauté ne semble guère avoir le beau rôle, le titre de Haut-Roi d'Irlande fut donné à Henri II Plantagenêt qui, à la même époque, administrait la Bretagne armoricaine après la mort de son fils Geoffroy Ier et pendant la minorité d'Arthur, son petit-fils. La dynastie anglo-normande allait garder l'Irlande qui, pendant plusieurs siècles, dut subir les pires spoliations, les pires oppressions de la part des Anglais et des Écossais. En 1921, l'Irlande retrouvera en partie sa liberté grâce à l'établissement du *Saorstat Eireann* : l'essentiel sera sauvé, mais qu'est devenue la langue gaélique, à peine parlée par les habitants de quelques comtés de l'ouest et par les intellectuels, cela en dépit du fait qu'elle est langue officielle[19] ?

Quant à la Bretagne armoricaine, elle allait demeurer jusqu'au XVe siècle le seul état celtique encore indépendant. Après l'installation des Bretons insulaires et la fondation de *plous* et de comtés se substituant aux *pagi* gallo-romains, l'Armorique essayait tant bien que mal de préserver à la fois son unité et son intégrité face à deux voisins pleins de convoitises, les Francs et les Saxons. En fait, pendant dix siècles, l'histoire de la Bretagne armoricaine sera un perpétuel jeu d'équilibre entre l'influence anglaise et l'influence française. En 845, à Ballon, le roi breton Nominoë battit les troupes de Charles le Chauve, arrêtant les prétentions carolingiennes. En 867, son successeur Salaün se fit reconnaître par Charles le Chauve, non seulement son titre de roi mais aussi l'annexion par les Bretons du Cotentin et des îles anglo-normandes. Mais les invasions normandes furent fatales à la Bretagne qui vit s'appauvrir son sol et se vider son territoire de toutes ses élites. L'influence française commença à se manifester dans les nouvelles classes dirigeantes, à tel point que la langue bretonne ne fut plus que la langue des paysans des régions les plus occidentales. Au XIIe siècle, c'est la dynastie anglo-angevine des Plantagenêt (de langue française) qui géra la Bretagne devenue un simple duché. Puis, au XIIIe siècle, ce fut une dynastie capétienne, celle des Dreux, qui fut d'ailleurs assez antifrançaise. Au début de la guerre de Cent Ans, deux partisans s'affrontèrent pour la succession du duc Jean III, mort sans héritier direct : Charles de Blois, soutenu par le roi de France, et Jean de Montfort, soutenu par le roi d'Angleterre. C'est Jean IV de Montfort qui l'emporta, à la bataille d'Auray en 1364, où le chef de bande Du Guesclin, mercenaire à la solde de Blois, subit le plus bel échec de sa carrière[20].

On connaît la fin : cent vingt-quatre ans plus tard, l'armée bretonne de François II fut battue le 28 juillet 1488 à Saint-Aubin-du-Cormier, ouvrant ainsi toutes les portes à la monarchie française. Anne de Bretagne, seule et dernière héritière du duché, dut se marier de force avec Charles VIII puis avec Louis XII. La couronne ducale passa à sa fille Claude qui épousa François Ier, puis au dauphin Henri. Mais *c'était à titre purement personnel*. C'est pourquoi, en 1532, après un vote du parlement de Bretagne réuni à Vannes et soumis à toutes les pressions, le roi de France signa, le 13 août, un traité qui consacrait l'*union* de la Bretagne et de la France, *sous certaines conditions bien déterminées*, et les deux pays étant considérés comme souverains[21].

Ainsi disparurent les nations celtiques. Mais en dépit de l'occultation systématique de toute la tradition celtique, celle-ci existe. De précieux manuscrits irlandais ou gallois nous l'ont transmise. Il y a aussi toute une tradition orale, non seulement en Irlande et au Pays de Galles, mais aussi en Écosse, pays celtisé par les Gaëls et qui conserve encore aujourd'hui sa langue gaélique[22], dans l'Île de Man qui réapprend la langue gaélique, dans la Bretagne armoricaine, le plus important pays celtophone contemporain, qui malheureusement ne possède pas de littérature écrite très ancienne, mais qui se révèle d'une richesse incroyable en contes, en poèmes et en coutumes. Enfin, dans toute l'Europe occidentale, et plus particulièrement en France, en Belgique wallonne et en Angleterre, combien n'y a-t-il pas de souvenirs remontant aux époques celtiques ?

Car cette tradition ne s'est pas perdue. Elle s'est

mêlée aux éléments dominateurs et il s'est produit une synthèse, souvent fructueuse. L'exemple du christianisme celtique est là pour nous le prouver, des écrivains français nourris de Bretagne, comme Chateaubriand, également, et aussi tous ces auteurs anglo-irlandais, Yeats, Synge et autres, qui ont réactualisé la tradition celtique dans une langue accessible à un large public. « Les invasions, dans l'histoire de l'Irlande, ont empêché effectivement la réalisation d'une civilisation intégrale en Irlande celtique, une civilisation complètement gaélique. Mais d'un autre côté, ces invasions n'ont jamais été complètes... Par conséquent, nous avons en Irlande deux traditions, deux civilisations, deux langues, deux lois. Et c'est la tâche de notre politique d'essayer de réintégrer, de réunifier ces deux traditions du passé[23]. »

Ce qui est vrai pour l'Irlande l'est aussi pour le Pays de Galles, synthèse de culture bretonne et de culture saxonne, et pour la Bretagne armoricaine, creuset où se sont fondues la culture bretonne celtique et la culture française latine, *pays bilingue* où aucune des deux traditions ne peut nuire à l'autre, mais au contraire permettre un développement intellectuel plus grand[24]. Ce pourrait être également, dans une moindre mesure, vrai pour tous les pays qui portent encore la marque celtique, car il n'y a rien de plus tenace que les traditions, rien de plus indéracinable que les anciennes croyances, les anciens systèmes de pensée, lorsqu'ils se cachent sous des aspects rénovés. Les Mythes ne meurent jamais. Ils se réactualisent constamment sous des formes nouvelles et diverses, et il est parfois surprenant de les découvrir là où on ne s'y attendait pas.

C'est donc là le domaine de nos investigations. Aucun élément ne doit être négligé pour expliquer le rôle qu'a tenu la Femme dans le monde occidental depuis l'aube de l'histoire et même la nuit de la Préhistoire. Voilà pourquoi il importait de préciser ce domaine que nous qualifions de *celtique*. Il est à peu près inexploré, et de grandes surprises nous attendent.

Notes

1. Notamment l'hésitation entre le son S ancien et le H récent dans les mots *senta*, chemin (moyen-bret. et gallois *hent*), **senos*, vieux (latin *senex*) devenu *hen* en moyen breton et en gallois, *suexos, six (latin *sex*,) devenu *c'hwe'ch* en breton (*hueh* en vannetais) et *chwech* en gallois. Une des tendances des langues brittoniques, en dehors de la disparition du son QU, est l'affaiblissement de l'S initial. D'autre part, les rudiments de grammaire gauloise que nous possédons la font apparaître très proche à la fois du gaélique et du latin. En correspondance avec la deuxième déclinaison latine (Domin-US, -E, -UM, -I, -O), nous avons les mêmes formes en gaélique et en gaulois (-OS, -E, -ON, -I, -O) ; avec la première déclinaison latine (Ros-A, -A, -AM, -AE, anciennement -AS, -AE), les formes gauloises -A, -A, -AN, (?), -AI, et les formes gaéliques -A, -A, -IEN, -IAS (ou -IES), -I ; avec la troisième déclinaison latine, la plus ancienne (Civ-IS, -IS, -EM, parfois -IM, -IS, -I), les formes gauloises -IS, -I, -IN (génitif singulier inconnu, mais génitif pluriel -IOM identique au latin parissyllabique -IUM), -E, et les formes gaéliques -IS, -I, -IN, -OS, -EI (génitif pluriel -ION) ; à la quatrième déclinaison latine (Man-US, -US, -UM, -US, -UI), les formes gauloises du nominatif -US et du datif -OU (gaélique -US, -U, -UN, -OUS, -U, génitif pluriel -ION). Quant aux désinences verbales gauloises et latines, elles sont très proches de celles de l'irlandais ancien.

2. On pourrait rétorquer que Commios était belge et non pas gaulois de la Celtique, et qu'au cours du Ier siècle av. J.-C. il y a eu une forte invasion de Belges dans l'île de Bretagne. Mais nous avons d'autres exemples, et de plus, les Belges ne paraissent pas avoir eu un langage différent des Gaulois de la Celtique. Nous avons d'ailleurs un témoignage qui nous montre l'universalité de la langue gauloise, celui de saint Jérôme (331-420) qui écrit, dans son *Commentaire de*

l'Épître aux Galates, que les Trévires (Belges des bords du Rhin) parlent la même langue que les Galates d'Asie Mineure descendants de Gaulois de la Celtique, rescapés de l'expédition de Brennus à Delphes). Il est curieux de constater que dans tous les territoires où le gaulois a été parlé, la vélaire indo-européenne QU présente des déformations : le C devient parfois SS en français, ou bien il est chuinté (sauf au voisinage du germanique) particulièrement dans les régions de peuplement celtique plus pur (Auvergne). En breton et en gallois, en dehors de la transformation ancienne en P (Equus, *Epos*, Quum ou Quom *Pe*, Quattuor, *Pedwar*), le son moderne K est instable et est souvent muté en G et en C'H (H en vannetais ; dans ce dialecte d'ailleurs, le son K est souvent chuinté : *ne... ket*, ne... pas, se prononce *ne... tchett*).

3. Goulven Pennaod, « Langues et Littératures celtiques », *Nouvelle École*, n° 15, p. 22.

4. Jean Markale, *Les Celtes*, Paris, Payot, p. 162.

5. Goulven Pennaod, *op. cit.*, p. 21.

6. Il est attristant de constater que de savants historiens, au XXe siècle, en sont encore à nier l'influence celtique et tentent de prouver que les Gaulois n'eussent été que des affreux barbares sans les Romains. Ce sont là des séquelles tenaces du sieur Gobineau, responsable de l'idée de race supérieure, reprise avec la délicatesse que l'on sait par un certain Hitler. Pour ces gens-là, je ne suis qu'un celtomane délirant (eux, par contre, sont nettement *romanolâtres*), mais je n'ai jamais prétendu que les Celtes étaient un peuple élu. Il n'y a pas de peuple élu, ni de race supérieure, ni de race tout court. Il y a seulement eu des peuples qui ont réussi à dominer d'autres peuples par le jeu des techniques, de l'économie et de la force. On appelle cela de l'occupation ou de la colonisation. Avant de se faire coloniser par les Romains, les Celtes avaient colonisé les peuples qui se trouvaient sur le territoire de la Gaule. Bon nombre d'idées toutes faites (les Romains nous ont donné la civilisation, tout le progrès vient de la Méditerranée, etc.) doivent, être repensées. Il n'y a pas de civilisation supérieure à une autre. Chaque civilisation vaut ce qu'elle vaut, en tant que telle. Émettre un jugement de valeur par rapport à une autre civilisation, c'est admettre une infériorité : et c'est la justification des guerres, des génocides, non seulement humains

mais culturels (comme en Gaule, en Irlande et en Bretagne), des colonisations (on apporte la civilisation à ces pauvres nègres !) et de tout ce qui constitue une atteinte à la libre disposition de l'esprit. C'est le devoir de tout intellectuel honnête et de bonne foi de dénoncer une fois pour toutes ces idées aberrantes qui sont responsables de tant de souffrances pour le genre humain.

7. Goulven Dennaod, *op. cit.*, p. 22.

8. Des phénomènes semblables s'observent couramment. L'influence d'une certaine façon de s'exprimer peut être déterminante sur l'évolution d'une langue. C'est ainsi que la langue française s'est unifiée à cause du parler d'Île-de-France qui était celui de la politique et qui a fini par emporter l'adhésion de tous ; il y avait pourtant des différences notables. Les études faites sur l'origine du français sont toutes parties du postulat de l'origine latine. Tout changerait *peut-être* si l'on partait du postulat adverse, en observant les règles les plus rigoureuses (ce que n'ont pas fait certains illuminés). Des observations personnelles m'ont montré la persistance de certains termes inexplicables dans le contexte roman, mais qui s'éclairent curieusement par le celtique, dans les parlers occitans du Velay. Qu'attendent les spécialistes chevronnés et patentés de la Linguistique pour se lancer dans cette exploration qui aura tout au moins le mérite de faire repenser le problème ?

9. C'est l'opinion du chanoine François Falc'hun qui l'a exposée dans son remarquable livre, *Histoire de la langue bretonne d'après la géographie linguistique* (PUF, 1963). Le dialecte breton du pays vannetais serait en grande partie « l'héritier du gaulois ». Cette thèse, âprement discutée, présente un très grand intérêt : car elle permet de repenser entièrement le problème de la survivance du gaulois dans certaines régions et aussi le problème de l'émigration bretonne en Armorique (*cf.* dans *Les Celtes*, p. 286 à 311, les constatations que cette thèse m'a permis de faire. sur l'établissement des Bretons dans la péninsule).

10. Albert Dauzat, *La Toponymie française*, Paris, Payot, p. 39.

11. On trouvera une étude détaillée sur ce sujet, notamment sur la part du mythe et de l'histoire, dans J. M., *Les Celtes*, p. 65-90, chapitre consacré à *Rome et l'Épopée celtique.*

12. Tous ces événements sont si étranges qu'on hésite constamment entre l'histoire et la fable. *Cf.* dans J. M., *Les Celtes*, p. 91-119, le chapitre consacré à *Delphes et l'Aventure celtique*.

13. En particulier l'art animalier et la décoration des ornements des chevaux, et surtout la technique de la gravure sur métal dont le Chaudron de Gundestrup, conservé à Copenhague, est l'exemple le plus connu.

14. Précisons que la Gaule est divisée en quatre régions principales : la Belgique entre la Seine et le Rhin, la Celtique entre la Garonne et la Seine et se prolongeant à l'est de la Suisse et dans les Alpes, l'Aquitaine, au sud de la Garonne (peuplement celtique très limité), et enfin ce qui deviendra la Narbonnaise, sur la façade, méditerranéenne, de peuplement celto-ligure. On peut y ajouter la Gaule cisalpine, qui est la plaine du Pô (nom celtique), dont le peuplement est à la fois celte et ligure et où nous trouvons le nom celtique très répandu de Milan (*Mediolanum*, l'endroit du milieu. *Cf.* Meslan, Meillan, Moliens, etc.).

15. Pour plus de détails concernant les Cimbres et les Teutons, voir dans J. M., *Les Celtes*, p. 45-63, le chapitre spécial qui leur est consacré.

16. Voir dans J. M., *Les Celtes*, p. 121-158, la relation critique de ces événements.

17. Sur l'histoire détaillée de la Bretagne insulaire, voir J. M., *Les Celtes*, p. 227-283.

18. *Cf.* dans J. M., *Les Celtes*, p. 203-226, le chapitre consacré à *L'Église chrétienne celtique*. *Cf.* aussi le « classique » sur cette question, *Les Chrétientés celtiques*, de Dom Louis Gougaud (Paris, 1911), ainsi que le récent ouvrage d'Olivier Loyer qui porte le même titre (Paris, PUF, 1965).

19. Sur l'histoire des Gaëls, voir J. M., *Les Celtes*, p. 159-186 (chapitre consacré à ce sujet) et P. Rafroidi, J. Guiffan et J. Verrière, *L'Irlande* (Paris, Armand Colin, 1971).

20. Sur l'histoire « officielle » et truquée de la Bretagne armoricaine, telle qu'on l'enseigne dans les manuels français, ainsi que sur le personnage douteux de Du Guesclin, voir J. M., *Les Celtes*, p. 311-340, et le remarquable ouvrage de Morvan Lebesque, *Comment peut-on être breton* ? (Paris, Le Seuil, 1970).

21. Comme on se garde bien de parler de cela, il est nécessaire d'insister, non pas par « séparatisme », mais par

souci de vérité historique. Le traité d'Union concernait deux États *égaux* qui décidaient d'unir leurs destinées. Il est également nécessaire de citer les principales clauses de l'édit de septembre 1532, signé par François Ier, et dans lequel il s'engageait à maintenir et à respecter les droits, libertés et privilèges de la Bretagne : pas de nouveaux impôts en Bretagne sans l'acceptation du Parlement de Bretagne ; pas de bénéfices ecclésiastiques en Bretagne à des non-Bretons ; pas de service militaire hors de la Bretagne (visitez les monuments aux Morts de toute la Bretagne et particulièrement celui de Sainte-Anne-d'Auray !) ; pas de changement dans la législation, les institutions, les coutumes, sans le consentement des États de Bretagne. Ce traité n'a jamais été dénoncé : il est toujours parfaitement valable. Mais il n'a *jamais* été appliqué, ni par les rois, ni par la République, ni par les Bonaparte.

22. N'oublions pas que c'est l'Écossais Mac Pherson qui a relancé le celtisme à la fin du XVIIIe siècle, en fabriquant des poèmes ossianiques à partir de chants oraux traditionnels. À l'heure actuelle, l'Écosse du Nord-Ouest et les îles Hébrides conservent des chants et des musiques très archaïques qui nous aident à connaître l'ancienne musique celtique.

23. M. Eamon Kennedy, ambassadeur de la République d'Irlande à Paris, dans un entretien radiophonique avec J. M. (*L'Impossible Royaume d'Irlande*, O.R.T.F., 1971).

24. À condition de ne pas tout mettre en œuvre pour tuer la langue et la culture bretonnes comme on l'a fait jusqu'à présent. L'originalité de la Bretagne est tout entière contenue dans son bilinguisme et dans sa double culture. On devrait méditer sur l'exemple du Pays de Galles, où l'équilibre a été atteint depuis longtemps, et qui ne s'en porte que mieux. Il est vrai que les Capétiens, et Saint Louis en tête, avaient déjà fait subir un génocide culturel (et autre) à l'Occitanie des comtes de Toulouse. La France est le pays de la liberté de penser, à condition qu'on pense comme Paris.

CHAPITRE II

Le cadre juridique

À première vue, la société celtique ne se différencie pas des autres sociétés indo-européennes contemporaines, surtout si l'on se borne à lire ce que les auteurs grecs et latins ont écrit sur la famille gauloise. Mais il se trouve que nous sommes très bien renseignés sur le droit celtique, tant irlandais que gallois ou breton, beaucoup mieux que sur l'histoire ou la mythologie. Nous possédons en effet des codes et recueils de lois galloises et irlandaises remontant au Haut Moyen Âge, et qui, même dans un contexte chrétien, font preuve d'une grande originalité par rapport aux institutions des pays de droit romain[1].

Il faut d'abord séparer la Gaule des autres pays celtiques, et cela pour deux raisons : d'abord parce que les Gaulois ont été romanisés très tôt et que les institutions et coutumes gallo-romaines appartiennent davantage au droit romain ; ensuite parce que l'état agricole de la Gaule avait déjà fait évoluer le droit gaulois primitif, le rapprochant du type romain basé essentiellement sur la possession de la terre. D'autre part, c'est ce droit gaulois primitif que nous connaissons le moins bien, les quelques remarques de César, pourtant bien informé, de Dion Cassius, de Strabon et de Diodore de Sicile, n'étant pas suffisantes pour tracer un panorama complet. Il est donc indispensable de prendre comme point de départ les recueils de lois irlandaises et galloises qui traduisent mieux l'état d'esprit celtique originel.

La base de la société celtique est la famille au sens large du mot, c'est-à-dire la *gens* indo-européenne, comparable à celle que nous observons dans les cités grecques ou à Rome. Cela comprend, chez les anciens Bretons, tous les parents jusqu'au neuvième degré, placés sous une autorité équivalente à celle du *pater-familias* latin. Cette famille s'appelle la *fine* chez les anciens Gaëls, et l'on remarquera que ce nom procède de la même racine que *Gwynedd*, nom du nord-ouest du Pays de Galles, et que le mot *Veneti*, nom du peuple gaulois qui habitait le pays de Vannes, *Gwened* en breton-armoricain[2]. Lorsque cette famille est complète, en Irlande, elle prend le nom de *deirbhfine*, et elle comprend quatre générations, du père, qu'on appelle *cenn-fine* (tête ou chef de famille), à l'arrière-neveu. Au-delà, il y a essaimage et constitution d'une autre famille, avec un partage obligatoire des biens auparavant communs[3].

Plusieurs *fine* se groupent dans une tribu, le *tuath*, qui est la cellule politique de base en Irlande. Le *tuath* a ceci de particulier qu'il se suffit à lui-même : il possède sa hiérarchie sociale bien déterminée, allant du chef, ou roi (*ri*), aux esclaves, ses biens communautaires, ses règlements, ses dieux mêmes[4]. La conséquence de cette quasi-autarcie du *tuath* sur le plan de l'histoire des Celtes est assez remarquable, car cela explique l'impossibilité d'unification politique qui a été le trait dominant des Gaulois, des Bretons et des Irlandais, pour ne pas parler des Écossais traditionnellement attachés à leurs clans. Les Celtes ne se sont jamais senti le besoin de se grouper dans des complexes politiques étendus, puisque le *tuath* était un tout, pouvait tout régler par lui-même, et si on a accusé les peuples celtiques de faiblesse politique, c'est qu'on ne connaissait pas cette particularité. Les Celtes n'ont pas la notion d'état comme nous pouvons l'avoir, au XXe siècle, surtout après des périodes de jacobinisme à la Rousseau. Ils ne l'avaient pas non plus en face des Romains pour qui la notion d'état — presque totalitaire — représentait la base de toute pensée et de toute activité. Bien entendu, sur le plan pratique, cela a conduit les Celtes à des catastrophes dont la plus grave a été leur disparition dans le jeu politique européen.

Dans cette vaste compilation appelée le *Livre des droits*, écrite sur l'ordre de Cormac mac Cuilennain, roi-évêque de Cashel, et qui fut tué en 903, nous comprenons facilement l'origine de tels usages. Tout se passa comme si les Gaëls avaient rêvé une société idéale et avaient essayé de l'appliquer sur une terre de pâturages peu propice à la culture.

Car tout est là : la situation particulière du droit irlandais, plus primitif que le droit gallois, et par conséquent représentant l'état antérieur du droit celtique, vient du fait que l'Irlande est une terre pauvre par rapport à la Gaule ou même à l'île de Bretagne. On serait tenté de dire que la société gaélique est une société pastorale et non pas une société agricole. Pourtant, le terme n'est pas entièrement juste, car qui dit «pastoral» dit «nomade». Ce n'est pas le cas : les Gaëls sont des sédentaires, solidement implantés dans les différentes régions de l'Irlande. Seules les frontières entre les différents *tuatha* sont mouvantes, ce qui ne va pas sans déclencher des guerres inexpiables, mais ce qui témoigne aussi d'une certaine répugnance à assigner des limites fixes à un domaine relevant davantage de la puissance morale du roi que de sa puissance réelle basée sur la force[5].

À la différence de la société romaine basée sur la possession de la terre par un ou plusieurs titulaires, la société celtique, surtout chez les Gaëls, est basée sur la possession commune de la terre, ce qui est l'indice d'une organisation entièrement tournée vers l'élevage des troupeaux. Comme chez les Germains et les Latins, la plus ancienne monnaie était le bétail, considéré par conséquent comme la seule richesse de base. Si le terme latin *pecunia*, de *pecus*, troupeau, désigne toujours la monnaie, au temps de César, il y a longtemps qu'on évalue les richesses en terres, dans la Rome républicaine. Il n'en est donc pas de même chez les Gaëls, et cela durera presque jusqu'à la conquête de l'Irlande par les Anglo-Normands.

En effet, le contrat féodal-type, que nous rencontrons en Irlande, est un contrat de cheptel. Théoriquement, la terre est propriété de l'état, propriété commune et indivisible. Le roi, en tant que magistrat élu par la communauté, et donc chargé de l'administration, peut autoriser un membre quelconque du *tuath*, en récompense de certains services, ou au contraire pour lui permettre d'œuvrer en vue du bien commun, à occuper une portion de territoire pour y établir sa demeure, ou pour mettre en valeur la terre. Mais ce faisant, il n'agit pas comme le suzerain féodal que nous remarquons sur le continent à la même époque : il n'impose aucune redevance, aucun service particulier à l'individu qu'il a établi, il ne lui a pas concédé de fief à proprement parler, il en a fait seulement une sorte de locataire privilégié, et dans le but, répétons-le, de servir le bien général de la communauté du *tuath*[6]. Pour donner un exemple, on peut citer le cas du personnage qu'on appelle généralement l'*Hospitalier*, et qui est un fonctionnaire choisi par le roi, dont la mission est de recevoir, de nourrir — et d'abreuver ! — les membres du *tuath* ainsi que les hôtes étrangers, aux noms et place du roi, c'est-à-dire en fait de la communauté. L'*Hospitalier*, pour mener à bien sa mission, a droit à huit cents hectares de terres, et à de nombreux troupeaux et serviteurs ; sa place est très élevée dans la hiérarchie du *tuath*, car il vient immédiatement au-dessous du roi. Au Pays de Galles, un personnage est à peu près l'équivalent de cet *Hospitalier*, c'est le *Penteulu*, c'est-à-dire le « Chef de Famille » (*Teulu* étant synonyme de *tuath*), qui a exactement, dans les Lois de Howell Dda[7], le tiers de la valeur du roi, et qui reçoit le tiers du butin de guerre.

Mais, la plupart du temps, ce n'est pas de la terre, ou tout au moins l'autorisation de s'établir sur une portion du territoire, que reçoit l'individu privilégié, ce sont des têtes de bétail. C'est là-dessus que repose le système féodal celtique. Le preneur reçoit du bailleur une ou plusieurs têtes de bétail et contracte ainsi des obligations envers le bailleur, obligations qu'un contrat passé devant le druide (ou le prêtre, à l'époque chrétienne) stipule avec précision[8]. Tous ceux qui recevaient du bétail étaient donc, *ipso facto*, englobés dans la hiérarchie sociale, à des degrés divers selon l'importance de chacun. Il y en avait de deux sortes, les serfs et les hommes libres. Les serfs n'avaient rien de plus que ceux du continent à la même époque. Les hommes libres allaient du roi au plus petit paysan. Serfs et hommes libres constituaient, en cas de contrat de cheptel, ce qu'on appelle d'un terme gaulois utilisé par César, des *ambactoi*, dont le sens est « serviteurs », et que, pour plus de compréhension, il est préférable d'appeler des *vassaux*, du mot gaulois *vassos* qui signifie lui aussi « serviteur » (gallois *gwas*, serviteur ; breton *gwaz*, à l'origine serviteur, actuellement « homme », au sens large, et « valet »).

Ce contrat de cheptel, qui s'est maintenu très tard en Irlande, et qui explique pourquoi les femmes, qui pouvaient posséder des troupeaux, n'en étaient pas exclues et jouissaient donc d'une situation différente des femmes des sociétés reposant sur l'entretien exclusif de la terre, ce contrat de cheptel a disparu très tôt en Gaule, et on n'en trouve aucune trace chez les écrivains de l'antiquité classique. Au Pays de Galles et en Bretagne armoricaine, il semble s'être maintenu jusqu'au xe siècle, mais on a plutôt l'impression que, dans les sociétés brittoniques, l'évolution a été très rapide vers le contrat de terre, encore qu'il ne s'agisse que d'une possession très théorique du territoire confié par le roi. En effet, la correspondance de certains mots d'origine commune en brittonique et en gaélique nous donne une indication précieuse : un mot irlandais qui signifie « bétail », le mot *tlus*, se retrouve dans le gallois *tlysseu* (au pluriel), mais il signifie « bijoux » ; de même nous retrouvons l'irlandais *alam*, « troupeau », dans le gallois *alaf*, mais il veut dire « richesse ». Ainsi, dans la société bretonne des environs du xe siècle, la richesse, primitivement calculée sur le bétail, était surtout basée sur les bijoux, et certaines constatations faites tant dans les lois que dans les textes littéraires, nous portent à croire qu'il s'agissait essentiellement du *butin de guerre*, mais pas tellement de la terre[9].

Par conséquent, même à l'époque féodale, nous trouvons dans les sociétés celtiques, un contrat basé sur le cheptel. À dire vrai, à l'origine, le contrat féodal, qui est, sur le continent, vraisemblablement d'importation germanique, ne pouvait pas être autre chose que ce contrat de cheptel. C'est encore l'étude des mots qui nous l'indique. Le mot français *fief*, en effet, provient du bas-latin *feuum*, lequel mot est une simple déformation du vieux germanique **fehu*, gothique *faihu*, allemand moderne *vieh*, signifiant « bétail », strict équivalent du latin *pecus* (voir l'anglais *fee*, « fief, propriété, salaire »).

Dans ces sociétés celtiques, qui présentent un état antérieur par rapport aux autres sociétés indo-européennes contemporaines, le système est évidemment patriarcal. Même si son rôle est souvent plus moral que réel, c'est un homme qui est roi du *tuath*. Il y a cependant quelques exemples historiques où la royauté a été l'affaire des femmes : la reine des *Iceni*,

Bodicea, qui, battue de verges par les Romains, ayant vu ses filles violées par les légionnaires, apôtres de la civilisation, déclencha la grande révolte bretonne de 61, qui groupait tous les peuples de l'île, après le carnage des druides de Môn par l'armée de Suetonius Paulinus ; ou encore la reine des *Brigantes*, Cartismandua, qui, traître à son peuple, livra Caratacos, chef de la résistance bretonne, aux Romains[10].

Mais si la royauté est masculine, la reine joue cependant un rôle important. Les Lois galloises précisent que la Reine doit recevoir un tiers du butin de guerre, pour son compte personnel, ainsi que le tiers des amendes infligées au nom du code pénal en vigueur qui fixait les réparations par des sommes d'argent ou par tout autre équivalent en bijoux ou en tête de bétail. Quant à la tradition légendaire, il suffit de penser à la reine Medbh à qui appartient la réalité du pouvoir sur le Connaught, ou aux nombreuses figurations féminines de la souveraineté dans les textes épiques irlandais ou gallois, ainsi qu'aux reines idéales de l'Autre Monde, symboles d'une structure mentale que le patriarcat ne pouvait arracher de l'esprit celtique archaïque.

Revenons à la famille, la *fine*. Là encore la supériorité masculine paraît évidente. Le *cenn-fine* est un homme, le plus ancien des membres de la famille. Au pays de Galles, c'est le *tiern* (mot provenant d'un ancien celtique *tigernos*, chef de la maison, où nous retrouvons *ti*, maison, et la racine d'un mot ayant donné *kern*, « sommet », en breton. *Cf.* latin *cerno*, je vois, je décide, et *cernuo*, je tombe la tête en avant). Lorsque les Bretons s'installeront en Armorique, c'est par familles entières et sous la conduite d'un *tiern*, qu'ils franchiront la Manche pour fonder de nouvelles paroisses (les *plou*) qui, telle Ploufragan (Côtes du Nord), porteront parfois le nom de ce *tiern* fondateur, plus ou moins béatifié. Dans la péninsule, le *tiern* deviendra le *machtiern*, à peu près l'équivalent d'un comte, et on sait qu'il y a eu des femmes ayant occupé les fonctions de *machtiern*.

Cela nous indique que la supériorité masculine est en fait une apparence, dans le domaine familial, et comme la base de la famille est le couple, étudions les conditions dans lesquelles se forme et évolue le couple celtique.

Il ressort d'un grand nombre de témoignages, en particulier d'auteurs latins et grecs, que la femme avait, en principe, le droit de choisir son mari, et mieux encore qu'elle ne pouvait être mariée sans son propre consentement, ce qui, comparé à la législation romaine, était une situation fort enviable. « Quand il y avait une fille à marier, on organisait un grand festin auquel étaient conviés tous les jeunes gens. La fille choisissait elle-même, en offrant de l'eau pour laver les mains à celui qui était élu » (Fulgose, livre II). Dans la tradition légendaire irlandaise, nous verrons que ce choix de l'homme aimé par la femme est un acte presque magique qui a une portée assez surprenante.

D'après les plus anciennes lois galloises, celles de Gwynedd, les filles pouvaient être mari6es à l'âge de douze ans[11].

Mais ce choix fait par la fille ne veut pas dire que les parents soient absents au contrat de mariage. Il ne faut pas oublier que la cellule de base est la famille. Quitter une famille pour entrer dans une autre est un acte trop grave pour que la collectivité s'en désintéresse. Il y a donc arrangement entre les deux familles, et cela aboutit à un mariage qui sera exclusivement de régime dotal, quelle que soit la classe sociale à laquelle appartiennent les époux. César nous dit (*De Bello Gallico*, 1, 3) : « Quand un homme veut épouser une femme, il doit payer une certaine somme ; mais de son côté, la femme doit donner le même montant. Tous les ans, on fait le compte de la fortune des deux parties. On garde les fruits qui en procèdent, et c'est l'époux survivant qui jouira de la part qui était sienne, augmentée de tous les fruits du temps·précédent. » Ce texte est très clair : chacun des deux époux doit apporter sa part. Mais, en cas de disparition du mari, la femme n'hérite pas du défunt, elle reprend seulement sa part et y ajoute les fruits de la communauté. Il en est d'ailleurs de même pour l'homme qui devient veuf. Ce régime de biens ne présuppose donc en rien une communauté au sens juridique du mot, car aucune des législations où la dot coexiste avec la donation maritale n'admet la communauté.

C'est un deuxième point grâce auquel nous voyons que la femme gauloise jouissait d'une situation qui la mettait au même rang que son mari. Cela n'empêche pas César de prétendre qu'elle restait soumise à son mari, ce qui est contradictoire avec les affirmations du juriste du IIIe siècle Ulpien, lequel précise qu'en plus de sa dot, la femme possède « ce que les Grecs appellent biens paraphernaux, ce que les Gaulois appellent *pécule* ». Mais si nous examinons la situation de la femme insulaire, irlandaise ou bretonne, nous voyons qu'elle est encore bien meilleure.

L'homme qui, en Irlande, désire épouser une femme, doit obligatoirement verser un droit d'achat, le *coibche*. Ce *coibche* est destiné au père de la fiancée si celle-ci se marie pour la première fois. Mais si sa fille se marie pour la seconde fois, le père ne reçoit que les deux tiers de la somme, le tiers restant allant à la fille. Si la fille se marie pour la troisième fois, le père ne touche plus que la moitié, et ainsi de suite. Il est même prévu qu'au vingt et unième mariage de la fille, le droit du père s'éteint. Lorsque le père est mort, c'est le frère, en principe l'aîné, qui a droit à la moitié de ce qu'aurait touché le père. On notera qu'à Rome, à l'époque républicaine, l'achat de la fiancée par le futur mari n'existait plus qu'à titre purement symbolique. C'est donc dire que la coutume celtique reflète des institutions fort anciennes.

Mais ce qui est très important, c'est qu'en dépit de cet achat, de ce *coibche*, la femme irlandaise *n'entrait pas dans la famille du mari*, et cela contrairement à la législation romaine. La femme romaine, par *coemptio*, tombe *in manu mariti*, elle appartient à la famille du mari, elle cesse d'être propriétaire. De même la femme germanique ne peut hériter, à cause du fameux privilège masculin qui allait conduire au droit d'aînesse et à la loi salique. La femme irlandaise continue à posséder ses propres biens. Mais en revanche, si son mari est tué, ce n'est pas elle qui reçoit la compensation due pour le meurtre, c'est la famille du mari. Si elle se remarie, par contre, c'est avec sa propre famille qu'elle partage le nouveau *coibche*. C'est affirmer ainsi par le canal des lois une indépendance assez complète de la femme mariée.

En fait, le droit que le mari a acquis au moyen du *coibche* concerne seulement le corps de la femme et les enfants à naître pendant le mariage. La femme, propriétaire de biens, ne peut conférer à son mari plus de droits qu'elle n'en a elle-même sur ces biens, et cela en vertu du principe fondamental que nous avons déjà observé dans le droit irlandais à propos du contrat féodal et de l'établissement d'un fief, à savoir que le propriétaire réel est la famille, *fine*, ou la tribu, *tuath*. C'est ce principe fondamental qui fait écarter le droit celtique du droit romain et du droit germanique, et qui explique les particularités que nous découvrons dans la condition féminine chez tous les peuples celtiques.

La femme irlandaise apporte dans le mariage son douaire, *tinnscra*, qui est l'ensemble des cadeaux qui lui sont faits par ses parents. Ce douaire est sa propriété personnelle, car en cas de dissolution du mariage, par divorce comme par décès du conjoint, elle le reprend intégralement, en même temps que sa propre liberté, en n'oubliant pas les acquêts, ou la portion des acquêts fixée par la loi.

Au Pays de Galles, la méthode suivie est la même. L'homme verse le prix d'achat de la femme, le *gobyr*, qui est le strict équivalent du *coibche*. La femme apporte sa dot, *argweddy*, qui lui est également personnelle. Mais le mari, ou la famille du mari, doit payer en outre le *cowyll*, c'est-à-dire le prix de la virginité. Il faut noter que ce *cowyll* est payé *avant* la première nuit, alors qu'à Rome et chez les Germains, il n'est donné que le *lendemain* de la nuit de noces, d'où son nom technique de *morgengabe*. C'est une simple nuance, mais elle en dit long sur le respect qu'avaient les Celtes de la femme qu'ils ont toujours considérée comme un être moralement supérieur, tandis que les Germains et les Romains — et les Chrétiens à leur suite — en ont fait un être hypocrite et mensonger.

Il y a d'ailleurs une structure mentale assez curieuse par-derrière cet usage et son appellation. Le mot breton-armoricain actuel, qui signifie « douaire » et qui est en fait le souvenir du *cowyll* primitif, est *enebarz*. Or ce mot se trouve dans le Cartulaire de Redon, dans sa forme du IXe siècle, *enep-uuerth (enep-werth)*, comparable au gallois moderne *wyneb-werth*. Et *wyneb-werth* qui est un terme juridique signifiant « compensation », « prix de l'honneur » (compensation due pour un outrage que l'on a fait subir à quelqu'un), a le sens littéral de « prix du visage », comme son équivalent irlandais *log-enech*. À l'origine, il s'agissait donc du prix de l'honneur en général, cet honneur étant caractérisé par le visage qui peut rougir ou blêmir sous l'insulte. Chez les Celtes primitifs, nous pouvons ainsi l'affirmer, le visage était l'endroit même de l'honneur et par conséquent de la pudeur. Ce fait, joint à ce que nous savons de l'absence de préjugés sexuels chez ces peuples, n'est pas sans rappeler la coutume musulmane des femmes voilées, pour lesquelles l'honneur et la pudeur sont uniquement sur le visage[12].

Chez les Gallois, en dehors de sa dot, l'*argweddy*, qu'elle apportait avec elle, la femme pouvait recevoir de sa famille des biens paraphernaux, *argyfreu,* ces biens qu'Ulpien disait être appelés « peculium » chez les Gaulois. C'étaient les meubles, au sens juridique du mot, c'est-à-dire les objets précieux, ornements et bijoux, objets de cuisine ou à usage domestique, meubles proprement dits et animaux autres que ceux des troupeaux. D'après les Lois de Howell Dda, ils étaient rendus en entier à la femme lorsque le mariage se dissolvait avant la septième année. Par contre, ils étaient perdus pour elle si elle divorçait sans motif valable, et partagés avec le reste du patrimoine par moitié lorsque le mariage était dissous après la septième année.

Nous en venons ainsi à la question du divorce. On est assez surpris de constater qu'il était d'une facilité déconcertante chez les Celtes, même à l'époque chrétienne[13]. Cela tient d'abord au fait que le mariage n'avait pas le caractère sacré et obligatoire qu'il a revêtu dans les sociétés dites modernes. Ce n'était jamais qu'un contrat, soumis à des clauses : les clauses n'étant pas respectées, le contrat devenait caduc. Il n'y a pas de grandes cérémonies pour un mariage. La littérature galloise et irlandaise ne font mention que d'un festin à l'issue duquel le mariage est consommé. Dans les lois galloises rédigées à l'époque chrétienne, il n'est jamais question de mariage religieux. Acte essentiellement contractuel, social, mais non pas religieux, acte reposant sur la liberté des époux, le mariage celtique apparaît donc comme une sorte d'union libre protégée par les lois, et qu'il est toujours possible de rompre. Entendons-nous bien, le divorce celtique n'est pas une répudiation, cette répudiation que nous voyons s'installer dans les mœurs de l'ancienne Rome, et aussi dans la bonne société chrétienne, chez les puissants, pour des motifs hautement moraux comme l'incapacité d'avoir des enfants mâles ou la découverte — par hasard! — d'une consanguinité. Cette répudiation, triomphe de la casuistique, a toujours joué contre la femme, et au profit de l'homme. Rien de tel dans le divorce celtique où l'homme et la femme sont placés sur un plan de stricte égalité[14].

Ainsi, en Irlande, lorsque la femme n'a pas donné à son mari cause légitime de divorce et que néanmoins celui-ci achète une autre épouse, le prix d'achat revient automatiquement à la première femme, au détriment de la seconde et de ses parents. Le fameux «prix de l'honneur» que reçoit la seconde épouse doit être transféré à la première. C'est évidemment un exemple assez rare de protection de la femme légitime. De plus, si un mari se réconcilie avec son ancienne femme, il lui doit un nouveau *coibche*. Il y a de nombreux cas de divorce prévus par les lois. Ainsi, chez les Gallois, si une femme a dit à son mari cette injure suprême : «Honte sur ta barbe!», le mari a droit au divorce automatique. Si le mari est coupable d'adultère, la femme peut obtenir immédiatement la dissolution du mariage. Enfin, chez les Irlandais comme chez les Gallois, le divorce par consentement mutuel est admis comme parfaitement licite.

Une deuxième raison qui explique la facilité du divorce, et par conséquent la fragilité relative du mariage, est que les Celtes ont toujours hésité entre la monogamie et la polygamie, voire même la polyandrie. César fait allusion à certaines tribus bretonnes où se pratique une sorte de polyandrie[15], mais les indications qu'il nous donne sont assez imprécises et doivent concerner d'ailleurs, non les Bretons, mais les Pictes du nord de l'île de Bretagne.

Nous pouvons cependant être assurés que la polygamie a existé dans les pays celtiques, car nous en retrouvons à l'époque historique une trace indéniable dans l'institution du concubinage légal. Tout homme, même marié, pouvait avoir une concubine, ou plusieurs. À la base, nous sommes en présence d'un véritable contrat par lequel l'homme achète la concubine, la *ben urnadna* (= femme de contrat). Mais ce qui est important et très original, c'est qu'il ne l'achète que pour un an, jour pour jour, le contrat pouvant être renouvelé par la suite. Cette clause dénote une fois de plus le souci des législateurs celtiques de sauvegarder la liberté de la femme : la doctrine de l'*habeas corpus*, caractéristique du droit anglo-saxon, semble s'appliquer particulièrement dans ce domaine. En effet, si le contrat concernait une durée d'un an et un jour, la concubine, au bout de ce délai, appartiendrait à l'homme, en vertu de l'usucapion : l'homme aurait le droit de revendre la concubine et de toucher le prix de cette vente, au détriment de la concubine ou de ses parents. Ainsi la concubine reprenait-elle obligatoirement sa liberté.

Il faut noter que ce concubinage, ou mariage annuel si l'on préfère, expirait, en Irlande, à une date qui correspondait généralement à une grande fête païenne. D'Arbois de Jubainville a fait un rapprochement entre cette coutume et celle qui persiste dans certaines campagnes françaises, consistant à louer des servantes à l'année, l'année se terminant par exemple à la Saint-Jean ou à la Saint-Martin, souvenirs des fêtes de Beltaine et de Samain. L'usage ancien du *louage* annuel de la concubine aurait été ainsi remplacé, à partir de l'époque chrétienne, par le louage à l'année des servantes, et en plus, des serviteurs masculins.

De toute façon, le concubinage légal de l'homme ne préjugeait en rien des droits de la femme légitime qui était la seule épouse en titre, et qui pouvait se faire aider dans son travail domestique par la ou les concubines de son mari. D'ailleurs, l'épouse pouvait refuser la présence d'une concubine dans la demeure familiale. Si le mari passait outre, elle pouvait toujours divorcer. On cite, d'après la légende de sainte Brigitte de Kildare, le cas du druide Dubhthach qui avait acheté une concubine et l'avait mise enceinte. La femme légitime, qui n'avait pas admis le fait, menaça de divorcer si Dubhthach ne se séparait pas de la concubine. Or, en divorçant, elle reprenait non seulement son *coibche*, prix d'achat, mais aussi son pécule, ses *tinnscra.* Cette menace fit réfléchir le druide qui finit par se séparer de sa concubine pour garder sa femme légitime — et le bien qu'elle possédait.

Car si, apparemment, l'homme est le chef de la famille, il n'est pas toujours le chef du couple. Les lois irlandaises présentent trois cas bien distincts dans la situation matrimoniale, et selon ses cas, le rôle de la femme — ou de l'homme — peut changer du tout au tout. Lorsque l'épouse, la *cetmunter*, a la même fortune et la même naissance que son mari, elle est sur le pied d'une complète égalité. Elle peut établir de sa propre autorité tout contrat présumé avantageux. Le consentement du mari n'est nécessaire qu'en cas de contrat jugé défavorable. Parallèlement, la femme a le droit d'exiger l'annulation de tous les contrats désavantageux passés par le mari et concernant sa propre fortune à lui.

Lorsque l'épouse est inférieure par le rang qu'elle occupe, et surtout si sa fortune est moindre que celle de son mari, ses droits sont forts réduits. Cela explique l'origine de la fameuse dispute de la reine Medbh et du roi Ailill, au début du grand récit de la *Tain Bô Cualngé*, dispute qui porte sur l'appréciation de leurs fortunes réciproques et qui a pour conséquence une guerre inexpiable menée par Medbh pour s'approprier un taureau qui vaudra plus que le taureau de son mari.

Par contre, lorsque la femme a une plus grande fortune que son mari, c'est elle qui est le chef de famille, sans aucune contestation possible. L'autorité du mari est à peu près nulle. Il est appelé *fer fognama*, c'est-à-dire « homme de service », ou encore *fer for ban thincur*, « homme sous puissance de femme ». Dans de nombreux récits épiques, c'est la situation du roi Ailill qui n'a absolument rien à dire contre les décisions de la reine Medbh. Cet état de fait est évidemment une situation privilégiée pour la femme mariée, non seulement maîtresse de son propre destin, mais aussi du destin de l'homme. C'est sans aucun doute le souvenir d'un état social antérieur où la femme jouait dans la vie familiale et politique un rôle plus considérable, le souvenir de structures se rapportant à une certaine forme de matriarcat, sans qu'on puisse englober dans ce mot passe-partout toutes les particularités qui semblent s'en dégager.

Car il en était à peu près de même au Pays de Galles et en Bretagne armoricaine. Le Cartulaire de Redon, qui date du IXe siècle, donne des exemples de femmes mariées qui avaient des biens propres et qui pouvaient en disposer selon leur gré, les aliéner sans le consentement du mari. De même les femmes bretonnes pouvaient régner, si elles appartenaient à une lignée royale et si elles étaient élues[16]. Elles pouvaient également associer leurs époux à la royauté. Elles avaient la possibilité d'hériter si elles n'avaient pas de fils. On pensera aussi à la très grande autorité morale qu'ont conservée les femmes bretonnes dans les campagnes, où elles jouent bien souvent le rôle de chef de famille.

Le souvenir du matriarcat primitif (le mot étant pris, répétons-le, sous toutes réserves) se manifeste encore dans la préférence accordée à la famille de la femme en cas de succession lorsque le mari vient à disparaître, et surtout dans une vieille habitude que nous retrouvons dans la littérature irlandaise et galloise de nommer les héros *d'après leur mère et non pas d'après leur père* : le roi Conchobar est ainsi dit « fils de Ness » ; Gwyddyon et Arianrod sont fils et fille de Dôn ; Setanta-Cûchulainn est fils de Dechtire. Il semble qu'il y ait vraiment là, les traces d'une succession matrilinéaire qui n'était pas encore sortie du souvenir des conteurs[17].

D'ailleurs la femme, qu'elle fût mariée ou non,

avait accès à des fonctions très diverses. Si on n'a aucune preuve qu'elles eussent été druidesses, elles pouvaient néanmoins être magiciennes et prophétesses. Le Christianisme si particulier qui s'est instauré dans les îles Britanniques admettait même les femmes à certaines formes du culte religieux. D'après des témoignages dignes de foi[18], elles participaient à la célébration de la messe, pratique dénoncée par les évêques continentaux d'obédience strictement romaine. Il existait des monastères doubles d'hommes et de femmes comme celui fondé à Kildare par la célèbre sainte Brigitte sur l'emplacement d'un temple païen où des femmes veillaient sur un feu qui ne devait point s'éteindre, ce qui n'est pas sans rappeler les Vestales romaines ou le feu perpétuel entretenu à Bath (île de Bretagne) en l'honneur de la déesse Sul[19].

Il est probable que les femmes ne se limitaient pas à ces fonctions quasi sacerdotales, et qu'elles avaient un rôle plus important à jouer dans l'éducation, non seulement des enfants, mais aussi des jeunes gens. On sait en effet qu'il existe une coutume assez singulière que l'on qualifie du nom anglais de *fosterage* : il s'agit d'envoyer les enfants en dehors de leur famille naturelle, chez un *fosterer* qui se charge de le nourrir et de l'élever, à tel point que bien souvent, les liens entre le père nourricier et l'enfant adoptif sont plus complets qu'entre le véritable père et l'enfant. D'ailleurs non seulement se créaient des liens entre l'enfant et ses parents adoptifs, mais également entre tous ceux qui étaient nourris ensemble. Il y a des exemples innombrables dans la littérature irlandaise de ce genre de situation où frères de lait et sœurs de lait sont astreints entre eux à des obligations plus importantes que celles provoquées par la fraternité naturelle. Or ce *fosterage*, sur lequel nous reviendrons, et qui est probablement d'origine nordique pré-celtique, ne suffisait pas à l'éducation du jeune guerrier. Il devait, un beau jour, quitter ses parents nourriciers et s'initier au métier des armes auprès de femmes guerrières extrêmement mystérieuses, mi-sorcières, mi-amazones, établies généralement dans le nord de l'île de Bretagne, c'est-à-dire dans le pays des Pictes. En Irlande, le récit de *L'Éducation de Cûchulainn*, et celui des *Enfances de Finn* sont les plus significatifs à cet égard[20] ; au Pays de Galles, le récit de *Peredur*, archétype de la *Quête du Graal*, fourmille de détails archaïques concernant cette coutume[21].

Cette tradition littéraire est en tous cas d'accord avec la vision qu'ont eue les auteurs de l'Antiquité classique des robustes gauloises toujours prêtes à aider leurs époux dans les guerres ou dans les disputes, quand elles ne provoquaient pas elles-mêmes ces disputes. D'après Diodore de Sicile (V, 32), « chez les Gaulois, les femmes sont presque de la même taille que les hommes, avec lesquels elles rivalisent en courage ». Nous trouvons la même observation, avec des détails savoureux, chez Ammien Marcellin (XV, 12) : « l'humeur des Gaulois est querelleuse et arrogante à l'excès. Le premier venu d'entre eux, dans une rixe, va tenir tête à plusieurs étrangers à la fois, sans autre auxiliaire que son épouse, champion bien plus redoutable encore. Il faut voir ces viragos, les veines du cou gonflées par la rage, balancer leurs bras robustes d'une blancheur de neige, et jouer des pieds et des poings, assénant des coups qui semblent partir de la détente d'une catapulte ». À tout prendre, la description peut être flatteuse : elle est indubitablement la preuve que les femmes celtes savaient se faire respecter, et ce n'est pas la littérature tant gaélique que galloise qui pourra le démentir. Dans le récit irlandais du *Festin de Bricriu*, les femmes des trois champions d'Ulster qui se disputent le « morceau du héros », c'est-à-dire la préséance, ne veulent pas être en reste et sont prêtes à se crêper le chignon pour avoir la première place[22].

Un autre aspect de ces femmes guerrières, éducatrices, militaires et sorcières, est celui d'initiatrices sexuelles. Nous étudierons plus loin les rapports qui existent entre le mythe de la Femme-Mère et celui de la Femme-Amante, mais sur le plan strictement historique, il importait de le signaler. Car cette curieuse institution guerrière se double ainsi d'une sorte de prostitution plus ou moins sacrée. Et cela nous indique une fois de plus que la liberté sexuelle chez les Celtes était fort grande : dans les lois comme dans les textes littéraires qui ne sont pas marqués par le Christianisme (et encore, celui-ci n'a pas fait disparaître cette façon de penser), il n'y a guère de tabous sexuels, en tout cas aucune pudibonderie.

La fragilité du mariage en est une preuve absolue. La pratique du concubinage également. D'ailleurs n'importe qui, marié ou non, pouvait contracter un de ces fameux mariages annuels. La femme qui acceptait ce genre de situation n'en était pas pour autant mise au ban de la société, bien au contraire. La société celtique n'a jamais, avant le Christianisme, connu la notion de péché : à plus forte raison n'en a-t-elle pas trouvé dans la sexualité. Comme tous les autres peuples, les Celtes ont connu l'homosexualité : « Les hommes sont portés à se laisser dominer par les femmes, disposition habituelle des races énergiques et guerrières », déclare gravement Aristote (*Politique*, II, 6). « J'en excepte cependant les Celtes qui honorent, dit-on, ouvertement l'amour viril. » Cette réflexion — jointe à d'autres remarques de nombreux auteurs grecs — ne manque pas de sel, de la part d'un disciple de Socrate, citoyen d'un pays peu effarouché par ce genre de choses. Il semble néanmoins que les auteurs grecs aient eu raison, nous en avons des indications très discrètes dans certains récits épiques, notamment à propos de Cûchulainn. De même, dans cette institution des femmes guerrières, nous pouvons voir l'indice d'une certaine franc-maçonnerie homosexuelle quelque peu analogue à ces ligues de Lesbiennes qui fleurissent un peu partout dans le monde.

Cela dit, il est indéniable que cette liberté sexuelle explique en grande partie l'importance de la Femme dans la société celtique. N'étant pas un objet de péché, n'étant pas un être *faible* dans une société plus pastorale et guerrière qu'agricole, elle ne pouvait que sauvegarder une grande partie du rôle qu'elle avait dû occuper dans les époques postérieures. On s'accorde généralement sur le fait que c'est l'agriculture, avec les travaux pénibles qu'elle provoquait, qui a fait écarter les femmes de la vie sociale publique, la confinant dans les travaux dits domestiques. Ce n'est évidemment que l'une des raisons, nous en verrons d'autres sur le plan psychologique comme sur le plan religieux et métaphysique, mais c'est une raison parfaitement logique et valable. Or la société celtique, présentant une foule d'archaïsmes, dus en grande partie à l'apport autochtone recueilli et intégré par les Celtes à leur arrivée en Occident, est à mi-chemin entre les sociétés de type « paternaliste », agricoles et structurées sur la possession de la terre par le Père de Famille, et les sociétés dites de « matriarcat », dans lesquelles la Mère, ou la Femme en général, est encore le lien fondamental de la famille et le symbole de la Fécondité.

Nous avons vu que la Femme celtique, aussi bien l'irlandaise que la bretonne, jouit de sa liberté, jouit de droits consécutifs à son rang social ou à sa fortune personnelle, qu'elle peut devenir chef de famille, qu'elle peut régner, qu'elle peut être prophétesse, magicienne, éducatrice, qu'elle peut se marier ou rester « vierge » (c'est-à-dire en dehors du mariage), qu'elle peut hériter d'une partie des biens de son père ou de sa mère[23]. Il a fallu près de vingt siècles pour que la Française récupère tous ces droits et privilèges perdus par son ancêtre la Gauloise, jugulée par le droit romain et la méfiance chrétienne. C'est dans ce cadre qu'il convient maintenant d'étudier l'image idéale de la Femme, telle qu'elle a été rêvée non seulement par les femmes, mais aussi par les hommes. Nous y retrouverons les préoccupations fondamentales de l'Humanité à la recherche de son équilibre physique et moral, mais ces préoccupations avaient été occultées par la civilisation judéo-romano-chrétienne parce qu'elles mettaient en cause les principes fondamentaux sur lesquels elle était bâtie. Cette société croulant désormais de tous les côtés, nous n'avons aucune raison de la ménager, pas plus que de lui mettre des béquilles. De même que le voile d'Isis est fait pour être soulevé, le mythe celtique de la Femme doit être éclairci.

Notes

1. Les lois irlandaises ont été éditées par O'Donovan (*Ancient Laws of Ireland*, 6 vol., Dublin, 1865-1901). On pourra consulter, à leur sujet, W. Joyce, *Social History of Ancient Ireland* (2 vol., Londres, 1903) et Myles Dillon, *Early Irish Society* (Dublin, 1958). Les lois galloises ont été éditées par Aneurin Owen au XIXe siècle (*Ancient Laws and Institutes of Wales*). Une traduction anglaise de ces lois a été publiée par Melville Richards, *The Laws of Hywel Dda,* Liverpool, 1954. Le droit breton a été étudié par E. Durtelle de Saint-Sauveur (*Histoire de Bretagne des origines à nos jours,* Rennes, 1935) et par M. Planiol (*Les Institutions de la Bretagne*, Rennes, 1952-1956). Une synthèse toujours valable se trouve dans d'Arbois de Jubainville, *Cours de littérature celtique,* tome VII.

2. Comme il se doit en pareil cas, il y a superpositions de racines, car on peut y voir l'irlandais *finn*, blanc ou beau, le gallois *gwynn* et le breton *guen* ou *gwenn*, même sens. Les deux étymologies ne sont pas contradictoires.

3. Par voie de conséquence, dans les familles royales, le droit à la succession disparaît. Notons qu'il s'agit seulement d'un droit à la succession, la royauté n'étant acquise que par élection.

4. La plupart des héros des épopées gaéliques font le serment suivant : « Par le dieu que jure ma tribu ! »

5. Cette constatation est fondamentale lorsqu'on veut comprendre, non seulement le système juridique et politique des Celtes, mais aussi leur littérature épique qui témoigne d'un ancien état de choses, d'anciennes structures mentales. Sur ce sujet, voir J. M., *L'Épopée celtique d'Irlande*, Paris, Payot, p. 171-175.

6. Il y aurait beaucoup de remarques à faire sur ce système qui se rapproche par bien des points des conceptions dites « utopiques » de Babeuf, de Proudhon et de Charles Fourier. On pourrait également comparer avec le partage des biens communaux en France, en 1792. Par contre, il n'y a guère qu'une simple analogie avec les systèmes hérités du marxisme-léninisme, basés, à la fois sur la division du travail et sur le « rendement » obligatoire.

7. Howell Dda (Hoël le Bon) devint roi du sud du Pays de Galles et du Powys vers 909. À la mort de son oncle Anarawt, il ajouta Gwynedd, c'est-à-dire le N. W. du Pays de Galles, à ses domaines et mourut en 950. Il fit rédiger le code de lois connu sous son nom par un certain Blegywryd, architecte de Llandav, jurisconsulte et savant éminent. Le manuscrit de ces lois date du XIIe siècle. Le texte en est un chef-d'œuvre de clarté et de précision qui a fait l'admiration des juristes contemporains.

8. Certains contrats se faisaient par serment solennel. Ainsi étaient-ils garantis par les puissances divines. Ceux qui n'exécutaient pas les clauses du contrat étaient voués à la vengeance des dieux.

9. Les Lois insistent en effet sur le partage du butin : ce butin est évidemment constitué par des objets précieux, par des esclaves et par des troupeaux. Il est très significatif de constater que le mot gallois *budd*, primitivement « victoire », a pris le sens de « profit ». On continue cependant de compter par tête de bétail : le chef des chanteurs d'un roi vaut 125 vaches (*Ancient Laws*, I, 33) ; le récit de *Kulhwch* et *Olwen*, qui remonte au IXe siècle dans sa composition, donne des valeurs d'après des têtes de bétail (« Il avait autour de lui un manteau de pourpre à quatre angles, une pomme d'or à chaque extrémité de la valeur de cent vaches chacune. Sur ses chausses et ses étriers, il y avait de l'or pour une valeur de trois cents vaches ». J. Loth, *Mabinogion*, I, p. 250-251.)

À noter que le breton actuel *saout*, qui signifie « vaches » (au pluriel), provient du latin *soldum*, « somme entière », « pièce de monnaie », ou d'un mot gaulois identique.

10. « Les femmes ne sont point exclues du commandement », Tacite, *Agricola*, XVI.

11. *Ancient Laws*, I, 202, 204. À noter que le texte porte « les donner à un mari », *rody y wr*. Pour les garçons l'âge est de 14 ans, époque où ils sont maîtres de leurs actes, peuvent posséder et ne sont plus soumis au droit de correction paternelle.

12. Il faut noter l'expression « aller la tête haute ». D'autre part, on cite souvent des exemples de femmes musulmanes n'hésitant pas à soulever leurs jupes pour couvrir leur tête devant un étranger, sans se soucier d'exposer leurs parties sexuelles. La pudeur se place où la société la place, et, l'exemple d'*enebarz* le prouve, les Celtes n'avaient pas la même conception de la pudeur que les sociétés chrétiennes ou dérivées du Christianisme. Tout cela est d'ailleurs lié au symbolisme du visage et du nom dans certaines traditions et qu'on retrouve dans les vieilles épopées celtiques : celui qui connaît le nom et le visage de quelqu'un s'en rend maître, d'où l'usage du surnom et du masque. En consommant le mariage, l'époux se rendait maître de sa femme, donc de son visage, partie du corps autrement plus importante que le sexe dans le domaine social qui était celui du mariage.

13. « C'est dans les lois concernant le mariage que le droit gallois a le plus échappé à l'influence romaine et à l'influence de l'Église » (J. Lots, *Mabinogion*, II, 27).

14. Notamment en cas d'adultère, Les lois celtiques ignoraient ce chef-d'œuvre du code romano-napoléonien qui consiste à punir l'épouse infidèle, mais pas le mari qui s'est permis certains écarts.

15. *Bellum Gallicum*, V, 14. Cette polyandrie est d'ailleurs beaucoup plus une sorte de « mariage collectif ». *Cf.* Dion Cassius, LXII, 6 : Strabon, IV, 5 et St Jérôme (*Adversus Jovianianum*, II, 7).

16. Il est assez piquant de constater que Philippe VI de Valois, roi de France, soutenait la candidature de Charles de Blois, époux de Jeanne de Penthièvre, au trône ducal, en vertu de ce principe celtique, tandis que Jean de Montfort, pourtant partisan de la Bretagne indépendante, réclamait

ce même trône en arguant de la loi salique qui devait écarter Jeanne de Penthièvre.

17. Le système de filiation matrilinéaire a existé longtemps chez certains peuples, particulièrement chez les Natchez d'Amérique du Nord, dont le nom est célèbre grâce à Chateaubriand. Le régime social des Natchez « était fondé sur un système gradué de castes ; l'aristocratie était divisée en trois classes, les Soleils, les Nobles et les Honorables, tandis que le peuple ne formait qu'une classe indifférenciée, dite des Puants. L'obligation faite aux aristocrates de se marier dans le peuple ne conservait aux enfants que le rang de leur mère et entraînait la déchéance des enfants de père noble » (Vincent Bounoure, *La Peinture américaine*, Lausanne, Éd. Rencontre, p. 42).

18. J. M., *Les Celtes*, p. 215-217.

19. *Cf.* mon étude sur sainte Brigitte de Kildare, *Cahiers du Pays de Baud*, Baud (Morbihan), 1971, n° 3.

20. J. M., *L'Épopée celtique d'Irlande*, Paris, Payot, 1971, p. 88 et 141.

21. J. M., *L'Épopée celtique en Bretagne*, Paris, Payot, 1971, p. 182. Voir aussi l'éducation du jeune Lancelot du Lac par la fée Viviane (la Dame du Lac) dans les Romans de la Table-Ronde.

22. J. M., *L'Épopée celtique d'Irlande*, p. 110.

23. Voici encore quelques particularités du droit celtique concernant la femme. D'après le Droit Canon irlandais (chap. 17), la succession du père échoit aux filles comme aux fils. Mais si le père ne laisse que des filles (chap. 20), ce sont elles qui héritent de la totalité. Par contre, lorsqu'elles meurent, ce sont les frères du père, ou la famille du père, qui héritent, et leurs propres enfants n'ont droit à rien. Il est d'ailleurs précisé qu'en acceptant l'héritage (en fait ce n'était qu'un usufruit), elles devaient le service militaire, obligation supprimée à la fin du VIIe siècle, mais avec réduction de moitié de cet héritage. D'après les Lois civiles (M. Dyllon, *Relationship and the Law of Inheritance, Studies in Early Irish Laws*, Dublin-Londres, 1936), un père qui a des fils perd ses droits à l'héritage de la mère, celui-ci étant partagé entre les fils. Une femme ne peut transmettre la propriété de la terre à ses héritiers que lorsque cette propriété a été acquise pour services rendus, ou comme un don. Le fils de la sœur, adopté par l'oncle maternel (*fosterer*), est mis sur le

même pied d'égalité que le neveu fils du frère (oncle). Souvent les fils de la sœur constituent la *glasfine* (famille grise ou bleue) : en effet, on considère le père comme un étranger arrivé en Irlande sur la mer grise et bleue (*Ancient Laws of Ireland*, IV, 284). Ce père n'a donc pas de famille en Irlande : il ne peut donner une famille à son fils et celui-ci est considéré comme faisant partie de la famille de la mère. Quant à Cartismandua, fille d'un roi des Brigantes qui n'avait pas de fils, elle devint reine par droits paraphernaux. Elle épousa le grand guerrier Venutius, le répudia, épousa ensuite l'écuyer Vellocatus et l'associa à sa royauté (Tacite, *Histoires*, III, 45, *Annales*, XII, 36-40).

SECONDE PARTIE
Exploration du mythe

CHAPITRE PREMIER

La princesse engloutie

« Au début les Elohim flottaient sur les eaux. » Cette phrase de la Genèse, quelle que soit l'interprétation qu'on puisse donner au mot pluriel *Elohim*, et quelles qu'aient été les inversions, interpolations et coupures subies par le texte biblique primitif, est sans doute la clef de toutes les explications concernant l'origine du monde et de la vie. Le *Kalevala* finnois, cette épopée archaïque transmise depuis des siècles par la voie orale, et peut-être moins tronquée, raconte comment la Vierge de l'Air descend du ciel sur la mer immense et écumeuse : « Alors le vent qui soufflait sur elle, et la mer, apportèrent la vie en elle. » C'est ainsi qu'elle devient Ilmatar, la Mère des Eaux, et qu'elle donne naissance, après sept siècles pendant lesquels elle nage sur l'océan, au premier être terrestre, le barde Väinämöinen. Cela fait penser à la naissance d'Aphrodite, issue de l'écume des vagues, ou encore au nom de la fée Morgane (Muirgen) qui signifie vraisemblablement « née de la mer ».

On sait que la science contemporaine a établi que toute vie provient de la mer. Il s'est passé quelque chose, il y a très longtemps, des millions d'années, au fond des grandes mers qui recouvraient la presque totalité du globe terrestre : ce quelque chose, c'est la conjonction de substances chimiques sous l'influence des rayons cosmiques, dans des conditions qui sont évidemment très difficiles à déterminer. Mais nous retrouvons là les mystérieux *Elohim* qui flottent, ou plutôt qui volent au-dessus des eaux. Et les eaux deviennent mères. La vierge Ilmatar est fécondée. Toutes les traditions sont d'accord pour affirmer le rôle des eaux dans la genèse de la vie. Macrobe dit, dans les *Saturnales* (I, 20) : « le ciel forme la tête de Sérapis, et la mer son ventre ». Sénèque, dans les *Questions naturelles* (III, 13), affirme que « la terre est soutenue par l'eau sur laquelle elle flotte comme un navire ». Une légende japonaise (Dubois de Jancigny, *l'Asie*, p. 144) rapporte qu'un dieu désirant quitter le ciel dit un jour à sa compagne : « Il doit y avoir quelque part une terre où nous pourrons nous établir, cherchons-la *sous les eaux* qui bouillonnent au-dessous de nous. »

Il est donc question d'un dieu — ou d'un esprit — qui féconde la mer. La mer est donc considérée comme la Mère Primordiale, soit sous son aspect aquatique, soit sous son aspect métaphorique de Vierge des Eaux, de Sirène ou d'Être invisible résidant au fond des eaux. Mais à y bien réfléchir, on est en droit de se demander si le rôle du dieu ou de l'esprit est bien indispensable. Scientifiquement, le rôle des rayons cosmiques aurait été un rôle de catalyseur. Le *Kalevala* dit que la Mère des Eaux a été fécondée par le vent, ce qui est conforme aux anciennes croyances de l'humanité, à l'époque où le mâle n'avait pas encore la certitude de son propre rôle dans la fécondation, et où l'on s'imaginait, avec une certaine terreur, que la parturition était un phénomène uniquement féminin, sans autre intervention que celle, très vague, d'un esprit ou d'un dieu.

Toutes les sociétés, depuis le Néolithique, ont

essayé de donner à l'individu mâle un rôle de plus en plus déterminant. Les traditions, qui ont conservé plus longuement le souvenir des époques antérieures, insistent encore sur le rôle essentiel et presque unique de l'élément féminin. La croyance en la mer, matrice universelle, a donc franchi les siècles et se perpétue encore de nos jours dans des traditions encore vivantes. La mer, profonde et mystérieuse, est devenue le symbole féminin par excellence, et plus la société de type paternaliste a assuré son emprise, plus on s'est efforcé d'accentuer le côté mystérieux et interdit de la mer.

C'est ainsi que la mer s'est peuplée d'êtres étranges, qu'elle contient des villes, des palais, qu'elle abrite des trésors. Mais d'innombrables tabous s'interposent entre elle et les hommes : on n'a pas le droit d'y pénétrer, c'est dangereux. Seuls des êtres exceptionnels et divins peuvent y habiter, seuls des héros sans faille sont autorisés, dans certaines circonstances, à y parcourir l'univers merveilleux du paradis perdu.

Car c'est bien de paradis perdu qu'il s'agit. Tous les anciens mythes de l'Éden, de l'Âge d'or, de l'État antérieur, convergent vers la mer profonde, ainsi que vers ses substituts plus récents, la grotte et le gouffre. La Psychanalyse a montré combien ces représentations de mers, de grottes, de gouffres, de forêts obscures, sont attachées au concept archaïque de la Femme, à la fois la mère et l'amante. L'imagination humaine a brodé autour de ce thème avec tant d'intensité qu'il se retrouve partout sous les aspects les plus divers, et cela prouve qu'il fait partie des préoccupations les plus essentielles du genre humain.

J'ai déjà dit que le Mythe de la Ville engloutie représentait, chez les Celtes, le mythe fondamental de l'origine[1]. Et ce mythe prend corps dans une légende que tout le monde connaît plus ou moins, la légende de la Ville d'Ys, répandue dans toute la Bretagne armoricaine, et dont nous trouvons des variantes significatives dans les autres pays de tradition celtique, en Irlande et au Pays de Galles notamment. C'est donc à partir de cette légende, et de ses deux variantes principales, que nous pouvons esquisser une analyse en profondeur du mythe de la femme engloutie.

Légende de Ker-Ys (Bretagne armoricaine) : Le roi de Cornouaille, Gradlon, a fait construire pour sa fille Dahud (ou Ahès) une magnifique cité, Ker-Ys (= la Cité d'En-Bas), protégée de la mer par une digue et des écluses dont il garde jalousement la clef.

Les habitants de la ville mènent une vie de débauche à laquelle participe la fille du roi, rebelle au christianisme et quelque peu nymphomane, tant et si bien que la cité « fut en ce temps-là, pour les péchés des habitants, submergée par les eaux issant de cette mer qui dépassèrent leurs limites, à laquelle submersion le roi Gradlon, qui était alors en la cité, échappa miraculeusement : c'est à savoir par le mérite de saint Gwennolé » (Pierre Le Baud, *Chronique*, 1638, p. 45-46). Saint Gwennolé, fondateur de l'abbaye de Landevennec, avertit le roi Gradlon du châtiment qui se prépare. Il s'enfuit sur son cheval. Mais sa fille, qui lui a dérobé la clef des écluses pour la remettre à un amant, se précipite vers lui et saute sur le cheval. Le cheval s'enfonce. Ainsi « la princesse Dahud, fille impudique du bon roi… faillit causer la perte du roi en un endroit qui retient le nom de Toul-Dahud (= Pouldavid) ou Toul-Alc'huez, c'est-à-dire le Pertuis de Dahud ou le Pertuis de la Clef, pour ce que l'histoire assure qu'elle avait pris à son père la clef qu'il portait pendante au col, comme symbole de la royauté » (Albert Le Grand, *Vie des saints de Bretagne armorique*, 1636, p. 63). Mais saint Gwennolé touche Dahud de sa crosse et celle-ci disparaît sous les eaux. Les pêcheurs, depuis lors, rencontrent parfois la fille du roi qui vit sous les eaux et nage au milieu des grands poissons, et par mer calme, ils aperçoivent aussi la cité d'Ys, ses murailles, ses palais et ses églises, ils entendent sonner tristement les cloches. Parfois encore, la ville s'ouvre aux humains, et si quelqu'un pouvait acheter quelque chose à un habitant de la ville d'Ys, celle-ci ressusciterait. Mais « lorsque le jour de la résurrection sera venu pour Ker-Ys, le premier qui apercevra la flèche de l'église ou qui entendra le son des cloches deviendra roi de la ville et de tout son territoire » (A. Le Braz, *Légende de la Mort en Basse-Bretagne*, II, 41).

Légende de Maes Gwyddneu (Pays de Galles) : « Seithynin Veddw (= l'Ivrogne), dans son ivresse, lâcha la mer sur Cantre'r Gwaelod (= le Pays du Bas-Fond) ; tout ce qu'il y avait là de terres et de maisons fut perdu. Il y avait auparavant seize villes fortes… Ce Cantre'r Gwaelod faisait partie des terres de Gwyddneu Garanhir » (Triade 126, J. Loth, *Mab*. II, 309-310). Seithynin avait en effet violé une jeune fille qui gardait une fontaine magique. C'est cette fontaine qui avait débordé et inondé les terres de Gwyddneu (Livre Noir de Carmarthen, poème 38, trad. dans *Cahiers du Sud*, n° 319, p. 383).

Inondation du Lough Neagh (Irlande) : Le roi Ecca a établi une forteresse et des habitations dans une plaine basse où se trouve un puits magique entouré de murs épais. « Et il choisit une femme pour prendre soin de la fontaine, chargeant celle-ci de garder strictement la porte fermée sauf quand les gens de la forteresse viendraient chercher de l'eau » (*Leabhar na huidre*, ms. du XIe siècle, extraits et analyse dans J. M., *L'Épopée celtique d'Irlande*, p. 39-43). Par la suite, après des prophéties concernant une submersion des lieux, « la femme qui avait été chargée de la fontaine, à une certaine occasion, oublia de fermer la porte. Immédiatement l'eau s'engouffra dans la plaine et forma un grand lac. Ecca, toute sa famille et tous ses gens furent noyés, sauf sa fille Libane… » Cette Libane, qui est probablement la femme chargée de la fontaine, ne meurt pas vraiment : « Elle vécut une année entière, avec son petit chien, dans sa chambre sous le lac. » Comme elle finit par s'ennuyer, elle désire se transformer en poisson : « À ces mots, elle prit la forme d'un saumon ; seuls sa figure et ses seins ne changèrent pas. » Elle vit ainsi pendant trois cents ans avant d'être repêchée par saint Congall qui la baptise sous la nom de Muirgen (= née de la Mer).

Nous avons là ample matière à réflexion. Dans ces trois versions de la même légende, un élément domine tout : le rôle de la Femme, en quelque sorte gardienne de l'eau, et responsable, par son inattention ou sa propre faute, de l'inondation qui déferle sur la ville ou sur le pays. La version de la ville d'Ys est évidemment très christianisée, mais il est facile d'y voir les traces de la lutte qui opposait, à la fin du Ve siècle, époque supposée de la submersion d'Ys, le christianisme au paganisme. En effet, Dahud-Ahès rejette le christianisme qu'a adopté son père Gradlon. Elle est donc pécheresse, « impudique » vouée à l'abîme de l'Enfer, tandis que Gradlon est sauvé par l'intervention de saint Gwennolé, symbole du nouvel ordre religieux. Mais les traditions païennes ont la vie dure : la ville d'Ys vit toujours au fond des eaux, Dahud-Ahès également. Et un jour, la ville d'Ys ainsi que Dahud-Ahès ressusciteront, comme les anciens dieux du paganisme occultés par le christianisme, c'est-à-dire, à bien comprendre, les structures mentales celtiques éclipsées et étouffées par les nouvelles doctrines. En ce sens, la légende est déjà très significative.

Mais qui est donc Dahud-Ahès ? Le problème mérite d'être posé puisque c'est le personnage principal du drame. Il n'est pas difficile de donner un sens au nom de *Dahud* : il provient en effet d'un ancien **dagosoitis*, ce qui signifie « la bonne sorcière ». L'étymologie est parfaitement en rapport avec le caractère païen du personnage que la légende nous montre en opposition farouche au christianisme. D'autre part, elle est vraiment sorcière, elle possède des pouvoirs magiques, et l'on sait que souvent, dans les traditions populaires, les pouvoirs magiques sont la dégénérescence — ou la réminiscence — des pouvoirs divins ou des pouvoirs attribués aux divinités. Dahud serait donc une ancienne déesse bretonne honorée dans la région de la pointe du Raz et dont le souvenir se serait perpétué sous l'aspect de la « bonne sorcière ».

Ce qui paraît inexplicable, c'est la confusion entre Dahud et Ahès. Si l'on analyse le texte d'Albert le

Grand, on peut cependant émettre une hypothèse : en effet, l'endroit où la fille du roi a été précipitée dans l'abîme des flots s'appelle *Toul-Alc'huez*, c'est-à-dire « Trou de la Clef ». Il s'agit bien entendu de la clef que Dahud avait dérobée à son père, clef qui ouvrait les écluses de la ville, selon certaines versions de la légende, et qui est tout simplement le symbole de la royauté. Or il y a une analogie de prononciation entre *Alc'huez* et *Ahès*[2], et l'identification a dû être facilitée par le fait que de nombreuses voies romaines sillonnent la Cornouaille et plus particulièrement la région supposée de la Ville d'Ys : et très souvent, ces voies romaines sont nommées « Chemins d'Ahès[3] ».

Car il existe, dans la tradition populaire armoricaine, un personnage assez mystérieux, *Ahès* ou *Ohès*, dont on a voulu faire l'éponyme de la ville de Carhaix (Ker-Ahès), et qui de toute façon est lié à la géographie routière de la péninsule. Il va sans dire que l'explication de Carhaix par *Ker-Ahès*, « ville d'Ahès », est très séduisante, mais en dépit du fait que cette étymologie semble très ancienne et très enracinée dans la tradition populaire, elle est fort suspecte. L'analyse d'une carte de la péninsule armoricaine et la situation privilégiée de Carhaix peuvent nous donner l'explication du nom de Carhaix, et partant, du nom d'Ahès. En effet, Carhaix, l'antique *Vorgium* des gaulois Osismii, est un nœud extraordinaire de routes modernes mettant en communication toutes les régions du sud, du nord et de l'est de la péninsule[4]. Et ces routes ont succédé à un réseau de voies romaines en étoile, qui ont fait de Carhaix à la fois un centre commercial et une place forte militaire : tous les *chars* passaient par les routes qui menaient à Carhaix. Cette constatation est d'une extrême importance, car nous pouvons admettre, comme l'a affirmé Pol Quentel, que Carhaix est non pas un nom d'origine celtique basé sur *Ker*, mais au contraire d'origine latine. Ce serait *Carri Accessus*, c'est-à-dire « Accès du Char », ou « Chemin des Chars». Cette étymologie a un double avantage : elle est phonétiquement valable, et d'autre part elle correspond à une réalité géographique. Et le deuxième terme, *Accessus*, serait donc la première forme d'*Ahès*. Ainsi le nom de ce personnage mystérieux ne serait pas autre chose que le nom du chemin, devenu incompréhensible pour une population qui ne parlait plus le latin ni le roman par suite de la brittonisation, et cristallisé en quelque sorte sous l'aspect d'un personnage mythique. Cela n'empêche d'ailleurs nullement ce nom de recouvrir une entité plus ancienne, qui peut très bien être la même divinité que Dahud.

Il existe un chant populaire recueilli au XIXe siècle par le collecteur Kerambrun et qui se trouve dans la fameuse collection Penguern de la Bibliothèque nationale de Paris, collection d'ailleurs en grande partie inédite et qui renferme des documents fort précieux[5]. Ce chant concerne la *Groac'h Ahès*, c'est-à-dire «la vieille (ou la sorcière) Ahès». En voici quelques strophes caractéristiques[6] : «Elle vient, la vieille Ahès en notre pays, — portons de grandes pierres sur les routes, — portons de grandes pierres et des petites pierres — sur le grand chemin au milieu de la lande. — Et le vieil homme disait, — assis sur le Mené-Bré : — J'aime mieux la Disette et la Peste — que la vieille Ahès près de nous, — j'aime mieux la guerre et la mort — que la vieille Ahès dans notre patrie. — Voici la vieille Ahès au bout de la lande, — et elle ne vient pas seule ! — avec elle sont les collecteurs d'impôts — pour mettre à nu l'aire de votre maison… — Après elle, je ne vois plus, — je ne vois personne sur la plaine (ou sur le champ), — je ne vois plus que les grands arbres — qui croissent sur la terre nue…»

Quelle que soit la suspicion que nous ayons à propos de Kerambrun, qui fut souvent un peu trop imaginatif quand il recueillait les chants populaires, il n'y a pas de raison de douter de l'authenticité de celui-ci. Il est parfaitement compréhensible et se réfère au

XVIIIe siècle, époque où l'on construisit beaucoup de routes en Bretagne : c'est une protestation contre les corvées et les impôts nouveaux que provoquait l'établissement de ces routes. Mais ce qui est intéressant, c'est qu'on ait pensé à ressortir le mythe d'Ahès, présentée comme une vieille femme dévoreuse, une sorcière cruelle et sans pitié pour les pauvres gens, à propos des routes.

Or nous trouvons mention d'un personnage nommé Ohès ou Oès, en rapport avec la voie romaine qui va de Condate (Rennes) à l'Aber Wrac'h ou à la baie de Douarnenez, par Merdrignac et Carhaix, dans une curieuse chanson de geste du XIIIe siècle, *La Chanson d'Aquin*. Cette œuvre peu connue et qui suppose, d'après certains noms, un modèle écrit en breton-armoricain, raconte une guerre de Charlemagne en Armorique contre le « sarrazin » Aquin, personnification du paganisme druidique. Charlemagne est aidé par un certain nombre de chefs bretons dont Hoël de Carhaix qui lui raconte, à un certain moment, la construction d'un « chemin ferré », c'est-à-dire d'une voie romaine. C'est la femme d'un certain Oès « qui fut moult sage et de grande beauté » qui décide de faire construire « un grand chemin ferré par où aller à Paris la cité, car le pays était de bois planté. À Quarehès (Carhaix), sachez-le en vérité, fut le chemin commencé et fondé ». Il faut noter que cette femme est la fille de Corsolt, « qui vécut bien plus de trois cents ans ». Et Corsolt, héros « sarrazin » de la chanson de geste du *Couronnement de Louis*, où il se fait tuer par Guillaume d'Orange, est un géant, éponyme de la tribu gauloise des Curiosolites établie entre la Rance et la Rivière de Morlaix et dont la capitale était Corseul, près de Dinan, le Fanum Martis de la Table de Peutinger. Quant au pays boisé, ce n'est autre chose que cette immense forêt qui recouvrait tout le centre de la péninsule armoricaine et qui deviendra la fameuse Brocéliande[7].

Mais Oès est un homme. Il est même nommé « Oès le Vieil Barbé ». Quel rapport peut-il avoir avec la troublante Ahès de la légende d'Ys ? Sa femme, probablement, et par suite d'une confusion, c'est le nom de l'homme qui est passé à la femme. On a d'ailleurs fait un rapprochement entre les Chemins d'Ahès et les vieux chemins creux généralement remplis d'eau si nombreux en Bretagne[8] et qui sont appelés, surtout dans la zone francisante, les *Noées* ou les *Nouées*. D'après toutes les variantes étudiées dans les actes notariés et sur les cadastres, la substitution se serait faite de la façon suivante, en remontant dans le temps : *Noées, Chemin Noé, Chemin Oé, Chemin de la femme Oès, Chemin de la femme à Ohés le vieil barbé*. Et c'est alors qu'on pourrait comparer le nom d'Ohès à celui d'Esus ou de Teutatès, cela bien entendu avec toutes les réserves d'usage sur une telle hypothèse[9]. Mais quelque surprenante que puisse être cette déduction, elle apparaît assez vraisernblable quand on remarque que, dans les alentours de Montpellier, les voies romaines s'appellent « chemin de la Monnaie », du nom de Juno Moneta, que dans les environs de Bordeaux, ces mêmes voies s'appellent « chemins de Brunissen » (héroïne dont nous aurons à reparler), que dans le Poitou, elles s'appellent, ce qui est un peu normal, « chemins de Mélusine » (Malam Lucinam, c'est-à-dire Junon), enfin en Île-de-France et dans l'est, « chemins ou chaussées Brunehaut » (confusion entre la romaine Junon et la germanique Brunehilde). Les voies romaines semblent donc placées sous le patronage d'une déesse, et pas de n'importe quelle déesse, puisqu'il s'agit de Junon, l'épouse du père des dieux Jupiter, ou de tout autre équivalent de Junon.

À ce compte, Ahès, si l'on suit cette hypothèse, serait une des figurations de la déesse celtique épouse d'un grand dieu, qu'il soit Teutatès, Esus, qu'il soit Dagda, Manannan, ou encore Gwyddyon ou même Arthur. Mais nous donnerons la préférence au dieu irlandais Cûroi mac Daeré, dont l'épouse Blathnait est cause de l'engloutissement de la forteresse de son mari, à la suite de sa trahison et de son amour pour le héros Cûchulainn[10].

De toute façon, le personnage de Dahud-Ahès est un personnage surnaturel, quasi divin. Nous avons dit qu'elle représente le paganisme face au christianisme. Mais elle représente aussi la révolte contre l'autorité masculine. En effet, Dahud-Ahès dérobe à son père la clef qui symbolise l'autorité royale. Ce geste prend tout son sens si l'on songe qu'elle a mené une vie dissolue, c'est-à-dire en contradictions avec les enseignements de l'Église chrétienne représentée par saint Gwennolé, et qui est, lui, le symbole de l'autorité masculine. Il en est de même pour la fille qui résiste au roi ivrogne Seithynin, et qui, ce faisant, oublie de surveiller la fontaine[11] : c'est en se révoltant contre l'autorité abusive du roi qu'elle provoque ce que, jusqu'à plus ample informé, nous continuerons à appeler la catastrophe de l'inondation. Quant à Libane, la fille du roi Ecca, elle aussi désobéit aux ordres du roi. Sa révolte conduit à la submersion de la ville, mais comme Dahud-Ahès, elle continue à vivre sous les eaux.

Cette survie sous-marine est du plus grand intérêt pour comprendre le sens du mythe et tout ce qu'il recouvre en réalité. D'abord, dans un point de vue strictement psychanalytique, il s'agit d'un refoulement de pensée. La révolte contre l'autorité masculine ayant échoué, elle prend place dans l'inconscient. *Mais elle resurgira*, et le premier qui pourra profiter de cette surrection possédera le pays, c'est-à-dire mènera la révolte jusqu'au succès. Cependant, il est très difficile de faire surgir de l'inconscient des souvenirs si anciens : cela ne peut se faire que dans certaines occasions, à certaines fêtes par exemple, où la cité engloutie se découvre et où un audacieux pourra peut-être pénétrer jusqu'au cœur de la citadelle. Et puis, étant donné que c'est refoulé, *c'est interdit.* C'est le domaine du Diable.

Car l'Enfer, au sens étymologique, c'est *tout ce qui est en bas*. Donc la ville d'Ys engloutie est nécessairement l'Enfer. Et la femme qui régit cette ville engloutie, qui a osé se dresser contre l'autorité du roi (traduisez « Dieu ») et que le roi a punie en l'engloutissant (voyez la chute de Satan vers l'abîme des ténèbres, dans l'admirable poème de Victor Hugo), cette femme ne peut être qu'une mauvaise femme, une femme impudique, une *Mala Lucina*, une déesse des ténèbres comparable à l'Hécate qui règne sur les carrefours pendant la nuit, et disons-le, pourquoi pas, la femme du diable, c'est-à-dire Lilith. Et pourtant n'est-ce pas l'image de la Déesse des anciennes croyances, celles d'avant l'instauration des sociétés paternalistes, cette *Magna Mater* dont le souvenir rôde un peu partout, et qui ne se montre que timidement, parfois même sous les traits d'une Vierge Noire, autrement dit de la Vierge Marie ?

Car la Femme divine n'est pas toujours engloutie sous les eaux. Les légendes celtiques abondent en histoires concernant des princesses enfermées dans des châteaux, dans des grottes, dans des îles[12]. Certaines d'entre elles sont très connues, d'autres le sont moins. Elles n'ont généralement été comprises que comme des contes de fée, des récits d'aventures, de prouesses et de mystère. Elles sont pourtant toutes au vitriol quand on y réfléchit bien, et toujours en relation avec la légende de la Ville d'Ys et de ses variantes, il importe maintenant d'en étudier quelques-unes.

Histoire de Guengualc'h (Bretagne armoricaine) : Dans la vallée de Tréguier, des jeunes gens qui reviennent d'étudier longent le rivage. L'un d'eux, « surnommé Guengalc'h pour sa grande beauté (= Blanc Faucon), cesse de parler. Ses camarades veulent l'interroger : pas un mot ; ils se retournent : plus personne ». Ils fouillent en vain le rivage, et désespérés, finissent par invoquer saint Tugdual. « Aussitôt le jeune homme sort de dessous l'eau, le pied droit encore lié d'une ceinture de soie. » Il raconte que les « dames de la mer » l'ont enlevé et entraîné sous les roches de la mer. Il a été délivré par un vieillard vénérable (saint Tugdual). « À la vue du prélat, les nymphes avaient fui, mais l'une oublia de dénouer sa ceinture ». Tous rendent grâces à saint Tugdual d'avoir délivré Guengalc'h « trompé un instant par le démon ». Quant à Guengalc'h, « il se confessa, communia, et un an, jour pour jour après que le démon l'eut abusé, il quitta ce monde » (*Vita sancti Tutguali episcopi*, 33, ms. du XIIe siècle de la B. N.).

Le pieux hagiographe qui a recueilli cette tradition ne s'est pas rendu compte qu'elle était en réalité fort peu édifiante. Si Guengalc'h quitte ce monde au bout d'un an, c'est qu'il avait rendez-vous avec la « dame de la mer » qui lui avait attaché sa ceinture au pied droit. Mais cette légende devait être fort connue dans les pays celtiques aux XIe et XIIe siècles, car on la retrouve presque intégralement, et dans un contexte druidique, cette fois, dans un manuscrit irlandais de 1200 en langue gaélique.

Histoire de Condlé le Rouge (Irlande) : Condlé, fils du roi Conn aux Cent Batailles, voit apparaître une femme aux vêtements merveilleux qu'il est le seul à voir, mais que tout le monde entend. Le druide du roi fait une incantation qui éloigne la femme. Mais Condlé reste triste et muet pendant un mois, ne mangeant autre chose que la pomme que la femme lui a laissée. La femme lui apparaît de nouveau et l'invite à venir avec elle dans « la Terre de Promesse où n'habitent que les femmes », dans l'univers si particulier du *sidh* (tertres aux fées, monde souterrain ou monde au-delà de la mer). L'art du druide est impuissant. Condlé quitte son père et les siens et s'éloigne sur le « bateau de verre » de la fée. On ne l'a plus revu.

Dans chacune des versions de la légende, il y a une opposition très nette entre la religion, qu'elle soit chrétienne ou qu'elle soit druidique, et la Femme merveilleuse qui vient chercher l'homme qu'elle a choisi. D'une part, le choix de la Femme est inéluctable. D'autre part, la Femme représente le souvenir d'une époque antérieure où le sexe féminin avait des pouvoirs perdus même dans la société celtique. Comme dans la légende d'Ys, c'est la révolte contre l'autorité masculine. Et la Femme, objet de péché dans la version chrétienne de Guengalc'h, est également un objet de malédiction dans la version druidique de Condlé. Dans les deux cas, elle est rejetée dans les zones les plus éloignées de la conscience claire, au fond des eaux ou bien dans une île perdue en plein océan, au-delà des limites de l'horizon. Cependant, toute bannie qu'elle est, la Femme a conservé son pouvoir de séduction et sa merveilleuse beauté : elle attire les hommes tout en les inquiétant. Ainsi se forme lentement le mythe de la sorcière bien-aimée, de la femme fatale, ce qui conduira d'une part aux bûchers du Moyen Âge et de la Renaissance, de l'autre à l'exploitation onirique commerciale de la *vamp* dans le cinéma contemporain.

Il faut signaler que l'histoire de Condlé n'est pas isolée. De nombreuses mélodies d'Irlande et des îles Hébrides ont pour thème l'invitation de la fée qui veut entraîner l'homme qu'elle a choisi dans le pays merveilleux. C'est le mythe grec des sirènes, et Ulysse, qui bouche les oreilles de ses hommes et qui se fait attacher lui-même au mât du vaisseau, est le représentant le plus typique de la société indo-européenne paternaliste, telle qu'elle demeure encore à notre époque. L'Homme, le mâle, est attiré instinctivement par la femelle mais il sait par expérience que, en dépit de son orgueil, de sa puissance, il sera vaincu dans l'acte d'amour; pour lui, ce sera presque une mort, l'orgasme réduisant momentanément ses forces à néant; par contre la femelle sera triomphante, régénérée par l'acte. C'est cela que l'homme ne peut supporter, ce décalage entre deux sensualités. « La crainte presque universelle qu'ont les hommes de tomber sous le pouvoir de fascination d'une femme, et l'attraction qu'exerce en même temps sur eux cet esclavage, est une preuve que l'effet produit par une femme sur un homme est souvent d'un caractère démoniaque. L'attitude dépréciative que bien des hommes adoptent envers les femmes témoigne d'une tentative inconsciente de dominer une situation qu'ils sentent être à leur désavantage[13]. »

Ce processus d'abaissement et de rejet de la femme vers des zones déclarées interdites à grand renfort de morale est particulièrement visible dans les rédactions successives des vieilles légendes, lesquelles ne gardent plus du mythe ancien que sa structure déguisée sous des habillements de circonstance. Quant à la polarité, elle est inversée : ce qui était bien devient mal, ce qui était féminin devient masculin, ce qui était au grand jour se passe dans l'obscurité, ce qui était à la surface de la terre disparaît sous la surface des eaux ou dans les anfractuosités du sol. Ainsi dans un chant populaire de la région de Tréguier, réactualisé au moment de la Révolution française, nous voyons réapparaître sous une autre forme, et sur un ton qui indique une évolution puritaine, le schéma déjà observé dans l'histoire de Guengalc'h et dans celle de Condlé.

Les Filles de Tréguier (Bretagne armoricaine) : Les filles de Tréguier sont toutes jolies, mais aucune ne fut plus belle que l'une d'entre elles qui était *stoubinenn* (= fileuse d'étoupe, c'est-à-dire fille de « mauvaise » vie). Elle avait une maison près de la mer, et là avaient lieu des orgies bruyantes. C'était au temps où les églises étaient fermées et où les « Bleus » occupaient le pays. Quand cette époque fut passée, on alla voir dans la maison et on trouva un souterrain qui descendait sous la mer[14]. (Recueilli en 1898 par Narcisse Quellien).

Cette *stoubinenn* appartient donc à une catégorie de femmes que la société rejette, mais qui lui sont nécessaires pour sa survie. Il faut des égouts pour garantir la salubrité des palais, disaient les Pères de l'Église. « L'existence d'une caste de *filles perdues* permet de traiter *l'honnête femme* avec le respect le plus chevaleresque. La prostituée est un bouc émissaire ; l'homme se délivre sur elle de sa turpitude et il la renie » (Simone de Beauvoir, *Le Deuxième sexe*, II, 247). C'est pourquoi les œuvres littéraires qui sont l'émanation de cette conception masculine insistent sur le côté immoral de la vie des prostituées. Il paraît, selon des enquêtes, que les clients des prostituées sont les premiers à déplorer leur genre de vie. Ce ne sont évidemment que des paroles pour se donner bonne conscience, mais c'est très significatif. « La femme sait que la morale masculine est, en ce qui la concerne, une vaste mystification », dit encore Simone de Beauvoir. « L'homme lui assène pompeusement son code de vertu et d'honneur, mais en douce il l'invite à désobéir ; il escompte même cette désobéissance ; sans elle, toute cette belle façade derrière laquelle il s'abrite s'effondrerait. » La Prostituée est donc la Femme double, rejetée et souhaitée à la fois. Dans le rêve, elle se pare des couleurs les plus séduisantes, et c'est ce que dénoncent les sermons moralisateurs : cette femme ne peut avoir que le goût de péché et ceux qui l'approcheraient, non seulement seraient damnés éternellement, mais connaîtraient également le malheur et les turpitudes en ce bas monde : ils s'engloutiraient lentement dans une sorte de mort, ils s'anéantiraient, ils s'enliseraient.

Car ce ne sont pas les raisons morales qui priment cette interdiction, ce rejet. La Prostituée, en se situant en marge des lois de la société, et même si la société considère sa nécessité, représente un danger. On la *tolère*, mais on la condamne. Et c'est alors que reviennent dans la mémoire des hommes toutes les hantises ancestrales inconscientes qui font de la femme un être ambigu, mystérieux, dangereux, anéantissant. Car l'Homme se souvient vaguement dans sa mémoire la plus profonde, de l'époque où il n'était que fœtus indifférencié dans le ventre de sa mère. Il porte en lui les stigmates que lui a laissés la naissance, cet arrachement brutal de l'être à un milieu humide et chaud qui était celui de la non-existence. Le souvenir est à la fois merveilleux, car c'était le temps du bien-être absolu, du paradis, et aussi terrifiant, puisque c'était le *néant*. Et l'homme a peur de retourner au néant, tout en étant attiré par ce néant.

Or toute femme est une mère en puissance, toute femme est plus ou moins la projection de la Mère. Toute femme est à la fois Vie et Néant. « Ainsi la Femme-Mère a un visage de ténèbres : elle est le chaos d'où tout est issu et où tout doit un jour retourner; elle est le Néant. Dans la nuit se confondent les multiples aspects du monde que révèle le jour : nuit de l'esprit enfermé dans la généralité et l'opacité de la matière, nuit du sommeil et du rien. Au cœur de la mer, il fait nuit : la Femme est la *Mare Tenebrarum* redoutée des anciens navigateurs; il fait nuit dans les entrailles de la terre. Cette nuit, où l'homme est menacé de s'engloutir, et qui est l'envers de la fécondité, l'épouvante » (Simone de Beauvoir, *le Deuxième Sexe*, II, 199). Il est donc normal que ceux qui vont explorer *lucidement* la maison de la *stoubinenn*, simplement pour savoir et non pas pour profiter des faveurs de celle-ci, descendent jusqu'au fond de la mer et là, ne trouvent rien. C'est vraiment le néant des choses, la négation de tout. Mais comme *tout* ne peut exister que par sa négation, nous sommes intégrés dans le cycle universel : il est indispensable qu'il y ait une *stoubinenn* qui attire les hommes au fond de la mer, sinon il n'y aurait pas de surface de la terre, il n'y aurait pas de lumière, il n'y aurait pas de vie.

Cette attitude humaine, telle qu'elle transparaît

dans les textes traditionnels, qu'ils soient écrits depuis des siècles, qu'ils soient chantés par le peuple, cette attitude ambivalente à l'égard de la femme est cause de la richesse des légendes concernant les sirènes, les fées, les enchanteresses. Étant donné que la Femme est tout et rien, elle est la maîtresse absolue des richesses, mais ces richesses sont cachées, sont difficiles à atteindre, sont dangereuses : elles brûlent les doigts. Toutes les traditions se rejoignent pour parler des richesses qui se trouvent au fond de la mer. D'après la *Théogonie* d'Hésiode, les Néréides habitent des cavernes, sous la mer, près du palais d'or de Triton. Une légende scandinave rapporte qu'un couple divin possède le fond de l'océan. La femme, Rân, prépare sur le sable du fond des coussins azurés pour recevoir les naufragés. Au Groenland, la fille du Tangarsuk demeure sous la mer et gouverne tous les animaux marins. Le vase qui est au-dessous de sa lampe dans laquelle il y a de l'huile de baleine qui déborde, est rempli d'oiseaux qui nagent. Des chiens marins se trouvent devant la porte et mordent ceux qui veulent entrer dans le palais interdit. D'après le *Kalevala*, les vierges de Wellamo ont leur demeure à l'extrémité du « cap nébuleux, sous les vagues profondes ». La souveraine des ondes surgit des profondeurs pour écouter la voix du barde Väinämöinen. Dans l'épopée indienne du *Mahâhbârata*, lorsque les Daïtyas, c'est-à-dire les Démons, ont été vaincus par Indra, symbole du héros de culture paternaliste, ils se réfugient sous la mer. Il en est de même dans la mythologie irlandaise, où les Tuatha Dé Danann, les gens de la Déesse Dana vaincus par les fils de Mile, c'est-à-dire les Gaëls, doivent s'exiler sous les tertres, dans les profondeurs de la terre, ou dans les îles mystérieuses qui sont au-delà de l'horizon. Mais les Tuatha Dé Danann sont des êtres aquatiques, ils chevauchent des chevaux marins sur les vertes prairies de la mer.

La Navigation de Bran, fils de Fébal (Irlande) : Une femme merveilleuse apparaît à Bran, lui remet une branche de pommier et l'invite à venir le rejoindre à Emain, l'île des Femmes. Bran s'en va avec des compagnons, sur la mer. Il rencontre un cavalier qui chevauche sur les flots, qui se fait reconnaître comme étant Manannann fils de Lir (= les Flots), et qui le guide vers Émain. Parvenus dans cette île, Bran et les siens vivent une vie merveilleuse auprès des Femmes, et lorsqu'un jour, saisis par le mal du pays, ils reviennent en Irlande, ils s'aperçoivent qu'il s'est écoulé des siècles depuis leur départ. Un des marins se précipite à terre et est aussitôt changé en cendres. Bran et les siens repartent sur la mer sans avoir abordé (G. Dottin, *L'Épopée irlandaise*, p. 55-63).

La Navigation de Maelduin (Irlande) : Après bien des aventures et des rencontres merveilleuses sur la mer, Maelduin et ses compagnons arrivent dans une île où ils sont reçus par la Reine et ses dix-sept filles. « Ainsi les dix-sept hommes et les dix-sept filles couchèrent ensemble et Maelduin avec la Reine. » Au matin, la Reine dit à Maelduin : « Reste ici, et la vieillesse ne t'atteindra pas. Tu seras toujours aussi jeune que tu l'es. Et ce qui t'est arrivé la nuit dernière t'arrivera toutes les nuits. » Alléchés par ce beau programme, « ils restèrent les trois mois de l'hiver et il leur sembla que ces trois mois avaient duré trois ans ». Mais le mal du pays les prend. Ils embarquent en cachette, mais la Reine « lança une pelote de fil vers le bateau. Maelduin l'attrapa et elle colla à sa main. La Reine n'eut plus qu'à tirer sur le fil pour faire revenir le bateau au port ». Ils demeurent alors « trois fois trois mois » dans l'île et finissent par embarquer de nouveau. La Reine lance sa pelote, un matelot la saisit. On lui coupe la main et elle tombe dans la mer avec la pelote. « Alors la Reine se mit à se lamenter et à hurler de telle sorte que toute la terre ne fut que cris, hurlements et désespoirs. » (Analyse dans J. M., *L'Épopée celtique d'Irlande*, p. 196-202).

Il s'agit de deux versions de la même légende. La première, la *Navigation de Bran*, est la plus ancienne : on y voit les héros succomber aux charmes de l'île des

Femmes, et même s'ils ont la nostalgie de leur pays, ils se gardent bien, sauf un malheureux imprudent, de débarquer sur la terre ferme, préférant retourner vers le pays merveilleux. Mais ce pays merveilleux, c'est aussi, pour reprendre l'expression de Chrétien de Troyes dans son *Lancelot*, à propos du royaume de Gorre, régi par Méléagant, « le pays d'où nul ne revient ». La seconde version, la *Navigation de Maelduin*, consacre la victoire de l'Homme qui parvient à échapper aux séductions de la Femme, après y avoir largement et consciemment succombé : le texte porte déjà la marque du Christianisme, ou tout au moins la marque d'une évolution du mythe vers la méfiance qu'on doit avoir des entreprises féminines, autrefois considérées comme parfaitement bénéfiques. Et il existe une troisième version, largement répandue par la littérature latine et française du Moyen Âge, la *Navigation de Saint-Brendan*, dans laquelle le héros Bran-Maelduin s'est confondu avec le personnage plus ou moins hypothétique de Brendan, abbé du monastère de Clonfert. Là, le mythe a encore évolué. Mais au lieu de dénoncer la malice de la Femme et de donner la recette pour échapper à l'engloutissement définitif, le mythe a été entièrement récupéré par les clercs chrétiens, de la même façon qu'on ajoutait des croix aux menhirs ou qu'on bâtissait des églises sur des sanctuaires païens[15]. Et, chose admirable, en étant ainsi récupéré et christianisé, le mythe devient très facile à comprendre, car saint Brendan part tout simplement à la recherche du *Paradis*. La Terre des Femmes n'est pas autre chose que le Paradis celtique.

D'ailleurs il est facile de reconnaître là le même mythe que celui de Circé ou de Calypso. Mais Ulysse, chez Circé, est d'une prudence qui en dit long sur la misogynie des Grecs, ou plutôt sur leur méfiance des divinités féminines. Lorsque Circé invite Ulysse à partager sa couche, celui-ci lui répond : « Tu veux que je sois nu pour m'ôter la force et la virilité ; mais moi, je ne saurais consentir à monter dans ton lit, si tu n'acceptes, déesse, de t'engager par un grand serment à ne point me tendre un nouveau piège. » De même, il ne consent à toucher à la nourriture et aux breuvages préparés par Circé que lorsque celle-ci a rendu leur forme primitive aux hommes qu'elle avait changés en animaux. Et lorsque Calypso, sur l'ordre de Zeus, doit libérer Ulysse et lui fournir un bateau, Ulysse exige d'elle un serment par lequel elle s'engagera à ne pas le tromper, s'attirant ainsi cette réponse de la nymphe : « En vérité, tu n'es qu'un scélérat, mais tu ne manques pas d'adresse ! » Le mot est assez joli dans la bouche d'un être divin. Effectivement Ulysse est un scélérat, trompeur et rusé : il est à l'image de l'homme des sociétés masculines méditerranéennes, expertes en législations ambiguës, et qui ont inventé les honneurs à rendre aux femmes pour mieux les écarter du pouvoir réel. Et pourtant, comme le dit Calypso à Hermès, venu lui signifier l'ordre du dieu mâle Zeus : « Je l'aimais et le nourrissais ; je me promettais de le rendre immortel et de le préserver de la vieillesse pendant tous ses jours. » Ulysse est vraiment l'homme du refus, type rationaliste et paternaliste, qui a peur de ce qui se passe dans les basses régions de l'inconscient, qui a peur de la Femme, parce qu'il sait que la Femme a le pouvoir, comme il le dit, de lui « ôter sa force et sa virilité », de le faire retourner vers le monde de l'enfance merveilleuse, vers un monde où le temps est aboli.

Le héros celtique est moins prudent. Il n'hésite pas, quitte à demander ensuite son départ, ou à essayer de partir. Mais il n'a pas peur de se voir « déviriliser » par la Femme. Même le héros celtique chrétien n'a pas peur de cette aventure qui peut le conduire vers l'engloutissement : au contraire, il la recherche. Et c'est déçu que reviendra saint Brendan vers le monde des vivants, car selon la dure loi divine, il faut d'abord passer par la Mort avant d'atteindre le véritable Paradis.

On mesure ainsi la différence de mentalité qui existe entre les Grecs, même ceux de l'époque archaïque, car après tout l'Odyssée représente la primitive époque achéenne de l'Hellade, et contient encore bien des références à un état antérieur où la Femme était plus honorée et plus puissante, et les Celtes, installés au bout de l'Europe, et héritiers de traditions remontant à la plus lointaine Préhistoire.

Car il y a quelque chose d'inquiétant dans Calypso ou dans Circé. La Reine de l'Île des Femmes n'est pas inquiétante. Dans la navigation de Maelduin, c'est la Cavalière Divine, que nous retrouverons sous les traits de Macha, en Irlande, de Rhiannon au Pays de Galles, d'Epona en Gaule et même dans l'Empire romain. La première fois que Maelduin aperçoit la Reine, celle-ci chevauche un coursier de race. On sait que le cheval a toujours été l'animal qui peut aller dans l'autre monde. C'est lui qui tire le char du soleil dans la nuit et qui le ramène au matin. Il est psychopompe. Les plus anciens objets cultuels de l'âge du bronze sont des chars tirés par des chevaux. Le chevalier du Moyen Âge a hérité un peu de ce mystère du cheval : il est mystérieux lui-même, il est errant, il pénètre parfois dans les châteaux étranges qui sont autant d'ouvertures sur l'Autre Monde. Et peu à peu, dans les traditions évoluées, le cheval va prendre une allure satanique. Bientôt la marque de Satan sera la marque d'un sabot de cheval[16]. Tout se passe comme si on voulait interposer entre la Femme, objet des désirs et des rêves de l'Homme, et l'Homme lui-même des obstacles qui le détourneraient de cette quête à entreprendre. La Femme ne peut être que belle et merveilleuse, soit ; mais, avant de la trouver, il faut passer par des épreuves très pénibles et rencontrer des êtres maléfiques. Sans entrer dans le thème de la Quête de la Femme qui demande de plus larges développements, bornons-nous à examiner quelques traditions concernant la Femme engloutie et gardée par des monstres répugnants, lesquels, dans un contexte chrétien, vont évidemment devenir des suppôts de Satan ou des créatures suscitées par le génie du grand Négateur.

Les Aventures d'Art, fils du Conn (Irlande) : À la suite d'un *geis* lancé sur lui, Art doit obtenir en mariage Delbchaen, fille de Morgan, qui se trouve dans une île, quelque part sur la mer. Pour arriver jusqu'à elle, il doit affronter de terribles dangers, des cerfs cruels, des « chiens de houx », des crapauds hideux et des lions à l'épaisse crinière. Il doit passer une rivière de glace et combattre un géant. Il lui faut ensuite choisir entre deux coupes dont l'une contient un poison. Enfin, après avoir combattu et tué le père et la mère de la jeune fille, il peut l'emmener avec lui, non sans avoir raflé tous les trésors du Pays des Merveilles (analyse dans J. M., *L'Épopée celtique d'Irlande*, p. 184-191).

La Princesse Marcassa (Bretagne armoricaine) : Un jeune homme chétif, Luduenn (= Cendrillon), doit aller chercher l'oiseau Dredaine qui se trouve dans une cage d'or en un château inaccessible, et cela pour guérir le roi. Luduenn doit traverser trois cours, l'une pleine de reptiles venimeux, la seconde de tigres, la troisième de géants. Mais comme tous dorment de onze heures à midi, il faut en profiter. Ensuite il doit passer trois chambres. Dans la première, il s'empare d'une miche de pain qui ne diminue pas si l'on en mange, dans la seconde, d'un pot de vin qui ne se vide pas si l'on en boit. Dans la troisième salle, il aperçoit « une princesse belle comme le jour, étendue sur un lit de pourpre et dormant profondément. Le vin qu'il avait bu l'avait enhardi et fait monter le sang à la tête, et il ôta ses souliers et baisa la princesse, sans qu'elle s'éveillât ». Enfin, dans une quatrième salle, il s'empare de l'oiseau Dredaine. Après une série d'aventures, Luduenn peut améliorer la santé du roi, mais non le guérir, car il faudrait que celui-ci couche avec la princesse Marcassa, celle que Luduenn a « connue » dans le château. Précisément, la princesse, qui a donné naissance à un fils, part à la recherche de Luduenn, le retrouve, guérit le roi et épouse Luduenn (Conté en 1875 par Marie Manac'h de Plougasnou dans le Finistère-nord, Luzel, *Contes*, II, 176-194).

La Princesse du Palais Enchanté (Bretagne armoricaine) : Le jeune Efflam est envoyé par le roi pour savoir pourquoi le soleil est rose le matin. Il arrive au palais de la Mère du Soleil. Celle-ci empêche le Soleil de dévorer Efflam et répond à sa question : le soleil est rose le matin à cause de l'éclat de la Princesse Enchantée qui se tient à la fenêtre de son palais. Comme le roi est tombé amoureux de la Princesse, il envoie Efflam la chercher. Efflam traverse le royaume des Lions, le royaume des Ogres et le royaume des Fourmis. Il parvient au Palais Merveilleux, il est reçu par une jeune fille d'une grande beauté qui lui impose trois épreuves : passer une nuit dans la cage d'un lion, une autre nuit dans l'antre d'un ogre, enfin trier en la troisième nuit un grand tas de froment. Il réussit. La jeune fille le conduit alors près de la Princesse Enchantée qui accepte de le suivre chez le Roi. Le Roi veut épouser immédiatement la Princesse, mais celle-ci, prétextant qu'il est trop vieux, lui propose de le tuer et de le rappeler à la vie sous l'aspect de ses vingt ans. Le roi accepte. La princesse le tue et déclare froidement : « Puisque le voilà mort, qu'il y reste, et que celui qui a eu toute la peine reçoive la récompense ». Et elle épouse le jeune Efflam (Conté par Marc'harid Fulup à Pluzunet, Côtes-du-Nord, en 1869. Luzel, *Contes*, I, 258-288).

Dans ces trois légendes, le héros est *obligé* d'accomplir ce voyage vers la Femme, il n'y va pas de son plein gré, et sa réussite est incompréhensible dans un contexte paternaliste. L'histoire d'Art a des rapports avec le concept *féminin* de souveraineté, mais il semble bien que dans les deux contes armoricains, il y ait la même préoccupation. Art tue les parents de Delbchaen, la Princesse du Palais Enchanté tue le roi pour épouser Efflam. C'est par hasard que Luduenn découvre la princesse Marcassa, car il n'était à la recherche que de l'oiseau qui guérit : il est significatif que la conteuse précise qu'il a succombé au charme de la princesse à cause du vin qu'il avait bu. Mais Art et Efflam étaient partis à la recherche de la Femme Engloutie. Dans les trois cas, les obstacles à franchir sont terrifiants, surnaturels : il faut être un valeureux guerrier comme Art, ou des *innocents* comme Luduenn ou Efflam, pour pouvoir aller au-delà de la terreur, au-delà de la répulsion.

Car les monstres qui veillent sur la Femme Engloutie et empêchent les curieux de s'approcher sont aussi bien les matérialisations des interdits sociaux que celles des fantasmes engendrés par la psychologie masculine. Les interdits sociaux sont d'abord très simples. Au premier chef, nous trouvons le tabou jeté sur l'inceste. Freud a montré l'importance de ce tabou dans toutes les sociétés dites primitives : il met en lumière que ce n'est pas le tabou sur l'inceste qui est inné, qui est un instinct, mais au contraire l'inceste lui-même. Mais comme Freud pensait que les sociétés les plus anciennes étaient déjà masculines, sur le modèle de la horde dirigée par le Père, c'est-à-dire le plus fort, et qu'il explique la réalisation de l'inceste par la révolte des fils, ligués avec la mère contre le Père, il est obligé de recourir au complexe d'Œdipe pour expliquer l'instinct incestueux de l'homme. Il est évident que le complexe d'Œdipe n'est pas niable, même s'il a trop servi à tout expliquer, mais Freud n'a jamais admis la possibilité de sociétés de type matriarcal antérieures aux sociétés patriarcales. En fait, Freud, inhibé lui-même par un incident de son enfance, n'a jamais voulu pousser très loin ses investigations concernant la Femme qu'il s'est contenté d'étudier superficiellement, selon le point de vue masculin, d'ailleurs, et tombant bien souvent sous les contraintes sociales de son éducation et de la mentalité juive, il faut bien le dire, sans arrière-pensée. Si l'on admet, par contre, l'existence possible de sociétés de type matriarcal antérieures aux sociétés de type patriarcal, comme de nombreux indices sur lesquels nous reviendrons plus tard nous le laissent entrevoir, l'origine de la répression de l'inceste s'impose d'elle-même : il faut séparer les homme des femmes pour éviter aux hommes de tomber sous la coupe de celles-ci, et par conséquent éviter tout rapprochement entre frères et sœurs, entre fils et mères. Quant à l'inceste, ou plutôt à l'instinct incestueux, il découle de la promiscuité dans laquelle vivaient les membres de la communauté, promiscuité qui permettait peut-être les rapports sexuels libres, et par conséquent entre personnes de la même famille, de la même communauté de sang.

On sait que l'inceste, interdit par les lois dans toutes les sociétés dites organisées, est cependant toléré dans ces mêmes sociétés dans des cas bien particuliers et toujours réservé à des individus exceptionnels. La mythologie grecque se fait l'écho de ces transgressions du tabou : Héra est sœur et épouse de Zeus. Il en est de même chez les Égyptiens : en dehors du fait que la déesse Isis était sœur et épouse d'Osiris, les plus anciens pharaons devaient épouser leurs propres sœurs. Et si l'on prend la Genèse à la lettre, étant donné qu'Ève n'a donné naissance qu'à des garçons, on est en droit de supposer que l'humanité provient des rapports incestueux d'Ève et de ses fils. La mythologie celtique comporte, elle aussi, des allusions à des incestes : Mordred le révolté contre le roi Arthur est le fils incestueux d'Arthur et de sa sœur ; Cûchulainn est sans aucun doute le fils de Conchobar et de sa sœur Dechtire ; Cormac Conloinges, successeur discuté de Conchobar, est le fils de Conchobar et de sa mère Ness ; Lleu Llaw Gyffes est le fils de Gwyddyon et de sa sœur Arianrod ; Merlin et sa sœur Gwendydd entretiennent des rapports ambigus qui n'ont pas échappé aux auteurs du Moyen Âge, puisqu'ils ont fait de Gwendydd la fée Viviane, laquelle n'a plus aucun lien de parenté avec l'enchanteur-prophète.

Ces tabous sociaux dont l'inceste est la charpente

sont donc la régulation de la vie sexuelle à travers le groupe. Mais autant ils s'imposent dans les sociétés qui ont érigé la monogamie en absolu, autant ils étaient inutiles dans les sociétés dont les rapports sexuels étaient libres. Par voie de conséquence, lorsqu'on rencontre des transgressions de tabous sexuels dans les mythologies de sociétés monogamiques, cela suppose le souvenir d'un état social antérieur. Car, nous dit Simone de Beauvoir, « ces âges reculés ne nous ont laissé aucune littérature ; mais les grandes époques patriarcales conservent dans leur mythologie, leurs monuments, leurs traditions, le souvenir d'un temps où les femmes occupaient une situation très haute ».

Mais les tabous individuels, les fantasmes de l'inconscient, forgés par l'être humain lui-même, refoulés au fond de son inconscient et propagés de génération en génération par des habitudes sociales, des interdits moraux ou religieux, des silences surtout, sont de beaucoup les plus intéressants à étudier parce que les plus significatifs de l'évolution de la pensée humaine depuis les vagues époques où la Femme était douée — réellement ou théoriquement[17] — de la toute-puissance, jusqu'aux sociétés modernes où l'homme, tout en concédant quelques droits secondaires à la Femme, dirige la vie sociale, économique, intellectuelle et religieuse, avec un tel succès que ce sont les femmes elles-mêmes, conditionnées par leur éducation, qui approuvent et fortifient — notamment par leur vote — cet état de fait. Or, ces tabous individuels, on n'en parle guère en dehors des ouvrages spécialisés, comme si on avait honte d'en parler. Il est vrai que cela malmène quelque peu le maniérisme romantique avec lequel on nous endort à propos de la Femme et de l'amour, et ce que l'on découvre sous les images de monstres gardiens de la Princesse Engloutie est de nature à faire frémir d'horreur les femmes elles-mêmes qui ne se rendent guère compte des fantasmes incroyables qui hantent l'imagination de leurs « camarades de plumard », pour reprendre une expression rabelaisienne mais parfaitement justifiée due à l'anti-féministe notoire qu'est San-Antonio, *alias* Frédéric Dard[18].

Simone de Beauvoir a fort bien compris l'origine de ces fantasmes : « Plus générale est chez l'homme sa révolte contre sa condition charnelle ; il se considère comme un dieu déchu : sa malédiction c'est d'être tombé d'un ciel lumineux et ordonné dans les ténèbres chaotiques du ventre maternel » (*Le Deuxième Sexe*, I, 196). Ainsi s'explique la très célèbre allégorie de la Caverne que nous trouvons chez Platon, et qui est due à l'anti-féministe Socrate : les hommes sont des prisonniers enchaînés dans une caverne, le dos tourné à l'entrée de cette caverne, de sorte qu'ils ne voient du monde extérieur, c'est-à-dire de la réalité pure dont ils procèdent, que des reflets sur le mur d'en face. En dehors des développements métaphysiques que cette allégorie provoque, on peut facilement identifier la caverne avec l'utérus, car la caverne, nous le verrons plus loin, est un des symboles les plus fréquents du ventre féminin. Il ne faut pas oublier que cette allégorie constitue un des piliers de la philosophie occidentale, et que bon gré, mal gré, tout notre système de pensée, héritage des Grecs, des Romains et des Judéo-Chrétiens, se ressent de son influence. Mais Simone de Beauvoir insiste sur l'aspect *macabre* du ventre maternel : « Cette gélatine tremblante qui s'élabore dans la matrice (la matrice secrète et close comme un tombeau) évoque trop la molle viscosité des charognes pour qu'il (l'homme) ne s'en détourne pas avec un frisson… L'embryon glaireux ouvre le cycle qui s'achève dans la pourriture de la mort » (*Le Deuxième Sexe*, I, 197). Il n'est donc pas étonnant de constater tant de méfiance envers les femmes enceintes, et envers la procréation elle-même. Le *Lévitique* enseigne que si la femme enfante un mâle, elle est impure pendant sept jours et doit se purifier ensuite pendant trente-trois jours. Si elle enfante une fille, elle est impure pendant deux semaines et doit se purifier pendant soixante-dix jours. Parfois cette méfiance peut se changer, pour des raisons diverses, en véritable haine, comme en témoignent des faits divers malheureusement authentiques concernant des femmes enceintes éventrées par des maniaques sanguinaires que l'on qualifie facilement de « sadiques » sans trop se rendre compte des horribles fantasmes qui dévorent l'imagination de ces malades. En tout cas, deux légendes celtiques illustrent fort bien cette haine de la femme enceinte.

Légende de Conomor et Tryphina (Bretagne armoricaine) : Le roi Conomor (ou Kynvawr), personnage historique qui régna au VIe siècle à la fois sur la Domnonée insulaire et sur la Domnonée armoricaine, veuf plusieurs fois, épouse Tryphina, fille du roi de Vannes, Waroc'h (ou Erec). La rumeur publique prétend que Conomor avait maltraité toutes ses femmes précédentes dès l'instant où elles avaient eu des espérances de maternité. Tryphina devient enceinte et remarque l'hostilité de son mari. Elle s'enfuit, mais au terme d'une poursuite mouvementée, Conomor la rejoint et lui coupe la tête. Mais saint Gildas (ou Weltas) remet la tête de Tryphina sur ses épaules et la ressuscite. Elle peut ainsi accoucher d'un garçon, Tremeur, qui malheureusement sera décapité à son tour par Conomor. Saint Gildas, par une sorte de magie plus druidique que chrétienne, anéantit le château de Conomor avec tous ses occupants (Florian le Roy, *Bretagne des saints*, p. 211-214).

La Maladie des Ulates (Irlande) : La déesse Macha, fille d'Étrange, est venue s'installer dans la maison du paysan Crunniuc qui est veuf. Macha devient enceinte. Crunniuc va à l'assemblée des Ulates, et à la suite d'un mot de vantardise de sa part, le roi fait chercher Macha et l'oblige à participer à une course contre ses chevaux. Macha, arguant son état de grossesse avancée, demande un délai. Le roi est intraitable. Macha gagne la course et accouche de deux jumeaux. Mais elle frappe les hommes d'Ulster et leurs descendants d'une malédiction : ils devront souffrir périodiquement les douleurs de l'enfantement pendant quatre jours et cinq nuits[19]. Seul le héros Cûchulainn échappera à cette malédiction. (D'Arbois de Jubainville, *L'Épopée celtique en Irlande*, p. 320-325).

Cette peur de la femme enceinte n'est pas étrangère au mystère qui entoure l'acte de procréation. N'oublions pas qu'à l'aube de l'humanité, le mâle connaissait mal son propre rôle dans la fécondation ; par la suite, il n'y attachait pas grande importance, puisqu'il y avait promiscuité sexuelle : tous les hommes de la horde étaient plus ou moins pères des enfants. La femme était donc dépositaire de ce redoutable privilège. Et ce privilège est ambigu : donner la vie à un être, en vertu de la loi de l'équilibre, signifie prendre la vie à un autre. Le père se sent visé. C'est pourquoi Conomor s'acharne sur ses épouses enceintes et sur son fils né par miracle : pour lui, ce fils, c'est sa propre mort, c'est sa propre négation. Quant à Macha, elle est victime de la conjuration des mâles : mais elle est déesse, elle est l'héritière des anciennes civilisations féminines. Elle se venge et inflige à ses tourmenteurs son propre mal. On voit ici un des aspects que peut prendre la coutume de la couvade, si répandue chez certains peuples, même de nos jours, et qui consiste pour le père, pendant que sa femme accouche, à se mettre au lit et à simuler les douleurs de l'enfantement.

De cette crainte devant la parturition proviennent certaines traditions répandues dans le monde entier et qui montrent le désir de l'homme d'enfanter sans le concours de la femme. Ainsi Athéna sort du crâne de Zeus et Dionysos de sa hanche. Le dieu hittite Koumarbi donne naissance à deux enfants par deux endroits différents de son corps. L'ancêtre des Arandas, peuple d'Amérique, Bandicoot, accouche d'un fils qui lui sort des aisselles. Le Mahâbhârata indien (I, 67) raconte comment Bharadvâja, sur le point d'être sacré roi et donc tenu à la plus stricte continence, aperçoit soudain la jeune Ghritâci dévêtue. Il ne peut résister à son désir : son sperme s'écoule à terre, et comme il n'est pas convenable de l'y laisser, le héros le recueille dans une jarre (*drona*). De cette jarre naît un enfant qui sera appelé Drona et qui est un *ayonija*, c'est-à-dire un être qui n'est pas sorti d'un *yoni*. Une autre légende indienne contenue dans le *Commentaire sur Sarvânukramani* est à peu près identique : la nymphe céleste Urvaçi a été bannie sur la terre par la malédiction de Mithra et de Varuna. Or les deux dieux qui voyageaient sur la terre aperçoivent la nymphe toute nue. Eux non plus ne peuvent résister. Leur sperme s'écoule et ils le recueillent dans une cruche. De cette cruche naîtra l'enfant Skanda, et la malheureuse Urvaçi sera également bannie de la Terre.

On remarquera l'importance symbolique de la jarre ou de la cruche, image de la matrice et son substitut. On comprendra mieux pourquoi les peuples du premier âge du fer, après avoir incinéré leurs morts, renfermaient leurs cendres dans des urnes, usage qui s'est perpétué ensuite chez la plupart des Indo-Européens. En Grèce, la fête des Anthisteries était la fête des Morts qui se célébrait au printemps par des beuveries fantastiques : or le premier jour de cette fête était la « Journée des Jarres ouvertes », en souvenir des jarres où les morts étaient jadis enfermés. De même en Irlande, lors de la fête de Samain, célébrée la nuit du 1er novembre, et qui était la fête des morts, les tertres, les fameux *sidhs* où se trouvaient les dieux et les morts, étaient ouverts : on pouvait y pénétrer et les habitants du *sidh* pouvaient se mêler aux vivants. Cette croyance a persisté longtemps en Bretagne Armoricaine, où, la nuit de la Toussaint, les âmes tourmentées erraient sur le bord des chemins.

La jarre, la cruche, puis le trou dans la terre, la caverne, la grotte sous-marine, l'île au milieu des eaux : autant de symboles de la femme et qui sont en même temps des symboles de mort. La Mort personnifiée est presque toujours une femme d'ailleurs, sauf en Bretagne où nous trouvons un personnage masculin, l'*Ankou.* Wolfgang Lederer attire l'attention sur ces statues médiévales représentant par-devant une belle femme, adorée par un chevalier : lorsqu'on regarde le dos de la statue, on s'aperçoit qu'il est tout rongé par la pourriture ou qu'il ressemble à celui d'un squelette[20]. Ce n'est pas par hasard qu'on a représenté dans les arts comme dans la littérature les sorcières comme d'horribles vieilles femmes grimaçantes, alors qu'on sait pertinemment, d'après les relations des procès du Moyen Âge et de la Renaissance, que les femmes accusées de sorcellerie étaient souvent jeunes et belles. La littérature celtique contient des exemples de ce genre où l'on voit le héros aux prises avec des femmes hideuses qui ne peuvent surgir que du monde de la mort.

Peredur ab Evrawc (Pays de Galles) : Un jour, à la cour d'Arthur, à Kaer Llion-sur-Wysc, devant le roi, Gwalchmai, Owein et Peredur, arrive une jeune fille aux cheveux noirs montée sur une mauvaise mule : « Sa physionomie était rude et grossière ; son visage et ses deux mains plus noirs que le fer le plus noir trempé dans la poix... Elle avait les joues très relevées, le bas du visage allongé, un petit nez avec des narines distendues, un œil gris, vert, étincelant, et l'autre noir comme le jais, enfoncé profondément dans la tête, les dents longues, jaunes, plus jaunes que la fleur du genêt. Son ventre se relevait de la poitrine plus haut que le menton. Son échine avait la forme d'une crosse. » Elle salue tous les assistants mais maudit Peredur parce qu'il est allé au Château des Merveilles, qu'il y a été témoin d'un spectacle étrange et qu'il n'a pas posé la question qui eût redonné la santé au roi blessé et la prospérité à son pays. Elle ajoute cependant qu'en sa propre demeure se trouve une belle jeune fille prisonnière et que « celui qui la délivrerait acquerrait la plus grande renommée du monde ». C'est alors que Gwalchmai se décide à aller tenter l'aventure qui l'amènera par la suite à la découverte des mystères du Château des Merveilles (J. Loth, *Mabinogion*, II, 103-106).

Cet épisode est à peu près semblable dans le *Perceval* de Chrétien de Troyes, de même que la description de la hideuse demoiselle. Dans le *Parzival* de Wolfram d'Eschembach, il s'agit de la fameuse « Kundry la Sorcière », et elle n'est pas moins laide. Or Kundry est un personnage féminin bien typique de la tradition celtique, camouflé pour les besoins de la cause sous des aspects de virago repoussante : c'est une divinité qui peut transmettre le bonheur ou le malheur dans les relations amoureuses qu'elle entretient avec les mortels. Elle a conduit le roi-pêcheur Amfortas à son état misérable, mais c'est elle qui fera de Parzival le Roi du Graal. Elle appartient à la catégorie des Femmes Initiatrices dont nous aurons à reparler. L'essentiel, ici, est de voir que son aspect dangereux est mis en avant et symbolisé par sa laideur. Mais jamais, dans le texte allemand comme dans le texte français ni dans le texte gallois, elle ne perd un seul instant son ambiguïté fondamentale, et c'est pourquoi elle attire les hommes. Mais bien entendu, ceux qui réussiront à la suivre, c'est-à-dire à la posséder, seront extrêmement rares. L'accès des domaines interdits n'est réservé qu'à des privilégiés. Puisque la Femme Engloutie représente à la fois la Connaissance, la Richesse et la Puissance, elle ne peut appartenir à tout le monde : c'est la logique même des sociétés paternalistes qui sont d'essence aristocratique. Il faut donc détourner d'elle les désirs du commun des mortels, au moyen des tabous et des terreurs, qui sont d'ailleurs d'autres formes de tabous. La transgression des tabous est alors un acte magique accompli par celui qui aime, c'est-à-dire par celui qui a réussi à vaincre sa répugnance et qui se résigne à s'anéantir pour tout gagner. Car de même qu'il n'y a point de nouvelle vie sans la mort, sans la dissolution, l'homme nouveau, celui dont rêvent les mythes, ne peut naître qu'après son complet anéantissement dans le sein de la femme.

Les Fils d'Eochaid Muigmedon (Irlande) : Au cours d'une chasse, les cinq fils d'Eochaid, roi d'Irlande, souffrent de la soif, et l'un après l'autre, chacun tente de trouver de l'eau. Ils rencontrent ainsi une vieille femme à l'aspect horrible : « Chacune de ses jointures et chacun de ses membres, du sommet du crâne à ses pieds, était aussi noir que charbon. Comme la queue d'un cheval sauvage était la crinière hérissée et grise qui formait la partie haute de sa chevelure. Les branches vertes d'un chêne auraient pu être coupées par les dents vertes qui se trouvaient en sa bouche et qui allaient jusqu'à ses oreilles. Elle avait des yeux sombres et fumeux, un nez crochu et creux. Son corps était fibreux, taché de pustules, maladif. Ses tibias étaient tordus, tout de travers. Ses chevilles étaient épaisses, ses épaules larges, ses genoux gros, ses ongles verts ». Or cette femme refuse de donner l'eau de son puits à moins qu'on ne lui donne un baiser. Les quatre premiers fils d'Eochaid refusent. Le plus jeune, Niall, accepte et lui donne un baiser. Mais alors, « il n'y eut pas de fille plus belle et plus splendide au monde ». Et cette fille déclare s'appeler *Flaithius*, c'est-à-dire « Royauté ». C'est ainsi que Niall deviendra roi d'Irlande. (J. M., *Les Celtes*, p. 176-178).

La Fille du Roi sous les Flots (Écosse-Irlande) : Les *Fiana* sont réunis un soir d'orage autour de Finn. Une femme horrible et repoussante demande à entrer. Finn et son fils Oisin refusent tour à tour de la laisser pénétrer. Seul Diarmaid prend pitié d'elle, la fait venir près du feu et, malgré la répugnance qu'elle lui inspire, il va jusqu'à lui permettre de partager son lit. Alors il s'aperçoit qu'elle est devenue une très belle jeune fille. Elle bâtit par magie pour Diarmaid un château sur la colline de Ben Endain, et elle consent à y vivre avec lui à condition qu'il ne lui reprochera pas trois fois les bontés qu'il a eues pour elle. Bien entendu les tabous seront transgressés. La Fille et le château disparaissent. Diarmaid part alors à sa recherche, emprunte un bateau qui l'emmène sous les flots. Là, il apprend que la fille du roi vient de revenir après sept ans d'absence, mais qu'elle est très malade et que personne ne peut la guérir. Diarmaid, après de nombreuses aventures, se procure une coupe magique qui rend la santé à la fille du roi. Mais à ce moment, il ne conçoit plus que du dégoût pour elle, l'abandonne et revient en Irlande (Conte recueilli par Campbell dans les Highlands. Loys Brueyre, *Contes populaires de la Grande-Bretagne*, 1875, p. 175-183).

On remarquera que c'est toujours le plus jeune qui ose vaincre sa répulsion. Niall est le plus jeune des fils d'Eochaid. Diarmaid est le plus jeune des *Fiana*. Cela semble donner raison à l'argumentation psychanalytique qui prétend que la grande révolution sociale de la nuit des temps a été la prise du pouvoir par le plus jeune des fils, avec la complicité de la mère, contre le Père tout-puissant, les autres frères suivant ensuite l'exemple du cadet. Dans la plupart des contes, c'est toujours le dernier, et le plus faible, qui réussit les épreuves. Parfois ses frères, jaloux de son succès, le neutralisent et usurpent les avantages. On retrouve cette tradition dans l'histoire biblique de Joseph et de ses frères[21].

Cependant, si Niall se satisfait de la Royauté qu'il a conquise par son geste rituel, il se trouve que Diarmaid a des doutes sur son destin. Il perd une première fois la Fille du Roi sous les Flots parce que, inconsciemment, en transgressant le tabou, il veut l'écarter, peut-être à cause des remords de s'être livré corps et âme à un être féminin mystérieux dont il ne connaît même pas l'origine. Mais lorsqu'il s'aperçoit de la disparition de la Femme, il se produit un grand déchirement en lui : sa conscience lui ordonne de la rechercher, de la reconstituer en lui, exactement comme Orphée qui descend aux Enfers réclamer Eurydice au Dieu des Ténèbres, et cela parce qu'il n'a pas encore « fait le tour » de la Femme, qu'il ne la connaît pas encore. Et la Femme une fois retrouvée et guérie, Diarmaid la perd une seconde fois, de son propre gré, consciemment, comme Orphée se retournant vers Eurydice. Car maintenant, il l'a vue. Et comment est-elle ? Exactement comme lorsqu'elle est entrée pour la première fois chez les *Fiana*, aussi laide et repoussante. Tout le reste n'était qu'illusion. On sent, dans le conte de Diarmaid, tout un contexte paternaliste et chrétien : Diarmaid a trahi les siens, il a trahi son organisation sociale en acceptant les propositions de la Femme. Mais il est tellement aveuglé qu'il lui faudra du temps pour retourner dans le droit chemin, c'est-à-dire pour revenir à la loi patriarcale dont il n'aurait jamais dû s'écarter. La même idée, plus christianisée encore, se retrouve dans la *Quête du Saint-Graal*, œuvre composite née de la conjonction des légendes celtiques païennes et du mysticisme chrétien du XIIIe siècle.

Deux Aventures de Perceval : Dans sa recherche du mystérieux château du Graal, Perceval, après de multiples aventures, se trouve sans cheval dans un endroit inconnu. Une femme lui propose un magnifique coursier qu'il accepte et qui le conduit à un train d'enfer. Il a des doutes et se signe. Le cheval se secoue, jette Perceval à terre et se précipite dans la rivière dont il embrase les eaux (*Quête du Saint-Graal*, trad. A. Béguin, p. 90-91). Un peu après, Perceval voit arriver sur la mer une nef magnifique sur laquelle se trouve une demoiselle parée des plus somptueux vêtements. Elle invite Perceval et lui raconte ce qui est advenu à Galaad et aux autres chevaliers. Perceval la suit. Il est reçu avec de grands honneurs, traité avec beaucoup d'égards. Après un repas chargé de mets et de breuvages, la Demoiselle fait tendre sur la rive un pavillon pour que Perceval puisse se reposer des ardeurs du soleil. Puis elle vient l'y rejoindre et lui fait promettre d'être à elle. Perceval éméché par la boisson, promet tout ce qu'elle veut et au moment où l'acte va être accompli, il aperçoit la croix qui se trouve sur son épée. Aussitôt il se signe. « Le pavillon se renversa, une fumée et un nuage l'enveloppèrent, si épais qu'il n'y vit plus goutte, avec une telle puanteur de toutes parts qu'il se crut en enfer. » Bien entendu, quand il rouvre les yeux à la lumière, plus de trace du pavillon. Il aperçoit la nef qui s'en va et sur la nef la demoiselle qui s'écrie : « Perceval, vous m'avez trahie ! » Plus tard, un ermite à qui il raconte son histoire, lui explique que la demoiselle, créature de « l'Ennemi », a voulu l'enfermer dans le pavillon rond, qui est le monde entaché de péché, et le soustraire au « grand soleil », c'est-à-dire au feu du Saint-Esprit (*Ibid.*, p. 93-101).

Dans cette deuxième aventure de Perceval, le schéma du Mythe de la Femme Engloutie se trouve tracé intégralement, en même temps que son évolution sur le plan de l'interprétation. Comme Dahud-Ahès qui règne encore dans les profondeurs de la mer sur la Cité d'Ys, et qui invite ses amants à la suivre, la Demoiselle à la Nef, parée des beaux vêtements qui symbolisent les richesses matérielles ou spirituelles qui se trouvent *en-bas*, demande à Perceval de venir avec elle partager le festin d'immortalité qu'elle lui prépare. Après cela, par l'acte sexuel qui sera une sorte de mort pour Perceval, elle lui fera réintégrer le monde d'avant la naissance en le plaçant dans une situation paradisiaque où plus rien n'existe que la béatitude inconsciente de l'être primitif. Par un dernier sursaut d'orgueil mâle, et aussi de peur de l'engloutissement, Perceval se libère de l'étreinte. Il y a la même idée dans l'histoire de Merlin et de Viviane : Merlin, ayant appris sa magie à Viviane, celle-ci se sert de ses pouvoirs pour enfermer Merlin dans un château d'air, hors du monde, et pour ce faire, elle accomplit le geste rituel de tourner neuf fois autour de son amant. Mais Merlin, qui est parfaitement conscient de ce qui va lui arriver, accepte le retour à l'état primitif. C'est volontairement qu'il s'y engloutit. Perceval, lui, n'est pas mûr pour une telle expérience. Il ne la vivra que plus tard, en découvrant le Graal, lequel a exactement la même signification, mais avec des reflets mystiques. D'ailleurs le Graal, comme le Pavillon rond, comme le Château d'Air de Merlin, sont les images du ventre maternel : le Graal contient du sang, et n'importe qui ne peut pas se pencher sur lui, car ce geste implique la mort. Galaad en regardant le fond du Graal ne peut plus retenir sa vie.

Cependant l'interprétation chrétienne donnée dans ce passage de la *Quête du Graal* est hautement significative. Perceval aurait été à jamais occulté, c'est-à-dire englouti, mis à l'écart du *grand soleil* qui est le Saint-Esprit. Il s'agit bien d'une récupération d'un mythe païen : car le soleil désigne la vie apparente, la vie matérielle. Ainsi mis à l'écart, Perceval aurait bénéficié du *soleil noir*, du soleil spirituel qui ne brille que pour les initiés, ceux qui savent voir dans l'obscurité. Mais une telle conception paraissait dangereuse aux adaptateurs chrétiens de la légende. Tout ce qui est noir est suspect parce qu'incontrôlable ; il faut donc l'interdire. Et c'est pourquoi la Demoiselle à la Nef est une créature de « l'Ennemi », qu'on se garde bien de nommer par son nom d'ailleurs, car il ne faut jamais donner le nom véritable des choses ou des êtres qui présentent un danger.

Tout ce qui est féminin est plus ou moins en rapport avec l'« Ennemi », au Moyen Âge. On se demande pourquoi on n'a pas fait de Satan un personnage féminin, pendant qu'on y était. Mais le fait est là : l'« Ennemi » règne sur les femmes ; c'est lui qui préside au sabbat des sorcières ; c'est lui qui agit sur les femmes. Il a d'abord incité Ève à pécher et à faire pécher Adam. Il continue à vouloir faire pécher l'homme en usant des artifices, des séductions et de la sexualité de la femme. « L'iniquité de l'homme vient de la femme et l'iniquité de la femme vient d'elle-même », dit l'Ecclésiaste. Et les Juifs répètent chaque jour dans leur prière matinale : « Soyez béni, ô Seigneur, notre Dieu, roi de l'Univers, de ne m'avoir pas fait naître femme ». À partir de là, le christianisme n'a fait qu'accentuer cette haine de la femme jusqu'au délire, s'accrochant aux moindres détails physiologiques, et les exploitant de manière à constituer des barrières prohibitives infranchissables. Les Pères de l'Église, saint Jérôme étant mis à part, sont les types parfaits de ce qu'on appelle de nos jours des « obsédés sexuels ». Tertullien, après avoir dit que la femme était « la porte du diable », la définit encore comme « temple édifié au-dessus de l'égout », et saint Augustin déclare gravement : « *inter faeces et urinam nascimur* ».

Car nous voici au cœur du problème. La femme est réellement un temple, comme le dit Tertullien, mais pour accéder à ce temple, il faut passer par des chemins qui, pour reprendre les termes d'une phrase de Simone de Beauvoir, sont « cachés, tourmentés, muqueux, humides, pleins de sang, souillés d'humeurs ». Voilà pourquoi les chemins qui mènent au château du Soleil, symbole de la Féminité, car le Soleil à l'origine est féminin, sont des chemins si secrets, si dangereux, si hérissés de monstres, avec tant de marécages, de fondrières, de torrents infernaux. « Le corps réceptacle de la Femme, c'est l'expression naturelle de l'expérience vécue par elle lorsqu'elle porte intérieurement son enfant ou lorsque l'homme entre en elle lors de l'acte sexuel. Elle est l'urne de vie dont naît la vie, qui porte tout ce qui vit, pour ensuite le libérer, l'expulser et le répandre sur le monde… Toutes les fonctions vitales de base se produisent dans le cadre de ce vase dont l'intérieur représente l'inconnu. Sa sortie et son entrée ont une signification spéciale. La boisson et la nourriture qu'absorbe ce vase déclenchent toutes les fonctions créatrices… Tous les orifices naturels, yeux, oreilles, bouche, nez, rectum et zone génitale, ainsi que la peau, ont exercé en tant que lieux d'échange entre l'extérieur et l'intérieur, une fascination extraordinaire sur les premiers hommes[22]. » Et comme la mémoire des hommes est des plus tenaces, nous retrouvons cette fascination trouble et frappée de honte dans les différentes pratiques amoureuses. En effet, le baiser buccal, le baiser sur les yeux, la langue dans l'oreille, la pénétration vaginale normale, les différents actes classés comme « perversions » (cunnilingus, coït anal, goût pour la sueur, les sécrétions intimes, les matières fécales, l'urine, les linges souillés, etc.) ne sont pas autre chose, en définitive, et avec quelque répugnance qu'on puisse les considérer, que l'élan normal pour retrouver le chemin de l'intérieur, cette fameuse *entrée ouverte au palais fermé du roi* dont parlent les textes alchimiques.

Cette attirance de l'homme vers la femme, en même tant que sa répugnance, c'est un fait biologique incontestable. Tous les mythes anciens, celtiques comme les autres, en portent la marque. Nous en avons vu quelques exemples, notamment celui de la laideur de la Femme[23]. Il y en a bien d'autres concernant la femme elle-même. Cette ambivalence des sentiments masculins à l'égard de la femme persiste dans la littérature de tous les pays. Nous en trouvons une violente expression dans un court récit peu connu de Georges Bataille, *Dirty*, et le nom de l'héroïne, qui sert de titre, est à lui seul tout un programme[24]. Mais ce qu'il y a de remarquable, c'est que dans la tradition proprement celtique, jamais la Femme n'apparaît aussi monstrueuse, aussi ignoble qu'elle peut l'être dans la littérature grecque, la littérature latine, ou les littératures modernes. On dirait que les Celtes ont tenu à respecter cet Être mystérieux, qui leur faisait peur, certes, mais qui était tout de même l'image d'une certaine perfection, d'une certaine pureté, comme il ressort de l'analyse minutieuse des romans courtois du

XIIe et du XIIIe siècle, romans qui sont tous d'inspiration celtique.

C'est plutôt dans les *quêtes* de la Femme Engloutie que réapparaissent tous les fantasmes masculins. La Femme est toujours dans un château, dans une caverne, dans une île, dans un palais au fond des eaux. Là où elle se trouve, tout n'est « que luxe, calme et volupté ». Mais il faut parvenir dans ce Saint des Saints. Et dans tout l'attirail mythologique qu'ont employé les conteurs pour décrire l'arrivée de l'Audacieux qui tente d'accéder jusqu'à la Femme, nous découvrons toutes les répulsions qui font à la fois office de barrière et d'excitant au désir de l'homme. Bien entendu, les structures paternalistes de la société celtique païenne, puis les impératifs moraux du Christianisme n'ont fait qu'accentuer ces répulsions, leur donnant, par un choix très évocateur d'images, une force redoutable sur l'imagination. La Femme Engloutie est bien protégée. Les interdits sont insurmontables pour le commun des mortels.

Considérons le mythe de la Caverne. Il n'est point besoin d'insister sur la signification utérine, et même vaginale des grottes sacrées dans toutes les religions du monde, y compris la religion chrétienne. Ce n'est pas par hasard que la Vierge Marie se manifeste dans des grottes comme celle de Lourdes. Ce n'est pas non plus par hasard que la Tradition place la naissance du Christ dans une grotte servant d'étable. Les églises romanes et surtout les cryptes ne font que perpétuer cette idée, qui est un héritage des temps paléolithiques où les êtres humains se terraient dans les cavernes, y vivaient, y dormaient, y mouraient, y imploraient les divinités, y enfouissaient leurs morts. Mais chez les Celtes, l'héritage est encore plus direct et date de l'époque néolithique : ce sont d'abord les grottes naturelles ou aménagées comme celles de la vallée du Petit Morin, près de Coizard (Marne). La Femme Engloutie y attend ses zélateurs : elle est figurée en déesse funéraire sur les murs de craie. Ensuite, ce sont les monuments mégalithiques, les dolmens, avec leur chambre solitaire, et surtout les allées couvertes, ces étranges allées couvertes, qui sont constituées d'un long couloir, parfois coudées, conduisant à une chambre-sanctuaire, au fond de la terre. Et le couloir, qui est très bas près de l'entrée, devient de plus en plus haut à mesure qu'on s'approche de l'antre. C'est là que les Gaëls faisaient vivre les dieux et leurs déesses, celles qui dans le folklore deviendront les fées, les bonnes dames, et dont le souvenir n'est pas encore perdu dans nos campagnes à l'heure de la télévision et du bulldozer.

Les Grottes aux Fées : « Dans la baie de Yaudet en Ploulec'h, sur les bords de la Manche bretonnante, tout le monde parlait autrefois d'une grotte peu profonde où se trouvait, non une fée, mais une princesse qui y avait été enchantée avec d'immenses trésors. Elle doit rester endormie jusqu'au jour où un célibataire, inaccessible à la peur, sera venu la délivrer » (Paul Sébillot, *Folklore de la France*, II, 121). Il y a une grotte des fées à Guernesey où l'on ne peut pénétrer qu'à marée basse et en grimpant sur de grosses masses de rochers entassés à l'entrée (*Ibid.*, II, 116). Un chasseur bossu pénètre dans une grotte, près de Lourbières (Ardèche) : il voit la grotte illuminée, la mousse changée en or, et au milieu une table bien servie. Il mange. Alors il voit tomber des quilles d'or, puis une boule d'or : mais c'était le corps d'une fée qui se mit à chanter (*Ibid.*, I, 437). « Les Fées noires de la région pyrénéenne emportaient les jeunes vachers qui abandonnaient la surveillance de leurs troupeaux pour chercher des nids de perdrix blanches. Les Margot-la-Fée gardaient aussi des hommes dans leurs cavernes, mais sans les y contraindre ; ils s'y plaisaient tellement que le temps leur semblait moitié moins long qu'il n'était réellement » (*Ibid.*, I, 442). « Des fées avaient leur demeure souterraine dans le voisinage de Giromagny, non loin de Belfort ; souvent les cultivateurs, en menant leur charrue, les entendait racler leur pétrin » (*Ibid.*, I, 451). Dans les

Ardennes, à Saint-Aignan, des failles profondes qui laissaient échapper une buée parfois très intense, passaient pour être la demeure des fées. Les gens croyaient que la buée était la fumée de leur cuisine (*Ibid.*, I, 452). « Une caverne de la vallée de la Vienne, près de Saint-Victurnien, était autrefois habitée par des êtres surnaturels, moitié femmes, moitié animaux, connus sous le nom de fanettes, c'est-à-dire mauvaises fées » (*Ibid.*, I, 453). Sur la côte de la Manche, de Saint-Brieuc à Dinard, les fées qu'on appelle des *houles*, habitent des grottes qui « se prolongeaient bien avant dans les terres, jusque sous les bourgs, d'où l'on entendait chanter les coqs des fées : l'une d'elles aboutissait à Notre-Dame-de-Lamballe, à quarante kilomètres de son entrée. Suivant quelques récits, quand on avait franchi une sorte de tunnel, on voyait un monde pareil au nôtre, qui avait son ciel, son soleil, sa terre et ses arbres, et même de beaux châteaux au bout de longues avenues » (*Ibid.*, II, 108).

Cette dernière superstition se rapporte curieusement à la croyance irlandaise selon laquelle, dès qu'on a franchi les limites du *tertre* aux fées, de ce fameux *sidh*, on découvre un univers analogue au nôtre. C'est cet univers qu'habitent les Tuatha Dé Danann, ces dieux de l'ancien temps, c'est-à-dire les tenants d'une civilisation dont les structures, d'après les détails mythologiques, admettaient une plus grande participation de la femme à la vie collective. Il n'est donc pas étonnant de retrouver les fées dans ces cavernes et dans ces tertres artificiels que sont les monuments mégalithiques.

Mais il faut entrer dans cet univers. Or l'entrée est pénible, dangereuse, sanglante. D'innombrables légendes font état d'un fantasme bien connu, celui de la *vagina dentata*. Il est périlleux d'entrer dans une grotte inconnue pour la première fois, on ne sait pas ce qui peut arriver : on peut recevoir un rocher sur la tête, on peut glisser, se casser un membre, et le membre le plus précieux de l'homme, celui qui constitue sa raison d'être un homme. On notera en passant l'appellation « parties nobles » de l'homme qui s'oppose à celle de « parties honteuses » de la femme. Car le mythe de la pénétration sanglante ou dangereuse dans la grotte où vit recluse la Femme Engloutie n'est pas autre chose qu'un acte de défloration mis en images symboliques. En Inde, de nombreux contes parlent de femmes dont le vagin est rempli de dents qui coupent le pénis de l'homme[25]. Dans d'autres lieux, en particulier dans le Royaume fabuleux du Prêtre Jean, si célèbre pendant tout le Moyen Âge, ce sont des serpents qui se trouvent dans le vagin. Ailleurs ce sont des bêtes sauvages qui gardent l'entrée et qui dévorent tous les amoureux en puissance. Les sorcières, elles-mêmes, d'après les relations des procès intentés contre elles, avaient la réputation de faire subir des mutilations au membre viril lors d'une copulation.

Cette croyance, presque universelle et en tout cas fort tenace, est évidemment liée à la peur du sang. Sang menstruel d'abord, qui est inquiétant, malsain (il n'y a qu'à lire la Bible pour s'en rendre compte), puisqu'il est l'objet d'une quantité invraisemblable de tabous divers, mais aussi le sang de la défloration qui passe pour porter malheur. À cela s'ajoutent d'ailleurs les difficultés rencontrées parfois dans l'acte de défloration, soit par faiblesse masculine, soit à cause de l'étroitesse ou de la malformation de la femme. Cela explique que dans certains pays, la défloration se pratiquait à l'aide d'un instrument coupant, ou d'un bâton, ou d'une pierre. Cela explique surtout la curieuse coutume appelée improprement « droit de cuissage » et qui n'est pas du tout un privilège accordé (ou accaparé par lui) au seigneur. Bien au contraire : étant donné que la défloration est dangereuse, par la difficulté de l'acte, mais aussi par l'écoulement du sang qu'il provoque, il faut que ce soit un personnage puissant physiquement et *spirituellement* qui l'accomplisse, un prêtre, un roi ou un prince. Car ce haut personnage a le pouvoir d'écarter la malédiction qui, sans cela, pèserait sur le malheureux mari. D'ailleurs, la preuve en est le fait que ceux qui réussissent à pénétrer dans la grotte sont toujours des êtres exceptionnels, doués d'une puissance physique et spirituelle hors du commun. N'oublions pas que le héros doit vaincre les bêtes sauvages qui gardent l'entrée, les tuer, puis vaincre ses propres fantasmes — les enchantements dont il se croit victime —, enfin gagner le sanctuaire, le temple. Sa mission est donc sacrée. Plusieurs récits celtiques illustrent ce thème.

Peredur et l'Addanc (Pays de Galles) : Les fils du Roi des Souffrances sont tués chaque jour par un *addanc* (Castor monstrueux) qui se trouve dans une grotte. Ils sont ressuscités chaque jour grâce au chaudron de Renaissance. Peredur promet de tuer le monstre. Alors une femme d'une merveilleuse beauté apparaît à Peredur et lui dit : « Je connais l'objet de ton voyage. Tu vas te battre avec l'*Addanc*. Il te tuera, non par vaillance, mais par ruse. Il y a sur le seuil de sa grotte, un pilier de pierre. Il voit tous ceux qui viennent sans être vu de personne, et, à l'abri du pilier, il les tue tous avec un dard empoisonné. Si tu me donnais ta parole de m'aimer plus qu'aucune autre femme au monde, je te ferais don d'une pierre qui te permettrait de le voir en entrant sans être vu de lui. » C'est ainsi que Peredur peut pénétrer dans la grotte et tuer l'*addanc* dont il emporte la tête (J. Loth, *Mabinogion*, II, 94-96).

La Razzia des Bœufs de Fraech (Irlande) : La femme et le troupeau de Fraech ont été ravis et emmenés dans une forteresse mystérieuse gardée par un serpent qui interdit tout accès aux imprudents. Fraech arrive aux alentours de la forteresse, en compagnie de Conall Cernach, frère de lait de Cûchulainn, et l'un des trois meilleurs guerriers d'Ulster. Conall fait tant et si bien que le serpent tombe endormi dans sa ceinture. Moyennant quoi, Fraech peut récupérer sa femme et ses bœufs (G. Dottin, *L'Épopée irlandaise*, p. 100).

Tristan et le grand serpent crêté (Irlande et Cornouailles) : Tristan a été envoyé par son oncle le roi Mark pour demander en mariage Yseult la blonde, fille du roi d'Irlande. Il débarque sous un déguisement, car sa tête est mise à prix en Irlande. Or un grand serpent crêté ravage l'île et le roi a fait savoir qu'il donnerait sa fille à celui qui tuerait le serpent. Tristan entre dans la caverne du serpent, et après un dur combat, il le tue. Mais empoisonné par l'haleine du monstre, il tombe évanoui. Un chevalier couard coupe la tête du monstre et va réclamer la récompense, mais Yseult, méfiante, vient explorer la grotte et découvre Tristan. Le trompeur est puni et Tristan embarque avec Yseult (André Mary, *Tristan*, p. 49-52).

Le Pont de l'Épée (roman courtois) : La Reine Guenièvre a été enlevée par Méléagant et est prisonnière dans le royaume de Gorre (ou de Verre), pays « d'où nul ne revient ». Lancelot du Lac part à la recherche de Guenièvre. Pour pénétrer dans le royaume de Gorre, il y a deux possibilités : passer par le pont de l'Épée ou passer par le Pont-Sous-l'Eau. Lancelot choisit le premier. Il doit ramper péniblement sur une immense épée jetée en travers d'une rivière aux eaux bouillonnantes. « Il a les mains, les pieds et les genoux en sang. » De plus, de l'autre côté du pont, il y a deux lions qui le guettent. Mais arrivé sur l'autre rive, « il jette autour de lui les yeux : rien, pas même un lézard, pas le moindre animal qui soit à redouter... Il a ainsi la preuve, en n'apercevant plus aucun des deux lions, qu'il a été trompé par un enchantement ». Cependant, c'est Gauvain, entré avec beaucoup de difficultés par le Pont-Sous-l'Eau, qui, par suite d'aventures compliquées, délivrera la reine Guenièvre (Chrétien de Troyes, *Le Chevalier à la Charrette*, trad. Jean Frappier, p. 97).

Le Château du Graal (roman courtois) : Après une navigation merveilleuse, Lancelot du Lac aborde au pied d'une mystérieuse forteresse. « Derrière le château, une porte, qui donnait sur l'eau, restait ouverte nuit et jour. Il n'y avait pas de sentinelle de ce côté, car deux lions gardaient l'entrée et on ne pouvait arriver à la porte qu'en passant entre eux deux. » Lancelot sort de son bateau et se prépare à combattre les deux lions. Mais une main enflammée le frappe rudement au bras et fait tomber son épée tandis qu'une voix se fait entendre, lui reprochant son manque de foi. De fait, lorsqu'il s'approche des lions, ceux-ci le laissent passer sans rien dire. Lancelot monte dans le château et parvient près d'une porte close. Il demande à Dieu de lui permettre de voir un peu des mystères qui se cachent de l'autre côté de la porte. Alors « Lancelot vit s'ouvrir la porte de la chambre, et une clarté en sortit, aussi grande que si le soleil y eût fait sa résidence… À cette vue, Lancelot sentit une telle joie et un tel désir de voir d'où venait la lumière qu'il en oublia tout le reste ». Mais Lancelot n'est pas admis à entrer dans la chambre du Saint-Graal (*Quête du Saint-Graal*, trad. A. Béguin, p. 222-224).

Tous ces récits insistent sur le caractère étrange et sacré de l'endroit dans lequel le héros doit pénétrer. Et à chaque fois, c'est pour gagner une femme ou le substitut de celle-ci, car le Graal est un symbole féminin, la clarté solaire nous le prouve, le soleil étant chez les Celtes, sinon une déesse, du moins une puissance féminine (Yseult la Blonde, elle-même, est le Soleil personnifié). Les animaux qui empêchent le héros d'entrer sont des serpents ou des lions. L'*Addanc* de Peredur est un monstre plus ou moins chimérique, et de toute façon, ces animaux sont des illusions, autrement dit des fantasmes issus de l'imagination. Dans la *Quête du Saint-Graal*, en dépit de la coloration chrétienne évidente, les détails sont peut-être encore plus archaïques pourvu qu'on veuille bien les traduire. Une fois vaincues les répugnances *ante portam*, l'homme pénètre la femme, et la description du bonheur et de l'oubli de Lancelot est simplement la sublimation d'un orgasme bien matériel, mais d'un orgasme incomplet, car Lancelot n'est pas digne de la possession totale et définitive du Graal : il est retenu par son *péché*, ce qui veut dire qu'il est encore trop attaché au système dans lequel il a été éduqué et qui est un système paternaliste. Tout ce passage fait d'ailleurs penser à un hymne récité par les initiés au culte de la déesse d'Asie Mineure Cybèle, et qui nous est rapporté par Clément d'Alexandrie :

> « J'ai mangé sur le tambourin,
> j'ai bu dans la cymbale,
> j'ai porté la Coupe Sacrée,
> j'ai pénétré dans la Chambre Nuptiale[26]. »

Quant à l'évolution du mythe de la caverne (ou du château) gardé par des monstres, elle peut être illustrée par deux récits empruntés à l'hagiographie chrétienne, le premier consigné dans un ouvrage littéraire anglo-normand du XIIe siècle, le second particulièrement fécond en variantes dans la tradition orale armoricaine.

Le Purgatoire de Saint-Patrice (Irlande) : le chevalier Owen, qui a la réputation d'un homme saint et courageux, se risque dans le puits de Saint-Patrice en Irlande, lieu ténébreux d'où surgissent des fumées nauséabondes et des cris horribles. Il y voit des choses atroces, car il s'agit d'un purgatoire, sorte de petit enfer temporaire. Il sort purifié par l'épreuve et finit sa vie dévotement (J. Marchand, *L'Autre Monde au Moyen Âge*, p. 81-115).

Le roi Arthur, qui s'employait à détruire les superstitions en Irlande arrive à la caverne qui conduit au séjour des morts et d'où, après s'être purifiées, les âmes s'envolent joyeuses vers le ciel. Gauvain empêche Arthur d'explorer à fond cette caverne où l'on entend le fracas d'une cascade qui émet une odeur de soufre et où résonnent des voix lugubres (d'après un ouvrage latin du XVIe siècle cité par G. Dottin, *Annales de Bretagne*, XXVI, 792).

Saint Efflam et le roi Arthur (Bretagne armoricaine) : Le jeune Efflam, fils du roi d'Irlande, ne consomme pas son mariage avec la princesse bretonne (insulaire) Enora. Au cours de sa nuit de noces, il s'enfuit et débarque en Armorique. À peine a-t-il mis le pied à terre qu'il voit un monstrueux dragon entrer dans sa caverne. Il rencontre le roi Arthur qui pourchasse le monstre mais qui ne peut l'atteindre. Efflam guide Arthur vers la caverne. Le roi se bat contre le dragon, mais doit abandonner la lutte. Alors le lendemain, Efflam, par ses prières, oblige le monstre à s'engloutir dans la mer où il disparaît (Albert le Grand).

Ces deux récupérations chrétiennes de la légende païenne sont assez curieuses. Le Purgatoire de saint Patrice est toujours un endroit infernal : c'est la caverne maudite où ne pénètrent que ceux qui sont déjà des pécheurs. Mais paradoxalement, comme le disait un critique à propos de Baudelaire, c'est par « l'enfer du plaisir que l'on atteint parfois Dieu ». Le chevalier Owen se purifie dans les entrailles de la terre, c'est-à-dire dans les entrailles de la femme. Quant à l'histoire de saint Efflam, elle est transparente. Si Efflam s'enfuit au cours de sa nuit de noces, en dépit de ce que disent les pieux hagiographes, ce n'est pas par souci de sa virginité, c'est parce qu'il ne peut pas franchir les portes. Il est inhibé au sens psychanalytique du mot. Ce n'est que plus tard qu'il vaincra ses obsessions, encouragé par l'exemple du roi, qui est un souvenir du « droit de cuissage », celui-ci se déroulant finalement comme une simple cérémonie au cours de laquelle le seigneur mettait rituellement sa jambe dans le lit nuptial. Efflam ayant vaincu le dragon et celui-ci *s'étant englouti dans la mer*, comme par hasard, l'accès de la caverne est libre[27].

Nous avons vu que la caverne avait comme équivalent la forteresse, généralement entourée d'eau, et quelque peu enfouie. L'analogie va plus loin qu'une ressemblance de forme et qu'une identité d'origine (la première forteresse où les hommes trouvèrent refuge était évidemment une caverne naturelle). En effet, si l'on prend le mot *arche* qui signifie pour nous vaisseau ou abri et qu'on examine son sens originel, on sera bien surpris de constater que le latin *arca* veut dire « coffre », « cercueil » et aussi « *matrice* ». De la racine de ce mot, probablement d'origine étrusque, nous trouvons non seulement *arcanum*, « mystère », « secret » et « arcane », mais aussi *arx* (génit. *arcis*) qui signifie la « citadelle », la « forteresse en son point le plus central », dont l'équivalent médiéval est le « donjon ». D'ailleurs, comme le fait remarquer Otto Rank, les villes sont prises et traitées comme des femmes, et parfois les femmes sont traitées comme des villes. Les unes et les autres doivent être conquises et de plus, à étudier l'histoire, on s'aperçoit que le viol des femmes après la prise d'une ville est un geste, non pas de barbarie, mais éminemment symbolique, rappel inconscient d'antiques rituels.

De toute façon, le héros qui, après avoir vaincu les dangers, pénètre dans la caverne, ou la forteresse, réactualise sa propre naissance, mais en sens inverse, et la Princesse Engloutie joue pour lui le rôle de la Mère, accueillant et protégeant son enfant, et douée par lui d'une nouvelle vie intense. Cependant, pour cela, il faut vaincre tous les tabous, toutes les interdictions, « Les difficultés et les dangers qui guettent l'enfant naissant lors de sa sortie (de l'utérus maternel) sont remplacés par les difficultés et les dangers qui s'opposent à la pénétration du Prince Charmant auprès de la Belle au bois dormant (plantes épineuses, chemins glissants, rochers parsemés de trappes), tandis que la délivrance définitive de la bien-aimée est représentée par la destruction de la cuirasse, l'ouverture du cercueil, la déchirure de la chemise, toutes enveloppes qui rendaient la vierge inaccessible[28] ». Cela fait ressortir la double qualité de l'acte, agréable et pénible et montre « que l'angoisse provoquée par le traumatisme de la naissance peut être vaincue par l'amour rédempteur. Il en résulte que la délivrance de la Belle… repose sur la négation de l'angoisse consécutive à la naissance. Ceci ressort d'une façon particulièrement nette dans les contes où le héros, après avoir tué le dragon… tombe lui-même dans un état de sommeil qui rappelle la mort[29] ».

Un détail remarquable et sur lequel il nous faut insister est le fait que la caverne ou la forteresse sont presque toujours, soit entourées d'eau, soit au milieu des marécages, dans un « gaste pays » couvert de landes et de forêts humides, soit dans la brume, soit franchement dans la mer ou dans un lac. Les marais ont toujours eu quelque chose de trouble et de diabolique dans l'imagination humaine. Ce n'est pas de la terre et ce n'est pas de l'eau : c'est la zone intermédiaire où tout se fait et se défait. Nous avons été formés d'eau et d'argile ; nous redeviendrons eau et argile dans la pourriture. Les marais sont les zones d'échange entre le monde des vivants et celui des morts. Ils sont donc inquiétants. En Bretagne armoricaine, la grande dépression marécageuse du Yeun Elez, dans les Monts d'Arrée, près du Mont Saint-Michel de Brasparts, passe pour être une des portes de l'Enfer. Tout près de là, à Brennilis, se trouve une statue de Notre-Dame de Breach-Ilis ou Breach-Ellez, c'est-à-dire « Notre-Dame du Marais d'Ellez ». Or il se trouve que le mot *Ellez*, comme celui de la rivière l'Ellé, comme celui de la célèbre forêt de Brocéliande (*Brechéliant* dans les anciens textes, c'est-à-dire *Breach-Elliant ou Breach-Elliant*), provient de la racine indo-européenne qui a donné *Hell* en anglais et qui signifie « enfer ». La Femme engloutie est donc plus que jamais « l'imperière des infernaux paluds » dont parle François Villon dans sa « Ballade pour prier Notre Dame ».

Mais il y a plus. Sandor Ferenczi fait remarquer dans *Thalassa*[30] que l'acte sexuel, pour l'individu mâle, représente, en plus du processus inversé de la naissance, l'actualisation au stade inconscient, du désir de retourner vers l'humide, c'est-à-dire en fait la négation de la catastrophe de l'assèchement qui a rejeté le lointain ancêtre de l'être humain hors du milieu aquatique, il y a des millions d'années. D'où le symbolisme du poisson, image du pénis et de l'enfant dans la matrice, et par là souvenir inconscient d'un état antérieur aquatique que chaque être humain expérimente individuellement dans le processus de la maturation fœtale en milieu humide clos. Le désir du héros se lançant à la quête de la Princesse Engloutie correspond donc « à l'effort visant à rétablir le mode de vie perdu, et ceci dans un milieu humide qui contienne en même temps des substances nutritives, ce qui veut dire l'existence aquatique dans l'intérieur de la mère, humide et riche en nourriture[31] ». D'où le sens particulier que prend le poisson dans certaines traditions. D'après la *Vie de saint Korentin*, le premier évêque de Quimper se serait nourri pendant des mois d'un poisson auquel il coupait un morceau le soir et qui redevenait entier pendant la nuit. Chez les Chaldéens, le poisson Oannès aurait été le premier être vivant et est donc considéré comme le dieu primordial et nourricier. Les premiers Chrétiens se sont servi de l'image du poisson non seulement pour se reconnaître, mais parce que le Christ représentait la nourriture infinie que son message était venu promettre, c'est-à-dire le retour à la vie paradisiaque d'avant la catastrophe.

Et comme il y a concomitance entre le milieu humide où vit le poisson et la Femme, le poisson finit par symboliser la Femme elle-même, comme en témoigne le mythe des Sirènes, êtres aquatiques à queue de poisson. La divinité indienne Satyavati, dont le nom signifiait « Vérité », se prénommait aussi « Poisson puant ». On sait d'ailleurs que la femme est réglée sur un cycle lunaire de vingt-huit jours, correspondant à l'action de la lune sur les marées, et que la liqueur vaginale sécrétée sous l'effet des excitations érotiques, a une odeur de poisson caractéristique due à la présence de trimétylamine, substance qu'on retrouve dans le poisson qui commence à se décomposer. On comprend ainsi pourquoi les abords de la grotte ou les marécages exhalent une odeur qui fait fuir les délicats, mais qui, paradoxalement, les attire. Les mythes ne sont jamais des inventions gratuites, ils traduisent sous une forme imagée les réalités les plus profondes de l'Être et de la Vie[32].

Mais quand, toutes répugnances vaincues, le seuil est franchi, les délices paradisiaques attendent le héros :

Lyon et la Princesse d'Autriche (Vosges) : Le jeune Lyon pénètre dans un château merveilleux après avoir franchi de nombreux obstacles et tué trois géants. Il traverse une première salle en argent, une seconde en or, une troisième qui contient des pierres précieuses. Il découvre dans une quatrième salle la Princesse d'Autriche endormie au-dessus de laquelle se trouve un écriteau portant cette phrase : « Celui-là qui me délivrera après avoir tué les trois géants gardiens de ce château, profitera de moi et m'enlèvera l'anneau que j'ai au doigt » (L. F. Sauvé, *Le Folklore des Hautes-Vosges*, p. 326-340).

La Nuit de la Pentecôte (Bretagne armoricaine) : Il y a une cité engloutie sous la grève de Saint-Efflam (Côtes-du-Nord). Chaque année, la nuit de la Pentecôte, pendant les douze coups de minuit, la cité surgit et est accessible. Perik Skoarn s'y introduit pour s'emparer de la baguette de noisetier qui donne la toute-puissance. Il traverse des salles remplies d'argent, d'or et de pierres précieuses, et parvient dans la chambre où se trouve la baguette. Mais là, il voit « cent jeunes filles belles à perdre les âmes des saints ; chacune d'elles tient d'une main une couronne de chêne, de l'autre une coupe de vin de feu ». Perik Skoarn tombe en extase et laisse passer le douzième coup de minuit et il disparaît avec la ville » (E. Souvestre, *Le Foyer breton*).

Diarmaid et Grainné (Irlande-Écosse) : Grainné (= le soleil), épouse du roi Finn, s'est enfuie avec le jeune Diarmaid, après avoir *obligé* celui-ci au moyen d'un *geis*. Ils se réfugient tous deux dans une grotte jusqu'au jour où ils sont trahis par des copeaux entraînés par le ruisseau qui s'écoule de la grotte (J. M., *L'Épopée celtique d'Irlande*, p. 153-164).

Tristan et Yseult (version allemande) : Lorsque Tristan et Yseult sont surprit en flagrant délit par le roi Mark et qu'ils ont pu échapper au bûcher, ils se réfugient non pas dans la forêt de Morrois, comme dans les autres versions, mais dans une grotte qui a été construite par des géants et dont la voûte possède une clef faite de pierres précieuses. Au milieu trône un lit de cristal. C'est là que les deux amants accomplissent la liturgie de l'amour, le lit se substituant à l'autel (*cf.* Denis de Rougemont, *L'Amour et l'Occident*, p. 122).

Nous voyons ainsi que la situation paradisiaque est réactualisée au moment où l'on atteint le « sanctuaire », en plein cœur du château. Ce château peut se trouver au centre même d'une ville engloutie comme dans la légende de « la Nuit de la Pentecôte ». C'est aussi au fond de la caverne, naturelle ou artificielle, qui conserve dans l'histoire de « Diarmaid et Grainné » ses caractères sexuels féminins très visibles, avec même *l'écoulement des eaux* qui entraîne des copeaux, symbole évident du flux menstruel. Mais dans le *Tristan* de Gottfried de Strasbourg, la grotte est réellement un temple aménagé, *super cloacam*, disait Tertullien. Le fait que la grotte, dans la version allemande, remplace une forêt, nous amène tout naturellement à voir une équivalence symbolique entre les deux.

La forêt mystérieuse et qui, lorsqu'elle est impénétrable, est dite « forêt vierge », est une des images universelles de la féminité. Cela va du sanctuaire au milieu de la forêt, la *nemeton* des anciens Druides, la clairière illuminée au milieu de l'obscurité des arbres, jusqu'au joli « jardinet » de François Villon ou des poètes de la Renaissance, voire jusqu'aux « broussailles » et aux « buissons » des auteurs pornographiques. C'est dans une forêt que, dans les versions les plus répandues, Tristan et Yseult vont se réfugier pour y communier dans le « sacrement de l'amour ».

C'est dans le verger médiéval, image d'un microcosme parfumé, secret et clos, que la Princesse Engloutie attend son amant. Les illustrations littéraires de ce thème sont innombrables à l'époque courtoise et ont été véhiculées à travers toute l'Europe par les troubadours.

Roman de Jaufré (Occitanie) : Après une série d'aventures dans la forêt de Brocéliande, Jaufré se trouve dans une maison de lépreux où il découvre une belle jeune fille. Il doit se battre avec les lépreux, et pour sortir de là, il lui faut briser une statue d'enfant. La maison s'écroule. Jaufré se retrouve dans un verger « tout clos de marbre », avec des arbres, des fleurs et des oiseaux qu'on ne voit nulle part au monde et qui font penser au paradis. C'est le verger d'une jeune orpheline, Brunissen, qui, attristée par un deuil depuis sept ans, manifeste son chagrin avec les siens par des larmes trois fois la nuit et quatre fois le jour. Seul le chant des oiseaux apaise sa douleur. Le héros, après avoir admiré le verger, s'y endort d'un sommeil de plomb. C'est là que le découvre Brunissen qui en tombe amoureuse (*Jaufré*, v. 3040 et suiv.).

Ce texte est particulièrement intéressant, d'abord par le personnage de Brunissen, la Reine Brune (qui d'ailleurs est blonde dans le roman, comme il était de mode au XIIIe siècle) : c'est un des aspects de la Reine des Ténèbres, et nous avons vu que son nom est associé aux voies romaines du sud-ouest de la France, comme le nom d'Ahès est associé à celles de la péninsule armoricaine. C'est donc une sorte d'équivalent de la déesse grecque des carrefours Hécate. Comme Brunissen se plaît à écouter les oiseaux, on peut la comparer avec une divinité du panthéon gallois, Rhiannon, la Grande Reine, dont les oiseaux « réveillent les morts et endorment les vivants », et qui est l'héroïne de deux récits, *Pwyll prince de Dyvet*, et *Manawyddan ab Llyr*[33]. Ensuite Brunissen est claustrée dans son verger et dans son château, et elle manifeste un deuil mystérieux qui ressemble fort au deuil que mènent les occupants du château des Merveilles dans le récit gallois de *Peredur*[34] où se dessine la primitive scène du Cortège du Graal. Enfin le schéma de l'histoire elle-même est très clair : après s'être égaré dans la *forêt*, Jaufré découvre la belle jeune fille (c'est-à-dire Brunissen), mais il doit combattre les lépreux (ses fantasmes et son dégoût) et *briser une statue d'enfant*, c'est-à-dire briser son enfance, nier sa naissance. Alors tout s'écroule (chute de la conscience au moment de l'orgasme). Moyennant quoi il se retrouve au milieu du verger merveilleux (anéantissement *post coïtum*), ayant rétabli la situation paradisiaque primitive.

Car ce verger n'est autre que le Jardin du Paradis de toutes les Genèses, paradis perdu au fond de l'inconscient et que chaque être humain essaie de réaliser en lui d'une façon ou d'une autre. Les troubadours placent toujours les rencontres des amants dans un verger clos, pendant la nuit. Et quand vient l'aube, c'est le déchirement, la catastrophe, une naissance réactualisée avec tout son cortège de traumatismes :

> « En un verger, sous les feuilles de l'aubépine, la dame serra contre elle son ami, jusqu'à ce que le guetteur criât quand l'aube vint. Oh ! Dieu ! l'aube, comme elle vient tôt ! Plût à Dieu que jamais la nuit ne finît, ni que mon ami n'eût à me quitter, ni que le guetteur ne vît jamais jour ni aube ! Oh ! Dieu ! l'aube, comme elle vient tôt ! » (G. Picot, *La Poésie lyrique au Moyen Âge*, I, 69-71). « Guette bien, guetteur du château, quand j'ai à moi jusqu'à l'aube l'objet qui m'est le meilleur et le plus beau, le jour vient sans faillir. Jeu nouveau ravit l'aube, oui, l'aube ! Guette, ami, veille, crie, hurle, je suis riche, j'ai ce que je désire le plus, mais je suis ennemi de l'aube. La tristesse que nous cause le jour m'abat plus que l'aube, oui, l'aube » (*Ibid.*, I, 79-81).

Ce thème du Verger trouve son apothéose dans cet ouvrage assez exceptionnel qu'est le *Roman de la*

Rose, aussi bien celui de Guillaume de Lorris où dominent les préoccupations courtoises héritées à la fois des coutumes celtiques et de la mentalité des troubadours occitans, que celui de Jean de Meung hanté par des questions angoissantes posées à propos de la féminité. L'amant aperçoit une rose merveilleuse, au milieu d'un verger. Il ne peut plus vivre s'il ne va cueillir cette rose. Mais que de difficultés à vaincre, que de dangers à éviter, que d'épines à franchir, avant de pouvoir accomplir l'acte régénérateur ! Le sens du poème de Jean de Meung est d'ailleurs très clair : à travers les allégories, ce sont les fantasmes humains qu'il faut écarter de sa route.

Souvent, ce ne sont pas des monstres qui gardent l'entrée de la demeure de la Princesse Engloutie. Chez les troubadours, ce sont, la plupart du temps, les *gelos* et les *losengiers*, c'est-à-dire les jaloux et les médisants. Dans certains contes, c'est le Père lui-même. Dans d'autres récits, c'est le mari. La plupart du temps celui-ci est vieux et tyrannique, il séquestre sa femme et tue les amants potentiels. De même qu'Yspaddaden Penkawr impose au prétendant de sa fille des épreuves insurmontables et tente même de le tuer (récit gallois de *Kulhwch et Olwen)*, de même le mari se découvre des trésors de ruse et de perversité pour garder sa femme à l'abri.

> « Le seigneur qui gouvernait la cité était un très vieil homme ; il avait pour femme une dame de haut parage, franche, courtoise et belle. Il était jaloux démesurément… Il la surveillait, et ce n'était pas pour rire. Sous le donjon, un verger clos de toute part descendait jusqu'à l'eau. L'enceinte était en marbre vert, haute et très épaisse, avec une seule entrée où nuit et jour des gardes veillaient. À l'autre bout s'étendait la mer, et personne ne pouvait arriver de ce côté, si ce n'est en bateau. C'est là que le seigneur, pour mettre sa femme en lieu sûr, avait bâti une chambre. Sous le ciel il n'en était pas de plus belle. À l'entrée une chapelle ; tout autour de la

chambre, des peintures où Vénus, la déesse d'amour était très bien figurée... C'est là que la dame fut mise et, enclose. Son seigneur lui donna une pucelle pour son service... Un vieux prêtre blanc et fleuri gardait les clefs de la porte » (Marie de France, *Lai de Guigemar*, P. Truffau, *Les Lais de Marie de France*, p. 12-13).

Il y a évidemment un aspect revendicatif dans les Lais de Marie de France : c'est une protestation contre les mariages imposés à la femme sans tenir compte de son inclination. Il y a même plus : une attaque en règle du mariage monogamique qui suppose *ipso facto* l'adultère, ce que corrobore l'étude de tous les romans courtois du XIIe et du XIIIe siècle. L'Amour Courtois, qui est nécessairement hors mariage, qu'il soit platonique ou qu'il soit sensuel, est assez déconcertant dans la société chrétienne du Moyen Âge, et même si ses origines passent pour être occitanes, il correspond étroitement aux préoccupations des Celtes et se réfère à leur système juridico-social. Mais en dehors de cette revendication féminine du droit au libre amour, les Lais de Marie de France, qui sont tous des adaptations de légendes celtiques, insulaires et armoricaines (d'après les noms propres Marie s'est inspirée d'œuvres en breton-armoricain), présentent le schéma caractéristique du mythe de la Princesse Engloutie. Dans *Guigemar*, nous retrouvons la forteresse près de la mer, et dans la forteresse, le verger et le sanctuaire qui est la chambre, entourée par des peintures représentant Vénus. Or dans la suite du récit l'Amant arrivera *par la mer*.

Car en définitive, c'est l'Eau qui demeure l'élément essentiel dans le mythe de la Princesse Engloutie. Souvenons-nous du *Lancelot* de Chrétien de Troyes : le héros est l'amant de la reine Guenièvre et veut reprendre celle-ci qui a été ravie par Méléagant dans son royaume de *verre*. Lancelot pénètre dans le royaume de verre par le Pont de l'Épée et la description de son passage ressemble à un rituel *sanglant* tant il se blesse sur l'épée. L'épée elle-même est un symbole phallique. Le fait que Lancelot, ayant le choix entre le Pont-Sous-l'Eau et le Pont de l'Épée, ait opté pour ce dernier est normal : il est l'amant. Mais l'épée a une autre signification, elle symbolise le feu. C'est donc une voie ignée, sèche qu'a choisie Lancelot, et cela fait penser à la *Voie Brève* ou *Voie Sèche* des Alchimistes, méthode assez mystérieuse à laquelle s'oppose la *Voie Longue* ou *Voie Humide*, et qui est un moyen pour parvenir à la Pierre Philosophale. Or Lancelot, qui a pourtant réussit l'exploit de pénétrer ainsi dans le royaume de verre, ne peut délivrer Guenièvre : il échoue[35]. Et c'est Gauvain qui ramène Guenièvre, Gauvain qui est passé par le Pont-Sous-l'Eau, avec bien des difficultés d'ailleurs, puisqu'il s'en faut de peu qu'il n'ait été noyé. Gauvain qui est le neveu de Guenièvre, c'est-à-dire un substitut du fils, a retrouvé instinctivement la voie naturelle qui lui permet de mener à bien sa mission.

Car la Femme, c'est évidemment la Mère sous les aspects les plus divers. Ce qu'accomplit Gauvain, et ce que n'a pas fait Lancelot, c'est un *regressus ad uterum* au cours duquel il faut franchir l'eau, c'est-à-dire le liquide amniotique qui sépare le fœtus du monde extérieur, à l'image de l'océan primitif qui enfermait en son sein les êtres vivants, avant la catastrophe de l'assèchement qui les a rejetés sur la terre, les obligeant à s'adapter à une vie nouvelle, sèche et pénible. Lancelot agit en amant, par l'épée, c'est normal, nous l'avons dit, mais ce n'est pas suffisant. L'épée est la projection de Lancelot, comme le pénis est le prolongement de l'être mâle. Lancelot tente ainsi l'union amoureuse avec Guenièvre, la Femme-Mère (elle est la Reine), mais cette union est nécessairement incomplète, car « dans les deux sexes l'élaboration du désir passe par une envie impossible à satisfaire[36] ». D'autre part, si l'union sexuelle est une sorte de retour vers l'utérus maternel, « le coït réalise cette régression temporaire de trois manières : l'organisme complet la réalise *de façon hallucinatoire* seulement, à la manière du rêve ; le pénis, auquel s'identifie l'organisme entier, y réussit déjà en partie, c'est-à-dire *symboliquement* ; mais seul le sperme a le privilège, dans son rôle de représentant du Moi et de son *alter ego* narcissique, l'organe génital, de parvenir aussi *réellement* à atteindre la situation intra-utérine[37] ».

Par conséquent, Lancelot *ne pouvait pas* réussir ce que Gauvain obtiendra par un *engloutissement* véritable au sein des eaux-mères. C'est dire l'importance du thème de l'Eau. L'eau sert de frontière entre les deux mondes. Le passage entre les deux rives est donc un échange entre ces deux mondes, comme en témoigne la célèbre anecdote du *Peredur* gallois où le héros voit des moutons blancs devenir noirs en débarquant sur une rive, et des moutons noirs devenir blancs en débarquant sur l'autre[38]. Dans un curieux ouvrage d'un écrivain latinisant du XIVe siècle, Pierre Bercheur, on trouve une aventure significative de Gauvain qui, s'étant enfoncé sous les eaux d'un lac, pénètre dans une forteresse : à l'intérieur se trouve un repas tout préparé auquel Gauvain fait honneur ; ensuite il est témoin d'un spectacle qui se réfère étrangement au cortège du Graal archaïque tel qu'il est décrit dans *Peredur*. Un récit irlandais assez touffu relate une aventure dans le monde sous-marin :

L'Expédition de Loégairé, fils de Crimthann (Irlande) : Les hommes de Connacht sont assemblés près du Lac des Oiseaux. Alors surgit de la brume un guerrier mystérieux qui déclare être « des gens de Féerie », et qui demande l'aide de quelques héros pour reprendre sa femme qui a été enlevée par un ennemi. Loégairé, fils de Crimthann, accepte de secourir Fiachna — c'est le nom du personnage féerique — et il entraîne avec lui « cinquante guerriers à sa suite ; il plonge devant eux sous le lac ; ils plongent après lui. Ils virent en face une forteresse, et une bataille vis-à-vis». Léogairé et ses hommes obtiennent la victoire et délivrent la femme. En récompense, Léogairé obtient la fille de Fiachna, qui s'appelle Der Greine, et demeure un an dans le pays féerique. Au bout d'un an, comme Loégairé et ses compagnons manifestent le désir d'aller prendre des nouvelles de leur pays, Fiachna leur dit de prendre des chevaux et de n'en point descendre. Ils arrivent ainsi *au-dessus* de l'assemblée de Connacht, disent adieu à leurs parents et reviennent dans le pays merveilleux (G. Dottin, *L'Épopée irlandaise*, p. 53-55).

Les variantes du thème initial sont importantes. Il s'agit, dans ce récit, de la reconquête d'une femme. Mais cette reconquête se double d'une conquête d'une autre femme, celle d'une femme féerique, donc de l'autre monde, par un personnage du monde réel. Et le nom de cette femme féerique est révélateur : elle s'appelle Der Greine, ce qui nous fait penser à Grainné, femme de Finn, qui s'enfuit avec Diarmaid et se cache dans une caverne. Car *Greine* ou *Grainné* veut dire «soleil» : elle est donc un des aspects de la Déesse féminine solaire qui semble avoir été commune aux indo-européens primitifs. Donc le mythe de la Princesse Engloutie sous les eaux se double ici du Mythe Solaire essentiel, à savoir que le soleil disparaît pendant un certain temps de l'autre côté du vaste océan qui entoure la terre, mythe solaire dont nous avons des traces archéologiques indéniables à l'âge du bronze, ne serait-ce que par les fameux chars solaires des civilisations de la Baltique.

Précisément ce thème solaire paraît sinon d'origine nordique — hyperboréenne même — du moins avoir été exploité plus particulièrement par les populations du nord de l'Europe, celles de la grande plaine asiatique et même jusqu'aux rivages du Pacifique. C'est dans une légende japonaise que nous en retrouvons l'équivalent. La déesse-soleil Amaterasu s'était en effet cachée dans une caverne parce qu'elle avait pris ombrage de la conduite de son frère. Elle refusait de sortir (image de l'angoisse ancestrale des hommes de ne plus voir le soleil surgir au matin). Tous les dieux se rassemblèrent devant la caverne, avec un miroir pour refléter la déesse. Puis la déesse Amano Uzume exécuta une danse obscène qui fit rire tous les dieux. Par curiosité Amaterasu sortit de la grotte et illumina le monde.

Ce soleil caché dans une caverne, ou sous les eaux, quand on connaît l'habitude celtique de donner au soleil les caractères féminins, nous fait comprendre le schéma de toutes les légendes relatives à la Princesse Engloutie, dépositaire des trésors et des secrets, et qui attend qu'un audacieux vienne la réveiller ou la délivrer. De plus, l'image ronde du soleil sur les eaux nous conduit à examiner un autre aspect du même mythe qui a revêtu, chez les Celtes, une importance toute particulière, celui de l'Île où règne la Princesse. Nous l'avons déjà vu dans la *Navigation de Maelduin* et dans la *Navigation de Bran*, nous le retrouvons sous sa forme la plus élaborée et qui est également la plus célèbre, celle de la légende de Morgane et de l'Île d'Avalon dont les Romans de la Table ronde ont répandu l'image à travers le monde entier.

L'Île d'Avalon : Lorsque le roi Arthur, blessé mortellement à la bataille de Camlann, arrive sur le rivage de la mer, en compagnie du chevalier Girflet, il demande à celui-ci de s'éloigner. Un violent orage éclate, puis apparaît « sur la mer une nef remplie de dames ». L'une de ces femmes est la fée Morgane, sœur du roi. Elle appelle Arthur qui pénètre dans la nef. La nef s'éloigne et on dit qu'elle « s'en alla tout droit à l'Île d'Avalon où le roi Arthur vit encore, couché sur un lit d'or » (*La Mort du roi Arthur*). « L'Île des Pommiers est aussi appelée Île Fortunée parce que toute végétation y est naturelle. Il n'est point nécessaire que les habitants la cultivent… Les moissons y sont riches et les forêts y sont couvertes de pommes et de raisins… Neuf sœurs y gouvernent… De ces neufs sœurs, il en est une qui dépasse toutes les autres par la beauté et la puissance. Morgane est son nom, et elle enseigne à quoi servent les plantes, comment guérir les maladies. Elle connaît l'art de changer l'aspect d'un visage, de voler à travers les airs, comme Dédale, à l'aide de plumes... C'est là qu'après la bataille de Camlann nous conduisîmes Arthur blessé... Morgane nous reçut avec les honneurs qui convenaient. Elle fit porter le roi dans sa chambre, sur une couche d'or... Elle le veilla longtemps et, enfin, elle lui dit qu'il pourrait retrouver la santé si, avec elle, il restait dans cette île et acceptait ses remèdes» (Geoffroy de Monmouth, *Vita Merlini*, J. M., *L'Épopée celtique en Bretagne*, p. 120). «Cette île entourée par l'Océan n'est affligée d'aucune maladie. Il n'y a pas de voleur, pas de criminel. On n'y voit pas de neige, pas de brume, pas de chaleur immodérée. Il y règne une paix éternelle. Les fleurs n'y manquent jamais... ni les fruits sous les frondaisons. Les habitants sont sans défaut, ils sont toujours jeunes. Une vierge royale gouverne cette île, plus belle que les belles» (Guillaume de Rennes, *Gesta Regum Britanniae*).

L'Île au milieu de l'Océan et qui possède toutes les apparences du paradis est un symbole facilement explicable : c'est encore l'image de la vie intra-utérine projetée dans l'espace et déplacée du passé réminiscent au futur intemporel. Il n'y a ni mort, ni maladie. Les fruits, surtout les pommes, y sont naturels et abondants. La vieillesse est inconnue. En fait c'est le fameux âge d'or qui hante l'imagination des hommes depuis des millénaires, c'est le calme et paisible état du fœtus protégé par la chaleur dc la mère, nourri par elle, dans un monde clos — un verger, une grotte, une île, une forteresse inexpugnable — où l'on ne connaît pas encore la distinction entre le Bien et le Mal et où, par conséquent, non seulement la vie morale n'existe pas encore, mais également la vie psychique consciente, celle qui repose sur la distinction entre le Moi et le Non-Moi.

Et cette île est l'Île des Pommiers, comme l'Éden était le Verger des Pommes, comme le Jardin des Hespérides contenait des Pommes d'Or. Le nom d'Avalon vient du mot celtique signifiant la « pomme » (breton et gallois *aval*, comparer anglais *apple* et latin *malum*). Dans les légendes irlandaises, l'Île des Femmes, vers laquelle se dirige le héros Bran, s'appelle Emain *Ablach*, et les poètes vantent les pommiers qui y poussent ainsi que la beauté des pommes. D'après Pline l'Ancien (*Hist. Nat.* XXXVIII, 35), les Teutons, peuple celtisé, faisaient le commerce de l'ambre avec les habitants de l'île d'Abalum, aujourd'hui Oesel sur la côte orientale de la Baltique. Il y avait dans cette île un village appelé Aboul, et ce nom, comme celui d'*Abalum*, comme celui de l'île italienne *Abella Malifera*, provient de la même racine qu'Avalon. Il faut d'ailleurs signaler que la tradition brittonique fait de Morgane la fille d'Evallach, nom que nous retrouvons dans la *Quête du Graal* comme étant celui du roi Mordrain avant son baptême, ce roi étant un des doublets de Pellès le Riche Roi-Pêcheur, gardien du chaudron sacré, ou du Graal si l'on préfère, c'est-à-dire d'un objet en forme de vase dont le symbolisme féminin ne fait aucun doute.

Et ce qui est remarquable, c'est que les Celtes aient placé leur paradis sous une juridiction qui échappait totalement à l'organisation paternaliste qui, malgré certaines particularités, était la leur. L'Île d'Avalon, ou sa correspondante gaélique Emain Ablach, est régie par des femmes dans le cadre d'une organisation matriarcale. Nous pouvons nous poser deux questions qui peuvent demeurer sans réponse : est-ce le souvenir d'une époque antérieure où la Femme régissait la société (celtique ou pré-celtique), ou est-ce uniquement la projection des désirs inconscients du *regressus ad uterum* ? Il est probable que ce furent les deux à la fois. De toute façon, ce mythe de l'Île des Femmes n'est pas une création littéraire du Moyen Âge, ni des auteurs français de romans de la Table-Ronde : il existait depuis bien longtemps, comme en témoignent les auteurs de l'antiquité grecque et latine :

Pomponius Mela (III, 6). « Vis-à-vis des côtes celtiques, s'élèvent quelques îles qui prennent toutes ensemble le nom de Cassitérides parce qu'elles sont très riches en étain. Celle de Séna, placée dans la Mer Britannique (= La Manche), vis-à-vis de la côte des Osismi (Finistère-Nord), est renommée par un oracle gaulois dont les prêtresses, consacrées par une virginité perpétuelle, sont, dit-on, au nombre de neuf. Elles sont appelées « gallicènes », et on leur attribue le pouvoir extraordinaire de déchaîner les vents et les tempêtes par leurs enchantements, de se métamorphoser en tel ou tel animal selon leur désir, de guérir les maux réputés incurables, enfin de connaître et de prédire l'avenir ; mais elles réservent exclusivement leurs remèdes et leurs prédictions à ceux qui n'ont voyagé et navigué que dans le but de les consulter. »

Strabon (IV, 4) : « Dans l'océan, pas tout à fait en pleine mer, mais juste en face de l'embouchure de la Loire, Posidonios nous signale une île de peu d'étendue où habitent soi-disant les femmes des Namnètes. Ces femmes, possédées de la fureur bachique, cherchent par des mystères et d'autres cérémonies religieuses à apaiser, à désarmer le dieu qui les tourmente. Aucun homme ne met le pied dans leur île, et ce sont elles qui passent sur le continent toutes les fois qu'elles veulent avoir commerce avec leurs maris. »

On remarquera que la description faite par Pomponius Mela, écrivain et géographe ibérique romanisé, correspond en tous points avec ce que dit Geoffroy de Monmouth au XIIe siècle. Pomponius Mela semble considérer les femmes qui habitent cette île comme des Vestales, des Vierges, encore qu'il nous faudra ultérieurement définir ce que les écrivains anciens entendaient par « vierges », tandis que Strabon, sur la foi de Posidonios, les considère comme des Bacchantes ayant commerce avec les hommes. Morgane et ses sœurs sont plutôt du genre « bacchantes », selon les différents récits qui concernent la sœur du roi Arthur, « la plus chaude et la plus luxurieuse de toute la Grande-Bretagne », comme le dit l'auteur du *Lancelot en prose.* Quoiqu'il en soit, cette île-paradis est une tradition très ancienne dont on retrouve les traces même dans le folklore. L'Île de Séna est peut-être, malgré le fait qu'elle soit placée par Pomponius Mela dans la Manche, l'île de Sein, qui passe pour être l'Autre Monde, de l'autre côté de la Baie des Trépassés et de l'Enfer de Plogoff[39]. On a même essayé de localiser Avalon, soit en Bretagne armoricaine, dans l'Île d'Aval, non loin de Trébeurden (Côtes-du-Nord), soit en Grande-Bretagne, à l'île de Môn (Anglesey), et surtout dans l'ancienne abbaye de Glastonbury, *au milieu des marécages*[40]. Ces localisations ne peuvent avoir aucune valeur puisqu'il s'agit d'une île en dehors du temps et de l'espace du monde des vivants. C'est d'elle que nous entretient Plutarque dans son *De Defectu Oraculorum* (XVIII) : « D'après Démétrios, parmi les îles qui entourent la Bretagne... quelques-unes tirent leurs noms de démons ou de héros... Il aborda dans la plus proche de ces îles désertes... À son arrivée, un grand trouble venait de se manifester dans l'air, accompagné de nombreux signes célestes. Les vents soufflaient avec fracas et la foudre tomba en plusieurs endroits. Le calme étant revenu, les habitants lui dirent qu'il s'était produit une éclipse de quelque être supérieur... Là, ajoute-t-il, se trouve Kronos endormi, gardé par Briarée. Le sommeil a été le lien inventé pour le retenir prisonnier. Autour de lui, il y a un grand nombre de démons qui sont ses serviteurs. » C'est encore l'une des îles du Nord du monde d'où viennent, d'après les textes irlandais, les Tuatha Dé Danann, et où ils ont appris « la science, la magie, le druidisme, la sagesse et l'art ».

Il est intéressant de constater que, s'il faut en croire Plutarque, Kronos se trouve *endormi* sur cette île. N'oublions pas que Kronos, l'ancien Dieu-Père, a été destitué par son fils Zeus, et châtré par lui. Or Arthur a été blessé par son propre fils incestueux Mordret, et l'on sait que la blessure en général, pour un roi, signifie en réalité « blessure infamante et qui ne permet plus de régner », donc blessure cause d'impuissance sexuelle, comme chez le Roi-Pêcheur Pellès dans la légende du Graal. Le fait que Kronos soit endormi, de même qu'Arthur est en état de dormition en attendant de revenir, nous indique qu'il s'agit d'une équivalence sommeil-mort élargie dans un sens nettement psychanalytique : le sommeil est ce qui suit l'orgasme, autrement dit c'est l'état de béatitude inconsciente (état de nirvâna) qui marque le retour à la vie intra-utérine. D'ailleurs, dans tout cela, qu'est-ce qui est mort, qu'est-ce qui est vie ? La limite est forcément imprécise. Sandor Ferenczi fait remarquer (*Thalassa*, p. 147) que « peut-être la mort absolue n'existe-t-elle même pas ; peut-être dans l'inorganique même les germes de la vie et les tendances régressives sont présents, dissimulés. Alors nous devrions définitivement abandonner la question concernant le commencement et la fin de la vie et nous devrions imaginer tout l'univers organique et inorganique comme un va-et-vient incessant entre les tendances de vie et de mort, où ni la vie ni la mort ne parviendrait jamais à régner seule ».

C'est en tout cas l'hypothèse qui surgit à la lecture consciente des différentes versions du Mythe de la Princesse Engloutie. Le va-et-vient incessant entre l'instinct de vie et l'instinct de mort dont parle Ferenczi est celui que nous observons dans l'épisode des moutons de *Peredur*, épisode que nous retrouvons dans le récit gaélique de la *Navigation de Maelduin*. Ce va-et-vient, c'est encore ces échanges continuels entre les deux mondes qui caractérisent autant les vieilles épopées manuscrites que les traditions orales plus récentes recueillies en pays celtique. La nuit de Samain, les tertres sont ouverts, il suffit d'y pénétrer, ou de se poster à l'entrée pour voir se glisser les filles mystérieuses du *sidh* hors de leurs remparts de terre ou d'eau. Mais la nuit de Samain est elle-même intemporelle : elle dure chaque soir de la vie des astres. Nous sommes tous des Œdipe qui rencontrons le Sphinx dans les ruines d'une cité morte. Le Sphinx est un être féminin, obscur, caché : il est sorti de sa caverne à la faveur de cette nuit de Samain ; il nous pose des questions et ces questions sont stupides. Et nous sommes encore plus stupides que lui, car nous sommes incapables d'y répondre : nous sommes aveugles, ou plutôt *nous ne voulons pas voir* les réponses qui s'imposent. Et c'est ainsi que nous courons à notre perte : le sphinx nous déchirera, et il aura raison. Car les questions qu'il nous pose, ce sont des questions sur nous-mêmes. Faut-il espérer qu'un jour l'Être humain, qu'il soit homme ou qu'il soit femme, daigne ouvrir les yeux et veuille bien reconnaître ce qui est en lui, et ce qui agit en lui ?

Nous sommes partis du Mythe de la Ville d'Ys, mais ce n'était pas sans raison. Au début était l'eau, à la fin il y aura l'eau. Nous avons essayé de suivre Dahud-Ahès dans toutes ses métamorphoses et dans tous ses repaires, car c'est la Femelle aux Visages innombrables. De la cité d'Ys à l'Île d'Avalon en passant par la caverne du dragon, il n'y a que la distance d'une image à une autre. Dans toutes ces transpositions d'un même mythe, où se révèle toujours la même structure de pensée, apparaît la certitude que « l'ordre du symbole ne peut plus être conçu comme constitué par l'homme, mais comme le constituant » (Jacques Lacan). En étudiant *comment l'homme a rêvé la femme*, *comment il l'a engloutie*, et *pourquoi il l'a fait*, on dévoile la réalité profonde de l'être humain. Mais comme le fait remarquer Claude Lévi-Strauss, le symbole qui se développe dans les mythes n'est jamais absolu : si tout est dit, il n'en reste pas moins qu'il faut comprendre. À la fin de la magnifique épopée irlandaise de la *Courtise d'Étaine*[41], lorsque le roi Éochaid veut retrouver sa femme Étaine ravie — mais consentante, ce qui change tout — par le dieu Mider, lequel l'a emmenée dans l'univers merveilleux du *sidh*, il ordonne de creuser sous tous les tertres d'Irlande. Mais par suite d'une ruse de Mider, il ne récupère pas sa femme, seulement une autre qui a pris le visage d'Étaine. Cette conclusion est significative. L'homme, le mâle, une fois qu'il a perdu la femme, commence à comprendre ce qu'elle était et ce qu'elle représentait. Trop tard, malheureusement, car maintenant, d'autres images s'interposent entre le Réel objectif et l'homme. « La vérité est dans un va-et-vient entre ceux qui la disent » (Jacques Lacan) et il est bien difficile de la saisir. Peut-être la solution réside-t-elle dans la redécouverte du *langage du début*, « structure première de l'inconscient » (Jean Lacroix). Mais cette structure première, où se trouve-t-elle exactement ? Sous les flots de la Mer, la Ville d'Ys est toujours là, avec sa princesse engloutie : celui qui le premier, le jour de la surrection d'Ys, entendra sonner la cloche, celui-là possédera le royaume dans sa totalité, et Dahud-Ahès de surcroît. Mais où se trouve la *réelle* ville d'Ys ? En dessus ou en dessous ? Quand on regarde le reflet d'une ville ou d'une forêt sur les eaux d'un lac, d'un fleuve ou d'une mer, est-on jamais sûr que la réalité se trouve du côté où l'on regarde ? Si le mythe de la Princesse Engloutie jette une certaine suspicion sur le rapport établi depuis des siècles quant à l'opposition de *mors et Vita*, en vertu du fait qu'il illustre l'angoisse des zones frontières entre le rêve et la réalité, l'état de veille, on est en droit de se demander s'il ne signifie pas non plus l'impuissance de l'homme à choisir. Et dans son imagination frelatée par des siècles de structures aberrantes parce qu'uniquement formulées au nom de la masculinité, la Princesse, qu'il a consciemment refoulée dans les bas-fonds de son inconscient, revient plus belle et plus forte que jamais dans l'image d'une Déesse qu'il n'aurait jamais dû cesser d'adorer.

Notes

1. *Les Celtes*, p. 19-43.

2. Le C'H breton se prononce comme le CH allemand, mais il devient H aspiré en Vannetais et parfois en Cornouaille.

3. Depuis le Pont de Marsac, sur l'Aff, jusqu'à l'Oust, sur le territoire du Morbihan, la voie romaine d'Augers à Carhaix par Castennec s'appelle *Chemin d'Ahès*. La voie centrale bretonne, surnommée « la Rohanne », fut construite, dit-on, par une duchesse de Rohan qui, désirant partager la Bretagne en deux, voulut faire une *chaussée d'Ahès* qui servît de limite (*Bulletin de la Société polymathique du Morbihan*, 1929, p. 18). Dans la commune de Pluméliau (Morbihan), non loin d'un hameau curieusement nommé Port-Arthur (= la Cour d'Arthur), au passage de la voie romaine se dirigeant vers Castennec et Carhaix, nous trouvons le village de *Talvern Nénèze*. Le premier terme de ce nom signifie le « Front du Marais », mais le second terme est une déformation de *En hent Ahès* (= le chemin d'Ahès). Dans la commune voisine de Saint-Barthélémy se trouve un autre *Nenez* (Communication de Henri Maho, président du Centre Culturel de Baud).

4. Y compris les voies ferrées métriques qui rayonnaient autour de Carhaix.

5. Fonds celtique, 91. Tome II, p. 123-126. Le chant a été publié dans la *Revue archéologique du Finistère*, XIV (1887), p. 319-326.

6. Traduites le plus littéralement possible. Il a paru de ce chant des versions « arrangées » et des traductions pour le moins étranges.

7. *Cf.* mon étude sur *Brocéliande ou la Forêt bretonne*, Cahiers du Pays de Baud Baud (Morbihan), 1970, où j'essaie de tracer les limites de cette forêt qui coïncide, avec le comté de Porhoët.

8. Avant le remembrement imbécile décidé et exécuté par les technocrates parisiens qui ne se sont même pas rendu compte qu'en détruisant tous les talus dans un pays de vent, on asséchait complètement la péninsule qui risque de devenir bientôt un désert qu'il faudra irriguer et sur lequel il faudra replanter des haies si l'on veut que les toitures tiennent.

9. *Cf.* René Jeudon, *L'Épopée romane*, p. 30 *sq*.

10. J. M., *L'Épopée celtique d'Irlande*, p. 128.

11. « Maudite soit la jeune fille — qui a libéré après avoir lutté, — gardienne de la fontaine, la mer dévastatrice » (poème de Gwyddneu Garanhir déjà cité plus haut).

12. Il est inutile de préciser que de telles histoires se retrouvent dans toutes les traditions, mais il faut nous borner au domaine celtique.

13. Esther Harding, *Les Mystères de la femme*, Paris, Payot, 1953, p. 45.

14. Voici quelques strophes de cet étrange poème :

> « Merc'hed Landreger zon heu koant
> 'vel mizilourio en arc'hant.
> Hini velkent reaz al lezen
> evel unan oa stoubinen
> Eul lagad lemm, eun dornig fresk,
> eur c'horfig mistr evel ar pesk,
> E rill ar mor oa he zi plouz.
> lec'h vije wecho eur gwall drouz
> ha na den na loen koulskoude
> hag an nor digor en ti-se.
> Nemet gand eun darn ve laret
> ar stoubinen oe diskennet
> evel eur morverc'h er mor glaz
> da c 'hoari gand ar pesked braz...
> Dispennet an ti plouz, lerer
> er viñs zo be kât eur voger,
> hag a gase dindan ar mor,
> eur wech ebarz, n'oa nep digor... »

(Les filles de Tréguier sont aussi charmantes — que des

miroirs en argent. — Aucune cependant ne fit la loi — comme l'une d'elles qui était putain. — Un œil vif, une petite main fraîche, — et un petit corps frétillant comme un poisson. — Sur le bord de la mer était sa maison de paille, — et là se faisait terrible clameur — sans qu'il n'y eût cependant ni gens ni bêtes — ni la porte ouverte sur cette maison. — Mais quelques-uns disaient — que la putain était descendue — comme une *fille de mer* (une sirène) dans la mer bleue — pour jouer avec les grands poissons... — quand fut démolie la maison de paille, on dit — qu'un escalier fut trouvé dans le mur, — et qu'il conduisait sous la mer, — mais une fois là, il n'y avait pas d'ouverture...)

15. Comme Kildare et Bangor en Irlande, les différents monts Saint-Michel, autrefois dédiés à Belenos, sans parler de la « béatification » de certains personnages du panthéon celtique : Cernunnos est devenu saint Cornely, Edern, compagnon d'Arthur, est devenu saint Edern, la déesse Dana-Dôn est devenue sainte Anne, etc. Quant au saint Gobrien, honoré dans le pays de Vannes, et sur le tombeau (?) duquel on continue, de nos jours, d'apporter des clous (pour être guéri des furoncles !), il suffit de savoir que son nom vient de la racine *Goy-* qui a donné les noms des dieux-forgerons irlandais Goibniu et gallois Govannon (*cf.* le nom propre très répandu en Armorique : Le Goff).

16. Croyance toujours en vigueur dans les traditions populaires. J'ai entendu à trois reprises la mère du poète Charles Le Quintrec raconter comment elle s'était trouvée en présence d'un être étrange qui avait des pieds de cheval et qui ne pouvait être que le Diable. La scène s'était déroulée près de Plescop (Morbihan), dans une région où l'atmosphère se prête à de telles manifestations. J'ajoute que Mme Le Quintrec, femme de tête et incapable d'affabulation, avait un tel accent de vérité qu'il n'est pas permis de douter de son entière sincérité.

17. La plupart des sociologues modernes qui sont des hommes, répugnent à admettre l'hypothèse de sociétés à prédominance féminine, hypothèse qu'Engels a si brillamment exposée dans *L'Origine de la famille*. Ainsi Lévi-Strauss déclare-t-il dans *Structures élémentaires de la parenté* : « L'autorité publique ou simplement sociale appartient toujours aux hommes. » Cette affirmation péremptoire peut être discutée, mais il est également possible de voir dans les

sociétés de type matriarcal des sociétés basées sur l'autorité *morale* des femmes qui, à ce moment-là, auraient bénéficié d'un pouvoir théorique, par opposition au pouvoir d'exécution détenu par les hommes. Le problème est loin d'être tranché, et il ne peut l'être par des affirmations dans un sens ou dans l'autre.

18. Dont les romans commencent à faire la joie des Psychanalystes. Il faut dire que l'Homme contemporain y est singulièrement étudié sans aucune complaisance.

19. Quand les Scythes passèrent par Ascalon en Syrie, ils pillèrent le temple de Vénus Ourania. Pour les punir, la Déesse leur infligea une « maladie de femme » qui se transmit à leurs descendants (Hérodote, *Histoires*, IV, 67).

20. W. Lederer, *Gynophobia ou la Peur des femmes*, Paris, Payot, 1970, p. 39.

21. Dans un strict point de vue psychologique, on a remarqué que très souvent, les derniers nés d'une famille nombreuse avaient un destin brillant. L'explication en est simple : ce n'est pas que le cadet soit plus doué que les autres, mais il bénéfice d'un entourage éducatif et culturel plus adulte qui lui permet d'évoluer plus rapidement, ainsi que de conditions matérielles moins difficiles que dans le cas des aînés.

22. Erich Neumann, *The Great Mother*, New York, 1955, p. 39.

23. Dans ces extraordinaires documents que constituent les romans de San Antonio-Frédéric Dard, cette double attitude de l'homme est caractéristique. Le héros est un dragueur impénitent, mais chaque fois qu'il sent qu'il va s'attacher à la femme, il rompt, ou bien s'aperçoit qu'elle a des défauts. Très attaché à sa mère par des liens œdipiens évidents, il décrit les femmes en insistant sur certains caractères (moustache, dos bossu, strabisme, graisse), ce qui dénote son antiféminisme. Quant à la description de Berthe Bérurier, la « gravosse », elle dépasse de loin Rabelais, Cervantès et les auteurs anciens. C'est le modèle de la femelle adipeuse, dévoreuse, sale, mais néanmoins femelle avec un instinct sexuel surdéveloppé. À ce point, ce n'est plus de la caricature mais l'expression de fantasmes personnels de gynophobie.

24. G. Bataille, *Dirty*, Paris, éd. Fontaine, coll. L'Âge d'or, 1945. En voici un passage caractéristique : « Dirty était

saoule à côté de moi ; dans les sous-sols d'un bouge ignoble. J'avais à la main un pansement sali. Dirty avait une robe du soir... Elle écarta ses cuisses des deux mains, montrant l'immondice de la fente. Elle était aussi ivre que belle, roulant des yeux ronds et furieux... Renversée, ses fesses sautèrent comme un canon tire dans un nuage de poussière, les yeux hors de la tête et ruisselants de larmes. Elle caressa mes tempes, humides de fièvre, de ses longues mains sales. » Et plus loin, devant le spectacle de Dirty plus saoule, plus sale, plus ignoble que jamais, le narrateur se prend à dire : « Quelque chose en elle était pur, une candeur intacte, une fois de plus j'aurais voulu tomber, m'agenouiller. »

25. *Cf.* W. Lederer, *Gynophobia ou la Peur des femmes*, p. 44-48.

26. E. Harding, *Les Mystères de la femme*, p. 150.

27. L'inhibition de saint Efflam est la conséquence de l'éducation anti-féminine qui est la nôtre depuis des siècles. Un cas observé par Janine Chasseguet-Smirgel (*La Sexualité féminine*, Paris, Payot, p. 176) est très révélateur : Un jeune homme, éjaculateur précoce, ignorait, à vingt-deux ans, l'existence du vagin en tant qu'organe sexuel propre. Pour lui, c'était une grotte pleine d'ordures et d'éboulements, et ses fantasmes la peuplaient de cadavres et de voitures accidentées. Il en venait à envisager une véritable lutte : obturer le réceptacle avec du verre pilé, y faire couler du ciment, l'utiliser comme un pot de chambre ou comme une cuvette de W.-C. dont on rabat le couvercle. Les obsessions de ce jeune homme atteignaient une sorte de paroxysme dans une analité sadique qu'on peut considérer comme *anormale* certes, mais qui témoigne d'une exagération de tout ce qu'on avait pu lui raconter contre la femme, de tout ce qu'on lui avait interdit de la femme. La fuite de saint Efflam, si habilement récupérée par les hagiographes et les fabricants de sermon sur la chasteté conjugale, est une fuite devant l'horreur de la grotte fécale que remplit le dragon. Il faut vaincre le dragon pour retrouver sa virilité et son équilibre. Le jeune Peredur fera de même, au cours de sa quête du Graal, comme nous le verrons dans le chapitre consacré à ce sujet.

28. Otto Rank, *Le Traumatisme de la naissance*, Paris, Payot, p. 119.

29. *Ibid.*

30. *Thalassa, psychanalyse des origines de la vie sexuelle*, Paris, Payot.

31. *Thalassa*, p. 92.

32. Encore un cas de psychanalyse (Janine Chasseguet-Smirgel, *La Sexualité féminine*, p. 156-159) : Une femme de quarante ans, ophtalmologiste, mariée et mère de deux enfants, en proie à des angoisses, des dépersonnalisations et des impulsions à se jeter à l'eau. Elle imagine un aquarium sur le mur du bureau de la psychanalyste et se sent à l'intérieur de cet aquarium. Elle fait elle-même le rapprochement entre l'aquarium et la matrice. Elle rêve qu'elle se promène avec sa mère au bord d'une rivière pour relever des pièges à anguilles, ce qui lui fait penser au pénis dans le vagin. Elle a le souvenir que son père a failli se noyer dans le tourbillon d'un torrent. Elle déclare avoir peur dans les ascenseurs car la cage pourrait tomber avec elle dedans, et là encore, elle a l'image du pénis aspiré par le vagin. Dans tout cela il y a un thème qui domine, c'est celui de *l'engloutissement* : parfois c'est la malade qui a peur d'être engloutie, parfois c'est elle qui est l'élément aquatique qui engloutit (à l'origine le pénis du père), d'où ses fantasmes destructeurs comparables aux images mythiques de l'engloutissement de la ville d'Ys par la mer déchaînée.

33. *Cf.* J. M., *L'Épopée celtique en Bretagne*, p. 27-42 et 53-59.

34. *Ibid.*, p. 189-190.

35. Tout le mythe de Lancelot est un constat d'échec, ce qui est d'ailleurs surprenant, car c'est le meilleur chevalier du monde. Il réussit certains exploits, mais qui sont sans lendemain. Il échoue dans sa tentative pour ramener Guenièvre. Il échoue dans la Quête du Graal (on nous dit que c'est à cause de son péché d'adultère, mais l'explication est trop commode pour être vraie) qui sera achevée par son fils Galaad. Il échouc même dans sa mission de chevalier de la Table ronde, puisqu'il se brouille avec le roi Arthur et devient la cause indirecte de la mort de celui-ci et de la disparition de cette chevalerie.

36. Braunschweig-Fain, *Éros et Antéros*, Paris, Payot, p. 244. 37. S. Ferenczi, *Thalassa*, p. 14.

38. J. Loth, *Mab.*, II, 95.

39. En réalité, il s'agit d'un souvenir historique transposé. Les druides se faisaient enterrer sur les îles (sans

doute ce rite provenait-il du mythe de l'Île des Femmes), et particulièrement sur l'île de Sein. Il en était de même dans l'île de Mona (Anglesey), sanctuaire druidique bien connu. C'est Procope, historien du IVe siècle, qui, dans son *De Bello Gothico*, se fait l'écho de la légende populaire, reprise par Chateaubriand dans *Les Martyrs* épisode de Velleda) : « Sur cette côte demeurent des pêcheurs qui te sont inconnus. Lorsque la moitié de la nuit sera écoulée, ils entendront quelqu'un frapper à leurs portes et les appeler à voix basse. Alors ils courront au rivage, sans connaître le pouvoir qui les entraîne. Ils y trouveront des bateaux vides ; et pourtant ces bateaux seront si chargés des âmes des morts, qu'ils s'élèveront à peine au-dessus des flots. En moins d'une heure les pêcheurs achèveront une navigation d'une journée et conduiront les âmes à l'île des Bretons. Ils ne verront personne, ni pendant le trajet, ni dans le débarquement. » J'emprunte la suite à Procope lui-même (IV, 20) : « Puis d'une seule impulsion, ils retournent vers leur pays en s'apercevant que leur vaisseau est allégé du poids de ceux qu'ils ont conduits. »

40. Identification faite à partir du XIIe siècle par les moines de Glastonbury qui avait trouvé ce moyen ingénieux pour renflouer leurs finances, d'une part parce que les riches s'y faisaient enterrer, d'autre part, parce que cela suscita un afflux de pèlerins. On y montrait même le tombeau du roi Arthur et on fabriqua un faux racontant comment le tombeau avait été retrouvé.

41. J. M., *L'Épopée celtique d'Irlande*, p. 43-55.

CHAPITRE II

Notre-Dame de la Nuit

Il apparaît nettement que toutes les religions du monde ont présenté des déesses à l'adoration des fidèles, et il est probable que dans les temps les plus lointains, ces déesses occupaient la première place en tant que Terre-Mère, Eau-Mère, puis en tant que Mères des dieux et des hommes. L'histoire des déesses est parallèle à celle du rôle de la Femme dans les sociétés anciennes : à mesure que les sociétés abandonnaient leur organisation, disons gynécocratique pour éviter le mot matriarcat qui ne signifie rien et surtout dont on ne sait rien, les cultes féminins devenaient masculins. Pas entièrement cependant : « les grandes époques patriarcales conservent dans leur mythologie le souvenir d'un temps où les femmes occupaient une situation très haute » (Simone de Beauvoir) ; « à l'époque historique on observe, notamment dans l'Inde et dans l'Iran, les restes d'une ancienne religion qui paraît avoir été, dans son principe, en relation avec des institutions gynécocratiques[1] ». C'est ainsi que d'après le *Rig-Veda* indien, Aditi (Ardvi dans l'*Avesta* iranien) est la Grande-Déesse qui est en même temps le nom d'un fleuve mythique d'où surgissent toutes les eaux de la terre. C'est ainsi que le culte indien de la déesse Kâli, la dévoreuse, mais aussi la Pourvoyeuse, est d'origine pré-indo-européenne, remontant au moins à 3 000 ans av. J.-C. C'est ainsi, également, que la Bible hébraïque se fait l'écho des luttes perpétuelles entreprises par les sectateurs du Dieu-Lune Iaweh contre les « hérésies » des fidèles de la Grande-Déesse sémite, probablement l'Ischtar babylonienne.

Il en a été de même dans la religion druidique qui ne fait pas exception à la règle. Comme dans toutes les mythologies, on y trouve des traces d'une déesse-mère. Comme dans toutes les religions, on y trouve des cultes féminins et des images de déesses en grand nombre, et cela tant sur les monuments figurés de l'époque romaine en Gaule et dans l'île de Bretagne que dans les textes irlandais et gallois, qui, nous l'avons dit, sont des traditions orales parfois assez anciennes mises par écrit au cours du haut Moyen Âge. Mais ces déesses, si elles continuent à jouer un rôle important, sont, comme chez tous les autres peuples, bien déchues de leur grandeur : elles ont été placées dans un cadre paternaliste, et très souvent, elles ont été occultées, salies, déformées, *englouties* au plus profond de l'inconscient. Mais elles s'y trouvent. Et elles surgissent parfois triomphantes et viennent perturber la société masculine bien assise sur des bases qu'on croyait inébranlables. On pensait avoir définitivement consacré le triomphe de Iaweh et du Christ, mais par-derrière réapparaît la troublante et désirable figure de la Vierge Marie. Et celle-ci prend des vocables bien surprenants : Notre-Dame de l'Eau, Notre-Dame des Orties, Notre-Dame du Roncier, Notre-Dame des Tertres, Notre-Dame des Pins, etc. En fait la déesse des antiques croyances est toujours vivante en nous-même si elle est en état de « dormition ». Mais en dépit d'un zèle qui s'est affirmé de siècle en siècle, en dépit de la promulgation des dogmes successifs relatifs à Marie, elle est toujours, dans le christianisme officiel, un personnage secondaire, effacé, timide, modèle de ce que doivent être les femmes, au service de l'Homme, toujours pure et vierge, mère admirable, héroïque dans sa souffrance. Ce n'est plus la Grande Déesse devant laquelle tremble le troupeau des hommes, c'est *Notre-Dame de la Nuit*.

LA REINE DES CHEVAUX

Pour la découvrir entièrement, il faut la sortir de sa nuit, de sa caverne, de son ténébreux océan où l'ont plongée les fantasmes des hommes, et pour cela, il est nécessaire de recourir aux mythes : ce sont ceux-ci qui, avec leurs variantes, leurs éléments ajoutés ou retranchés, nous permettront de tracer une sorte de portrait-robot de Notre-Dame de la Nuit. Et dans le domaine celtique, le premier jalon sera l'histoire de Rhiannon telle qu'elle apparaît dans trois des textes qui constituent le *Mabinogi* gallois, *Pwyll, prince de Dyvet*, contenant l'essentiel du mythe, *Manawyddan, fils de Llyr*, qui en est une suite, *Branwen fille de Llyr*, qui y ajoute certains détails[2].

Saga de Rhiannon (Pays de Galles) : Pwyll Penn Annwîn, roi de Dyvet, se trouve sur le tertre d'Arbeth. Il voit apparaître une jeune femme portant « un habit doré et lustré », montée sur « un cheval blanc pâle ». Il envoie un de ses cavaliers la chercher : elle disparaît. Le lendemain, même scène : la cavalière disparaît. Le troisième jour, Pwyll se lance lui-même à sa poursuite. Il n'arrive pas à la rejoindre et il s'écrie : « Jeune fille, pour l'amour de l'homme que tu aimes le plus, attends-moi. » La cavalière s'arrête, déclare s'appeler Rhiannon, fille d'Hyveidd Hen, et être venue pour l'amour de Pwyll : « Je ne voudrais jamais de personne à moins que tu ne me repousses. » Le roi accepte d'épouser Rhiannon et le mariage est fixé un an plus tard à la cour d'Hyveidd. Mais alors apparaît, au cours du banquet, un solliciteur qui n'est autre que l'ancien prétendant de Rhiannon, Gwawl, lequel, grâce à la coutume du don qu'on est obligé de faire sans savoir de quoi il s'agit, réclame Rhiannon elle-même. Mais Rhiannon parvient à obtenir un délai d'un an avant d'épouser Gwawl, et elle en profite pour tracer un plan machiavélique par lequel Gwawl, battu et mécontent, est mis définitivement hors jeu. Rhiannon épouse Pwyll. Un peu plus tard, Rhiannon donne naissance à un fils. Mais pendant la nuit, Rhiannon et les femmes qui la veillent succombent au sommeil et l'enfant est mystérieusement enlevé. Pour se disculper, les femmes prétendent que Rhiannon a tué son enfant. Elle est jugée par Pwyll et les sages de Dyvet et condamnée à une bizarre pénitence : « Pendant sept ans de suite elle resterait à la cour d'Arberth, s'assoirait chaque jour à côté du montoir de pierre qui était à l'entrée à l'extérieur, raconterait à tout venant qui lui paraîtrait l'ignorer toute l'aventure et proposerait, aux hôtes et aux étrangers, s'ils voulaient le lui permettre, *de les porter sur son dos* à la cour. » Ainsi en est-il. Cependant l'enfant a été déposé non moins mystérieusement dans l'écurie d'un homme de Gwent, un certain Teyrnon. Chaque nuit des calendes de mai, sa jument avait l'habitude de mettre bas un poulain, et ce poulain disparaissait toujours sans qu'on sache ce qu'il devenait. Cette nuit-là, Teyrnon monte la garde, et non seulement il trouve un poulain nouveau-né, mais également un petit garçon emmailloté et enveloppé dans un manteau richement orné. Teyrnon élève l'enfant à qui il donne le nom de Gwri Gwallt Euryn (Gwri aux cheveux d'or). À l'âge de trois ans, l'enfant qui s'est pris d'amitié pour le poulain le dompte et le monte. Teyrnon, ayant entendu parler de l'aventure de Rhiannon, décide d'emmener l'enfant à la cour de Dyvet. Rhiannon leur propose de les emmener sur son dos. L'enfant refuse. Teyrnon raconte toute l'histoire à Pwyll et à Rhiannon qui reconnaissent ainsi leur enfant, Rhiannon s'écrie qu'elle est délivrée de son « souci » (Pryderi), donnant ainsi à son fils son nom définitif de Pryderi. Pryderi grandit et devient un beau jeune homme. Après la mort de Pwyll, il devient roi de Dyvet et épouse une certaine Kicva. Après la désastreuse expédition de Brân en Irlande, il est parmi les sept survivants qui continuent à mener une vie magique en entendant chanter « les oiseaux de Rhiannon dont le chant réveille les morts et endort les vivants». Il revient à Arberth avec Manawyddan, fils de Llyr. Manawyddan épouse Rhiannon. Mais un enchantement s'abat sur le Dyvet et la terre devient déserte. Rhiannon, Kicva, Pryderi et Manawyddan, qui sont les seuls êtres vivants sur le territoire, épuisent les provisions, puis vont chercher fortune ailleurs. Ils reviennent à Arberth munis de nouvelles provisions. Un jour, ils voient un sanglier blanc disparaître dans une forteresse qu'ils n'avaient jamais remarquée. Pryderi le poursuit jusque dans la forteresse. Celle-ci est déserte. Au milieu de la cour, il y a une fontaine, avec une coupe d'or attachée par des chaînes qui se dirigent en l'air et dont on ne voit pas l'extrémité. Pryderi saisit la coupe, mais au même instant, il perd la voix, et ses deux mains s'attachent à la coupe. Rhiannon s'inquiète de ne pas revoir son fils. Après avoir réprimandé Manawyddan qui n'est pas allé à son secours, elle pénètre elle-même dans la forteresse. Elle veut délivrer Pryderi, mais il lui arrive la même chose qu'à celui-ci. «Ensuite, aussitôt qu'il fut nuit, un coup de tonnerre se fit entendre, suivi d'un épais nuage, et le fort et eux-mêmes disparurent.» Heureusement Manawyddan parvient à faire cesser l'enchantement qui pesait sur Dyvet et qui était dû à Llywyt, fils de Kilcoet, lequel voulait venger Gwawl sur Pryderi et Rhiannon. On apprend que pendant leur disparition, la mère et le fils étaient domestiques à la cour de Llwyt et que Rhiannon, en particulier, portait à son cou «les licous des ânes après qu'ils avaient été porter le foin».

Le plus remarquable, dans cette *saga* de Rhiannon, est incontestablement le lien qui existe entre le cheval, ou plutôt la jument, et le personnage de la Déesse. Elle est d'abord la *Cavalière* : elle apparaît montée sur un cheval *blanc*, et elle vient chercher l'amour du roi Pwyll. C'est l'image de la déesse de l'Autre Monde, de la Fée tombée amoureuse d'un mortel et qui vient le ravir dans le pays de l'éternelle jeunesse. Le cheval est un symbole solaire : c'est le cheval qui tire le char du soleil et qui lui fait parcourir l'espace de la nuit. Mais la Cavalière, de ce fait, n'est pas seulement une image de la mort, elle est aussi celle de la résurrection. Son cheval est blanc, couleur du jour, et pourtant elle vient de la nuit. C'est sur le tertre d'Arberth que Pwyll la voit pour la première fois : le tertre d'Arberth est un tertre magique ; on n'y va jamais une seule fois sans y être témoin d'un prodige. Il est identique à ces tertres d'Irlande, ces *sidhs*, où vivent les Tuatha Dé Danann, où vivent les fées. Or Rhiannon surgit de ce tertre, elle est bien Notre-Dame de la Nuit.

D'autre part, son fils Pryderi est nettement assimilé à un poulain. On le retrouve dans l'écurie de Teyrnon, aux côtés d'un poulain qui vient de naître ; et ce poulain, il le domptera et le montera dès l'âge de trois ans. D'après son premier nom, Gwri Gwallt Euryn, le jeune Pryderi a une chevelure d'or comparable à la crinière d'un coursier : l'image est non seulement poétique, mais elle indique aussi un symbole solaire qui n'est pas difficile à comprendre.

De plus, lorsqu'elle est condamnée injustement pour la disparition de son fils, Rhiannon est obligée de porter sur son dos les voyageurs qui se rendent à la forteresse du Roi. C'est une assimilation à la jument, et le détail concernant son rôle pendant qu'elle était captive à la cour de Llwyt (elle servait de bête de somme) ne fait que renforcer l'identification. Enfin Rhiannon est la Déesse aux Oiseaux Merveilleux, ce que nous reverrons par la suite.

Bornons-nous pour l'instant à étudier le thème du Cheval dans la légende de Rhiannon. Tous les mythologues sont unanimes à établir un rapprochement entre Rhiannon et la déesse gauloise romanisée Épona dont le culte a pris des proportions considérables dans l'Empire romain. De nombreux monuments et inscriptions lui sont consacrés, surtout en Gaule et en Allemagne rhénane. La statuaire gallo-romaine nous la présente de trois façons différentes : dans la première, la déesse est assise sur un cheval ou sur un poulain ; dans la seconde, elle est debout devant un cheval, ou bien entre deux ou plusieurs chevaux ; dans la troisième, plus rare, elle est couchée, à demi-nue, sur un cheval. Elle porte parfois une corne d'abondance ou une coupe, ou encore une simple écuelle. Il arrive qu'elle soit accompagnée d'un chien, ce qui peut être une indication intéressante, le chien étant, dans toutes les traditions, le gardien des enfers[3]. Épona n'est pas d'origine latine et c'est ce qui explique que nous n'en trouvons mention que chez des auteurs relativement récents, comme chez Juvénal (*Satires*, VIII) et chez Apulée (*Métamorphoses*, III) : nous savons ainsi que son image ornait le mur des écuries, et que ces images étaient agrémentées de roses. Elle devait donc, dans le monde romain, être une déesse protectrice des chevaux, ce que nous corrobore la fréquence des inscriptions en son honneur dans les régions où il y avait le plus de cavaliers, c'est-à-dire les frontières de la Germanie. Mais il est probable que ce rôle de protectrice des chevaux qu'on lui attribuait n'était que le pâle reflet du rôle qu'elle occupait dans l'ancien temps chez les Celtes indépendants. Il s'est produit pour elle ce qui s'est produit pour quantité de saints de la religion chrétienne : au départ, ils signifiaient une idée formulée par un symbole, et peu à peu, comme on oubliait la signification du symbole, celui-ci était pris à la lettre : par exemple sainte Barbe représentée avec une tour, symbole de la virginité, devenue patronne des artilleurs (qui démolissent la tour) et corollairement des pompiers (parce qu'ils éteignent le feu allumé par les premiers). Il est ridicule de considérer, comme le font tant de mythologues, les dieux et les déesses uniquement comme des protecteurs. C'est prendre les sectateurs des anciennes religions pour des imbéciles, ce qu'ils n'étaient pas toujours, et encore moins à l'aube de ces religions. Épona n'a pas échappé à la règle, et nous verrons que ce personnage confiné dans un rôle secondaire, est en réalité l'image même de la déesse-mère primitive des Celtes.

En tout cas Épona est liée d'une façon ou d'une autre au cheval. Ce n'est pas seulement l'iconographie ou son rôle de protectrice des chevaux qui nous le dit, c'est son nom Épona, en effet, vient du mot gaulois *Epo*, issu d'un indo-européen **ekwo* qui a lui-même donné le latin *equus*. Elle est donc étymologiquement « la Cavalière », ou même franchement « la jument ». Précisément, l'auteur grec de la décadence Agesilaos nous raconte une étrange histoire à propos de la naissance d'Épona[4] : « Phoulouios Stellos qui haïssait les femmes eut des rapports avec une jument ; celle-ci, quand le temps fut venu, accoucha d'une belle petite fille et lui donna le nom d'Épona. » On ne peut pas être plus précis quant à l'origine chevaline d'Épona. Un détail nous surprend cependant : ce n'est pas Phoulouios Stellos qui donne son nom à la petite fille, *mais la jument elle-même*, le texte grec est sans aucune équivoque là-dessus. Il est probable qu'il s'agit d'un animal magique, ou divin, ou simplement de la représentation zoomorphique de la divinité.

Et cette anecdote grecque sur la naissance d'Épona est à rapprocher d'une coutume fort ancienne des Gaëls à propos de l'accession à la royauté, et dont se fait l'écho le gallois latinisant du XIIIe siècle Giraud de Cambrie (*Topographia*, III, 25). Voici la traduction de ce passage qui est relatif à Kenelcunnil, ville du nord de l'Ulster :

> « Le peuple étant entièrement rassemblé en un endroit de cette terre, on amène au milieu de l'assemblée une jument blanche. Alors ce personnage supérieur (le roi) s'avance vers la jument, aux yeux de tous, bestialement, non en prince, mais en bête sauvage, non en roi, mais en hors-la-loi, et avec non moins d'impudence que d'imprudence, il se conduit en bête. Aussitôt après, la jument est tuée ; on la découpe en morceaux et on la fait bouillir dans de l'eau. On prépare, avec ce bouillon, un bain pour le roi. Il s'y assoit, on lui apporte des morceaux de viande, et il mange en partageant avec le peuple qui est

autour de lui. On le lave aussi avec le bouillon ; il en puise et en boit, non pas en s'aidant avec une coupe ou ses mains, mais directement avec sa bouche. Ce rite étant accompli, son règne et sa puissance sont confirmés. »

Nous sommes ici en présence d'un rite de souveraineté qui n'est pas isolé, puisque nous en retrouvons de semblables ou d'analogues un peu partout, notamment en Inde, où se pratique l'*asvamedha*, ou sacrifice du cheval[5]. Cette cérémonie se pratiquait de la façon suivante : on étouffait un cheval avec des étoffes ; les épouses du roi faisaient plusieurs tours autour du cadavre, puis la première épouse s'étendait près du cheval ; on les recouvrait d'une couverture et la femme faisait entrer le phallus du cheval mort dans son propre sexe. En dépit du fait qu'en Inde, il s'agit de la copulation d'une femme et d'un cheval[6], et qu'en Irlande il s'agit de la copulation d'un homme et d'une jument, le rite est le même : c'est un hiérogame, un mariage sacré, le cheval et la jument étant des divinités qui apportent la puissance effective au souverain.

Mais alors, le mariage de Rhiannon et de Pwyll prend une allure singulière, lorsqu'on pense à ce rite. Ne s'agit-il pas aussi d'un hiérogame ? Le roi Pwyll se voit confirmer par la déesse Rhiannon les pouvoirs qu'il tient de la volonté de son peuple, c'est-à-dire humainement. Après son mariage avec la Cavalière au Cheval blanc, il est l'élu divin qui peut assurer sa domination aussi loin que son regard peut aller, selon la définition celtique de la royauté. Et Rhiannon-Épona est bien la Jument divine détentrice de ces pouvoirs : elle les a amenés de l'univers des tertres où l'ont confinée les nouvelles institutions paternalistes de la Société. Mais la Société est comme le fils arraché brutalement à sa mère : elle a peur de ses responsabilités, elle veut les partager avec celle dont elle a usurpé les pouvoirs. Voilà pourquoi on fait appel à Notre-Dame de la Nuit.

Au reste, le mythe n'est pas isolé dans les traditions celtiques. Que ce soit en Irlande ou sur le continent, nous allons en trouver d'autres formulations dans lesquelles se précisera le visage de la déesse.

Histoire de Macha (Irlande) : Macha est une fée qui est venue s'installer chez le veuf Crunniuc. La fortune du paysan s'accroît de jour en jour. Macha est enceinte et prête à accoucher quand Crunniuc part à l'assemblée des Ulates. Au cours de l'assemblée, il fait un pari stupide, prétendant que sa femme Macha court plus vite que les chevaux du roi. Le roi furieux ordonne de faire venir la femme. Elle demande un délai en faisant valoir son état. Le roi se montre intraitable, il faut qu'elle fasse la preuve de ce qu'avance Crunniuc. Alors Macha dit : « Qu'il en soit fait comme vous le voulez, mais à cause du mal que vous me faites, vous en subirez un plus grand. » La course s'engage. Macha arrive la première, mais elle accouche, devant la tête des chevaux, de deux jumeaux, à l'emplacement de la ville qui sera capitale de l'Ulster et qui sera appelée Emain Macha, c'est-à-dire « les Jumeaux de Macha ». Et en vertu de la malédiction de Macha, les Ulates subissent au moins une fois dans leur vie les douleurs de l'enfantement (J. M., *L'Épopée celtique d'Irlande*, p. 58).

Histoire de Taliesin (Pays de Galles) : À la cour du roi Maelgwn Gwynedd, son neveu Elffin a prétendu que sa femme était aussi vertueuse que la femme du roi et que son barde était plus habile que les bardes du roi. Le jeune barde Taliesin fait la preuve de ce qui a été avancé, et de plus, demande à Elffin de prétendre qu'il a un cheval qui court plus vite que les chevaux du roi. Le pari est tenu. Taliesin s'arrange pour faire gagner le cheval d'Elffin et découvre un trésor à l'endroit où le cheval a fait un faux pas (J. M., *L'Épopée celtique en Bretagne*, p. 101-108).

Ces deux légendes font intervenir une course qui est gagnée l'une par Macha, l'autre par un cheval que le narrateur a placé là comme substitut de la femme. Car il est probable que, dans la légende de Taliesin, c'était la femme qui à l'origine, et à la suite du pari imprudent d'Elffin, devait soutenir la course contre les chevaux du roi Maelgwn Gwynedd. Les deux histoires sont bâties sur le même schéma, mais celle de Taliesin est beaucoup plus récente que l'autre : d'une part le symbolisme de la femme-jument n'était plus compris, d'autre part il était plus rationnel de faire courir un cheval avec d'autres chevaux. Mais l'analogie est néanmoins frappante : Macha est bien la jument blanche dont parle Giraud de Cambrie, elle est bien la Cavalière au Cheval blanc du Mabinogi, elle est un autre aspect d'Épona que nous continuerons à appeler Notre-Dame de la Nuit.

Histoire de Dechtire (Irlande) : Dechtire accompagne son frère le roi d'Ulster Conchobar qui chasse les oiseaux ravageurs du pays féerique. Un soir, ils se trouvent dans une maison et Dechtire va aider la femme du maître du logis à accoucher. Elle donne naissance à un garçon au moment même où la jument met bas deux poulains que l'on donne comme jouets à l'enfant. Le lendemain la maison, la femme, le maître du logis ont disparu. Il ne reste que l'enfant que l'on confie à Dechtire pour l'élever. Mais l'enfant meurt. Dechtire en est affligée. Après les funérailles de l'enfant, elle boit et un petit animal saute dans sa gorge de telle sorte qu'elle l'avale. Elle devient enceinte. On la marie à un certain Sualtam, mais Dechtire, honteuse, avorte en secret avant de dormir avec son mari. Enfin elle se trouve enceinte une troisième fois et donne naissance à un garçon, Sétanta, qui plus tard sera appelé Cûchulainn (*La Naissance de Cûchulainn*, première version, J. M., *L'Épopée celtique d'Irlande*, p. 76-77).

Ce texte plein d'archaïsmes et de références à la lutte entre les Gaëls et les Tuatha Dé Danann représentés par les êtres féeriques qui, sous forme d'oiseaux, viennent ravager l'Ulster, est très obscur et manifestement tronqué. On y subodore une liaison incestueuse entre Dechtire et son frère Conchobar, liaison qui réapparaît dans la seconde version de la légende, laquelle ne fait plus aucune mention de la jument qui accouche des deux poulains, mais qui fait de Dechtire une femme-oiseau. De toute façon, l'élément des poulains et de la jument, si on ne peut guère en tirer des conclusions très nettes, est une référence au même mythe que celui de Rhiannon ou de Macha, et l'allusion à ce mythe dans un texte comme *La Naissance de Cûchulainn* est significative : le grand héros des Ulates devait avoir une origine divine. Dans les deux versions de la légende, il y a une soi-disant intervention du dieu Lug, mais cette intervention paraît un ajout postérieur : il est plus probable que, dans la tradition la plus ancienne, reflétée par la première version, il était question d'une déesse-jument conférant ainsi les pouvoirs de la souveraineté à Conchobar, époux rituel de Dechtire ou de la Femme Mystérieuse.

Koadalan (Bretagne armoricaine) : Le jeune Koadalan, que ses parents sont trop pauvres pour continuer à nourrir, s'en va chercher fortune. Il rencontre un seigneur qui l'emmène dans son château et qui lui confie la garde de ce château pendant qu'il sera en voyage. Il demandera tout ce qu'il voudra à une serviette magique, devra se garder de pénétrer dans deux des chambres et aura pour tâche de nourrir un jeune poulain d'autant de trèfle et d'avoine qu'il en voudra, et, par contre, de battre de verges une jument famélique. Le Seigneur s'en va et Koadalan se demande s'il ne se trouve pas dans le château du Diable. La Serviette magique lui apporte tout ce qu'il demande. Il nourrit le poulain et se met à fouetter la jument. Celle-ci se plaint et lui parle. Elle déclare s'appeler Thérèse et ne pas toujours avoir été une jument. Elle indique à Koadalan les moyens de posséder les secrets du Maître et de fuir le château. Koadalan lui obéit, et tous deux s'enfuient, Koadalan sur le dos de Thérèse. Ils déjouent les tentatives du Maître pour les rattraper. Ils franchissent une rivière de justesse et se trouvent hors des domaines du Maître, là où il ne peut plus rien contre eux. Alors Thérèse demande à Koadalan de la tuer et de lui ouvrir le ventre. Il en sort une belle jeune fille qui lui dit qu'il est promis à de hautes destinées, qu'il épousera la fille du roi d'Espagne, et qu'elle sera elle-même à sa disposition au cas où il serait en danger. Après quoi, Thérèse disparaît (conté en 1869 à Plouaret [Côtes-du-Nord] par le charpentier J. M. Guézennec à F. M. Luzel).

Ce conte est intéressant parce qu'on y retrouve, dans un contexte très folklorique, l'image de Rhiannon-Épona non pas en tant qu'être diabolique, mais au contraire en tant que victime et ennemie d'un être diabolique. Nous avons déjà dit, à propos de la Princesse Engloutie, que la vision fantasmatique de cette princesse en faisait souvent un être maléfique et que le cheval, dans certaines croyances populaires, était une des figures du diable. Or ici la jument est bénéfique : elle agit comme l'ange gardien du jeune Koadalan. En fait Koadalan devient le sectateur de la déesse, et celle-ci ne peut refuser son aide à celui qui a reconnu son caractère sacré et sa puissance. De plus, Koadalan s'empare de la science diabolique du Maître du Château, cette magie noire qu'il transformera en magie blanche. Il opère ainsi un renversement de situation, et si on considère la jument blanche comme la déesse, avec tout ce que cela comporte de notions féminines et de structures sociales gynécocratiques, on peut dire que Koadalan la rétablit dans ses droits et prérogatives, alors qu'elle était prisonnière de l'être maléfique, qui, lui, représente la société paternaliste. Dans une optique freudienne, Koadalan est le jeune fils qui se révolte contre son père, mais Freud n'est pas allé jusqu'au bout dans son développement : ce n'est pas seulement pour s'arroger les prérogatives du père que le jeune fils se révolte, avec la complicité de la mère, c'est aussi pour rétablir la Mère dans ses propres prérogatives. Un conte comme Koadalan, recueilli au XIXe siècle, à l'époque du triomphe du paternalisme, est donc assez surprenant : il marque une certaine volonté populaire inconsciente de renverser les valeurs, de détourner les pouvoirs tyranniques du père (qui est un usurpateur et qui retient prisonnière la jument, c'est-à-dire la déesse), en un mot de retourner aux sources. Et les sources ne peuvent être qu'en la Mère, dispensatrice des trésors, du bien-être, de la vie authentique. Le poulain qui doit être bien nourri, face à la jument qui doit être battue, témoigne du mépris dans lequel le Maître du château magique tient la mère, et à travers elle, toute la féminité. Nous avons donc, dans le conte de Koadalan, une tentative pour échapper à la domination du Père et pour redécouvrir la Princesse Engloutie, cette Notre-Dame de la Nuit ravalée au rang d'esclave, mais qui n'a rien perdu de son prestige dans l'imagination du Jeune Fils. Et nous trouvons le souvenir de Rhiannon-Épona dans un autre conte populaire originaire des Vosges, ces montagnes situées en territoire germanique mais qui continuent à porter le nom d'une antique divinité gauloise.

La Princesse d'Anfondrasse (Vosges) : La princesse d'Anfondrasse refuse d'épouser un vieux roi tant qu'elle n'aura pas retrouvé son écharpe perdue dans les airs et son collier de diamants perdu dans la mer. Un jeune homme, Prudent, qui s'était vanté de les retrouver, est mis en demeure de le faire. Grâce à son amie la Jument et au roi des Poissons, il parvient à les retrouver. Mais la Princesse tombe amoureuse de Prudent et refuse toujours d'épouser le roi. Celui-ci, furieux, ordonne de chauffer un four pendant vingt-quatre heures, puis d'y jeter Prudent. La Jument dit alors à Prudent de lui ouvrir une veine de la jambe droite et de se laver tout le corps avec son sang. C'est ainsi que Prudent demeure trois jours et trois nuits dans le four sans subir aucun dommage. Le roi est de plus en plus furieux et la Princesse de plus en plus amoureuse. Prudent se précipite vers la Jument et s'aperçoit qu'elle est devenue une belle jeune fille. Sommé de choisir entre la Princesse et l'ex-Jument, il se décide pour l'ex-Jument (L. F. Sauvé, *Le Folklore des Hautes-Vosges*, p. 322 *sq*).

Il ne fait pas de doute que ce conte soit d'origine celtique : un détail nous le prouve, celui du four chauffé dans lequel on place le jeune héros. C'est une référence à un rituel archaïque dont nous ne savons pas grand-chose mais qui est lié à la fête de Samain : c'est généralement un roi qui est sacrifié ainsi, dans une maison de fer chauffée à blanc[7]. En dehors de ce détail, le thème de Rhiannon est bien reconnaissable, avec à l'arrière-plan, le retour à la Mère. En effet, pour conserver la vie de Prudent, la jument le couvre de son propre sang, c'est-à-dire qu'elle cache son fils (Prudent) dans sa propre matrice, le nourrissant et le protégeant de son sang contre la sécheresse (= la catastrophe de la naissance) représentée par le four chauffé. Il s'agit ici d'une illustration parfaite des théories émises par Ferenczi dans *Thalassa*, concernant l'analogie entre la catastrophe de la naissance et la catastrophe survenue il y a des millions d'années au détriment de l'espèce, l'assèchement des grandes mers et l'adaptation à une vie nouvelle terrestre, le tout symbolisé dans les traditions par le déluge (en réalité bénéfique) et l'embrasement de l'univers (mythe de Phaeton). Il s'agit aussi, sur le plan social, de la même révolte du jeune fils contre le vieux roi (son père), avec la complicité active de la Mère (la Jument) et, ce qui est très significatif, *l'aide du roi des Poissons*, c'est-à-dire les fidèles de l'ancien ordre gynécocratique, le poisson étant le symbole du retour à la Mère. Et la conclusion de ce conte, le choix de l'ancienne jument, marque indiscutablement ce retour à la mère que d'aucuns pourront considérer comme une régression : c'en est une, bien entendu, mais personne ne saurait dire *a priori* dans quelle direction l'être humain doit s'engager.

Jusqu'à présent, nous avons retrouvé Notre-Dame

de la Nuit sous l'aspect d'une Jument, ou tout au moins liée au cheval, c'est-à-dire au symbolisme du cheval. Car il faut certainement abandonner toute idée de totémisme à propos des Celtes, celui-ci se réduisant à la classification de certaines tribus sous un vocable particulier emprunté parfois à un nom d'animal, parfois à un nom d'arbre[8]. L'animal, chez les Celtes, comme chez les autres Indo-Européens, n'a guère qu'une signification symbolique, et les quelques rares traces de totémisme qu'on a pu relever sont d'origine pré-indo-européenne, provenant des traditions autochtones maintenues après la conquête. Il n'en reste pas moins vrai que le cheval est un animal fréquemment utilisé dans la symbolique religieuse des Celtes, et par conséquent dans l'iconographie et même dans la décoration, ce qui d'ailleurs est parfaitement normal chez un peuple qui a toujours pratiqué l'élevage des chevaux, et dont la cavalerie était, même à l'époque de César, aussi bien chez les Bretons que chez les Gaulois, une arme d'élite très efficace. Les monnaies gauloises et bretonnes nous en ont laissé des traces mémorables : que l'on songe aux monnaies des Redones, des Venetes, des Curiosolites, des Osismi, des Baiocasses ; elles magnifient toutes le cheval et en font un animal fantastique, parfois surmonté d'un aurige fantomatique, parfois lui-même à tête d'oiseau ou à tête d'homme, signe évident de l'importance donnée par ces peuples, et par d'autres d'ailleurs, à cette figuration dont la beauté plastique est absolument remarquable.

Mais ce serait une erreur de croire que la Déesse est seulement représentée sous les traits d'une jument. Les autres animaux avaient eux aussi leur signification particulière. Il existe dans la statuaire gallo-romaine une déesse à l'Ours, celle conservée au musée de Berne, ville dont le nom germanique et les armes rappellent l'ours. Cette déesse, Artio, dont le nom provient du mot gaulois signifiant « ours », est représentée assise devant un gros ours près d'un arbre aux branches courtes, avec, à côté d'elle, sur une petite colonne, un panier rempli de fruits. On s'est posé la question de savoir si cette divinité était ou une protectrice des chasseurs d'ours, ou bien une protectrice des ours. Faux problème, répétons-le, car les divinités, comme les saints du christianisme, ont commencé par être des « signifiants ». D'ailleurs, le fait que cette déesse Artio soit assise à côté d'un panier de fruits, et que l'ours soit à égalité, semble-t-il, avec elle, nous indique qu'il s'agit plutôt d'une déesse de l'abondance, c'est-à-dire une déesse mère de toute vie et de toute nourriture. C'est encore une Notre-Dame de la Nuit.

En fait la déesse à l'ours est aussi rare dans la mythologie littéraire que dans l'iconographie des Celtes[9]. Il est probable qu'elle a été très tôt remplacée par un« dieu-ours ». On notera en particulier certains surnoms de Mercure dit « Artaios ». Mais une figure mythologique célèbre, tardive il est vrai, doit retenir notre attention, celle du roi Arthur, dont l'Europe médiévale a fait si grand usage dans sa littérature courtoise. Le nom d'Arthur peut provenir de la racine indo-européenne *ar*, « labourer », ou bien du mot gaulois signifiant « ours », comme la déesse Artio (bret.arm. *arz*). On a proposé une origine romaine à ce nom d'Arthur, dont la forme primitive aurait été *arctus* ou *Arcturus*. Mais *arctus* désigne la petite et la grande Ourse, et *Arcturus* est le nom de l'étoile du Bouvier : tout cela nous ramène à la racine signifiant « ours ». Étant donné que le roi Arthur de nos légendes est un roi cocu et bafoué, et que selon la conception celtique, la véritable souveraineté est symbolisée par son épouse Guenièvre (*Gwenhwyfar* dans les textes gallois, c'est-à-dire « blanc fantôme ») et que la dite Guenièvre lui est souvent ravie — en permanence par Lancelot du Lac, amant de la Reine, et parfois par Méléagant, roi de l'Autre Monde, ou par Mordret neveu et fils d'Arthur —, on est en droit de se demander si Arthur n'est pas une transcription tardive et *paternaliste* d'une ancienne notion de divinité féminine à l'ours, ou tout simplement de déesse-ourse.

Il n'en reste pas moins vrai que la figure d'Arthur est à peu près inexplicable. Beaucoup d'interpolations et de mélanges l'ont rendue complexe et l'ont altérée. Disons simplement qu'il devait y avoir une déesse-ourse, et que celle-ci s'est estompée dans la mémoire des Celtes, laissant place à d'autres notions plus confuses.

DANS LA PORCHERIE

Par contre, le thème du sanglier va nous permettre de rencontrer un des aspects de Notre-Dame de la Nuit qui, jusqu'ici, n'a jamais été compris par les mythologues. Le sanglier est souvent représenté dans la statuaire gallo-romaine et même gauloise. Les monnaies gauloises de diverses provenances abondent en figurations de sangliers. Les emblèmes des guerriers sont souvent des sangliers. Il y a des inscriptions en l'honneur de Mercure *Moccus*, où nous retrouvons le nom gaulois du sanglier ou du porc (bret. arm. *moc'h*). Il y a surtout une statuette de la déesse Arduinna, dont le nom évoque irrésistiblement les Ardennes où elle a d'ailleurs été découverte, et qui représente une femme, sous les traits de Diane chasseresse, chevauchant un sanglier. Le nom d'Arduinna semble à première vue se référer à *Artos* l'ours, mais la figuration ne laisse aucun doute. Et il est intéressant de constater que la déesse est figurée sous les traits de Diane, qui est, nous le verrons, la déesse-mère antique des Indo-Européens. Or si nous comparons les images d'Épona montée sur un cheval et assimilée plus ou moins à une Jument avec cette image d'Arduinna, force nous est de conclure que cette déesse *au* sanglier a dû être aussi une déesse-sanglier, ou plutôt une déesse-laie. Des traditions archaïques, voire préhistoriques, disséminées dans des textes gallois vont nous le confirmer.

La Naissance de Kulhwch (Pays de Galles) : « Kilydd, fils du prince Kelyddon, voulut une femme pour partager sa vie. Son choix tomba sur Goleuddydd (= jour brillant), fille du prince Anllawd. Quand ils furent sous le même toit, le pays se mit à prier pour qu'ils eussent un héritier, et, grâce à ses prières, un fils leur naquit. Mais du moment où elle conçut, elle devint folle et fuit toute habitation. Quand arriva le temps de la délivrance, le bon sens lui revint. Or il arriva qu'à l'endroit où le porcher gardait un troupeau de porcs, par peur de ces animaux, elle accoucha. Le porcher prit l'enfant et le porta à la cour. On le baptisa et on lui donna le nom de Kulhwch parce qu'on l'avait trouvé dans la bauge d'une truie » (*Kulhwch et Olwen*, J. Loth, *Mabinogion*, I, 244-245).

Le nom de Kulhwch, selon l'auteur du récit, proviendrait donc de cul, étroit (prononcer *kil*), ou de *cil*, cachette, retraite, coin (prononcer également *kil*), à rapprocher du mot gaélique *cill*, église (voir *Kildare*, l'église des Chênes, primitivement « la cachette aux chênes »), et de *Hwch*, porc (mais « truie » seulement en gallois moderne ; *houc'h*, porc en bret. arm.). Joseph Loth affirme que c'est une étymologie fantaisiste analogue à toutes celles qu'on rencontre dans les textes du Moyen Âge, aussi bien les textes français et anglais que les textes irlandais ou gallois. La chose ne doit pas être jugée aussi péremptoirement, et il y a de fortes chances pour que l'auteur anonyme de ce texte, qui est le premier roman arthurien, et dont certaines parties remontent au IXe sinon au VIIe siècle, ait suivi là une tradition parfaitement authentique.

En effet, quel étrange récit que celui de cette naissance : cette femme qui s'appelle « Jour Brillant », qui est folle, qui vit loin des habitations humaines mais près des cochons, reprend sa raison au moment de l'accouchement. Mais là le texte est clair : c'est parce qu'elle reprend sa raison et qu'elle s'aperçoit qu'elle est au milieu des cochons qu'elle accouche brusquement *dans la bauge d'une truie*. En somme, cette femme, c'est la Mère-Truie, la Déesse-Truie, et Kulhwch, c'est le jeune pourceau, celui qu'elle a porté dans sa cachette de truie, c'est-à-dire sa matrice. Toute cette histoire est analogue à celle de Rhiannon dont le fils est trouvé dans une écurie au moment où la jument vient de mettre bas un poulain, analogue aussi à l'histoire de Dechtire et à celle de Macha. On trouvera également des rapports certains entre cette histoire et la légende gaélique du cycle de Leinster (cycle de Finn), répandue aussi bien en Irlande qu'en Écosse, à propos du héros Diarmaid.

Histoire de Diarmaid (Irlande-Écosse) : Diarmaid est élevé chez le roi des fées Oengus, et il a pour frère de lait le fils du sénéchal d'Oengus. Un jour que le père de Diarmaid est allé chez Oengus visiter son fils, il tue par accident le fils du sénéchal et est obligé de donner une compensation à celui-ci. Après un arbitrage de Finn, le sénéchal transforme son fils mort en sanglier privé de soies, d'oreilles et de queues et prononce ces paroles : « Je te place sous un lien magique, à savoir de mener Diarmaid à sa mort et ta propre vie ne durera pas un jour de plus après la sienne. » Le sanglier se lève et disparaît. C'est lui qui sera appelé le Sanglier de Ben Culbainn (R. Chauviré, *Contes ossianiques*, p. 164-166).

Il n'est pas question d'une femme dans cette curieuse histoire, mais on peut supposer que l'épouse du sénéchal a quelque chose à voir avec la truie.

Le sort de Diarmaid est donc lié à celui du Sanglier de Ben Culbainn : celui-ci est son double, sa projection magique. Diarmaid est en quelque sorte le jeune sanglier, le jeune pourceau, et si l'histoire, telle qu'elle nous est rapportée, est tronquée et arrangée, elle n'en contient pas moins les éléments du mythe : une femme inconnue qui est liée à la truie, donne naissance à un fils qui est, lui aussi, assimilé à un sanglier.

Le porc ou le sanglier joue un grand rôle chez les Celtes. D'abord dans la vie courante, car les Celtes sont grands chasseurs et grands amateurs de sangliers, gibier particulièrement abondant dans les forêts de la Gaule, de l'île de Bretagne et de l'Irlande. Les Celtes élèvent d'ailleurs de grands troupeaux de porcs, et la fonction de porcher est un office des plus importants dans la hiérarchie sociale. D'après les *Triades* galloises, deux des plus grands porchers étaient Pryderi et Tristan. Un récit gaélique intitulé *Les Deux Porchers*[10] décrit les prouesses magiques respectives du porcher de Munster et du porcher de Connacht. Ensuite, le porc est un animal merveilleux dans la mythologie. Lorsque les Tuatha Dé Danann eurent été vaincus par les Gaëls et qu'ils eurent été exilés sous les tertres et dans les îles, ils furent nourris, dans une sorte de festin d'immortalité, par les cochons de Mananann[11]. D'après les *Triades* galloises, il y avait sept porcs merveilleux en Dyvet, c'étaient les porcs que Pwyll Penn, Anwfn avait ramenés de l'Autre Monde, et qui avaient été confiés à Pendaran, père nourricier de Pryderi. D'après le *mabinogi de Math*, ils avaient été envoyés par Arawn, roi de l'Autre Monde, à Pryderi. « Ce sont de petites bêtes, mais dont la chair est meilleure que celle des bœufs. Ils sont de petite taille. Ils sont en train de changer de nom. On les appelle *moch* maintenant[12]. » C'est un souvenir évident de l'introduction du porc domestique en Bretagne, mais ces animaux dans la légende représentent davantage, puisqu'ils sont l'objet d'une lutte magique entre Gwyddyon, le magicien du nord, et Pryderi, chef du sud et dépositaire des cochons et des secrets de l'Autre Monde qu'ils symbolisent. Gwyddyon s'empare par ruse des cochons de Pryderi. Il s'ensuit une guerre qui se termine par un duel entre Pryderi et Gwyddyon, et dans lequel Pryderi se fait tuer.

Mais l'image de la Déesse-Truie semble s'être conservée très longtemps puisqu'on la retrouve dans les romans de la Table ronde. Un conte français du XIIIe siècle, qui appartient au cycle de la Table ronde, nous présente en effet une curieuse histoire à propos de ce mythe du Blanc Porc.

Le Blanc Porc (roman courtois) : Guingamor, chevalier breton, est le neveu du roi. La reine tombe amoureuse de lui. Il la repousse. Pour se venger, elle fait désigner Guingamor pour aller chasser le Sanglier Blanc qui rôde dans la forêt et que personne n'a pu prendre, Au contraire, tous ceux qui sont allés à cette chasse ne sont jamais revenus. Au cours de la poursuite du sanglier, Guingamor s'égare et découvre une pucelle merveilleuse qui se baigne. Elle l'invite à venir chez elle et lui octroie son amour. Mais Guingamor veut retourner à la cour de son oncle en emportant la tête du Blanc Porc. Son amie le lui permet, tout en l'avertissant qu'il s'est écoulé trois cents ans depuis sa disparition et que personne ne le reconnaîtra plus. Il veut néanmoins y aller. La Fée du Blanc Porc lui recommande alors de ne pas boire et de ne pas manger tant qu'il sera en dehors du domaine féerique. Il raconte son histoire à un vieux charbonnier, mais il mange un fruit et tombe inanimé. Alors les servantes de son amie viennent le chercher pour le ramener dans leur royaume merveilleux (A. Mary, *La Chambre des Dames*, p. 243-252).

La reine du pays mystérieux a en quelque sorte attiré le héros sous l'aspect du Blanc Porc. Une fois qu'il s'est trouvé dans les régions frontières entre les deux mondes, elle n'avait plus qu'à le séduire sous son aspect féminin. Elle n'est donc guère différente de Goleuddydd, la Déesse-Truie. Elle se présente cependant sous son aspect lumineux, aimable, attirant. Il arrive qu'elle se présente sous des aspects beaucoup plus terrifiants. On a fait grand cas de la légende galloise du Sanglier dévastateur, ce redoutable être de la nuit qu'on ne peut chasser qu'au péril de sa vie. On ne s'est pas aperçu que ce sanglier était en fait une femelle, et que c'est encore une fois l'image de Notre-Dame de la Nuit. Voici les deux versions de cette légende :

Histoire de Twrch Trwyth (Pays de Galles) : Pour obtenir Olwen en mariage, Kulhwch doit s'emparer d'un peigne qui se trouve sur la tête du sanglier Twrch Trwyth. Pour chasser l'animal, il a obtenu l'aide du roi Arthur et de ses guerriers. L'un de ceux-ci, Gwrhyr, expert en magie, prend la forme d'un oiseau et descend « au-dessus de la bauge où Twrch Trwyth se trouvait avec ses sept pourceaux », et il demande que l'un d'eux vienne s'entretenir avec Arthur. Un des pourceaux répond : « Nous ne parlerons pas à Arthur. Dieu nous a fait déjà assez de mal en nous donnant cette forme, sans que vous veniez vous battre avec nous. » Arthur commence la chasse. Twrch Trwyth ravage le Dyved et tout le Pays de Galles. Ses pourceaux ayant été tués les uns après les autres, et lui-même ayant tué bon nombre de guerriers et de rois, il passe en Kernyw (Cornwall) où il continue ses ravages. Arthur finit par lui ravir le peigne, « puis on le chassa de Kernyw et on le poussa tout droit à la mer. On ne sut jamais où il était allé » (J. Loth, *Mabinogion*, I, 336-344).

Histoire de Henwen (Pays de Galles) « Une des truies de Koll, du nom de Henwen (la Vieille Blanche), était pleine. Or il était prédit que l'île de Bretagne aurait à souffrir de sa portée. Arthur rassembla donc l'armée de l'île de Bretagne et chercha à la détruire. La truie alla, en se terrant, en Kernyw. Là elle se jeta à la mer avec le grand porcher à sa suite. À Maes Gwenith (Champ du Froment), en Gwent, elle mit bas un grain de froment et une abeille ; aussi, depuis lors jusqu'aujourd'hui, il n'y a pas de meilleur terrain que Maes Gwenith pour le froment et les abeilles. À Llonyon, en Penvro (Pembroke), elle mit bas un grain d'orge et un grain de froment ; aussi l'orge de Llonyon est passé en proverbe. À Riw-Gyverthwch, en Arvon, elle mit bas un petit loup et un petit aigle. À Llanveir, en Arvon, sous Maen Du (la Pierre Noire), elle mit bas un chat que le grand porcher lança du rocher dans la mer. Les enfants de Palu, en Môn, le nourrirent pour leur malheur» (Triade 63, J. Loth, *Mabinogion*, II, 271-272).

La Déesse-Truie prend donc un aspect sinistre[13]. Twrch Trwyth dévaste tout sur son passage et tue tous les hommes qu'il peut. Henwen aura une portée qui sera un fléau pour l'île de Bretagne. Pourtant l'animal, c'est visible, est toujours lié à la fécondité et à l'abondance : Henwen met bas un grain de froment, un grain d'orge et une abeille, et il est précisé que c'est du bon froment, du bon orge, une bonne abeille. Mais, par contre, elle donne aussi naissance au loup, à l'aigle et au chat Palu dont nous reparlerons. La Déesse Truie est donc à la fois bonne et mauvaise, à l'image de la déesse-mère des anciens peuples de la Méditerranée ou de l'Inde. N'est-ce pas la déesse indienne Kâli, «Kâli la Noire, ornée des mains et des têtes de ses victimes, dégoûtantes de sang, foulant aux pieds le corps prostré, cadavérique de son maître[14]», «la Mère de l'Inde, image à la fois belle et terrifiante, gracieuse et meurtrière, par laquelle l'Inde éternelle symbolise la totalité de ce qui détruit et qui crée le monde, de ce qui mange et de ce qui est mangé[15]». Lorsqu'on pense à tous ces hommes tués par Twrch Trwyth, on est tenté de croire à une sorte de rituel terrifiant analogue à celui des adorateurs de Kâli. Kâli veut du sang, veut des victimes, humaines ou animales, elle est la Dévoreuse insatiable, comme la Truie qui dévore parfois ses propres enfants. C'est ce qui explique l'apparente barbarie de certains cultes rendus à la Déesse-Mère dans toute l'Antiquité indienne ou méditerranéenne. Chez les Khonds du sud de l'Inde, jusqu'en 1835, on préparait une victime humaine, un *mériah*, et la préparation durait de dix à douze jours. Après la consécration du *mériah* s'ouvrait une période de débauche effrénée. Le jour du sacrifice, on introduisait le mériah dans la fente d'un arbre encore vert et la foule se précipitait pour arracher des lambeaux de sa chair. À Rome, lors de la fête de la Déesse-Mère phrygienne, les prêtres, les curètes, formaient des cortèges accompagnés de musique délirante et qui se terminaient en orgies. À Argos, pendant les fêtes en l'honneur d'Aphrodite, les prêtresses se droguaient et s'enivraient jusqu'à l'extase mystique. La flagellation tenait une grande place dans ces rituels, notamment à Rome pour la fête de Cybèle et d'Attis, à Sparte où l'on fouettait les enfants devant la statue d'Artémis, pratique qui remplaçait d'anciens sacrifices d'enfants, comme en témoigne la légende d'Iphigénie, à Rome pendant la fête des Lupercales où les prêtres flagellaient les fidèles et particulièrement les jeunes femmes. Ces rituels de flagellation ont survécu au christianisme, et nous les retrouvons tout au cours du Moyen Âge, dans les mortifications et châtiments corporels, et dans les processions de flagellants.

La Déesse-Truie veut du sang, veut des cris de douleur. Le symbolisme de la Truie et surtout du sanglier est éloquent. Le sanglier est l'animal qui défonce le sol, qui déchire avec ses crocs et ses défenses. Le thème du sanglier n'est évidemment pas spécial aux Celtes, car nous le retrouvons par derrière le mythe d'Aphrodite, qui est l'une des plus anciennes déesses du monde hellénique. En effet, Aphrodite est certes une divinité surgie des eaux, née de l'écume de la mer et des testicules d'Ouranos châtré par Kronos, mais son nom est significatif. Nous y remarquons le terme *Dite* (*Ditis-Daitis*) qui est le nom d'une divinité des eaux d'Asie Mineure, et qui est devenue la Tethys de la légende grecque, et surtout le terme *Aphro* que nous retrouvons dans le nom du mois d'avril (*Aprilis*) et qui provient du mot *aper*, qui signifie « sanglier » en latin.

Et il semble que tous les fantasmes masculins se soient cristallisés sur la Déesse-Truie ou la Déesse-Sanglier. On a refoulé l'image de la déesse, de celle qui apportait la prospérité et l'amour. On a gardé l'image de la sexualité la plus basse attachée à l'idée de sang et de pourriture. En fait la Déesse-Truie est devenue la *Cochonne* avec tout ce que ce mot comporte de sens réel ou figuré dans le vocabulaire contemporain : un *cochon*, ce n'est pas seulement un homme qui est sale et qui ne se lave pas, c'est aussi un homme qui fait des *cochonneries* (sous-entendez des fornications plus ou moins bizarres). Les livres pornographiques sont des livres *cochons*. Quant à la femme qui se permet d'user de son sexe comme elle l'entend, et sans attendre la permission de l'homme, c'est une *cochonne*[16].

Car nous y voici. La Déesse, c'est la Femme, et la Femme est dangereuse, malsaine, terrifiante. Les hommes l'avaient engloutie au fond de la mer ou au fond d'une caverne. « Il y a un cochon qui sommeille au fond de chaque homme. » Formule bien connue, mais ne cherchons pas plus loin : il y a une femme qui sommeille au fond de chaque homme, et c'est cette femme que le surmoi de l'homme culpabilise au maximum, tout en souhaitant secrètement qu'elle se réveille pour de bon. Et par là c'est le rappel de tous les cultes de la déesse-mère, cultes qui se distinguent tous par une impudeur totale.

Dans la tradition japonaise, pour faire sortir la déesse-soleil Amaterasu de la caverne où elle se cache, la déesse Ama-no-uzume, tenant dans ses mains un bouquet de feuilles de bambou, monte sur une sorte de pirogue renversée et se met à danser. Possédée par l'esprit divin, elle exhibe ses seins et baisse ses vêtements jusqu'à son sexe. Les dieux se mettent à rire, et Amaterasu sort de sa caverne[17]. Il faudrait comparer à cette scène les séances de strip-tease du monde contemporain, et aussi la véritable *furor* divine qui anime certaines filles, lors des concerts de pop-music, qui se dénudent pour danser dans une sorte de délire inconscient. Et ne parlons pas du sabbat des sorcières, réel ou imaginé, où les femmes dansent avec Lucifer, sous l'égide de Diane, la grande déesse antique, cette Diane-Artémis que l'on représente souvent, dans la statuaire, en train de retrousser son vêtement pour montrer son sexe à ses zélateurs. Et par là surgit encore le souvenir de la prostitution sacrée qui accompagnait presque obligatoirement le culte de la déesse : à Babylone, où les filles des nobles se prostituaient dans le temple de la déesse Anahita, dans toute l'Asie Mineure, en Grèce, en Inde. Écoutons Hérodote : « La pire des coutumes babyloniennes est celle qui oblige toutes les femmes de ce pays à se rendre dans le temple, une fois dans leur vie, pour y avoir des rapports sexuels avec un homme inconnu… Les hommes passent et font leur choix. Peu importe la somme d'argent qu'ils versent, la femme ne la refusera jamais car ce serait un péché, l'argent étant rendu sacré par l'acte qui s'accomplit. Après cet acte, la femme est sanctifiée aux yeux de la déesse. » Et qui est cette déesse ? Ischtar, bien entendu, la déesse primordiale, « déesse du désir, déesse de la vie, courtisane de l'amour, putain sacrée du temple », Ischtar qui déclare par la voix de ses oracles : « Je suis une prostituée compatissante. » Il est évident que de tels souvenirs ne peuvent être tolérés par l'homme « civilisé », au sein d'une société androcratique fondée sur le mariage monogamique et sur la fidélité absolue de l'épouse, gardienne du foyer. Car la fidélité de l'épouse, soulignons-le, n'a été inventée par l'homme que pour protéger son héritage : par la filiation masculine, le fils doit succéder au père, le fils doit donc être le *fils du père* et non pas le *fils de la mère*. L'homme peut donc courir les aventures féminines, ce n'est pas dangereux pour la filiation patrilinéaire, mais le contraire serait la négation de cette filiation, puisque la femme pourrait concevoir d'un autre : ce serait le retour à la filiation matrilinéaire, laquelle apparaît encore très nettement, nous l'avons déjà dit, dans les usages celtiques, et surtout dans les traditions mythologiques des Celtes. Voilà pourquoi l'adultère des femmes a été si sévèrement condamné dans toutes les sociétés paternalistes. La société celtique, qui est encore à mi-chemin entre la formule gynécocratique et la formule androcratique, est beaucoup plus large sur ce sujet. Mais déjà, dans les traditions archaïques des Celtes, l'Être Féminin Divin tout de blanc vêtu (Rhiannon sur un coursier blanc, Goleuddydd-brillant-jour, Gwenhwyfar-fantôme-blanc et son équivalent irlandais Finnabair, la Jument grise, le Blanc Porc ou la Truie Blanche) est devenu Twrch Trwyth, le destructeur, ou Henwen (encore blanche mais vieille). On a oublié que la Putain Sacrée était bénéfique. N'est-ce pas Acca Larentia qui éleva Remus et Romulus ? Mais Acca Larentia était une prostituée qui fit don à l'État de ses richesses gagnées avec son métier. D'ailleurs la mère de Remus et de Romulus était une Vestale qui se prostituait au temple ; elle eut seulement la chance d'être enceinte à cause du dieu Mars. La reine Medbh de Connacht se montre très généreuse de son corps : chaque fois que l'intérêt de son *tuath* est en jeu, elle n'hésite pas à proposer « l'amitié de ses cuisses » à celui qui pourrait être utile. Son mari le roi Ailill ne s'en offusque certes pas ; il se contente de déclarer : « il le fallait pour le succès de l'entreprise ».

Mais c'est cela même qui est dangereux pour l'autorité masculine. Lorsqu'elle peut user à sa guise de son sexe[18], la femme est capable de tout. Rappelons-nous que dans la théologie indienne, Çiva, qui personnifie Brahma, le grand Tout indifférencié, est mâle, mais qu'il ne peut rien faire seul : c'est un être *passif*, il est assis en une contemplation intérieure hors du temps. Pour agir, il a besoin de son épouse Çakti qui est l'énergie en action, le dynamisme du temps. Or si l'homme a besoin de la femme, il tente de restreindre le pouvoir de celle-ci. Voilà pourquoi les lois morales *masculines* interdisent à la femme le libre usage de son sexe : elle pourrait aller trop loin et compromettre le fragile mais tenace édifice social construit exclusivement par l'homme et pour son propre bénéfice, la société paternaliste qui est la nôtre. Et cela va plus loin qu'on ne pense, comme le fait remarquer Herbert Marcuse, reprenant une thèse de Freud : « Les relations libidineuses libres sont par essence antagonistes avec les relations de travail; seule l'absence d'une satisfaction totale rend possible et soutient l'organisation sociale du travail. Même sous les conditions *optima* d'une organisation rationnelle de la société, la satisfaction des besoins humains exigerait du labeur, et ce fait seul imposerait des restrictions instinctuelles quantitatives et qualitatives, et par là de nombreux tabous sociaux. Quelque riche qu'elle soit, la civilisation dépend d'un travail méthodique et régulier, et aussi d'un report désagréable de la satisfaction. *Puisque les instincts primaires sont, de par leur nature même, rebelles à un tel report, leur transformation répressive demeure une nécessité pour toute civilisation*[19]. »

Par conséquent les relations sexuelles libres — symbolisées par l'image de la Déesse, par Notre-Dame de la Nuit — sont dangereuses parce qu'elles se termineraient par une satisfaction complète des désirs instinctuels de l'homme (et de la femme). Or cette satisfaction pleine et entière serait suivie d'un état de latence, pour ne pas dire de sommeil. Traduisons par la perte de l'énergie qui doit être dépensée en vue du progrès de la société humaine; plus de désirs, plus d'action, c'est bien connu. Nous sommes proches de l'*état de nirvâna*, où tout désir de vivre est aboli. Autrement dit, nous assisterions à un *regressus ad uterum* généralisé, à un retour à la Mère, à un véritable paradis dans la protection imaginaire ou réelle d'une matrice chaude et humide, nourrice et gardienne d'un foyer qui ne s'éteindra jamais : l'éternel bonheur que recherche l'homme et qui est la carotte avec laquelle on le fait marcher depuis des millénaires, en prenant bien soin de l'éloigner davantage quand l'homme est tout prêt à l'atteindre. Il faut que l'homme vive dans un état d'angoisse permanente, *qui est la condition même de son activité*. Donc la société alimente cette angoisse par tous les moyens : bien-être futur du capitalisme, société paradisiaque et égalitaire du marxisme, paradis ou enfer *post mortem*, etc. Et par-dessus tout, il importe de culpabiliser les élans naturels de l'être humain. Or ces élans naturels étant, la démonstration n'est plus à faire depuis Freud, d'essence spécifiquement sexuelle, il importe de les culpabiliser à leur base même : d'où le rejet du sexe comme ignoble, dégoûtant, malodorant, dangereux, infernal. Mais attention, l'homme, le mâle, n'est pas en cause ; lui a des « parties nobles ». Comme dit avec pertinence Simone de Beauvoir, « l'homme bande, la femme mouille ». Il ne faut pas confondre. C'est donc la Femme qui sera assimilée au Sexe, et rejetée dans les ténèbres. Et si elle surgit des Ténèbres, elle sera couverte d'ordures, elle sera ignoble, dégoûtante. Notre-Dame de la Nuit est devenue la Grande Truie qui se vautre dans la boue[20].

Voilà pourquoi, à côté de Goleuddydd, les Celtes ont inventé la figure de Twrch Trwyth[21]. Voilà pourquoi, dans le *Mabinogi de Math*, les deux fils de la déesse Dôn s'étant rendus coupables vis-à-vis de leur oncle (maternel) Math, celui-ci les condamne à prendre des formes d'animaux, et particulièrement la forme d'un sanglier et d'une truie. Voilà encore pourquoi saint Antoine l'Ermite, qui vivait avec un cochon, se voit tout à coup l'objet de tentations d'ordre charnel. Il ne pouvait en être autrement, du moins dans l'imagerie des hagiographes[22]. Toute une littérature aura pour objet d'enfouir ce cochon qui sommeille au plus profond de la nuit. Il y aura ce qu'on fait pendant le jour, à la lumière du soleil, et ce qu'on fait sans le dire, pendant la nuit. La Phèdre de Racine, qui est une des incarnations de Notre-Dame de la Nuit, ne franchit jamais les limites de l'ombre et du soleil. Elle craint la lumière du soleil. Et quand elle meurt, elle rend au jour qu'elle souillait toute sa pureté. Et nous trouvons cette même idée chez un auteur contemporain dont le tempérament est, il faut bien le dire, très racinien, François Mauriac, dans un passage de *Thérèse Desqueyroux*, elle-même lointaine héritière de la Déesse-Truie :

> « Un soir à Paris, où sur le chemin du retour ils s'arrêtèrent, Bernard quitta ostensiblement un music-hall dont le spectacle l'avait choqué : "Dire que les étrangers voient ça ! Quelle honte ! et c'est là-dessus qu'on nous juge..." Thérèse admirait que cet homme pudique fût le même dont il lui faudrait subir dans moins d'une heure les patientes inventions de l'ombre. »

Quel aveu ! On pense à ces membres des ligues de moralité de toute nationalité qui se précipitent à des spectacles aussi insipides que *Hair* ou *Ô Calcutta !* pour avoir le plaisir d'être choqués et de protester vigoureusement. Cela devient même de la rage à certaines époques dites de « puritanisme ». La femme est dépersonnalisée, désexualisée, engoncée dans des vêtements qui non seulement cachent son corps — il est obscène — mais l'oppriment au détriment de sa santé — il faut châtier l'objet du péché. Le Tartuffe de Molière est d'une cinglante vérité, hélas, et pas du tout surgi de l'imagination. N'oublions pas ce que disait le célèbre Mgr Dupanloup à ses ouailles féminines : « Vous avez du divin en vous, mais vous avez en même temps cette faiblesse intime qui vous a été léguée par la faute de votre première mère, et qu'il vous faut surmonter au milieu de toutes les sollicitations qui cherchent à l'ébranler. » C'est encore un aveu, et dûment autorisé. N'oublions pas non plus certains personnages assez sinistres de l'époque 1900 (la Belle Époque, mais pour qui ?), comme le Dr Pouillet qui souhaitait l'invention d'une « ceinture contentive » (*sic*) à l'usage des femmes, et qui recommandait de cautériser au nitrate d'argent les parties sensibles des jeunes filles enclines à « se manueliser ». D'autres brillants médecins, approuvés par les autorités ecclésiastiques, prônaient — et pratiquaient — la clitoridectomie, afin sans doute d'enlever le diable du corps de la femme, sans parler des nombreux traités sur le mariage qui conseillaient à la femme de « subir l'acte marital » en faisant bien attention de ne pas « se laisser aller à des mouvements brusques qui pourraient rompre les relations ou blesser gravement l'organe viril en le tordant ou en le contusionnant[23] ». Il y aurait de quoi rire si tout cela n'avait eu des conséquences désastreuses sur la psychologie féminine.

Il est vrai que tous ces gens avaient d'illustres prédécesseurs. « À l'heure où le Serpent se mêla avec Ève, il jeta en elle une souillure qui continue à infecter ses enfants » (*Talmud*, traité Schabbat, 146). « Il faut toucher sa femme prudemment et sévèrement, de peur qu'en la chatouillant trop lascivement, le plaisir ne la fasse sortir hors des gonds de la raison » (Aristote). Car trop bien caresser une femme « c'est chier dans le panier pour après se le mettre sur la tête » (Montaigne). On remarquera au passage la délicatesse de ce grand écrivain français qui fait les délices d'une université aussi dépassée que l'est le jean-foutre en question. Nous avons déjà dit que l'homme, dans l'acte amoureux, est en réalité le vaincu. Il ne pardonne pas cela à sa partenaire, qui en l'occurrence est son ennemie. Il ne pardonne pas non plus à la femme la possibilité quasi illimitée qu'elle a de faire se succéder les orgasmes, alors que lui, il lui faut récupérer avant d'attaquer le second acte. À vrai dire, il s'en inquiète. Qu'a donc la femme de si extraordinaire et de si étonnant ? Cela tient de la magie. Et il n'y a pas loin de la magie au diable. C'est donc le diable qui inspire les *cochonneries*. C'est le diable qui modèle la femme et lui donne cette forme repoussante de Truie, sans cesse menaçante, sans cesse attirante, sans cesse dénoncée par de braves types qui finissent par avoir réellement peur[24]. On comprend alors comment un homme comme Drach, rabbin du XIXe siècle converti au catholicisme, puisse s'effaroucher du commentaire rabbinique moderne d'une formule ancienne (Médrash Yalkut, à propos de Jérémie, article 315) disant : « Voici que Iaweh créera une chose nouvelle sur la terre : une femme enveloppera un homme. » Le commentaire vise à dire qu'au temps de l'avènement du Messie, la femme recherchera l'homme, au lieu que maintenant l'homme recherche la femme. Et Drach de s'écrier que cette idée est horrible et que c'est « un état de choses qui est aussi loin du sublime que le ciel l'est de la terre, qui choque les mœurs de toutes les nations et dégrade la femme. Il n'y a peut-être pas de spectacle plus hideux que de voir le sexe timide rejeter la pudeur qui est son plus bel ornement et la première gardienne de sa vertu[25] ». Après cela, il n'y a plus qu'à fermer le ban et à s'en aller au Café du Commerce se raconter *entre hommes* les dernières histoires *cochonnes* dont le sujet est éternellement celui des femmes.

Car de même que l'homme invente la figure de la déesse-truie, en quelque sorte pour son auto-défense, il va inventer, pour sa satisfaction (il ne faut jamais s'oublier), des substituts acceptables pour son orgueil de mâle, des substituts qui ne seront pas dangereux pour sa force, et dans lesquels il ne risquera pas de s'engloutir comme dans la caverne où règne Notre-Dame de la Nuit. Et c'est alors que naissent ce qu'on appelle improprement la gauloiserie (c'est-à-dire de l'obscénité qui n'ose pas s'étaler au grand jour), puis la grivoiserie, et par ordre croissant l'Érotisme (très littéraire et bien porté) et la Pornographie (sordide ou géniale). Ce qu'il y a de remarquable dans tous ces substituts, c'est qu'ils n'offrent aucun danger : *ils sont sans objet.* Prenons par exemple la Pornographie : ce n'est ni plus ni moins que de la sexualité qui tourne à vide et qui n'atteint jamais une satisfaction totale. C'est un élément indispensable à toute société paternaliste — et capitaliste, car non seulement elle permet de maintenir la notion d'angoisse et celle de culpabilité qui sont les conditions *optima* du Rendement, mais elle représente ce qui est interdit, donc désirable dans une société apparemment austère et intransigeante et qui ne peut être intransigeante sur les mœurs que si elle tolère — et poursuit — des écarts. Qu'on se souvienne de la parole de Tertullien — « Le palais est construit juste au-dessus de l'égout » (le mot latin employé, *cloaca*, a même un double sens). Que ferait une bonne société paternaliste sans prostitution et sans pornographie ? On en frémit rien que d'y penser.

On dira qu'il y a loin de Notre-Dame de la Nuit, telle qu'on la retrouve dans le mythe celtique, à ces considérations sur la pornographie capitaliste. Sûrement pas. La société paternaliste sait très bien qu'elle ne peut pas étouffer complètement Notre-Dame de la Nuit. Elle ouvre de temps à autre quelques soupapes de sûreté, quelques petites méthodes de défoulement momentané, en s'arrangeant pour en ramasser le bénéfice d'ailleurs. Mais parfois le défoulement devient un raz-de-marée qui menace de submerger, non pas la Ville d'Ys, mais l'orgueilleuse cité sur la Montagne, comme nous le verrons à propos de la Révolte de la Fille-Fleur, ce bel objet fabriqué par les hommes, et qui, ô désespoir, n'obéit plus à son créateur. Il nous reste cependant, avant d'en arriver là, à étudier dans la tradition celtique quelques autres aspects de Notre-Dame de la Nuit.

C'est dans le cycle irlandais de Leinster que nous découvrons le plus clairement la légende de la déesse-cervidé. Le contexte est assez récent, puisque le cycle de Leinster, ou de Finn, qu'on appelle volontiers cycle ossianique, est le plus tardif des grands ensembles mythico-féeriques qui constituent la littérature gaélique. Le cycle a survécu d'ailleurs dans le folklore de l'Irlande et de l'Écosse, de telle façon que nous ne connaissons certaines légendes dans leur intégralité que grâce à des récits oraux recueillis aux XVIIIe et XIXe siècles. C'est le cas pour l'histoire de Diarmaid et Grainné. Il ne fait cependant aucun doute, étant donné le grand nombre de récits sur les mêmes sujets et les mêmes personnages, récits irlandais ou écossais, qui concordent dans les grandes lignes, il ne fait donc aucun doute qu'il s'agit d'une véritable tradition orale remontant bien loin dans le temps.

La Naissance d'Oisin (Irlande) : Finn, le roi des *Fiana*, et ses hommes sont à la chasse. Ils aperçoivent une biche et la poursuivent. Mais aucun chasseur, aucun chien ne peut la rattraper. Seul Finn, accompagné de ses deux limiers, Brân et Scolan « qui ont des esprits d'hommes », continuent la poursuite. La biche se couche dans l'herbe et les chiens, au lieu de se montrer agressifs, jouent avec elle et lui lèchent la figure et le corps. Émerveillé, Finn ramène la biche avec lui dans sa demeure, et la nuit, il voit paraître une belle jeune fille qui lui déclare s'appeler Sadv et être la biche qu'il avait chassée toute la journée. C'est à cause de la magie du druide Fîr Doirch, dont elle avait repoussé les avances, qu'elle avait la forme d'une biche. Mais un serviteur du druide lui avait expliqué que si elle parvenait à l'intérieur de la forteresse des Fiana, le druide n'aurait plus aucun pouvoir sur elle. Finn tombe amoureux de Sadv et file avec elle le parfait amour. Sadv est bientôt enceinte. Un jour que Finn est absent, le druide Fîr Doirch revêt l'aspect de Finn et vient appeler Sadv hors de la forteresse. Sadv se précipite au-devant de celui qu'elle croit être Finn. Le druide la transforme de nouveau en biche. Sadv essaie de revenir vers la forteresse : les deux chiens du druide l'en empêchent et l'entraînent dans les bois. Quand il apprend cela, Finn se laisse aller à sa douleur, puis, pendant sept ans, il parcourt toute l'Irlande, avec ses limiers, à la recherche de la biche. Un jour, ses chiens s'arrêtent autour d'un petit garçon et lui prodiguent des marques d'amitié. Finn s'étonne de la ressemblance entre Sadv et le jeune garçon. Il l'emmène avec lui et le fait éduquer. Quand il peut parler, il révèle qu'il a été élevé par une biche, et que la biche avait été emmenée par un homme noir qui l'avait touchée de sa baguette. Finn en conclut que le jeune garçon est le fils de Sadv et de lui-même, et il lui donne le nom d'Oisin (Ossian), c'est-à-dire « le Faon » (R. Chauviré, *Contes ossianiques*, p. 102-106).

La trame de ce récit comporte d'étranges analogies avec l'histoire de Rhiannon et de Pryderi, avec celle de Goleuddydd et de Kulhwch. En somme, Oisin est le Faon comme Kulwch était le marcassin, comme Pryderi était le Poulain. Et de même que Goleuddydd était la déesse-truie, de même que Rhiannon était la déesse-jument, Sadv sera la déesse-biche. Toute l'histoire d'Oisin reste marquée par l'événement de sa naissance et par le fait qu'il a eu une mère transformée en biche, une mère appartenant de ce fait à l'autre-monde. Oisin sera poète, l'Inspiré par la divinité, et quand il mourra, ce ne sera pas une mort véritable : le curieux assemblage fait au XIIe siècle des différentes légendes ossianiques, l'*Acallam na Senorach* (Colloque des Anciens), raconte en effet comment Oisin est allé rejoindre sa mère dans l'univers merveilleux des Tuatha Dé Danann.

Cette déesse-biche, telle qu'elle apparaît dans le cycle de Leinster, n'est pas inconnue de l'iconographie gauloise ou gallo-romaine. Nous connaissons plusieurs statuettes représentant une femme portant des cornes de cervidés, notamment celle conservée au British

Museum de Londres : c'est une déesse assise, portant sur ses genoux une corne d'abondance et sur son épaule gauche une tête de bélier ; son visage est tout à fait humain, seules des cornes de cerf jaillissent de sa chevelure[26]. N'est-ce pas là le même personnage que la pauvre Sadv, épouse du dieu-chasseur Finn, victime de la répression du druide Fîr Doirche, dont le nom signifie « Homme Sombre », et mère d'Oisin, le jeune Faon ? On connaît d'ailleurs une représentation d'un dieu gaulois sous l'aspect d'un jeune homme dont l'une des oreilles est une oreille de cervidé[27]. Il est possible que ce soit le même personnage que le fameux Ossian. Étant donné que la religion des Celtes était répandue sur tout l'ensemble du territoire occupé par eux, il n'est pas interdit de le penser, d'autant plus qu'on a pu établir des rapports certains entre des divinités irlandaises devenues des héros d'épopées littéraires et des divinité gauloises ou gallo-romaines dont l'image est restée gravée dans la pierre, tel le dieu Lug, héros des Tuatha Dé Danann et divinité tutélaire de Lyon (*Lugdunum*), ainsi que de Laon, Loudun et Leyde.

Une autre mention littéraire de la déesse-biche se trouve dans un texte français du Moyen Âge : il s'agit d'un des Lais de Marie de France, qui, on le sait, brode sur des modèles bretons, et particulièrement armoricains :

> *Lai de Guigemar* (roman courtois) : Le jeune Guigemar, fils du comte de Léon, est à la chasse. « Dans l'épaisseur des grands buissons, il voit une biche et son faon que l'aboi des chiens avait débusqués. C'était *une bête toute blanche, ayant sur sa tête les bois d'un cerf.* » Guigemar lance une flèche qui blesse la biche, mais la flèche vient sur lui et lui traverse la cuisse. La biche lui dit alors en gémissant : « Toi, vassal qui m'as blessée, tu n'auras remède de ta blessure ! Ni par herbe, ni par racine, ni par médecin, ni par poison, jusqu'à ce que celle-là te guérisse, qui souffrira pour l'amour de toi plus grande peine

que jamais femme ne souffrit» (P. Truffau, *Les Lais de Marie de France*, p. 9-10).

Cette biche blessée qui parle et qui lance une malédiction, c'est un être féerique, qui remplace, dans l'univers courtois et chrétien de Marie de France, un être divin issu de la légende païenne primitive. On notera que cette biche est blanche, qu'elle est accompagnée d'un faon, et surtout qu'elle porte des bois de cerf. Ce n'est certainement pas par hasard que Marie de France la décrit ainsi : comme dans tous les Lais, elle se réfère toujours étroitement à un modèle déjà existant et si elle transpose ce qui pourrait choquer des oreilles chrétiennes, elle transcrit fidèlement des détails qu'elle juge de peu d'importance. Et il y a un autre détail qui est essentiel pour nous : celui de la flèche qui revient et qui blesse Guigemar à la cuisse. Or dans tous les textes courtois du XIIe et du XIIIe siècles, la blessure à la cuisse est un euphémisme : il s'agit d'une blessure aux parties sexuelles, comme en témoigne l'impuissance du Roi-Pêcheur, lui aussi blessé à la cuisse pour avoir découvert le Graal sans y avoir droit[28], comme le mystérieux Math ab Mathonwy, héros d'un *mabinogi* gallois et qui ne peut vivre que la jambe dans le giron d'une vierge. D'autre part la malédiction de la biche blessée relève du *geis* irlandais : Guigemar ne pourra être guéri que par une seule femme au monde, c'est-à-dire en fait par elle-même, la déesse, sous un autre aspect. Elle se réserve l'exclusivité de Guigemar en le frappant d'impuissance. Il y a cette même idée dans la légende de Diarmaid et Grainné, et dans celle de Tristan et Yseult[29].

Cela nous amène à élargir le champ d'investigations concernant la déesse-biche et à déborder sur un plan universel, bien au-delà du domaine indo-européen. En effet, nous retrouvons là le thème de la blessure infligée par la déesse à son amant et qui est si répandu dans le Proche-Orient, particulièrement chez les Sémites. N'est-ce pas l'histoire d'Ishtar et de Tamnuz ? N'est-ce pas l'histoire d'Astarté (devenue plus tard Aphrodite) et d'Adonis ? N'est-ce pas surtout l'histoire de Cybèle et d'Attis, où nous voyons la déesse frapper de folie son fils-amant pour le garder ? Or, dans sa folie, Attis se châtre, geste qui s'est conservé de façon rituelle, puisque les prêtres de Cybèle, les *Galloi*, qui s'identifient à Attis, se châtrent et portent des vêtements féminins. Mais si Ishtar-Astarté, ou Cybèle, sont les noms sémites de la Déesse, il ne faut pas négliger celui qui est plus indo-européen, ou tout au moins plus proche des indo-européens, celui d'une déesse qui présente de nombreux points de concordance avec l'ancienne Déesse-Mère des Dieux, celui d'Artémis que les Romains ont assimilée à Diane. Cette Artémis, qui est l'Arvi indo-iranienne [30], est généralement considérée comme l'antique et cruelle Diane Scythique, déesse solaire des peuples de la steppe, et dont le culte s'est répandu sur tout le pourtour méditerranéen au moment des migrations des Hellènes. On sait qu'à Sparte, dans les temps les plus primitifs, on offrait en sacrifice des victimes humaines à Artémis, ce qui est conforme à ce qu'on sait sur le culte de la Grande Déesse des Scythes. C'est le réformateur Lycurgue qui fit interdire les sacrifices humains et les réduisit en une flagellation des jeunes gens devant la statue de la déesse, et là nous retrouvons le mythe de Cybèle et d'Attis, d'Ishtar et de Tamnuz. De plus, dans l'iconographie, Artémis est représentée avec une biche, ce qui en dit long sur les transformations du thème primitif. En effet, telle qu'elle est fixée dans la mythologie grecque littéraire et classique (c'est-à-dire figée à un certain stade de son évolution), Artémis est la Chasseresse Divine. Si on la représente avec une biche, ce peut être parce qu'elle protège les chasseurs et qu'elle leur octroie une bonne chasse, mais comme, dans toutes les religions, l'idée de protection est venue après — et d'après — la représentation symbolique, il est plus probable qu'elle a été d'abord protectrice des animaux sauvages et des biches en particulier, concept issu d'une analogie plus primitive : la déesse *était* elle-même un animal sauvage, *était* une biche. Le processus a déjà été observé pour Rhiannon-Épona[31].

Ce qui est étrange, c'est qu'Artémis soit la Chasseresse, alors que la Sadv gaélique et la Biche de Guigemar sont des gibiers, mais en y réfléchissant, tout s'éclaire. Artémis est demeurée dans les légendes littéraires de l'Antiquité classique l'image *figée* définitivement de l'ancienne Déesse, telle qu'elle était au temps de sa puissance, au sein d'une société gynécocratique. Dans la tradition celtique *orale* et par conséquent plus évoluée, le personnage de la Déesse a eu le temps de se transformer et d'être occulté. Par suite du renversement des concepts sur la féminité, par suite des structures nouvelles des sociétés paternalistes, la déesse était rejetée hors du circuit légal : comme la Princesse Engloutie dans le châtiment de la Ville d'Ys, la Chasseresse est devenue le gibier obligé de se terrer dans les fourrés, en butte aux persécutions des chasseurs, c'est-à-dire de l'homme. Seuls quelques héros la protègent encore, dont Finn, qui n'est pas tout à fait le héros de culture si commun dans les traditions indo-européennes. Mais l'ordre paternaliste représenté par les prêtres de n'importe quelle religion, en l'occurrence le druidisme, s'efforce de l'éloigner à jamais : d'où la rage du druide Fîr Doirche, dont le nom, répétons-le, signifie « Homme Noir », à poursuivre Sadv et à lui redonner sa forme de gibier. Mais l'image de la déesse est si profondément présente dans l'inconscient des hommes qu'elle réapparaît néanmoins sous des formes plus ou moins aberrantes. Sadv disparaît peut-être, mais elle a un fils, Oisin. Le Faon est un nouveau personnage, conforme à l'idéal paternaliste, mais il représente, par sa filiation, le concept ancien de la divinité féminine.

Et de même que la Déesse-Mère devient le Dieu-Père, de même que la Déesse-Soleil devient le Dieu-Soleil, la Déesse-Biche va tout naturellement devenir le Dieu-Cerf. Il est célèbre dans l'iconographie celtique, comme en témoignent les nombreuses statuettes représentant un homme avec des cornes de cerfs. On sait même son nom, c'est Cernunnos, d'après un bas-relief de l'Autel des Nautes conservé au Musée de Cluny à Paris. Sur un autre monument conservé à Autun, le dieu tient dans sa main une coupe vers laquelle se tendent deux serpents. Sur le bas-relief conservé à Reims, et qui est le plus connu, Cernunnos est assis dans la classique pose bouddhique et tient une sorte de sac duquel s'écoule un courant, probablement de pièces de monnaies, qui se déverse sur un bœuf et un cerf; le dieu est entouré d'Apollon et de Mercure. Sur l'une des plaques du Chaudron de Gundestrup, conservé à Copenhague, chaudron dont on discute l'âge et l'origine, mais qui est indubitablement un monument d'illustration de la mythologie celtique, le dieu est représenté entouré de quatre animaux, dont un cerf et un chien. Ce Dieu-Cerf (entendons-nous bien, il s'agit d'une dénomination commode, l'animal symbolisant le dieu, comme la jument symbolise Rhiannon-Épona) se retrouve dans des œuvres littéraires assez récentes mais imprégnées de traditions celtiques, sous l'aspect de la bête que l'on chasse afin d'obtenir une récompense, ou bien sous l'aspect d'une bête domestiquée et qui aide l'homme, ou la femme qui s'en est rendu maître.

La Chasse au Blanc Cerf (Chrétien de Troyes) : À Pâques, le roi Arthur, qui tient sa cour à Cardigan, annonce qu'il veut chasser le Blanc Cerf « afin de relever la coutume ». Gauvain, qui n'est pas tout à fait d'accord, déclare : « Nous connaissons tous la coutume du Blanc

Cerf. Celui qui peut le tuer doit donner un baiser à la plus belle femme de votre cour» (*Erec et Enide*, trad. A. Mary, p. 32).

Gereint et Enid (Pays de Galles) : À la Pentecôte, le roi Arthur tient sa cour à Kaerllion-sur-Wysg. Arrive un chevalier qui déclare au roi : « J'ai vu dans la forêt un cerf comme jamais je n'en ai vu... Il est tout blanc, et par fierté, par orgueil de sa royauté, il ne marche en compagnie d'aucun autre animal.» Arthur décide d'aller chasser le Blanc Cerf, et Gwalchmai (Gauvain) lui propose «de permettre à celui à qui verrait le cerf pendant la chasse, de lui couper la tête et de la donner à qui il voudrait, à sa maîtresse ou à celle de son compagnon, que le cerf tombe sur un cavalier ou sur un piéton» (J. Loth, *Mabinogion*, II, 124).

Le Cerf de Merlin (Pays de Galles) : Merlin, devenu fou, est allé s'établir dans la forêt de Kelyddon et a même permis, sous certaines conditions, à sa femme Gwendolyn de se remarier. Il apprend le prochain mariage de celle-ci et arrive, monté sur un cerf et poussant devant lui un troupeau de cerfs. Il appelle Gwendolyn qui se montre à la fenêtre et s'amuse beaucoup du spectacle. Le fiancé vient voir : alors Merlin arrache les cornes du cerf qu'il monte et les lance contre le fiancé, lui brisant ainsi le crâne. Puis il repart dans la forêt, toujours sur son étrange monture (*Vita Merlini*, analyse dans J. M., *L'Épopée celtique en Bretagne*, p. 118).

Edern et Genovefa (Bretagne armoricaine) : Edern, personnage des romans arthuriens devenu saint Edern en Armorique, arrive dans les Monts d'Arrée, «monté sur un cerf, avec sa sœur Genovefa en croupe». Ils s'établissent, l'une à Loqueffret, l'autre à Lannédern. Le cerf les aide pour les charrois, et ils bâtissent leurs ermitages. Pour délimiter leurs domaines respectifs, Edern doit parcourir jusqu'au premier chant du coq le plus de pays possible, monté sur son cerf. Quand Genovefa voit que le cerf va plus vite que prévu, elle s'arrange pour faire chanter un coq. On prétend que les bois d'alentour sont encore peuplés de descendants du cerf de saint Edern (A. Le Braz, *Annales de Bretagne*, VIII, 404-407).

Si la Chasse au Blanc Cerf apparaît comme un rituel magico-religieux destiné à honorer une femme, le cerf de Merlin et celui d'Edern ont perdu ce caractère. Cependant tout le monde est d'accord pour voir dans le cerf un animal qui procure l'abondance et la fécondité. Les représentations gauloises et gallo-romaines du dieu muni d'une coupe ou d'un sac d'où se déversent des flots de monnaie semblent le prouver. Or l'abondance et la fécondité sont avant tout l'apanage des femmes. Voilà pourquoi nous continuerons à affirmer que l'image du dieu-cerf, ou du dieu au cerf, ne fait que recouvrir une image plus ancienne, l'image de la déesse-biche, ou de la déesse à la biche. Le thème est d'ailleurs celui des *bois de cervidé*, et il est très archaïque, d'origine pré-indo-européenne. Les dessins rupestres du Val Camonica, qui datent du ve siècle avant notre ère, représentant une divinité aux *torques* et aux cornes de cerf, l'image de la grotte des Trois-Frères, remontant au paléolithique, et consistant en un personnage en partie humain, en partie zoomorphe, mais avec des bois de cervidé, nous le montrent avec certitude. On a découvert dans les sépultures mésolithiques des îles de Téviec et de Hœdic (Morbihan) des bois de cerf sur les crânes des morts. Les populations du nord de l'Europe honorent particulièrement le cerf, qui est évidemment l'animal représentatif de la chasse. Certains shamans de Sibérie se déguisent en cerfs et portent des bois de cervidé sur la tête. Le cerf, qu'il s'agisse du mâle ou de la femelle, aurait été l'animal sacré d'une civilisation arctique dont le symbole aurait été répandu, à l'époque glaciaire, jusque dans les régions méditerranéennes[32]. Et, chose très importante, cela n'est pas loin des pratiques et des croyances des anciens Scythes : on a retrouvé en effet, dans de nombreuses tombes des Scythes d'Asie, surtout orientale, des statuettes représentant des hommes ou des animaux ornés de cornes de cerfs, et même des ornements destinés à la tête des chevaux, et comportant eux aussi des bois de cervidé, notamment dans le site célèbre de Pazirik, à l'est de l'Altaï[33].

Or, nous revenons de ce fait à la déesse qu'on a appelée la Diane Scythique et qui est l'Artémis grecque, divinité solaire à l'origine des temps, et qui a perdu cet aspect et cette fonction au profit d'un dieu mâle. On peut d'ailleurs voir comment le processus s'est déroulé dans le monde hellénique, et le reporter sur la tradition celtique. En effet, primitivement, Artémis — peu importe d'ailleurs le nom de la Déesse — s'identifiait avec sa mère Leto (ou Latone), de même que Korè-Perséphone était le doublet de sa mère Déméter : elle représentait le jeune Soleil, le Soleil levant et plein de force, par opposition à Leto qui personnifiait le Soleil vieux, le Soleil couchant (de même Korè était la Jeune Fille, c'est-à-dire la Jeune Terre, face à Déméter, la Vieille Terre, c'est le mythe bien connu du renouveau). À partir du moment où les divinités féminines ont été masculinisées, mais aussi parce qu'il était impossible de faire oublier totalement l'aspect féminin de ces divinités, on a conservé le personnage d'Artémis, mais on lui a adjoint un parèdre mâle, son frère Apollon, lequel a monopolisé l'aspect solaire, tandis que l'on rejetait Artémis dans la nuit en en faisant la Déesse-Lune[34]. Et l'on sait que primitivement la Lune était masculine et le soleil féminin[35]. Il s'est donc produit un grand bouleversement dans le symbolisme religieux et mythique : la déesse-mère Soleil, Leto, a été remplacée par ses enfants, mâle et femelle, et l'on sait que Junon-Héra a tout fait pour que ces enfants, dus à l'adultère de Zeus (donc aux prérogatives paternalistes), ne naissent pas, c'est-à-dire qu'Héra, femme divine, a refusé d'admettre le changement d'orientation de la société, de la gynécocratie au paternalisme[36].

Et il n'est pas absurde de prétendre retrouver les

enfants de l'ancienne déesse-soleil, ou de l'ancienne déesse-cerf, ce qui est la même chose, dans Merlin et sa sœur Gwendydd, d'une part, dans Edern et sa sœur Genovefa, d'autre part. Car Merlin, s'il est marié avec Gwendolyn, s'occupe surtout de sa sœur Gwendydd et semble se partager le monde avec elle. À la fin de la *Vita Merlini*, ce curieux ouvrage du XIIe siècle, que nous devons à Geoffroy de Monmouth, Merlin passe d'ailleurs tous ses pouvoirs de magicien et de prophète à sa sœur Gwendydd, ce qui tendrait à montrer un certain retour aux concepts gynécocratiques. Quant à « saint » Edern, qui n'est autre que le fils du dieu celte Nudd, c'est-à-dire Nodens, et frère de Gwynn (portier des enfers dans la tradition chrétienne galloise), il dispute chèrement son terrain à sa sœur Genovefa, laquelle est présentée, bien qu'elle soit sainte — elle aussi, pourquoi pas ? — sous un aspect très rusé et peu sympathique. Mais elle ne parvient pas à supplanter Edern : c'eût été contraire à la doctrine chrétienne de la primauté masculine. Et pourquoi ? Parce qu'Edern *possède le cerf*, c'est-à-dire la puissance symbolique représentée par les bois de cervidé. Edern est donc le nouveau soleil, vu par une société androcratique qui consacre l'échec de la déesse solaire. Mais qui reconnaîtrait sous Merlin et Gwendydd, sous Edern et Genovefa, des personnages sortis des mêmes moules qu'Apollon et Artémis ?

Et que dire des pratiques qui ont survécu dans le christianisme du haut Moyen Âge, particulièrement l'habitude d'aller en procession en portant des masques de cervidé ? Nous avons des témoignages sur cette coutume qualifiée de « turpitude très infâme » par Césaire d'Arles, en particulier dans les Vies de Saint-Hilaire et de Saint-Pirminius. De là à affubler le diable de cornes de cerf, il n'y avait qu'un pas, et il a été franchi allégrement : Cernunnos est devenu le Diable, mais n'oublions pas que sous le masque commode du diable se cache tout ce qui est interdit par les nouveaux dogmes sociaux et religieux, c'est-à-dire tous les souvenirs de la Déesse-Mère. Et il y a encore mieux dans un texte célèbre du XIIIe siècle :

Le Cerf blanc au collier d'Or (romans courtois) : Lancelot et Guenièvre se trouvent dans une forêt. « Brusquement… débouche un cerf blanc suivi de quatre lions lui faisant escorte. Une chaîne d'or étincelante ceint le cou de l'animal sacré dont la robe est plus blanche que la fleur de trèfle nouvellement éclose » (Xavier de Langlais, *Le Roman du roi Arthur*, III, p. 61). Plus tard, lorsque sont réunis les trois héros du Graal, Galaad, Perceval et Bohort, apparaît encore une fois le Blanc Cerf, conduit par les quatre lions. Les trois héros suivent le cerf qui entre dans une chapelle où un prêtre va officier. Il leur semble alors que le Cerf se métamorphose en homme, et que trois des lions se changent en aigle, bœuf et homme. « Ils prirent le siège où était assis le Cerf… et sortirent à travers une verrière qui était là, sans la briser ni l'endommager » (*Quête du Graal*, trad. A. Béguin, p. 201-202).

L'interprétation chrétienne n'est pas obscure : il s'agit du Christ et des quatre évangélistes qui réalisent ainsi une ascension digne d'eux. Tous les commentateurs sont unanimes sur ce point. C'est pourtant bien trop facile, et un détail choque cependant lorsqu'on réfléchit un peu plus : comment se fait-il que les quatre évangélistes soient représentés par quatre lions ? Pour faire mieux, sans doute, pour ajouter de l'insolite, compte tenu de la mode de l'époque pour les lions (voir Yvain et son lion dans le roman de Chrétien de Troyes). Mais c'est méconnaître la valeur symbolique du Lion, qui est la même que celle du chien : c'est le gardien de l'Autre Monde. De plus, c'est oublier que la *Quête du Graal*, sous des apparences très chrétiennes, et même *trop* chrétiennes, n'est en réalité qu'une vaste épopée païenne dont le texte archaïque perce en filigrane par-derrière l'ornementation cistercienne : *tous* les détails, *toutes* les anecdotes de cette œuvre géniale ne sont que des travestissements, même pas des transpositions, de la quête celtique, de la Femme Engloutie représentée par le Graal. Quand on sait cela, il est difficile de s'en tenir à l'apparence quant au Cerf Blanc au collier d'or. Il est blanc comme le cerf chassé par Arthur dans Erec et Énide, comme la Biche blanche de Guigemar. Il a un collier d'or, surtout, c'est-à-dire un symbole nettement solaire. On dira que le Christ est lui aussi revêtu de symboles solaires. C'est un fait, mais les imagiers se sont servis de détails païens pour en arriver là. Le collier d'or n'est autre chose que les fameux *torques* d'or des anciens chefs gaulois, les *torques* que porte à son cou le dieu Cernunnos, comme insigne non seulement de sa divinité, mais aussi de son origine solaire. Pourquoi, en étudiant cette apparition du Cerf blanc au Collier d'Or, n'a-t-on pas pensé à cette plaque du Chaudron de Gundestrup qui représente Cernunnos, aux cornes de cervidé, portant les *torques* à son cou, et entouré de quatre animaux ? Et pourquoi n'a-t-on pas mis l'accent sur l'analogie qu'il y a entre cette anecdote de la *Quête*, cette représentation du Chaudron de Gundestrup, et l'image de la biche *aux bois de cerf*, c'est-à-dire Sadv, la mère d'Oisin, entre les quatre chiens qui marquent son destin, les deux limiers de Finn, Brân et Scolann, qui la tirent de l'ombre, et les deux limiers des enfers, ceux du druide Fîr Doirche, qui l'entraînent dans l'ombre ?

Car en définitive, tout se ramène à l'histoire de Sadv, la déesse aux bois de cervidé, la biche au bois, pourchassée par la colère de l'Homme Noir, le druide représentant l'ordre social et religieux, et protégée par Finn et les Fiana, derniers chevaliers de Notre-Dame de la Nuit. Il ne faut pas oublier que le nom véritable de Finn (qui n'est qu'un surnom donné plus tard et signifiant « beau », « blanc » ou « blond ») est Demné, dans lequel on peut retrouver un ancien **damnijo*, c'est-à-dire « Petit Cerf », que le nom d'Oisin, son fils, signifie « le Faon », que le nom du fils d'Oisin est Oscar, c'est-à-dire « Qui aime les Cerfs », qu'une partie du Leinster porte le nom d'Osraïge, autrement dit « Peuple du Cerf », et que tout le cycle épique de Finn, ou de Leinster, est en fait placé sous le patronage symbolique du Cerf, alors que le cycle d'Ulster est sous le signe du Taureau ou de la Vache[37]. Cela suffit pour donner à Sadv et à l'histoire d'Oisin une particulière importance : car la déesse-biche, ou déesse à la biche, se réfère à l'image la plus ancienne d'Artémis-Diane, la déesse solaire des peuples qui ont précédé les Indo-Européens sur le territoire de l'Europe occidentale.

LA DÉESSE AUX OISEAUX

Nous avons vu que Rhiannon n'était pas seulement la déesse-jument, mais qu'elle était également liée aux oiseaux. Les « Oiseaux de Rhiannon » sont en effet très célèbres dans toute la tradition galloise. Dans le récit de *Kulhwch et Olwen*, Yspaddaden Penkawr réclame des dons fantastiques à Kulhwch qui lui demande sa fille Olwen en mariage, et parmi ces choses, « les oiseaux de Rhiannon, qui réveillent les morts et endorment les vivants, je les veux pour me recréer cette nuit-là[38] ». Ces oiseaux merveilleux, nous les retrouvons dans le récit de *Branwen*, le second volet de ce qu'on appelle le *Mabinogi* :

> *L'Hospitalité de la Tête Sacrée* (Pays de Galles) : Après une désastreuse expédition en Irlande qui avait pour but de délivrer Branwen, sœur de Brân, et de récupérer le chaudron de résurrection, Brân est blessé. Il demande aux sept survivants de lui couper la tête, de l'emporter avec eux et de regagner l'île de Bretagne. « À Harddlech vous resterez sept ans à table, pendant que les oiseaux de Rhiannon chanteront pour vous. Ma tête sera pour vous une compagnie aussi agréable qu'aux meilleurs moments lorsqu'elle était sur mes épaules. » Ainsi en est-il. « Ils se

rendirent à Harddlech et s'y installèrent. Ils commencèrent par se pourvoir en abondance de nourriture et de boisson, et se mirent à manger et à boire. Trois oiseaux vinrent leur chanter certain chant auprès duquel était sans charme tous ceux qu'ils avaient entendus. Les oiseaux se tenaient au loin, au-dessus des flots et ils les voyaient cependant aussi distinctement que s'ils avaient été avec eux. Ce repas dura sept ans » (J. Loth, *Mobinogion*, I, 147, 148).

Si Rhiannon n'apparaît pas en personne dans cette histoire, son fils Pryderi fait partie des sept survivants et donc des sept convives de ce festin d'immortalité qui dure sept ans. En tout cas, ces oiseaux merveilleux, dont il est dit expressément qu'ils appartiennent à Rhiannon, font perdre non seulement le sens du temps, mais aussi les souvenirs des moments douloureux. Or nous retrouvons presque intégralement le même thème dans un roman arthurien passionnant à bien des égards, et que l'on ne connaît pas assez, le *Roman de Jaufré* :

Le Verger de Brunissen (Occitanie) : Après d'étranges aventures dans la forêt de Brocéliande, Jaufré est parvenu dans un verger « tout clos de marbre », et rempli d'oiseaux. Ce verger se trouve dans le palais de Monbrun où vit, recluse, la jeune orpheline Brunissen. « Elle est vêtue d'un élégant corsage de soie montant haut. Ses cheveux, fins et blonds, sont noués gracieusement d'un fil d'or. Elle a un beau visage plaisant… Il est très pur naturellement et son éclat ne s'altère à aucun moment, pas plus le matin qu'au coucher ; on le voit plutôt s'accroître, resplendir et répandre de la lumière en sont illuminés tous ceux qui marchent à côté d'elle. Elle a posé sur sa tête… un chapeau de plumes de paon, et elle tient à la main une fleur splendide qui exhale une suave odeur. » Et Brunissen est attristée depuis sept ans par un chagrin qu'elle et les siens manifestent par des larmes quatre fois le jour et quatre fois la nuit. Seul le chant des oiseaux peut apaiser sa douleur (*Roman de Jaufré*, v. 3040 et suivants).

Cet énigmatique personnage de Brunissen est de toute évidence une divinité solaire : l'éclat de son visage le prouve. Mais ce n'est pas du soleil des Vivants qu'il s'agit : c'est en fait le Soleil de l'Autre Monde, celui qui resplendit davantage au coucher et au lever. C'est le « Soleil Noir ». D'ailleurs le nom est caractéristique : Brunissen est la Reine Brune, malgré ses cheveux blonds qui indiquent la mode du temps, ou qui, au contraire, renforcent l'idée solaire. Elle habite le palais de Monbrun, c'est-à-dire Mont-Noir, à *moins que ce ne soit une déformation occitane d'un original celtique* qui pourrait être *Maen-Brân*, c'est-à-dire Pierre du Corbeau. Mais on sait que le Corbeau est l'animal d'Apollon, et cela en dépit de sa noirceur, comme il est l'animal lié au dieu celtique Lug dont le nom signifie « blanc », comme il est lié au nom même du héros breton Brân Vendigeit (le Corbeau Béni) dont la tête, jointe aux Oiseaux de Rhiannon, permet le festin d'immortalité. Au reste, Brunissen, avec son chapeau de plumes de paon, ressemble bien à Junon dont l'animal symbolique est effectivement le paon. Cette Junon n'est cependant pas la *Juno-Iléra* diurne, c'est la *Juno-Lucina*, un peu inquiétante et rejetée dans l'ombre, celle qu'on nomme la « Mauvaise Lucine », la *Mala Lucina* devenue dans les traditions poitevines *Mélusine*. Et cette Notre-Dame de la Nuit, car c'en est bien une (n'est-elle pas recluse dans le palais de Monbrun ?), porte à la main une fleur merveilleuse qui n'est autre que la Fleur d'Immortalité.

Il y a donc là des éléments extrêmement curieux. Brunissen est attristée par un événement tragique. Elle et les siens manifestent ce chagrin par des larmes, ce qui n'est pas sans rappeler les pleurs et les gémissements dont Peredur est le témoin dans le Château des Merveilles (le Château du Graal), lorsqu'il assiste à ce qui a dû être le primitif cortège du Graal. Et depuis sept ans, Brunissen se fait consoler par le chant des oiseaux. Ce n'est pas une coïncidence : l'auteur occitan du *Roman de Jaufré* se réfère à la même tradition que celle que nous découvrons dans le récit de *Branwen*, et cela nous permet d'avoir une description assez précise de la déesse aux oiseaux, autre visage de Notre-Dame de la Nuit.

Une anecdote fort connue contient le même thème des oiseaux enchanteurs, à la fois dans la littérature galloise et dans les romans arthuriens français :

Les Oiseaux de Barenton (Galles et Bretagne armoricaine) : À la cour du roi Arthur, Kynon, fils de Klydno, raconte les aventures qui lui sont arrivées à la mystérieuse fontaine de Barenton. Il a versé de l'eau sur le perron de la fontaine, un orage épouvantable a éclaté, dépouillant en particulier de toutes ses feuilles l'arbre (le pin) qui se trouve près de la fontaine. « Alors le temps devient serein ; aussitôt les oiseaux descendent sur l'arbre et se mettent à chanter ; et je suis sûr, Kaï, de ne jamais avoir entendu, ni avant, ni après, de musique comparable à celle-là. Au moment où je prenais le plus de plaisir à les entendre, voilà les plaintes venant vers moi le long de la vallée. » Un chevalier arrive reproche à Kynon son geste qui a dévasté le pays, et le provoque en combat. Kynon est vaincu (J. Loth, *Mabinogion*, II, 13-14). Voici la description du chant des oiseaux dans l'ouvrage correspondant de Chrétien de Troyes : « Je vis alors sur le pin des oiseaux assemblés en tel nombre qu'il n'y avait branche ou feuilles qui n'en parussent toutes couvertes, et l'arbre en était plus beau, et tous les oiseaux chantaient, mais chacun un chant différent et s'accordant ensemble en une merveilleuse harmonie. Je me réjouis de leur joie, j'écoutai jusqu'au bout leur office ; je n'avais jamais ouï auparavant de si belle musique ; je ne pense pas que nul homme puisse en entendre une semblable à celle-ci qui me fut si suave et plaisante que je croyais rêver. Quand le chant cessa, j'entendis un galop qui s'approchait « (*Le Chevalier au Lion*, trad. A. Mary, p. 133). Très intéressé par ce récit, Owein-Yvain s'en va à la fontaine et renouvelle l'expérience pour son propre compte. Il blesse mortellement le chevalier qui l'attaque et finit par épouser la Dame de la Fontaine, veuve du Chevalier Noir, parce qu'elle avait besoin de quelqu'un pour défendre sa fontaine. Cette Dame, appelée Laudine chez le seul Chrétien de Troyes, s'est laissée convaincre par les arguments de sa servante-fée Luned, toute dévouée à Owein-Yvain : si son mari a été tué, c'est qu'il ne valait pas grand-chose à côté du vainqueur.

En dehors d'une interprétation historique qui voit dans le chant des oiseaux sur le Pin de Barenton la marque de l'étonnement d'un auteur continental devant le chant gallois qui serait à l'origine de la musique polyphonique et de l'*Ars Nova*[39], on peut dire que ces oiseaux sont vraiment magiques : ils plongent celui qui les écoute dans un ravissement qui frise l'extase et qui lui fait oublier sa propre existence. Leur chant surgit après la tourmente, comme pour retenir l'audacieux qui s'est permis de déclencher le mécanisme diabolique de la Tempête, et permettre ainsi au défenseur de la Fontaine d'arriver et de le surprendre « en plein rêve ». Il ne faut pas oublier non plus que le texte gallois, plus proche de l'archétype, précise que tous les êtres vivants ont été tués par la tempête et que l'arbre, le pin, a été dépouillé de toutes ses feuilles. Or si les oiseaux arrivent ensuite, c'est qu'ils n'appartiennent pas au monde réel, ce sont des êtres féeriques comparables aux Oiseaux de Rhiannon.

Il y a bien plus que cette ressemblance. Le personnage de Laudine, la Dame de la Fontaine, n'a guère retenu l'attention des mythologues, et pourtant, il va nous en apprendre beaucoup. Si l'on comprend bien cette histoire, la fontaine, son pouvoir magique, et par conséquent les oiseaux, appartiennent de droit à Laudine. Le Chevalier Noir vaincu par Owein n'est en quelque sorte qu'un prince consort chargé de défendre la fontaine. Laudine, en parfaite souveraine, le remplacera par quelqu'un de plus fort, c'est-à-dire

Owein, pour que celui-ci joue le même rôle. Nous voyons là incontestablement une suprématie de la part de la Femme, et la suite de l'histoire, où Owein, ayant obtenu congé pour un certain laps de temps et n'étant pas revenu dans les délais fixés, est renié par la Dame, ne fait que confirmer cette idée. D'autre part, Laudine s'identifie avec la fontaine, qui est un symbole féminin parfaitement clair : le geste d'Owein versant de l'eau sur le perron de la fontaine est un geste érotique indéniable[40], de nature œdipienne, consistant dans le viol de la Femme, autrement dit le viol de la Déesse Mère. D'ailleurs, l'auteur gallois n'a pas éprouvé le besoin de nommer autrement le personnage que par la périphrase « Dame de la Fontaine » : il savait que cela suffisait. Mais si Chrétien a jugé bon de l'appeler « Laudine », c'est parce que ce nom devait avoir un signification, ou que le modèle qu'il a utilisé (modèle en langue brittonique, mais pas forcément le même que celui du récit gallois) donnait un nom qu'il a mal compris ou mal transcrit. Que signifie Laudine ? C'est assez difficile à déterminer : on peut y voir la déformation d'un nom gallois contenant *lleuad*, lune, ou bien un ancien *awd*, rivage, grève (bret. arm. *aod* ou *aud* en vannetais) muni de l'article français, ou encore la mauvaise transcription d'un *l'ondine*, traduisant un mot celtique. Ce dernier sens aurait l'avantage de se rapporter directement à l'élément symbolique de la fontaine et ferait de Laudine une divinité aquatique, ce qu'elle est de toute façon. Quant au nom de Luned (Lunete chez Chrétien), il est très clair : c'est le mot gallois *Llun* (aspect, image) avec un suffixe. Luned serait alors l'un des aspects de Laudine, son image, son double en quelque sorte, ce qui convient d'ailleurs avec le rôle qu'elle joue dans la légende d'Owein-Yvain, rôle de servante-fée, substitut de la Maîtresse qui reste dans l'ombre, Laudine, autrement dit encore une fois Notre-Dame de la Nuit.

J'ai dit ailleurs[41] que la Dame de la Fontaine représentait la Mère Universelle, et que cela expliquait le geste de l'Audacieux qui verse de l'eau sur le perron, tentative d'inceste, tentative de retour à la vie intra-utérine. D'autre part, la complicité qui unit Owein-Yvain à Luned est assez énigmatique. Étant donné qu'Owein-Yvain peut en un certain sens être considéré comme le Fils-Époux de la Déesse-Mère Laudine, et que Luned est le double de Laudine, ne faut-il pas en conclure que Owein-Yvain est le frère de Luned, qu'ils sont tous deux les enfants de Laudine ? Nous retrouverions là des personnages équivalant à Apollon et à Artémis, les enfants de Leto (Latone). Alors, est-ce Laudine ou Latone ? Nous allons voir que cette idée est loin d'être dénuée de fondement.

C'est Owein qui est la clef de toute cette interprétation. Ce héros épique, où se mêlent souvenirs historiques et éléments mythologiques, est loin d'être simple. Owein, fils d'Uryen, roi de Rheged, chef des Bretons du Nord en lutte contre les Pictes et les Saxons, semble en effet un personnage historique. Il est célébré avec Uryen dans la saga galloise de Lywarch-Hen[42], et l'un des poèmes que l'on peut considérer comme authentique de Taliesin est le « Chant de Mort d'Owein[43] ». Mais autour d'Owein et d'Uryen personnages historiques, se sont greffés des éléments disparates empruntés aux plus lointaines traditions mythologiques, et ce sont celles-ci qui vont nous éclairer.

Les Corbeaux d'Owein (Pays de Galles) : Le roi Arthur et Owein ab Uryen se livrent à une partie d'échecs. Pendant ce temps les serviteurs d'Arthur s'amusent à poursuivre *les corbeaux d'Owein* et à les massacrer. Trois fois de suite, Owein demande au roi d'ordonner à ses serviteurs d'arrêter le massacre. Arthur refuse de quitter le jeu. Alors Owein dit à un des siens « de lever l'étendard au plus fort de la mêlée et advienne ce que Dieu voudra ». La chose est faite et les corbeaux d'Owein se précipitent sur les gens d'Arthur, les massacrant les uns après les autres. Trois fois de suite, Arthur demande à Owein de faire cesser le massacre. Owein refuse de quitter le jeu. Enfin, il ordonne d'abaisser la bannière et la paix se rétablit (*Le Songe de Rhonabwy*, J. Loth, *Mabinogion*, I, 365-371). « Owein ab Uryen a frappé les trois tours dans le vieux Cattraeth ; Arthur a craint, comme la flamme, Owein, ses corbeaux et sa lance aux couleurs variées » (Llewis Glyn Cothi, *Myvyrian Archaeology of Wales*, I, 140). « Owein resta à la cour d'Arthur... jusqu'à ce qu'il retournât vers ses vassaux, c'est-à-dire les trois cents épées de la tribu de Kynvarch et la troupe des corbeaux. Partout où il allait avec eux, il était vainqueur » (*Owein et Luned*, J. Loth, *Mabinogion*, II, 45).

Telle qu'elle est, l'histoire n'est guère compréhensible. Mais deux textes continentaux en donnent la clef, pourvu qu'on veuille bien aller jusqu'au bout des rapprochements :

Quête du Saint-Graal (roman courtois) : Perceval lutte contre un chevalier. Des oiseaux s'acharnent sur lui pour défendre le chevalier. Il tue un oiseau, « mais une fois à terre, son cadavre est celui d'une femme merveilleusement belle. Aussitôt tous les oiseaux s'abattent autour d'elle et l'emportent dans les airs avec des cris plaintifs ». Le chevalier lui explique alors que ce sont les suivantes de son amie qui est « princesse parmi les fées », et que celle qui a été atteinte par l'épée de Perceval n'est point morte : « ses compagnes l'emportent en l'Île d'Avalon, séjour d'immortalité » (trad. A. Pauphilet, p. 54-56).

Didot-Perceval (roman courtois) : Perceval se bat contre un certain Urbain et il est sur le point d'être vainqueur. Alors il voit apparaître une troupe d'oiseaux « plus noirs qu'aucune chose qu'il avait jamais vue ». Et ces oiseaux l'attaquent avec violence, s'efforçant de défendre Urbain. Perceval tue un des oiseaux qui, en tombant, se transforme en cadavre de jeune fille. Urbain lui explique qu'il s'agit des sœurs de son épouse Modron, qui ont le pouvoir de se transformer en oiseaux (Éd. Roach, v. 200 et suiv.).

Le personnage d'Urbain, dans le *Didot-Perceval*, n'est pas difficile à identifier : c'est l'*Urgben* de l'*Historia Brittonum* (chap. LXIII) que nous retrouvons dans une généalogie de la fin du Xe siècle, « Urbgen map Cinmarc[44] », c'est-à-dire en gallois moderne « Uryen ab Cynfarch. »

Or cet Uryen, tant célébré par les poètes, surtout par Llywarch-Hen et Taliesin[45], comme étant le guerrier redoutable par excellence, le grand pourfendeur des ennemis de la Bretagne, le chef des Bretons du Nord (région de Strathclyde et de Glasgow), c'est le roi Urien signalé souvent par Chrétien de Troyes comme étant un des chevaliers de la Table Ronde, et le père d'Yvain, c'est-à-dire d'Owein.

Il n'est pas difficile de conclure : étant donné que le père d'Owein est défendu par une troupe d'oiseaux noirs qui sont en réalité les sœurs de sa femme Modron, les fameux Corbeaux d'Owein, grâce auxquels, partout où il allait, il était vainqueur, ne sont pas autre chose que ces femmes-fées capables de se transformer en oiseaux et qui protègent le fils comme elles ont protégé le père. Et c'est ce qui nous fait mettre en avant le personnage extrêmement curieux de Modron.

Étymologiquement, Modron est la *Matrone*, la *Matrona* gauloise dont le nom (gallois *Modr*) est celui de la rivière Marne comme il est le nom générique de toutes les déesses-mères que l'on observe dans la statuaire de l'époque gallo-romaine. Modron est fréquemment citée dans les textes mythologiques gallois. Une *Triade* concernant « trois portées bénies de l'île de Bretagne », mentionne « Owein, fils d'Uryen, et Morvudd, sa sœur, en même temps dans le sein de Modron, fille d'Avallach[46] ». Cette Morvudd est, d'après une autre triade[47], « une des trois femmes aimées par Arthur ». C'est cependant Kynon ab Klydno qui est son amant[48], et l'on sait que Kynon

(Calogrenant dans le roman de Chrétien de Troyes) est celui qui tente le premier l'épreuve de la Fontaine de Barenton et qui indique à Owein l'existence de cette fontaine : il y a donc un lien entre Kynon et Owein. D'autre part l'indication de Modron, fille d'Avallach, qui est le nom gallois d'Avalon, nous ramène étrangement à Morgane, reine et prêtresse de l'île d'Avalon : n'oublions pas que d'après la *Vita Merlini*, Morgane connaît « l'art de changer l'aspect d'un visage, de voler à travers les airs[49] ».

En continuant les rapprochements, on voit surgir le personnage si célèbre dans la littérature épique irlandaise de la déesse Morrigane ou Morrigu, dont le nom évoque Morgane, et qui, elle aussi, apparaît sous forme d'oiseau[50]. En fait Morrigane est presque toujours en compagnie de deux de ses sœurs, Bodbh et Macha, et souvent même confondue avec elles, particulièrement avec Bodbh. Nous avons déjà étudié Macha qui est la Déesse-Jument. Mais Bodbh (ou Badbh), nom propre qui a tendance dans la tradition gaélique à devenir un nom commun générique de la mauvaise fée, se retrouve dans le nom d'une déesse gauloise de la guerre, connue par une inscription gallo-romaine découverte en Savoie, la déesse *Cathuboduae*[51]. Ce nom peut se décomposer en *Cathu* ou *Cath*, combat (gallois et bret. arm. *kad*), et en *Bodu*, rage, fureur, violence, ce qui fait d'ailleurs penser à la reine historique Bodicea ou Boudicca, qui fut l'âme de la résistance bretonne contre les envahisseurs romains. De fait, Morrigane, Bodbh et Macha sont toujours représentées sous un aspect sauvage, comme des furies guerrières qui s'acharnent sur les combattants et qui les excitent au combat. Morrigane est même dite « fille d'Ernmas », c'est-à-dire de *Meurtre*, ce qui est tout un programme. Dans la grande épopée de la *Tain Bô Cualngé*, elle participe au combat après avoir fait dérober le taureau, enjeu de la guerre, et elle vient, sans pudeur, s'offrir à Cûchulainn, lui promettant de l'aider. Cûchulainn refuse, et Morrigane essaie de se venger de lui, en apparaissant successivement sous forme de vache, d'anguille et de louve[52]. D'Arbois de Jubainville, se basant sur le fait que le plus souvent Morrigane et ses deux sœurs apparaissent sous forme de corneilles, a proposé de voir dans le monument gaulois du musée de Cluny, à Paris, représentant un taureau survolé par trois grues (*tarvos trigarannos*), une illustration de ce thème[53]. Dans *La Mort de Cûchulainn*, la Bodbh, fille de Calatin, qui semble un autre aspect de Morrigane, vient au-dessus de la maison où se trouve Cûchulainn sous forme d'une corneille, et prononce des paroles magiques qui entraîneront le héros à sa perte. Lorsque Cûchulainn est mort, elle s'approche du cadavre du héros pour savoir s'il est vraiment mort : « Elle vint sous la forme d'un corbeau, c'est-à-dire d'une corneille, des profondeurs les plus élevées du firmament jusqu'à ce qu'elle fût à proximité de lui. Elle poussa ses trois grands cris au-dessus de lui et se posa sur le buisson d'aubépine en face de lui, si bien que « l'aubépine de la corneille » est le nom du buisson d'aubépine dans la plaine de Muirthemné[54] ».

L'*Histoire d'Irlande*, rédigée au XVIIe siècle d'après des documents anciens par John Keating, cite Bodbh, Morrigane et Macha comme étant les trois déesses des Tuatha Dé Danann. Le texte de la *Bataille de Cnucha*, qui est une épopée de la série ossianique, décrit les « *Bodbh* sur les poitrines des hommes ». Celui de la *Bataille de Mag Rath* parle de la Morrigane « aux cheveux gris ». Dans celui de la *Destruction de l'Hôtel de Da Choca*, il s'agit des « *Bodbh* aux bouches rouges ». Dans le « Livre des Conquêtes », vaste compilation de lettrés sur les origines mythologiques de l'Irlande, on trouve l'énumération suivante : « Bodbh, Macha et Ana (ou Anand), les trois filles d'Ernmas », ce qui est contredit par le poème qui suit, lequel, dans l'énumération, remplace Ana par

Morrigane. Nous verrons d'ailleurs plus loin ce qu'il faut penser de cette interchangeabilité Morrigane-Ana.

De toute façon, Morrigane la Gaélique, comme la Morgane des Romans de la Table ronde, a la faculté de se changer en oiseau, et elle est accompagnée de ses sœurs qui peuvent prendre le même aspect qu'elle. Il est hors de doute que Modron soit le même personnage : la déesse mère qui protège, ou son époux, ou son fils. Mais il y a une petite difficulté. En effet, la tradition galloise qui, certaines fois, donne pour enfants à Modron Owein et Morvudd, donne d'autres fois à celle-ci un fils unique. Et ce fils unique n'est pas moins mystérieux, car il s'agit de Mabon. Le récit gallois de *Kulhwch et Olwen*, dont l'origine est fort ancienne, dit à ce propos : « Mabon, fils de Modron, qu'on a enlevé la troisième nuit de sa naissance d'entre sa mère et le mur[55] ». On comprend par la suite que Mabon est prisonnier dans un endroit que personne ne connaît, et l'une des épreuves infligées à Kulhwch est de le retrouver. D'après une des *Triades*, Mabon fut l'un des trois prisonniers éminents de l'île de Bretagne[56]. Grâce à Arthur et à ses guerriers, Mabon est retrouvé dans une prison souterraine à Kaer Loyw, prison à laquelle on ne peut accéder que par le fleuve, *à dos de poisson*. « Kai et Bedwyr montèrent sur les épaules (*sic*) du poisson et, pendant que les soldats d'Arthur attaquaient le château, Kai fit une brèche aux parois de la prison et enleva le prisonnier sur son dos[57]. »

Or il existe chez les Gaulois, et surtout chez les Bretons de l'époque romaine, une divinité solaire dont le nom est Maponos. Il nous est connu par des inscriptions de l'île de Bretagne, notamment dans le pays des Brigantes (York), et aussi par une dédicace découverte en Gaule, à Bourbonne-les-Bains. Le nom de Mabon-Maponos n'est guère difficile à interpréter : il provient d'un brittonique **mapos* (gaélique **makos*) qui veut dire « fils » (gallois *mab*, bret. arm. *ab*, irlandais *mac*). Ce nom fait penser au héros gaélique Oengus surnommé le *Mac Oc*, c'est-à-dire le « Jeune Fils », fils du Dagda, l'un des chefs des Tuatha de Danann : le Mac Oc, né des amours coupables du Dagda avec Eithné du *sidh* de Brug-na-Boyne, n'est pas précisément enlevé, mais il est, dès sa naissance, mis en *fosterage* chez Mider de Bri-Leith, sorte de divinité de l'ombre[58]. L'histoire est intéressante parce que le Dagda s'arrange, par la suite, pour faire récupérer à Oengus son héritage maternel, et cela au détriment de son père officiel Elcmar, ce qui montre la persistance de la filiation utérine ou matrilinéaire.

Il est probable que *Mabon* ne désigne pas un autre personnage qu'Owein, puisqu'il est le *Fils*. Mais comme le caractère solaire de Mabon est attesté, il faut voir dans l'emprisonnement de Mabon, l'emprisonnement du jeune soleil, qu'un héros doit délivrer. À ce compte, Modron, la déesse-mère, est l'ancienne déesse solaire. Il faut noter que la prison de Mabon se trouve, comme par hasard, à Kaer Loyw qui signifie « Citadelle de la Lumière », et qu'on ne le délivre que grâce à un poisson, ce qui équivaut à un véritable *regressus ad uterum*, une régénération par la mère. C'est la seconde naissance de Mabon. On peut évidemment y voir un doublet de l'histoire de Rhiannon et de Pryderi dont le caractère solaire est aussi attesté : Pryderi n'acquiert sa seconde naissance qu'à partir du moment où Rhiannon le retrouve et lui donne son nom définitif. Modron ne peut être que la déesse aux Oiseaux, sinon la déesse-oiseau, comme Rhiannon, et c'est elle qui est figurée sur une des plaques du Chaudron de Gundestrup qui, répétons-le, est un véritable lexique en images de la mythologie celtique.

Car Modron, fille d'Avallach, est en relation avec le Pommier. Le nom de la Pomme se trouve dans Avallach, qui est d'ailleurs l'un des noms du Roi-Pêcheur dans la *Quête du Graal*. Il existe une autre divinité solaire chez les Gaulois, c'est Belenos, et ce nom qui signifie « le Brillant », tire son origine de la même racine qu'Apollon, dieu solaire des Grecs d'importation nordique pour ne pas dire hyperboréenne, et cette racine a donné dans les langues indo-européennes : *apfel* en allemand, *apple* en anglais, *malum* en latin, *aval* en breton-armoricain, tous ces mots signifiant *pomme*. Et les pommes d'Or du Jardin des Hespérides ne sont-elles pas des images symboliques du soleil ? Il faudrait aussi se rappeler qu'Owein fils de Modron a l'aventure de sa vie à la Fontaine de Barenton, anciennement Belenton, c'est-à-dire *Beleno-nemeton*, clairière ou sanctuaire de Belenos, et qu'il y avait chez les Gaulois une déesse-solaire du nom de Belisama, c'est-à-dire la « Très Brillante », qui a donné différents toponymes, dont Bellême (Orne), et que cette déesse, nommée Sul à Bath, dans l'île de Bretagne, se retrouve curieusement masculinisée et christianisée dans les différents saints bretons (suspects), Sul, Suliau et Suliac que nous rencontrons dans toute la péninsule armoricaine.

On dira que tout cela mène très loin. Mais le cheminement de la pensée mythique est toujours centrifuge. Les éléments les plus simples à l'origine, en se dispersant, deviennent très divers. Il suffit de retrouver le canevas primitif à travers toutes les variations d'un même mythe pour retrouver la structure originelle. Cette structure, c'est l'image de la Déesse, flanquée de sa fille, qui est sa propre régénération, son double (Déméter et Korè), puis de son Fils, qui par suite de la masculinisation de la société, a pris la place de la fille, l'éliminant parfois complètement, ou partageant sa fonction avec elle (Diane et Apollon). Mais il s'agit d'aller au fond des choses et de ne pas se contenter de cataloguer, comme trop de mythologues qui se font un devoir d'aligner des listes et de prétendre que telle divinité est protectrice de telle ou telle catégorie sociale. La mythologie va plus loin que la bondieuserie de bazar : elle prétend expliquer l'origine du monde et le mécanisme de la vie, tout cela sous forme symbolique. Et comprenne qui pourra. La Dyade Modron-Mabon, comme Rhiannon-Pryderi, comme Sadv-Oisin, comme Laudine-Owein, comme Goleuddydd-Kulhwoh, comme Déméter-Koré, comme Isis-Horus, comme Ishtar-Tanmuz, comme Aphrodite-Adonis, n'est que la traduction en images simples d'une grande vérité, à savoir les transformations des forces de vie. Comme le dit Plutarque, ou celui qui écrit sous son nom, « la divinité est par nature éternelle et incorruptible, mais elle subit certaines transformations sous l'effet du destin et d'une loi inéluctable… Quand les transformations du dieu aboutissent à l'ordonnancement du monde, les sages désignent à mots couverts le changement qu'il subit comme étant un arrachement, un démembrement… et ils racontent certaines morts et disparitions divines, puis des renaissances et des régénérations — récits mythologiques qui sont autant d'allusions obscures aux changements dont je parlais[59] ».

Dans notre recherche de Notre-Dame de la Nuit, cette déesse occultée par des siècles de paternalisme, nous avons fait surgir quelques-unes des images persistantes de celle qui fut la grande Divinité des Commencements. Modron avec ses deux enfants — jumeaux Morvudd et Owein semble bien être l'équivalent celtique de Leto-Latone avec ses deux enfants Apollon et Artémis-Diane. Et cela se confirme par le fait que la Grande-Bretagne passait, dans l'Antiquité, pour être le pays de naissance de Letô. Diodore de Sicile est formel là-dessus, et en profite pour démontrer que le temple circulaire de Stonehenge est un sanctuaire dédié à la Divinité Solaire[60], cette opinion étant d'ailleurs corroborée par Pomponius Mela. Dans le cas de Modron, la déesse est accompagnée d'oiseaux merveilleux, ou elle est elle-même un oiseau merveilleux. Cet oiseau, c'est le

Corbeau, ou la Corneille. Or on sait que le Corbeau est l'animal d'Apollon. C'est un symbole solaire en dépit de sa couleur noire. D'ailleurs il y a des corbeaux blancs et le nom de la divinité brittonique Branwen (Blanc Corbeau), sœur du héros Brân, est là pour nous le rappeler. Il faudrait faire aussi un rapprochement entre Morvudd et Owein-Mabon, enfants de Modron, et Branwen et Brân, enfants de Llyr, lequel nom signifie les « flots », ce qui nous renvoie à une divinité aquatique, de toute évidence un personnage féminin à l'origine[61].

Mais Notre-Dame de la Nuit peut apparaître avec d'autres oiseaux, ou bien être elle-même un autre oiseau que le Corbeau ou la Corneille. De très nombreuses épopées celtiques rapportent des histoires de femmes-oiseaux.

Naissance de Cûchulainn (Irlande) : Dechtire, sœur du roi Conchobar, s'est enfuie, avec cinquante jeunes filles, sans demander la permission à Conchobar. Elles reparaissent un jour sous forme d'oiseaux, et tous les Ulates se lancent à leur poursuite. Cela les conduit dans des maisons assez mystérieuses où l'on entend d'étranges musiques. Finalement, Bricriu, l'un des Ulates, apprend que Dechtire et les cinquante jeunes filles sont là, et le lendemain, on découvre un petit enfant endormi sur la poitrine de Conchobar. On apprend ensuite que c'est le fils de Dechtire et on l'appelle Setanta. C'est lui qui recevra plus tard le surnom de Cûchulainn (seconde version, d'Arbois de Jubainville, *L'Épopée celtique en Irlande*, p. 22).

Histoire de Derbforgaille (Irlande) : « Derbforgaille, fille du roi de Lochlann, tomba amoureuse de Cûchulainn à cause des belles histoires qu'on racontait sur lui. Elle et sa servante partirent de l'est, sous forme de deux cygnes et arrivèrent au Lough Cuan, reliées entre elles par une chaîne d'or. » Or Cûchulainn qui se trouve là en compagnie de Lugaid, son frère de lait, lance une pierre de fronde sur les oiseaux, laquelle reste dans le corps de l'un d'eux. Les oiseaux reprennent leur forme humaine et

Cûchulainn retire la pierre en suçant la blessure de Derbforgaille. Mais alors, comme il est lié par le sang, il ne peut plus s'unir à elle, et il la donne à Lugaid. (J. M., *L'Épopée celtique d'Irlande*, p. 106-107).

La Maladie de Cûchulainn (Irlande) : Un jour de *samain*, les Ulates sont réunis et les femmes demandent à Cûchulainn de leur attraper les oiseaux qui volent sur le lac. Cûchulainn accomplit ce tour de force. Peu de temps après, deux oiseaux reliés par une chaîne d'or rouge arrivent sur le lac et chantent une douce chanson qui endort tous les Ulates sauf Cûchulainn, sa concubine Ethné et son cocher Loeg. Cûchulainn prend sa fronde et attaque les oiseaux, mais pour la première fois de sa vie, il rate son coup. Il jette sa lance et traverse l'aile d'un des oiseaux qui disparaissent alors sous l'eau. Et Cûchulainn se sent mal. Il s'appuie contre un pilier de pierre et s'endort. Il a un rêve épouvantable au cours duquel deux jeunes femmes viennent le frapper. Il demeure un an malade et alité. Alors, il a de nouveau un songe, et l'une des deux femmes vient lui révéler que sa compagne Fand, épouse du roi Manannan, est amoureuse de lui et qu'elle espère qu'il viendra dans son pays féerique (G. Dottin, *L'Épopée irlandaise*, p. 123-143).

La Fille du Magicien (Bretagne armoricaine) : Le jeune berger Pipi Menou, qui garde ses moutons près d'un étang, a remarqué que parfois de grands oiseaux viennent s'abattre près de cet étang. Mais dès qu'ils touchent terre, ils se transforment en belles jeunes filles toutes nues qui se baignent et folâtrent au soleil. Puis, au soleil couchant, elles reprennent leur aspect d'oiseaux et disparaissent dans les airs. Il interroge sa grand-mère qui lui répond : « Ce sont des femmes-cygnes, filles d'un puissant magicien, et qui habitent un beau palais, tout resplendissant d'or et de pierres précieuses et retenu par quatre chaînes d'or au-dessus de la mer... » Grâce à une ruse, Pipi Menou oblige les trois filles du magicien à le conduire jusqu'au palais enchanté, et là, caché dans un panier, il accède tous les soirs dans la chambre de celle qui lui plaît le mieux. Mais les deux autres sœurs ayant menacé de tout dévoiler si Pipi Menou ne leur rendait pas visite aussi, Pipi Menou et la jeune magicienne s'enfuient, lui à califourchon sur le dos de la fille-oiseau, après avoir pris soin de se munir de pierres précieuses (conté dans l'île d'Ouessant à J. M. Luzel, *Bulletin de la Société archéologique du Finistère*, tome IX, 1882, p. 88-92).

Les Oiseaux de Gwenddoleu (Pays de Galles) : Les deux oiseaux de Gwenddoleu qui portaient un joug d'or étaient des animaux peu ordinaires : ils ne se contentaient pas de garder les trésors de leur maître, ils dévoraient tous les jours deux hommes à leur dîner et autant à leur souper (J. Loth, *Mabinogion*, II, 256).

Les Oiseaux de Drutwas (Pays de Galles) : Drutwas, fils de Tryffin, l'un des chevaliers de la Cour d'Arthur, a épousé une femme-fée qui lui donne comme cadeaux trois oiseaux merveilleux qui comprennent les paroles humaines et font tout ce qu'on leur demande. Drutwas les emmène à la guerre et ils font merveille. Mais ayant défié le roi Arthur, il envoie ses oiseaux à sa place avec ordre de tuer le premier qui se présentera. Arthur étant empêché de venir, c'est Drutwas qui arrive le premier et qui est déchiqueté par ses propres oiseaux (*Iolo manuscripts*, p. 188, J. M., *L'Épopée celtique en Bretagne*, p. 262-263).

Il est évident que les oiseaux de Drutwas sont des fées, comme les Corbeaux d'Owein. Les oiseaux de Gwenddoleu, qui « dévorent des hommes », sont également des êtres féeriques bien entendu féminins : là, c'est l'aspect Kâli de la déesse qui domine, elle est la Dévoreuse. Il faut noter que tous ces oiseaux sont reliés entre eux par une chaîne d'or, et qu'ils se présentent ainsi lorsqu'ils volent dans les airs. D'autre part, dès qu'ils touchent le sol, ils reprennent leur forme féminine. Ils ne sont pas toujours sous forme d'oiseaux comme les enfants de Lîr, condamnés à rester sous cet aspect par la malédiction de leur marâtre. Dans la *Courtise d'Étaine*, c'est également sous forme de cygne que Mider enlève Étaine à son mari le roi Eochaid, et que tous deux s'enfuient de tertre en tertre après que le roi eut ordonné de creuser sous tous les tertres d'Irlande pour les rattraper[62]. Cet aspect de cygne n'est d'ailleurs pas sans rappeler la légende britto-germanique de Lohengrin, fils de Parzival, qui, ayant été obligé de trahir son secret auprès de celle qu'il aimait, doit s'enfuir, monté sur un cygne, vers le royaume mystérieux de son père, le roi du Graal. Et tout le folklore européen est rempli de ces histoires de princes ou de princesses transformés en oiseaux, et notamment en cygnes, par suite d'une malédiction, ou simplement pour pénétrer dans des domaines où ils ne le pourraient pas sous leur aspect humain.

Cela n'est pas sans rappeler également des coutumes bizarres concernant les oiseaux, coutumes celtiques rapportées par les écrivains de l'Antiquité classique. C'est ainsi que Strabon (IV, 6) se fait l'écho d'une tradition rapportée par Artémidore : dans un port de l'océan, quand deux personnes se disputaient au sujet d'une affaire, elles posaient sur une planche, en un lieu élevé, deux gâteaux ; des corbeaux dont l'aile droite était blanche se jetaient alors sur les gâteaux et décidaient de l'affaire, car celui dont le gâteau avait été culbuté était déclaré gagnant. Et il y a bien d'autres histoires d'oiseaux, en particulier celle rapportée par Tite-Live (livre VII) à propos de Marcus Valerius protégé par un corbeau et qui mérita ainsi son surnom de Corvinus, ou encore ce que dit Justin (XXIV, 4) sur les grandes migrations gauloises à travers l'Illyrie, en suivant le vol des oiseaux. Mais tout cela ne fait que renforcer l'opinion qui voit dans l'oiseau un guide céleste, un être aérien, léger, un être dont le mystère réside dans la possibilité qu'il a de pouvoir gravir les hautes couches de l'atmosphère et de se perdre dans le bleu du ciel. La conjonction de la Femme et de l'Oiseau coule de source. La Femme, mystérieuse et inquiétante, relève des domaines interdits, et le ciel est un domaine interdit. La Femme a le pouvoir d'engendrer, a le pouvoir de guérir, le pouvoir de faire réintégrer à l'individu le paradis primordial qui était le sien et qu'il a perdu à la suite de la grande catastrophe de la naissance. Quoi de plus normal que de la comparer à un oiseau, même si de mauvais plaisants prétendent que la femme n'a pas plus de cervelle qu'un oiseau, ce qui reste, d'ailleurs, à démontrer et n'est pas près de l'être.

La Femme-Oiseau, ou la Déesse aux Oiseaux, est donc un des aspects essentiels de Notre-Dame de la Nuit, un aspect évidemment plus serein, plus rassurant que l'aspect du cheval, de l'ours, ou du cervidé. On a l'impression que les hommes, les mâles, ont fini par oublier le masque diabolique dont ils avaient affublé la femme. En fait, l'ont-ils vraiment oublié ? Non, mais l'inconscient joue de mauvais tours : il se précipite parfois avec une telle puissance que les barrières les plus solides ne peuvent résister. Car, au fond, la Déesse-Oiseau ne représente-t-elle pas l'Espoir, c'est-à-dire pour parler net, la *Tentation* : n'oublions pas que c'est la grand-mère de Pipi Menou qui lui explique ce que sont les femmes-cygnes, et quel est le moyen de parvenir jusqu'au château retenu par des chaînes d'or au-dessus de la mer. Car c'est toujours la Mère et tous ses substituts qui indiquent à l'homme le chemin qu'il doit parcourir. C'est la Mère qui élève l'enfant. C'est la Mère qui développe en lui, qu'elle le veuille ou non, tous ses instincts érotiques et par conséquent tout ce qui fera sa force virile. C'est le sens de tous les mythes concernant la puissance mystérieuse et transformatrice de la Femme, et particulièrement du mythe de Keridwen.

C'est cette déesse, qu'on appelle Keridwen, mais qui peut s'appeler tout aussi bien Rhiannon, Laudine, Sadv, Dechtire, Macha, Bodbh, Morrigane, Modron, Morgane, c'est cette déesse qui est au cœur du problème du mythe féminin. Non seulement elle transforme son propre aspect, mais elle transforme aussi l'aspect des autres. Et qui sont les autres ? Ce sont ses enfants, bien sûr, fille ou garçon, mais également les hommes qui sont ses amants. C'est la magicienne divine Circé qui, sur son île, change les navigateurs en animaux divers. Or *Kirké* n'est autre que la forme féminine de *Kirkos*, le faucon tournoyeur. Notre-Dame de la Nuit est donc l'*Épervière*, la Femme-Oiseau dévoreuse peut-être, mais qui donne une autre vie, sur un autre plan, dans un autre monde. Et comme l'homme n'est jamais assuré de la rencontrer, c'est lui qui l'imagine sous les différents aspects que la Mythologie nous a conservés. Elle n'est pas seulement *engloutie* dans la mer, dans un lac, ou dans une caverne profonde, elle n'est pas seulement Notre-Dame de Sous-l'Eau, ou Notre-Dame de Sous-Terre, elle apparaît aussi parfois en pleine lumière. Mais par sa nature, et parce que l'homme le veut, elle est insaisissable, elle change constamment d'aspect, elle est multiple. Mais qui est en réalité Notre-Dame de la Nuit ?

Notes

1. J. Przyluski, *La Grande Déesse*, Paris, Payot, p. 24.
2. Traduction dans J. Loth, *Mabinogion*, I, 81-117, 151-171 et 118-150. Analyse dans J. M., *L'Épopée celtique en Bretagne*, p. 27-42, 53-59 et 42-53.
3. Contrairement à ce qu'affirme péremptoirement Jan de Vries dans *La Religion des Celtes* (Paris, Payot, p. 133), on ne sait trop pourquoi, et qui refuse le caractère « infernal » à Épona sans se rendre compte du rôle de Rhiannon de qui il parle pourtant avec pertinence.
4. J. Zwicker, *Fontes historiae religionis cellicae*, n° 64.
5. J. Gonda, *Les Religions de l'Inde*, Paris, Payot, p. 203-208.
6. Dans les *Métamorphoses* d'Apulée, il y a copulation

entre une femme et un âne, présentée sous un aspect humoristique, mais probablement issue d'un ancien mythe.

7. On trouve mention de ce rituel dans de nombreux textes irlandais, dans le *Leabhar Gabala* (Partholon tue son père en mettant le feu dans la maison où il se trouve), dans l'*Histoire de Labraid* (Labraid enferme son oncle, l'usurpateur, dans une maison de fer qu'il chauffe à blanc), dans l'*Ivresse des Ulates* (Cûchulainn et les Ulates sont enfermés dans une maison de fer par la reine Medbh qui la fait chauffer à blanc), dans la *Mort de Muirchertach*, où le roi est enfermé dans une maison de fer : il s'échappe mais se noie dans une cuve. Il y a également une mention dans le *mabinogi* gallois de *Branwen*, mais relatif à un personnage venu d'Irlande.

8. Par exemple les Baiocasses ou Bodiocasses (guerriers de la Corneille), les Eburovices (peuple de l'If), les Arvernes (peuple de l'Aulne, etc.).

9. À signaler cependant une monnaie en bronze coulé des Silvanectes représentant un ours dévorant la déesse (Lengyel, *L'Art gaulois dans les médailles*, planche 40).

10. J. M., *L'Épopée celtique d'Irlande*, p. 84-38.

11. Dans *Le Sort des Enfants de Tuirenn*, ceux-ci doivent rapporter à Lug, entre autres choses, sept porcs merveilleux : on peut les tuer chaque soir, ils renaissent chaque matin (J. M., *L'Épopée celtique d'Irlande*, p. 31).

12. J. Loth, *Mabinogion*, I, 179. Le premier terme gallois pour désigner le cochon était *hob*, mot disparu depuis et remplacé par *moch* (bret. arm. *moc'h* et *moh* en vannetais). On trouve aussi le mot *hwch*, porc, puis truie, (bret. arm. *hoc'h*) et *twrch*, sanglier, laie (bret. arm. *tourc'h*, verrat, vannetais *tourh*).

13. Il faut noter dans le récit irlandais des *Enfances de Finn* (J. M., *L'Épopée celtique d'Irlande*, p. 144) le passage où Finn tue la truie dévastatrice Beo et rapporte sa tête au forgeron Locham, comme don nuptial pour sa fille Cruithné.

14. H. Zimmer, *Mythes et Symboles*, p. 92.

15. *Ibid.*, p. 204.

16. On notera au passage que le mot vulgaire et vaguement argotique utilisé en français pour désigner quelque chose de sale et de laid, est le mot *moche*, provenait en droite ligne du breton *moc'h*, à moins que ce ne soit du gaulois *moccus*. Une *mocheté*, c'est une femme sale et laide :

c'est l'image dégénérée de la Déesse-Truie. Il faut remarquer aussi que depuis que la pornographie est légale au Danemark, des revues très spécialisées publient des photographies assez significatives de femmes forniquant non seulement avec des chiens ou des chevaux, mais aussi avec des *cochons*. Comme ces revues, très commerciales, correspondent à un besoin (société de consommation !), il faut croire que la clientèle masculine (la pornographie est exclusivement à usage masculin, du moins sous sa forme actuelle) garde au fond de son inconscient le souvenir de la déesse, mais ravalée à une image sordide. Il est très facile de parler de vices et de perversions, c'est une façon commode d'éluder le problème et cela n'explique rien. En fait, il n'y a ni vices, ni perversions, mais des désirs inconscients qui se manifestent parfois par des actes ou des images que la société n'a pas l'habitude d'admettre et qu'elle rejette comme dangereux pour sa stabilité.

17. N. Matsumoto, *Essai sur la mythologie japonaise*, p. 22, 88, 131.

18. Il ne faut pas prendre à la légère les manifestations de femmes contemporaines sur le droit à disposer d'elles-mêmes à propos de la contraception ou de l'avortement, notamment celle qui consiste à se présenter en masse à une grave réunion de gynécologues, le ventre nu et portant cette inscription : « Mon ventre est à moi ».

19. H. Marcuse, *Éros et Civilisation*, p. 139. C'est moi qui souligne.

20. Il faut noter que les dieux Vanes germaniques Freyr et Freyja (frère et sœur en même temps qu'amants), couple qui représente la masculinisation de la déesse primitive Freyja, fille de Niordr (la *Nerthus* citée par Tacite), ont des rapports avec le sanglier. À Freyr, on sacrifiait un verrat ou un sanglier, car le dieu avait comme attribut un sanglier à soies d'or, *Gullinborsti*, qui lui servait de coursier. Dans un poème de l'*Edda*, Freyja chevauche un sanglier du nom de Hildisvin. D'ailleurs le surnom de Freyja, *Syr*, signifie « Truie ». Il est bon de rappeler que Freyja, déesse Vane, n'est pas tellement différente de Frija (Frigg chez les Scandinaves) qui est l'épouse du dieu Ase Wotan-Odin, et donc la mère du jeune dieu Baldr, l'équivalent de Mabon, de Pryderi et d'une façon générale du *Mac Oc*, c'est-à-dire du *Jeune Fils*, provisoirement écarté ou captif, mais qui aura

pour mission de régénérer le monde. D'après le traité de mythologie germanique de Snorri et surtout d'après l'*Ynglingasaga* (chap. 4), « Freyja, prêtresse sacrifiante, enseigna pour la première fois aux Ases la forme de magie appelée *seidhr* qui était en usage chez Vanes ». Cette forme de magie consistait en un rituel d'extase accompagné de « perversités » sexuelles, de sorte qu'un homme ne pouvait le pratiquer sans se déshonorer. Ces indications sont précieuses, car d'une part, cela veut dire que ce rituel était *réservé aux femmes*, et par conséquent datait d'une époque antérieure à la constitution des dogmes paternalistes (les Vanes sont probablement les survivants de cette époque et, d'autre part cela nous permet de constater que la déesse au sanglier, ou la Déesse-Truie, chez les Germains comme chez les Celtes, était associée à des pratiques sexuelles interdites (l'inceste fraternel en particulier).

21. Soit dit en passant, la plus ancienne mention du *Porcus Troit* se trouve dans l'*Historia Brittonum*, ouvrage en latin du IXe siècle. C'est Arthur qui chasse le sanglier avec l'aide de son chien Caval.

22. De la même façon, le chat sera utilisé comme animal féminin diabolique. Non seulement la chatte passe pour dévorer ses petits, mais l'animal est considéré comme hypocrite, sournois, sa beauté et sa souplesse de félin, jointes à ce qu'on appelle sa « cruauté », en font une image féminine idéale, à la fois attirante et dangereuse. On dit toujours que la femme et le chat sont complices. Le chat noir est l'animal favori des sorcières. Et que dire de l'appellation « chat », ou « chatte » donnée au pubis féminin ! Les Égyptiens ont connu une Déesse-Chat. Il semble y avoir des traces d'une déesse féline chez les Celtes, notamment avec le Chat Palu, né de la déesse-truie Henwen, et qui est un des trois fléaux de l'île de Môn. Dans la *Navigation de Maelduin*, les navigateurs parviennent dans une île mystérieuse avec une forteresse où se trouvent étalées des richesses et préparé un repas. Il n'y a âme qui vive sinon un chat qui bondit d'un pilier à un autre. Les navigateurs mangent le repas qui semblait avoir été préparé à leur intention mais l'un d'eux voulant s'emparer d'un collier, le chat se précipite sur lui et le réduit en cendres avant de reprendre sa place sur un pilier. Ce chat gardien d'une forteresse de l'Autre Monde peut être l'aspect de la déesse de l'Autre Monde.

23. Roger-Henri Guerrand, *La Libre Maternité*, Paris, Casterman, 1971.

24. Simone de Beauvoir cite dans le *Deuxième Sexe*, II, 27, quelques passages d'un certain docteur Grémillon en réponse à Stekel, auteur de *La Femme frigide*. Ces passages sont très révélateurs : « La femme normale, la bonne pondeuse, n'a pas d'orgasme vénérien… Les zones érogènes le plus souvent latentes ne sont pas naturelles mais artificielles… Ce sont des stigmates de déchéance… Dites tout cela à l'homme de joie, il n'en tiendra pas compte. Il veut que sa camarade de turpitude ait un orgasme vénérien… (il) travaille contre lui-même : il crée des insatiables. La gouge peut sans fatigue épuiser d'innombrables maris… La "zonée" devient une femme nouvelle… quelquefois terrible et pouvant aller jusqu'au crime. » La voilà bien, l'image terrifiante de la Dévoreuse, de la Déesse-Truie, vue par un médecin du XXe siècle.

25. Drach, *De l'harmonie de l'église et de la synagogue*, 1844, t. II, p. 48.

26. P.-M. Duval, *Les Dieux de la Gaule*, p. 45.

27. W. Déonna, « Le dieu gallo-romain à l'oreille animale », in *L'Antiquité classique*, XXV (1956). *Cf. Gallia*, VIII, 95.

28. Wolfram d'Eschenbach, dans son *Parzival*, est plus explicite : c'est parce qu'Amfortas a péché avec Kundry la Sorcière qu'il a reçu cette blessure. De toute façon, étant donné la nature féminine du Graal dont nous reparlerons dans un autre chapitre, le geste de découvrir le Graal et de regarder à l'intérieur est assez significatif.

29. *Cf.* J. M., *L'Épopée celtique d'Irlande*, p. 156-157.

30. Artémis est obscur en grec comme Ardvi en iranien. Ces deux formes nominales s'écartent chacune d'un original plus ancien. Artémis et Ardvi sont donc vraisemblablement des emprunts du grec et de l'iranien aux langues pré-indo-européennes.

31. Un autre argument en faveur de ce raisonnement est l'exemple du sacrifice d'Iphigénie, laquelle est offerte à Artémis. Mais la déesse compatissante, ravit Iphigénie et met à sa place une biche (substitution de victime). Par la suite, Iphigénie devient prêtresse d'Artémis en Tauride, et à ce titre, elle doit sacrifier les jeunes gens qui viennent jusqu'à elle. Artémis est vraiment la Déesse Bête Sauvage, qui

sacrifie l'Homme Jeune qui est à la fois son fils et son amant (dans la légende des Atrides, c'est même son frère Oreste).

32. *Cf.* Weisweiler, *Zeitschrift für Celtische Philologie*, XXIV, 35-50 et *Heimat und Herrschaft*, p. 173.

33. Talbot Rice, *The Scythians*, p. 168 *sq.*

34. La même chose s'est produite en Égypte où Osiris a pris la place d'Isis comme soleil couchant, tandis qu'Horus devenait le soleil levant. Isis est d'ailleurs la déesse à la vache. Or la vache et le taureau sont les équivalents méditerranéens de la biche et du cerf.

35. C'est encore vrai dans les langues sémitiques, germaniques et celtiques, et dans les traditions populaires (la lune engrosse les femmes).

36. Il y a eu un culte de Leto à Saint-Gildas-de-Rhuys (Morbihan), lieu sacré dès la plus haute antiquité. *Cf. Catalogue du Musée de Carnac*, p. 88-89.

37. *Cf.* J. de Vries, *La Religion des Celtes*, *p.* 181-182. Quant à une déesse en rapport avec la vache ou le taureau, il est difficile de définir quelque chose de solide. Il y a certes un culte du taureau, dont les traces sont visibles dans la grande épopée de la *Tain Bô Cualngé*, et d'une façon générale dans tout le cycle d'Ulster, mais il semble entièrement masculin et indo-européen. Tout au plus pourrait-on signaler le fait; que la déesse Morrigane apparaît à Cûchulainn sous l'aspect d'une vache, et qu'il y a, dans de nombreux contes, irlandais ou gallois, des vaches merveilleuses surgies de l'Autre Monde, qui sont les symboles des richesses et de l'abondance de cet Autre Monde. Mais en fait, ces vaches, comme le fameux *tarvos trigarannos* du Musée de Cluny, sont liées avec des femmes-oiseaux, comme nous allons le voir. Signalons aussi, en Irlande, la fée Boyne (= la Vache Blanche) qui a donné son nom à la rivière Boyne.

38. J. Loth, *Mabinogion*, I, 307.

39. Thèse soutenue par plusieurs médiévistes et musicologues. Le texte de Chrétien est corroboré par un passage de Giraud de Cambrie à propos du chant à plusieurs voix pratiqué à l'époque par les seuls Gallois. De fait, il apparaît bien que cette façon de chanter ait été introduite en France, dans les écoles du Cloître Notre-Dame, par des étudiants venus d'Angleterre et du Pays de Galles. *Cf.*, Weinmann, *La Musique d'Église*, trad. Landormy, Paris, 1912.

40. Voir la manie des garçons d'uriner dans l'eau, geste qui est, psychanalytiquement, très éloquent.

41. *L'Épopée celtique en Bretagne*, p. 172-173.

42. *Ibid.*, p. 84-86.

43. J. M., *Les Grands Bardes gallois*, p. 91-92.

44. J. Loth, *Mabinogion*, II, 834.

45. « Je porte à mon côté la tête — de l'assaillant de deux armées, — le magnanime fils de Kynvarch... — Je porte une tête sur mon bouclier. — Vastes furent ses entreprises — et lointaine la renommée d'Uryen... » (Llywarch-Hen). « Ce gémissement dans la vallée, — n'est-ce pas Uryen qui frappe ? — Ce gémissement sur la montagne, — n'est-ce pas Uryen qui triomphe ? » (Taliesin. *Cf.* J. Markale, *Les Grands Bardes gallois*, p. 42-45, 85-90.

46. J. Loth, *Mabinogion*, II, 284.

47. *Ibid.*, I, 284.

48. *Ibid.*, II, 284.

49. *Cf. supra.*

50. L'identification Morgane-Morrigane présente des difficultés d'ordre linguistique. Morrigane (*Morrigu* au nominatif) semblerait signifier « reine des cauchemars » ou « démon nocturne », tandis que Morgane suppose un gallois *Morgwen*, un vieux celtique **morigenos* (né de la mer), qui serait rendu en gaélique par *Muirgen.* S'il y a analogie entre les personnages, ce ne peut être par les noms mais par les rôles sensiblement voisins. La ressemblance des noms est fortuite.

51. *Revue savoisienne*, 15 novembre 1867. *Revue archéologique*, juillet 1868.

52. D'Arbois de Jubainville, *Tain Bô Cualnge*, p. 126-127.

53. *Ibid.*

54. *Celticum*, VII, 499. Il s'agit d'une version assez récente d'un manuscrit du XVIe siècle. Dans la version du Livre de Leinster, manuscrit du XIIe siècle, après la mort de Cûchulainn, l'auteur se contente de dire : « Les oiseaux vinrent sur son épaule » (G. Dottin, *L'Épopée irlandaise*, p. 156).

55. J. Loth, *Mabinogion*, I, 323.

56. *Ibid.*, II, 267.

57. *Ibid.*, I, 328.

58. *Cf. La Courtise d'Étaine*, analyse dans *L'Épopée celtique d'Irlande*, p. 43-41.

59. *Sur l'E de Delphes*, IX.

60. Pour tout ce qui concerne ce sujet, *cf.* J. M., *Les Celtes*, p. 60-61.

61. On s'est complètement fourvoyé en voyant dans Llyr un *dieu* marin, sans doute à cause du roi Lear de Shakespeare. Ce Llyr (qui est le Lîr irlandais) n'apparaît nulle part comme héros d'une quelconque épopée. On ne le connaît que par son nom et parce que des héros d'épopée sont fils ou filles de Llyr. Une triade le signale parmi les trois prisonniers les plus éminents (J. Loth, *Mab.*, II, 267). Or il est surnommé *Lledieith*, c'est-à-dire « au demi-langage ». Ce curieux surnom ne peut guère s'expliquer si on ne fait pas intervenir des éléments très disparates qu'il serait trop long de rapporter ici. La solution se trouve dans la démonstration que j'ai faite dans *Les Celtes*, p. 287-290, à propos de tout autre chose, la légende de Conan Meriadek et des *semi-tacentes*, lesquels sont à la fois des êtres de l'Autre Monde, c'est-à-dire des divinités, et aussi des *femmes*. À la faveur de cette démonstration que je n'avais pas poussée plus loin, je dois en conclure à la probabilité du caractère féminin de Llyr « au demi-langage ».

62. J. M., *L'Épopée celtique d'Irlande*, p. 54.

CHAPITRE III

La grande reine

Depuis Lamartine et son « char vaporeux de la Reine des Ombres », on ne fait plus guère attention aux terminologies employées pour qualifier la Femme Divine : en vérité, ces terminologies sont devenues souvent de tels « clichés » usés qu'on les juge tout juste bonnes à ranger dans le musée des banalités. On a tort, comme on est coupable de ne pas réfléchir plus profondément aux « Litanies de la Vierge », lesquelles, débitées nonchalamment pendant des siècles, et en latin, n'ont guère éveillé de résonances que dans l'inconscient des fidèles. Les Litanies de la Vierge, qui font partie du rituel catholique, ou du moins de ce qu'il en reste, ne sont que la transposition symbolique et poétique d'une réalité profonde, celle qui reste gravée dans l'âme du peuple, et cela en dépit de tous les interdits et de toutes les menaces. Si la société paternaliste a supprimé la Déesse-Mère, en la remplaçant, parfois par la force, par un dieu-père, guerrier et jaloux de sa supériorité, la mentalité populaire l'a recréée sous les traits de la Mère de Dieu *et des hommes*, constamment invoquée, constamment présente, toujours triomphante. Et l'Église officielle a dû, bon gré, mal gré, suivre le mouvement, en essayant d'ailleurs de vider le concept de toute sa signification et en faisant de la *Théotokos* un être asexué et « vierge », dont le caractère féminin n'est plus attesté que par l'aspect de mère admirable et *esclave du Fils*. Ainsi le voulait la société chrétienne du Moyen Âge, héritière de l'empire romain. Cette récupération d'un Mythe fort ancien s'inscrit dans le cadre d'une action psychologique destinée à détourner les forces spirituelles et psychiques de leur but primitif afin d'en faire un instrument docile au service de la domination d'une caste, celle des fidèles, par les *nantis*, prêtres et nobles, la plupart du temps parfaitement athées, mais soucieux de ménager dans « ce bas-monde », pour leur profit personnel, le paradis qu'ils promettaient aux autres pourvu qu'ils voulussent bien être obéissants et ne pas se poser trop de questions.

Le Culte de la Vierge Marie comportait cependant des germes révolutionnaires, tant au point de vue spirituel qu'au point de vue social. D'abord c'était revenir à un culte naturel et instinctif : celui de la Mère. Ensuite, c'était reconnaître que si une femme avait perdu l'humanité (Ève), une autre femme avait contribué à la sauver (Marie). Et cela, non seulement redonnait à la Femme une place qui pour être théorique n'en était pas moins reconnue, mais encore apportait la preuve que ce qui était rejeté comme néfaste, ignoble et dangereux, pouvait devenir du jour au lendemain un objet de salut et de vénération. En allant au fond des choses, tout cela mettait en cause la morale traditionnelle du bien et du mal absolus, cela remettait en cause le système même de logique dans lequel croupissait la Scolastique, héritière monstrueuse de l'aristotélisme le plus étroit et du manichéisme le plus primaire.

Cette constatation est d'une extrême importance, car elle permet de se référer, pour l'étude de la déesse et de tous ses aspects, à toutes les traditions écrites ou orales qui se trouvent *en marge* des courants officiels : ces traditions reflètent non seulement la pensée inconsciente des masses terrorisées par l'Enfer et le Bûcher, mais elles sont le seul lien avec les époques antérieures. Pourquoi, à partir du XIIIe et surtout du XIVe siècle, dénombre-t-on tant d'ouvrages théâtraux consacrés aux « Miracles » attribués à la Vierge Marie ? Pourquoi ces fameux « Miracles » nous montrent-ils la Vierge arrachant à Satan le pacte par lequel il tient le clerc Théophile, ou encore prenant la place d'une nonne qui avait fui son couvent pour mener la vie d'une prostituée, de telle sorte que l'on n'avait pas remarqué l'absence de celle-ci lorsqu'elle se décida à rentrer au bercail ? De toute évidence, la bonne Vierge protège des gens qui, en principe, ne mériteraient pas de l'être. Faut-il y voir une illustration de la Charité, ou bien une transposition des désirs inconscients d'une population harcelée par l'Inquisition, par le concept de la toute-puissance du dieu-mâle-vengeur et de son image politique, le Roi ? Toutes ces questions se résument en une seule : y a-t-il toujours une Déesse-Mère, bonne et accueillante, celle qui supplie son Fils de se montrer tolérant, celle qui se révolte contre la tyrannie de son époux divin réincarné dans l'image du Fils ?

Elle remonte bien loin dans le temps, nous l'avons vu. Dans le domaine proprement celtique, le nombre incalculable de statues ou de statuettes de l'époque gallo-romaine représentant des Mères, plus exactement des *Matres* ou des *Matronae*, nous prouve que le culte de la Déesse-Mère était toujours à l'honneur chez les Gaulois. L'une de ces statues, soi-disant honorée par les Druides, se trouvait dans un sanctuaire souterrain, à l'emplacement de la cathédrale de Chartres, et cette *Virgo Paritura* est devenue Notre-Dame de Sous-Terre, objet de vénération pour les pèlerins chrétiens. Et même si l'imagination a brodé sur la statue de Chartres, il n'en est pas moins vrai que les Gaulois honoraient la Mère Divine, sous différents vocables, de la même façon que les Chrétiens le font encore actuellement pour Notre-Dame[1]. Un document gaulois, qui présente l'avantage d'être un des rares textes écrits en langue gauloise que nous possédions, est constitué par deux invocations à la Déesse-Mère : il est intéressant de les donner en entier, d'abord parce que c'est une curiosité archéologique, ensuite parce que l'on croirait une prière catholique, comparable aux significatives, « Litanies de la Sainte Vierge » :

« Pour l'amour de l'esprit à jamais persistant, sois, ô Caticatona, un flot pour tes serviteurs, un flot puissant, car tes serviteurs t'honorent. Sois favorable, ô Dibonna, déesse charmante. Avec ceci, avec ceci, ô pure et joyeuse, Sucio t'honore avec ceci, fille éternelle, sa servante Pontidunna, fille de Vousos. »

« Prospérité ! Nous prions aujourd'hui, tendus vers toi, aujourd'hui devant toi par cette précieuse offrande. Nous buvons à celui-ci, à ton propre puits : tu nous as aimés. Tendus vers toi, honorant chaque jour, au milieu du jour. À la prospérité ! Nous te prions par cette offrande, Imona, sois bienveillante envers tes serviteurs rapidement[2]. »

Et si le peuple honorait la déesse par des prières, il devait aussi raconter les aventures de la Mère des Dieux : on n'a jamais vu un culte qui ne soit supporté par un récit mythologique, même dans les périodes les plus historicisantes de la Civilisation. Cette déesse, Mère et *Vierge*, comme nous le verrons, a son histoire, enracinée dans le terroir gaulois, et plus particulièrement dans le Poitou, région d'où proviennent les deux invocations citées : il s'agit de la légende de Mélusine.

À vrai dire, on a tenté bien des fois de donner au personnage de Mélusine un caractère parfaitement historique en en faisant une femme « scythe », c'est-à-dire d'Europe centrale ou orientale, qui aurait épousé un comte de Poitou, Raymond de Lusignan. C'est un certain Jehan d'Arras, qui, à la fin du XIXe siècle, aurait, dans une œuvre littéraire désormais fameuse, opéré la transformation de la femme réelle et *non-chrétienne*, en une femme-fée, bâtisseuse de monastères et d'églises, bienfaitrice du Poitou, et aussi par voie de conséquence, aurait donné ainsi à la famille des Lusignan ses lettres de noblesse, la faisant remonter à un être divin ou féerique. Il va de soi que cette explication historicisante n'est guère probante. Jehan d'Arras a bien écrit son *Roman de Mélusine*, aux environs de l'an 1380, pour glorifier la famille de ses protecteurs les comtes d'Auvergne et le duc de Berry, mais il n'a certainement pas inventé, ni le personnage, ni le nom de Mélusine, lequel nom, aux dires de certains, serait issu de Lusignan. Le personnage de Mélusine est trop complexe pour être l'invention d'un littérateur : il provient d'un fonds mythologique qui avait dû se conserver plus longtemps dans le Poitou. Car Mélusine est une fée qui n'est pas comparable avec les autres fées des campagnes françaises : elle est mi-femme, mi-serpent, et Rabelais, qui est toujours très au courant des traditions populaires, surtout de celles du Poitou, nous la décrit dans le *Quart Livre* (XXXVIII), évidemment avec son humour particulier, mais en tout cas en insistant sur son caractère original : « Visitez Lusignan, Parthenay, Vouant, Mervant et Pouzauges en Poitou. Là trouverez témoins vieux… lesquels vous jureront, par le bras de saint Rigomé, que Mélusine, leur première fondatrice, avait corps féminin jusqu'aux seins, et que le reste, en bas, était andouille serpentine, ou bien serpent andouillique. Elle, toutefois, avait allures braves et galantes, lesquelles encore aujourd'hui sont imitées par les Bretons balladins, dansant leurs trioriz (danses à trois temps). » On notera la comparaison de l'allure de Mélusine avec les mouvements d'une danse populaire bretonne, ce qui montrerait l'antiquité de certaines de ces danses, et en tout cas, ce n'est pas pour rien que Rabelais fait cette comparaison avec un détail breton, la légende de Mélusine fourmillant de rapprochements de ce genre. Mais Rabelais continue son étonnante dissertation sur les andouilles par une remarque qui est loin d'être inintéressante : « La nymphe scythique Ora avait pareillement le corps mi-partie en femme et en andouille. Elle, toutefois, tant sembla belle à Jupiter, qu'il coucha avec elle et en eut un beau fils. »

Nous retrouvons chez Rabelais, qui, répétons-le, est un remarquable transcripteur de légendes populaires orales, une référence au pays des Scythes. Or la légende de Mélusine fait de celle-ci, parfois une princesse venue de Scythie, parfois une fée d'Écosse. *Or, dans la tradition irlandaise*, par suite d'une analogie de prononciation, *la Scotie*, c'est-à-dire l'Écosse, *est souvent confondue avec la Scythie*[3]. Cela tendrait à prouver une origine irlandaise à cette légende, d'autant plus que des épisodes du *Roman de Mélusine* se passent en Irlande ou en Écosse, pays peuplé, soulignons-le, par les Gaëls venus d'Irlande. Et d'autre part, la mention que fait Rabelais de la nymphe Ora, qui est *scythique*, qui a un enfant de Jupiter et se trouve donc au rang d'épouse de Jupiter, c'est-à-dire de déesse-mère, au même titre que Junon, nous conduit à deux conclusions : Mélusine-Ora est l'image folklorisée de la Diane scythique, l'Artémis déesse du Soleil dont le culte s'est répandu avec la venue des Indo-Européens dans le bassin méditerranéen en même temps que le culte d'Apollon à Delphes et à Délos. Mélusine-Ora est un des visages de Junon, de celle qu'on nommait parfois la Mauvaise Lucine, *Mala Lucina*, ce qui est la forme primitive du nom de Mélusine, sans qu'on soit obligé de recourir à des étymologies celtiques fantaisistes. Si Mala Lucina est la Mauvaise Accoucheuse, la Mauvaise Mère, Mélusine l'est aussi, en un certain sens, comme le sera la même figure divine chez les Celtes insulaires, l'Arianrod des

Gallois. Mais reprenons les grandes lignes de la légende :

Histoire de Mélusine (Jehan d'Arras) : Le roi d'Écosse, Élinas, qui est veuf, rencontre, au bord d'une fontaine, une jeune fille mystérieuse, Pressine, qui ne veut pas dire qui elle est ni d'où elle vient. Elle épouse Élinas sous condition que celui-ci ne cherchera jamais à savoir quelque chose sur elle. Pressine donne naissance à trois filles, Mélusine, Méliot et Palatine. Mais Elinas, poussé par la curiosité et la jalousie, ne tient pas son serment. Pressine le maudit et déclare que ses descendants, avec l'aide de sa sœur, la reine de l'Île Perdue, la vengeront. Puis elle disparaît, emmenant ses filles avec elle dans l'Île Perdue. Au bout de quinze ans, Mélusine décide de venger sa mère, et, après avoir obtenu la complicité de ses deux sœurs, elle use de ses pouvoirs magiques pour enfermer son père dans un endroit inaccessible de la montagne de Brandebois. Pressine, furieuse de voir que ses filles se sont vengées sans elle, les frappe de malédiction, mais plus encore Mélusine, instigatrice du complot. Méliot sera emprisonnée dans un château d'Arménie, Palatine dans une montagne où elle sera en compagnie de son père, et Mélusine sera tous les samedis « serpent jusqu'à la ceinture ». Si quelqu'un veut l'épouser, il ne devra pas connaître son secret. Alors Mélusine quitte l'Île Perdue et arrive en Poitou. Elle rencontre au bord d'une fontaine Raimondin de Lusignan, le tire d'une situation désespérée et l'épouse à la condition qu'il ne cherche jamais à savoir ce qu'elle fera le samedi. Dix garçons naissent de cette union, dix garçons robustes, mais affligés d'étranges tares physiques : par exemple, Urian avait un œil au milieu d'une joue, Geoffroy avait une canine très longue, d'où son surnom de Geoffroy à la Grande-dent. Mais un jour, emporté lui aussi par la curiosité et la jalousie, étonné par le fait qu'à chacune des absences de Mélusine correspondait la construction quasi magique d'un château, d'un monastère ou d'une église, Raimondin suit sa femme dans la grotte où elle se retirait tous les samedis. Là, il voit Mélusine, le bas du corps semblable à un serpent, se baignant dans une cuve de marbre vert. Mélusine s'aperçoit qu'elle a été surprise, elle se lamente, ses bras s'allongent et deviennent des ailes, elle disparaît enfin dans les airs en poussant un terrible cri de désolation. Son fils Geoffroy à la Grande-dent sera le héros d'aventures extraordinaires en Bretagne et en Irlande, et il s'emparera des terres de son grand-père Elinas.

Il semble qu'à l'origine, l'histoire de Pressine et de Mélusine ait été la même chose ; il s'agit d'un doublet qui permettait la localisation en Poitou d'une légende qui provient certainement d'Irlande, mais qui a trouvé dans le terroir poitevin son point d'élection idéal. La souveraine de l'Île Perdue, sœur de Pressine, ressemble beaucoup à Morgane la Fée, souveraine d'Avallon, et toute cette légende tourne autour du thème de la Déesse-Mère, seule capable d'assurer aux hommes leur prospérité et leur bonheur, à la condition expresse que les hommes ne sachent pas qui elle est exactement. Cette interdiction n'est guère différente de l'interdiction faite par Yaweh aux Hébreux de ne jamais le regarder en face, car ils ne supporteraient pas la vision absolue de la Divinité. Cela prouve que Mélusine (ou Pressine) est une Divinité primordiale : elle a encore les caractéristiques qui s'attachent à la divinité, primitivement féminine, puis résolument masculine, qui préside à la naissance du monde et la construction, à l'organisation du monde. C'est dans cet interdit — évidemment transgressé comme tous les interdits — qu'il faut chercher la preuve de cette divinité de Mélusine. Son nom de *Mala Lucina* en est une autre preuve. Enfin, le fait qu'elle ait donné naissance à dix garçons tous portant la marque d'un état surnaturel, vient compléter les raisons qui nous font voir dans ce personnage maintenant folklorique, une des images les plus saisissantes de la Déesse-Mère, Déesse primordiale des cultes gynécocratiques. Et comment expliquer l'emprisonnement d'Élinas par sa fille Mélusine, autrement que par la dernière révolte de la féminité contre la société nouvelle devenue androcratique ?

Le thème de l'interdit se retrouve dans de nombreuses légendes qui se rapportent toutes à l'union de la déesse et d'un mortel. À l'origine, cette union de la Déesse et d'un mortel était dangereuse pour le mortel, comme en témoigne l'antique légende de Cybèle et d'Attis : n'est-ce pas parce qu'il a aperçu la déesse dévoilée qu'Attis a été frappé ? Le thème est identique dans l'histoire de Vénus et d'Adonis, d'Ischtar et de Tammuz, de Vénus et d'Anchise, et aussi, nous le verrons à propos d'un autre aspect de la divinité féminine, dans l'étrange aventure du Roi-Pêcheur, gardien du Graal, blessé à la cuisse, c'est-à-dire frappé d'impuissance. Mais dans les versions de la légende où l'élément proprement folklorique l'emporte sur l'élément purement religieux, il n'y a pas de blessure pour le mortel, il y a seulement disparition de l'Être féerique par suite de la transgression de l'interdit.

Légende de Llyn y Fan (Pays de Galles) : Un jeune homme qui garde son troupeau près du Lac de Fan aperçoit sur les eaux du lac une très belle jeune fille dont il tombe amoureux. Après avoir vaincu sa timidité, il parvient à engager la conversation avec celle-ci. Il sort vainqueur de l'épreuve à laquelle le soumet le père de la jeune fille, qui habite lui aussi sous les eaux du lac. Il peut épouser la Dame du Lac à condition qu'il ne porte pas trois fois la main sur elle sans raison, et devient très riche à cause du troupeau de vaches merveilleuses amené par sa femme. Mais, au bout de quelques années, sans le faire exprès, il touche sa femme sans raison pour la troisième fois. Celle-ci, en se lamentant, disparaît sous les eaux du lac, emmenant avec elle son troupeau. Elle ne revient qu'une fois pour voir ses fils et leur dévoiler les principes de la médecine (*Meddygon Myddfai*, J. M., *L'Épopée celtique en Bretagne*, 273-276).

Cette légende est encore le résultat d'une localisation d'un mythe beaucoup plus ancien. La Dame du Lac, dont on ignore d'ailleurs le nom, ne doit pas être touchée *sans raison* plus de trois fois : c'est l'équivalent de la vision parfaite, car la connaissance s'acquiert non seulement par les yeux et les oreilles, mais par le toucher. D'ailleurs cet interdit concernant Mélusine et la Dame du Lac fait penser à la légende d'Orphée, lorsque celui-ci ramène Eurydice des Enfers. De son séjour dans l'Autre Monde, Eurydice a obtenu un caractère surnaturel et même divin : elle ne peut plus être regardée par des yeux humains, du moins tant qu'elle brillera encore de cet éclat étrange du Domaine d'Hadès : c'est ce qui explique l'interdiction faite à Orphée de se retourner vers elle tant que tous deux n'auront pas franchi les zones frontières entre le monde des vivants et le monde des morts, interdiction qui ne s'expliquerait guère autrement.

Sur un autre plan, la Dame de l'Amour courtois, considérée par beaucoup de troubadours comme étant inaccessible, est surtout si divine, si *effroyablement* belle, qu'il est presque impossible de la regarder, sinon après une lente initiation qui est une acquisition d'habitudes, d'accoutumances. Parce qu'il est dangereux de contempler la divinité sans y être préparé : c'est la raison évidente de toutes les initiations religieuses ou philosophiques, et cela correspond à ce désir de l'humanité depuis l'aube des temps, contempler enfin ce qui est incontemplable, exprimer enfin ce qui est inexprimable.

Il y a la même idée dans l'*Histoire de Taliesin*, dont nous reparlerons en détail plus loin. Lorsque Gwyon Bach, chargé de surveiller par Keridwen le chaudron magique, boit par mégarde les trois gouttes interdites, il a la vision parfaite de la divinité représentée par Keridwen. Mais ce faisant, il a transgressé un *tabou* fondamental. Il est donc puni par Keridwen qui le poursuit et finit par l'avaler. Cette punition n'est que la traduction culpabilisée du contrecoup de la connaissance : Gwyon Bach ne peut plus supporter la vision du monde imparfait et se trouve exilé, en quelque sorte, dans le monde de la relativité, d'où ses transformations successives en animaux, puis en grain de blé. Il doit être éliminé. Mais comme il a la connaissance parfaite, il ne peut plus mourir vraiment : il participe maintenant à la divinité de Keridwen. C'est pourquoi Keridwen l'avale sous la forme d'un grain de blé. Elle ne pouvait pas faire autre chose que de l'absorber, un peu comme le prêtre catholique qui est tenu de nettoyer le calice en absorbant les moindres parcelles d'hostie qui pourraient demeurer sur la patène ou dans le ciboire. Car la divinité, si elle est écartelée, perd sa puissance. Donc elle ne doit pas être dispersée, comme nous l'indiquent toutes les légendes de dieux démembrés et qu'il faut reconstituer si l'on veut que le monde reprenne son aspect d'antan, son équilibre d'avant la catastrophe. Quand Gwyon Bach s'empare, sans le vouloir, des secrets de Keridwen représentés par les trois gouttes, il y a effectivement une catastrophe comparable à celle de la naissance, qui est un déchirement. À partir de ce moment il y a nécessité de reconstituer l'unité perdue, il y a nécessité du retour en arrière, vers la *mère*, et de cette façon il y aura *nouvelle naissance*. Dans le cas de Gwyon Bach, qui n'appartient plus vraiment à la caste des mortels, il ne meurt pas, il féconde sa propre mère (c'est-à-dire qu'il est lui-même Dieu, père et fils), et il renaît une seconde fois sous l'aspect de Taliesin, le barde qui connaît les secrets du monde et de la divinité. On notera encore, pour y revenir plus tard, l'attitude de Keridwen qui abandonne l'enfant. Mais le fait qu'elle l'abandonne *dans un sac de peau*, et *sur les flots*, en dit long sur le sens du mythe. Cela rejoint d'une part tous les cas de fécondation buccale que l'on relève dans la tradition celtique, et aussi tous les mythes celtiques ou autres, de l'enfant abandonné sur les eaux, symbole de la naissance dans l'utérus entouré d'eau, comme c'est le cas pour Moïse, Remus et Romulus et bien d'autres[4]. Un curieux récit hagiographique devenu conte populaire en Bretagne armoricaine, combine assez étrangement les éléments du mythe païen et des préoccupations chrétiennes : il s'agit de la vie d'un de ces nombreux saints qui hantent le calendrier breton sans jamais y avoir été autorisés :

Légende de saint Connerin (Bretagne armoricaine) : Connerin ou Conérin est encore tout jeune. Un jour qu'il se rend à l'école, il rencontre des méchantes gens qui le font brûler. Deux vagabonds découvrent à l'endroit où il a été brûlé, au milieu des cendres, une belle pomme qui n'est pas cuite. Ils prennent cette pomme et la donnent à une vieille qui a une fille en lui disant : « Votre fille est menacée d'une grave maladie... Dès que vous l'entendrez se plaindre, donnez-lui cette pomme... Par exemple, ne la donnez qu'au temps prescrit. Attendez que votre fille se plaigne du ventre. » Un jour, la fille rentre malade de son travail. La vieille lui fait manger la pomme, et bientôt on s'aperçoit qu'elle est enceinte. La fille est accablée de reproches, mais elle persiste à affirmer son innocence. Seul le recteur de la paroisse la croit, et le jour de l'accouchement, il emmène l'enfant sur les fonts baptismaux, demandant aux assistants un parrain et une marraine. Alors le nouveau-né s'écrie tout haut : « Je n'ai besoin de parrain ni de marraine. Saint Conérin j'étais auparavant, saint Conérin je suis maintenant » (chanté par Jacquette Craz, de Lanmeur (Finistère), à Anatole Le Braz, *Annales de Bretagne*, XI, p. 174-176).

Cette histoire est assez difficile à démêler quant aux différentes influences qui s'y sont rencontrées, mais une chose est sûre, la relation avec la légende de Taliesin. D'ailleurs les paroles du nouveau-né ressemblent étrangement à celles prononcées par l'enfant Taliesin, lorsqu'il est retiré du sac de peau dans lequel il flottait sur les eaux, paroles qui reviennent comme un leitmotiv dans de nombreux poèmes gallois attribués au barde : « J'étais Gwyon Bach autrefois, et maintenant je suis Taliesin. » Cependant, sous sa forme chrétienne, ce conte nous fait remonter au fond des âges, à la croyance que l'homme n'a rien à voir dans le phénomène de la parturition qui est la fonction spécifique de la Femme. Ce n'est pas une vue de l'esprit, car on peut retrouver cette croyance dans certains usages des sociétés contemporaines, comme celles qu'a étudiées Bronislaw Malinowski en Océanie : « Le mari n'est pas considéré comme le père des enfants, au sens que nous attachons à ce mot ; d'après les idées des indigènes, *qui ignorent la paternité physiologique*, le père est complètement étranger à la naissance des enfants. Ceux-ci seraient introduits dans les flancs de la mère sous forme d'esprits très ténus, et cela généralement par l'intermédiaire de l'esprit d'un *parent maternel décédé*. Le rôle du mari consiste à protéger et à choyer l'enfant, à le recevoir dans ses bras dès qu'il naît, mais cet enfant n'est pas à lui, en ce sens qu'il n'a joué aucun rôle dans sa procréation[5]. »

Cette croyance archaïque est caractéristique d'une société que l'on a trop tendance à considérer comme primitive dans le sens péjoratif du mot. En fait elle n'est primitive que chronologiquement. Elle représente un stade de civilisation qui n'est pas forcément moins bon que le stade purement paternaliste qui a été celui de la civilisation romaine, ou le stade hybride qui est le nôtre. Toujours à propos des mêmes peuples océaniens, en l'occurrence les Trobriandais, qu'il a observés avec patience et perspicacité, Bronislaw Malinowski, lequel est fort loin d'être un inconditionnel de Freud, fait remarquer que, dans une civilisation de type matrilinéaire, il y a moins de conflits affectifs que dans les sociétés de type patrilinéaire. En effet, « dans une société matrilinéaire, où le père ne jouit d'aucun privilège à l'égard des enfants et n'a pas droit à leur affection, il est obligé de tout faire pour gagner celle-ci ; et d'autre part, n'étant pas surmené par les ambitions et les responsabilités économiques, il est d'autant plus libre et disposé à laisser s'épanouir ses instincts paternels[6] ».

Ainsi la société paternaliste, en insistant sur le rôle biologique du père, renforce toutes les sources de conflits de nature œdipienne et détruit l'équilibre des instincts fondamentaux qui persiste dans la société matrilinéaire, puisque la relation au père ne peut être qu'une relation désintéressée, exempte de toute autorité, et surtout de tout abus d'autorité. Là se trouve le nœud du problème concernant les rapports familiaux, puisque la famille est la base même de la société. Or, il ne semble pas que l'instauration du cadre paternaliste ait été un progrès sur le cadre antérieur, même si ce cadre antérieur, à tendances gynécocratiques, n'était point parfait. Le témoignage en est dans les traditions mythologiques des peuples, et notamment dans les traditions concernant les fondateurs de religions ou les grands théoriciens religieux. Les plus fameux sont en effet nés dans des conditions obscures, et leur filiation est matrilinéaire. Moïse fut recueilli sur les eaux du Nil, flottant dans une corbeille d'osier. On nous dit qu'il était hébreu. Mais c'est la fille du Pharaon qui le recueille et le fait élever. Le symbole est très clair : c'est la fille du Pharaon qui est la mère, puisqu'elle le découvre et le fait apparaître au jour. Quant au père, c'est un Hébreu, évidemment, mais inavouable pour la Princesse. Le texte de l'*Exode* parle bien d'un homme de la maison de Lévi qui aurait épousé une femme de la maison de Lévi. Mais on sait que l'*Exode* a été sinon écrit, du moins inspiré par Moïse lui-même : comment celui-ci aurait-il pu avouer que sa mère était égyptienne ? Pourtant, l'enseignement mosaïque porte la double marque de l'esprit juif et de l'esprit égyptien, il ne peut y avoir de doutes là-dessus. Et d'ailleurs, ce refus de la mère, chez Moïse, peut expliquer les tendances paternalistes de sa Loi. Quant à Jésus, il n'a pas de père charnel, cela va sans dire, et son seul lien avec les humains passe par sa filiation matrilinéaire qui le fait remonter au roi David : Jésus est l'exemple le plus pur d'une société gynécocratique dans lequel le père ne joue aucun rôle. Saint Joseph est exactement le même type de père que nous trouvons dans les sociétés océaniennes, père nourricier, père affectif, sans plus. Et le Christianisme, à l'origine du moins, car saint Paul y viendra mettre bon ordre, a été une *révolution* dans un milieu paternaliste, une tentative pour redonner à la Mère son véritable rôle. D'ailleurs l'action de Jésus qui vise à ruiner la religion du Père (Judaïsme) pour la remplacer par la religion du Fils (Christianisme), est assez significative : c'est la révolte œdipienne. Et c'est la Vierge Marie qui se trouve au pied de la Croix. Et c'est à elle que Jésus donne Jean comme fils, son véritable substitut, à Jean qui symbolise l'humanité.

Et avec toutes ces considérations, nous abordons le problème de la Vierge qui enfante. Que de bêtises, que de puérilités, que de contresens n'a-t-on pas entassés sur la *Virgo paritura* ! Pourtant c'est avec ce thème qu'on arrivera à comprendre vraiment le concept de la Déesse Mère. Et d'abord, pour continuer dans le domaine celtique, revenons à la légende de saint Connerin. Il est évident que la figure de ce saint a éclipsé celle de sa mère, de sa seconde mère, dont on ne sait même pas le nom. Mais c'est une jeune fille « bien sous tous les rapports ». On est évidemment assez perplexe devant le fait qu'elle arrive chez elle un soir en se plaignant du ventre. Ce ne peut être son indisposition mensuelle, puisqu'elle absorbe à ce moment la pomme et devient enceinte. Il y a certainement autre chose que les conteurs ou conteuses populaires ont laissé prudemment de côté. Et d'insister sur la pureté, sur la *virginité* de la jeune fille. On remarquera au passage que ce sont les sociétés les plus paternalistes, et par conséquent les sociétés qui considèrent le plus la femme comme une « machine à plaisir ou à reproduction », qui ont le plus insisté sur la sacro-sainte virginité des filles. Il faut dire que la fille vierge est le symbole le plus éclatant de la proie réservée à l'usage exclusif du propriétaire, le futur mari, pivot de cette société. Il y a, à ce sujet, dans un récit gallois, une curieuse histoire qui semble un peu confuse, mais qui témoigne du mélange des deux types de société.

Histoire d'Arianrod (Pays de Galles) : Le roi Math ab Mathonwy a une infirmité presque incompatible avec la royauté. En temps de paix, il ne peut vivre que les pieds dans le giron d'une vierge. En temps de guerre, il peut vivre en montant à cheval. Or son neveu Gilvaethwy, fils de sa sœur Dôn, est amoureux de la jeune vierge « en service », et grâce à l'aide de Gwyddyon, son frère, qui éloigne Math en déclenchant une guerre, Gilvaethwy parvient à « faire violence » à la jeune fille. La guerre terminée, Math revient, mais la jeune fille ne peut plus reprendre son service, et elle raconte à Math ce qui s'est passé. Math, furieux, se venge de ses deux neveux, mais leur demande cependant conseil pour remplacer la vierge qui lui est nécessaire pour vivre. Gwyddyon propose alors sa sœur Arianrod, fille de Dôn. Math fait venir Arianrod et lui demande si elle est vierge. Elle répond qu'elle l'est, mais Math veut vérifier : il prend sa baguette magique, la courbe et dit à Arianrod de passer par-dessus. « Elle fit un pas par-dessus la baguette enchantée et, en même temps, elle laissa après elle un enfant blond et fort. Aux cris de l'enfant, elle chercha la porte, et aussitôt elle laissa quelque chose après elle, comme un petit enfant, mais avant que personne ne pût l'apercevoir une seconde fois, Gwyddyon saisit l'enfant, l'enroula dans un manteau de *paile* et le cacha au fond d'un coffre. » Cependant Math fait baptiser l'enfant blond sous le nom de Dylan : « À peine fut-il baptisé qu'il se dirigea vers la mer. Aussitôt qu'il y entra, sur-le-champ il en prit la nature et devint aussi bon nageur que le plus rapide des poissons. Aussi l'appela-t-on Dylan Eil Ton (= Fils de la Vague). » Quant à l'autre enfant, Gwyddyon le fait élever secrètement, puis un jour il l'emmène dans la citadelle d'Arianrod. Celle-ci accueille aimablement son frère et demande quel est l'enfant qui le suit. Gwyddyon lui dit : « C'est ton fils ». Arianrod se met en colère, accuse son frère de poursuivre et de maintenir son déshonneur, et lui demande enfin : « Quel est le nom de *ton* fils ? » Gwyddyon lui répond qu'il n'en a pas. Arianrod, alors, prononce cette malédiction : « Je jure qu'il aura cette destinée qu'il n'aura pas de nom avant d'en avoir reçu un de moi. » Cela veut dire qu'Arianrod refuse de lui donner un nom. Gwyddyon s'en va avec l'enfant, et grâce à ses pouvoirs magiques, revient à la citadelle d'Arianrod, déguisé en cordonnier, toujours accompagné de l'enfant rendu méconnaissable. Arianrod les reçoit, admire les souliers, les essaye. À un moment, un roitelet passe dans les airs et l'enfant le tue d'un coup de javelot. Arianrod se met à rire et s'écrie : « C'est *d'une main bien sûre que le petit* l'a atteint ! » Gwyddyon rompt immédiatement l'enchantement qui les métamorphosait et déclare à sa sœur qu'elle vient de donner un nom à son fils : il s'appellera désormais Lleu Llaw Gyffes, c'est-à-dire le « Petit à la main sûre[7] ». Arianrod, furieuse, accomplit une seconde malédiction : l'enfant n'aura pas d'autre armement que celui qu'elle lui fournira elle-même. Gwyddyon s'arrange encore une fois pour transgresser le « tabou ». Arianrod, de plus en plus furieuse, fait une troisième malédiction : « Je jure que ce jeune homme aura pour destinée de n'avoir jamais une femme de la race qui peuple cette terre en ce moment. » Alors Gwyddyon, avec l'aide de Math, et par magie, tirera une femme des fleurs, ce sera Blodeuwedd (J. Loth, *Mabinogion*, I, 190-199).

Cette histoire, comme d'ailleurs l'ensemble du récit de *Math ab Mathonwy* d'où elle est tirée, paraît bien altérée, mais les détails qui subsistent sont assez surprenants pour mériter quelques commentaires. La baguette magique est l'attribut de Math, qui est dit, d'après de nombreux autres textes gallois, le maître de la magie des Bretons. On dit aussi qu'il apprit sa magie à son neveu Gwyddyon, ce qui se réfère à une tradition matrilinéaire, puisque l'héritage se transmet d'oncle maternel à neveu. Mais lorsque Math fait passer Arianrod au-dessus de sa baguette, celle-ci prend un sens nettement phallique. Cela joint au fait que Math est atteint d'une infirmité qui ressemble à celle du Roi-Pêcheur (il est blessé à la jambe, euphémisme bien connu pour blessé aux parties sexuelles, donc impuissant), fait de ce geste un rituel de magie sexuelle en relation avec certaines croyances fort obscures sur la virginité. Il faut noter qu'Arianrod se prétend vierge, et qu'elle semble la première étonnée de constater qu'elle donne naissance à deux enfants. D'ailleurs elle refuse de reconnaître ses enfants et plus particulièrement Lleu Llaw Gyffes. Là nous tombons en plein mystère, car d'après le contexte, il apparaît que le père pourrait bien être Gwyddyon lui-même. Il s'agit donc d'un inceste fraternel, d'une sorte d'union sacrée entre le frère et la sœur, tous deux enfants de la déesse Dôn, et nous pouvons y reconnaître, sans y insister, Apollon et Artémis, les deux enfants de Lêto et de Zeus. Cependant Gwyddyon semble tout à fait certain de la virginité de sa sœur, puisqu'il la propose sans hésiter à son oncle pour remplacer celle que Gilvaethwy a outragée. Alors, que penser de ces détails confus et contradictoires ?

La réponse à cette question pourrait bien surgir d'elle-même après une discussion sur la *Virginité*, car on a l'impression que le mot n'a pas toujours désigné la même chose au cours des temps, qu'il n'a pas toujours été compris de la même façon par tout le monde, même par des gens appartenant à la même société. Cette histoire de la virginité d'Arianrod, vierge sans l'être, mère sans le secours d'un homme — à moins que ce ne soit grâce à son frère — touche au problème le plus essentiel de la Déesse-Mère : dans les temps où la société était gynécocratique, la Déesse était seule, c'était la Déesse Primordiale, la Déesse des Commencements. Quand peu à peu, la société est devenue paternaliste, on a représenté la Déesse avec un Dieu-Père, avec lequel elle partageait la responsabilité du monde et de la vie : c'était le Couple sacré, comme par exemple celui d'Isis et d'Osiris. Puis, dans la plupart des cas, les souvenirs de l'ancienne société gynécocratique ayant été étouffés, la déesse a disparu pour laisser son trône au Dieu Père tout-puissant, de type jupitérien, ou du type hébraïque, car Iahweh est le représentant le plus typique du culte mâle et guerrier qui est parvenu à éliminer la Femme. Mais en vertu du principe qui fait que l'inconscient garde plus longtemps les souvenirs et les mémorise sous formes d'images symboliques réactualisées et projetées dans un nouveau cadre, la déesse fait une nouvelle apparition dans les cultes paternalistes, comme en témoigne le culte chrétien de la Vierge Marie. Il semble bien que, dans l'histoire d'Arianrod, nous ayons toute cette évolution, ce qui explique les détails confus et même contradictoires.

Car enfin, qu'est-ce qu'une Vierge ? Le mot français vient du latin *Virgo*, et a été introduit dans la langue courante à partir du terme religieux qui désigne certaines saintes du calendrier chrétien. En fait le mot latin ne signifie que *jeune fille*, sans autre précision, c'est-à-dire « femme non mariée », mais il n'est aucunement question de chasteté. Le sens de jeune fille physiquement pure ne peut être rendu que par l'expression *virgo intacta*. Le mot *virgo* a donné en breton *gwerc'h*, jeune fille et *Gwerc'hez*, Vierge au sens chrétien, ainsi que le gallois *meirch*, fille. La racine celtique équivalente à celle qui a donné le latin *virgo*, est **wraki*, dont nous retrouvons les dérivés dans le breton *gwreg*, épouse, et le gallois *gwraig*, femme. Un autre dérivé de **wraki* a été le celtique **wrakka*, qui a donné le breton *grac'h* (*ou groac'h*), vieille femme, puis sorcière, et nous le retrouvons dans le gaulois *virago* qui a été adopté par les Latins avant d'être emprunté tel quel par le français. On peut voir à tous ces mots une ancienne racine indo-européenne *werg*, qui signifie « enfermer ». La Vierge serait donc la « femme enfermée sur elle-même », ce qui pourrait facilement correspondre à l'idée de virginité, mais dans son sens le plus étroit et finalement le moins sûr.

Or la racine *werg* n'est pas isolée. En grec, elle a donné ἐργον, l'action, ainsi que ses dérivés ἐνεργεια, énergie, ὀργιον, cérémonie religieuse, orgie, ὀργανον, instrument, organe. On peut y rattacher le gaulois *ver*, grand puissant, qui a vraisemblablement donné le préfixe augmentatif gallois *guor-*, irlandais *for-*, ainsi que la préposition bretonne *war*, sur (au sens latin de *super*). Quant au latin *vis*, la force (au pluriel *vires*), ainsi que *vir*, l'homme (irlandais *fêr*, breton *gour*), il est difficile de ne pas les faire provenir de la même racine. Ainsi, la Vierge, d'après l'étymologie (et toute étymologie peut être contestée), serait en relation avec les idées de *force*, d'*action*, de *claustration*, le tout recouvert par la *féminité*. Cela est en tout cas parfaitement compatible avec la notion archaïque de la Féminité, divine et créatrice, capable à elle seule d'assumer la prospérité et la parturition. Cette recherche linguistique, qui repose sur des *analogies*, celles-ci étant souvent révélatrices d'un état d'esprit, nous confirme dans cette idée que la Vierge Mère est la première divinité que les humains aient adorée.

D'ailleurs, on en apprend beaucoup en allant fouiller dans la Bible et dans la tradition rabbinique, à propos de la définition de la Vierge. En effet, la Bible utilise trois termes différents pour qualifier ce que nous nommons d'un même mot : *naara*, *betula* et *alma*. Le terme *naara* provient d'une racine qui exprime le mouvement, l'agitation, la précipitation, et désigne « une jeune fille mariée ou non mariée », *virgo intacta* ou non. C'est très vague. Dans le *Deutéronome* (XXII, 15, 16), c'est le terme employé pour parler d'une femme mariée accusée d'avoir perdu son innocence avant le mariage. Dans *Ruth* (II, 16), il s'agit d'une veuve non remariée. Dans la *Genèse*, c'est le nom donné à Rebecca qui est *virgo intacta*; mais dans la même *Genèse* (XXXIV, 3), à propos du viol de Dina par Sichem, le terme *naara* ne peut désigner qu'une jeune fille ayant perdu — par la force — son innocence. Il faut noter que le masculin de *naara* est *naar*, qui veut dire « garçon, adolescent, puis esclave », au sens latin de *puer*. Il n'y a, au masculin » aucune idée de chasteté dans ce mot, et d'ailleurs tout laisse à penser que *naara* est un nom qu'on peut donner à toute *jeune* femme, à l'exclusion des vieilles.

Le terme *betula* paraît au contraire désigner une jeune ou une vieille femme considérée comme *virgo intacta* (*Lévitique*, XXI, 1, 2, 3) : le grand prêtre, qui ne doit pas s'approcher d'un corps humain inanimé, peut cependant rendre les derniers devoirs à sa sœur si elle a été *betula*, n'ayant jamais été mariée. Il faut remarquer que la racine du mot *betula* signifie « éloignement, séparation », et qu'un des dérivés du mot, le pluriel *betulim*, désigne l'hymen (au sens anatomique). Par conséquent, on peut affirmer qu'une *betula* est une femme, jeune ou vieille, qui a encore ses *betulim*. Mais, c'est là où rien ne va plus, et il faut bien dire que les commentateurs juifs de la Bible s'en sont donné à cœur joie sur ce thème, sans aucun complexe; en effet, il est reconnu médicalement — et les anciens Hébreux le savaient parfaitement — qu'une femme ayant « connu » un homme peut conserver cette partie de la membrane muqueuse qu'on appelle hymen, cette membrane n'ayant jamais exactement la même forme, ni la même dimension, *ni la même souplesse*. Et faire de cette membrane le signe ordinaire de la virginité physique, c'est en quelque sorte donner raison à ces horribles maquerelles, qui de tout temps, et sous tous les climats, ont fait commerce de fausses *virgines intactae*. D'ailleurs, le *Talmud* (traité Kutubot, fol. 11) prévoit le cas où une femme pourrait perdre cette précieuse partie de sa personne par accident, par chute sur un corps saillant, ou, selon l'expression rabbinique qui semble en dire long sur l'usage de certaines pratiques, en se blessant avec un morceau de bois[8].

Le troisième terme, *alma*, provient d'une racine qui signifie « cacher, soustraire aux regards ». Il désigne une jeune fille dans l'innocence la plus totale, et soustraite aux regards des hommes[9]. Le mot *alma* se retrouve en phénicien avec le sens de *virgo intacta* (saint Jérôme, *Comment.* VII), mais il semble bien qu'il s'agisse d'une *virginité plus morale que matérielle* : car le masculin *elem* désigne un jeune homme non marié, et donc vierge en principe. Seulement, chez les Sémites, il ne pouvait exister aucune preuve de la virginité physique du garçon puisque la circoncision était obligatoire. De toute façon les commentaires rabbiniques sur ce thème sont assez déroutants et relèvent la plupart du temps d'une casuistique comparable avec ce qu'il y a de plus spécieux chez les Molinistes. On lit dans le *Talmud* (Traité Hhaghiga, fol. 14) : « Une vierge (*betula*) qui est devenue enceinte peut-elle être l'épouse du grand prêtre ?... Car Schemuel (Samuel) dit : je puis connaître une femme plusieurs fois sans qu'elle perde sa virginité. » Cela se rapporte au *Lévitique* (XXI, 13-14). D'ailleurs, on trouve dans les *Proverbes* (XXX, 19) ce curieux passage : « Il y a trois choses qui sont au-dessus de ma portée et j'ignore la quatrième : la voie de l'aigle dans le ciel, la voie d'un serpent sur un rocher, la voie d'un navire au milieu de la mer. Enfin *la voie d'un homme dans une vierge* (*alma*). Telle est la voie de la femme adultère : elle mange et s'essuie la bouche, et dit : je n'ai point commis d'iniquité ». Le *Talmud* (Traité Kutubot, fol. 6) affirme catégoriquement : « La plupart des hommes sont exercés à s'approcher d'une femme sans léser les signes de la virginité. » Il y a même une glose à ce chapitre, où sont exposées gravement les recettes pour ce genre d'opération. Un commentaire d'Aben-Ezra sur la *Genèse* (XXIV, 16) signale que « Rébecca était *betula*, et nul homme ne l'avait approchée. Il n'est pas probable que le texte entende exclure par cette répétition, le commerce contre nature, mais le sens est qu'elle ne s'était jamais souillée d'aucune manière que ce soit. Car une jeune fille pourrait rester *betula* tout en se livrant à un homme et même en devenant enceinte ». On voit que la Virginité de Marie peut, dans un contexte entièrement biblique, être discutée âprement, puisque personne n'est d'accord sur la signification même de la virginité, et qu'il existe des termes différents n'ayant pas exactement le même sens suivant les circonstances. Cela doit nous permettre de mieux comprendre l'énigme que renferme l'histoire d'Arianrod, cette figure un peu isolée de la Grande Déesse Mère des Celtes insulaires.

En fait, l'histoire d'Arianrod repose sur une confusion de termes on a l'impression que Math et Gwyddyon d'une part, et Arianrod, d'autre part, ne parlent pas la même langue, ou qu'ils ne donnent pas le même sens au même mot. Quand Math demande à Arianrod si elle est vierge, quand plus tard Gwyddyon se moque de sa sœur qui est furieuse d'avoir perdu son nom de *pucelle*, le terme employé est *morwyn*, c'est-à-dire l'équivalent du français pucelle, lequel mot ne veut pas dire autre chose que « petite jeune fille » (latin *pucella*, diminutif de *puella*). Il faudrait d'ailleurs rattacher le mot *morwyn* au breton *morgan* qui désigne un être féerique et mystérieux résidant au fond de la mer, ainsi qu'au nom de la fée Morgane, sœur du roi Arthur. L'énigme pourrait rester complète si l'on n'établissait pas la différence fondamentale du sens dans la bouche d'Arianrod, d'une part, et dans celle de Math et de Gwyddyon, d'autre part, du mot *morwyn*. Pour Arianrod, c'est un mot qui signifie « jeune fille libre, hors de toute contrainte masculine », c'est-à-dire la femme définie selon les critères d'une société gynécocratique : or Arianrod est encore l'image de l'ancienne déesse des sociétés gynécocratiques précédentes. Pour Math et Gwyddyon, qui sont les représentants de la nouvelle société paternaliste, le terme, par contre, ne peut désigner que la virginité physique.

Une telle explication peut paraître hasardeuse : elle permet cependant de comprendre pourquoi, *innocemment*, Arianrod passe par-dessus la baguette magique de Math. Mais alors, objectera-t-on, pourquoi Arianrod s'enfuit-elle en abandonnant ses deux nouveaunés et en refusant de les reconnaître ?

Une première réponse s'impose : en tant que vierge, c'est-à-dire selon sa propre définition de femme non soumise au contrôle d'un homme, Arianrod n'a que faire de ses enfants ; ils appartiennent de droit à la tribu, au *tuath*, si l'on veut, dont les chefs sont son oncle maternel et son frère, et c'est à eux de s'en occuper au nom de la collectivité. Une seconde réponse, c'est qu'Arianrod, représentante de l'ancienne loi, n'a plus rien à faire dans la nouvelle société régie par les hommes et dans laquelle elle n'occuperait plus qu'une place subalterne, une place de *mère* soumise à une autorité paternelle, car sa qualité de mère responsable la placerait automatiquement dans un état d'infériorité.

Et puis, il faudrait réfléchir au rôle qu'on voulait lui faire jouer, celui de *porte-pied*. Et c'est là, dans cette histoire passablement embrouillée, que jaillissent quelques lueurs. En effet, les *Lois de Howell Dda*, qui représentent l'évolution médiévale du droit primitif celtique, font mention, parmi les fonctionnaires de la cour du roi, d'un personnage appelé *troediawc*, c'est-à-dire *porte-pied*. Son rôle consistait à tenir le pied du roi dans son giron, depuis le moment où il s'asseyait à table, jusqu'au moment où il allait se coucher. Pendant tout ce temps, il avait le devoir de gratter le roi et de le protéger contre tout incident. Il avait de grands avantages, une terre libre, un cheval fourni par le roi ; il mangeait au même plat que le roi. Si on lui faisait un tort quelconque, la compensation qu'on devait lui payer était de cent vingt vaches, et sa valeur personnelle était de cent vingt-six vaches, et chose très importante, il pouvait protéger un coupable en le faisant sortir pendant l'espace de temps durant lequel le roi avait les pieds dans son giron[10].

Il faut tout de suite remarquer que, *pendant que le roi a les pieds dans le giron du troediawc*, ses fonctions royales sont en sommeil, *il n'est plus vraiment roi*, puisque son droit de justice lui est retiré au profit du « droit de clémence » détenu par le *troediawc*. Ainsi s'explique le fait que Math ne pouvait vivre en temps de paix que les pieds dans le giron d'une « pucelle » : il était atteint d'une maladie qui l'empêchait de régner (l'impuissance sexuelle), et pour sauver les apparences, il devait toujours rester entre le début du repas et son coucher, façon très particulière et fort spécieuse de tourner l'interdit et de demeurer roi tout en mettant en sommeil ses fonctions royales.

Une deuxième remarque va plus loin : cette institution du *troediawc* est pour le moins curieuse, et comme toutes les institutions curieuses, elle semble avoir une origine fort ancienne, probablement pas très bien comprise par les rédacteurs des Lois du xe siècle. Si au xe siècle, la fonction est confiée à un homme, c'est normal : il s'agit d'une société paternaliste. Mais le récit de *Math ab Mathonwy* représente une tradition ancienne. Ce n'est pas un homme qui occupe la fonction de *troediawc*, mais une femme. Cela change bien de choses, car c'est l'indice, non pas d'une situation antérieure, mais du souvenir d'une situation antérieure, qui, combinée avec le régime matrilinéaire qui apparaît encore très nettement dans le récit du *Mabinogi*, place Math à la charnière de deux types de civilisation.

L'image du roi impuissant, les pieds dans le giron

d'une « pucelle », c'est-à-dire d'une *morwyn*, c'est-à-dire d'un être primordial et féerique issu de la mer, une *morgan* si l'on préfère, est simplement l'image du Roi surgissant du Sein de la Femme. Et par voie de conséquence, le pouvoir royal, pouvoir que Math incarne d'ailleurs très mal, provient en ligne directe de sa filiation utérine, provient de la Femme qui est la véritable Souveraine, la détentrice de la Vie. On pense à l'échelle de Jacob, où le personnage féminin originel a été transformé par les Hébreux paternalistes en personnage masculin. La Souveraineté, qui est incarnée la plupart du temps dans les légendes celtiques par une femme, est cette « pucelle » où Math doit tenir ses pieds sous peine de ne plus pouvoir régner. Lorsqu'il apprend que son neveu Gilwaethwy, aidé par Gwyddyon, a outragé celle qui occupait cette noble fonction, il est obligé de la remplacer, car la Souveraineté ne peut être outragée impunément. D'ailleurs, par qui a été outragée cette souveraineté ? Par son propre neveu, le fils de sa sœur. Là encore nous retrouvons la filiation matrilinéaire et la prédominance donnée à la famille utérine. Et cette conception se retrouvera, dans d'autres légendes plus connues, comme celle de Tristan et Yseult où le neveu ravit la Souveraine Yseult à son oncle maternel le roi Mark, dans l'histoire de Guenièvre et d'Arthur où Gauvain (auquel se substituera Lancelot dans la version française chrétienne), puis plus tard Mordret seront les ravisseurs-amants de la Reine, authentique détentrice de la Souveraineté.

Mais Math, qui est impuissant, répétons-le, ne peut avoir d'épouse. Il se contente de la « pucelle », qui est le substitut de la Mère, la dernière incarnation du pouvoir féminin. Mais il fallait cela pour que l'autorité du roi Math, roi de type paternaliste bien qu'empêtré dans les contradictions nées des souvenirs du régime antérieure, fût légitime et reconnue par tous. Cette « pucelle » est la source même de son pouvoir, ou de son manque de pouvoir, ce qui, paradoxalement, revient au même. Elle est exactement à l'image de la Vierge Marie, qui, dans les Mystères et les légendes du Moyen Âge, est la médiatrice entre les hommes (ses fils) et Jésus (son fils-époux). C'est la Vierge Marie qui intercède auprès de son divin Fils en faveur des malheureux, mais aussi des voleurs, des parjures, des assassins. Si l'on y songe bien, elle est libre de faire libérer les coupables, à partir du moment où elle tient les pieds de Jésus dans son giron, elle agit exactement comme le *troediawc* de la législation galloise, ou plutôt comme la Pucelle grâce à qui Math peut vivre. Qui ne se souvient des nombreuses représentations de la Mise au Tombeau du Christ, et dans lesquelles représentations la Vierge serre les pieds de son fils contre sa poitrine ? Et à ce moment-là, le Christ, qui n'est pas véritablement mort, qui est en *dormition*, n'est-il pas à l'image du roi celtique du *Mabinogi* ?

Ces curieuses constatations, qui mettent en relief le rôle de la « pucelle » chez les Celtes, comme symbole de la divinité, doivent nous faire souvenir de tous ces personnages bien mystérieux dont l'univers des légendes irlandaises ou galloises, des Romans de la Table ronde, est peuplé, que ce soient les Pucelles rencontrées au détour du chemin, les gardiennes des fontaines, les belles châtelaines au regard alangui, les prisonnières de méchants seigneurs, la Pucelle du Graal elle-même, et la troublante Impératrice du récit de *Peredur*. Et ces Pucelles sont incontestablement « vierges » au sens le plus large du mot, c'est-à-dire qu'elles ne sont pas en puissance d'époux, *qu'elles ne sont pas sous l'autorité d'un homme* : car finalement, dans la tradition celtique comme dans toutes les traditions méditerranéennes pré-chrétiennes, la Virginité n'est pas physique, elle est purement morale et ne concerne que *l'indépendance de la Femme vis-à-vis de l'homme*. La Vierge, c'est la Femme libre, toujours disponible, toujours neuve, toujours *possible*, symbole éclatant du renouvellement, de la jeunesse, et aussi, corollairement, de la liberté sexuelle. Car la Vierge est aussi la Prostituée. N'oublions pas qu'étymologiquement, elle représente la *Force* : or, la force abandonne les uns pour aller vers les autres, c'est une vérité qu'on ne peut guère discuter. La Vierge, dans la définition qu'en donnent toutes les traditions non-chrétiennes, c'est la Putain Royale, toujours libre d'elle-même, et dont les hommes se disputent les faveurs, car ses faveurs sont le gage de la force et de l'autorité souveraine qu'elle détient, *biologiquement*, par son pouvoir de donner la vie.

Nous avons mis en valeur le fait qu'elle n'est jamais esclave de l'Homme. C'est une sorte d'Amazone. Elle refuse le mariage, mais pas les amants. Elle refuse l'esclavage, mais elle peut tenir les hommes en esclavage ; l'Amour courtois n'est pas loin, cet amour courtois qui, dans le *Lancelot* de Chrétien de Troyes, fait du chevalier-amant l'objet docile de la Souveraineté. C'est pourquoi, confusément, les auteurs de Romans courtois ont senti le danger, comme en témoigne l'histoire de Merlin et de Viviane dans la version francisée et qui est vraisemblablement d'origine bretonne-armoricaine, alors que le mythe de Merlin lui-même est originaire du nord de la Grande-Bretagne.

Viviane et Merlin (roman courtois) : Merlin l'Enchanteur, conseiller du roi Arthur, est venu en Bretagne Armoricaine, dans la forêt de Brocéliande. Là, il rencontre, au bord d'une fontaine (la fontaine de Barenton), une jeune fille nommée Viviane. Le père de cette Viviane est un certain Dyonas, « filleul de Diane, la déesse des bois ». Diane lui avait octroyé un don : sa première fille serait désirée par le plus sage des hommes et celui-ci lui serait soumis après lui avoir appris toute sa puissance magique. Merlin tombe amoureux de Viviane, qui ne voulant accepter son amour que sous condition qu'il lui révèle ses secrets, amène peu à peu dans ses filets Merlin, pourtant parfaitement conscient de son destin, et qui s'y résout. Après plusieurs voyages en Bretagne, Merlin retourne dans la forêt de Brocéliande. Un jour, Viviane prononce un enchantement sur Merlin endormi, et depuis lors, Merlin se trouve dans un château invisible, prisonnier de Viviane mais parfaitement heureux en compagnie de celle qu'il aime (*Estoire de Merlin*).

On remarquera dans cette légende que Merlin accepte délibérément son destin, c'est-à-dire d'être soumis éternellement à Viviane. Et Viviane est Vierge, en ce sens que c'est elle qui est maîtresse non seulement de son destin, mais encore du destin de Merlin. Ce n'est pas elle qui est prisonnière de Merlin. Elle est libre. Merlin est son chevalier servant, son « servant d'amour », en fait son *adorateur*. Car Viviane se place sur le plan de la Divinité exclusive et jalouse au service de laquelle l'homme est consacré. Viviane est aussi un des visages que prend la Déesse-Mère toujours vierge.

En fait, le personnage de Viviane est très mystérieux. Nous avons dit que la légende de Viviane est probablement d'origine armoricaine. Mais c'est seulement dans cette forme *courtoise*, si bien en accord avec les codes d'amour des XIIe et XIIIe siècles, qu'elle est d'origine continentale, car elle a un modèle insulaire que nous trouvons dans la légende primitive de Merlin, laquelle est nettement du pays des Bretons du Nord, sur les frontières de l'Écosse. Viviane elle-même est une transposition courtoise, et à plus d'un détail, originale, d'un autre personnage que les romanciers continentaux ont trouvé moralement trop choquant dans ses rapports ambigus avec Merlin, il s'agit tout simplement de la sœur de Merlin, que les textes gallois nomment Gwendydd et le texte latin de Geoffroy de Monmouth (*Vita Merlini*) Ganieda.

Merlin et Gwendydd (Pays de Galles) : Merlin (Myrddyn) est devenu fou après une bataille et il vit en sauvage dans les bois, prophétisant et fuyant les hommes. Seule, sa sœur Gwendydd, épouse du roi Rydderch, parvient à l'approcher, et plusieurs fois le fait revenir à la cour. Finalement, après avoir donné sa liberté à sa propre femme, il se retire définitivement dans les bois en compagnie de quelques « sages » et de sa sœur Gwendydd à qui il a transmis son don de prophétie (*Vita Merlini*[11]).

S'il y a réellement transposition depuis le modèle de Gwendydd, et cela paraît certain, le personnage semble s'être cependant chargé d'autres éléments. De sœur, il est devenu maîtresse, mais nous savons par ailleurs qu'il s'agit du souvenir d'une époque où l'inceste fraternel n'était pas soumis à l'interdit, du moins dans le cas d'êtres exceptionnels, reconstituant ainsi la dyade parfaite. Mais précisément le personnage de Viviane est lié au mythe de Diane : son père Dyonas est le filleul de la déesse ; c'est la déesse qui lui a donné le pouvoir d'enchaîner à jamais un homme. Faut-il reconnaître là la chaste Artémis des légendes édulcorées, qui se contente de chasser les animaux des bois ? Ou bien faut-il remonter à l'image primitive de la cruelle et luxurieuse Diane scythique, l'antique déesse du Soleil dont le culte s'est répandu d'une façon détournée dans tout le monde indo-européen ? En l'occurrence, il serait préférable de choisir la Diane Scythique, ne serait-ce que par la cruauté de Viviane, dérobant au monde réel celui qu'elle aime et dont elle se réserve jalousement l'amour. Mais il y a autre chose : dans la forêt de Brocéliande, toujours d'après le texte de l'*Estoire de Merlin* relatif à l'aventure de Viviane et de Merlin, il existe un lac de Diane, et l'auteur courtois raconte quant à l'origine de ce nom de « lac de Diane », une bien curieuse histoire.

Le Lac de Diane (roman courtois) : Merlin conduit Viviane au bord du lac de Diane, et là se trouve un tombeau sur lequel est inscrite l'épitaphe de Faunus. Merlin raconte l'histoire de Diane, qui « régnait au temps de

Virgile ». Elle s'était établie en Brocéliande et avait fait bâtir un manoir au bord de ce lac. Elle avait un amant, Faunus, à qui elle avait fait jurer de renoncer au monde pour elle. Puis un jour, elle aima un autre chevalier du nom de Félix, et songea à se débarrasser de Faunus. Un jour qu'il était blessé, elle le fit descendre dans un tombeau sous prétexte de le guérir, et referma la pierre sur lui. Ainsi périt Faunus, mais quand Diane raconta ce qu'elle avait fait à Félix, celui-ci lui coupa la tête : c'est depuis ce temps que le lac est appelé « lac de Diane » (*Estoire de Merlin*).

En dehors de la fin moralisante de cette histoire, et qui dénote un état d'esprit nettement masculin, nettement paternaliste (les pauvres hommes sont les victimes des méchantes femmes qu'il faut punir), qui ne reconnaîtrait dans la légende de Faunus et de Diane, d'abord le doublet de l'histoire de Merlin et de Viviane, ensuite le souvenir de l'ancien culte de la Diane scythique, c'est-à-dire d'Ischtar qui tue son amant, ou Cybèle qui frappe de folie Attis qui en est réduit à se châtrer, ou encore Aphrodite qui s'arrange pour faire tuer Adonis par un sanglier ? Il y a loin de cette divinité cruelle et luxurieuse à l'image stéréotypée de la Chaste Diane. Pourtant c'est son visage authentique, et sa cruauté n'est pas autre chose que la constatation d'une évidence : c'est la déesse-mère qui donne la vie et qui la reprend. De la même façon, elle est celle qui accorde ses faveurs, et qui les retire quand elle le veut. Ainsi se trouve vérifiée la double qualité de la Déesse : elle est Mère, et elle est Vierge, c'est-à-dire perpétuellement disponible, entièrement libre.

On voit donc, que Viviane a beaucoup de points communs avec le mythe de Diane, mais avec le mythe authentique de la Déesse Scythique, non pas avec le mythe aimable et tranquillisant que la statuaire de l'époque romaine et de la Renaissance nous a légué. D'ailleurs, même Racine a compris la valeur profonde du mythe ancien. Comment en effet expliquer qu'Hippolyte, dans *Phèdre*, puisse être sacrifié alors qu'il a toutes les vertus et toutes les qualités ? La réponse tient en peu de mots : Hippolyte est un prêtre de Diane ; or il a jeté les yeux sur Aricie, et c'est une trahison que Diane ne peut pardonner, car elle s'était réservé l'exclusivité du jeune homme. Et toute la tragédie de *Phèdre* n'est au fond qu'un sacrifice expiatoire, parfaitement conforme avec la vocation antique de la tragédie.

Voilà donc qui est Viviane[12] : la Vierge jalouse à qui l'on doit un culte exclusif. Cela devrait donner des indications nouvelles pour l'Étude de l'Amour courtois dont on a tant parlé et qu'on a voulu rattacher à des doctrines venues du plus lointain Orient. En fait, il y a dans l'Amour courtois, *entre autres choses*, le souvenir très net du culte de la Déesse-Mère indo-européenne, avec tout ce que ce culte comporte d'éléments archaïques incompréhensibles dans un XIIe siècle christianisé à l'extrême, en particulier la soumission inexplicable de l'Homme à la Femme, détail qui se rapporte au concept de souveraineté détenue à l'origine par la femme, et par conséquent par la Déesse dont elle n'est que la prêtresse.

Mais on objectera que Viviane, si elle peut être considérée comme Vierge, d'après la définition que nous avons donnée de la Virginité, n'est pas une Mère, comme l'est Arianrod, comme l'est Rhiannon, comme l'est Keridwen. Elle est pourtant mère, elle aussi, comme en témoigne un autre épisode des Romans de la Table ronde, nettement d'origine armoricaine, celui-là, concernant l'enfance et l'éducation de Lancelot du Lac.

La Dame du Lac (roman courtois) : Le roi Ban de Bénoïc, en guerre contre son voisin Claudas de la Lande, s'enfuit secrètement de sa forteresse de Treb pour aller demander du secours au roi Arthur. Il emmène avec lui sa femme et son jeune fils, encore bébé. Arrivé en forêt de Brocéliande, Ban monte sur un tertre et voit sa forteresse flamber dans le lointain. Il meurt de douleur. La reine, complètement bouleversée, dépose son enfant au pied d'un arbre, et quand elle revient, elle voit une belle femme s'emparer de son fils et disparaître avec lui sous les profondeurs d'un lac. Cette femme mystérieuse, c'est Viviane : « Le lac n'était qu'un enchantement que Merlin avait naguère fait pour elle ; à l'endroit où l'eau paraissait la plus profonde, il y avait de belles et riches maisons. » Et c'est dans ce pays merveilleux que sera élevé celui qui deviendra Lancelot du Lac. « Si la Dame du Lac fut tendre pour Lancelot, il ne faut pas le demander : l'eût-elle porté dans son ventre, elle ne l'aurait pu élever plus doucement » (*Lancelot en prose* : Les Enfances de Lancelot).

En dehors du fait que Viviane est encore une « Dame du Lac » parmi tant d'autres qui hantent les légendes celtiques, elle joue ici le rôle de la Mère de Lancelot. On peut certes y voir le thème folklorique bien connu de la Fée ravisseuse d'enfant, mais à considérer la cruauté de Viviane qui arrache l'enfant à sa véritable mère, et qui sait que celle-ci va mourir de chagrin, on est tenté d'y voir encore le souvenir de la Diane Scythique. D'ailleurs, ce faisant, Viviane agit en déesse : elle sait que l'enfant est promis aux plus hautes destinées, elle sait qu'il doit aller un jour au Château du Graal, et qu'il sera le père de Galaad. La mission qu'elle accomplit en ravissant l'enfant à sa mère naturelle, est une mission divine. Elle est elle-même la Mère Divine, celle qui donnera à Lancelot du Lac une sorte de seconde naissance, la naissance de l'intelligence et de la valeur, de même que Keridwen donnait la possibilité, lors de sa deuxième naissance, à Gwyon Bach-Taliesin, de devenir le barde universel[13].

On remarquera que Brocéliande est le lieu où se déroulent les aventures de Viviane et de Merlin, de Diane et de Faunus, de Lancelot du Lac et de Viviane. Mais Brocéliande abrite aussi un personnage célèbre que la tradition insulaire fait plutôt habiter une île perdue au milieu de la Mer. Il s'agit de Morgane, la fée Morgue du folklore continental, la sœur du roi Arthur, la toute-puissante souveraine de l'Île d'Avalon. Et en Brocéliande, Morgane acquiert un aspect quelque peu différent, et même contradictoire à l'idée qu'on s'en fait : il semble bien qu'on la confonde plus ou moins avec Viviane, et en tout cas qu'elle soit, au milieu d'une tradition fortement imprégnée de paternalisme, l'expression d'une certaine révolte contre l'autorité masculine, révolte évidemment étouffée, car il n'est pas question, dans un Moyen Âge chrétien et paternaliste, de laisser grandir les germes de la révolte féminine. On peut également, à la lumière de cette constatation, mettre en évidence combien le système féodal a pu utiliser les données celtiques pour son profit, et d'une façon absolument contre nature. Mais là, il faut voir l'influence de la dynastie anglo-angevine des Plantagenêt : si Henri II a contribué à répandre les mythes celtiques en encourageant les écrivains de son temps à broder sur les thèmes arthuriens, il a malgré tout été le fossoyeur de la tradition celtique primitive en la détournant de ses véritables buts et en faisant de ce qui était l'ultime souvenir d'une philosophie antique, une suite de contes destinés à amuser et à distraire une société féodale qui devait oublier qu'elle était manœuvrée par l'ambition démesurée d'une famille de nantis heureux. Car Henri Plantagenêt, s'il a fait connaître à l'Europe les légendes celtiques, a aussi fait disparaître l'Irlande de la carte du monde.

Revenons à Morgane, telle qu'elle apparaît dans les romans courtois inspirés par les Plantagenêt et leurs alliés. On a d'elle, dans l'*Estoire de Merlin*, une description assez détaillée qui indique son véritable caractère et aussi les liens étroits qu'elle entretient encore avec la Déesse-Mère primitive :

« C'était la sœur du roi Arthur. Elle était fort gaie et enjouée, et chantait très plaisamment ; d'ailleurs brune de visage, mais bien en chair, ni trop grasse ni trop maigre, de belles mains, des épaules parfaites, la peau plus douce que la soie, avenante de manières, longue et droite de corps, bref séduisante à miracle ; avec cela, la femme la plus chaude et la plus luxurieuse de toute la Grande-Bretagne. Merlin lui avait enseigné l'astronomie et beaucoup d'autres choses, et elle s'y était appliquée de son mieux, de façon qu'elle était devenue bonne clergesse et qu'on l'appela plus tard Morgane la Fée à cause des merveilles qu'elle fit. Elle s'exprimait avec une douceur et une suavité délicieuse, et elle était plus débonnaire et attrayante que personne au monde, lorsqu'elle était de sang-froid. Mais quand elle en voulait à quelqu'un, il était difficile de l'apaiser... » (*Estoire de Merlin*).

C'est assurément le portrait de la Déesse-Mère primitive, avec toute son ambiguïté, à la fois débonnaire et malfaisante, l'image même de la divinité qui donne et qui reprend, « chaude et luxurieuse » comme la grande déesse orientale, et pourtant « vierge » car ne voulant pas se soumettre à l'autorité masculine. On remarquera aussi que Merlin passe pour lui avoir enseigné la magie, comme à Viviane. De fait, d'autres versions de l'histoire de Merlin, versions aujourd'hui perdues mais dont nous retrouvons la trace dans le célèbre ouvrage anglais du XVe siècle dû à Thomas Malory, *La Mort d'Arthur*, vaste compilation des romans de la Table-Ronde, d'autres versions laissent à penser que Merlin fut d'abord l'amant de Morgane avant d'être celui de Viviane. Et de là à supposer que Morgane et Viviane ne font qu'un seul et même personnage, il n'y a qu'un pas, facile à franchir. C'est donc dans le texte de Malory, qui, soulignons-le, représente une tradition un peu différente de la tradition connue par le *Lancelot en prose* français, que nous allons trouver des éléments intéressants sur Morgane. Elle est présentée comme étant l'épouse d'Uryen, et la mère d'Yvain, ce qui ne saurait nous surprendre, car nous avons déjà établi l'identité de Morgane (déesse aux oiseaux) et de Modron, mère de Mabon et d'Owein dans les textes gallois. Mais c'est une épouse turbulente, et qui supporte difficilement le cadre étroit du mariage. Elle a un certain nombre d'amants, ce qui est conforme à ce que le *Lancelot en prose* dit d'elle bien qu'il ne la donne pas comme étant mariée.

Morgane et Uryen (roman courtois) : Un jour que Morgane surprend son mari, le roi Uryen, endormi sur son lit, il lui vient à l'idée de s'en débarrasser. « Alors, elle appela une servante en qui elle avait toute confiance et lui dit : "Va me chercher l'épée de mon seigneur, car je n'ai jamais vu une meilleure occasion de le tuer que maintenant." Mais la servante, effrayée par le projet de Morgane, va trouver Yvain, le fils d'Uryen et de Morgane, lui raconte tout et demande à celui-ci d'intervenir. Yvain lui conseille d'obéir, et lorsque Morgane dresse l'épée au-dessus de la tête d'Uryen, Yvain, qui s'était embusqué, se précipite, arrache l'épée des mains de sa mère et la maîtrise. Morgane implore sa grâce en prétendant avoir eu un coup de folie » (*La Mort d'Arthur*, IV, 13).

Cette tentative de meurtre est dans l'esprit qui veut que la Déesse ne s'embarrasse pas d'un époux ou d'un amant trop exclusif. C'est l'histoire de Diane et de Faunus. Mais tout aussi intéressante est la lutte sournoise qui oppose Morgane à son frère Arthur, car il semble y avoir là le thème de Gwyddyon et d'Arianrod. Un jour qu'Arthur était désarmé, Merlin l'emmena au bord d'un lac. Sur ce lac se trouvait une demoiselle, la Dame du Lac, c'est-à-dire Viviane, qui donna à Arthur sa fameuse épée Escalibur (*Kaledvoulch* = Dur tranchant). Or Morgane paraît n'avoir de cesse de dérober l'épée d'Arthur, ou le fourreau de cette épée au bénéfice de ses amants. Et si Morgane se montre ici l'ennemie d'Arthur, la Dame du Lac, appelée *Nimue* par Thomas Malory, est au contraire la protectrice du roi. Faut-il voir dans ce dédoublement de personnages le symbole de l'ambiguïté fondamentale de la Déesse, à la fois bonne et mauvaise, celle qui donne et qui reprend ?

Morgane et Arthur (roman courtois) : « Arthur dut abandonner le fourreau de son épée à Morgane la Fée, sa sœur, et elle aima un autre chevalier beaucoup plus que son mari le roi Uryen, ou que le roi Arthur. Elle aurait voulu voir son frère Arthur tué. Aussi fit-elle faire un autre fourreau exactement semblable, par enchantement, et elle donna le fourreau d'Escalibur à son amant. Et le nom du chevalier était Accolon » (*La Mort d'Arthur*, II, II). Morgane s'arrange pour qu'Accolon combatte Arthur, mais Accolon est mortellement blessé par le roi. Il meurt après avoir confessé la traîtrise de Morgane. Morgane se désespère de la mort d'Accolon et cherche à se venger d'Arthur. Elle fait envoyer à son frère un riche manteau qui est magique, car il brûle tous ceux qui ont le malheur de le revêtir. Mais au moment où Arthur va mettre le manteau, la Dame du Lac apparaît et dévoile à Arthur dans quel péril il se trouve (*La Mort d'Arthur*, IV, 14-16).

Si l'on comprend que Morgane, sœur du roi, représente le pouvoir gynécocratique et la famille utérine, on comprend mieux le sens de cette lutte entre le frère et la sœur, quelque peu analogue à la lutte plus sournoise qui oppose Arianrod à Gwyddyon. Mais de toute façon, le pouvoir du roi lui vient d'une femme, puisque sa force et son autorité sont symbolisées par l'épée Escalibur qui lui est donnée par la Dame du Lac. C'est d'ailleurs par ce détail de l'œuvre de Malory que s'explique une des dernières scènes du *Lancelot en prose* français où l'on voit Arthur, blessé mortellement, après la bataille de Camlann, demander à Girflet (Gilvaethwy, fils de Dôn) d'aller jeter l'épée dans un lac où une main mystérieuse la saisit. Son pouvoir, Arthur l'a obtenu de la Dame du Lac, dernière représentante de l'ancien état de choses. Il doit nécessairement revenir à la Dame du Lac, qui sera alors libre d'en disposer à sa guise, au profit de qui elle voudra. Mais il y a aussi, dans le roman de Malory, un autre épisode curieux où nous trouvons mêlées la Dame du Lac, la Femme mystérieuse, et l'Épée.

Balin et la Dame du Lac (romans courtois) : Une jeune fille dont on ignore le nom arrive à la cour d'Arthur, porteuse d'une épée qu'elle doit remettre au plus vertueux des chevaliers. C'est finalement au chevalier Balin qu'elle la donne (*La Mort d'Arthur*, IV, 1 et 2). Cependant la Dame du Lac, furieuse, réclame la tête du chevalier, ou, à défaut, la tête de la jeune fille (IV, 3). Il arrive de nombreuses aventures au chevalier Balin. Il donne en particulier le coup douloureux qui blessera d'une blessure inguérissable le roi Pellam (Pellehan, père de Pellès, le Roi-Pêcheur), puis, mis en présence de la Dame du Lac, il lui coupe la tête. Mais le destin ne lui est pas favorable : il combat sans le reconnaître son frère Balan, et les deux frères s'entre-tuent (IV, 18).

Cette anecdote semble un mélange assez ahurissant de plusieurs thèmes mythologiques. C'est d'abord l'origine de la blessure du Roi Méhaigné, blessure qui aurait en somme été voulue par la jeune fille mystérieuse. Qui est celle-ci ? Probablement Morgane, qui veut ainsi opposer à l'épée d'Arthur une autre épée portée par un autre héros. Et c'est précisément Balin qu'elle choisit. On notera tout de suite que le dédoublement Balin-Balan n'est que la traduction du suicide du personnage primitif. D'ailleurs Balin (ou Balan) est une vieille connaissance. Sa forme galloise est Beli. On le trouve dans l'*Historia Regum Britanniae* sous le nom de Belinus, dans une aventure où il s'oppose à son frère Brennus (le héros Brân). Il joue un rôle important dans plusieurs chansons de Geste, en particulier la *Chanson d'Apremont*, la *Chanson de Balan* et *Fierabras*. En fait il s'agit du dieu solaire gaulois Belenos dont on ne voit pas très bien le rôle dans cette histoire à moins de faire appel au mythe Modron-Mabon, sur lequel nous nous sommes déjà expliqué. La situation peut être contenue dans le schéma suivant : deux fées s'opposent l'une à l'autre, l'une donne une épée, symbole de puissance à Arthur, l'autre donne une autre épée à Balin ; les deux fées, c'est-à-dire deux conceptions de la divinité et de la puissance, agissent par personnes interposées, car dans une société hiérarchisée selon la formule paternaliste, elles sont obligées de recourir à des champions hommes. L'une d'elles finit par être tuée (il est remarquable que c'est celle qui avait précisément demandé la tête de Balin ou la tête de l'autre), mais le succès de l'autre est très éphémère, car son champion se détruit, et la puissance communiquée à Arthur, roi de type paternaliste, mais héritier de la souveraineté féminine, reste seule en course. Celle qui donne l'épée à Balin ne peut être que Morgane, puisqu'elle est l'ennemie déclarée de son frère Arthur. Or Morgane, nous l'avons dit, c'est Modron, femme du roi Uryen dans la tradition mythologique galloise, mais aussi mère de Mabon, le jeune fils, le jeune dieu soleil Maponos : on retrouve ici le dieu soleil Belenos, c'est-à-dire Balin.

Si nous transposions le schéma dans un contexte grec classique, cela nous mènerait à considérer Lêto, déesse-mère *céleste* (indice d'un culte sidéral), envoyant son fils Apollon (le soleil céleste) combattre l'ancienne déesse-terre, c'est-à-dire le serpent Python de Delphes dont l'aspect celtique est la Dame du Lac. Mais l'Apollon vainqueur du Serpent est victime de ses propres contradictions, il en est prisonnier, d'où le thème du soleil prisonnier, disparu dans la mythologie grecque mais reconnaissable dans la légende celtique incorporée au récit gallois de *Kulhwch et Olwen* : Mabon est prisonnier et sera délivré par Arthur. Mais il est assez surprenant de constater que Mabon est prisonnier à Kaer Loyw (Forteresse de la Lumière), dans une prison où l'on ne peut accéder *que par voie d'eau* : la Dame du Lac à qui Balin a coupé la tête semble s'être quand même vengée de son assassin ou soi-disant tel.

Si la Demoiselle mystérieuse qui donne l'épée à Balin ne peut être autre que Morgane, la Dame du Lac qui a donné Escalibur à Arthur ne peut être que Viviane (ou Niniane, ou Nimue). Mais ce qui est important dans l'anecdote qui nous occupe, c'est qu'elle réclame la tête de Balin, ou à défaut la tête de Morgane.

Outre que nous touchons ici au thème bien connu des Têtes Coupées qui est une des caractéristiques de la mythologie celtique et aussi un usage prouvé historiquement et archéologiquement, nous tombons une fois de plus sur un souvenir d'une époque antérieure : la Femme est maîtresse non seulement de son destin, mais du destin de l'homme sur qui ses yeux se sont portés. C'est elle qui anime l'homme, lui infuse sa propre force, le fait agir. Nous en trouvons une excellente illustration dans le *Chevalier à la Charrette* de Chrétien de Troyes, où Lancelot est l'esclave, non seulement de la reine Guenièvre qu'il aime, *mais aussi des autres femmes qu'il rencontre* : cette constatation suffirait d'ailleurs à réfuter toutes les théories qui ont été élaborées sur l'amour courtois du XIIe et du XIIIe siècle, théories qui pèchent toutes par un manque d'informations sur l'origine celtique des mythes utilisés et leur signification[14]. C'est le triomphe de la Vierge, au sens profond du mot (racine exprimant la *force* et l'*action*), c'est la toute-puissance de l'Être Féminin divinisé, auquel l'homme ne peut que se soumettre s'il veut que son action aboutisse à quelque réalité. Et précisément dans le *Chevalier à la Charrette*, apparaît l'anecdote de la Tête réclamée par la Vierge au Chevalier :

La Fille de Baudemagu (roman courtois) : Lancelot, qui se dirige vers le Pont de l'Épée, doit combattre un orgueilleux chevalier qui l'avait provoqué, le plaçant devant le choix suivant : ou bien passer l'eau en barque, tranquillement mais en risquant de payer le passage de sa tête, ou bien combattre tout de suite. Lancelot terrasse son adversaire qui lui demande grâce. Alors, « arrive en traversant la lande une demoiselle montée sur une mule fauve. Sans guimpe et les cheveux flottants, elle cinglait sa bête... Nul cheval au galop n'aurait aussi vite couru que cette mule à l'amble ». La demoiselle salue Lancelot et lui demande un don. En vertu de l'usage celtique, Lancelot ne peut refuser. La demoiselle, après avoir précisé qu'elle récompensera généreusement Lancelot quand le temps se présentera, lui réclame la tête du chevalier qu'il a vaincu. Bien entendu, Lancelot hésite, partagé entre son obligation et sa pitié envers l'homme vaincu et désarmé. Il donne à celui-ci une seconde chance et le combat reprend. La demoiselle crie à Lancelot de ne pas épargner son ennemi quoi qu'il puisse dire. Finalement, Lancelot coupe la tête du vaincu et la donne à la demoiselle qui s'en va avec son trophée. Plus tard, lorsque Lancelot est retenu prisonnier par suite d'une traîtrise de Méléagant, fils de Baudemagu, roi de Gorre, il est délivré par la Demoiselle, laquelle se présente comme la fille de Baudemagu, et donc la sœur de Méléagant (*Le Chevalier à la Charrette*, trad. Jean Frappier, p. 91-93 et 171-172).

Cette « Demoiselle à la Mule », de la même façon qu'elle oblige Perceval à chercher le secret du Graal, de la même façon qu'elle conduit Peredur, force Lancelot à accomplir ce qu'il ne voulait pas faire, elle substitue sa propre volonté à la sentimentalité de Lancelot : elle est un peu la *dea ex machina* de l'aventure, bien que son rôle apparaisse comme considérablement réduit dans les textes français par rapport à ce qu'il devait être dans la version originale celtique. D'ailleurs, dans le même *Chevalier à la Charrette*, on découvre un aveu fort intéressant, concernant à la fois l'origine celtique de la légende de Lancelot, et la valeur de la Puissance féminine représentée par la Vierge :

« Mais le héros de mon récit portait un anneau à son doigt : la pierre en possédait une telle vertu qu'il était à l'abri de n'importe quel charme, après qu'il l'avait regardée. Il met l'anneau devant ses yeux, examine la pierre et dit : “Dame, dame, pour l'amour de Dieu, j'aurais maintenant grand besoin de vous : si vous pouviez m'aider !” Cette dame était une fée. D'elle il tenait l'anneau en don. C'est elle qui l'avait élevé au temps de son enfance. Il avait en elle une foi entière et ne doutait point qu'elle dût en tous lieux lui prêter son secours[15]. »

Ainsi, bien avant que la légende de Lancelot ne se développe dans un contexte plus français et chrétien que celtique, il existe chez Chrétien de Troyes, au XIIe siècle, une tradition concernant l'enfance de Lancelot élevé par une fée, c'est-à-dire par la Dame du Lac, laquelle le protège sa vie durant. C'est ce qui sera repris dans le *Lancelot en prose*, avec une sorte de dédoublement de Viviane en Dame du Lac et pucelle Saraide. Mais le détail de l'anneau qui empêche de succomber aux charmes maléfiques, et qui donne la puissance de vaincre, se retrouve dans le texte gallois de *Peredur*. Là c'est l'Impératrice qui donne à Peredur un anneau qui lui permet de vaincre le monstre qu'on appelle *addanc* ; mais elle ne donne cet anneau qu'à la condition que Peredur lui soit soumis à jamais, preuve de plus de la dépendance du héros vis-à-vis de la Femme de qui il détient tous ses pouvoirs.

Il est une légende concernant Morgane qui est l'illustration de cette Potentialité de la Vierge détentrice des Pouvoirs, et à laquelle s'oppose ce que Marcuse appelle improprement « l'Homme de Culture », et qui n'est en fait que le champion de la Nouvelle Société paternaliste luttant contre les traces de l'ancienne société gynécocratique, cette légende se trouve également dans les Romans de la Table ronde et a été localisée dans la fameuse forêt de Brocéliande.

Le Val sans retour (roman courtois) : La fée Morgane, abandonnée par son amant Guyomard, décide de se venger des hommes. Elle enchante le Val Périlleux de telle sorte que tous les chevaliers infidèles à leur Dame qui passent par là restent enfermés le reste de leur vie. Ils se trouvent dans une sorte de paradis de rêve ; ils boivent, chantent, festoient, dansent, jouent aux échecs, mais ils ne peuvent franchir les flancs du val qui sont gardés par des géants, des animaux monstrueux et des barrières de flamme. Or l'enchantement ne peut être levé que par un héros exceptionnel, un homme toujours fidèle à sa dame. Et bien que Morgane ait tout fait pour séduire Lancelot du Lac, c'est lui qui détruit l'enchantement et libère les chevaliers, leur démontrant que les barrières de feu, les monstres et les géants ne sont que les produits de leur imagination. Il s'acquiert ainsi, d'ailleurs, la haine mortelle de Morgane.

Il y a évidemment une grande différence entre le Lancelot de cette histoire tardive et celui que nous voyons dans le *Chevalier à la Charrette*, comme il y a un monde entre la Morgane primitive et la fée malveillante et jalouse. Pourtant Morgane est bien dans son rôle de déesse-mère : elle garde les hommes dans son sein, comme elle garderait ses fils. Car ses fils sont également ses amants[16]. L'attitude de Lancelot est une attitude répressive, et la légende du Val Sans Retour, dans cet état, représente donc nettement une attaque contre tout ce que recouvrait la notion de féminité : c'est le thème de la Prison, thème poétique repris depuis par de nombreux poètes, en particulier au XVIe siècle, aussi bien chez les poètes de l'École lyonnaise que chez les poètes de la Pléiade. C'est encore l'histoire de Circé qui transforme ses amants en pourceaux. Lancelot est donc comme Ulysse : il refuse la soumission et dissipe ce qu'il croit être des illusions. N'oublions pas que le nom de Circé vient de *kirkos*, le faucon tournoyeur. Circé est un oiseau de proie. Déjà Gilgamesh, dans la grande épopée babylonienne, après avoir vaincu les géants de la montagne des Cèdres, avait refusé l'invitation de la déesse Ischtar à s'unir à elle. Le héros celtique irlandais Cûchulainn, lui aussi, avait repoussé la déesse Morrigane venue s'offrir à lui, en plein cœur de la grande bataille de la *Razzia de Cualngé*. Car Circé, Ischtar, Morrigane ou Morgane, c'est la Vierge qui fait peur, la Vierge qui engloutit, la Célibataire, l'Indomptable, à la fois *vierge et putain*, Mère de tous ceux qui ont été ses amants. D'où vient que le mot *tyran*, du grec *turannos*, désigne maintenant un despote mâle, alors que, primitivement, le mot signifiait *maîtresse*, alors que la déesse-mère des Étrusques s'appelait Turan, alors que le mot lui-même vient d'une racine *tur* qui signifie « donner » ? La Maîtresse est donc celle qui donne, en réalité, en dépit des apparences trompeuses. Ulysse, Gilgamesh, Lancelot, Cûchulainn et bien d'autres n'ont rien compris à ce que représentait la Femme-fée, ou la Femme-divine. Mais ces héros ne sont que l'aspect symbolique d'une société entièrement dominée par les Mâles, et qui cherche à se justifier en éliminant les traces de la Féminité.

Et surtout la société paternaliste essaie par tous les moyens de nier le *hierogamos*, le mariage avec la divinité, du moins dans le sens Amant-Déesse. Et tout cela, parce qu'encore une fois, la société paternaliste repose sur la violence, sur l'exploitation de l'agressivité, avec pour conséquences la guerre et la mort. On comprend alors combien le slogan des Hippies « Faites l'Amour, pas la guerre ! » est antisocial dans la mesure où il dénonce l'agressivité de cette société, et la refuse catégoriquement. Le jour où les hommes voudront devenir les fils de leurs maîtresses, ils oublieront alors que le but officiel de l'accouplement légal (c'est le mariage) est la procréation. Il est bien évident qu'à ce moment-là, la société sera en voie de disparition, mais n'est-ce pas cette idée qu'on trouve dans un évangile apocryphe, dans un passage peu connu et qui ne peut manquer de provoquer des commentaires ? On y lit en effet une conversation ambiguë entre le Christ et Salomé. Salomé demande au Christ combien de temps encore la Mort prévaudra. Le Christ répond : « Aussi longtemps que vous, les femmes, porterez des enfants. Car je suis venu détruire l'œuvre de la femelle. » Évidemment Salomé ne comprend pas et demande des explications. Le Christ répond que ces choses arriveront « quand vous piétinerez le vêtement de la honte, quand ce qui est deux deviendra un, quand le mâle avec la femelle ne seront ni mâle ni femelle[17] ». Les partisans de la répression sexuelle en concluront tout naturellement qu'il s'agit là d'une condamnation de l'œuvre de chair. C'en est bien une en effet, mais si l'on va au fond des choses, c'est la condamnation de l'œuvre de chair *dont le but est la procréation*, c'est-à-dire entièrement vidée de son contenu instinctuel primitif.

Car, dans les traditions mythiques de tous les pays, il apparaît que la mort est liée à la procréation : si l'être humain peut se prolonger dans ses enfants, la mort est quasiment nécessaire, elle pratique une sélection naturelle, en éliminant ce qui est vieux au profit de ce qui est jeune. Mais, toujours mythiquement parlant, si l'être humain ne peut pas se prolonger dans ses enfants, la mort n'a plus ce caractère obligatoire et l'être humain peut être immortel. En conséquence, on peut admettre, dans les anciennes traditions et particulièrement dans la *Genèse*, un concept d'immortalité de l'être humain *avant le péché*, c'est-à-dire *avant la première parturition* : et celle-ci est un péché parce qu'elle rompait avec l'ordre établi, qu'elle détruisait l'œuvre de Dieu (l'unique créateur), et qu'elle mettait, selon certains commentaires rabbiniques, un point final à la création divine. Ainsi s'expliquerait la malédiction transmise à l'homme (et à la femme), depuis l'époque la plus lointaine où, par suite de circonstances que nous ne connaîtrons jamais, l'être humain créé par Dieu (toujours d'après la *Genèse*), s'est mis à créer pour son propre compte une créature nécessairement imparfaite. La tradition juive fait état d'une souillure que le serpent aurait jetée en Ève, et qui serait à l'origine de nos maux : c'est cette souillure qui aurait engendré Caïn, *synonyme de mort*, et qui, par lui, se serait transmise à ses descendants[18].

C'est un point important qui se rapproche d'ailleurs de la conception des Cathares, pour qui le monde de la chair est une création diabolique : on peut en conclure qu'avant que le serpent (c'est-à-dire l'Esprit du Mal, ou l'Esprit de Révolte) n'ait glissé la *souillure* (la faculté de procréer) en Ève, celle-ci pouvait se permettre d'avoir des rapports sexuels non suivis de parturition. C'est ce qui ressort d'un courant de pensée très important dans la tradition juive. Le serpent a donné à Ève le pouvoir d'enfanter, pouvoir qu'elle n'avait pas auparavant. Ainsi s'expliqueraient les paroles ambiguës du Christ dans l'Évangile des Égyptiens : il est venu pour détruire l'œuvre de la Femelle. On sait que son enseignement, si tel était son enseignement, n'a pas été suivi d'effet, bien que Jésus se présente comme le défenseur de la Nouvelle Femme (Marie) face à l'ancienne femme à jamais souillée (Ève), et qu'il faudrait insister bien davantage sur la lutte entre Marie et Ève, en considérant d'ailleurs qu'Ève n'est pas la première femme mythique, mais qu'elle a pris la place d'une inavouable Lilith[19].

Il est curieux de constater qu'Ève, d'après différents textes hébraïques, n'a pas tellement le sentiment de cette « souillure ». Elle semble, au contraire, croire que ce qui lui arrive est une bénédiction. « Quand Ève vit Caïn d'une nature supérieure à celle de tous les autres hommes, elle s'écria : *J'ai acquis un homme avec un dieu !* » Il est incontestable qu'il s'agit d'un *hiérogame*. Ève est en accord avec la croyance qui était peut-être celle des peuples primitifs, à savoir que l'homme n'est pour rien dans la parturition, et que celle-ci se produit par l'intervention d'un dieu. La naissance de Caïn préfigure donc étrangement la naissance du Christ, mais si Caïn est l'enfant mauvais, Jésus sera son antithèse, l'enfant de la Charité. À partir de là, il y a, comme le démontre la psychanalyse, une équivalence mythique entre le Fils et l'Époux : le fils représente l'homme jeune, le père-époux, l'homme vieux. Et le but de la femme est *toujours*, ne serait-ce que par transfert, de remplacer l'homme vieux par l'homme jeune. Ainsi s'explique l'attitude de Morgane voulant tuer Uryen, de Modron voulant sauver Mabon, et même de Rhiannon, veuve de Pwyll, et mariée par son fils Pryderi à son ami Manawyddan.

Corollairement, le but de l'homme jeune, du jeune fils, de *Mabon*, par conséquent, est de tenter, inconsciemment ou non, de revenir à la Mère, soit en la soustrayant au Père et en se l'appropriant (Œdipe), soit en s'identifiant à elle, spirituellement ou matériellement. C'est ce dernier point, moins connu, qui doit être étudié.

En effet, le mythe celtique de la Femme peut s'éclairer d'un jour nouveau si l'on tient compte à la fois de cette mise en valeur par la psychanalyse de l'identification à la mère, et du souvenir des filiations utérines dans tous les textes littéraires bretons ou irlandais. Juridiquement, la famille celtique est *agnatique*, mais pas purement agnatique : les privilèges réservés aux femmes nous le prouvent et témoignent d'une hésitation entre la famille agnatique et la famille *cognatique*, c'est-à-dire la famille reposant entièrement sur la femme, centre incontesté de toute filiation et de toute succession.

Cette nostalgie, car c'en est une, de l'époque *cognatique* s'exprime dans le droit irlandais, dans le droit brittonique comme dans le mythe général. C'est le témoignage d'un refoulement du désir secret de revenir à l'ancien système, sinon dans les faits, du moins dans une sorte de métaphysique doublée d'un érotisme très subtil que seule la psychanalyse peut expliquer de façon satisfaisante.

Puisque les Celtes sont malgré tout des Indo-Européens, considérons d'abord la notion de féminité chez les anciens Indiens. Le principe féminin est appelé, dans la terminologie des *Védas*, la *shakti*. Or, il semble bien que toute la mythologie brahmaniste repose sur le fait que la divinité mâle ne peut rien seule, et qu'il est nécessaire qu'une divinité femelle le complète en vue de l'action. Il n'y a pas de dieu mâle unique et jaloux de prérogatives chez les Indiens. Il n'y en avait pas chez les autres Indo-Européens, du moins aux époques primitives. On peut résumer ainsi, de façon schématique la théogonie des Védas : au début était Brahma, le Tout indifférencié, l'Absolu. Mais l'Absolu étant absolu, il n'est pas capable d'action. Cette constatation hégélienne conduit à supposer une forme relative de la divinité absolue et indifférenciée : ce sera Çiva. C'est en Çiva que s'accomplit l'une des phases de Brahma. Çiva est l'être relatif, mais on ne peut concevoir d'être sans son contraire — ou son complément — et Çiva, qui est mâle, qui est le législateur caractéristique d'une société paternaliste, ne peut l'être effectivement que si on lui oppose un principe féminin, par lequel il existe ; sinon, il redeviendrait Brahma indifférencié et absolu. Ce principe féminin, cette *shakti*, prend l'image de l'ancienne déesse pré-aryenne Kâli, ou le visage de toute autre déesse : elle est l'épouse de Çiva, elle est étymologiquement « l'énergie en action, le dynamisme du temps ». Çiva est assis en contemplation intérieure, hors du temps, et donc de l'espace. Il est donc l'aspect *passif* de l'éternité. Et c'est la *shakti* qui le met en mouvement : la déesse est par conséquent l'aspect *actif* de l'éternité.

À y bien comprendre, les rôles sont renversés. Les hommes qui se croient les dominateurs du monde et les régulateurs de l'ordre établi ne s'imaginent pas un seul instant que leur pouvoir n'est que passivité et que le pouvoir de la femme, qu'ils méprisent (mais aussi qu'ils redoutent et envient), est le pouvoir actif. Ainsi s'explique que dans certaines langues qui ont conservé le souvenir des époques antérieures, le germanique, le celtique et le sémitique, pour ne parler que de celles-là, le soleil soit féminin et la lune masculine. Le soleil représente en effet la chaleur active qui se répand sur le monde et qui donne la vie à la Lune, astre *stérile* et qui n'est fécondé que par le soleil. Dans le folklore du monde entier, on raconte des histoires à propos de la lune qui engrosse les femmes, on avertit les femmes de ne pas uriner en face de la lune, on établit une relation entre la lune et le cycle menstruel. Ce dernier point est très important d'ailleurs, car il indique les périodes de fécondité de la femme : ce qui veut dire que la fécondité féminine *solaire* a besoin de son contraire *lunaire*, contraire passif et froid. Ce n'est après tout qu'un raisonnement dialectique, mais l'histoire de Tristan et Yseult qui a fait les beaux jours de toutes les exégèses de l'amour occidental est basée sur cette opposition, et nous verrons plus loin les conclusions qu'on peut tirer de cette constatation.

Il va sans dire que la conception de la *shakti*, principe actif de la divinité, est cause des représentations nombreuses d'unions sexuelles réalistes sur les temples brahmaniques : ces représentations évoquent toutes, à des degrés divers, l'union de Çiva et de Shakti. C'est là le hiérogame, vers lequel tendent inconsciemment toutes les créatures, parce qu'elles sentent que de cette union naît la *maya*, le monde de l'illusion, ce qui signifie en clair, pour un Européen, le monde des réalités apparentes, ou encore le monde de la relativité.

C'est à ce hiérogame que tendent tous les héros des épopées celtiques. Maelduin, au cours de sa navigation sur la mer, découvre l'île merveilleuse où se trouve la *Reine*. Lancelot du Lac tente l'union sacrée avec la *reine* Guenièvre. Tristan tente lui aussi l'amoureuse aventure avec la *reine* Yseult. Peredur poursuit sa course errante vers le château du Graal, guidé par les différentes apparitions de l'*Impératrice*. Cûchulainn, pour s'emparer de la forteresse de Cûroi (le Chien-Roi de l'Autre Monde), doit auparavant séduire Blathnait, l'épouse de Cûroi, donc la *reine* de l'Autre Monde. Et quand le même Cûchulainn va dans l'Autre Monde, c'est à l'appel de la *reine* Fand, et pour l'amour d'elle. Combien d'autres exemples pourraient être donnés, ne seraient-ce que celui des mystérieuses pucelles qui attendent les voyageurs dans quelque château, sur la route obscure et sinueuse sur laquelle s'avance tout héros d'aventures, c'est-à-dire tout héros en quête de l'union sacrée qui le fera *roi* lui-même. Car le héros, même si c'est un héros de culture, donc un héros de l'ordre mâle, est à l'image de Çiva : il ne peut rien faire seul. Il n'est que passivité.

C'est aussi pour cette raison qu'on découvre dans toutes les légendes celtiques des identifications du fils à la Mère. Car l'identification du fils à la mère, comme celle de l'amant à l'amante, est une sorte de substitut psychique au hiérogame. De là viennent les couples étranges de l'ancienne mythologie : Mabon et sa mère Modron, puis Owein-Yvain et sa mère Modron; Rhiannon et son fils Pryderi. Bien souvent le souvenir de ces couples n'est plus que dans la terminologie : Gwyddyon fils de la déesse Dôn, Conchobar fils de la femme guerrière Ness; le couple mère-fils, trop choquant, trop provocateur dans une société paternaliste, a été remplacé par le couple amant-amante, dans lequel se produit cependant la même identification. L'amour qui unit deux êtres comme Tristan et Yseult, comme Diarmaid et Grainé, comme Étain et Mider, est la péripétie symbolique par laquelle les amants accèdent à la nature divine : le thème est celui, déjà très ancien, du mortel qui obtient les faveurs de la déesse, et par conséquent se hisse au stade du divin, la déesse étant symbolisée par la Femme Aimée, l'Amante Idéale, la Maîtresse fatale, la Fée aux multiples visages, celle que chantaient les troubadours, la Dame toute-puissante souveraine.

C'est dans cet esprit que de nombreux cultes attestent une certaine féminisation du prêtre. Il porte, surtout pour les cérémonies, un habit nettement d'origine féminine, avec des parures qui ne le sont pas moins. Et ce qui est vrai du prêtre catholique l'est encore plus des prêtres des anciens cultes, toujours représentés en robe, tranchant nettement avec le commun des mortels. Dans certains cas, il y a même plus qu'une imitation extérieure, il y a identification pure, ce qui est parfaitement logique quand on songe que le prêtre de n'importe quelle religion doit s'identifier à la divinité. Hérodote, fort bien renseigné sur les cultes mystérieux de l'Orient, raconte que des prêtres scythes (et l'on sait le rapport d'origine des Scythes et des Celtes), les Ennarées, étaient des hermaphrodites. Ils prédisaient l'avenir, comme les druides, à l'aide d'une baguette de saule (les druides utilisaient plus volontiers la baguette d'if ou de sorbier), et ils tenaient leur don de divination de la déesse Aphrodite. En effet, les Scythes, au cours d'une expédition en Syrie, avaient pillé le temple d'Aphrodite Ourania à Ascalon, et pour les punir, la déesse leur avait infligé une « maladie de femme » qui devint héréditaire[20].

On pense tout de suite à la fameuse « maladie des Ulates », infligée aux habitants d'Ulster par la déesse Macha en punition de l'affront que ceux-ci lui avaient causé. Mais les *ennarées* scythes ont autre chose en commun avec les Celtes, car leur nom semble provenir du nom de la déesse indienne et hittite, donc indo-européenne, Inara, qui est une sorte de Calypso qui séduit un mortel et le séquestre dans sa demeure.

Le thème, bien connu des poètes courtois et des poètes de la Renaissance, est celui de l'*amant captif*. Outre qu'il se trouve magnifiquement étalé dans l'Odyssée, à deux reprises, grâce à Calypso et à Circé, il est un des éléments les plus courants non seulement dans la littérature galloise ou irlandaise, mais encore dans le folklore celtique. De nombreuses chansons irlandaises sont des lamentations d'une fée qui n'a pas pu retenir prisonnier plus longtemps le mortel qu'elle aimait. C'est l'histoire de Fand et Cûchulainn, celle de Brân et de Maelduin avec la reine de l'Île Mystérieuse, celle de Condlé le Beau, fils de Conn, celle de saint Guengalc'h de Tréguier, celle de Morgane et de Lancelot.

Tacite, au milieu de peuples à demi-germains et quelque peu celtisés, cite le nom des Naharvales, lesquels possèdent un bois consacré à une religion antique. On y honore un couple divin, en qui Tacite semble reconnaître Castor et Pollux, et le prêtre qui est chargé de ce bois est revêtu de vêtements féminins (*Germania*, XLIII). L'identification avec Castor et Pollux est donnée par Tacite avec toutes réserves, et il est probable qu'il s'agit d'un couple homme-femme plutôt qu'un couple de frères jumeaux, indice d'une société déjà très paternalisée. D'ailleurs le fait que le prêtre soit revêtu d'habits féminins est assez significatif : le prêtre s'identifie à la déesse de la même façon que les fameux *galloi*, les prêtres de Cybèle, qui eux aussi portaient des vêtements de femme, et qui en plus étaient émasculés, de la même façon que les prêtres eunuques qu'on trouvait à Uruk, chez les Hittites, à Éphèse, à Chypre et en Lydie, sans parler des shamans de toute l'Europe ancienne et de toute l'Asie encore actuelle dont les rapports avec les druides sont certains.

On s'est beaucoup mépris sur ce travestissement en en faisant une composante homosexuelle. Le rituel de ces religions aurait comporté un certain nombre d'actes relevant directement ou non de l'homosexualité, les homosexuels étant considérés comme des êtres intermédiaires, tout comme les fous et les gens ivres, et donc doués de pouvoirs surnaturels. Il ne semble pas que ce soit là une explication satisfaisante. Sans nier que l'homosexualité ait été répandue partout dès la plus haute Antiquité et qu'elle ait fait partie de certains rituels, il ne faut pas perdre de vue qu'il s'agit avant tout de religions de la Grande Déesse. Or c'est là que joue à plein le processus d'identification de l'homme, créature, fils et amant, avec la divinité, mère créatrice et maîtresse : la psychanalyse nous le prouve à l'aide des observations les plus élémentaires.

Si, en effet, l'homme primitif enviait à la Femme son mystère, son ambiguïté fondamentale, son pouvoir de donner la vie, l'homme moderne a oublié, par son éducation tout entière masculinisée, ce désir métaphysique de la Femme Divine. Ce désir se retrouve à l'état inconscient chez tous les individus. Les poètes et les artistes le traduisent dans leurs œuvres, les autres dans leurs comportements en apparence inexplicables ou tout simplement aberrants, comme c'est le cas pour l'imitation physiologique et le fétichisme du vêtement. « L'approche la plus serrée de la féminité chez l'homme relève du Carnaval. Ce sont les travestis qui ont subi ce qu'ils appellent la grande opération (castration suivie de la création d'un simili-vagin). Ceci nous rapproche de la deuxième origine de la crainte de la castration découverte par Freud : les désirs féminins entraîneraient chez l'homme le désir d'être châtré… En fait, les impressions qu'éveille chez un homme un tel comportement *ne soulèvent-elles pas un peu le voile de l'épais mystère que représente pour les hommes la féminité* ? Le travesti ne correspond-il pas à l'interprétation erronée que fait un frère lorsqu'il constate l'absence de pénis chez la petite fille[21] ? »

Le problème est là : il ne s'agit pas de revenir à la conception freudienne de la femme qui se sent frustrée parce qu'elle n'a pas de pénis, et qui manifeste son envie du pénis par différentes attitudes, il s'agit des approches de la féminité, d'ailleurs aussi mystérieuse pour la fille que pour le garçon, cela en dépit des apparences. Le prêtre qui officie dans ses vêtements de cérémonie, tous d'origine féminine, et le travesti, châtré ou non, obéissent au même désir : *soulever un coin du voile*, soulever le fameux voile d'Isis. Et si l'on peut facilement — et stupidement — classer le geste d'un jeune garçon qui veut voir sous les jupes des femmes comme une dépravation, une perversion, alors c'est toute l'humanité qui est pervertie, le geste de l'amant qui dévoile le corps de la femme est un geste sacré hérité de la nuit des temps. Dans notre monde rationalisé, qui ne croit plus au rituel mais qui le recrée constamment en ne le sachant pas, c'est devenu l'« effeuillage », ou le « strip-tease », formes aberrantes d'un culte religieux ravalé au rang de productions bassement commerciales.

Car si on remonte aux origines mythiques de l'humanité, le mythe résumant symboliquement l'évolution psychologique de cette humanité, on retrouve ce geste dans l'histoire d'Ève et d'Adam. « Ève a été la première à connaître la sexualité et elle oblige Adam à faire semblant de la lui révéler… Ce fait qui va dans le sens de l'excitation du pénis du petit bébé garçon par sa mère donne à Ève le statut de mère d'Adam… Le récit précise bien qu'Ève est issue de l'homme… Cette affirmation ne correspond pas à l'histoire mais est la conclusion d'un déguisement… Ce qui conduit à l'opinion : Ève est une représentation de la femme entièrement créée par l'homme. En une certaine mesure, elle est *Adam travesti*[22]. »

Cette constatation nous montre qu'Ève est vue nue par Adam, mais vue comme étant un être à sa stricte ressemblance, comme un double, mais *châtré* : par conséquent, si l'on suit à la lettre le texte de la Genèse, Ève aurait bien été créée *ex Adamo*, et la fameuse côte ne serait que le symbole de cette partie d'Adam qui aurait servi à cette création. Traduisons en clair :

Ève, nue et sans pénis, est née de l'imagination d'Adam, ce qui, dans d'autres récits mythologiques, correspond à la naissance de la femme divine des testicules du père (par exemple Aphrodite née de l'écume de la mer et des testicules d'Ouranos châtré par Chronos). Ève, c'est-à-dire la Femme Divine, mère de l'humanité, n'est que l'aspect châtré d'Adam. Le prolongement de ce raisonnement se trouve dans la vie de tous les jours : « On étonnerait beaucoup ce petit garçon revêtu d'une combinaison qu'il a clandestinement empruntée à sa mère, et qui se masturbe devant la glace (pratique tellement fréquente qu'elle en est banale), si on lui disait que, ce faisant, il a recréé Ève tout en niant la castration de cette dernière[23]. »

À force de rejeter tout ce que la Féminité apportait de solution à l'angoisse de l'homme, on crée en tout cas une humanité parfaitement névrosée, car « si ce petit garçon est obligé de pratiquer ainsi, c'est qu'il n'a pas été habillé dans son jeune âge avec une robe comme cela se faisait autrefois. Une conception stupide et formelle de la virilité a empêché la poursuite de cette pratique qui, issue de motifs inconscients, valent certainement mieux que la destruction de l'amour que tentent d'opérer des éducateurs dénués d'éducation, en créant une soi-disant éducation sexuelle[24] ».

Encore une fois, c'est toute notre société qui est en jeu. Ce n'est pas faire preuve de mauvais esprit que de constater des faits. La masculinisation de la société l'a conduite à ignorer ce qui faisait le fondement même de toute relation psychosociale, à savoir les liens affectifs qui unissent les membres d'une même famille, d'un même clan. Et ceux-ci reposent essentiellement sur la relation parents-enfants, plus particulièrement sur la relation mère-enfant (fille ou garçon). En supprimant la notion de Mère-Divine, ou en la soumettant à l'autorité d'un dieu-père, on a désarticulé le mécanisme instinctuel qui faisait l'équilibre primitif :

de là viennent les névroses et autres drames qui bouleversent les sociétés paternalistes, y compris celles qui se veulent les plus évoluées, celles qui prétendent — avec de belles paroles — remettre la femme à l'honneur et à sa vraie place, une place que l'homme aura choisie. En vérité l'homme ne peut pas plus choisir la place de la femme qu'il ne peut choisir la sienne propre en face de la femme. Il doit obéir à une loi inéluctable, qui est, pour reprendre la définition de Montesquieu, une *loi de nature* contre laquelle une *loi de raison* ne peut rien. Cette loi de nature se concrétise dans l'*instinct*. L'instinct n'est pas quelque chose que l'on peut nier. Le nier, comme l'ont fait tant de moralistes et de psychologues, avant Freud, c'est ouvrir la voie aux dérèglements psychiques, car tout le comportement se ressent du fait qu'il n'est plus appuyé sur la nature.

Cette querelle entre nature et raison, qui d'ailleurs a été toujours une fausse querelle, est responsable de l'aveuglement de cette société qui, en voulant corriger l'instinct, a coupé l'être humain de ce qui était sa nature.

Car l'instinct ne se corrige pas. Il se sublime, il se transcende, et cela grâce à une Raison qui le dirige mais qui en aucun cas ne doit l'enfermer dans des cadres étroits, ni le nier. Et l'instinct fait peur, parce qu'il est fort, parce qu'il est inéluctable. Cette étude systématique du Principe Féminin chez les Celtes, a au moins le mérite de mettre en lumière que l'instinct est primordial, au sens étymologique du mot, qu'il est nécessaire, qu'il est facteur de progrès et d'évolution.

Mais l'instinct a quelque chose de sauvage, même de « barbare ». C'est par là qu'il atteint d'ailleurs le « grandiose ». Il est l'unique moteur de nos sentiments, de notre action. Et, compte tenu de nos habitudes morales, il est parfois pénible de le formuler, de le regarder en face : car la vérité est choquante. Quand on ose affirmer que *tous* les rapports entre homme et femme, quels qu'ils soient (conjugaux, filiaux ou autres), *sont nécessairement des rapports incestueux entre mère et fils*[25], c'est s'attirer les critiques les plus âpres, c'est se faire traiter d'obsédé. Et pourtant…

L'homme est en effet un être incomplet, et il s'en rend compte. Sa peur et son attirance du gouffre obscur (le néant d'où il vient), sa peur et son vertige devant la mort (le néant où il ira), en font un être fragile qui cherche *à tout prix* une sécurité. Cette sécurité, c'est la mère, pour l'homme, comme pour la femme. Mais l'homme, physiquement et affectivement, possède le moyen de rentrer, du moins *provisoirement*, dans la mère. Il n'est pas besoin d'insister : la psychanalyse de n'importe quelle tendance a suffisamment mis en lumière que le pénis, petite partie de l'homme, mais partie extérieure et susceptible de s'accroître, constitue le substitut de l'homme tout entier. L'homme peut donc, dans certaines occasions, réactualiser de façon fantasmatique le retour au paradis qui est la mère.

Et toute femme est une mère, réelle ou potentielle. L'homme est donc *biologiquement soumis à la femme*, qu'il le veuille ou non. Il est le *contenu*, tandis que la femme est le *contenant* : cela constitue un état d'infériorité très net pour l'homme, qui passe ensuite son temps à nier cette réalité pour se prouver à lui-même qu'il est supérieur. C'est ce qui explique l'action masculine, le fait que les hommes sont doués pour l'action, pour la violence, pour le combat. Cette action est le seul moyen qui leur reste pour tenter de s'affirmer.

Et si l'homme est le contenu, donc un être inférieur, il s'arroge le droit d'un être supérieur en montrant que sa force active est seule capable de protéger l'espèce. Il a su même persuader la femme de cette supériorité, symbolisée par la reconnaissance du pénis du petit garçon à sa naissance, par sa mère, ou par toute autre femme ayant aidé à l'accouchement. Le fameux cri : « C'est un garçon ! », répété par des générations, en dit long sur sa signification réelle. Quand une fille naît dans une famille, on l'accepte ; quand c'est un garçon qui naît, on se réjouit[26].

Cependant, le *contenant*, la mère, autrement dit la *femme*, est elle-même la réalisation du Paradis. Elle le réalise, ce Paradis, sous deux aspects d'une seule réalité : elle contient son enfant et son amant. Au reste, comme certains psychanalystes l'ont fait remarquer, le vagin de la petite fille n'est pas reconnu par la mère, ni par le père, au moment de la naissance. Or cette reconnaissance se fera quand même un jour, et par l'homme. Donc la femme a besoin de l'homme pour s'affirmer elle-même, pour prendre conscience de ce qu'elle est, et surtout de ce qu'elle peut. Ainsi les deux êtres qui constituent l'humanité sont inéluctablement liés. L'homme a besoin de la femme, la femme a besoin de l'homme. Si nous traduisons en langage mythologique, cela nous donne : *l'homme a besoin d'une déesse*, *mais la déesse a besoin de l'homme*. Et c'est pourquoi se sont perpétués, sous des formes très diverses, les cultes archaïques de la divinité féminine.

Nous l'avons vue, chez les Celtes, sous ses différents visages, ou plutôt sous les différents masques que lui ont donnés les hommes. Tous les noms qu'on a pu lui donner ne doivent pas nous faire oublier qu'il s'agit d'un être unique, la mère primordiale, la déesse primitive, la grande reine des commencements.

Cette grande reine des commencements, nous l'avons vue apparaître, en même temps que le roi Pwyll, sur le tertre d'Arberth. Elle montait un coursier fougueux, et seul pouvait la rejoindre celui qui était l'élu de son cœur. Avant l'arrivée de Rhiannon, le roi n'était rien : il attendait, dans l'immensité de l'univers, comme Çiva, il attendait que vînt la force, la puissance. Mais de son côté Rhiannon, puisque tel est son nom dans l'épopée galloise, errait sans but : il lui fallait découvrir celui avec qui elle allait construire le monde[27].

Parallèlement, après la disparition du vieux roi Pwyll, le jeune fils retrouvé, Pryderi (autrement dit *Mabon*), devient le compagnon indispensable de Rhiannon. C'est lui qui, dans la troisième branche du *Mabinogi*, marie Rhiannon à Manawyddan, dont le rôle est loin d'être très clair dans toute cette légende[28]. Et lorsqu'il disparaît dans la forteresse enchantée, Rhiannon l'y rejoint. Le monde alors est vide, désert, désolé. Manawyddan reste seul en compagnie de l'épouse de Pryderi (mais c'est une création purement littéraire) et rien ne peut se passer avant qu'il ne puisse libérer la mère et le fils. Alors l'enchantement tombe et l'univers se repeuple. Ce fragment de légende, contenu dans la troisième branche du *Mabinogi*, apparaît comme bien plus ancien que celui très evehmerisé de la première branche (la rencontre de Rhiannon et de Pwyll, la naissance et l'enlèvement de Pryderi) : il donne la clef du personnage de Rhiannon, qui est avant tout la *régente* de l'univers, celle grâce à qui l'énergie est mise en mouvement. Et à ce stade du mythe, il faut y voir le correspondant exact de la légende de Modron et de Mabon (la mère à la recherche de son fils disparu), autre forme, plus celtique et plus conforme à la tradition que l'histoire grecque rationalisée de Déméter à la recherche de sa fille Korê. Cela montre enfin que le nom de Rhiannon doit avoir une importance exceptionnelle, puisqu'on fait jouer à celle-ci, sous ce nom, un rôle exceptionnel.

Et que signifie ce nom de Rhiannon ?

La plupart des celtisants admettent que Rhiannon provient d'un ancien **Rigantona*, ce qui voudrait dire « la Grande Reine[29] ». Le seul ennui est que l'étymologie est une science qui repose bien souvent sur des éléments conjecturaux. La signification de Grande

Reine convient fort bien au personnage, mais est-elle la seule possible ? Il semble bien que non.

En effet, la forme *Rhiannon* suppose bien un suffixe *ona* connu et prouvé dans d'autres noms de déesses gauloises (Dibonna, Matrona) et on trouve dans le nom le groupe *Ande*, particule intensive gauloise (G. Dottin, *La Langue gauloise*, p. 227), équivalente au gaélique *ind* et au breton-armoricain *an*. Nous aurions donc une forme ancienne *Rig-ant-ona*, et l'évolution phonétique paraît absolument normale. Notons en passant que cette forme suppose un mot fixé bien avant la spécification du gallois, puisqu'on n'y retrouve aucun terme vraiment resté dans la langue galloise, notamment *rhi* (de *rig*) qui serait devenu *rhwyf* (ou *ruev*), supplanté dès le XIe siècle par *teyrn* (bret.arm. *tiern*) provenant de *tigernos*, ou encore par *brenhin* (de *bren*, hauteur). Mais le malheur veut que *rig* (ou *reg*), en gaulois, analogue au *rex* latin et au *raj* sanskrit, signifie *roi* et non pas *reine*. Reine se dit en gaulois *regena*, analogue au latin regina, et a donné le breton armoricain *rouan*, puis *rouanez*. Si Rhiannon signifie bien « la Grande Reine », ce n'est pas à un hypotliétique **rigantona*, qu'il faut se référer, mais à un **Regenant-ona*[30].

Cette constatation étant faite, il n'est pas plus impensable ni moins conforme à la phonétique, de prétendre que Rhiannon peut provenir d'un hypothétique *Regen-annon* ou **Regen-Ana-Ona*. Expliquons-nous : la seconde partie du terme Rhiannon est assez intrigante pour qu'on s'y étende et pour qu'on tente d'y voir quelque chose de plus conforme encore au rôle tenu par la déesse galloise. Nous débouchons en effet sur un groupe ANA qui est loin d'être inconnu de la mythologie, et qui présente, en plus, l'avantage de s'expliquer par le celtique.

Car le groupe ANA se rencontre dans de nombreux noms de divinités, la plupart féminines, dans diverses traditions indo-européennes ou sémites.

Ainsi, dans l'ancienne mythologie indo-iranienne, trouvons-nous la déesse *Anahit* ou *Anahita*, dont le sens serait « immaculée », devenue en Grèce et en Asie Mineure *Anaïtis*. Chez les Sémites, c'est *Nanaï* ou *Nanâ*, assimilée de bonne heure à Ischtar Astarté, celle qu'on adorait à Carthage sous le nom de *Tanit*, dans laquelle se reconnaît encore nettement le groupe ANA. À Babylone, une déesse *Anat* correspondait à la Cybèle d'Asie Mineure, et il faudrait aussi parler d'*Anou*, dieu hittite et babylonien, qui semble le résultat d'une masculinisation du mythe de la déesse[31]. Dans le domaine indo-européen, il faut insister sur le nom de la déesse des Scythes *Tanaïs* : c'est en effet le nom du fleuve Don et du fleuve Danube (Danuvius) et il est en rapport étroit avec le mythe grec archaïque du tonneau des *Danaïdes*, ou filles de *Dana*. À l'indienne Anna Pourna (la Nourrisseuse), nom qui a été donné à l'une des plus hautes montagnes qui surplombent l'Inde, correspond la très latine Anna Parenna, qui est également la « nourrisseuse ». Mais c'est dans le personnage bien connu de Diane qu'on va la retrouver avec le plus de signification. En effet, *Diana* semble être la transcription latine (Di-Ana) du nom de la déesse des Scythes, Tanaïs, celle dont les Grecs, et particulièrement Hérodote, nous racontent les cruelles cérémonies et dont nous trouvons des traces encore bien visibles dans le mythe d'Iphigénie rapporté par Euripide[32], et aussi dans l'histoire de Phèdre et d'Hippolyte. Cette *Diana* semble avoir été la déesse primitive des Latins sous le nom de *Dianus* (Di-Anus, la déesse vieille-femme), avant d'être masculinisée en *Janus* (Di-Anus ou Dji-Anus), et ensuite réimportée sous la figure d'Artémis, sœur d'Apollon, par le canal des Grecs[33].

Rappelons à cette occasion que toute l'aventure de Merlin et de Viviane se déroule autour du fameux Lac de Diane, et en quelque sorte sous le patronage d'une Diane qui n'a rien à voir avec la vierge sage et chasseresse de l'imagerie classique la plus lénifiante[34]. Et cela nous conduit au domaine purement celtique. Ici, nous sommes comblés : c'est d'abord la grande déesse-mère de la mythologie gaélique, *Dana*, ou *Danu*, ou *Ana*, l'ancêtre des Tuatha Dé Danann, et que les Gallois appellent *Dôn*, mère de Gwyddyon, d'Arianrod, d'Amaethon et de Gilvaethwy (elle apparaît sous la forme Do, dans les romans de la Table ronde, comme en témoigne Girflet fils de *Do*, dans *La Mort du roi Arthur*). Deux collines du Kerry, en Irlande, sont appelées les « Tétons d'Anna ». Dans le folklore du Leicestershire, il est question d'une *black Annis* (Annis la Noire), déesse des morts, monstre féminin anthropophage qui habite une caverne. Et puis il y a surtout ce personnage mystérieux qui est devenu *Sainte-Anne*, mère de la Vierge, en Bretagne armoricaine, à une époque d'ailleurs assez récente.

Il y a en effet une coïncidence étrange dans le fait que le culte de sainte Anne ait correspondu à un culte de la déesse, surtout dans les pays à prédominance celtique. Si sainte Anne, mère de Marie, aïeule du Christ, a vu son culte s'implanter d'une façon étonnante à partir du XVIIe siècle en Bretagne armoricaine, il y a une raison. On pourrait baser une argumentation sur des données historiques montrant que la légende de saint Anne en Bretagne, telle qu'elle est racontée en Cornouaille, remonte assez haut dans le temps, mais que le culte lui-même ne date vraiment que du XVIIe siècle, époque où Nicolazic découvrit la fameuse statue de Keranna, village devenu Sainte-Anne d'Auray[35]. Cette statue de Keranna devait représenter une quelconque déesse, mais peut-être *Ana*, puisque les lieux où l'on découvrit ces statues s'appelaient depuis fort, longtemps Commana (Auge d'Ana) et Keranna (la ville d'Ana). D'autre part, Keranna se trouve précisément sur la voie romaine qui va de Nantes à Quimper, et se trouve non loin de ces célèbres champs élyséens que sont les alignements de Carnac, lieu qui servit de sanctuaire depuis la plus lointaine préhistoire. Si au XVIIe siècle, la tradition locale prétendait qu'il avait existé à Keranna une chapelle dédiée à sainte Anne, c'est que la tradition, qui ne ment jamais mais transpose et parfois christianise, a gardé le souvenir d'une réalité. Et comme le culte de sainte Anne n'est pas très ancien, il faut admettre qu'il y a eu superposition de personnages, sainte Anne (*Santez Anna* en breton) prenant normalement la place d'Ana. Les exemples de christianisation de ce genre ne manquent pas, ne serait-ce que le culte de saint Kornely succédant à celui de Kernunnos, de saint Césaire à celui de César, de saint Mars à celui de Mars, à travers le souvenir de l'authentique saint Martin.

Mais c'est dans la tradition galloise que la superposition apparaît le plus clairement. Une généalogie conservée dans le manuscrit Harleian 3859, et qui date du Xe siècle, donne pour ancêtre à Owen, fils du législateur Howell Dda, un certain Aballac « fils d'Amalech qui fut le fils du grand Beli, et dont la mère, Anne, fut cousine germaine (*sic*) de la Vierge Marie, mère de Notre-Seigneur Jésus-Christ[36] ». Dans une autre généalogie de la même époque, on trouve également toute une lignée qui descend « d'Aballach fils de Beli et Anna[37] ». Il est assez surprenant de voir Anna considérée comme épouse de Beli le Grand, personnage mythologique en qui l'on peut reconnaître le gaulois Belenos, et aussi de lui donner comme fils Aballach ou Evallach, qui est le nom du Roi Méhaigné dans la *Queste du Saint-Graal*, et qui, dans la tradition galloise, est d'ailleurs le père de Modron-Morgane (son nom même est éponyme de l'île d'Avalon). Il est non moins remarquable de constater qu'Anna est l'épouse d'un roi breton, dans la tradition insulaire, alors qu'une légende armoricaine répandue autour du sanctuaire de Sainte-Anne-la-Palud, en fait précisément l'épouse d'un roi breton cruel et méchant. Et par là, la légende d'Anna rejoint la légende d'Ys, puisque cette même tradition ajoute que lorsque le roi Gradlon eut échappé aux flots qui venaient d'engloutir la ville d'Ys, il décida de faire construire une chapelle à l'endroit où il aborda la terre ferme, sur la grève de Sainte-Anne-la-Palud[38].

Il nous reste à savoir pourquoi, en territoire celtique, le personnage d'Anna, personnage de la tradition judéo-chrétienne, s'est installé comme en pays conquis. On doit se rappeler que le groupe ANA est une racine indo-européenne désignant la respiration, le souffle, et par conséquent l'esprit[39]. Mais ce groupe évoquait bien autre chose pour les Celtes : il suffit de se rapporter à la ressemblance entre *Anna* ou *Ana* et le mot breton-armoricain *anaon* (ou *anaoun*) qui signifie « les trépassés ». Cette ressemblance n'est pas seulement superficielle. En effet, le mot « haleine » se dit en breton-armoricain *anal* ou *alan* et est le résultat de la métathèse du moyen-breton *anazl* en *alazn*. Or le mot *anazl* se retrouve, avec la même signification, en cornique (*anal*), en gallois (*anadl*), en irlandais (*anail* ou *anal*), tous ces mots provenant d'un celtique **analla*. Et à cette même racine, nous devons rattacher le breton-armoricain *ené*, âme (*eneff* en moyen-breton et *enyd* en gallois) dont le correspondant irlandais est *anam* (*anim* en vieil irlandais).

Ainsi donc, *Anaon* pourrait signifier tout aussi bien « les trépassés, les âmes », que « peuple d'Ana[40] » : les *Anaon* seraient ni plus ni moins les Tuatha Dé Danann irlandais, les gens de la déesse Anna, ceux qui habitent sous les tertres, dans les cimetières, ainsi que dans les îles perdues dans l'océan. Ce sont les gens de l'Autre Monde. Or il est curieux de constater qu'en gallois, l'Autre Monde, l'Abîme, les Enfers, peuvent se traduire par le terme *Annwfn* ou *Annwyn* où nous retrouvons la même racine. Et l'on sait que Pwyll, le mari de Rhiannon, est surnommé, après son voyage dans l'Autre Monde, Pwyll Penn Annwfn

(Pwyll, maître des Enfers). Encore une coïncidence, bien sûr, mais qui vient s'ajouter aux autres. Pourquoi, alors, ne pas considérer Rhiannon comme une **regena-ana-ona*, c'est-à-dire comme une *Reine des Trépassés*, une *Reine des Enfers*, en même temps que la *Reine Anna*, celle qui veille sur les morts et protège les vivants, celle qui donne la vie et qui la retire ? Et comme par hasard, le mot gaulois *ana* ne désigne-t-il pas le « marais[41] » ? On songe à l'expression utilisée par François Villon : « emperière des infernaux paluds », pour qualifier la Vierge Marie ; on songe aussi à cette statue de l'église de Brennilis (Finistère), qui représente Notre-Dame de Breac-Ellis, autrement dit « Notre-Dame du Marais d'Enfer[42] ». La cavalière Rhiannon est décidément la Reine de la Nuit, la Reine des Marais, la Reine des Morts. C'est la Grande Reine, dans toute sa plénitude et toute sa majesté, à peine occultée par la transformation de la société et des cultes ancestraux.

D'ailleurs Rhiannon ne s'est pas perpétuée seulement sous l'aspect de Notre-Dame ou de Sainte-Anne. Elle a réapparu dans la tradition populaire, et là elle est l'héroïne béatifiée d'une bien curieuse histoire. Et surtout elle a conservé son nom, mais sous une forme plus galloise. Rivanone[43] :

Légende de Saint Hervé (Bretagne armoricaine) : Hoarvian, émigré de l'île de Bretagne, est venu s'installer chez le comte Conomor et là, un songe l'avertit que Dieu a décidé qu'il se marierait alors qu'il avait fait vœu de célibat. Voici ce qu'un ange lui déclare : « Hoarvian, tu as résolu, sous l'inspiration de l'Esprit Saint, de te garder de tout amour féminin. Pourtant, près de ta route, une jeune fille s'est adonnée à l'étude des psaumes ; elle aussi, de son plein gré, enflammée par l'Esprit, a décidé de conserver sa virginité jusqu'à la mort. Ne t'inquiète pas, c'est Dieu qui te la fait connaître. Demain tu verras Rivanone près d'une fontaine, sur le bord de la voie royale que tu vas suivre. Demande-la sans hésitation. De votre chaste union naîtra un modèle de chasteté. Votre fils sera l'élu de Dieu avant de devenir plus tard l'instrument de sa Providence. » Tout se passe comme l'ange l'avait prédit et Hoarvian, après avoir rencontré Rivanone, la demande en mariage au frère de celle-ci, un nommé Rigour[44]. Or, au matin de la nuit des noces, alors qu'Hoarvian dit à Rivanone : « Tu es la première femme que j'aie eue, la seule que j'ai aimée entre toutes, parce que Dieu, t'ayant choisie, m'a ordonné de m'unir à toi et a promis de me rendre père, par toi d'un fils qui sera à jamais le secours de Dieu », l'épouse répond : « Si tu as engendré en moi un fils, puisse-t-il ne jamais voir la lumière terrestre ! voilà ce que je demande pour lui au Tout-Puissant. » Hoarvian, désespéré, abandonne Rivanone et s'en va vivre en ermite. Rivanone met au monde un fils aveugle du nom d'Hervé et fait son possible pour qu'il soit élevé loin de sa présence. Hervé, confié au moine Harthian, grandit en sagesse et en sainteté. Un jour Dieu lui révèle que sa mère est sur le point de quitter la terre. Son cousin Urphoed part à la recherche de Rivanone, la retrouve dans la forêt où elle mène une vie de solitaire en compagnie de sa nièce Kristina, et fait venir Hervé. Rivanone meurt en odeur de sainteté dans les bras de son fils (R. de Laigue, *Saint Hervé*, Bahon-Rault, Rennes, s. d. Les citations sont empruntées à la traduction de la *Vie de saint Hervé* par Arthur de la Borderie).

Ce conte pieux recèle bien des mystères et la trame de l'histoire la fait remonter très loin dans la mythologie celtique. Rivanone maudit son fils comme le fait Arianrod. Rivanone est séparée de son fils (même si elle-même l'a voulu) comme Rhiannon est séparée de son fils Pryderi. Rivanone est destinée à Hoarvian, comme Rhiannon est destinée à Pwyll. La rencontre de Rivanone et de Hoarvian a lieu auprès d'une source, le long de la *voie royale*, c'est-à-dire de la voie romaine de Carhaix à l'Aber Wrac'h (autrement dit le « Chemin d'Ahès ») : c'est un endroit sacré comme l'était le tertre d'Arbeth où Pwyll voit Rhiannon pour la première fois. Quant à l'attitude d'Hoarvian qui abandonne froidement Rivanone et son fils Hervé, on peut dire qu'elle ne relève pas spécialement d'un christianisme authentique. Il est évident que toute cette histoire n'est qu'une transposition d'un mythe très ancien, dans lequel saint Hervé joue le rôle de Pryderi et Rivanone le rôle de Rhiannon, la déesse-mère. Le personnage d'Hervé, aveugle physiquement mais capable de voir l'éternité[45], en dit long sur son appartenance à l'Autre Monde. C'est d'ailleurs le dieu-druide, le shaman inspiré qui possède la science de l'Au-delà, symbolisée dans la quatrième branche du Mabinogi par les fameux Cochons venus d'Annwfn et qui sont le lot de Pryderi avant d'être dérobés par Gwydyon, l'homme du Nord, c'est-à-dire d'une autre culture, d'une autre religion, mais néanmoins, fils de Dôn, fils de la même déesse-mère Anna.

Il nous reste à préciser le schéma du mythe de la Grande Reine, compte tenu des différences qui existent entre toutes les versions celtiques que nous possédons. La Déesse Grande Reine est *vierge*, c'est-à-dire non liée à un époux, donc toujours disponible pour de nouvelles amours (Morgane). Lorsqu'elle est amoureuse d'un homme, c'est elle qui fait le premier pas (Rhiannon, Macha, Grainné, Deirdré, Yseult, etc.), ou bien c'est elle qui enchaîne l'homme (Viviane). Elle est toujours mystérieuse et l'homme ne doit pas connaître sa réalité profonde sous peine de la perdre (Mélusine, Sadv, mère d'Oisin). Son fils est toujours promis à de hautes destinées (Rhiannon, Arianrod, Sadv, Ness, mère de Conchobar, Keridwen, Rivanone, Dechtire, etc.) mais elle en est séparée (Modron, Rhiannon, Mélusine) ou bien elle l'abandonne (Arianrod, Rivanone, Keridwen.) En sa qualité de *vierge*, et au sens étymologique du mot, elle est détentrice du pouvoir réel, de l'*énergie* qui met le monde en mouvement (Mélusine, Keridwen, Rhiannon, Yseult, Guenièvre, Grainné, Macha, etc.). Cette énergie dont elle est détentrice, elle ne peut en disposer qu'en faveur de ceux qui se montrent dignes de la posséder, généralement son fils (Mélusine, Keridwen, Morgane-Modron, Ness, Viviane en tant que mère adoptive de Lancelot, Dechtire, etc.) ou bien son amant (Morgane, Guenièvre, Yseult, Grainné, Sadv, etc.), beaucoup plus rarement son époux légitime (Rhiannon en faveur de Pwyll, Mélusine en faveur de Raimondin). Elle s'enferme volontiers pour garder ses secrets (Arianrod dans sa citadelle, Viviane et Keridwen dans le lac, Mélusine dans sa grotte) : elle est, comme le répètent les Litanies de la Vierge, l'*arca foederis*, l'Arche d'Alliance, ce qui n'est pas une simple image biblique mais la constatation qu'elle est détentrice du Secret dans cette Arche qui la symbolise[46]. Enfin, elle est éloignée du monde des hommes et elle se méfie de la prétention des hommes à vouloir usurper ses pouvoirs, ce qui la conduit à maudire les hommes (Arianrod, Mélusine) ou à se venger de leur mépris par des sortilèges (Macha).

Car la Grande Reine est en butte, non seulement aux sarcasmes des hommes, mais aussi à leur volonté de puissance, à leur égoïsme, à leur instinct de propriété. Ce sont les hommes qui ont inventé la Femme-Objet, parée de mille atours, mais prisonnière quand même. Et parfois la Femme-Objet, c'est-à-dire la Déesse, la Grande Reine, prisonnière dans le tabernacle, va secouer ses chaînes. Et sa révolte sera terrible, car elle menace directement la société que les hommes ont édifiée sans elle.

Notes

1. Par exemple, Notre-Dame de la Route, Notre-Dame des Marins, Notre-Dame de Lourdes, de Chartres, de Pontmain, de la Salette, de Fatima, etc., etc.

2. Texte restitué par E. W. B. Nicholson, et traduit par lui en anglais, *Zeitschrift für Celtische Philologie*, III, p. 308. Il s'agit de deux tablettes gravées en caractères latins trouvées en 1887 aux environs de Poitiers. Voici le texte : « Ape cialli carti eti-heiont Caticatona, demtis sie clotuvla; se demti tient. Bi cartaont, Dibona, Sosio, deei pia ! Sosia pura, sosio, govisa ! Sueio tiet. Sosio, poura he(i)o(nt) ! Sua demtia Po(n)tidunna Vouseia. Teut oraiime : chzia atanto te, heizio atanta te, compriate sosio derti ! Noi pommio at eho tis-se potea : te priavimo, atantal ! Te(i)onte ziati mezio ziia, "Teu" ! oraiimo : ape sosio derti, Imona demtis sie uziietiao(nt) pa(dv)a. »

3. J. M., *L'Épopée celtique d'Irlande*, p. 91.

4. *Cf.* à ce sujet le chapitre consacré à Taliesin et au Druidisme, dans J. M., *Les Celtes*, p. 347 *sq*.

5. B. Malinowski, *La Sexualité et sa répression*, Paris, Payot, p. 19-20. C'est moi qui souligne certains membres de phrases. Bien entendu, il s'agit de mythe, et non forcément d'une croyance pratique.

6. *Ibid.*, p. 36-37.

7. On orthographie parfois à tort *Llew Llaw Gyffes* (Le Lion à la main sûre), ce qui n'est pas conforme à la graphie ancienne. Le nom de *Lleu* est un ancien mot analogue à l'irlandais moyen *lû* qui signifie « petit », cela semble d'autant plus vrai que le *û* irlandais donne toujours *eu* en gallois, par exemple *crû*, sang, a donné *creu*.

8. Il ressort d'un passage fort obscur de la *Genèse* (XXX, 14-15) qui relate les tractations entre Léa et Rachel, que les racines de mandragore servaient pour un usage un peu spécial.

9. Le personnage de Deirdré, dans la légende irlandaise, correspond, tout au moins au début, à cette définition. Le roi d'Ulster Conchobar se réserve la jeune Déirdré et la fait élever loin des hommes, sous la garde de femmes dévouées. *Cf.* J. M., *L'Épopée celtique d'Irlande*, p. 65.

10. *Ancient Laws*, I, 622, 660, 678.

11. Pour tout ce qui concerne la *Vita Merlini* et la légende primitive de Merlin, *cf.* J. M., *L'Épopée celtique en Bretagne*, p. 109-131.

12. On ne peut guère tirer quoi que ce soit du nom de Viviane. L'auteur de l'*Estoire* déclare gravement que Viviane signifie en chaldéen (*sic*) « Rien n'en ferai ». Il n'y a pas de nom correspondant en celtique à moins de passer par une forme occitane. En effet, Viviane ne peut pas provenir de la forme latinisée employée par Geoffroy qui appelle la sœur de Merlin *Ganieda*, forme d'ailleurs sans aucun lien avec le nom gallois Gwendydd qui signifie « Blanche Journée ». Par contre, le masculin de Viviane est *Vivien*. Et Vivien est un héros très célèbre dans les Chansons de geste, où il est le neveu de Guillaume d'Orange, notamment dans la *Chanson de Guillaume*, *Aliscans*, les *Enfances Vivien*. Or la forme occitane de Vivien est *Vezian*, et comme les chansons du cycle de Guillaume d'Orange sont toutes centrées autour de Saint-Gilles du Gard, pèlerinage célèbre au Moyen Âge, rendez-vous de tous les peuples, il faut peut-être voir dans le saint Vezianus qu'on y honorait un équivalent du Gwyddyon gallois (prononcer *Gouézionn*), ce qui permettrait de rattacher Viviane à l'histoire d'Arianrod. Car si les rapports entre Arianrod et son frère Gwyddyon sont ambigus, les rapports entre Merlin et sa sœur Gwendydd ne le sont pas moins. Mais cette hypotliѐse est beaucoup trop hasardeuse pour être un argument valable.

13. Nous n'avons pas à insister ici sur le personnage de Lancelot du Lac. Mais alors que la plupart des événements relatés dans les Romans de la Table ronde peuvent être localisés indifféremment en Grande et en Petite-Bretagne, les enfances de Lancelot sont typiquement marquées par la géographie armoricaine. Le royaume de Bénoïc se trouve aux limites du pays breton et pays des Francs. La guerre entre Ban et Claudas est le reflet des luttes qui se sont déroulées au cours des IXe et Xe siècles entre les rois bretons et les Carolingiens, luttes qui ont été d'ailleurs à l'avantage des Bretons. C'est l'époque de la pénétration bretonne la plus orientale. La forteresse du roi Ban s'appelle Treb, ce qui est un nom breton désignant un établissement récent dépendant d'une ancienne paroisse. D'après le contexte, Treb est situé dans les marais de Redon. Le voyage du roi

Ban fugitif se fait en suivant l'Oust jusqu'aux limites de l'ancienne Brocéliande qui recouvrait tout le centre de la péninsule. Quant au nom de Lancelot du Lac, il résulte d'une francisation maladroite d'un ancien nom qu'on retrouve en gallois (Llwch Llawmynyawc) et en irlandais (Lug Lamfada = Lug à la longue lance), avec une confusion entre Lug, Llwch et Lac (d'ailleurs *llwch* signifie bien « lac »). Mais le personnage n'apparaît pas dans les plus anciens textes gallois concernant le roi Arthur, sauf dans *Kulhwch et Olwen* où il joue un rôle insignifiant, sans aucune comparaison possible avec ce qu'il deviendra dans la légende continentale.

14. Non seulement les théories romanistes qui se refusent obstinément à admettre l'origine celtique des romans courtois, mais aussi des ouvrages d'exégèse comme celui de Denis de Rougemont sur *L'Amour et l'Occident*, qui, partant de l'étude du mythe de Tristan sans se référer aux modèles irlandais, aboutit à des conclusions indiscutablement fausses sur le plan psychologique comme sur le plan sociologique.

15. *Le Chevalier à la Charrette*, trad. Jean Frappier, p. 80.

16. C'est une bretonne contemporaine, l'actrice Jeanne Moreau, qui résume admirablement, pour son propre compte, le mythe du Val sans Retour. Elle a en effet déclaré : « J'aimerais avoir une immense maison, avec des tas de chambres, pour y loger tous les hommes que j'ai connus dans ma vie... Ce sont tous mes fils » (*Life Magazine*, 20 janvier 1967). Cette déclaration prend tout son sens quand on sait que Jeanne Moreau, ce n'est pas un secret, a signé le fameux manifeste sur l'avortement (*cf. Le Monde*, 6 avril 1971). Jamais la notion de Fils-Époux, ou de Fils-Amant, n'a été plus clairement définie.

17. Évangile des Égyptiens, cité par C. R. S. Mead, *Thrice Greatest Hermes*, I, 153.

18. « Sammaël, c'est le serpent qui a jeté en Ève le venin et la souillure » (Abraham Seba, *Tzerôr Hammôr*, fol. 7, col. 2). « Et Adam connut Ève, sa femme, qui avait déjà conçu de l'ange Sammaël, et elle devint enceinte en enfanta Caïn. Et celui-ci ressemblait aux êtres d'en haut et non à ceux d'ici-bas. Alors elle dit : j'ai acquis un homme, un ange de Jehovah » (Jonathan Ben Uziel, paraphrase de la *Genèse*, IV, I). « Sache que Caïn a été produit de la souillure (de

Sammaël) et du germe d'Adam auquel s'unit cette souillure. Cet esprit-là n'aurait pas eu la faculté de revêtir un corps humain et de sortir à l'air du monde. C'est le germe d'Adam qui lui a offert de quoi se revêtir» (Menahhem de Recanati, *Traditions sur la Genèse*, p. 31).

19. Que nous étudierons dans le chapitre sur «la Révolte de la Fille-Fleur», car c'est un autre aspect de la féminité.

20. *Histoires*, I, 105.

21. Braunschweig-Fain, *Éros et Antéros*, Paris, Payot, p. 42. C'est moi qui souligne.

22. *Ibid.*, p. 104.

23. *Ibid.*, p. 105.

24. *Ibid.*, p. 105. J'ajouterai que l'éducation sexuelle contemporaine, qu'elle soit scolaire ou para-scolaire, est le comble de l'imbécillité que pouvait inventer notre système d'éducation pourri par la base et incapable de former des jeunes à leurs responsabilités futures. D'abord cette soi-disant éducation sexuelle dépoétise complètement l'amour, le rabaisse au rang d'une fonction d'excrétion. On fait l'amour comme on va aux cabinets. Ensuite, elle est une application de la fameuse «direction d'intention» si chère aux bons pères Jésuites : ne pouvant empêcher les gens de faire l'amour, on tente de justifier l'acte par un but noble et altruiste, celui de la procréation. Enfin, et c'est le plus grave, on vide la sexualité de son sens biologique et de son sens psychologique en en faisant une fonction génitrice alors qu'il n'a jamais été démontré que la procréation était le but de la sexualité : en effet, on peut procréer sans mettre en jeu les mécanismes sensuels de la sexualité. La sexualité est indépendante de la procréation et elle n'a pas besoin de s'apprendre dans des livres et sous la conduite d'éducateurs qui n'ont pas les moyens de communiquer ce qui est incommunicable autrement que par l'acte d'amour lui-même.

25. Y compris les rapports entre père et fille, car à ce moment-là la fille, par transfert, devient le substitut *jeune* de la mère. Il en est de même pour les rapports entre frère et sœur, la sœur devenant l'image jeune de la mère. Précisons que *rapports* a un sens absolument général, sans ambiguïté : il s'agit de toutes les sortes de rapports (physiques, affectifs, sociaux, politiques, économiques, artistiques) qui peuvent exister entre deux êtres vivants.

26. Chez certains peuples, la naissance d'une fille est

même une catastrophe. L'exemple des Esquimaux est assez frappant.

27. La thèse de W. J. Gruffydd (*Rhiannon, an Inquiry into the First and Third Branches of the Mabinogi*, Cardiff, 1953), bien qu'elle soit discutable et bien souvent peu convaincante, a le mérite de replacer Rhiannon au rang de déesse primordiale. En effet, selon Gruffydd, Rhiannon (= la Grande Reine) est associée étroitement non seulement à Épona, mais surtout à Modron-Matrona. Or si l'on tient compte des états successifs de la légende de Rhiannon rapportée par le *Mabinogi* (et là Gruffydd entre dans une interprétation conjecturale), on découvre que Pwyll est un personnage récent, qui, par suite de confusions, a pris la place occupée primitivement par Teyrnon, lequel, dans le *Mabinogi*, retrouve l'enfant Pryderi perdu et devient son père adoptif. Or Teyrnon provient d'un ancien *Tigernos*, qui veut dire le Roi. Ainsi est-on amené à envisager un couple Rigantona-Tigernos (ou ÉponaTigernos), c'est-à-dire Matrona-Tigernos (la Mère et le Roi), ou Modron-Teyrnon, avant le couple littéraire Rhiannon-Pwyll, devenu par la suite Modron-Uryen ou Morgane-Uryen dans les derniers romans arthuriens.

28. On sait qu'il s'agit de la transposition galloise du Manannan mac Lir des Irlandais. W. J. Gruffydd prétend que dans la forme antérieure de l'histoire, Manawyddan, maître de l'Autre Monde (et par conséquent équivalent de Pwyll), était le père de Gweir, premier nom de Pryderi : il serait donc un autre visage de Pwyll-Teyrnon, mais revêtu d'un aspect gaélique dû à l'influence irlandaise sur le Dyved où s'est développée la légende.

29. Notamment chez Gruffydd déjà cité, chez Henri Hubert (*Le Mythe d'Épona*), chez Jan de Vries (*La Religion des Celtes*, p. 90 et 134), chez P. M. Duval (*Les Dieux de la Gaule*, p. 47).

30. De toutes façon, *rig* et *regena* proviennent de la racine indo-européenne REG, diriger, s'étendre. Comparer le sanskrit *rnjati*, il s'étend, *rju*, droit ; le grec ὀρεγω, je tends, le latin *regere*, diriger, le gothique *rakjan* et l'allemand *recken*, étendre. Le vieux celtique **rektu* a donné le vieil irlandais *recht*, l'irlandais actuel *reacho*, ces mots signifiant « loi » ; le vieux breton *reith* et le gallois *rhaith* signifiant

« loi » ; le moyen-breton *reiz*, « juste », le breton actuel *reiz* dans le sens d'ordre et de loi.

31. T. H. Gaster, *Les Plus Anciens Contes de l'humanité*, p. 60, 66 et 101.

32. À la fois dans *Iphigénie en Aulide* où Iphigénie est la victime du sacrifice, et dans *Iphigénie en Tauride*, où la victime est devenue le substitut de la déesse, celle qui doit sacrifier les victimes et particulièrement son frère.

33. J. M., *Les Celtes*, p. 431-432.

34. On serait tenté de voir dans le nom de Viviane (ou Niniane) et aussi dans celui de Morgane, le fameux groupe ANA, en supposant un ancien **Gwen-Ana* (Anna la Blanche), ou encore **Guin-Di-Ana*, d'une part, et de l'autre un ancien *Morg-Ana*. Mais les formes latines (*ganieda*) et galloise (Gwendydd) de Viviane, ainsi que le sens de Morgane (venant de **Morigena*, née de la mer), ne permettent en aucun cas ce rapprochement.

35. Un an après la découverte d'une statue de sainte Anne à Commana dans le Finistère. Il semble qu'il y ait eu une « fièvre de sainte Anne » contagieuse à l'époque. C'est en 1625 qu'un Faysan de Keranna, après avoir eu des apparitions, découvrit une statue informe qui fut d'ailleurs retaillée par les Capucins d'Auray, car, aux dires des témoins, elle ne représentait pas grand-chose. Il est probable que Nicolazic, un brave homme parfaitement sain d'esprit et sincèrement pieux, a été, dans cette affaire, parfaitement manipulé, notamment par les Capucins d'Auray, nouvellement établis dans la région et qui voulaient créer un centre de pèlerinage profitable à la fois sur le plan matériel et sur le plan spirituel. *Cf.* J. M., *Les Celtes*, p. 434-436. On trouvera tous les détails officiels dans J. Buléon et E. Le Garrec, *Sainte Anne d'Auray*, Vannes, 1912. On notera enfin qu'en dépit des efforts nombreux, l'Église n'a jamais voulu canoniser Nicolazic.

36. Loth, *Mabinogion*, II, 326-329.

37. *Ibid.*, II, 335-336.

38. « La tradition du pays rapporte que ce sanctuaire en l'honneur de l'aïeule du Sauveur fut fondé au Ve siècle par le roi Gradlon et saint Gwénolé, et substitué à un sanctuaire païen dédié à la *Mater Casta* des Romains. Et cela n'est pas pour nous surprendre, car tout le pourtour de la baie de Douarnenez est semé de ruines gallo-romaines » (chanoine

J.-M. Abgrall, *Monuments du culte de sainte Anne*, Revue de Bretagne, tome XXVII, 1902 p. 161.

39. Grec ἄνεμος, vent ; latin *aminus* et *anima*, âme, esprit ; sanskrit *aniti*, il respire ; gothique *anan*, respirer.

40. Le pluriel *on*, en breton, désigne des êtres humains, et provient sans doute du latin *-ones*. *Cf.* J. Loth *Les Mots latins dans les langues brittoniques*, p. 472.

41. G. Dottin, *La Langue gauloise*, p. 226. Il est probable que le nom d'*ana* a été donné aux marécages à cause des émanations (des haleines) de gaz que l'on y observe. De toutes façons, les marais sont liés, dans toutes les mythologies, au concept d'enfer. Ils sont le *no man's land*, le lieu intermédiaire entre les deux mondes. Signalons que le nom de l'*Ankou*, lequel désigne en Bretagne armoricaine la Mort personnifiée, n'a rien à voir avec le mot *ana* : il provient en effet de la racine NEK, périr (latin *nex, necis, necare*) par l'intermédiaire d'un celtique **enkowo*.

42. *Breac* provient d'un ancien mot gaulois signifiant également « marais ». Les marais proches de Brennilis (peut-être *Brenn-Ellès*) *sont* appelés le Yeun-Ellez et passent pour être la porte de l'enfer dans la tradition locale. *Ellès* est en rapport avec l'anglais *Hell*, enfer, et provient de la même racine indo-européenne.

43. En effet, étant donné l'évolution du gallois à partir du radical celtique **rektu* transformé en *ruev* et *rhwyf*, roi, le nom de Rivanone qui se caractérise par la présence du V, représente nécessairement une forme galloise évoluée, postérieure à la différenciation des deux langues, c'est-à-dire au IXe siècle.

44. Encore un nom significatif où nous retrouvons le mot *rig*, roi. Il faut peut-être voir dans Rigour un **Rig-guor*, « grand Roi ».

45. D'après sa légende, il aurait eu la vision du Ciel entrouvert, ce qui est à l'origine, dit-on, du fameux *kantik ar Baradoz* (Cantique du Paradis) qui lui est attribué.

46. En dehors de la signification psychanalytique de l'arche (symbole sexuel féminin), nous pouvons remonter fort loin. En effet, le mot latin *arca*, lui-même d'origine étrusque et d'où provient le mot *arx*, citadelle, a le sens de coffre, cercueil, avant de signifier « caisse et armoire » (voir le mot provincial *archou* désignant un coffre, *an arc'h* en bret. moderne). À la même racine se rattachent *arctum*, lieu

étroit et resserré, et *arcere*, contenir, retenir, écarter, dont nous trouvons l'équivalent en grec ἀϱκεῖν, protéger, écarter, repousser. Mais n'y a-t-il pas un rapport avec la racine grecque ARCH qui a donné ἀϱχεῖν, commander, être en avant, et ἀϱχαίος ancien ? La Grande Reine n'est-elle pas en même temps la déesse des Morts (cercueil), la déesse des secrets (les arcanes), la déesse vierge (celle qui se protège et repousse), la déesse au milieu de la citadelle dont l'entrée (= le sexe) est étroite, et en plus la déesse des origines (archaïque) et la déesse qui commande (archonte). N'oublions pas que Noé devenu personnage masculin dans la version mosaïque de la Genèse, est en réalité la déesse sémite primitive *Nuah* flottant sur les eaux dans l'Arche qui la symbolise.

CHAPITRE IV

La révolte de la fille-fleur

Il n'échappe à personne que la société industrielle dans laquelle nous sommes plongés, quoique nous en pensions, et qui est inéluctable, quoi que nous fassions pour l'ignorer ou la refuser, est la suite logique de la société paternaliste instaurée aux débuts de l'agriculture qui consacrait la division du travail et la répartition des forces et des richesses entre les différents participants de la communauté. Cette société repose sur le travail, donc sur l'effort, voire sur la souffrance[1]. Cet effort, cette souffrance ont pour but un *rendement* destiné à procurer l'abondance des biens et de la nourriture. Mais pour viser haut, c'est-à-dire pour obtenir le maximum de rendement, il faut nécessairement sacrifier l'intérêt immédiat qui pousse à la consommation simultanée, au profit de l'intérêt futur qui pourra se satisfaire d'une production plus ample et plus variée, donc d'une consommation supérieure. Il y a déséquilibre entre l'intérêt immédiat qui est *instinctuel* et l'intérêt futur qui est *rationnel*, et nous retombons dans l'éternelle querelle entre l'*instinct* et la *raison*. Or, en dépit de ce que prétendaient les philosophes classiques, il apparaît que la Raison n'est pas hétérogène à l'Instinct : c'est l'instinct qui, grâce aux facultés supérieures de l'esprit, devient Raison. L'opposition entre Instinct et Raison est un faux problème, et pourtant, il empoisonne notre société parce que nous avons oublié la chaîne de relations qui les unit et parce que, perdant de vue que l'instinct a suscité la Raison pour sa propre satisfaction, nous ne donnons satisfaction qu'à la seule raison : d'où la constatation que la société industrielle, héritière directe de la société agricole paternaliste, est entièrement basée *sur la répression de l'instinct* en même temps que sur l'*exaltation de la Raison* considérée comme autonome. Et cette raison finit par tourner à vide, dans une extraordinaire accélération de la civilisation, laquelle civilisation, ayant perdu son but véritable, à savoir la satisfaction de l'Instinct, ne peut plus s'arrêter dans sa course, sous peine, *croit-on*, de disparaître à jamais et d'entraîner le genre humain dans sa perte.

Or l'instinct, que nous l'appelions sexuel, sensuel, érotique, voire bas-instinct, n'est pas autre chose que la recherche d'un état de béatitude interne, ce que certains appellent le bonheur. Ce bonheur est le but qu'on s'est fixé. Comme on n'y parvient pas, l'action débouche nécessairement sur un résultat, un effet : c'est le plaisir, qui n'est pas une fin, ni un moyen, mais l'aboutissement d'un acte incomplet, ou d'un acte pour lequel toutes les causes de succès n'étaient pas réunies. Le plaisir est en quelque sorte la forme imparfaite du bonheur, ou de ce qu'on croit être le bonheur, mais dans le monde relatif qui est le nôtre, est-il possible de découvrir le « bonheur » ? On est cependant obligé d'en venir à une autre constatation : le plaisir est ce qui reste à l'homme de plus désirable lorsqu'il veut satisfaire son instinct.

Et cet instinct, que la « civilisation » nous fait oublier, et que les différents systèmes d'éducation mettent délibérément sous le boisseau[2] au mépris de la nature humaine, il est évidemment symbolisé dans les sociétés paternalistes par la Femme. Si l'Instinct est opposé au rendement, la Femme, qui est instinct, qui est sensibilité, qui est intuition, s'oppose fatalement à l'Homme qui est Raison, qui est Logique, qui est Bâtisseur, qui est Producteur, qui est Organisateur. Et puis, les antiques terreurs vis-à-vis de la Femme sont bel et bien présentes : la Femme c'est aussi l'Amour, et l'amour est coupable. L'amour ne peut être toléré que parce qu'il provoque la procréation, du moins c'est ce qu'on dit pour excuser une sexualité impossible à nier. Mais cela, c'est un amour *pratique* : c'est encore un moyen de production qui vise à fournir à la société les travailleurs dont elle a besoin pour poursuivre le cycle infernal de son développement[3]. Et il existe un autre amour, parfaitement désintéressé, l'amour tout court qui peut unir deux êtres, et qui n'est pas forcément suivi de procréation. Cet amour-là est sinon interdit en face, du moins rabaissé, parce qu'il est dangereux pour la société. Freud dit très justement : « L'amour sexuel est une relation à deux, où un tiers ne saurait qu'être superflu ou jouer un rôle de trouble-fête[4], alors que la civilisation implique nécessairement des relations entre un grand nombre d'êtres. Au plus fort de l'amour, il ne subsiste aucun intérêt pour le monde ambiant ; les amoureux se suffisent l'un à l'autre, n'ont même pas besoin d'un enfant commun pour être heureux[5]. »

Si, comme l'on dit communément, les amoureux sont seuls au monde, il est évident que le monde, organisé et collectif, ne peut supporter ce retrait délibéré dans un autre univers. D'où le combat contre l'imagination, contre la sexualité. « Les relations libidineuses libres sont par essence antagonistes avec les relations de travail ; seule l'absence d'une satisfaction totale rend possible et soutient l'organisation sociale du travail. Même sous les conditions *optima* d'une organisation rationnelle de la société, la satisfaction des besoins humains exigerait du labeur, et ce fait seul imposerait des restrictions instinctuelles quantitatives et qualitatives, et par là de nombreux tabous sociaux. Quelque riche qu'elle soit, la civilisation dépend d'un travail régulier et méthodique, et aussi d'un report désagréable de la satisfaction. Puisque les instincts primaires sont, par leur nature même, rebelles à un tel report, leur transformation répressive demeure une nécessité pour toute civilisation[6] ». Il n'y a rien à ajouter à cette démonstration d'Herbert Marcuse, sinon que la Mythologie, par le jeu des symboles et des structures, en arrive à peu près aux mêmes constatations.

« Par sa puissance sexuelle, dit Otto Rank, la femme devient dangereuse pour la collectivité, dont la structure sociale repose sur l'angoisse qui, inspirée autrefois par la mère, a aujourd'hui pour source le père[7] ». Et si cette femme est dangereuse, on l'écarte, on l'enfouit dans les cavernes les plus profondes, on la masque, on la masculinise parfois. La Déesse-Mère est devenue le Dieu-Père. Et puisque les hommes ont quand même besoin de la Femme, alors, pourquoi se gêner ? Dieu a bien créé l'homme à son image, pourquoi l'homme ne créerait-il pas la Femme à sa propre image ? C'est alors que le mythe de Pygmalion devient significatif : car la Femme qu'il crée lui échappe, *la Femme se révolte* ; elle fait brutalement irruption dans la conscience alors qu'on l'avait oubliée dans l'Inconscient ; elle accomplit alors ce qu'elle doit accomplir, parce que tel est son rôle, parce que la Femme est, comme nous l'avons vu, celle qui permet à l'énergie de se manifester. Les conséquences peuvent être incalculables. Mais dans l'état actuel des choses, c'est-à-dire de la société paternaliste depuis ses origines, l'homme veille : nous allons découvrir ce combat dans un des plus étranges mythes que la tradition celtique nous ait légués, une histoire banale en apparence, mais lourde de résonances, incluse dans la quatrième branche du *Mabinogi* gallois, et par bribes dans un poème attribué à Taliesin, le fameux *Cad Goddeu*.

Histoire de Blodeuwedd (Pays de Galles) : Arianrod, fille de Dôn, a donné naissance à deux fils, Dylan et Lleu, qu'elle n'a pas voulu reconnaître. Dylan se précipite dans la mer et se noie. Lleu est élevé par son oncle Gwyddyon, fils de Dôn, frère d'Arianrod et probablement amant de celle-ci. Arianrod a jeté sur son fils la malédiction suivante : il n'aura pas de femme de la race des hommes. Alors Gwyddyon, aidé par son oncle le magicien Math, essaie de trouver une solution et de transgresser le *tabou* imposé par Arianrod. « Ils réunirent les fleurs du chêne, celles du genêt et de la reine-des-prés, et, par leurs charmes, ils en formèrent la pucelle la plus belle et la plus parfaite du monde[8] ». Puis ils la marient à Lleu Llaw Gyffes. Lleu Llaw Gyffes et Blodeuwedd mènent une vie sans histoire jusqu'au jour où, Lleu étant absent, Blodeuwedd offre l'hospitalité à une troupe de chasseurs conduite par Gronw Pebyr, seigneur de Penlynn en Merioneth[9]. La rencontre de Blodeuwedd et de Gronw est un véritable coup de foudre. « Blodeuwedd le regarda et, à partir de ce moment, il n'y eut pas une place dans tout son être qui ne fût pénétrée de son amour. Il jeta lui aussi les yeux sur elle et fut envahi par les mêmes sentiments. » Ils passent la nuit ensemble et Blodeuwedd refuse de le laisser repartir le lendemain. Leur passion est si forte qu'ils envisagent de se débarrasser du mari devenu gênant. Gronw dit à la jeune femme d'essayer de savoir de Lleu lui-même comment il pourrait être tué. Blodeuwedd, au retour de Lleu, questionne donc celui-ci et parvient à lui faire dire les conditions dans lesquelles il pourrait être tué, conditions qui ne sont guère faciles à remplir : il faut que Lleu se trouve sur le bord d'une rivière, qu'il ait un pied sur le dos d'un bouc et l'autre sur le rebord d'une cuve dans laquelle on lui a préparé un bain. Quant à l'arme qui pourrait tuer Lleu, il faudrait une année pour la préparer, et encore n'y travailler que pendant la messe du dimanche. Une fois en possession de ces renseignements, Blodeuwedd les fait connaître à Gronw qui prend ses dispositions. Au bout d'un an,

Blodeuwedd, comme par curiosité, demande à Lleu de lui montrer comment il pourrait se tenir à la fois sur le dos d'un bouc et sur le rebord d'une cuve à bain. Alors, tandis qu'il fait la démonstration, Gronw lance un javelot sur lui. « Lleu s'envola sous la forme d'un oiseau en jetant un cri strident, affreux, et on ne le revit plus. » Alors Blodeuwedd peut couler des jours heureux auprès de Gronw Pebyr. Mais Gwyddyon parcourt tout le pays à la recherche de Lleu. Un jour, suivant une truie dont le comportement est bizarre, il parvient sous un arbre où un aigle est perché, laissant tomber, lorsqu'il se secoue, des vers et de la nourriture que mange la truie. Gwyddyon comprend qu'il s'agit de Lleu. Par ses incantations, il redonne forme humaine à son neveu, le fait soigner et, une fois qu'il est guéri, l'emmène avec lui pour accomplir la vengeance contre Lleu et Blodeuwedd. Gwyddyon part en avant. Quand elle apprend la nouvelle, Blodeuwedd prend peur. « Avec ses servantes, elle se dirigea, à travers la rivière Kynvael, vers une cour située sur la montagne. Leur terreur était telle qu'elles ne pouvaient marcher qu'en retournant la tête ; elles tombèrent ainsi dans l'eau sans le savoir, et se noyèrent toutes à l'exception de Blodeuwedd. Gwyddyon l'atteignit alors, et lui dit : Je ne te tuerai pas, je ferai pis. Je te laisserai aller sous la forme d'un oiseau. Pour te punir de la honte que tu as faite à Lleu Llaw Gyffes, tu n'oseras jamais montrer ta face à la lumière du jour, par crainte de tous les autres oiseaux. Leur instinct les poussera à te frapper, à te traiter avec mépris partout où ils te trouveront. Tu ne perdras pas ton nom, on t'appellera toujours Blodeuwedd. On appelle en effet le hibou Blodeuwedd aujourd'hui encore. C'est ainsi que le hibou est devenu un objet de haine pour tous les oiseaux » (J. Loth, *Mabinogion*, I, 199-210[10]).

Le premier élément de ce mythe de Blodeuwedd est celui de la malédiction concernant Lleu, malédiction prononcée par sa mère sous forme de tabou, de véritable *geis* irlandais, tel qu'il était pratiqué par les anciens druides : Lleu n'aura pas de femme de la race des hommes. Pourquoi cette étrange interdiction, surtout de la part d'une mère ? N'oublions pas qu'Arianrod est un des visages de la Déesse-Mère. Son fils est donc le premier être humain. Il est dans la situation d'Adam, premier homme, né de la divinité. Il ne peut donc pas avoir de femme de la race des hommes, puisqu'il représente à lui tout seul cette race des hommes. D'ailleurs la divinité, qui ne peut être divinité qu'en s'opposant à la non-divinité qui est la créature, n'a pas besoin qu'une autre créature vienne brouiller l'entente — ou l'opposition, ce qui est rigoureusement identique — entre elle et sa créature. La Déesse-Mère Arianrod se réserve jalousement Lleu, son fils, qui sera aussi son amant. Là le mythe est analogue au mythe d'Ischtar et de Tammuz, à celui de Cybèle et d'Attis, à celui d'Aphrodite et d'Adonis. Une situation identique sera réalisée en projection idéale dans le couple Marie-Jésus, dont la symbolisation la plus courante est la Madone à l'Enfant, groupe plastique existant, rappelons-le, bien avant le christianisme.

Le deuxième élément est la création de Blodeuwedd. Par leurs charmes, et à partir des fleurs, c'est-à-dire de la nature en pleine évolution, Math et Gwyddyon *fabriquent* Blodeuwedd. Math est le maître de la magie, donc le metteur en œuvre des forces de la nature. Mais comme il est blessé à la cuisse (= impuissant), c'est Gwyddyon qui se substitue à lui en tant que *démiurge* et qui va jouer le rôle du père. Il usurpe en fait les pouvoirs de son oncle et se trouve dans l'exacte situation de Prométhée qui ravit le feu du ciel à Zeus et qui crée Pandore, la première femme. On notera que dans la création de Pandore, comme dans la création de Blodeuwedd, comme dans la création de la mystérieuse Lilith sur laquelle nous reviendrons, *la déesse-mère ne joue plus aucun rôle* : c'est une création d'homme, de mâle, c'est l'indice d'un mythe structuré dans le cadre d'une société masculine. En fait le mâle veut ravir à la femme son pouvoir de création, parce que la femme, par son indépendance et par son exclusivité de procréation, représente une ennemie indocile qu'il faut essayer de faire plier à la loi paternelle. Dans la création de Blodeuwedd, de Pandore et de Lilith il faut voir le symbole du grand renversement qui a eu lieu dans une période lointaine et incertaine de l'Antiquité ou de la préhistoire : le culte du dieu-père a remplacé le culte de la déesse-mère, la société de structure masculine paternaliste a remplacé la société de structure féminine gynécocratique. Et sur un plan encore plus philosophique : la *civilisation de la Raison* (qui construit, qui organise, qui divise, qui légifère, qui *géométrise*) *a remplacé la civilisation de l'Instinct* (essentiellement féminine, reposant sur la sensibilité, l'affectivité, la sexualité). Math et Gwyddyon, en fabriquant Blodeuwedd hors de l'utérus maternel, nient la sexualité et nient la femme primitive, créant de toutes pièces une autre femme, formée à leur propre image masculine. Désormais le Père a vaincu la Mère : il vient de modeler sa fille selon ses propres désirs. Désormais la femme sera un *objet manufacturé*, que l'homme pourra posséder et dont il pourra user selon son propre désir[11].

Le troisième élément est le mariage de Lleu et de Blodeuwedd. Celle-ci a été créée dans ce but unique : servir de compagne à Lleu, comme Lilith, puis Ève ont été créées dans le but unique de servir de compagne à Adam. Elle est la projection fantasmatique de Lleu, son double narcissique, de la même façon qu'Ève est l'image châtrée d'Adam. Blodeuwedd n'a donc pas eu à choisir. Gwyddyon, c'est-à-dire le Père, le représentant de l'Ordre paternaliste, l'a donnée à Lleu, à son fils. La situation de Lleu et de Blodeuwedd est par conséquent identique à celle d'Adam et Ève. Gwyddyon et Math donnent un territoire au jeune couple, une sorte de paradis terrestre éloigné de tout souci et de toute pénurie. Blodeuwedd et Lleu pourraient être parfaitement heureux mais selon la conception paternaliste du bonheur, c'est-à-dire dans le couple familial : la famille est la cellule de base de cette société, alors qu'autrefois c'était le « clan », ou ce qu'il est convenu d'appeler ainsi, qui servait de cellule de base. Et cette famille est nécessairement étroite, restreinte, puisqu'elle repose sur la monogamie et qu'elle peut se borner à deux êtres, le mari et l'épouse. Il y a donc dans le mariage de Lleu et de Blodeuwedd beaucoup plus qu'une simple anecdote, qu'un simple accident de parcours : le mythe recouvre tout un ensemble de traditions concernant l'établissement de la société de type paternaliste. Avant, la femme était isolée : Arianrod, fille-mère dont les enfants sont élevés par les oncles maternels, est un exemple concluant. Maintenant, il y a le couple.

Le quatrième élément est la réaction de Blodeuwedd à l'égard de cette situation donnée mais non acceptée. Il s'agit de *la révolte de la Fille-Fleur*. Refusant son aliénation, Blodeuwedd revendique son droit à la liberté : elle choisit son amant parce qu'elle l'aime. Le conflit entre l'Instinct et la Raison devient aigu, mais Blodeuwedd, amoureuse de Gronw Pebyr, choisit l'Instinct contre la Raison. Quant au fait que Gronw Pebyr signifie « le Jeune homme fort », il symbolise admirablement la révolte de la jeune femme, cherchant l'appui du jeune fils, pour se dresser contre l'autorité paternelle (Gwyddyon) et contre ce qui en découle, l'autorité maritale (Lleu).

Le cinquième élément est le meurtre de Lleu par les deux amants. Il pourrait s'agir d'un banal fait divers, tellement répété dans l'histoire de l'humanité qu'on n'ose même plus en parler. On a tort. La révolte de la Fille-Fleur ne peut pas être absolue si elle ne va pas jusqu'à la mort du mari. En admettant que Blodeuwedd et Gronw se fussent contentés de s'aimer en cachette (Comme Tristan et Yseult, comme Lancelot et Guenièvre), ils auraient en quelque sorte *avalisé* la société paternaliste qui les aliénait en en respectant les structures dans le plus pur style du vaudeville où l'on rit volontiers du cocu sans pour autant trouver qu'il est gênant. Blodeuwedd et Gronw Pebyr se débarrassent de Lleu parce que le malheureux représente, à son corps défendant, tous les tabous sociaux de la société paternaliste. En vérité, ce n'est pas Lleu que les amants visent, mais à travers lui l'autorité paternelle représentée par Gwyddyon. C'est Lleu qui est tué (ou plutôt qui est occulté, car il ne meurt pas vraiment), mais c'est Gwyddyon qui est bafoué. Ainsi s'explique d'ailleurs l'acharnement avec lequel Gwyddyon essaie de retrouver Lleu, et la façon dont il se venge.

Le sixième élément est l'échec de la tentative de libération de Blodeuwedd. La révolte de la Fille-Fleur a été éphémère. Gwyddyon, qui représente intégralement tous les pouvoirs de la société paternaliste, fait intervenir à la fois la magie et le droit pour rétablir l'ordre un instant menacé. Gwyddyon est le Père-Shaman, vainqueur de la mort, prêtre, démiurge et législateur. Il châtie l'imprudent jeune homme qui avait fait alliance avec la Femme, mais ce qui est très important, *il ne peut pas se débarrasser de Blodeuwedd qui est sa propre création : il doit se contenter de la transformer en hibou.*

On pourrait être étonné de constater que les pouvoirs de Gwyddyon s'arrêtent à une métamorphose. Cependant l'explication est simple : si Blodeuwedd est sa propre création, *si elle a surgi de sa pensée*, elle détient une réalité beaucoup plus forte que si elle était née de sa chair. On peut nier la matière, pas la pensée, puisqu'en la niant, on l'affirme encore. Gwyddyon est dans l'impossibilité de nier Blodeuwedd : elle appartient à sa pensée, à sa mémoire, elle existe à jamais dans la mémoire des hommes. Alors, il n'y a qu'une seule solution, celle que Gwyddyon choisit : en la transformant en hibou, c'est-à-dire en *oiseau de nuit*, il rejette Blodeuwedd dans les ténèbres. Et nous traduirons plus simplement : le Père rejette la Fille révoltée dans les ténèbres de l'Inconscient.

Mais toute pensée formulée échappe à son auteur. On connaît les curieuses théories d'Honoré de Balzac, dans *Louis Lambert*, sur l'existence de nos pensées en dehors de nous. Ces théories, d'ailleurs empruntées au philosophe illuminé Swedenborg, ont fait rire quantité de générations de savants rationalistes. C'est fort regrettable, car ces mêmes rationalistes auraient pu s'apercevoir que sous une forme symbolique, il s'agit en fait d'exprimer que chaque fois qu'une pensée est formulée dans une conscience, étant donné que la pensée n'est pas niable, elle existe pour toujours et peut résister à d'autres pensées surgies de la même conscience. C'est d'ailleurs ce qui a été mis en évidence par la Psychanalyse. Les plus lointaines pensées, formulées dans notre enfance, même refoulées au plus profond de l'Inconscient, peuvent, à un moment ou à un autre, surgir au niveau de la conscience et provoquer des troubles, en s'opposant à d'autres pensées.

Ainsi Blodeuwedd *refoulée* dans l'Inconscient peut resurgir à n'importe quel moment dans la conscience de Gwyddyon, de Gwyddyon qui est l'homme paternaliste. Ce qui veut dire que la révolte de la Fille-Fleur menace continuellement les bases de la société paternaliste même si l'on n'en parle pas, même si la morale la condamne. Nous retrouvons ici une des causes de la terreur que la Femme inspire à l'homme, une des causes de l'état d'infériorité et d'*inconnaissance* dans lequel on laisse volontairement la Femme. Il n'est pas bon qu'elle sache qu'elle peut se révolter, qu'elle sache que le mythe de Blodeuwedd est le mythe de toute femme, et qu'il existe un complexe dont l'antiféministe Freud n'a jamais parlé : le *complexe de Blodeuwedd.*

D'ailleurs, toute cette histoire de Blodeuwedd n'est

pas sans rappeler une tradition fort obscure — parce qu'elle a été volontairement obscurcie — qui nous vient des textes bibliques, ou plutôt des textes parabibliques soigneusement écartées de la version officielle. Il y a en effet de nombreux points communs entre la légende de Blodeuwedd et l'histoire de la mystérieuse Lilith, *la première femme*.

Histoire de Lilith (tradition juive) : Lorsque Jéhovah créa Adam, il créa en même temps une femme, Lilith, comme lui tirée du limon de la terre. Et elle fut donnée à Adam comme épouse. Mais Lilith ne fut pas satisfaite parce qu'elle attendait autre chose d'Adam. Elle se brouilla avec lui, prononça le nom ineffable de Jéhovah et s'envola dans les airs. Adam réclama sa femme à Jéhovah et celui-ci envoya à la poursuite de Lilith les trois anges Senoï, Sansenoï et Samangloph qui la rattrapèrent sur les bords de la Mer Rouge, là où plus tard les troupes égyptiennes seraient englouties sur l'injonction de Moïse. Lilith refusa de reprendre sa place auprès d'Adam. Les trois anges, sur l'ordre de Jéhovah, lui notifièrent qu'elle perdrait chaque jour cent de ses propres enfants si elle ne revenait pas. Lilith accepta le marché. Alors les trois anges voulurent la noyer dans la Mer Rouge, mais Lilith plaida sa cause et eut la vie sauve à condition qu'elle ne ferait jamais de mal à un enfant nouveau-né, là où elle verrait son nom écrit. Enfin Jéhovah donna Lilith à Sammael (Satan), et ce fut la première des quatre femmes du diable, en même temps que la persécutrice des nouveau-nés (Drach, *De l'harmonie de l'église et de la synagogue*, II, p. 319).

Il semble bien que cette curieuse tradition corresponde en tous points à la tradition celtique concernant Blodeuwedd. Comme Blodeuwedd, Lilith est une création du démiurge. Elle est *donnée* à Adam, comme une femme-objet. Elle se révolte et refuse d'obéir à Jéhovah, c'est-à-dire au Père. Et comme Gwyddyon ne peut se débarrasser de sa créature Blodeuwedd, Jéhovah ne peut pas se débarrasser de celle qu'il a créée en même temps qu'Adam : il ne peut que l'écarter[12]. Et surtout, le nom de *Lilith*, qui est très révélateur, la rattache indéniablement au mythe de Blodeuwedd.

En fait, le nom de *Lilith* ne se trouve cité qu'une seule fois dans la Bible : il y est dit, à propos de l'Idumée, contrée d'Edom, au sud-sud-est de la Palestine, réduite à l'état de désert, que « la *Lîlît* y aura sa demeure, elle trouvera là le lieu de son repos » (*Isaïe*, XXXIV, 14). Le mot *lîlît*, qui est à rapprocher de l'assyrien *lîlîtu*, de *lilaatuv*, « soir », signifie proprement *nocturne*. Il semble désigner un oiseau nocturne de mauvais augure, analogue au chat-huant, ou à la chouette (latin *noctua*), ce qui nous ramène à Blodeuwedd métamorphosée en hibou et condamnée à errer pendant la nuit. On pourrait également penser aux *Lîlu* de la mythologie assyrienne, qui sont de mauvais esprits toujours prêts à surgir dans l'obscurité.

Or la *Lîlît* du texte hébreu est traduite par ὀνοκενταυρος dans la version grecque des Septante, et par *Lamia* dans la Vulgate latine de saint Jérôme. L'ὀνοκενταυρος, l'onocentaure, est un animal fabuleux, moitié humain et moitié cheval ou âne : il n'y a guère de rapports apparents avec le mythe de Lilith-Blodeuwedd. Mais les *lamiae* sont beaucoup plus intéressantes. D'abord elles sont bien connues dans les traditions grecques ou latines. C'étaient des monstres voraces et nocturnes, apparaissant souvent sous forme d'oiseaux, et dont la croyance populaire avait fait des épouvantails[13]. Aristote décrit la *Lamia* comme une sorte de requin (*Hist. animal.* V, 5). Dans les *Métamorphoses* d'Apulée, des sorcières nocturnes sont comparées à des *lamiae* (I, 17). Un peu plus loin, le héros de l'aventure, Lucius, aperçoit son hôtesse Pamphila, qui est sorcière, prête à s'envoler sous forme de hibou (III, 21). Chez la plupart des auteurs, il s'agit en tout cas de monstres féminins qui dévorent les hommes et les enfants. Ils sont analogues aux fameuses *striges*, êtres à moitié femmes et à moitié oiseaux, et dont nous parle Ovide dans les *Fastes* (VI, 135 et suiv.), « volant, à travers la nuit, à la recherche des enfants et des nourrices sans lait, et souillant les corps arrachés aux entrailles de celles-ci ». Les *lamiae* sont encore assimilées aux Harpies qui sont le nom donné aux vieilles femmes qui se changent en bêtes pour venir mutiler les cadavres (Apulée, *Méta*. II, 23). Enfin, il est certain que la *Lamia* ou la *Lîlît* a quelque chose de commun avec la *Ghula* des traditions arabes[14], laquelle est devenue la « Goule, » ou même « la Goulue », nom que les contes folkloriques français donnent quelquefois aux fées qui emportent les petits enfants dans leurs grottes souterraines[15].

Mais le rôle de Lilith ne semble pas être terminé lorsqu'elle rejoint Satan, bien au contraire. D'après le *Zohar* (*Hhadasch*, section Yitro, p. 29), elle participe ensuite à la perdition d'Adam, auquel Jéhovah a donné comme deuxième épouse, Ève, née de sa propre côte (c'est-à-dire à l'image de l'homme, reflet de l'homme, *image châtrée d'Adam*). « Après que le Tentateur (Sammaël) eut désobéi au Très Saint, béni soit-il, le Seigneur le condamna à mourir. Alors il dit : Que vais-je faire ? Si je meurs, Adam prendra un autre serviteur. Car le Tentateur et sa compagne sont esclaves. Que fit-il ? Ils allèrent, lui et sa femme, séduire Adam, et le Tentateur séduisit Ève. » La Kabbale fait écho à cette tradition (Livre Emek-Ammélehh, XI) en précisant à propos d'un passage d'Isaïe (XXVII, I), que Sammaël sera châtié : « en ce jour-là, Jéhovah visitera de son épée terrible Léviathan, le serpent insinuant, qui est Sammaël, et Léviathan, le serpent sinueux, qui est Lilith ».

Ce texte nous donne l'occasion de constater que, d'une part, Lilith est comprise dans le châtiment suprême infligé à Sammaël (alors que les trois autres épouses de Satan en sont exclues), et que, d'autre part, Lilith revêt aussi un aspect de serpent. La « serpente »

Mélusine, dont le caractère ambigu n'est plus à démontrer, n'est pas très loin. Mais la vengeance promise par Jéhovah à l'encontre de Sammaël et de Lilith équivaut à la vengeance de Gwyddyon contre Blodeuwedd et Gronw Pebyr. Et c'est à la psychologie des profondeurs qu'il faudra bien recourir une fois de plus si nous voulons essayer de comprendre la valeur profonde du mythe et sa répercussion dans la mémoire des sociétés de type paternaliste.

En effet, comme nous l'avons dit, Lilith ne disparaît pas complètement : elle n'est que refoulée dans l'inconscient, et à la moindre occasion, elle surgit à nouveau dans la conscience. Et « quand Lilith se manifeste à nouveau et sort des ténèbres du refoulement, c'est que *la loi paternelle est mise en échec*. Ainsi, lorsqu'Ève s'apprête à détourner Adam du droit chemin, c'est Lilith qui réapparaît. Lilith, c'est la mère d'Adam, elle le nourrit, et de temps en temps, attendrie et érotique, elle joue avec le pénis du petit Adam[16] ». Il peut paraître exagéré de prétendre que Lilith est la mère d'Adam : il faut pourtant qu'Adam ait eu une mère, sinon il ne serait pas un être humain. Même si Adam n'a jamais connu de mère matérielle, il doit la créer pour lui-même en image. N'est-il pas significatif que le personnage de Lilith ait disparu du texte officiel de la Bible ? Il était gênant qu'Adam eût une mère, et une mère qui fût aussi son épouse. D'ailleurs, la fuite de Lilith d'auprès d'Adam ne peut-elle être interprétée comme un sevrage ? De toute façon, il y a équivalence entre l'épouse et la mère. « La notion d'interdiction a été déplacée de ce jeu génital sur le fait de sucer le sein (manger la pomme)… Le sens véritable est : « on peut manger la pomme mais il est interdit à un fils d'avoir un jeu sexuel avec sa mère »… Qui est donc Lilith ? C'est pour Adam un premier objet d'amour dont il ne doit pas se souvenir, qui lui a révélé son sexe[17]… »

On a vu que le *Zohar* et la tradition kabbalistique

assimilent Lilith au serpent, et que nous y retrouvons l'image de la Fée à la queue de serpent (ou à la queue de poisson comme pour les Sirènes). Psychanalytiquement, Lilith avec une queue de serpent symboliserait la scène primitive où la tête du serpent a pénétré en elle. « Avec qui Lilith fait-elle l'amour ? Cela ne peut-être qu'avec Dieu, et dans ce sens, Lilith aurait précédé Adam. Peut-être alors peut-on aller plus loin… Dieu créa l'homme à son image, entre autres avec un pénis tout comme lui. L'image de Dieu, image humaine, ne naît-elle pas de sa séparation avec sa partie féminine, découvrant ainsi selon le mythe platonicien son sexe[18]. Lilith à queue de serpent,… image androgyne du Dieu primitif, celui qui existait auparavant, certes tout-puissant, mais par là même inexistant car ignorant le désir[19]. »

L'image de Lilith à queue de poisson ou de serpent (serpent et poisson peuvent avoir le même sens phallique) serait donc l'image de la divinité androgyne, avant la création, c'est-à-dire avant le désir, c'est-à-dire avant la *séparation* de l'être primitif et absolu, donc équivalant au néant, comme on le sait depuis Héraclite et les philosophes présocratiques, lesquels avaient déjà formulé depuis longtemps les thèses de Hegel. Cette image représente donc le souvenir de la Lilith primitive. Mais celle-ci est devenue oiseau de nuit : elle s'est envolée et a disparu dans les ténèbres. Sa seconde forme, correspondant à une image débarrassée d'éléments terrestres, est la forme qu'elle revêt dans la mémoire. Ce mythe n'est d'ailleurs pas tellement théologique, il est essentiellement social. Dans une société paternaliste, Lilith a été refoulée pour laisser place à Ève. *Ève représente donc la femme vue, éduquée, modelée par l'homme*. Ève est incomplète, il lui manque quelque chose : cet aspect Lilith qu'elle prend quelquefois lorsqu'elle se révolte, cet aspect qu'a pris Ève en mangeant la pomme, *cet aspect que prendra la Vierge Marie en donnant naissance à un fils qui se révoltera contre la loi du Père et imposera une nouvelle loi, l'Évangile* (la bonne parole) *du Fils* (et de la Mère). Ainsi s'étale devant nous le passage du Judaïsme (Paternalisme) au Christianisme primitif (Maternalisme), lequel sera immédiatement récupéré par les tenants du Paternalisme et détourné de ses véritables buts.

En fait, Ève, la femme, est *aliénée*. Elle ne possède pas son entière personnalité. Elle « ne sera que l'image de la forme châtrée (de Jéhovah et d'Adam) et non pas l'image de la partie féminine de Dieu. De cette façon, la représentation d'une forme du désir d'une moitié de l'ex-toute-puissance divine est écartée et devient aussi silencieuse que le vagin d'une petite fille[20] ». Ève est la *femme muette*, l'ombre de la femme, presque un fantasme. La femme réelle, c'est Lilith. Et dans le mythe celtique, Blodeuwedd, *née des fleurs*, car c'est le sens de son nom, n'est qu'une ombre de femme : elle est création artificielle de l'esprit mâle de Gwyddyon, elle n'est qu'un reflet *châtré* de l'homme. Mais lorsqu'elle se révolte, elle abandonne son aspect d'Ève pour revêtir celui de Lilith. Elle n'est plus aliénée. Autrefois née des fleurs et attachée à la terre, elle devient oiseau de nuit : elle pourra désormais apparaître à tout homme *pendant la nuit*, c'est-à-dire pendant que le sommeil permettra à l'inconscient de surgir dans le rêve.

Car tout homme, insatisfait au fond de lui-même, et n'osant pas se l'avouer, rêve de Lilith-Blodeuwedd qui seule pourrait combler son désir d'infini, car l'Ève qu'il a à ses côtés n'est plus qu'une caricature de la féminité, même si c'est lui qui l'a voulu ainsi. Nous prendrons pour illustrer ce thème deux exemples littéraires récents qui semblent procéder de cette préoccupation et qui, en tout cas, s'articulent parfaitement sur le mythe.

Le premier est l'*Histoire de l'œil* de Georges Bataille, ouvrage pornographique s'il en fut, mais d'une telle beauté, d'une telle valeur poétique et d'une telle profondeur, qu'il suffirait à réhabiliter ce genre littéraire quelque peu tombé en des mains mercantiles et sordides.

Histoire de l'œil (Georges Bataille) : Deux adolescents, le narrateur et Simone se livrent à des jeux sexuels qui reflètent les obsessions de l'auteur, d'ordre familial et social. Un jour, alors que se déchaîne un orage, au bord de la mer, Simone et le narrateur pratiquent un de leurs jeux et sont surpris par une autre adolescente, Marcelle (« la plus pure et la plus touchante de nos amis »). Ils la font participer à leur activité dans une atmosphère de frénésie et de démence. Un autre jour, ils invitent des jeunes gens et des jeunes filles à une surprise-partie qui se termine en orgie. Marcelle est là (« La vue de Marcelle rougissante nous avait troublés ; nous nous étions compris, Simone et moi, certains que rien ne nous ferait reculer désormais »). Au cours de l'orgie, Marcelle s'enferme *dans une armoire* pour parvenir à un orgasme solitaire. Mais elle devient folle. Marcelle est enfermée dans un asile. Le narrateur vit en cachette dans la chambre de Simone et se livre toujours avec elle à des jeux sexuels *puérils* qui n'aboutissent jamais à l'acte parce qu'il leur manque la présence de Marcelle. Ils imaginent alors Marcelle avec eux, dans leurs fantasmes (« D'ailleurs les régions marécageuses du cul — auxquelles ne ressemblent que les jours de rut et d'orage ou les émanations suffocantes des volcans, et qui n'entrent en activité, comme les orages et les volcans, qu'avec quelque chose d'un désastre — ces régions désespérantes que Simone, dans un abandon qui ne présageait que des violences, me laissaient regarder comme en hypnose, n'étaient plus désormais pour moi que l'empire souterrain d'une Marcelle suppliciée dans sa prison et devenue la proie des cauchemars »). Une première expédition les conduit, une nuit, à l'asile où se trouve Marcelle. Puis, ils y retournent et enlèvent la jeune fille qu'ils amènent dans leur chambre. Mais Marcelle s'enferme dans la fameuse armoire et se pend. Simone et le narrateur accomplissent l'acte charnel sur le cadavre de Marcelle, mais désormais, liés par une force mystérieuse. Puis, privés de Marcelle, ils errent à travers le monde à la recherche de jeux sexuels de plus en plus compliqués et de plus en plus cruels sans pouvoir jamais satisfaire pleinement leurs désirs.

En dehors du contexte particulier qui est l'univers fantasmatique de Georges Bataille, ce conte met en évidence l'aliénation du couple qui ne peut arriver au bout de ses désirs parce que la femme n'est pas en possession de tous ses moyens, n'est pas en possession de sa véritable personnalité. Marcelle et Simone ne sont que les deux aspects d'une même femme que l'homme, malgré toute son imagination et toute sa *perversité* (laquelle est une révolte contre l'état de fait), ne peut pas reconstituer. Marcelle ne sera jamais Simone et inversement, alors que tous les efforts des protagonistes du drame tendaient à unifier les deux femmes en une seule et entière figure. Simone sent confusément qu'elle n'est qu'une Ève, qu'elle n'est que la forme châtrée d'Adam. Elle est hantée par l'image de Lilith et l'appelle de tous ses vœux. Mais dans le contexte de culpabilité qui est celui de notre société, Lilith est interdite : elle se cache dans l'armoire, elle est internée dans un asile, elle se pend dans l'armoire. Ce sont autant de symboles, parfaitement inconscients chez l'auteur, pour marquer le refoulement de Lilith dans les ténèbres. En dépit de la tentative de révolte, Blodeuwedd est toujours oiseau de nuit. Marcelle n'est plus qu'une ombre qui hantera férocement la mémoire des deux amants qui savent désormais que leur lutte est sans espoir : ils savent ce que cela aurait pu être et ne peuvent donc plus trouver aucune satisfaction, car Simone est l'Ève châtrée, privée de son aspect interdit. Ce conte de Georges Bataille dépasse de loin la simple anecdote, ou la simple transcription des « obsessions » de l'auteur : c'est en fait l'actualisation de tous les fantasmes de l'être humain à la recherche de son équilibre, équilibre que ne peut en aucune façon lui donner la société actuelle à cause de ses exclusives paternalistes. Et tant que Blodeuwedd sera hibou par la volonté de Gwyddyon, il en sera ainsi.

Le deuxième exemple littéraire qui nous servira d'illustration du thème sera emprunté à Rémy de Gourmont, auteur qu'on chercherait en vain à classer parmi les naturalistes ou les décadents de la fin du XIXe siècle. En fait, l'esprit symboliste imprègne son œuvre, curieuse à bien des égards, et très nettement « fin de siècle ». Rémy de Gourmont a en effet écrit une pièce de théâtre — injouable — à laquelle il a donné le titre de « Lilith » et dont l'argument repose sur la tradition rabbinique de l'épouse de Satan. Cette pièce, disons-le, est le comble du mauvais goût, et par là même, paradoxalement, elle confine au génial. Et de plus, l'érotisme avec lequel Rémy de Gourmont assaisonne son texte témoigne d'une vision authentique du mythe de Lilith complètement déformée par un écran qui est celui de la société masculine, celle de l'auteur, et dont il ne peut se débarrasser. Rémy de Gourmont est incontestablement attiré par le personnage de Lilith qu'il tente de faire surgir à la lumière du jour. Mais il en est si effrayé qu'il le cache immédiatement sous les mots de « perverse », de « dépravée », de « vicieuse », qui satisfont son complexe de culpabilité.

Lilith (Rémy de Gourmont) : Jéhovah crée Lilith, la première femme. Elle lui réclame immédiatement un mâle. Il la donne à Satan.

« SATAN. — Salut, compagne que me donne l'inexpérience de Jéhovah ! Salut, beauté de hasard échappée à ses doigts vieillis ! Salut, fille de joie ! Salut, Luxure ! Ce vice me manquait. Ha ! ceci est une pâture plus réjouissante que l'orgueil. L'orgueil est creux…

(Caressant à pleines mains les seins de Lilith qui se laisse faire, les yeux fermés.)

… Ceci est plein, ceci est chaud, ceci est doux !

(Les salutations manuelles charment Lilith qui se renverse, se tord et se bombe. Mais devenu, devant la femme qu'il ignore, soudainement stupide, Satan se met à la pétrir comme une lourde pâte ; il bave, ses yeux saignent ; il se démène ainsi qu'un forcené : il grogne, il aboie, il mord… Alors Lilith, d'une adroite caresse, le rend docile : elle s'agenouille, sérieuse, adorant et baisant le mâle ; puis elle se couche, entraînant dans sa chute le démon assagi, qui a compris enfin de quelles œuvres Lilith est avide, et de quelles pollutions.)

SATAN. — Oui, tels devaient être nos premiers baisers, à nous ! nous avons pour jamais faussé l'amour ! nous lui avons mis la tête en bas ! Femelle, je t'adore !

LILITH. — Mâle, je t'adore !

S. — Femelle, à toi mes éjaculations du soir.

L. — Mâle, à toi ma prière du matin.

S. — Je humerai ton sexe comme un bouquet de lilas.

L. — Je donnerai la becquée à ton sexe comme à un petit oiseau.

S. — Mon univers est là, sous cette ombre.

L. — Mes joies emplissent ma main.

S. — Nous avons communié sous les deux espèces… Tu ne comprends pas ? Dans quatre ou cinq mille ans, cette plaisanterie aura quelque sel. Tu verras, c'est assez blasphématoire[21].

L. — Ô mon pain quotidien !

S. — Ô ma coupe de vin nouveau !

L. — J'ai faim de ta chair, ô mon bouc.

S. — J'ai soif de ton sang, ô ma louve.

(Ils se jettent l'un sur l'autre ainsi que sur des proies et se tordent en de furieuses courbes ; puis ils s'affaissent, écrasés, la bouche ouverte, les doigts comme des crocs, recourbés vers la paume.)

LILITH. —(La première et d'une voix luxurieusement lasse qui, après chaque invocation, meurt en une caresse) : *Iod*, ô mâle, Dieu et Phallus, axe du Monde et axe de l'Esprit, je te révère, *Iod*, ô mâle !

SATAN. — *Hé*, ô femelle, Matrice et Beauté, indolence spirituelle, lascivité, je te révère, *Hé*, ô femelle !

L. — Ô Copulation, femelle et mâle, trombe et calice, obscurité du demain, je te révère, *Va*, ô copulation !

S. —*Hé*, ô femelle !

L. — Ne m'appelle pas *Hé*, appelle-moi Stérilité. Ne suis-je pas l'Inféconde ?

S. — Non, ton fils sera Sodome, et ta fille Gomorrhe.

L. — Qu'ils soient bénis, mais qu'ils soient les uniques — et je serai la Mère heureuse entre les mères. Amen. Ô Père des vices futurs, donne-moi la joie de mes lèvres » (R. de Gourmont, *Œuvres*, 1891-1892, tome VI, p. 31).

À travers ces litanies de Satan et de Lilith, on peut reconnaître l'ambiguïté profonde et permanente du désir masculin, à la fois tenté et effrayé par la Femme, et le portrait que les rêves inconscients de l'homme tracent de cette Femme *non aliénée*, non retouchée par les structures de la société masculine. C'est le *tabou* jeté sur l'amour, possession totale de deux êtres en dehors de toute finalité biologique, qui est dénoncé par Rémy de Gourmont. Mais en même temps que ce *tabou* est dénoncé, il est officialisé, légalisé : un tel amour qui donnerait à la femme la totalité de son pouvoir, est tellement inquiétant qu'il importe de le culpabiliser à nouveau et plus durement. La contradiction interne mise en évidence par ce texte est la contradiction interne de la psychologie masculine au cours des siècles. Lilith ne peut apporter qu'un amour *maudit*, comme Blodeuwedd. Et aussi comme Pandore, la première femme de la mythologie grecque, celle que créa Prométhée, le voleur de feu, et qui déversa sur le monde des maux et les vices qui étaient enfermés dans sa boîte.

C'est encore l'esprit de Lilith qui anime les filles de Loth dont nous parle la *Genèse* (XIX, 31-32) lorsqu'elles décident d'enivrer leur père pour conserver leur descendance qui, sans cela, risquerait de s'interrompre. Il s'agit ici d'un témoignage de l'instinct vital, apparemment en contradiction avec le thème de l'« inféconde » Lilith. Mais le fait que les filles de Loth se révoltent contre la loi paternelle, pour la sauvegarde de la race, n'en est pas moins le symbole de la puissance féminine, seule capable d'assurer l'avenir. La tradition rabbinique n'a d'ailleurs pas laissé de côté cet aspect du problème. Certains textes mettent en valeur la prédominance de la femme et sa capacité de susciter elle-même le désir de l'homme. C'est Lilith, puis Ève, qui font l'éducation sexuelle d'Adam. Le *Zohar* (Section Béreshit) va même jusqu'à dire : « Voici que Jéhovah créera une chose nouvelle sur la terre : une femme enveloppera un homme. » Et les rabbins modernes interprètent cette phrase ainsi : au temps de l'avènement du Messie, la femme recherchera l'homme, au lieu que maintenant l'homme recherche la femme. C'est donc montrer que la Femme peut un jour reprendre sa personnalité entière, devenir celle qui choisit, qui prend, qui décide, au même titre que l'homme. Les données du problèrne sont donc parfaitement visibles : tant que la femme n'aura pas recouvré *intégralement* sa personnalité, tant qu'elle sera aliénée, nous assisterons à la lutte permanente entre les filles d'Ève et les filles de Lilith, lutte qui se situe bien davantage dans le cerveau de l'homme que dans un quelconque champ de bataille. Mais l'enjeu est d'importance, puisqu'il s'agit de l'équilibre de la société, incapable de résoudre ses propres contradictions.

On pourrait encore citer, dans le domaine judéo-chrétien, la troublante histoire de Salomé qui a inspiré tant de poètes, de peintres et de musiciens, seuls à s'apercevoir qu'elle recelait les germes profonds de la révolte de Blodeuwedd-Lilith. Mais là encore, la fonction de censure a joué et Salomé apparaît comme le type même de la femme pervertie. Il n'y a guère que l'homosexuel Oscar Wilde[22] qui ait vraiment mis en valeur l'aspect fondamentalement révolutionnaire de l'érotisme de Salomé : la fille d'Hérodiade brave en effet tous les interdits pour satisfaire son désir, c'est-à-dire son instinct ; elle veut posséder Jokanaan, prophète divin, donc représentant de la parole divine ; celui-ci se dérobant, elle joue de la passion effrénée d'Hérode vieillissant, c'est-à-dire le Père, pour réclamer la tête de Jokanaan. Hérode est obligé de lui donner satisfaction, et en donnant l'ordre de décapiter le prophète, il renonce à son propre pouvoir, ce pouvoir que vient de lui extorquer Salomé. C'est le triomphe de Salomé et d'Hérodiade, le triomphe de la femme sur l'homme. Mais Salomé va jusqu'au bout de son désir : elle baise les lèvres de Jokanaan mort, et ce triomphe-là est encore plus important pour elle parce qu'il marque sa réintégration dans sa propre personnalité autrefois diminuée, *châtrée*, par la loi paternelle, celle-ci représentée à la fois par Jokanaan vivant et par Hérode débile. Alors Hérode comprend qu'il a été joué : dans un dernier sursaut d'énergie, il fait écraser Salomé sous les boucliers de ses soldats. La révolte de Lilith est encore une fois éphémère, et son triomphe n'est finalement qu'un cri d'agonie. Mais ce cri d'agonie, Hérode et tous les *Pères* l'entendront longtemps encore au fond d'eux-mêmes.

La pseudo-histoire romaine des origines, c'est-à-dire la compilation des mythes primitifs du Latium, nous présente un autre cas de révolte féminine, étouffé lui aussi sous les boucliers des soldats, geste hautement significatif puisque l'ordre paternaliste repose sur l'armée. Il s'agit de Tarpeia qui, selon certains, livra Rome aux Sabins, pour l'amour du roi sabin Tatius ; et c'est Tatius qui fit périr la jeune fille, laquelle, selon Florus (I, I), agit « moins par trahison que pour une vanité naturelle à son âge ». Ce curieux commentaire laisse supposer que Tarpeia avait des raisons beaucoup plus importantes pour commettre cet acte, et comme c'est le vainqueur, donc le bénéficiaire de la « trahison », qui ordonne son supplice, on est en droit d'affirmer qu'il s'agissait bien d'une révolte caractérisée contre l'ordre établi, contre l'ordre paternaliste. D'ailleurs dans le nom du sabin, Tatius, nous retrouvons le mot indo-européen qui a donné *tat* ou *tad*, c'est-à-dire le *père*. Il est à noter, à propos de Tarpeia, que d'après Plutarque (*Romulus*, 21), c'est aux Gaulois qu'elle livra Rome, et non aux Sabins.

Car la soi-disant trahison est seulement une révolte. Le domaine celtique nous propose de nombreuses légendes sur ce thème de la femme qui ouvre les portes d'une forteresse, ou qui bafoue l'autorité du roi mainteneur de l'ordre établi.

Blathnait et Cûroi (Irlande) : Lors d'une expédition dans une forteresse mystérieuse, les Gaëls Conchobar et Cûchulainn, ainsi que le *Tuatha Dé Danann* Cûroi mac Daeré, ont emmené un riche butin : un chaudron magique, des vaches et des oiseaux merveilleux et une jeune fille du nom de Blathnait. Comme Conchobar et Cûchulainn oublient de partager avec Cûroi, celui-ci s'empare du tout et injurie gravement Cûchulainn. Un jour, ce dernier parvient jusqu'à la forteresse de Cûroi et rencontre Blathnait qui est devenue l'épouse de Cûroi : « Il l'aimait, bien avant qu'elle fut venue des pays de la mer… Il prit rendez-vous avec elle pour les environs de la nuit de *samain*. » À l'époque fixée, Cûchulainn revient avec une armée d'Ulates. Blathnait conseille à Cûroi d'envoyer ses guerriers bâtir une autre forteresse : ainsi Cûroi sera seul. Puis elle le lave dans une cuve, lui attache les cheveux aux barreaux du lit, tire son épée hors du fourreau et va ouvrir la forteresse. Ainsi pénètrent les Ulates. Cûroi parvient à se libérer, mais trop tard. La forteresse est en flammes et il se noie dans la mer. Les Ulates récupèrent les richesses de Cûroi et Cûchulainn emmène Blathnait, quand le poète de Cûroi « se précipita sur Blathnait, la prit dans ses bras si fort que ses côtes craquèrent dans son dos. Puis il la porta vers la falaise devant lui, il se jeta dans le vide et tous deux s'écrasèrent sur un roc » (J. M., *L'Épopée celtique d'Irlande*, p. 130-131).

Le Corps sans âme (Bretagne armoricaine) : Un jeune homme est invité par une lavandière à venir chez elle. Elle est la femme du Corps sans âme, une sorte d'ogre qui dort vingt-quatre heures de suite. Le jeune homme lui demande pourquoi elle appelle son mari le « Corps sans âme ». Elle répond : « parce qu'il a un lion effroyable, dans le corps duquel est un loup ; ce loup a dans le ventre un lièvre qui renferme une perdrix — la perdrix a treize œufs et c'est dans le treizième que se trouve son âme. Je voudrais bien rencontrer un homme assez courageux pour ôter les œufs du corps de la perdrix ; car ce méchant géant m'a enlevée et je ne l'aime point ». Le jeune homme accepte l'épreuve, et avec l'aide de la lavandière, il parvient à tuer le lion, le loup, le lièvre et la perdrix. Alors la femme brise l'œuf qui contient l'âme du Corps sans âme, celui-ci meurt et elle peut épouser le jeune homme. (P. Sébillot, *Contes populaires de la Haute Bretagne*, II, p. 126-131. Raconté en 1879 par un menuisier de Collinée dans les Côtes-du-Nord.)

Le conte du « Corps sans âme » nous montre évidemment la situation de la femme *enlevée* par l'homme, mais par quel homme ! Il s'agit d'une brute, privée de son âme, qui ne se possède pas lui-même : voici une belle image du mâle aliéné lui-même par la société et ses structures. En vérité, il n'y a pas tellement de différence entre ce conte populaire et l'histoire de Cûroi, bien que cette dernière soit le témoignage d'une mythologie très ancienne et compliquée. Car le rôle de Cûroi n'est pas clair. C'est un des *Tuatha Dé Danann*, donc un personnage de l'Autre Monde, tandis que Cûchulainn est un humain. Mais Cûroi, dont le nom contient le mot « Chien », ce qui l'apparente au mythe de Cerbère, s'oppose fondamentalement à Cûchulainn, c'est-à-dire au « Chien de Culann », Culann étant le nom du forgeron (encore un personnage de l'Autre Monde) à qui le héros a promis de tenir lieu de chien protecteur. Quant à Blathnait[23], au cours de l'expédition entreprise par le roi Conchobar, Cûchulainn et Cûroi, elle a été ramenée de la « Forteresse des Ombres », où se trouvait également un chaudron mystérieux qui n'est pas sans faire penser au Graal. Néanmoins, comme la femme du

Corps sans âme, la jeune Blathnait se révolte contre l'autorité masculine représentée par Cûroi afin d'affirmer son libre choix sur Cûchulainn qu'elle aime. C'est une autre Blodeuwedd, mais comme elle, elle est victime des lois masculines : le poète de Cûroi, s'érigeant en justicier, la condamne et la tue. Force doit rester à la loi, comme en témoigne une autre légende contenue dans le *Roman de Merlin* et qui concerne la femme de l'empereur Jules César.

Grisandole et l'Homme sauvage (Romans de la Table ronde) : L'empereur Jules César a une femme « de grand lignage et d'une merveilleuse beauté, mais plus luxurieuse que toutes celles de la terre de Rome ». Et pour comble d'horreur, « elle gardait avec elle douze damoiseaux qu'elle attifait en demoiselles pour qu'on n'ait point soupçon de ce qu'elle faisait avec eux ». Or le sénéchal de Jules César était une jeune fille déguisée en homme sous le nom de Grisandole. Un jour, un « homme sauvage » rit beaucoup devant la fausse Grisandole et les soi-disant demoiselles. Sommé de s'expliquer, il révèle la vérité à l'empereur et celui-ci, après avoir fait brûler l'impératrice et pendre les fausses demoiselles, épouse son ci-devant sénéchal (J. Boulenger, *Romans de la Table ronde*, p. 27-31).

Ce récit, digne de Boccace, illustre parfaitement la révolte sexuelle féminine et la répression qui s'ensuit. Il y a certes un souvenir des débordements de Messaline, une curieuse utilisation de Jules César[24], mais l'*homme sauvage*, qui est Merlin, nous ramène à une tradition assez ancienne et originaire d'Écosse, la *légende de Laïloken*, dont l'héroïne secoue elle aussi le joug conjugal au moyen de l'adultère avant d'être dénoncée par le « Fou du Bois[25] ». Mais l'adultère, s'il est un moyen couramment employé par les femmes qui veulent se libérer de la loi maritale, n'est pas indispensable à la révolte. Il est d'autres histoires qui traitent de la « trahison » de la fille ou de la sœur, cette trahison étant évidemment présentée, selon les circonstances, comme bénéfique ou maléfique. C'est le cas de la Fille de Baudemagu, sœur de Meléagant, dont nous avons parlé, et qui trahit son frère en libérant Lancelot du Lac, comme nous le raconte Chrétien de Troyes dans *Le Chevalier à la Charrette*. On sait que cette fille, qui est la Hideuse Demoiselle à la Mule, Kundry la Sorcière, l'Impératrice, montre son origine supra-naturelle. C'est une sorte de Vierge sauvage et même sanguinaire, presque une Walkyrie : elle s'acharne sur ses victimes comme la Lilith de la tradition hébraïque ; son domaine est nocturne ; ses métamorphoses sont innombrables ; son aspect terrifie et enchante à la fois. Et surtout, elle se révolte ouvertement contre l'autorité du frère, Méléagant étant le symbole de la cruelle nécessité, de la Mort, mais d'une mort presque légitimée par les lois. Et lorsqu'elle réclame à Lancelot la tête du Chevalier du Gué (le gué est la frontière entre les deux mondes), elle demande certainement à celui-ci de détruire les obstacles qui s'opposent au libre passage entre la vie et la mort, entre les deux domaines qui sont voisins mais parfois inaccessibles de part et d'autre. Du moins pouvons-nous le penser, car rien, dans le texte de Chrétien, ne justifie la demande de la jeune fille. Il est probable que Chrétien a utilisé une source qu'il ne comprenait pas ou qui ne l'intéressait qu'en tant qu'épisode, pour justifier la délivrance future de Lancelot. Néanmoins Lancelot se fait ici le champion de la féminité, rôle qu'il ne joue pas toujours dans les récits de la Table ronde, car, malgré son éducation par Viviane, il est le modèle du « héros de culture », défenseur de la société paternaliste représentée par le roi Arthur, à qui il dérobe cependant une parcelle de souveraineté, celle que symbolise Guenièvre. Mais là, la révolte ne vient pas de Lancelot, elle vient de Guenièvre.

En effet, nous n'avons de la reine Guenièvre

qu'une image tronquée, complètement affadie par les auteurs français — sauf Chrétien de Troyes quand on sait le lire — et devenue le modèle de l'amoureuse passionnée presque *romantique*. Rien n'est plus éloigné du véritable aspect de Guenièvre, tel qu'il apparaît dans les textes gallois les plus anciens et dans le *Lancelot* de Chrétien de Troyes.

Le nom de Guenièvre (*Guennuera* ou *Guanhumara* chez Geoffroy de Monmouth, selon les manuscrits) provient d'un mot — pas forcément gallois — qui a donné la forme galloise *Gwenhwyfar*[26] dont le sens est « Blanc Fantôme » ou « Blanche Fée », ce mot étant l'exact correspondant de l'irlandais *Finnabair* qui est le nom de la fille d'Ailill et de Mebdh dans les récits épiques gaéliques. Geoffroy en fait une Romaine élevée à la cour du comte de Cornwall, mais le terme « romain » désigne souvent une personne noble. La tradition galloise en fait la fille d'un certain Gogvran Gawr dont le nom est typiquement gallois. Un très curieux poème de la *Myvyrian Archaeology of Wales*, qui est un dialogue entre Gwenhwyfar et Arthur qu'elle n'a pas reconnu, présente un aspect inattendu de celle qui deviendra l'amante de Lancelot. Son langage est rude, presque violent. Et surtout elle fait l'éloge de Kai, sénéchal et demi-frère d'Arthur, ce qui n'est pas sans évoquer des rapports ambigus entre Kai et elle[27]. Tout le récit du *Lancelot* de Chrétien de Troyes est rempli d'allusions à une possible entente sentimentale entre Gauvain et elle. Gauvain est évidemment amoureux de sa tante et c'est pourquoi il part à sa recherche vers le royaume de Gorre. Il est très probable que les auteurs français, horriblement choqués par un amour possible entre Gauvain et Guenièvre (il y avait pourtant Tristan et Yseult, mais heureusement le philtre arrangeait tout) aient minimisé le rôle de Gauvain au profit de Lancelot, qui est une création récente, même si elle repose sur une base celtique.

Cette hypothèse est appuyée sur des sculptures de la cathédrale de Modène, en Italie, et sur plusieurs textes de la Table ronde. Nous apprenons d'ailleurs grâce à ces textes et à ces sculptures que Guenièvre aurait eu des relations coupables, non seulement avec Gauvain et Kai, mais aussi avec Yder (l'Edern armoricain) fils de Nudd, avec un certain Mardoc, probablement le même personnage que Méléagant et peut-être avec Galvariun, à moins que celui-ci ne soit le doublet de Gauvain. Et quand on sait que, dans *La Mort du Roi Arthur*, les relations entre Guenièvre et Mordret-Medrawt, neveu et fils d'Arthur, usurpateur du pouvoir et traître aux Bretons, sont loin d'être claires, on est en droit de mettre en doute le caractère romantique, ou plutôt romanesque, du personnage de la reine Guenièvre. Mais examinons ces documents, car étant donné que Kai, Gauvain, Yder sont, dans la tradition galloise, les plus anciens compagnons du roi Arthur, donc bien avant que le cycle se répande sur le continent, ces documents sont probablement les restes de la tradition archaïque arthurienne : d'où l'apparition du vrai visage de Guenièvre.

L'archivolte du portail nord de la cathédrale de Modène présente une série de sculptures dont l'intérêt est immense du fait qu'elles sont accompagnées des noms des personnages gravés dans la pierre[28]. On peut dater approximativement ces sculptures de la moitié du XIIe siècle, et comme elles représentent une anecdote qui ne se trouve pas dans Geoffroy de Monmouth, on est obligé de conclure qu'il s'agit d'une tradition différente, sûrement transmise par des Bretons armoricains puisque les noms ont tous une forme qui se réfère au moyen-breton. Ces noms sont : *Artus de Bretania*, *Isdernus*, *Che*, *Galvagnus*, *Galvariun*, *Burmaltus*, *Mardoc* et *Winlogée*, c'est-à-dire Arthur de Bretagne, Edern (ou Yder), Kai (ou Keu), Gauvain (ou Gwalchmai), Galvariun (ou Gauvarien), Burmald, Mardoc et Guenièvre (à moins que ce ne soit vraiment un autre nom de la reine). On comprend que la reine a été enlevée et qu'elle est retenue dans une forteresse. Cette forteresse est défendue par le guerrier Mardoc. De la bretèche du château sort au galop le chevalier Carados que combattent Gauvain, Kai et Galvariun. Devant Arthur se trouve un valet armé d'un bâton cornu et qui est Edern. Il est certain qu'il s'agit ici d'une version différente de l'enlèvement de la reine par Méléagant (Maheloas ou Maelwas) telle qu'elle est rapportée par Chrétien de Troyes dans son *Chevalier à la charrette*[29]. Mais nous retrouvons les personnages des sculptures de Modène dans un roman français du XIIIe siècle.

Le Roman de Durmart (roman courtois) : La reine a été enlevée par le Chevalier géant Carados (probablement Caradoc Brief-Bras) qui l'a emmenée de force dans la Tour Douloureuse dont le maître est Mardoc. Ce Mardoc aimait la reine depuis longtemps. Cependant Arthur, Kai, Yder, Gauvain et Galvariun partent en expédition pour délivrer la reine. La Tour Douloureuse est défendue par le géant Burmald, mais une femme que Carados a enlevée auparavant remet à Gauvain une épée magique qui, seule, peut tuer le géant. Gauvain tue le géant et délivre la reine qui semble éprouver de l'amour à la fois pour Mardoc et pour Gauvain (G. Paris, *Les Romans de la Table ronde*, p. 100 et suiv.).

L'épisode de la cathédrale de Modène n'est donc pas isolé et fait partie d'une solide tradition — toujours par le canal armoricain — qui semble assez ancienne. On pourrait presque dire qu'il s'agit d'un état de la légende antérieur à la séparation des deux langues bretonnes et galloises, c'est-à-dire vers le Xe siècle. On retrouve en effet Caradoc Brief-Bras, qui est le Caradawc Brychvras (Caradawc au grand bras, faussement traduit en « bref-bras ») bien connu dans les récits gallois, mais qui semble lié à l'Armorique et plus particulièrement au pays de Vannes.

Quant au nom de la reine, Winlogée sur les sculptures, il apparaît dans un autre roman arthurien, du XIVe siècle, mais avec des parties plus anciennes et provenant d'un fonds archaïque, en compagnie d'Yder, de Kai, de Gauvain, d'Yvain et de Béduier, qui sont, répétons-le, les seuls compagnons d'Arthur dans les textes les plus anciens.

Le Roman d'Yder (roman courtois) : Yder, fils de Nut, mais qui ne connaît pas son père, s'en va à la recherche de celui-ci. Il arrive à la cour de la reine Guenloïe (Winlogée) à qui il inspire de l'amour. Yder l'aime aussi, mais continue sa quête. Il accomplit de nombreux exploits. Il combat Gauvain quand Kai le frappe traîtreusement. Arthur et Gauvain en sont désolés et le croient mort. Mais Yder est soigné par Guenloïe. Arthur vient visiter Yder en compagnie de Gauvain et de Guenièvre. Survient un ours dans la chambre. Yder, avec courage, lutte contre l'ours et le tue. Par la suite, il rencontre son père Nut. Quant à Arthur, un jour qu'il devise avec Guenièvre, il demande à la reine ce qu'elle ferait s'il venait à mourir. Elle lui répond : « J'aurais une telle tristesse que je ne pourrais rien faire, sauf si Sire Yder m'avait : c'est celui qui me déplairait le moins. » Le roi fait une crise de jalousie. Il propose à Yvain, Gauvain, Kai et Yder de venir avec lui lutter contre des géants et s'arrange pour envoyer seul Yder dans l'antre des monstres. Mais Yder a réussi à tuer les géants. La nuit suivante, comme Yder a soif, Kai va lui chercher de l'eau empoisonnée. On croit Yder mort une deuxième fois, mais il est sauvé grâce à des herbes apportées par des Irlandais. Il accuse Kai. Celui-ci est condamné à mort, mais Yder demande sa grâce au roi. Finalement Yder épouse la reine Guenloïe (G. Paris, *Les Romans de la Table ronde*, p. 200 *sq.*).

Il semble qu'il y ait déplacement ou plutôt dédoublement de personnage : l'auteur du *Roman d'Yder* devait avoir à sa disposition une tradition qui relatait une aventure amoureuse entre Guenièvre — peut-être appelée Guenloïe à l'origine — et Yder. Ne voulant pas charger la reine, il a préféré dédoubler le personnage de la reine, ne faisant plus qu'une timide allusion à l'amour de Guenièvre pour Yder, et donnant à Guenloïe le rôle de l'amoureuse officielle — et irréprochable — d'Yder. Mais dans la trame du roman, on ne s'explique plus l'acharnement d'Arthur à envisager la perte d'Yder : ce n'est pas digne d'un roi courtois. D'autre part les deux traîtrises de Kai ne sont pas compatibles avec l'honneur de la chevalerie de la Table ronde. En fait, le thème du roman est emprunté à une très ancienne tradition datant de l'époque où Arthur n'était qu'un chef tribal entouré d'aventuriers sans scrupules, sans aucun rapport avec le personnage courtois qui règne sur une cour policée à la mode de l'Occitanie à la fin du XIIe siècle. *Le Roman d'Yder*, comme le récit gallois de *Kulhwch et Olwen*, représente l'authentique tradition arthurienne : la reine Guenièvre y représente la souveraineté, et à ce titre, elle ne peut être la propriété exclusive d'Arthur, ce n'est pas dans l'esprit celtique : elle est obligatoirement disputée entre les compagnons du roi. Elle a donc eu pour amants Gauvain, Kai, Yder et bien d'autres encore, Mardoc-Méléagant, Caradoc, par exemple. Car la reine n'est pas l'esclave du roi : elle donne son pouvoir à qui elle veut, elle représente, à son plus haut degré légitime, la révolte de la Femme, la révolte de la Fille-Fleur, créée pour l'homme et par l'homme, et qui tente de reconquérir son indépendance au sein d'une société structurée par les hommes.

Un curieux passage du *Perceval* de Chrétien de Troyes, passage qui n'a guère été remarqué par les mythologues, nous donne un raccourci assez saisissant du caractère véritable de Guenièvre. On comprend alors l'aspect de maîtresse absolue qu'elle prend vis-à-vis de Lancelot, dans *Le Chevalier à la Charrette*, de même que s'expliquent ses exigences qui, autrement, pourraient être considérées comme des caprices relevant d'une tradition courtoise à l'usage de femmes désœuvrées. Dans l'action du *Perceval*, il s'agit d'une aventure de Gauvain qui, après avoir traversé une rivière, se trouve au Château de la Merveille en présence de la mère du Roi Arthur. Et celle-ci lui demande de lui parler de la Reine Guenièvre. Gauvain répond : « Depuis la première femme qui fut formée de la côte d'Adam, il n'y eut jamais de dame si renommée. Elle le mérite bien, *car de même que le sage maître endoctrine les jeunes enfants, ma dame la reine enseigne et instruit tous ceux qui vivent. D'elle descend tout le bien du monde, elle en est la source et origine.* Nul ne peut la quitter qui s'en aille découragé. Elle sait ce que chacun veut et le moyen de plaire à chacun selon ses désirs. Nul n'observe droiture ou ne conquiert honneur qui ne l'ait appris auprès de ma dame. Nul ne sera si affligé qu'en partant d'elle il emporte son chagrin avec lui[30]. »

Un tel texte pourrait presque se passer de commentaire. Il y a d'abord chez Guenièvre un aspect *initiateur*, ce qui ne va pas, chez les anciens Celtes, sans relations sexuelles : nous reviendrons d'ailleurs sur ce sujet au moment opportun[31]. Mais il est important d'insister sur le caractère de *déesse-mère* qui est attribué à Guenièvre par Gauvain, qui, répétons-le, a été, à une période ou une autre, l'amant de la reine. C'est de la reine que vient tout le bien du monde, c'est la reine qui donne la joie ou la tristesse, c'est la reine qui est *source* et *origine.* On se rend parfaitement compte que le récit utilisé par Chrétien de Troyes contenait encore bien des éléments archaïques remontant au fond des âges. C'est une preuve de plus pour voir dans le culte du Graal et notamment dans le rituel de la Quête, un souvenir du culte de l'ancienne déesse. La reine Guenièvre est à l'image de cette ancienne déesse : elle détient la vie en tant que femme, elle détient la nourriture qui permet la vie, elle détient la puissance créatrice, c'est-à-dire la souveraineté de toutes choses, souveraineté qui est administrée par le roi son mari, ou par les chevaliers qui s'approchent d'elle, autrement dit ses amants. Cette considération étant faite, on ne peut plus considérer l'amour courtois, son code et ses lois, comme un simple divertissement pour une société aristocratique. L'amour courtois n'est que la forme poétique qu'a revêtue, aux XIIe et XIIIe siècles, le culte de la *Magna Mater Omnipotens*.

La comparaison qui s'impose alors, est celle qui consiste à montrer la ressemblance étroite existant entre Guenièvre (Gwenhwyfar ou Winlogée, ou Guenloïe) et une héroïne irlandaise bien connue, la reine Mebdh de Connaught. En effet, dans le contexte plus païen de l'épopée gaélique, les caractères apparaissent plus brutalement que dans les adaptations françaises des légendes brittoniques. Certes, la reine Mebdh est peu sympathique, mais ce sont les auteurs d'épopée qui l'ont voulu ainsi, en insistant sur son aspect de *virago*. Réellement c'est une *virago*, au sens étymologique de ce mot celtique. Mebdh ne plie pas devant les hommes, encore moins devant son mari, le roi Ailill, qui joue dans cette légende un rôle peu flatteur. Mebdh, c'est « la femme belliqueuse, la femme guerrière ». Elle est fille du roi suprême d'Irlande. Lors de sa discussion avec Ailill pour savoir lequel d'entre eux a la plus grosse fortune, elle se targue de posséder plus qu'Ailill : en vertu de la législation celtique, elle peut alors commander les affaires du ménage. Mais quand elle s'aperçoit qu'il lui manque un taureau, elle est prête à faire n'importe quoi pour obtenir une bête extraordinaire, dont la possession fera pencher la balance en sa faveur. C'est ainsi qu'elle demande à Daré, fils de Fiachna, de lui céder son taureau, le fameux Brun de Cuanlgé. En échange, elle lui donnera des terres et un char, et surtout elle le recevra dans son lit.

Cette proposition dépasse de loin le détail aigrillard.

Fille du roi suprême d'Irlande et reine de Connaught, Mebdh détient la souveraineté, ou plutôt *elle est* la souveraineté, la puissance. De même que certains mortels, selon la mythologie grecque, ont acquis des pouvoirs divins en devenant l'amant d'une déesse, de même un homme qui couche avec Mebdh a nécessairement communication des pouvoirs qu'elle détient ou représente. Au reste, Ailill ferme toujours les yeux chaque fois que son épouse prodigue « l'amitié de ses cuisses » à un homme, selon le délicat euphémisme utilisé par les auteurs épiques. En effet, si Mebdh abandonne une partie de sa souveraineté au profit d'un homme, c'est pour que celui-ci serve les intérêts de la reine, donc du royaume. On s'en rend bien compte dans la *Tain Bô Cualngé*, lorsqu'après avoir échoué dans ses négociations avec Daré, Mebdh décide de s'emparer du taureau par la force en entreprenant une guerre contre l'Ulster : elle a besoin de guerriers, et notamment du redoutable Fergus, exilé d'Ulster. Elle prodigue donc à Fergus des soins très particuliers, et un jour qu'ils sont tous deux surpris par un serviteur d'Ailill qui vient raconter ce qu'il a vu au roi, celui-ci se contente de dire : « C'était une nécessité pour elle, il fallait qu'elle agît ainsi pour assurer le succès de l'expédition. » Cela n'empêche pas Ailill d'être jaloux en de nombreuses circonstances, à tel point qu'un jour, voyant Mebdh se baigner d'une façon quelque peu indécente en compagnie de Fergus, il ordonne à un de ces hommes de lancer un javelot sur Fergus, ce qui cause la mort du héros[32].

Dans le *Festin de Bricriu*, la reine Mebdh apparaît nettement comme détentrice de pouvoirs suprêmes. Comme on ne peut départager les trois héros Ulates, Cûchulainn, Conall et Loegairé, tous trois candidats au « morceau du héros », on les envoie se soumettre au jugement de Mebdh. Celle-ci déclare Cûchulainn le meilleur de tous les guerriers, ce qui ne l'empêchera pas de préparer la mort de celui-ci, avec beaucoup de temps et de patience. Car Mebdh, vaincue par Cûchulainn lors des batailles pour le Brun de Cualngé, sera l'initiatrice des enfants de Calatin qui seront les meurtriers du héros Ulate. Mebdh ne peut pas rester sur un échec. Dans *L'Ivresse des Ulates*, on la voit recevoir d'étrange façon les guerriers Ulates égarés et pris de boisson. Elle est bien en compagnie d'Ailill, mais aussi de Cûroi mac Daeré qui semble l'un de ses amants. Et Ailill a beau essayer de protéger les Ulates au nom des lois sacrées de l'hospitalité et de l'honneur, la reine aime mieux écouter Cûroi, et elle tente d'anéantir les Ulates, lesquels ne peuvent se sortir de ce mauvais pas que grâce à Cûchulainn, et qui s'enfuient, en emmenant même avec eux Ailill qui préfère s'exiler plutôt que rester à l'ombre de sa redoutable épouse. Évidemment, le portrait que font d'elle les conteurs irlandais est exagéré, presque caricaturé, mais il ne faut pas oublier que le contexte est très nettement paternaliste. On déplore le manque d'autorité d'Ailill et on se scandalise des mœurs de Mebdh. De son ancien rôle de reine, représentant la souveraineté et la force, il ne reste plus guère que son aspect de prostituée et d'ogresse.

Cependant la comparaison entre Guenièvre-Gwenhwyfar d'une part et Mebdh (dont la fille s'appelle d'ailleurs *Finnabair*, nom qui, nous l'avons dit, est l'exact équivalent gaélique du gallois Gwenhwyfar) d'autre part, nous aide à mieux comprendre le rôle authentique de Guenièvre dans la tradition primitive qui a servi de base à nos romans de la Table ronde. Cette femme représente elle aussi la souveraineté et la puissance. Or cette souveraineté a été usurpée par l'homme (le roi Arthur), elle a été aliénée alors que par principe elle doit être inaliénable[33].

Si la reine prend des amants, ce n'est pas pour partager le pouvoir, ce n'est pas pour aliéner la souveraineté, c'est pour transmettre sa force et donner à l'homme le pouvoir de travailler au bien exclusif de la souveraineté. Sinon, comment expliquer que Lancelot du Lac puise tout son courage pour accomplir ses prouesses dans la pensée de Guenièvre dont l'image obsédante finit par être pour lui le moteur même de toute action. Mais ce faisant, la reine transgresse les tabous imposés par la société paternaliste et se met délibérément hors la loi. D'où le mystère qui entoure ses liaisons, l'ombre complice, les rendez-vous secrets, et tout l'attirail qui sont autant d'aubaine pour des conteurs qui veulent mettre l'eau à la bouche de leurs auditeurs ou de leurs lecteurs en leur montrant que parfois ce qui est interdit a beaucoup de charme, et que l'adultère, surtout royal, a des attraits sans rivaux.

Guenièvre, comme Mebdh, comme Blodeuwedd, se révolte contre l'ordre social établi et figé dans ses routines et ses contradictions qui sont nombreuses. Sa révolte est dangereuse. Elle échappe de justesse au bûcher. Blathnait n'avait pas échappé au vengeur de Cûroi, ni Blodeuwedd à la malédiction de Gwyddyon, ni Lilith à la malédiction de Jéhovah. Il y a d'autres personnages de ce genre, dans la tradition méditerranéenne classique, et ils portent l'opprobre sur leur front. On en parle, mais toujours pour les condamner, même si inconsciemment on se sent pris de pitié pour eux.

Prenons l'exemple de Phèdre. Il est significatif. Selon la définition de Chateaubriand qui, ce jour-là, aurait mieux fait d'aller se promener sur ses chères landes, c'est « une chrétienne à qui la grâce a manqué ». Cette définition, due à un excès de ferveur janséniste, méconnaît essentiellement la valeur du mythe. Il est vrai que Racine était janséniste, mais il était aussi un fameux helléniste, imprégné du théâtre grec et de toutes ses légendes. Pour qui sait lire le texte racinien, le mythe apparaît dans son aveuglante clarté. D'abord Phèdre n'est pas une vieille femme qui s'amourache d'un « minet », comme les représentations théâtrales veulent nous le faire croire[34]. C'est une jeune femme victime de la loi paternelle qui en a fait l'épouse du héros Thésée, héros vieillissant qui n'est presque jamais là. Phèdre, qui a presque le même âge qu'Hippolyte, son beau-fils, s'ennuie profondément. Elle jette les yeux sur Hippolyte, qui *ressemble* à son père, les défauts en moins.

Il n'y a là rien d'anormal, et en tout cas rien qui justifie l'inceste, *sauf dans un cadre social exogamique* (ce qui est le cas pour les Grecs comme pour les Celtes). Phèdre est condamnée au nom des lois de la société paternaliste qui exclut les mariages à l'intérieur du clan. Phèdre, ayant épousé Thésée, est entrée de plein droit dans le clan de Thésée. Le fait, pour elle, de jeter les yeux sur le fils de Thésée est un inceste clanique. Les bonnes âmes qui la condamnent feraient bien de se rappeler que, dans la société juive, qui est *endogamique*, les beaux-frères épousent les veuves de leurs frères : il n'est jamais question d'inceste, et qui plus est, cette coutume est obligatoire lorsqu'elle est possible. L'inceste de Phèdre n'est donc pas religieux, ni même moral, il est *social*.

En effet, cet inceste, s'il était consommé, remettrait en cause toutes les structures de la société à laquelle Phèdre appartient, bon gré mal gré. En se révoltant contre l'autorité maritale, qui est aussi l'autorité paternelle, base de la société, Phèdre se révolte contre cette société. Comme Blodeuwedd et comme Guenièvre, elle doit être condamnée. Et si dans la légende grecque, elle accuse Hippolyte d'avoir tenté de la violer, c'est pour se venger : Hippolyte qui aurait pu être son complice, qui aurait pu l'aider à renverser les valeurs, Hippolyte a refusé, vraisemblablement parce qu'il a compris où voulait en venir Phèdre. Il est donc devenu l'ennemi de celle-ci, en même temps qu'un témoin gênant. Il faut dire que l'Hippolyte d'Euripide est intelligent, tandis que celui de Racine brille surtout par son incapacité, Racine en ayant fait le symbole de l'homme faible et impuissant à assumer ses responsabilités (thème janséniste).

Un autre exemple, latin celui-là, peut être pris dans l'*Horace* de Corneille. On sait que l'épisode des Horaces et des Curiaces appartient davantage à la légende qu'à l'histoire, avec pour seule base la rivalité entre les vieilles cités du Latium. Mais Corneille en a saisi magnifiquement l'esprit et l'a transposé dans sa tragédie avec un cynisme remarquable. Cette œuvre que l'on a proposée — et que l'on propose encore — à des générations d'écoliers, est peut-être l'œuvre la plus immonde et la plus immorale qui soit, ou qui ait jamais été écrite : c'est dire l'inconscience et l'aveuglement des *maîtres* que le seul nom de Corneille fait vibrer d'admiration béate et sans réserve. On nous parle d'abnégation et de patriotisme, autant de mots creux et vides de sens qui masquent l'anéantissement et la négation pure et simple de l'être humain, être à la fois rationnel et sensible, le triomphe de la violence sans laquelle ne peut survivre une société de type paternaliste.

De quoi s'agit-il en effet ? Essentiellement de deux femmes qui réagissent différemment à une situation donnée, situation tragique s'il en fut, et qui a gagné par là l'appellation de « cornélienne ». Sabine et Camille ont d'abord toutes les deux la même attitude : elles tentent de fléchir frères, fiancé et époux qui vont s'entre-tuer pour la grandeur de la patrie (malheureusement ce n'est pas la même, et chacune de ces patries est persuadée être dans le bon droit, signe évident de l'imbécillité de l'animal qu'on appelle parfois *homme*). Elles n'y réussissent pas, bien qu'elles aient employé toutes les ressources de leur dialectique et de leur sensibilité. Le jeune Horace comprend très bien que ces deux femmes sont un danger pour l'ordre social qu'il défend, avec la complicité de ses ennemis mais néanmoins beaux-frères. C'est une affaire d'homme. En partant, il dit à son père : « Retenez des femmes qui s'emportent, — et de grâce empêchez surtout qu'elles ne sortent. — Leur amour importun viendrait avec éclat — par des cris et des pleurs troubler notre combat» (*Horace*, II, 8). Il faut pourtant se souvenir que Coriolan, dans sa marche contre Rome, fut détourné de son but par les cris et les pleurs de sa mère et de son épouse. Mais il fut vraisemblablement tué par ses propres soldats par la suite, et Corneille n'a pas jugé bon d'en faire un héros.

À partir de ce moment, les attitudes de Camille et de Sabine vont devenir différentes. Sabine se résigne. Elle n'en pense pas moins, mais elle *accepte* : elle est définitivement entrée dans le système. On lui dressera une statue, on la consolera : «Sabine, écoutez moins la douleur qui vous presse ; — chassez de ce grand cœur ces marques de faiblesse : — c'est en séchant vos pleurs que vous vous montrerez — la véritable sœur de ceux que vous pleurez» (*Horace*, V, 3). Elle deviendra donc «sainte» Sabine, modèle d'héroïsme et d'abnégation proposé à l'admiration de toutes les femmes à venir. Traduisons crûment : Faites taire votre sensibilité, obéissez à nos ordres, soyez ce qu'on attend de vous, un reflet, une *fille-fleur* créée pour notre plaisir. En un mot, et vulgairement : sois belle et tais-toi. Voilà ce qu'on a fait de Sabine, l'Ève résignée, l'épouse admirable, mais la femme aliénée.

Mais il y a Camille. Tous les commentateurs de l'œuvre de Corneille la trouvent particulièrement odieuse. Pour un peu ils plaindraient le jeune Horace d'avoir une telle sœur. Il est vrai que Camille représente la révolte incarnée contre la société paternaliste qui l'étouffe, qui anéantit toute son affectivité, qui la subordonne à un ordre éthico-social aberrant, qui lui aliène complètement sa sensibilité. Ce n'est pas seulement une passion égoïste qui s'exhale dans la révolte de Camille, dans ses célèbres imprécations, c'est aussi le cri de millions et de millions de femmes, à toutes les époques et dans tous les pays. Camille trouve en effet les mots qu'il faut pour qualifier la société dans laquelle elle vit. C'est d'abord la révolte contre le père : « Oui, je lui ferai voir par d'infaillibles marques / qu'un véritable amour brave la main des Parques, / et ne prend point de lois de ces cruels tyrans / qu'un astre injurieux nous donne pour parents. » Et après avoir rappelé les étapes successives de sa souffrance de femme, elle découvre le comble de l'horreur : « On demande ma joie en un jour si funeste ; / il me faut applaudir aux exploits du vainqueur. » C'est la constatation que la société ne lui demande pas seulement d'être passive : elle doit être le reflet de l'homme, elle doit correspondre à ce que l'homme attend d'elle et en tous points se conformer à ses désirs. Toute autre attitude est un crime : « Se plaindre est une honte, et soupirer, un crime : / leur brutale vertu veut qu'on s'estime heureux, et si l'on n'est barbare, on n'est point généreux. » Ayant parfaitement compris la situation, Camille décide de franchir le pas. Mais on remarquera qu'il ne s'agit en aucun cas d'un débordement de passion. La décision de Camille a été prise à la suite d'un long développement, d'un *débat* comme on en voit tant dans les pièces de Corneille. Son attitude lui est dictée par *sa raison*. S'il y a débordement, c'est parce que la coupe est pleine, et parce que Camille n'a plus rien à perdre : « Dégénérons, mon cœur, d'un si vertueux père ; / soyons indigne sœur d'un si généreux frère / c'est gloire de passer pour un cœur abattu, / quand la brutalité fait la haute vertu » (*Horace*, IV, 5). C'est donc une condamnation raisonnée et sans équivoque. C'est aussi la preuve qu'il y a un monde entre la mentalité du frère et de la sœur. Ce n'est plus un conflit entre un frère et une sœur, c'est un conflit de civilisation. Celle d'Horace est une civilisation de violence, de terreur, d'oppression, de *raison pure*. Celle de Camille est une civilisation d'amour, d'*affectivité*.

Mais Camille est seule pour défendre son point de

vue. Devant l'attitude insolente et bestiale de son frère, elle éclate littéralement et maudit Rome, symbole évident de cette civilisation qu'elle refuse de tout son être, souhaitant la ruine définitive de l'orgueilleuse cité. On sait la suite. Horace la tue, et pour se justifier aux yeux d'un soldat, il prononce des paroles qui indiquent qu'il a compris où se trouvait le danger : « Et ce souhait impie, encore qu'impuissant, / est un monstre qu'il faut étouffer en naissant » (*Horace*, IV, 6).

À ce stade, la tragédie de Corneille, pour peu qu'on veuille bien la lire effectivement et non pas se contenter d'entendre, à travers le ronronnement des alexandrins, quelques belles formules qui font choc, serait une œuvre objective et pleine d'enseignements. Mais que dire du Ve acte ? Que penser de la justice de ce roi qu'on veut nous présenter comme le modèle des souverains (on admirera au passage le coup de brosse à reluire donné aux chaussures de Richelieu, véritable fondateur de la monarchie absolue en France) ? Le roi a tous les droits, puisqu'il est lui-même au-dessus de toutes les lois qu'il peut faire et défaire (comme Dieu le veut, mais Dieu est bien pratique dans certaines circonstances, surtout lorsqu'il s'agit de gouverner). Le roi va donc absoudre Horace : « Vis donc, Horace, vis, guerrier trop magnanime ; / ta vertu met ta gloire au-dessus de ton crime » (*Horace*, V, 3). Si notre sens moral s'offusque de cet acquittement, tant pis pour nous : il y a la raison d'État, la vertu et la gloire, pour lesquelles on doit tout sacrifier (en vertu du *Dieu le veut*). Horace, l'assassin de ses trois beaux-frères et de sa sœur, est un héros, n'en déplaise à Blaise Pascal, cet hérétique qui s'obstine à ne pas confondre justice et force[35].

Mais soyons honnêtes. Le roi ne pouvait pas ne pas acquitter Horace : c'eût été reconnaître une certaine valeur à l'acte de Camille, et par conséquent faire un trou dans la muraille de protection de la société dont il est le symbole. Pauvre Camille, elle est condamnée à rejoindre les mânes de Phèdre, de Guenièvre, de Blathnait et de Blodeuwedd. La révolte de la Fille-Fleur a encore échoué.

Un récit très étrange de la littérature irlandaise nous propose cependant une tentative qui va très loin et qui réussit en partie. Ce récit est fort obscur par ses motivations, car il présente surtout le spectacle d'une tragique confrontation entre le druidisme (sous sa forme vulgarisée de sorcellerie) et le christianisme triomphant. Mais parce que le druidisme n'est plus officiel au sein de la société gaélique christianisée, et qu'il est devenu, comme dans les anciens pays celtiques continentaux, l'apanage des femmes, lesquelles continuent de le pratiquer dans l'ombre, sous forme de sorcellerie, cette confrontation est intéressante à étudier.

La mort de Muirchertach (Irlande) : Le roi suprême d'Irlande Muirchertach rencontre, au cours d'une chasse, une jeune fille dont il tombe éperdument amoureux. Priée par lui, la jeune fille n'accepte de le suivre à la maison royale de Cletech qu'à la condition que le roi se soumette entièrement à elle et que les prêtres ne mettent jamais les pieds dans cette maison tant qu'elle y sera. Quand le roi lui demande son nom, elle répond qu'elle s'appelle *Sin*, c'est-à-dire « Soupir, Bruissement, Tempête, Vent Rude, Nuit d'Hiver, Cri, Pleur, Gémissement ». Son premier acte, une fois installée à Cletech, est de chasser la reine et ses enfants. La reine va se plaindre au saint évêque Cairnech qui vient menacer Muirchertach et le sommer de chasser Sin. Le roi refuse et Cairnech le maudit par un rituel certainement plus druidique que chrétien. Cependant, les hommes d'Irlande prennent parti pour le roi, et donc pour Sin, contre l'évêque. Un jour, le roi demande à Sin quelle est sa puissance. Elle lui répond qu'elle est sorcière, et lui donne quelques exemples de ses pouvoirs magiques. Mais au fur et à mesure que le temps passe, Muirchertach sent qu'une faiblesse suspecte s'empare de lui. Il va se confesser à Cairnech et promet de se séparer de Sin. Or, au retour, il retombe sous l'influence de la fille qui l'ensorcelle avec des visions fantastiques. Muirchertach a le pressentiment de sa mort prochaine, mais il est trop tard, il ne peut plus échapper à l'emprise de Sin. Au cours de la nuit, il se réveille en sursaut et voit la maison en feu. Il veut attraper une cuve remplie de vin pour se protéger du feu, mais il y tombe et s'y noie. On apprend alors que Sin était la fille d'un homme que le roi avait fait assassiner et qu'elle avait accompli toutes ces actions pour venger son père. Et comme elle était, au fond, tombée amoureuse de Muirchertach elle meurt peu de temps après, ne pouvant survivre à son chagrin (éd. et trad. anglaise par W. Stokes, *Revue Celtique*, XXIII, p. 396 et suiv.).

Cette histoire a presque une allure cornélienne : Sin, partagée entre l'amour et la vengeance, accomplit cependant son devoir et provoque la mort du coupable. Mais le mythe va plus loin, car si l'on fait abstraction de la vengeance, qui semble bien une explication *a posteriori*, rationalisante et destinée à détourner l'attention sur le véritable but de la « sorcière », il s'agit bel et bien d'une révolte caractérisée contre le roi. Et cette révolte prend une tournure plus subtile du fait de la méthode employée. On dira que la Bible nous donne des exemples analogues, ne seraient-ce que Dalila qui enlève sa force à Samson, ou Judith qui assassine Holopherne, mais les justifications ne manquent pas, puisqu'il s'agit de luttes entre nations rivales. Ce n'est pas non plus la classique révolte du fils contre le père, dont l'importance dans la vie individuelle et dans la vie sociale ne fait aucun doute, mais qui est seulement une rivalité masculine : en effet, se révolter contre le père, c'est vouloir substituer une autorité nouvelle et jeune à une autorité vieillissante, c'est une affaire d'hommes. On s'est étendu sur cette révolte du Fils, parfois soutenu par la Mère, en allant même chercher des arguments dans la horde primitive où le chef ne pouvait être, *théoriquement*, que l'homme le plus fort. Mais qui donc a parlé de la révolte de la Fille contre le Père ?

C'est tout simplement que la révolte du Fils contre le Père ne menace pas l'édifice social paternaliste. Bien au contraire, il est nécessaire qu'un péril intérieur réveille les énergies endormies et provoque une solution qui est une confirmation d'un état et non un changement. Les individus passent, l'institution reste, c'est une loi naturelle inéluctable. Or la révolte du Fils contre le Père, si elle est révélatrice du malaise que subit la société actuelle (contestation, revendication des jeunes, mouvements divers), n'est au fond que la traduction de l'angoisse sur laquelle reposent les structures de cette société. L'angoisse est la constatation que la Femme est interdite, tout en étant désirable. Arriver, c'est donc transgresser les tabous à son profit personnel, afin de rétablir ces mêmes tabous dans toute leur intégrité lorsqu'on est arrivé, lorsqu'on est passé de la situation de Fils à celle de Père. Rien n'est changé. Les privilèges du Père sont toujours aussi exorbitants, et le Père qui a gagné la partie connaît les moyens de protéger sa conquête. D'où les Lois, qui sont, de l'avis de leurs auteurs, toujours les meilleures et les plus propices à l'épanouissement de la société humaine.

Tout cela n'est qu'une gigantesque duperie dont les Fils *et les Filles* font les frais. L'éducation ancienne qui plaçait la fille, non pas sous un état d'angoisse, mais sous un état de terreur («Ne regarde pas les hommes, ne fais pas cela, c'est réservé aux hommes. La politique, cela regarde les hommes, pas les femmes. Les femmes doivent retenir un homme en le soignant bien. Les femmes doivent être réservées, pudiques, et surtout elles ne doivent pas être sensuelles, etc.»), a si bien réussi qu'elle a placé les filles sous un état de dépendance totale et d'aliénation psychique. Mais lorsque les filles ouvrent les yeux et s'aperçoivent de ce que la loi du Père a fait d'elles —avec la complicité inconsciente de la Mère —, la révolte est possible.

Mais si révolte morale il y a, il est difficile

d'imaginer les modalités de son application réelle, puisque tout est prévu pour l'empêcher. La révolte de Sin contre l'autorité royale n'est donc réalisable que par la ruse. D'où la méfiance que traduisent toutes les traditions vis-à-vis de l'hypocrisie de la femme, qui utilise des moyens détournés pour arriver à ses fins. Une telle attitude est quand même surprenante : ce sont les règlements de la société paternaliste qui obligent la femme à se servir de ces moyens. Le tout, pour la société, est de cataloguer la fille qui se révolte comme un monstre d'ingratitude, ou un monstre tout court, voire un être doué de pouvoirs magiques maléfiques : nous revenons à la sorcière, qui est bien pratique, parce qu'on la condamne toujours au bûcher, sans explication superflue.

Certes, la révolte, telle que Sin la réalise, est complète : elle concilie la ruse (sorcellerie), le charme (au sens faible du mot) et l'intelligence. Non seulement Sin assure son propre triomphe, mais elle conduit le Roi-Père à sa déchéance : elle caricature l'autorité, elle montre à qui veut bien le comprendre le vrai visage du *héros de culture* tel que la société l'a forgé, hors du commun et pourtant faible comme un enfant, un être bourré de prétention et gonflé de vent[36]. La leçon est sévère.

Il arrive cependant que des *héros de culture* se fassent, accidentellement, les complices de la révolte féminine. Le thème le plus ancien paraît être la légende rapportée par le *Rig-Véda*, et selon laquelle Indra délivre les vaches enfermées par les *Panis* dans une caverne. Il est facile de décrypter le mythe : il s'agit pour Indra de vaincre la répugnance antiféminine qui avait rejeté les vaches (= les femmes) dans l'obscurité de la caverne, d'explorer cette caverne (c'est-à-dire d'explorer le vagin) et de faire sortir les femmes à la lumière du jour (les libérer vaginalement) pour permettre à leur sexualité de s'exprimer ouvertement, et par là-même, pour les désaliéner. La même aventure arrive, dans l'*Avesta* iranien, à Thraetana, qui délivre d'une grotte deux jeunes filles d'une merveilleuse beauté. Quant à Tite-Live, il se fait l'écho du mythe d'Indra à propos d'Hercule, lequel, on le sait, a conservé dans le cadre gréco-latin, des éléments du caractère originel d'Indra : le berger Cacus ayant dérobé et enfermé dans une caverne le troupeau d'Hercule qui s'était endormi, le héros ne sait plus ce que sont devenues ses vaches, car Cacus a pris soin de les faire entrer à reculons dans la caverne. Cette ruse va bien au-delà d'une simple astuce : il s'agit d'une véritable inversion, d'un changement complet de polarité par lequel Cacus aliène la personnalité féminine. Mais averti par un meuglement surgi de la caverne, Hercule tue Cacus et libère les vaches (Tite-Live, 1, 7).

Dans le domaine celtique, l'histoire qui rappelle le plus cette légende d'Indra-Hercule est l'aventure qui arrive au héros Cûchulainn, à la fin d'un texte assez récent par la forme mais qui est très archaïque par le contenu, l'*Éducation de Cûchulainn*. Au retour de son séjour en Écosse où il s'est perfectionné dans l'art guerrier, Cûchulainn aperçoit sur le rivage une jeune fille seule qui lui explique qu'elle est livrée, comme tribut, par le roi son père, aux Fomorés, ce peuple mythique de la Mer, ennemi des Gaëls et des Tuatha Dé Danann. Cûchulainn tue le géant Fomoré et libère ainsi la jeune fille. On remarquera la parenté de cette histoire avec la légende de Thésée et du Minotaure, et aussi avec la légende de Tristan vainqueur du Morholt qui venait lever le tribut sur les gens de Cornwall au profit du roi d'Irlande : dans les trois cas, le héros libère la jeune fille, ou les jeunes filles, de la loi paternelle qui les obligeait à être les victimes sacrifiées. Il en est de même dans le récit gallois d'*Owein ou la Dame de la Fontaine*, et dans le *Chevalier au Lion* de Chrétien de Troyes, lorsqu'Owein-Yvain délivre les pucelles prisonnières du Luiton (sorte de diable représentant le père) au château de Pesme-Aventure. Cette action se renouvelle dans la *Quête du Graal* chrétienne : Galaad, qui n'est pas sans rappeler le personnage d'Indra ou celui d'Hercule, est le libérateur des jeunes filles enfermées dans une sorte d'enfer appelé « Château des Pucelles ». Et d'une façon générale, dans tous les romans de la Table ronde, les chevaliers qui délivrent des jeunes filles prisonnières d'un géant ou d'un démon accomplissent le même geste de libération de la personnalité féminine aliénée par le Père, ou par un personnage qui représente la société paternaliste. Cela nous conduit droit à Don Quichotte qui veut délivrer une Dulcinée qui n'existe que dans son imagination, et aussi à tous les contes de fées où le héros, généralement un Prince Charmant, vient délivrer par un baiser la Princesse Endormie.

Mais une telle attitude de la part du *héros de culture*, lequel par nature est nécessairement un produit de la société paternaliste, est rare ou accidentelle. Après ce bref égarement, ces héros reviennent à leur vraie nature. En fait, la jeune fille délivrée, ou bien épouse son libérateur, ce qui la fait retomber dans des chaînes parfois pires, ou bien est obligée de continuer toute seule pour se libérer définitivement du joug masculin. Or on peut lire en filigrane les étapes de cette lutte dans la plupart des mythes ainsi que dans la plupart des traditions populaires.

On prendra pour exemple typique le mythe d'Apollon. Le dieu solaire des Grecs est d'origine nordique et a été acclimaté en Grèce à la venue des Indo-Européens dans la péninsule. Si on interprète les légendes relatives à Delphes, on peut y discerner un changement de culte correspondant à un changement de mentalité et aussi de société. Il y avait à Delphes un grand serpent du nom de Python. Celui-ci représente évidemment la Terre, c'est-à-dire une divinité féminine. Lorsqu'Apollon arrive, il attaque le serpent Python et le tue : cela veut simplement dire que le culte féminin tellurique a été remplacé par un culte masculin céleste, et encore, que des structures androcratiques ont remplacé, dans le cadre de la société grecque primitive, les structures anciennes qui étaient sinon gynécocratiques, du moins plus nettement féminines. Mais la victoire du dieu Apollon (compte tenu d'ailleurs du fait que le soleil était féminin dans les plus anciennes traditions), cette victoire est ambiguë : en effet, à partir du moment où il est vainqueur du Serpent, Apollon est surnommé Pythien, et surtout, *ce sont des femmes, les pythies, qui sont chargées d'exprimer la parole du dieu* qui se manifeste par le célèbre Oracle de Delphes.

On peut ainsi mesurer toute l'importance des *pythies*, des *sybilles*, des *fées*, des *sorcières*, dans un monde qui officiellement nie leur rôle, ou les châtie lorsqu'elles dépassent les limites permises de la vague prophétie qui n'engage à rien. Les sabbats de sorcières sont les dernières traces de la révolte de la Fille-Fleur. C'est pourquoi la société paternaliste les a pourchassées avec tant de vigueur et de cruauté : les sorcières sont des créatures du diable, et l'on sait que le diable a une nature féminine à l'origine, comme en témoignent les légendes diverses consacrées à la « grand-mère du diable », qui est la personnification de l'antique Déesse-Mère. Mais les sabbats de sorcières n'étaient pas autre chose que les bacchanales de l'Antiquité, ou les orgies du culte de Déméter et d'Isis. Toutes les sectes bizarres et secrètes qui se sont succédées au cours des siècles et qui existent encore de nos jours participent du même souci de réintégrer — inconsciemment ou non — la femme avec ses prérogatives dans la société humaine rénovée. Étant donné les *tabous* et les interdictions de la société paternaliste, ce n'est que dans l'ombre que peuvent se manifester de telles révoltes. Ainsi le Christianisme a-t-il commencé par être une société secrète, car il n'avait pas sa place dans l'état romain hiérarchisé et patriarcal. Le Christianisme qui reposait sur le couple Mère-Fils (réintroduction de l'amour et équilibre entre l'homme et la femme) était essentiellement contre la société paternaliste romaine puisque le premier précepte du Christ était « aimez-vous les uns les autres », principe contradictoire avec la notion de guerre et de tension agressive, soutien majeur de la société paternaliste. Les Romains ne s'y sont pas trompés[37] : d'où les persécutions sanglantes contre les Chrétiens, *accusés surtout de refuser de sacrifier aux dieux de l'État romain*, c'est-à-dire de rejeter le patriotisme (et dans patriotisme, il y a le mot père). Le Christianisme n'est devenu officiel et n'a pu s'étaler au grand jour qu'à partir du moment où il a été récupéré par le Pouvoir et où il a coïncidé avec les cadres juridiques romains. Mais, détourné au profit de ce pouvoir, il a perdu de ce fait tout son contenu idéologique révolutionnaire. Depuis lors le christianisme, en prêchant l'obéissance à l'ordre établi, et en culpabilisant la femme, est devenu le soutien le plus zélé de la société paternaliste.

Pourtant, à l'intérieur même du Christianisme, sans parler de la tendance à reconstituer l'antique Déesse-Mère sous les traits de la Vierge Marie, sont apparues un grand nombre d'hérésies qui tentaient de concrétiser la révolte féminine. On peut parler à ce propos de la secte gnostique des Phibionites qui se développa au IIIe siècle et dont l'essentiel de la *Cène* rituelle consistait en l'ingestion non seulement du sperme mâle, mais aussi des produits féminins, le sang menstruel notamment. Les Phibionites refusaient la procréation et, ce faisant, libéraient la sexualité de toutes fins matérielles, ce qui, bien entendu redonnait à la femme la jouissance entière de son propre corps. Tout cela reposait d'ailleurs sur le syllogisme des Antitactes et des Nicolaïtes, lui-même emprunté à des souvenirs manichéens, et qui sera la base de la mystique cathare au XIIe siècle, à savoir que « tout ce qui a été créé par

Dieu était bon, mais qu'un dieu inférieur (le diable) y a mis le mal ; par conséquent, pour combattre le mal, il faut détruire la création, d'où la contraception et l'avortement[38] ». Quant aux *messes noires*, elles sont sensiblement différentes de celles décrites dans les ouvrages qui se veulent sensationnels à tout prix. Quelque étranges que puissent être les motivations de ceux qui assistent à de telles cérémonies, et si dépravées que soient ces cérémonies, une analyse profonde fait apparaître une volonté délibérée d'aller contre le déroulement normal de la société masculine et paternaliste considérée comme répressive, et une tentative désespérée pour retrouver un ordre ancien quelque peu gynécocratique. Le fait que ce soit une femme qui serve d'autel, et l'adoration de la femme, notamment de ses parties sexuelles, sont des preuves suffisantes. Il en est de même pour la « messe à rebours », qui consiste à dire les textes sacrés de la messe en commençant par la fin, et qui, dans un contexte délibérément blasphématoire, est un essai de retour aux origines, avant que le grand dieu mâle des Juifs n'assurât sa domination sur le monde euro-méditerranéen. Ce sont des cultes diaboliques, certes, mais dans la mesure où le *diable*, au sens étymologique du mot, est celui qui « se jette en travers », qui empêche les choses de tourner selon la norme en usage. Mais ce serait une erreur de considérer les « messes noires » et les cultes dits diaboliques comme des adorations du Mal : ce sont seulement des négations de l'ordre établi, et symboliquement de Celui à qui se réfère cet ordre, c'est-à-dire le dieu judéo-chrétien. On peut parler alors de blasphème. Mais qui ne blasphème pas en niant la valeur de ce qui est admis et enseigné ?

La tradition celtique nous fournit à propos de blasphème un sujet de méditation que les Chrétiens du Moyen Âge, sans le comprendre vraiment, avaient considéré comme très important : le mythe du Roi-Pêcheur, tel qu'il apparaît dans le *Perceval* de Chrétien de Troyes, dans la *Quête du Graal*, dans le *Parzival* de Wolfram d'Eschenbach (et pas du tout dans le *Peredur* gallois). Les différents textes présentent tous le Roi-Pêcheur, gardien du Graal, boiteux, parce que blessé à la cuisse. Nous avons déjà dit que c'était un euphémisme et qu'il s'agit en réalité d'une blessure aux parties sexuelles entraînant l'impuissance du roi et par conséquent son inaptitude à la royauté. Mais comment a-t-il reçu cette blessure ? D'après la *Quête*, le roi, voulant s'approcher trop près du Graal et étant indigne de le contempler, aurait été frappé par une arme mystérieuse. L'explication ne tient pas, car on y sent la volonté de justifier la lance qu'on voit apparaître dans le cortège du Graal, lance qui saigne, et dont on ne peut comprendre le rôle sans aller chercher au fond de la mythologie gaélique d'Irlande. D'autre part, la leçon de morale chrétienne est trop visible : le roi était en état de péché mortel, donc indigne de toucher le sang du Christ. Pour un peu, on serait tenté de croire à un jeu de mots entre *pécheur et pêcheur* (*peccator* et *pescator*). Or c'est dans le texte allemand de Wolfram que se trouve la clé, comme d'ailleurs beaucoup d'éléments anciens curieusement conservés au milieu d'un fatras ésotérique à la mode de l'Allemagne du XIIIe siècle. À l'analyse, on s'aperçoit qu'Amfortas a été blessé pour avoir manqué à son vœu de chasteté[39], et que sa complice était Kundry la Sorcière, personnage essentiel et étrange de cette légende du Graal, celle qui se présente parfois sous l'aspect de la Demoiselle à la Mule, ou sous l'aspect de l'impératrice aux multiples visages, dans le *Peredur gallois*. Amfortas et Kundry formaient donc un couple quasi divin, comparable à ces couples de dieux que l'on découvre dans la statuaire antique. Or, de même qu'on peut expliquer l'évolution du culte de la Déesse en culte du Dieu par l'intermédiaire du culte du Couple Divin (le dieu devenant parèdre de la déesse, puis éliminant celle-ci), on peut reconstituer la genèse de la royauté du Graal : il y avait d'abord la Déesse, gardienne du Graal (et primitivement Graal elle-même), puis un couple roi-reine (Pellès-Kundry ou Amfortas-Kundry correspondant au couple gallois Pwyll-Rhiannon), enfin un roi seul, Pellès ou Amfortas. Mais *il a gardé de l'ancienne situation une blessure*, et cette blessure a été culpabilisée pour tenter d'anihiler le souvenir de cette situation antérieure gynécocratique ou tout au moins reposant sur l'équilibre du couple. Mais cette constatation nous conduit très loin et doit faire l'objet d'une étude spéciale de la réalité profonde du Graal et du sens de la Quête, et nous y reviendrons. Il suffit ici de savoir que l'union sexuelle du Roi-Pêcheur et de Kundry constitue un *blasphème* dans la mesure où elle doit être refoulée dans l'inconscient parce qu'elle rappelle une situation dangereuse et qui ne doit pas être répétée. Souvenons-nous aussi que le mot blasphème, par l'interrnédiaire du latin *blasphemum*, est une reconstitution théologique sur le terme originel, lequel a donné, dans l'évolution normale et populaire, le mot *blâme*. Or le tout remonte au grec βλασφεμια qui signifie, au sens religieux, « parole qui ne doit pas être prononcée pendant une cérémonie », et au sens profane, « calomnie, médisance, mauvaise parole » (par opposition à εὐφεμια, bonne parole, euphémisme).

Ainsi la révolte de la Fille-Fleur nous a conduit à examiner différentes légendes où la femme se dresse contre l'ordre établi et *blasphème*. Cette Fille-Fleur, créée par l'Homme, c'est-à-dire *éduquée, conditionnée*, tente d'échapper à son créateur par différents moyens dont l'adultère semble sinon le plus courant, du moins le plus brutalement dirigé contre l'Homme. Mais la signification de cet adultère (réaction contre l'idée de femme-objet) l'assimile, nous l'avons vu, à une révolte contre le Père, qu'il soit mari ou souverain. Or cette révolte contre le Père, révolte de la fille, bien sûr, se retrouve dans une curieuse chanson de Geste du

XIIIe siècle. On sait que dans les Chansons de Geste se mêlent des éléments germaniques, des éléments latins et des éléments celtiques. Les fameux « Sarrasins » ne sont bien souvent que des « païens » au sens large du mot, aussi bien des Musulmans que des zélateurs des cultes impériaux décadents ou des cultes druidiques conservés dans les provinces. Et précisément, dans la *Chanson de Fierabras*, c'est une histoire de révolte de la fille contre le roi son père, habilement récupérée au profit de l'idéologie chrétienne. Mais quand on s'aperçoit que l'héroïne s'appelle *Floripar*, c'est-à-dire le strict équivalent latin de *Blodeuwedd*, on est en droit d'examiner cette légende avec beaucoup d'attention.

La Chanson de Fierabras (Chanson de Geste) : L'empereur Karl lutte contre les Païens pour leur reprendre des reliques. Le champion païen Fierabras (qui ressemble à l'Hercule celtique tant de fois décrit dans les textes irlandais) est vaincu par Olivier et il est baptisé. Mais le père de Fierabras, le célèbre Balan (héros de la *Chanson d'Apremont*), reprend la lutte et fait prisonnier Olivier, Gui de Bourgogne et d'autres Francs, et les jette en un horrible cachot. Or Balan a une fille, Floripar, qui tombe amoureuse de Gui de Bourgogne. Elle trahit son père et libère les chevaliers francs en leur fournissant un asile sûr. Cependant Roland, Naymes et d'autres Francs se dirigent vers le pays de Balan, rencontrent des païens, en tuent quatorze et prennent leurs têtes avec eux. Ils passent une montagne et doivent franchir un pont qui a vingt arches de marbre, assez large pour que cent chevaliers puissent y passer de front. Dix fortes chaînes en fer y sont tendues en travers, et sur chaque pile se dresse une tour défendue par cent chevaliers. L'entrée du pont est gardée par un géant armé d'une massue de cuivre (thème celtique). Personne ne peut passer sans payer un tribut fabuleux (400 cerfs, 100 vierges, 100 faucons mués, 100 palefrois et autant de destriers, 100 sommiers chargés d'or et 100 autres chargés d'argent). Les Francs passent par ruse et se présentent devant Balan qui reconnaît, les quatorze têtes coupées. Furieux, il fait enfermer les

Francs. Mais Floripar les délivre et leur donne même les fameuses reliques. Les païens assiègent les Francs et Floripar qui se trouve avec eux. Floripar possède une ceinture magique qui les préserve de la faim. C'est de cette ceinture que l'enchanteur Maupin, envoyé par Balan, cherche à s'emparer. Une nuit, il réussit, mais il ne peut résister au désir de violer Floripar. Celle-ci se met à crier. Gui de Bourgogne intervient et coupe l'enchanteur en deux. Malheureusement il a coupé aussi la ceinture qui perd, de ce fait, tout son pouvoir magique. Enfin, grâce au Ciel, Balan est vaincu et doit faire sa soumission.

Il faut mettre d'abord en valeur une coïncidence qui est trop belle pour n'être qu'un simple hasard. N'en déplaise aux linguistes, il y a un rapport[40] entre le nom de Floripar (= Née des Fleurs ou Née d'une Fleur), le nom de son père Balan (*genêt* en breton), et le nom de Gui de Bourgogne (même si le *gui* vient du latin et le nom propre *Gui* du germanique). Il y a un autre rapport entre le nom de Balan et celui de Belenos le dieu solaire des Gaulois, et la description du pays merveilleux de Balan (c'est-à-dire l'Autre Monde) est un argument intéressant.

Ainsi donc, là aussi, dans cette histoire de Floripar, il y a révolte de la fille contre son père, qui est le roi, donc le représentant de cette autorité qui s'oppose aux sentiments de la fille. Elle aime Gui de Bourgogne, c'est-à-dire un ennemi, comme Camille aimait Curiace le champion d'Albe, comme Blathnait aimait Cûchulainn l'ennemi de son mari Cûroi. Selon les lois de la Société paternaliste, il y a trahison. Mais qu'on y regarde de près, cette loi paternaliste repose en grande partie sur l'angoisse, sur la peur. Cette angoisse, cette peur sont nées de la rupture que les structures sociales ont fait apparaître entre la Raison et l'Instinct. S'il y a rupture entre Instinct et Raison, il y a donc conflit, opposition, guerre et violence. Une, société qui repose sur l'exploitation de l'angoisse ne tient que par la violence qui est seule capable de mettre un terme à l'angoisse (si tu ne veux pas être tué, tue toi-même ceux qui risquent de te tuer). La société paternaliste ne peut être qu'agressive (même lorsqu'elle se défend, ou plutôt même lorsqu'elle se croit attaquée, puisque le propre de l'angoisse, c'est de se croire en danger). Ainsi est structurée la société dirigée et représentée par Balan. La fille de Balan veut retrouver la spontanéité de sa nature : son affectivité la pousse à aimer Gui de Bourgogne. Peu importe à ce moment qu'il soit l'ennemi de la nation, du peuple, du père : les amoureux sont seuls au monde, dit-on toujours, et par conséquent ils sont néfastes pour la société *parce qu'ils s'en échappent*, se suffisant à eux-mêmes. Donc Floripar nie l'existence de cette société répressive représentée par son père, et agit comme son instinct le lui commande : elle s'efforce de terminer la guerre, et peu lui importe que la guerre se termine par la victoire de l'un ou de l'autre, puisque ce qu'elle veut, c'est la paix à tout prix, qualité primordiale et nécessaire à toute société de type féminin, la femme n'étant pas par nature une destructrice comme l'homme, mais au contraire celle qui donne la vie, celle qui protège la vie, celle qui aime les êtres vivants parce qu'au fond, tous les êtres vivants sont ses enfants[41].

La révolte de la Fille-Fleur n'est pas seulement une révolte égoïste, un caprice d'une fille qui veut se marier contre l'avis de son père, ou le banal adultère d'une femme qui ne se satisfait pas de sa situation conjugale. Cela va plus loin, jusqu'à la revendication essentielle de la Femme : être en possession de toute sa personnalité, c'est-à-dire pouvoir disposer à son gré à la fois de son intelligence (Raison) et de son affectivité (Instinct). Pour cela elle doit envoyer aux ténèbres la défroque dont l'homme l'a affublée et qui, telles les nattes des Chinois soumis à l'Empereur Mandchou, est, sous l'apparence d'une belle parure, la pire des marques d'esclavage. On ne doit jamais frapper une femme, même avec une fleur, dit-on couramment. Mais on ne frappe jamais une femme. Pour frapper quelqu'un, il faut que ce quelqu'un existe. Or la femme n'existe pas plus que l'image d'une fleur sur la surface de l'eau. Elle n'est, dans la société de type paternaliste, que la création chimérique d'un être soi-disant raisonnable qui se prend pour un démiurge. Gwyddyon, fils de Dôn, c'est un peu nous tous. Blodeuwedd, c'est toutes les femmes.

Notes

1. Le mot latin *labor* signifie travail et souffrance : il est significatif que les Gaulois, peuple d'agriculteurs, aient adopté ce mot pour désigner le travail de la terre (labourage).

2. Possédons-nous encore une vie instinctuelle ? Grave question qui pose le problème de l'homme et de la nature, de l'environnement, de l'équilibre psychique de l'être humain, du fonctionnement même de nos organes des sens. Savons-nous encore voir avec nos yeux, entendre avec nos oreilles, sentir avec notre nez, goûter avec notre palais, toucher avec nos doigts ?

3. Cela a toujours été la position des possédants et de ceux qui les soutenaient, en particulier les gens d'Église : la plus grande richesse des pauvres était leur nombreuse famille. Celle-ci fournissait les travailleurs nécessaires à l'établissement d'une société fabriquée et régie par les possédants qui, eux, pour leur propre compte, appliquaient la limitation des naissances.

4. Freud n'a pas pensé à ce qu'on appelle « l'amour collectif », mais quel que soit celui-ci (amour partagé ou sexualité de groupe), le problème est le même parce qu'il ne concerne qu'un petit groupe entièrement à l'écart de la société officielle.

5. Freud, *Malaise dans la civilisation*, p. 44.

6. H. Marcuse, *Éros et Civilisation*, p. 139.

7. O. Rank, *Le Traumatisme de la naissance*, 1928, p. 120.

8. Comparer le poème attribué à Taliesin, le célèbre « Combat des Arbrisseaux » (*Cad Goddeu*), mélange de plusieurs textes originaux : « Quand je vins à la vie, mon créateur me forma par le fruit des fruits, par le fruit du dieu primordial, par les primeroses et les fleurs de la colline, par les fleurs des arbres et des buissons, par la terre et la course terrestre, j'ai été formé par les fleurs de l'ortie, par l'eau du neuvième flot. J'ai été marqué par Math ayant de devenir immortel, j'ai été marqué par Gwyddyon, le grand purificateur des Bretons, par Eurwys et par Euron, par Euron et par Modron, par cinq fois cinq maîtres de science, par les savants enfants de Math » (J. M., *Les Celtes*, p. 366-367). On remarquera la présence de Modron parmi les personnages qui président à la naissance de la jeune femme.

9. *Gronw Pebyr* peut se traduire par « Jeune Homme Fort ». On trouve ces vers dans le *Cad Goddeu* : « Ils ne sont point encore nés dans l'abîme, ceux qui m'ont visité, sauf Goronwy des prairies d'Edrywy. » Goronwy est certainement Gronw, mais le sens profond de ces vers, qui semblent concerner l'histoire de Blodeuwedd et qui sont égarés au milieu d'une autre histoire, est tout à fait obscur.

10. On retrouve l'évocation de cette légende dans un chant de Dafydd ab Gwilym, poète gallois du XIVe siècle, sous le titre *Achau y Dylluan* (Généalogie du Hibou) : le poète demande au hibou son nom et l'oiseau lui répond qu'on l'a appelée Blodeuwedd et qu'elle était la fille d'un seigneur de Môn (c'est-à-dire Gwyddyon). Le poète demande alors à l'oiseau qui l'a ainsi métamorphosée. L'oiseau répond : « C'est Gwyddyon, fils de Dôn, des abords de Conwy, qui, avec sa baguette magique — il n'y en a plus de son espèce — m'a fait passer de ma beauté dans le triste état où tu me vois, m'accusant d'avoir aimé, soleil éclatant d'une race brillante, Goronwy, le jeune homme vigoureux, le seigneur de Penllyn, le beau, le grand » (J. Loth, *Mab.*, I, 208.)

11. Il va sans dire que tout ceci symbolise l'éducation de la femme selon la volonté de l'homme, avec tout ce que cela comporte de soumission (la femme doit demeurer dans l'ombre de l'homme, elle doit lui obéir, elle doit être modeste) et d'interdits (elle ne doit pas avoir accès aux fonctions sociales masculines, elle ne doit pas se servir de son sexe sauf pour la procréation, etc.).

12. On remarquera que Jéhovah ne peut pas non plus nier Satan le Révolté qu'il se contente de rejeter dans les ténèbres, et que selon la théologie judéo-chrétienne, les damnés vivront éternellement dans l'Enfer : en aucun cas Dieu ne peut les anéantir, ce qui est normal puisque ce sont les formes prises par sa pensée.

13. Aristophane, *Paix*, 757. Plutarque, *Curios*, 2. Diodore de Sicile, XX, 41. Strabon, I, 19. Horace, *Épodes*, V, 20. *Art Poétique*, 340. Ovide, *Fast*, VI, 131.

14. Dans un conte des Mille et une Nuits, un jeune prince se laisse emmener par une *ghula* qui lui était apparue sous les traits d'une belle fille. Le prince entre dans la maison de la fille sans qu'elle s'en aperçoive : « Il la vit soudain sous la forme d'une goule. Elle disait à ses petits : je vous ai amené un jouvenceau de bel aspect, un jouvenceau gras. — Fais-le venir ici, maman, supplièrent-ils, afin que nous fassions de son ventre notre pâturage » (René Khawam, *Les Cœurs inhumains*, Paris, éd. Albin Micliel, 1966, p. 65).

15. Il faudrait s'interroger sur l'origine du nom des *fées des houles*, ou simplement des *houles*, fées maritimes de la côte du Cotentin ou de la Bretagne-Nord.

16. Braunschweig-Fain, *Éros et Antéros*, p. 107.

17. *Ibid.*, p. 107-108.

18. Comparer la tradition indienne : « À l'origine, le *Purusa* existait seul. Il avait l'ampleur d'un homme et d'une femme embrassés. Il se divisa en deux. De là furent l'époux et l'épouse » (*Brhadârauyka-Upanishad*, I, 4.)

19. *Éros et Antéros*, p. 109.

20. *Ibid.* On sait que la Psychanalyse insiste sur le fait que le pénis du garçon est reconnu solennellement et officiellement par les parents et en particulier par la mère, tandis que le vagin de la fille est oublié systématiquement.

21. Cette plaisanterie assez effarante montre à quel point de vulgarité peut aller un auteur dit « sérieux » et « distingué » lorsque l'érotisme est soumis à la double censure de la société et de l'individu lui-même, obligé de recourir à des allusions.

22. Sans aller chercher les élucubrations de Jung sur l'*animus* et l'*anima*, il faut reconnaître que la composante féminine plus importante chez les homosexuels a permis à ceux-ci de *comprendre mieux* le problème féminin, en l'exprimant par des moyens masculins. On pourrait citer aussi

Jean Cocteau qui est l'un des rares a avoir *senti* le véritable rôle d'Yseult.

23. Dans le nom de Blathnait, nous retrouvons le mot gaélique *Blat*, « fleur ». Il est probable que *Blathnait* a la même signification que *Blodeuwedd* : « née des fleurs », ou « née d'une fleur ».

24. Dans la chanson de geste d'*Huon de Bordeaux*, le nain Obéron a pour parents Jules César et la fée Morgane !

25. *Cf.* J. M., *L'Épopée celtique en Bretagne*, p. 111 et Il 7.

26. En anglais moderne *Jennifer*.

27. Un curieux poème gallois du Moyen Âge, et qui a toutes les chances d'être un fragment d'un ancien rituel magico-chevaleresque (*Bulletin of the Board of Cellic Studies*, VIII, p. 203-208), présente un dialogue significatif entre Guenièvre (Gwenhwyfar) et Méléagant (Melwas ou Maelwas). Ce dernier se présente comme étant « Melwas de l'île de Verre ». Il demande à la reine : « Gwenhwyfar au regard de biche, ne me repousse pas bien que je sois jeune. » On comprend qu'il s'agit d'une déclaration d'amour assortie d'une invitation à le suivre dans le « Pays de l'Été ». Mais la reine semble se retrancher derrière Kaï, car elle n'a que le nom de celui-ci à la bouche, et non pas celui du roi Arthur (ni celui de Lancelot bien entendu). Excédé, Melwas lui dit : « Je hais le sourire d'un homme aux cheveux gris, dont l'épée est semblable à une brochette sous son menton et qui désire mais ne peut achever. » Ce qui laisse très clairement entendre que Kaï ancien amant de la reine, est trop vieux et n'est plus bon à rien, selon Melwas lui se propose ainsi de le remplacer. Mais la reine lui réplique : « Encore plus haïssable est pour moi un homme preux mais timide, sauf en paroles, qui ne se tait jamais mais ne tire jamais son épée. » Cela fait évidemment penser à l'histoire de Mider et d'Étaine (J. M., *L'Épopée celtique d'Irlande*, *p. 51-52*). Étaine s'est réincarnée sous la forme de l'épouse du roi Eochaid. Son ancien mari, le dieu Mider, qu'on peut identifier comme étant le même personnage que Melwas-Méléagant, tente de l'emmener avec elle dans le pays des Fées en lui chantant un chant vantant les mérites de la Terre de Jeunesse et de Beauté. Mais Étaine ne consent à le suivre que s'il l'obtient, d'une façon ou d'une autre, du roi Eochaid lui-même. Étaine, comme Gwenhwyfar, représente la souveraineté que se disputent deux hommes, le vieux et le jeune.

28. Loomis, *Arthurian Legend in Mediaeval Art*, 1938, p. 32-36 et fig. 4 et 6.

29. Dans certaines versions de la légende, la Reine enlevée s'appelle *Florée*, ce qui l'apparente à Blodeuwedd et à Blathnait. *Cf.* Loomis, *Arthurian Tradition*, p. 82-96.

30. *Perceval le Gallois*, trad. L. Foulet, Stock, 1947, p. 191.

31. *Cf.* plus loin le chapitre sur « Yseult ou la Dame du Verger ». Voir également dans J. M., *L'Épopée celtique d'Irlande*, le commentaire de *L'Éducation de Cûchulainn*, p. 88-95.

32. *Cf. La Mort de Fergus* dans J. M., *L'Épopée celtique d'Irlande*, p. 73-74.

33. Il est curieux de constater comment, par l'étude des mythes, on en vient à rencontrer l'un des principes les plus fermes du *Contrat social*. Mais il est vrai que Jean-Jacques Rousseau, en tant que *poète*, sentait des vérités que d'autres n'auraient jamais eu le courage d'avouer. À y réfléchir, la souveraineté, suivant Jean-Jacques, est détenue par le corps social collectif, la nation elle-même c'est-à-dire par un être moral *de nature féminine* (la *patrie* est un mot paradoxal, féminin mais bâti sur le mot père, ce qui prouve que personne n'a rien compris à ce mot qui devrait être remplacé par *matrie*). Or la reine, en tant que *mère du peuple*, symbolise parfaitement cette souveraineté collective (celle de tous ses enfants et par conséquent inaliénable parce qu'appartenant de droit à tous les enfants de la Mère.

34. À moins que ce ne soit pour procurer des emplois aux comédiennes vieillissantes et qui ne veulent pas encore l'avouer.

35. « Pourquoi me tuez-vous ? — Eh quoi ! Ne demeurez-vous pas de l'autre côté de l'eau ? Mon ami, si vous demeuriez de ce côté, je serais un assassin et cela serait injuste de vous tuer de la sorte : mais puisque vous demeurez de l'autre côté, je suis un brave et cela est juste » (Pascal, *Pensées*, éd. Brunschvicg, n° 293).

36. L'un des rares auteurs modernes à avoir systématiquement montré le visage réel du héros est Racine. Certes, c'est surtout pour illustrer les thèses jansénistes concernant la faiblesse de l'homme qu'il s'est livré à ce jeu de massacre. Mais comment croire au héros de culture paternaliste après avoir vu Thésée, le grand purgeur de monstres, incapable

de faire éclater la vérité dans son propre palais ; Oreste en venir au crime ; Pyrrhus, le grand vainqueur de Troie, se traîner aux genoux de son esclave et se parjurer tous les quarts d'heure ; Mithridate ourdir des pièges indignes de sa gloire ; Agamemnon se montrer incapable de volonté et d'énergie ?

37. Il ne faut pas prendre à la légère la fameuse opposition entre ROMA et AMOR. À l'origine, il s'agissait d'une coïncidence, mais l'Histoire a donné raison à ce renversement symbolique de mot.

38. Pour tout ce qui concerne les Phibionites et le syllogisme manichéen, *cf.* Fendt, *Die Gnostischen Mysterien*, Munich, 1922.

39. Un jour, le Roi… cherchait aventure ; il espérait, pour sa joie, obtenir amoureuse récompense ; il était dominé par la convoitise d'amour. Dans un combat singulier, il fut blessé en ses parties viriles par une lance empoisonnée ». *Parzival*, trad. E. Tonnelat, II, p. 44.

40. Je dis bien *rapport* et ne prétend nullement que tel ou tel nom de personnage provient de tel ou tel mot. Le symbolisme existait depuis bien longtemps et il n'y a pas de raison pour ne pas croire que les auteurs d'épopées anciennes, celtiques ou autres, aient été tentés par des ressemblances, par des analogies. Le travail du mythologue, s'il s'appuie sur la rigueur du linguiste, ne peut en aucun cas s'y borner, et il a besoin de faire des rapprochements qui échappent parfois aux lois de la phonétique, le tout étant évidemment présenté sous forme d'hypothèse.

41. Les bonnes et vertueuses femmes bien éduquées selon les règles du patriotisme, et qui donnent naissance à des enfants mâles en se réjouissant que ce soient des garçons, feraient bien de méditer ceci : elles sont les dindons de la farce parce qu'on leur demande de *fabriquer* des hommes que la patrie — c'est-à-dire la société paternaliste — enverra égorger les autres et se faire égorger sous le couvert de l'héroïsme, du sacrifice et des décorations. Quelle négation du rôle de la mère, et quelle hypocrisie de la part des moralistes et des autorités, religieuses surtout, qui patronnent ce genre d'aberration mentale…

CHAPITRE V

Le Graal ou la quête de la femme

De tous les mythes celtiques, ou intégrés dans un contexte celtique, le Mythe du Graal a certainement été le plus fécond quant à ses prolongements, ses variantes, ses interprétations. On s'est servi du Graal pour lui faire signifier tout ce que l'on voulait, aussi bien au Moyen Âge que dans les Temps Modernes, et l'ésotérisme s'est emparé du Vase Sacré après que la Mystique cistercienne du début du XIIIe siècle eut transformé un thème incontestablement païen en un objet ayant contenu le sang du Christ, symbole de l'esprit divin et des richesses du paradis promis aux hommes de bonne volonté. Il faudrait une étude considérable pour condenser les multiples théories qui ont été émises sur ce problème du Graal, et ce n'est pas le propos d'un ouvrage qui tente d'étudier le rôle exact de la Femme dans la civilisation celtique, tant sur le plan sociologique que sur le plan mythologique, ce dernier représentant l'aspect idéal du personnage féminin vu à travers les tourbillons des croyances et des péripéties historiques.

J'ai déjà dit qu'à l'origine, le Graal et la légende qui l'entoure me paraissaient provenir d'un thème celtique de *vengeance par le sang*[1]. Cette affirmation n'était pas un postulat, mais une constatation basée sur l'étude de l'un des textes de la légende, qui, sans être le plus ancien, présente le plus d'éléments archaïques, le récit gallois de *Peredur*. Elle a été déjà mise en évidence par Joseph Loth dans une note à sa traduction française des *Mabinogion*, et par Mary Williams dans son *Essai sur la composition du roman gallois de Peredur*[2]. Et l'on verra que, dans d'autres textes, beaucoup plus récents, des détails en apparence incompréhensibles, qui ont survécu sans que les auteurs sachent bien de quoi il s'agissait, ne peuvent s'expliquer que par rapport à cette constatation fondamentale. Cependant, prétendre que la quête du Graal est *seulement* un récit de vengeance, c'est aller un peu vite. La question essentielle est de savoir la raison de cette vengeance, en un mot de savoir ce qui se cache derrière cette histoire embrouillée et remise au goût de la société chrétienne des XIIe et XIIIe siècles.

De nombreux érudits ont mis l'accent sur l'*épreuve* que constitue la *quête*. Le parallèle se trouve dans tous les récits gallois ou irlandais à propos de navigations mystérieuses ou d'expéditions dans l'Autre Monde. C'est alors qu'on pourrait établir une comparaison avec les pratiques du Chamanisme dont nous retrouvons, par ailleurs, beaucoup de traces dans la mythologie druidique, ou dans ce qu'il en reste. D'autres ont insisté sur le but de la *quête*, et ils ont découvert une sorte d'initiation à la royauté, à la souveraineté. D'autres enfin ont vu dans la régénération du Pays du Graal par le Chevalier élu, une sorte de rituel de fécondité analogue aux pratiques préhistoriques dont le souvenir est encore visible dans les religions méditerranéennes ou nordiques. Quant à Jessie Weston, dans une série d'ouvrages discutables mais passionnants[3], elle a émis l'hypothèse que les éléments du cortège du Graal avaient tous une valeur symbolique et rituelle, et qu'en particulier, si la lance qui saigne représente le principe masculin, le graal, c'est-à-dire la coupe, représente le principe féminin. Ce serait donc l'union de ces deux principes qui redonnerait au pays du Graal, dévasté et stérile, sa richesse et sa fécondité d'antan.

Le symbolisme sexuel de l'objet *graal* est certain : c'est une coupe, et comme telle, elle est l'image du sein dispensant la nourriture. Mais l'analogie va plus loin : c'est un contenant, et le contenu, dans la version christianisée, est le sang du Christ, par conséquent il est facile d'en déduire que le Graal représente la Vierge Marie, mère de Jésus. Et en fait, plutôt que l'image du sein, le graal-coupe représente l'utérus de la Déesse-Mère, qui donne la vie à toutes les créatures du Monde, à condition d'être fécondé. Or on sait que le Pays du Graal est stérile, dévasté et qu'on attend le chevalier élu qui doit lui redonner cette fécondité perdue. Et que dire de la blessure du Roi-Pêcheur, blessure qui atteint ses parties viriles ? Il y a, par cette seule analogie du graal-coupe avec l'utérus maternel, une preuve évidente de la féminité du Graal.

Mais ce n'est pas tout. Si la *quête* représente une descente aux enfers, une expédition dans l'Autre Monde, elle est donc en réalité un *regressus ad uterum*, une tentative pour reconstituer l'état paradisiaque qui a précédé la naissance. Voilà un second élément en faveur de la féminité du Graal. Quant à l'épreuve constituée par la *quête* dans le but de rechercher la Souveraineté, personne ne pourra nier qu'il s'agit d'une tentative d'approcher la féminité dans ce qu'elle a de plus pur et de plus entier, puisque la Souveraineté, dans les mythes celtiques, est toujours représentée par une femme.

Nous en arrivons donc à cette constatation qui est plus qu'une hypothèse de travail : le Graal, sous quelque forme qu'il apparaisse dans les textes, est une figuration féminine, et la *quête* que le chevalier entreprend pour découvrir le Graal, est une quête de la féminité. L'étude des différentes versions de la légende va nous permettre la constitution d'un dossier en faveur de cette opinion, et permettra de déduire des conclusions quant au rôle exact du mythe dans la société européenne du Haut Moyen Âge.

Le texte de base est celui du *Perceval* de Chrétien de Troyes. Chronologiquement, c'est le plus ancien où se trouve le fameux « cortège du Graal », et il a été, sinon le premier, du moins l'initiateur du développement ultérieur de la légende. Mais ce qui est important, c'est que dans le texte de Chrétien, le *graal* est un nom commun désignant un objet usuel, et d'autre part que nous ignorons tout à fait, l'auteur n'ayant pas terminé son livre, quelle pouvait être la conclusion de l'histoire de Perceval. Ce sont les continuateurs qui ont brodé sur le thème, en se référant d'ailleurs à des fragments de récits celtiques qui leur étaient parvenus par des voies extrêmement diverses. Avec le texte de Chrétien, nous avons par conséquent la matière brute du mythe du Graal :

Perceval (Chrétien de Troyes) : « Des flambeaux illuminaient la salle d'une telle clarté qu'on ne pouvait trouver au monde un hôtel éclairé plus brillamment. Tandis qu'ils causent à loisir, paraît un valet qui sort d'une chambre voisine, tenant par le milieu de la hampe une lance éclatante de blancheur… Une goutte de sang perlait à la pointe du fer de la lance et coulait jusqu'à la main du valet qui la portait… Alors viennent deux autres valets, deux fort beaux hommes, chacun en sa main un lustre d'or niellé ; dans chaque lustre brûlaient dix cierges pour le moins. Puis apparaissait *un graal*, que tenait entre ses deux mains une belle et gente demoiselle, noblement parée, qui suivait les valets. Quand elle fut entrée avec le graal, une si grande clarté s'épandit dans la salle que les cierges pâlirent, comme les étoiles ou la lune quand le soleil se lève. Après cette demoiselle en venait une autre, portant un tailloir d'argent. Le graal qui allait devant était de l'or le plus pur ; des pierres précieuses y étaient serties, des plus riches et des plus variées qui soient en terre ou en mer; nulle gemme ne pourrait se comparer à celle du graal» (trad. Lucien Foulet, p. 75-76).

Dans sa précision, ce «Cortège du Graal», apporte trois éléments de toute première importance : le *graal*, la *lance* et le *tailloir*. De plus, le graal est tenu par une femme, ainsi que le tailloir, et si le tailloir est en argent, le graal est en or, ou tout au moins il a l'aspect de l'or et il brille *comme le soleil*.

Il n'est pas difficile de retrouver dans la lance qui dégouline de sang un des objets merveilleux de la quête celtique, et cela en dépit de l'interprétation chrétienne tardive qui faisait de cette lance la lance du centurion Longin. Il s'agit de la lance qu'avaient rapportée des «Îles du Nord du Monde», les Tuatha Dé Danann : «la lance qu'avait Lug, on ne pouvait gagner de bataille sur celle ou celui qui l'avait en main[4]. Son pouvoir était si destructeur qu'il fallait toujours tremper sa tête dans un chaudron pour éviter que la ville où elle se trouvait ne s'embrasât[5]. C'est la «Lance d'Assal»... Mort est celui dont elle verse le sang : sa valeur est telle qu'elle ne frappe pas en erreur si on lui dit *ibar*. Mais si on lui dit *athibar*, elle revient en arrière jusqu'à la main de celui qui l'a lancée[6]». C'est aussi la lance du héros irlandais Celtchar fils d'Uthechar, personnage assez bizarre qui apparaît dans certaines épopées secondaires du Cycle d'Ulster. Dans le récit intitulé *Le Cochon de Mac Dathô*, alors que les guerriers réunis se disputent le «morceau du héros», Celtchar revendique cet honneur, mais il est récusé par Cet, fils de Maga, qui lui dit : «Je suis venu jusqu'à la porte de ta maison. On criait sur moi. Tout le monde arriva. Tu es arrivé aussi. Tu allas dans un défilé où tu me rencontras. Tu me lançás un javelot. Je t'en lançai un autre qui te perça la cuisse et le haut des testicules. Tu as une maladie de vessie depuis ce temps-là, et dans la suite tu n'as plus engendré de fils ni de fille[7] ».

Il est clair que Celtchar souffre de la même infirmité que le Roi-Pêcheur, d'où l'impossibilité dans laquelle il se trouve de prétendre au « morceau du héros », c'est-à-dire à un morceau de roi. La royauté est incompatible avec l'impuissance sexuelle, c'est bien connu. Mais ce qu'il y a de plus curieux, c'est que Celtchar possède une lance redoutable comme celle d'Assal, et à cause de laquelle il périra lui-même. Dans le récit de *La Mort violente de Celtchar fils d'Uthechar*, la femme de Celtchar, Brig Brethach, l'ayant trompé avec Blai Briuga, Celtchar tue l'amant alors que celui-ci se trouve dans la maison royale en train de regarder jouer aux échecs Conchobar et Cûchulainn. Il lui enfonce sa lance au travers du corps « si bien qu'une goutte de sang, du bout de la lance, vint sur le jeu d'échecs ». Cette goutte de sang est importante, car l'endroit où elle est tombée permet de savoir qui, de Conchobar ou de Cûchulainn, a été le plus près de la victime, et par conséquent qui doit assumer la vengeance contre Celtchar, puisque celui-ci a violé le droit d'asile et d'hospitalité de la maison royale. Finalement Celtchar est condamné à débarrasser l'Ulster de trois fléaux. Le premier fléau est Conganches mac Dedad, frère de Cûroi, qui ravage le pays et contre qui les lances et les épées sont sans effet. Celtchar s'arrange pour faire épouser à Conganches sa fille curieusement nommée *Niam*, c'est-à-dire « Ciel » (au sens religieux, bret. arm. *Neñv*). Niam s'arrange pour savoir de son mari comment il pourrait être tué. Il répond : « Il faut enfoncer des pointes rouges dans mes plantes de pied et dans mes tibias[8] ». On remarquera la similitude entre cet épisode et celui où Blodeuwedd se fait révéler par son époux Lleu Llaw Gyffes la façon dont il pourrait mourir.

Ainsi Niam rapporte-t-elle les paroles de Conganches à son père. Conganches est tué. Celtchar s'attaque au deuxième fléau qui est un chien infernal qu'il réussit à tuer par ruse. Enfin, le troisième fléau, également un chien redoutable, sera fatal à Celtchar. Il tue en effet le chien, mais en retirant la lance du corps de l'animal et en la brandissant, « une goutte du sang du chien roula sur la hampe de la lance et vint à travers lui jusqu'à terre, si bien qu'il en mourut[9] ».

Le thème de la goutte de sang au bout de la lance apparaît ici avec tant d'insistance qu'il n'est pas possible d'y voir une simple coïncidence. Y a-t-il dans le « Cortège du Graal » un souvenir de cette mystérieuse histoire de Celtchar, ou de toute autre histoire du même genre ? Sûrement. Non seulement le thème du chien infernal, sorte de Cerbère malfaisant qui se répand sur le pays des vivants pour le dévaster, fait penser à la désolation du pays du Graal ravagé et stérile, mais le personnage de Celtchar, blessé aux parties sexuelles et victime de sa propre lance à cause d'une goutte de sang qui coule du bout de cette lance, n'est pas sans rapport avec le Roi-Pêcheur, blessé au même endroit et qui fait présenter la fameuse lance avec une goutte de sang à son extrémité, dans le cortège du Graal. Enfin, il y a bien une histoire de vengeance à la base de la mésaventure de Celtchar, et de vengeance *sanglante*, comme dans le Graal primitif. Quant au nom de la fille de Celtchar, *Niam*, il en dit long sur les rapports qu'entretient Celtchar avec l'Autre Monde, comme le Roi-Pêcheur, et il n'est pas impossible que la fille du roi, la porteuse du Graal, qui deviendra plus tard dans la *Quête* cistercienne la mère de Galaad le sauveur, soit le même personnage mythologique que cette Niam, fille de Celtchar.

On serait également en droit de comparer l'histoire de Celtchar avec celle d'Yspaddaden Penkawr, dans le récit gallois de *Kulhwch et Olwen*. Le jeune Kulhwch vient demander sa fille en mariage à Yspaddaden. Celui-ci, trois fois de suite, lance sur Kulhwch une sorte de lance, arme préhistorique en pierre[10], qui, à chaque fois, grâce à la présence d'esprit de Kulhwch et de ses compagnons, est renvoyée sur l'expéditeur et le blesse cruellement. Il faut dire que le personnage d'Yspaddaden « Grosse-Tête » a plus d'un rapport avec le Roi-Pêcheur : il est le père d'une fille promise à de hautes destinées ; il habite un château mystérieux dans l'Autre Monde ; sa tête, qui sera finalement coupée, fait penser à certains aspects du Graal-Tête, comme nous le verrons dans le récit de *Peredur* et dans des textes plus récents. De toute façon, comme pour toutes les armes tranchantes et contondantes, le symbolisme sexuel mâle de cette lance n'est pas à démontrer, et il est donc inutile d'y insister : dans l'esprit de Chrétien de Troyes, c'est certainement l'arme qui a blessé le Roi-Pêcheur, et il est normal de la voir figurer dans un cortège où sont en quelque sorte exposés les instruments de la passion que subit en fait le Roi-Pêcheur, et à travers lui, le royaume qu'il incarne, et qui est un royaume périssant.

Le tailloir d'argent est certainement beaucoup plus intéressant, encore qu'il s'explique mal ici. Mais nous verrons que les autres versions de la légende le réintègrent dans son véritable rôle. Il serait bon, pour l'instant, de nous en tenir au graal lui-même, puisque, après tout, cela semble bien l'élément essentiel, ou du moins ressenti comme tel par les lecteurs du récit de *Perceval*, par les continuateurs de Chrétien de Troyes, et par tous les érudits qui n'ont guère cessé de s'interroger sur ce mystérieux objet.

Le nom de *graal* n'offre absolument aucune difficulté. C'est effectivement un nom commun d'origine occitane (*gradalis* ou *gradale*) et remontant à un latin *cratalis*. On le trouve dans un document de 1010, soit cent soixante-dix ans avant l'ouvrage de Chrétien, un testament du comte Ermengaud d'Urgel, qui léguait à l'abbaye Sainte-Foy de Conques « *gradales duas de argento* », c'est-à-dire « deux plats d'argent ». C'est encore le sens de *plat* qu'a le mot *gradal* dans le

Roman d'Alexandre, qui date des environs de 1150, et, au début du XIIIe siècle, le moine Hélinand de Froidmont assimile *gradalis* (= Graal) au latin *scutella* (= écuelle). Or l'on sait que la version cistercienne de la légende, due probablement à Robert de Boron et développée dans l'*Estoire dou Saint-Graal*, fait du graal l'écuelle dans laquelle le Christ mangea l'Agneau Pascal : cette écuelle fut donnée à Joseph d'Arimathie par Ponce Pilate, et Joseph s'en servit pour recueillir le sang de Jésus lorsqu'il procéda à son ensevelissement.

Donc le *graal* proposé par Chrétien de Troyes est une écuelle, un récipient. On pourra noter que, d'après le témoignage de Giraud de Cambrie, écrivain généralement bien informé sur le Pays de Galles du XIIIe siècle, les Gallois avaient coutume d'utiliser des écuelles particulièrement remarquables, très larges et très profondes. Si Chrétien avait un modèle gallois, ou traduit du gallois, ce qui semble probable, il a dû trouver un terme parfaitement usuel et commun. Et vu la concision du texte décrivant le Cortège du Graal, on peut se demander si, après tout, *le graal n'est pas autre chose qu'un simple récipient qui contient quelque chose que l'auteur n'a pas voulu nommer*, se réservant de le dire à la fin de son ouvrage. Car *jamais* Chrétien, dans le texte qui est de lui, n'a précisé quoi que ce soit au sujet du Graal. Il n'a jamais dit qu'il contenait le sang du Christ. Il n'a jamais montré ce qu'il y avait sur cette écuelle. Il n'a jamais prétendu que le Cortège du Graal était une cérémonie religieuse, comme il le deviendra dans la *Quête* cistercienne. En bon romancier qui puisait à bonne source, il a ménagé un véritable *suspense* pour accrocher l'intérêt de ses lecteurs, et ce n'est pas à nous de lui en vouloir, puisque c'est rendre hommage à ses qualités littéraires incontestables, même si nous sommes déçus sur le plan mythologique.

Mais avant d'en arriver à l'adaptation — ce serait plutôt une récupération — purement mystique et chrétienne, le thème du Graal a passé par d'autres étapes. Les deux principales sont celles conservées dans deux textes rédigés au début du XIIIe siècle, mais dont les sources apparaissent, à l'analyse, très proches d'un archétype que l'on discerne sans cesse sans pouvoir le formuler définitivement : le *Parzival* de l'Allemand Wolfram d'Eschenbach et de *Peredur* d'un auteur gallois inconnu. Et c'est le texte du *Peredur* qui va nous dire *ce qu'il y avait sur le récipient appelé graal.*

> *Peredur* (Pays de Galles) : « Il vit venir dans la salle et entrer dans la chambre deux hommes portant une lance énorme : du col de la lance coulaient jusqu'à terre trois ruisseaux de sang. À cette vue, toute la compagnie se mit à se lamenter et à gémir... Après quelques instants de silence, entrèrent deux pucelles portant entre elles un grand plat sur lequel était une tête d'homme baignant dans le sang. La compagnie jeta alors de tels cris qu'il était fatigant de rester dans la même salle qu'eux » (J. Loth, *Mab.* II, 64-65). « Tu es allé à la cour du roi boiteux, tu y as vu le jeune homme avec la lance rouge, au bout de laquelle il y avait une goutte de sang qui se changea en un torrent coulant jusque sur le poing du jeune homme ; tu as vu là encore d'autres prodiges : tu n'en as demandé ni le sens ni la cause ! Si tu l'avais fait, le roi aurait obtenu la santé pour lui et la paix pour ses États, tandis que désormais il n'y verra que combats et guerres, chevaliers tués, femmes laissées veuves, dame sans moyen de subsistance ; et tout cela à cause de toi » (*ibid.* II, 104-105).

On voit qu'il y a loin de la « procession » du Graal dans une atmosphère pieuse et recueillie, à cet étrange cortège où l'on promène une tête coupée sur un plat (le graal), en même temps que la fameuse lance magique et redoutable. Il semble bien qu'il y ait davantage une histoire de vengeance pour un meurtre qui n'a pas encore été puni et dont le souvenir déclenche des lamentations pénibles à entendre de la part des assistants. On a dit que le *Peredur* représentait les croyances populaires de l'époque sur le Graal alors que les textes continentaux auraient été les versions intellectuelles, aristocratiques et religieuses. Or c'est avouer par là que la version du *Peredur* a plus de chances d'être authentique, ou tout au moins traditionnelle, puisqu'elle n'a pas été déformée par des apports littéraires et par des préoccupations théologiques ou philosophiques. D'ailleurs, le texte allemand de Wolfram d'Eschenbach, s'il est le produit d'un mélange assez ahurissant de courants de pensée divers, n'en présente pas moins des détails étranges et peu compatibles avec la théologie cistercienne. En fait, il y a tout autant de détails révélateurs et probablement très archaïques dans la version sophistiquée de Wolfram que dans la version populaire du *Peredur*.

Parzival (Wolfram d'Eschenbach) : « Un écuyer franchit tout à coup le seuil, portant une lance sur le fer de laquelle — prodige émouvant ! — du sang jaillit, coulant le long du bois jusqu'à la main et se perdit dans la manche. Alors des pleurs, des sanglots emplirent l'enceinte... L'écuyer, tenant le lugubre fardeau, fit le tour des quatre parois, et regagna la porte par laquelle il disparut soudain... Au bout de la salle s'ouvrit une porte d'acier : deux adolescentes d'allure noble en sortirent... C'étaient deux blanches vierges... Chacune avait en main un chandelier d'or, sur lequel brûlait un cierge... après elles s'avance une duchesse avec son égale, portant deux piédestaux d'ivoire. Sans tarder vinrent huit autres dames dont voici le rôle : quatre portaient de grands flambeaux, les autres soutenaient sans effort une pierre précieuse que traversaient les rayons du soleil et qui tirait son nom de son éclat... Deux princesses se présentèrent à leur tour, délicieusement parées. De leurs mains elles soutenaient deux couteaux tranchants... d'argent d'extraordinaire blancheur... À leur suite apparut la reine. L'éclat que répandait son visage faisait croire que le jour se levait... Sur un coussin d'émeraude verte, elle portait la racine et le couronnement de ce qu'on souhaite en paradis, le Graal, supérieur à tout idéal terrestre. *Repanse de Schoye* était le nom de la pucelle admise à porter le Graal» (trad. Maurice Wilmotte, p. 82-85).

Dans cette description interminable du «Cortège du Graal», on remarquera que la coloration chrétienne est quelque peu superficielle. Il y a beaucoup trop de demoiselles dans ce cortège pour que l'orthodoxie soit évidente. Le Moyen Âge, *l'Irlande et la Bretagne exceptées*, n'a jamais admis la participation des femmes au culte religieux chrétien. Or, il semble que pour Wolfram, et peut-être encore plus pour lui que pour Chrétien de Troyes (dont il suit pourtant la trace) ou pour l'auteur gallois, les femmes jouent un rôle considérable dans cette cérémonie du Graal. Et cette remarque est d'autant plus déroutante que Wolfram, dans le reste de son œuvre, manifeste une tendance très nettement chrétienne et mystique. Alors, qu'en penser ? De toute façon c'est une femme qui porte le Graal dans Chrétien et dans Wolfram, qui porte la *tête* dans le *Peredur*. C'est la preuve que, dans cette cérémonie mystérieuse et quasi incompréhensible, le rôle d'officiant est dévolu à la Femme. Ce point n'est pas contestable et nous en reparlerons.

Parmi les attirails qui figurent dans le cortège, la lance se retrouve dans les trois textes. Chez Wolfram, il est seulement dit qu'elle répand du sang. Chez Chrétien, c'est *une seule* goutte. Dans Peredur, il y a contradiction : ce sont d'abord trois ruisseaux de sang, puis ensuite, c'est une goutte de sang qui se change en torrent. Mais à part ces différences dans les détails, l'anecdote est identique. Le tailloir d'argent n'apparaît que chez Chrétien. Chez Wolfram ce sont des tables qui tiennent ce rôle, et il n'est pas question de cela dans *Peredur*. Enfin l'auteur champenois et l'auteur allemand insistent tous les deux sur la lumière étonnante qui émane à la fois de l'*objet* et de celle qui le porte, tandis que l'auteur gallois et l'auteur allemand mettent l'accent sur les cris de douleur et de deuil poussés par les assistants, cris encore peu compatibles avec une cérémonie religieuse chrétienne. Là aussi, il ne faut pas oublier le thème de la vengeance. À la fin de *Peredur*, nous aurons une explication, ou une tentative d'explication : « La tête était celle de ton cousin germain. Ce sont les sorcières de Kaerloyw qui l'ont tué ; ce sont elles aussi qui ont estropié ton oncle… Il est prédit que tu les vengeras[11] ». Et cette vengeance réapparaît curieusement dans la version sophistiquée de Wolfram — alors qu'il n'en est pas question chez Chrétien —, à tel point qu'on peut se demander si Wolfram n'a pas eu des contacts directs avec des auteurs bretons ou gallois, même par l'intermédiaire d'un quelconque traducteur qui pourrait être le fameux « Kyot le Provençal », derrière lequel il s'abrite constamment. En effet, lorsque Parzival décide de quitter sa mère, celle-ci ne se contente pas, comme dans l'ouvrage de Chrétien, de lui donner des conseils stupides, elle lui révèle quelque chose d'important : « Il faut savoir aussi, mon enfant, que l'audacieux et superbe *Le Hellin* s'est emparé, malgré tes vassaux, de deux de tes états héréditaires, Galles et Norgalles[12]. De sa main il a donné la mort à Dorgental, ton vassal ; il a battu tes gens ou les a faits prisonniers. » Et Parzival répond : « Je m'en vengerai, mère, avec l'aide de Dieu ! mon javelot le frappera[13]. » Certes, Parzival a quelque peu oublié cette vengeance, mais on se demande qui est le superbe Le Hellin. Le nom n'a rien de celtique : il évoque plutôt l'anglais *hell*, provenant du germanique et désignant les enfers, l'Autre Monde. C'est ainsi que la Chasse Diabolique, encore vivace dans les traditions populaires du nord de la France, est souvent nommée *Mesnie Hennequin* ou *Mesnie Hellequin*. Au XIIIe siècle, le trouvère Huon de Méry en parle dans son *Tournoiement Antéchrist*, et dans le *Jeu de la Feuillée*, d'Adam de la Halle, un dénommé Croquesot se présente à la fée Morgue (= Morgane), comme messager d'Hellekin, roi de Féerie. Bien que la présence du mot *hell* ne soit pas attestée en celtique, il faut peut-être voir dans le *Yeun Ellez*, ce marécage situé près de Brasparts (Finistère) et qui passe pour être l'entrée des enfers, ainsi que dans la forêt de Brocéliande (*Bréchéliant*), un souvenir d'un ancien mot indo-européen aujourd'hui perdu en breton.

Mais quoi qu'il en soit de cette vengeance sanguinaire, elle semble bien s'exercer sur des êtres de l'Autre Monde : Parzival doit lutter contre Le Hellin, de toute évidence un démon, au sens médiéval du mot, tandis que Peredur doit combattre les sorcières de Kaerloyw. On notera cependant que Parzival oublie sa mission, et que Peredur ne peut tuer lui-même les sorcières de Kaerloyw, car il a été leur élève : il les fait tuer par Arthur et ses guerriers. Il faudrait d'ailleurs, à ce moment-là, parler de Kundry la Sorcière, personnage ambigu qui, à l'analyse, se révélera la véritable maîtresse du Graal. Là encore, Wolfram d'Eschenbach paraît plus près de l'archétype.

Mais Wolfram, dans sa longue, très longue description du Cortège du Graal, où pourtant son imagination s'est mise à fonctionner avec un véritable délire, s'est bien gardé, lui-aussi, de nous révéler ce en quoi consiste le Graal. Nous savons seulement que le Graal se trouve sur un coussin d'émeraude verte, c'est-à-dire sur un plat d'émeraude. Quant au Graal, c'est par une périphrase métaphorique qu'il est désigné : « la racine et le couronnement de ce qu'on souhaite en paradis ». Il faut avouer que cela peut tout dire. C'est seulement lorsque Parzival rencontrera l'ermite Trévrizent qu'il saura — et nous avec — ce qui se trouvait sur le plat d'émeraude.

Parzival (Wolfram d'Eschenbach) : « Tout ce dont ils se nourrissent leur vient d'une pierre précieuse, qui en son essence est toute pureté. Si vous ne la connaissez pas, je vous en dirai le nom : on l'appelle *Lapsît exillis*. C'est par la vertu de cette pierre que le phénix se consume et devient cendres; mais de ces cendres renaît la vie; c'est grâce à cette pierre que le phénix accomplit sa mue pour reparaître ensuite dans tout son éclat, aussi beau que jamais. Il n'est point d'homme si malade, qui, mis en présence de cette pierre, ne soit assuré d'échapper à la mort pendant toute la semaine qui suit le jour où il l'a vue. Qui la voit cesse de vieillir. À partir, du jour où cette pierre leur est apparue, toutes les femmes et tous les hommes reprennent l'apparence qu'ils avaient au temps où ils étaient dans la plénitude de leurs forces. S'ils étaient en présence de la pierre pendant deux cents ans, ils ne changeraient pas; seuls leurs cheveux deviendraient blancs. Cette pierre donne à l'homme une telle vigueur que ses os et sa chair retrouvent aussitôt leur jeunesse. Elle porte aussi le nom de Graal... Chaque vendredi saint (une colombe) vient apporter à la pierre la vertu de fournir les meilleurs des breuvages et les meilleurs des mets... Le paradis n'a rien de plus délicieux... La pierre procure en outre à ses gardiens du gibier de toutes sortes» (trad. Ernest Tonnelat, II, 36-37).

Cette description, aussi longue et interminable que celle du Cortège du Graal, doit être, avant toute chose, replacée dans le cadre des préoccupations de Wolfram d'Eschenbach. Il a trouvé dans la mystérieuse évocation de Chrétien la matière d'une réflexion mystique agrémentée, selon la mode alors en usage en Allemagne, d'une coloration nettement ésotérique. Les gardiens du Graal sont des Templiers, ordre militaire et religieux, certes, mais dont certains aspects sont comparables à ceux des sociétés secrètes, hermétistes ou autres. Et puis, nous sommes en pleine vogue de l'Alchimie : c'est pourquoi cette description pourrait en fait fort bien convenir à la description de la Pierre Philosophale, but des Alchimistes (qui s'intitulent eux-mêmes *Les Philosophes*), et qui est à la fois la somme de toute sagesse et de toute science, le moyen de fabriquer de l'or à volonté, et enfin une panacée universelle capable de guérir les maladies et de conserver la jeunesse.

Il est inutile de nous lancer dans une discussion sur le Graal considéré comme la Pierre Philosophale, encore que cela pourrait éclairer le problème sous un jour nouveau. Mais cela nous mènerait parfois loin du sujet qui nous préoccupe, la féminité du Graal, ou tout au moins l'idée féministe qui se cache derrière le Graal, son cortège, son rituel et tout son contexte. On remarquera d'abord que Wolfram ne nous a pas appris grand-chose en réalité : nous savons seulement que le Graal est une énorme émeraude, et que sur cette émeraude il y a un *pouvoir* qui est apporté chaque vendredi saint par une colombe, ce qui symboliquement veut dire que cette pierre a un pouvoir spirituel, ou d'origine spirituelle. Encore une fois, comme dans Chrétien de Troyes, c'est le récipient (ici le plat d'émeraude) qui est le Graal. C'est donc le *contenant* qui est le Graal. Quant au *contenu*, ni l'auteur champenois[14], ni l'auteur allemand ne le décrit. Seul l'auteur gallois spécifie qu'il s'agit d'une tête d'homme coupée. Et l'on peut quand même dire que dans l'esprit de Wolfram, la pierre-graal joue le rôle principal : c'est en effet *à la pierre* que la colombe du vendredi saint communique son pouvoir. Donc, en mettant à part Chrétien qui est muet sur la question, on peut constater que le pouvoir actif du Graal, c'est-à-dire son *contenu*, est, avant la version cistercienne (qui élude la question en proposant le sang du Christ), soit une *tête*, soit une *pierre*. Pourquoi ces deux solutions qui paraissent si contradictoires ?

Le mythe de la Tête Coupée remonte fort loin dans la mythologie et dans l'histoire des Celtes, et nous en avons des preuves indubitables dans les auteurs latins et grecs, Tite-Live en particulier, dans les musées du Midi de la France, lesquels conservent d'étranges accrochoirs à crânes. Les Gaulois, et il n'y a pas de raisons pour douter que les autres Celtes n'aient point eu le même usage, avaient l'habitude de couper les têtes de leurs ennemis vaincus et de les conserver, non seulement en tant que trophées de guerre, mais aussi en tant qu'objets sacrés[15]. Et cet usage ne paraît pas étranger à la présence d'une tête sur le plateau tenu par les deux jeunes filles, dans le récit de *Peredur*. L'exemple historique le plus connu est celui du consul romain Postumius, vaincu et tué par les Gaulois Boiens, et dont le crâne enrobé d'or, servit de vase rituel (Tite-Live, XXIII, 24). Il n'y a pas loin entre cette tête enrobée d'or et qui sert de vase, et le Graal lui-même.

L'ARCHÉTYPE ÉPIQUE DU GRAAL

C'est par l'étude du Graal-Tête et du Graal-Pierre que nous allons découvrir ce qu'était la version primitive *épique* de la cérémonie du Graal et de la quête qui y conduit. Mais comme cette version est imprégnée du caractère épique qui est la marque d'une civilisation guerrière, paternaliste, il faudra ensuite, en faisant abstraction de ce qu'est devenue la quête chez les auteurs chrétiens du XIIIe siècle, remonter le temps et tenter de découvrir la quête mystique païenne, c'est-à-dire l'archétype religieux qui a provoqué l'éclosion, puis le développement de la légende. Le résultat en sera assez inattendu.

L'un des récits les plus anciens du Pays de Galles, représentant la tradition brittonique avant la séparation des Bretons, la seconde branche du *Mabinogi*, nous présente une histoire de Tête Coupée qui est bien connue, mais qui mérite qu'on s'y attarde encore : c'est l'histoire de Brân le Béni, personnage mythologique considérable que certains érudits ont cru reconnaître dans le roi Ban de Bénoïc, père de Lancelot du Lac, et qui, de toute façon, est un des nombreux aspects du Roi-pêcheur.

La Tête de Brân (Pays de Galles) : L'expédition montée en Irlande par Brân et les Bretons, afin de venger l'affront fait à sa sœur Branwen et de récupérer un chaudron magique qui ressuscite les morts, tourne au désastre. Brân, *blessé au pied par une lance empoisonnée*, demande aux sept survivants bretons de lui couper la tête et d'emporter cette tête avec eux. Il en est fait ainsi. Les sept survivants, en compagnie de Branwen, abordent à Harddlech et s'y installent. « Ils commencèrent à se pourvoir en abondance de nourriture et de boissons, et se mirent à manger et à boire. Trois oiseaux vinrent leur chanter un chant auprès duquel étaient sans charme tous ceux qu'ils avaient entendus. Ce repas dura sept ans ; au bout de la septième année, ils partirent pour Gwales en Penvro. » Là ils s'installent dans une grande salle, la tête de Brân bien exposée. « Quoi qu'ils eussent vu de souffrances, quoi qu'ils en eussent éprouvé eux-mêmes, ils ne se rappelèrent rien, non plus qu'aucun chagrin au monde. Ils passèrent quatre-vingts années de telle sorte qu'ils ne se rappelaient pas avoir eu meilleur temps ni plus agréable dans toute leur vie. Ils n'étaient pas plus fatigués ; aucun d'eux ne s'apercevait que l'autre fût plus vieux de tout ce temps qu'au moment où ils y étaient venus. La compagnie de la tête ne leur était pas plus pénible que pendant que Bendigeit Vrân était en vie. » Puis après ces quatre-vingts ans, ils ouvrent une porte : aussitôt la mémoire leur revient, leurs fatigues et leurs souffrances également, et ils vont accomplir le dernier vœu de Brân : ils enterrent sa tête dans la Colline Blanche, à Londres. (J. Loth, *Mab.*, I, 142-149).

Étrange histoire que cette « Hospitalité de la Tête Sacrée » ! Elle a bien des analogies avec le Cortège et avec le Festin du Graal. D'abord il est question d'un chaudron qui ressuscite les morts. Ne pouvant le récupérer, ayant échoué dans sa tentative, Brân donne sa tête à ses compagnons, comme une sorte de substitut au chaudron. Par ailleurs, Brân est blessé au pied par une lance empoisonnée : comme le Roi-Pêcheur, il devient impuissant à gouverner, c'est le Roi Blessé.

Quant à la vengeance, elle est nette : c'est pour venger l'affront subi par Branwen que l'expédition a été montée. Et lorsque les survivants, en compagnie de Branwen, exposent la tête dans le local où ils se trouvent, ils perdent notion du temps, ils ne vieillissent plus. La tête joue exactement le même rôle que le Graal décrit par Wolfram d'Eschenbach : elle leur procure nourriture et boisson, elle les empêche de vieillir. Ils atteignent ainsi une sorte de paradis comparable à cette Terre des Fées tant de fois décrite dans la littérature irlandaise, où il n'y a ni mort, ni souffrance, ni maladie. La tête leur restitue en somme le paradis qu'ils ont perdu en naissant, ce qui prouve nettement une fonction maternelle, féminine, et cette fonction est renforcée par la présence des oiseaux de la déesse-mère Rhiannon, et aussi par la présence de Branwen, dont le nom veut dire — entre autres — « Sein Blanc », et qui pourrait fort bien être la porteuse de la tête, donc la porteuse du Graal. Il semble donc que ce passage du récit de Branwen soit l'un des aspects de l'archétype primitif du Graal, et ce n'est pas seulement une hypothèse : des auteurs du Moyen Âge avaient certainement connaissance de cette légende de la tête coupée de Brân, puisqu'on la retrouve dans des ouvrages qui concernent les chevaliers de la Table ronde et la Quête du Graal.

Troisième Continuation de Perceval (Manessier) : Au cours des tribulations de la quête, Perceval doit combattre un certain Partinal de la Tour Rouge. Il abat son adversaire, lui coupe la tête, la suspend à sa selle (comme les Gaulois décrits par Diodore de Sicile, V, 29), et revient au Château du Graal. Le Roi-Pêcheur, blessé et boiteux, *se dresse sur ses pieds, parfaitement guéri, dès qu'il aperçoit la tête*. Perceval lui fait don de la tête. Le roi le remercie de *l'avoir vengé de son ennemi*, et il fait placer le trophée au sommet de la plus haute tour (édition Potvin, vers 48 340 et suiv.).

Dans cette anecdote, le thème de la vengeance apparaît comme essentiel, puisque c'est en fait elle qui guérit le roi blessé, et cela à la seule vue de la tête qui la symbolise. On pourra épiloguer longuement sur la fantaisie des continuateurs de Chrétien, et surtout on pourra leur faire grief d'avoir déformé l'aspect primitif du Graal, il n'en reste pas moins vrai qu'ils ont eu à leur disposition des légendes écrites ou orales d'origine celtique. Comment expliquer autrement la permanence du thème de la vengeance lié à la blessure du roi, à la tête coupée et au festin dans le château ? On retrouve tout cela dans un ouvrage du XIVe siècle, écrit en latin par Pierre Bercheur, à propos d'une aventure survenue à Gauvain, qui semble bien, d'après de nombreuses références, être non seulement l'un des compagnons les plus anciens d'Arthur, mais aussi le héros de la quête primitive.

Reductorium Morale (Pierre Bercheur) : Galvagnus (Gauvain) a échappé à ses ennemis en plongeant sous un lac. Là il découvre un palais immergé et il y pénètre. Dans une salle, « une table était dressée, chargée de mets, et un siège préparé. Mais il ne vit pas de passage par où s'en aller. Alors comme il avait faim et qu'il s'apprêtait à manger, il aperçut soudain la tête d'un homme mort placée sur un plateau, et un géant qui gisait sur une civière, près du foyer. Le géant se redressa d'un bond, heurta le plafond avec sa tête et cria à Gauvain qu'il ne fallait pas toucher à la nourriture. Il ne put manger en effet, et après de nombreuses choses merveilleuses, il parvint à s'échapper, mais il ne sut jamais comment »(éd. de 1521, livre XIV, folio 319).

On serait tenté de voir dans le géant le même personnage que Brân le Béni, celui-ci étant gigantesque et pouvant même, à l'occasion, servir de pont sur une rivière pour faire passer ses guerriers. En tout cas, il y a bien la tête placée sur un plateau et un festin qui est préparé. Mais Gauvain n'a pas le droit de toucher au festin. Il en est indigne, comme il l'est dans la *Quête* cistercienne. Quant au siège préparé pour celui qui devait venir, il ressemble étonnamment au Siège Périlleux préparé à la Table ronde et destiné à Galaad, celui qui accomplira les aventures et les mènera à leur terme. Mais l'aventure de Gauvain n'est pas unique : elle apparaît encore une fois, un peu déformée, dans une des suites du *Perceval* de Chrétien.

Première Continuation de Percecal (Pseudo-Wauchier I) : Gauvain pénètre dans le Château de Bran de Lis, lequel se trouve au bord d'une rivière. Il arrive dans une grande salle et aperçoit un repas tout préparé. Mais lorsqu'il veut manger, il découvre plus d'une centaine de têtes de sangliers sur un plateau. Effrayé, il se signe, et voit alors un chevalier étendu sur un lit, près du feu. Le chevalier, qui est Bran de Lis, se réveille et attaque Gauvain (éd. Roach).

Bran de Lis (Bran de la Cour) est évidemment Bran le Béni. Il est aussi le Roi-Pêcheur : un texte qui sert de préface au *Perceval* de Chrétien (mais qui a été écrit plus tard), intitulé *l'Élucidation*, précise bien en effet que le Roi-Pêcheur était un homme « qui moult savait de nigromance qu'il muast cent fois sa semblance (qui savait tellement de magie qu'il pouvait transformer cent fois son aspect) ». Cela prouve d'ailleurs son appartenance à l'Autre Monde, et aussi le fait que sa fille (la Pucelle au Graal), ou sa sœur (Branwen), ou sa maîtresse (Kundry), peuvent prendre tant de formes différentes pour apparaître aux héros de la quête. Cependant l'aventure de Gauvain, dans une autre continuation de *Perceval*, devient une aventure de son frère Gahériet, avec de curieuses variantes.

Seconde Continuation de Perceval (Pseudo-Wauchier II) : Gahériet arrive dans un beau château sis sur les bords d'une rivière. Les rues sont richement décorées mais entièrement vides. Il pénètre dans une salle déserte, descend dans un jardin et voit un *nain* disparaître dans une tente, un hanap d'argent à la main. Gahériet se précipite à l'intérieur de la tente et y découvre un chevalier blessé, immense, couché sur un lit. Lorsque Gahériet entre, les blessures du chevalier se mettent à saigner. Un « petit chevalier » apparaît et provoque Gahériet, le jette à terre et l'oblige à s'enfuir sous les quolibets de la foule qui emplit maintenant tout le château (éd. Roach).

Il est bien évident que le chevalier blessé, le nain et le petit Chevalier ne sont que trois aspects du même personnage, ce Roi-Pêcheur qui joue les Protée. Mais là le thème de la blessure rejoint très étroitement le thème de la lance qui saigne. Il n'est pas inintéressant de noter que, selon une croyance celtique prouvée par de nombreux textes, les blessures d'un homme blessé ou mort peuvent se mettre à saigner lorsque le meurtrier entre dans la pièce. Gahériet est-il responsable de la blessure du Roi-Pêcheur ?

Mais revenons à la Tête. Dans le roman français de *Perlesvaux*, qui est construit sur la tradition de Robert de Boron, et qui date des environs de 1200, on voit Lancelot, dans un château désert, faire la rencontre d'un chevalier richement armé. Le chevalier demande à Lancelot de lui couper la tête avec une hache. S'il refuse, c'est Lancelot qui aura la tête coupée. Mais de toute façon, Lancelot devra revenir dans un an se faire couper la tête par le même chevalier. Lancelot accepte et coupe la tête du chevalier, puis il quitte le château : alors il s'aperçoit que la tête et le corps ont disparu[16].

L'auteur de *Perlesvaux* n'a pas compris grand-chose à ce « jeu de décapité » qu'il raconte pourtant complaisamment. Nous en trouvons, sinon l'explication, du moins un archétype complet dans le récit irlandais du *Festin de Bricriu* :

Le Jeu du Décapité (Irlande) : Les trois champions ulates Cûchulainn, Loégairé et Conall se disputent le « morceau du héros » qui doit être donné au plus vaillant d'entre eux. Après s'être soumis à différents jugements qui ont tous donné le premier rang à Cûchulainn mais qui ont été contestés par les deux autres, les trois champions vont obtenir l'arbitrage de Uath Mac Immonainn (terrible fils de Grande Crainte), un géant sauvage et redoutable. Celui-ci leur dit : « J'ai une hache. Que l'un de vous la prenne en main et me coupe la tête aujourd'hui, moi, je lui couperai la tête demain. » Conall et Loégairé refusent le marché. Cûchulainn accepte : « Uath, après avoir fait une incantation sur le tranchant de sa hache, met sa tête sur la pierre devant Cûchulainn ; Cûchulainn, prenant la hache du géant, le frappe et lui coupe la tête. Puis Uath partit et plongea dans le lac, tenant d'une main sa hache, de l'autre sa tête sur la poitrine. » Et le lendemain, lorsque Cûchulainn vient au rendez-vous et met la tête sur la pierre, Uath, qui apparemment se porte aussi bien qu'avant, se contente de brandir trois fois sa hache sur le cou et le dos du héros en le déclarant digne de l'honneur qu'il réclame (D'Arbois de Jubainville, *L'Épopée celtique en Irlande*, p. 133-135).

Toute interprétation précise de cette anecdote serait périlleuse, mais il en sort deux choses : d'une part il s'agit d'une sorte de sacrifice réciproque qui se conclut par un simulacre (sacrifice par substitution de victime ou par geste rituel symbolique), ce sacrifice étant une véritable vengeance sanglante, une véritable *loi du talion* ; d'autre part le géant à qui l'on coupe la tête n'est pas vraiment mort, il ressemble à ces saints céphalophores qui abondent dans le légendaire chrétien (une fois décapité, le saint prend sa tête sous son bras et continue sa messe ou bien accomplit ce qu'il avait commencé de faire). En fait, le géant (Brân, le Roi-Pêcheur, le Maître de l'Autre Monde) est un personnage qui ignore la mort, parce qu'il est en quelque sorte le dieu de la mort et aussi de la vie. C'est ce que n'a pas compris l'auteur de *Perlesvaux* : lorsque Lancelot, un an après avoir décapité le géant, revient au rendez-vous, c'est le frère du mort qui veut accomplir le geste de décapitation, et il n'est sauvé que par deux pucelles qui intercèdent pour lui[17]. Il faut également signaler, dans un roman anglais du XIVe siècle, *Syr Gawayne and the Green Knyght*, une aventure à peu près identique dont le héros est cette fois-ci Gauvain.

Cette tête coupée, qui n'a pas fini d'exciter notre curiosité, doit cependant avoir une importance exceptionnelle. Un curieux passage du *Lancelot* de Chrétien de Troyes, met en scène *la demoiselle à la mule* dont nous avons déjà parlé et sur laquelle nous reviendrons. Elle est, dans le roman, la sœur de Méléagant. Elle appartient donc à l'Autre Monde. Elle réclame à Lancelot la tête du chevalier qu'il vient de vaincre et l'emporte avec elle, promettant au héros qu'elle l'aidera, en temps voulu, pour le récompenser de ce don. Chrétien ne nous donne aucune explication sur la signification de ce geste, et nous reconnaissons là cette technique très au point du romancier champenois de toujours ménager le « suspense ». Mais cela ne nous arrange pas. Il avait probablement trouvé cette anecdote dans son modèle, et il l'a exploitée dans un but littéraire parfaitement honorable, mais qui nous laisse sur notre faim. En fait la tête sur un plateau que Peredur aperçoit, portée par deux jeunes filles, au Château des Merveilles risque fort de demeurer un thème de mélodrame ou d'évocation poétique, sans qu'on puisse en donner la moindre explication. À moins que…

La *Première Continuation de Perceval*, due au Pseudo-Wauchier I, présente la même histoire, mais cette fois, le héros en est Caradoc, un des plus anciens compagnons d'Arthur, comme nous l'avons vu, et certainement un Armoricain[18]. Un inconnu arrive à la cour du roi et provoque tous les assistants, demandant que l'un d'eux lui coupe la tête à condition qu'il se laisse couper sa propre tête dans le délai d'un an. C'est Caradoc, fils du roi de Vannes, qui accepte l'épreuve, et au bout d'un an, il subit le simulacre de la décapitation de la part de l'inconnu qui révèle être l'enchanteur Éliavres, véritable père de Caradoc. Par la suite, sa mère voulant exercer une curieuse vengeance contre son fils, un serpent s'enroule autour du bras de Caradoc et lui suce la vie. Il ne pourra être sauvé que par le sacrifice d'une vierge[19].

Il pourrait bien y avoir un lien entre la décapitation, ou le simulacre de décapitation et la vengeance féminine, mais cette vengeance de la mère contre son fils ne peut guère s'expliquer sans recourir à la malédiction portée par Arianrod contre son fils Lleu Llaw Gyffes. De toute façon le thème de la vengeance apparaît très nettement comme une sorte de compensation au thème de la reconnaissance du fils par le père : Éliavres reconnaît officiellement son fils, par conséquent la mère est abandonnée, d'où sa vengeance par laquelle elle retire à son fils la vie qu'elle lui avait donnée. *Il y a passage de l'état maternel gynécocratique à un état paternel androcratique.*

Et c'est par le « jeu du décapité », c'est-à-dire par un rituel sanglant, que se fait ce passage. On pourra penser à la circoncision et à toutes les cérémonies d'initiation à l'état adulte qui caractérisent les civilisations dites primitives. Le « jeu du Décapité » est un rituel de passage, et la tête coupée sur le plateau doit être le souvenir d'un ancien rituel de ce genre. D'ailleurs, il suffit de s'informer chez les auteurs de l'Antiquité qui ont parlé des Celtes. Un texte de Pomponius Mela (III, 2) peut nous donner une indication utile : « La Gaule est habitée par des peuples fiers et superstitieux qui poussèrent autrefois la sauvagerie jusqu'à immoler[20] des victimes humaines, regardant ce genre de sacrifice comme le plus efficace et le plus agréable aux dieux. Cette coutume atroce est abolie chez eux, mais il en reste encore des traces : *car ils s'abstiennent d'ôter la vie aux hommes qu'ils vouent à leurs divinités, ils les conduisent néanmoins sur leurs autels et leur font de légères blessures* ».

Il apparaît donc que la tête coupée portée sur le plateau, d'une part se réfère au « jeu du décapité », d'autre part demeure le dernier souvenir d'une vengeance, mais d'une vengeance qui est *parfaitement rituelle*, derrière laquelle nous voyons apparaître le visage de la Mère, c'est-à-dire de la Déesse primitive. Mais pourquoi le Graal, qui en est l'aspect le plus récent, a-t-il des rapports étroits avec la pierre, alors que nous venons de voir que le plat archaïque supportait une tête ? En un mot, quels sont les rapports entre la Tête et la Pierre ?

On remarquera d'abord que, dans le récit de *Branwen*, les sept survivants finissent par enterrer la tête de Brân dans la Colline Blanche à Londres. C'est en fait le retour de la Tête, considérée comme l'élément essentiel du corps, donc de l'Être, dans le sein maternel qui est la Terre. Mais on ne choisit pas n'importe quel lieu. La Tête doit être enterrée là où il devra s'accomplir quelque chose, dans un endroit qui sera la tête d'un pays, sa capitale, dans un endroit d'où rayonnera la vie et l'intelligence, véritable *omphallos*, nœud vital. On sait qu'une légende romaine explique le choix du Capitole par la découverte d'une tête enterrée dans cette colline[21].

C'est cependant en Irlande qu'il faut aller chercher la clef du problème, et cela dans les récits du Cyçle d'Ulster concernant le roi Conchobar et le fameux « clan[22] » de la Branche Rouge. Disons que la « Branche Rouge », ou le « Rameau Rouge », désigne en réalité une des demeures où le roi d'Ulster avait coutume de réunir ses guerriers : « Conchobar avait trois maisons, la Branche Rouge, la Maison Bariolée et la Branche Sanglante. C'est dans la Branche Sanglante qu'étaient les têtes et les dépouilles. C'est dans la Branche Rouge cependant qu'étaient les rois, c'est-à-dire qu'elle était rouge de rois. C'est dans la Maison Bariolée qu'étaient les lances, les boucliers et les épées[23]... ». Il y a quelque chose d'assez étrange dans ces trois salles, dont l'une est réservée aux dépouilles et plus particulièrement aux têtes, ce qui n'est pas sans rappeler les « accrochoirs à crânes » que l'on a découverts dans les sanctuaires des Celto-Ligures (particulièrement les Salyens) du midi de la France. Mais en plus, le rituel de la « confrérie » qui prévoit la réunion dans une salle, le dépôt des têtes dans une autre et celui des armes dans la troisième, n'est pas sans rapport avec ce qui se passe dans le Château du Graal, où, devant les habitants du château (les initiés au « clan ») et le voyageur (qui passe ainsi une sorte d'épreuve initiatique), on fait passer une arme (la lance), un instrument de festin destiné à l'assemblée (tailloir) et le plateau (portant la tête). On pourra encore dire qu'il s'agit de coïncidences ou d'interprétations exagérées peu en rapport avec les méthodes dites scientifiques en usage[24], mais comment concevoir que la cérémonie du Graal que l'on s'accorde généralement à considérer comme celtique, ait surgi de rien ? D'ailleurs deux des récits de la « Branche Rouge », *Le Siège de Dun Étair* (ou de Howth) et *La Mort de Conchobar*, vont nous donner une lumière assez étonnante sur ce point.

La Tête de Mesgegra (Irlande) : À cause du druide-poète Athirne l'Importun, les Ulates ont dû faire la guerre à Mesgegra, roi de Leinster. Conall Cernach a perdu deux de ses frères dans les combats, et pour les venger, il poursuit le roi de Leinster. Il le rejoint alors que celui-ci est seul avec un de ses serviteurs qui, par suite d'une dispute, vient de lui couper le poing. Conall se bat contre Mesgegra et lui coupe la tête. Il pose ensuite la tête sur une pierre, au bord du gué. « Une goutte de sang tomba du cou et alla sur la pierre qu'elle traversa jusqu'au sol. Alors il mit la tête de Mesgegra sur une autre pierre et la tête passa à travers la pierre[25] ». Conall prend la tête et la pose sur sa propre tête. La tête bascule sur son épaule et « ses yeux se mirent à loucher[26] ». Cependant la femme de Mesgegra arrive et Conall veut l'obliger à venir avec lui, prétextant que c'est la tête de Mesgegra qui l'ordonne. La femme de Mesgegra (qui s'appelle *Buan*, c'est-à-dire « Éternelle ») refuse, pousse un grand cri et meurt. Conall veut alors reprendre la tête et dit à son valet de l'emporter. Impossible de soulever la tête. Conall dit à son valet : « Enlève sa cervelle avec ton épée, emporte-la et mélange-la avec de la terre pour en faire une balle de fronde » (« Le siège de Howth », trad. W. Stokes, *Revue celtique*, VIII, 48 et suiv.[27]). Cette balle de fronde est ensuite exposée dans la salle de la « Branche Sanglante ». Un jour que les Ulates sont ivres, Conchobar ne peut rétablir la paix entre eux. Alors Conall se fait apporter la « cervelle de Mesgegra » et provoque les autres guerriers en combat singulier à la pierre de fronde. Tant est grande la terreur qu'inspire la « cervelle de Mesgegra » que personne ne veut lui tenir tête, et on remet la « cervelle » à sa place, dans l'harmonie et la fraternité retrouvées. Mais Cet, fil de Maga, un guerrier du Leinster toujours en quête d'un mauvais coup (une tête d'Ulate à couper), sachant que « Mesgegra avait prédit que sa mort serait vengée par sa propre tête », s'empare de la « cervelle de Mesgegra » et parvient à la lancer dans la tête de Conchobar. Son médecin refuse de lui enlever la balle de fronde et se contente de lui attacher la tête avec un fil d'or. Mais Conchobar est en quelque sorte infirme, et ne peut faire autre chose que rester assis et regarder les autres. Au bout de sept ans, Conchobar se met en colère, la « cervelle de Mesgegra jaillit de sa tête » et il meurt. Il sera vengé par Conall Cernach qui tuera Cet, fils de Maga et lui coupera la tête (*La Mort de Conchobar*, d'Arbois de Jubainville, *L'Épopée celtique en Irlande*, p. 368 *sq.*).

Cette épopée de la Tête de Mesgegra est assez singulière. En rapport avec les trophées de la « Branche Sanglante », elle met en scène des protagonistes de taille. En plus, elle tourne autour d'une série de vengeances : Mesgegra n'a pas obéi aux ordres magiques du druide-poète Athirne qui est vengé par les Ulates ; les guerriers de Leinster tuent deux frères de Conall ; Conall venge ses deux frères sur Mesgegra ; Cet venge

Mesgegra sur Conchobar; Conall venge Conchobar sur Cet. On notera aussi que le point de départ est le refus de Mesgegra de donner sa femme à Athirne. Et cette Reine s'appelle « Éternelle. » Quant à la goutte qui sort du cou de Mesgegra pour traverser la pierre, elle ressemble bien à la goutte qui tombe de la lance présentée dans le Cortège du Graal. Cette goutte de sang est dangereuse, elle a un pouvoir corrosif, elle cause même des infirmités (Conall en devient louchon). La tête elle-même, tout entière, est dangereuse : elle passe au travers de la pierre, et pour la neutraliser il faut la mélanger avec la terre. Mais elle n'en demeure pas moins l'instrument de la vengeance. Cette bizarre légende, qui a toutes les chances d'être l'archétype primitif *épique* de la Quête du Graal, consacre sinon l'identité, du moins l'analogie entre la Tête et la Pierre, analogie que nous avons remarquée déjà dans le fait que la Tête de Brân devait être enterrée soigneusement dans la Colline Blanche à Londres.

On s'étonnera donc moins de trouver, dans la version allemande de Wolfram d'Eschenbach, un Graal-Pierre, qui fait pendant au Graal-Tête dans la version galloise du *Peredur*. Quant au pouvoir magique, à la fois bénéfique et destructeur de cette pierre, nous avons quelques renseignements dans *Peredur* : « Dans ce *cairn*, il y a un serpent, et dans la queue du serpent une pierre. La pierre a cette vertu que quiconque la tient dans une main peut avoir, dans l'autre, tout ce qu'il peut désirer d'or[28] ». C'est évidemment Peredur qui tuera ce serpent. Mais auparavant il lui faudra combattre un *addanc*, également une sorte de dragon, et cela, il ne peut l'accomplir que grâce à une pierre qui lui est remise par une femme mystérieuse, pierre qui le rend invisible et lui permet de tuer le monstre[29].

Une autre pierre magique est célèbre dans la tradition irlandaise, il s'agit de la « Pierre de Fâl », qui est une Pierre de Souveraineté. « De Falias fut apportée la Pierre de Fâl qui était à Tara, elle criait sous chaque roi qui gouvernait l'Irlande[30] ». « La Pierre de Fâl, la Pierre-Pénis… quand un homme devait avoir la royauté de Tara, elle criait… de sorte que tout le monde pouvait l'entendre[31] ». « Conn vit une pierre à ses pieds. Il monta dessus et la pierre cria de telle sorte qu'on l'entendit à travers Tara. Conn demanda aux *fili* pourquoi la pierre avait crié et quelle sorte de pierre c'était. Les *fili* demandèrent un délai de cinquante et trois jours pour répondre. Ils dirent enfin que le nom de la pierre était Fâl[32]. Elle était venue de l'île de Fâl à Tara, au pays de Fâl. Elle aurait été à Tailtiu où avaient lieu les célèbres jeux, et un chef qui l'avait trouvée le dernier jour des fêtes de Tailtiu serait mort dans l'année. Le nombre de cris que la pierre avait poussés lorsque Conn avait mis son pied sur elle signifiait le nombre des rois de sa race qui régneraient sur l'Irlande[33] ».

Or, non seulement cette pierre de Fâl peut être comparée à l'objet que l'on appelle le Graal, mais elle joue un rôle certain dans la Quête de Graal elle-même. Lorsque le roi Arthur fonde l'institution de la Table ronde (qui, après tout, semble bien être du même genre que la confrérie irlandaise des *Fiana*, ou celle de la Branche Rouge), Merlin l'Enchanteur lui donne le conseil suivant : « À la droite de monseigneur le roi demeurera toujours un siège vide en mémoire de Notre-Seigneur Jésus-Christ ; personne ne pourra s'y placer sans risquer le sort de Moïse qui fut englouti en terre, hormis le meilleur chevalier du monde qui conquerra le Saint-Graal et en connaîtra le sens et la vérité[34] ». C'est donc le Siège Périlleux sur lequel ne devra s'asseoir que celui qui sera l'Élu. Dans le *Didot-Perceval*, qui marque le début de la Christianisation du mythe, Perceval s'y assoit : « Aussitôt, la pierre se fendit sous lui et cria d'un ton si angoissé qu'il sembla à tous que le monde allait basculer dans l'abîme. Et après le cri que poussa la terre, il y eut de si grandes ténèbres qu'ils ne purent se voir de plus d'une lieue[35] ». Le texte est très clair : comme la *Lia Fail* qui crie sous le roi choisi (par les dieux ou par la déesse Terre), le Siège Périlleux crie pour indiquer que Perceval est le Roi du Graal. Mais l'auteur du *Didot-Perceval* (probablement Robert de Boron), dans son souci de christianiser le mythe, ajoute qu'une voix se fait entendre, reprochant à Arthur d'avoir permis ce sacrilège, car Perceval est indigne d'occuper le Siège. En s'y asseyant, il vient de causer la maladie du Roi-Pêcheur. Et le Roi-Pêcheur ne sera guéri que par celui qui accomplira les aventures du Graal : alors la pierre se ressoudera. Le caractère de Perceval était trop païen pour qu'on en fasse le Héros du Graal : il fallait préparer l'entrée de Galaad le Pur, non suspect (en apparence) de traditions celtiques. C'est ainsi que l'auteur de la *Quête du Saint-Graal*, version complètement christianisée du mythe, fait asseoir Galaad sur le Siège Périlleux sans que rien ne se produise. La *Lia Fail* a été dépouillée de son contexte païen qui pouvait inquiéter à juste titre un fervent chrétien du XIIIe siècle car, comme le fait remarquer Georges Dumézil[36], lorsque la Pierre de Souveraineté crie, c'est en fait la terre, considérée comme une divinité, comme une *déesse-mère*, qui manifeste son approbation, son choix. Et cette remarque revêt une importance particulière : nous sommes, avec la légende du Graal, même si cette légende a été transformée et récupérée par le Christianisme, en présence d'un mythe très ancien rattaché au culte de la Déesse Primitive.

Nous avons dit qu'il s'agissait de retrouver l'archétype *épique* de la Quête du Graal. Il est là, dans l'histoire de Mesgegra et la Pierre de Souveraineté. La Quête du Graal, *c'est une lutte sanglante entre les membres d'une communauté pour s'approprier la souveraineté*, cette souveraineté étant la Femme, la reine ou la déesse, image symbolique de la Mère toute-puissante de qui nous sommes tous les fils. Si Mesgegra perd la vie (et la tête) c'est parce qu'il a refusé de *donner* son épouse, Buan, *l'éternelle*. La série de vengeances qui s'ensuit, marquée par un alignement de têtes, est la lutte des successeurs. À ce moment, la tête représente aussi la souveraineté, puisque Mesgegra est mort et Buân également. Tout ce qui reste de l'ancienne souveraineté est cette tête, dangereuse et bénéfique à la fois, qui saigne et qui tue. On la transforme en balle de fronde, donc on s'en sert pour attaquer les autres. C'est le déplacement de la souveraineté, qui, n'étant plus en possession de la femme, mais des hommes, devient agressive et cimente les structures de la nouvelle société masculine. Et de la même façon que la reine Guenièvre avait des amants qui participaient à tour de rôle à sa souveraineté, la tête appartient désormais au plus fort, jusqu'à ce que la justice, c'est-à-dire la voix de la Terre, la voix de la Déesse, se fasse entendre par le cri de la Pierre de Fâl, la Pierre de Souveraineté. Ainsi revient-on à un équilibre provisoire. Tout se passe comme si les tenanciers de la souveraineté se tuaient les uns les autres, laissant à leur vainqueur immédiat la jouissance du pouvoir. C'est ce qui ressort de l'histoire d'Yvain, dans *Le Chevalier au Lion* de Chrétien de Troyes : Yvain, ayant tué le Chevalier Noir, épouse bientôt la veuve de celui-ci, laquelle a d'ailleurs une double caractéristique dans la Fontaine Magique qui fait pleuvoir et donne la fécondité.

Il faudrait maintenant découvrir le sens profond de cette quête qui met aux prises les hommes pour la possession de la Femme, et aussi sur le sens qu'il convient de donner à la « Souveraineté ». La quête épique, dans laquelle des objets symboliques comme la lance qui saigne, le plat, la tête ou la pierre ne sont que des idéogrammes, ne peut s'expliquer vraiment que par une finalité. C'est alors qu'il convient d'interpréter la quête comme un rituel religieux et mystique.

Cela a été fait par les auteurs chrétiens du XIIe et du XIIIe siècle, et il n'ont eu aucune difficulté à le faire, ce qui prouve que le schéma était tracé, et que ce schéma était déjà mystique. Mais il s'agit de mysticisme païen remontant dans la nuit des temps.

L'ARCHÉTYPE MYSTIQUE DU GRAAL

Dans tous les textes relatifs au Graal, les personnages qui habitent le Château du Graal, ou qui sont liés d'une façon quelconque à ceux-ci, se présentent à nous sous des formes sans cesse mouvantes, sans cesse différentes. Nous avons vu, grâce à *l'Élucidation*, que le Roi-Pêcheur savait tant de magie qu'il pouvait à son gré changer de « semblance ». Il n'est pas le seul. Le Roi Méhaigné et le Roi-Pêcheur ne sont que deux aspects du même personnage, mais Kundry la Sorcière est la Hideuse Demoiselle à la Mule en même temps que la Reine, porteuse du Graal. Et il en est de même dans toutes les épopées celtiques, gaéliques ou galloises, où un héros se présente souvent sous de multiples formes et sous de multiples noms. Or le Graal, lui aussi, est multiple. Si c'est une écuelle chez Chrétien de Troyes, un plat ou une tête chez l'auteur de *Peredur*, une pierre chez Wolfram, il peut être encore bien autre chose : un vase dans *La Quête du Saint-Graal*, une coupe dans *La Mort d'Arthur* de l'anglais Thomas Malory. Et alors il ne faut pas oublier qu'un archétype bien connu de ce Graal est constitué par le fameux chaudron qui apparaît un peu partout dans les légendes celtiques insulaires, chaudron rituel et magique dont la signification se doit d'être étudiée avec soin.

L'archéologie protohistorique et celtique nous apprend que le chaudron était d'usage courant en Gaule et dans les îles Britanniques. Il représentait, surtout au début, un perfectionnement appréciable des méthodes de cuisine, et constitue une preuve de civilisation raffinée. En effet, si, dans la préhistoire, les hommes ont commencé par faire rôtir le gibier (après l'avoir mangé cru), il a fallu attendre le néolithique pour voir apparaître des récipients pouvant aller sur le feu. Les chaudrons celtiques sont très variés en dimension comme en matière. On en a retrouvé en bronze, en cuivre, en argent. Certains, comme le célèbre Chaudron de Gundestrup, dont nous aurons à reparler, sont richement ornés de gravures. Il est probable que les Celtes, lorsqu'ils n'avaient pas de métal à leur disposition, fabriquaient de grands récipients avec de l'argile[37]. Bref, le chaudron était d'utilité courante, mais nous savons, d'après une réflexion de Strabon (VII, 2), qu'il existait des chaudrons sacrés, donc des chaudrons qui étaient des objets cultuels. C'est évidemment à partir du sens religieux et symbolique de l'objet que le Chaudron est devenu un élément mythologique.

Sans entrer dans les détails[38], il convient de citer les principaux aspects de ce chaudron dans les textes irlandais ou gallois. Un poème de Taliesin décrit un « chaudron qui ne bout pas la nourriture d'un lâche[39] ». Ce poème gallois se réfère à une tradition que l'on reconnaît dans un poème irlandais ayant Cûchulainn pour héros : celui-ci est allé, avec Cûroi, dans une mystérieuse forteresse pour s'emparer « d'un chaudron ruisselant d'or et d'argent[40] ». Le Chaudron gallois de Tyrnog, lui aussi, ne bouillait pas la nourriture d'un lâche, tandis que le *bassin* (= chaudron) de Diwrnach le Gaël semble procurer une nourriture abondante[41]. Toujours parmi les Treize Joyaux de l'île de Bretagne, se trouve le panier magique de Gwyddno : « Lorsqu'on y mettait la nourriture d'un homme, lorsqu'on le rouvrait, il présentait la nourriture de cent[42]. » Lorsque Keridwen, la déesse-mère, veut donner l'intelligence à son fils Avanc-Du, elle prépare pour lui une chaudron d'inspiration. Trois gouttes de ce breuvage tombent par hasard sur le doigt de Gwyon Bach, lequel possède immédiatement la science du passé, du présent et de l'avenir, et c'est à la suite de cela qu'il devient le barde Taliesin[43].

Mais les plus intéressants de ces chaudrons, à la fois par leur fonction et par le contexte qui les entoure, sont ceux de Dagda en Irlande, de Brân et de Peredur au Pays de Galles. Il s'agit bien là de véritables archétypes de l'objet appelé Graal, et vraisemblablement, ils sont à l'origine directe de la signification qu'a prise le Graal dans son cadre chrétien.

Le Chaudron de Dagda (Irlande) : « De Murias fut apporté le chaudron de Dagda ; aucune compagnie ne s'en allait sans lui en être reconnaissant » (*La Bataille de Mag-Tured*, G. Dottin, *L'Épopée irlandaise*, 37). Lorsque Dagda va dans le camp de ses ennemis les Fomoré, ceux-ci, par dérision, l'obligent à manger le contenu d'un énorme chaudron qu'ils ont déversé dans un trou creusé à même la terre. Dagda vient à bout de ce repas phénoménal (*La Bataille de Mag-Tured*, d'Arbois de Jubainville, *L'Épopée celtique en Irlande*, 426-427).

Le Chaudron de Brân (Pays de Galles) : « Je parferai la réparation en te donnant un chaudron dont voici la vertu : si on te tue un homme aujourd'hui, tu n'auras qu'à le jeter dedans pour que le lendemain il soit aussi bien que jamais, sauf qu'il n'aura plus la parole « (*Branwen*, J. Loth, *Mab.* I, 129). « Les Gaëls se mirent à allumer du feu sous le chaudron de résurrection. On jeta les cadavres dedans jusqu'à ce qu'il fût plein. Le lendemain, ils se relevèrent, redevenus guerriers aussi redoutables que jamais, sauf qu'ils ne pouvaient parler » (*Ibid.*, I, 143).

Le Chaudron de Peredur (Pays de Galles) : « Il alla à la cour des fils du Roi des Souffrances. En y entrant, il n'y aperçut que des femmes. Elles se levèrent à son arrivée et lui firent bon accueil. Il commençait à causer avec elles, lorsqu'il vit venir un cheval portant en selle un cadavre. Une des femmes se leva, enleva le cadavre de la selle, le baigna dans une cuve remplie d'eau chaude qui était plus bas que la porte, et lui appliqua un onguent précieux. L'homme ressuscita, vint le saluer et lui montra joyeux visage. Deux cadavres arrivèrent encore, portés en selle. La femme les ranima tous les deux de la même façon que le premier» (*Peredur*, J. Loth, *Mab*, II, 94).

Le chaudron celtique a au moins deux caractéristiques : il procure l'abondance et il ressuscite. Le Graal christianisé, lui aussi, procure l'abondance, puisque les participants au repas du Graal reçoivent dans leurs assiettes les mets qu'ils préfèrent. De la même façon, il procure l'immortalité, puisqu'il ressuscite les morts en leur donnant la vie éternelle. Mais ce n'est pas de la vie passée qu'il s'agit, c'est de la vie future, sur un tout autre plan, et là encore, le Graal est en accord avec le Chaudron de Brân : ceux qui ressuscitent *n'ont pas la parole*, ils appartiennent donc à l'Autre Monde.

Cela fait penser à l'une des plaques gravées du Chaudron de Gundestrup, conservé au musée de Copenhague. Elle représente un grand personnage qui plonge un guerrier la tête la première dans une sorte de chaudron. De petits personnages (des guerriers) viennent au chaudron, allant de droite à gauche, sur le plan inférieur de la représentation. D'autres guerriers s'en vont vers la droite, partant du chaudron, sur le plan supérieur, plan séparé du bas par un arbre horizontal dont les racines semblent plonger dans les flancs du chaudron ; ces guerriers sont à cheval et sont guidés par un serpent à tête de bélier. L'ensemble est assez énigmatique[44], mais compte tenu de la grandeur du personnage qui plonge les guerriers dans le chaudron, étant donné la présence du chaudron, de l'arbre (probablement l'arbre de vie), étant donné la direction des guerriers du plan inférieur se dirigeant vers la gauche, côté sinistre, et la direction des guerriers du plan supérieur guidés vers la droite par un serpent à tête de bélier, symbole de vie, on peut affirmer qu'il s'agit d'une cérémonie rituelle de résurrection analogue à celle qui est décrite dans *Branwen* et dans *Peredur*. On pourrait d'ailleurs aller plus loin ; nous connaissons en effet, d'après des Scolies de la *Pharsale* de Lucain, des détails sur le culte du dieu gaulois Teutatès : « Mercure Teutatès est ainsi honoré chez les Gaulois, on plonge la tête d'un homme dans un grand bassin afin qu'il y suffoque[45]. » Il est infiniment probable qu'il y a une relation entre ce geste sacrificiel et le rituel gravé sur le Chaudron de Gundestrup et décrit dans *Branwen* et *Peredur*. Alors, il nous faut considérer le Roi-Pêcheur, ou le Roi du Graal, comme le même personnage que Teutatès, qui, selon César, est le *Dis Pater* latin, dieu qui donne la vie et la mort, dieu primordial en quelque sorte.

À vrai dire, tout cela paraît remonter à un vieux mythe indo-européen. Pindare raconte (*Olympiques*, I, 40) que Pélops ayant été coupé en morceaux et bouilli dans un chaudron, la déesse Clotho replaça tous ses membres dans le chaudron et le ressuscita. Si on prenait à la lettre l'argumentation de Freud, dans *Totem et Tabou*, nous serions en présence d'un souvenir du repas totémique primitif où les fils se partagent le corps du Père, qu'ils ont tué, donnant ainsi l'archétype de la Cène où Jésus distribue son corps et son sang sous forme de pain et de vin. Cela semble cependant un peu moins simple, d'autant plus que le meurtre originel du Père n'est pas prouvé dans les sociétés les plus anciennes qui étaient certainement gynécocratiques et non andocratiques[46]. Certes, on pourrait trouver des traces de totémisme dans l'épopée celtique. L'une d'elles se rapporte directement à notre sujet. Dans le récit irlandais du *Cochon de Mac Dathô*, l'hôtel de Mac Dathô a « sept foyers et sept chaudrons. Quiconque passait sur le chemin mettait la fourchette dans le chaudron, et quoi qu'il attrapât du premier coup, il ne recommençait pas[47] ». Ce chaudron est évidemment un chaudron d'abondance, mais on notera que le Cochon a une valeur symbolique :

bouilli dans le chaudron, il acquiert la valeur d'une nourriture d'immortalité, et cela d'autant plus que le personnage de Mac Dathô, qui possède un chien analogue à Cerbère, est un personnage de l'Autre Monde. Dans toute la mythologie irlandaise, les Cochons de Mananann sont célèbres : ce sont ceux que Mananann a donnés aux Tuatha Dé Danann pour leur permettre de subsister, une fois qu'ils eurent été chassés de la terre d'Irlande par les Gaëls. Le cochon apparaît aussi comme nourriture merveilleuse dans la tradition galloise, et dans la quatrième Branche du *Mabinogi*, c'est le dieu-magicien Gwyddyon qui s'empare des « Cochons du Sud », animaux donnés autrefois au père de Pryderi, Pwyll « Maître de l'Abîme ». Les cochons constituaient pour les Celtes une nourriture fort ancienne, mais également une nourriture rituelle. De là à considérer ces légendes comme un souvenir du totémisme, il n'y a qu'un pas facile à franchir.

Mais on retrouve ce festin bizarre et macabre dans des textes relatifs au Graal. Dans *Perlesvaux*, récit du XIIe siècle qui contient de nombreux archaïsmes, dus pour la plupart à l'influence de l'abbaye de Glastonbury, haut lieu du celtisme sous les Plantagenêt, il arrive une curieuse aventure à Gauvain. Pour trouver le château du Roi-Pêcheur, il doit se procurer une épée, celle dont on se servit pour couper la tête de saint Jean-Baptiste, précise l'auteur[48]. Il obtient cette épée après avoir tué un géant qui venait d'enlever le fils du roi Gurgalan. Mais il n'a pu empêcher le géant de tuer le fils du roi. Le roi se convertit cependant au christianisme et invite Gauvain à un festin. Or c'est le corps du malheureux jeune homme que l'on a mis à bouillir dans un chaudron, et tous les assistants se partagent ce bouillon très particulier[49]. Si cet épisode est le souvenir du repas totémique primitif, il est néanmoins en rapport avec le mythe grec de Pelops d'une part, et avec le mythe du chaudron de Brân et de Peredur, d'autre part.

Il y a cependant encore mieux dans *Perlesvaux*, et cela nous ramène directement au *Parzival* de Wolfram d'Eschenbach ainsi qu'au *Peredur* gallois : car le thème de la vengeance réapparaît, lié cette fois au thème du chaudron. N'oublions pas que chez Wolfram, le héros avait promis à sa mère de tuer le superbe Le Hellin qui avait attaqué sa terre et réduit ses vassaux en servitude.

La Vengeance de Perceval (texte anglo-normand) : Lancelot vient d'apprendre à Perceval que le Roi-Pêcheur est mort et que le Graal a disparu. Perceval repense à sa mission primitive et venge sa mère des ennemis qui avaient attaqué sa terre. Perceval fait décapiter douze chevaliers dont il fait couler le sang dans un chaudron. Alors il ordonne de pendre son ennemi par les pieds au-dessus du chaudron, la tête dans le sang, de telle sorte que celui-ci meurt étouffé et noyé (*Perlespaux*, éd. Nize, I, 5 330 et suiv.).

Cette fois-ci, il n'y a plus de doute : le rituel de vengeance accompli par Perceval est exactement le rituel utilisé par les Gaulois en l'honneur de Teutatès. Cela jette un jour assez nouveau sur la Tête baignant dans le sang, sur le plateau présenté à Peredur, et d'une façon générale sur toutes les têtes coupées que nous rencontrons dans les épopées irlandaises ou galloises. En vérité c'est de la vengeance par le sang que la renaissance de la vie peut avoir lieu, et quand on y réfléchit, le *sacrifice* de la messe n'est pas autre chose que la répétition rituelle du sacrifice de Jésus qui verse son sang pour redonner la vie aux hommes. On comprend pourquoi le Graal a été si rapidement et si facilement christianisé. Il n'y avait rien de contradictoire.

Mais ne perdons pas de vue l'aspect féminin primitif du Graal. C'est dans une courte histoire irlandaise que nous trouverons un lien entre le rituel sauvage de la pendaison au-dessus du bassin, et la Déesse qui est toujours dans l'ombre, dans cet Autre Monde qu'est le Château du Graal.

Les Aventures de Néra (Irlande) : À leur résidence de Cruachan, Ailill et Medbh demandent à ceux qui assistent au festin d'aller mettre de l'osier au pied de l'un des prisonniers qui se trouve dans la maison de tortures[50]. On comprend ensuite que ce prisonnier était pendu par les pieds. Ceux qui essayent, afin de gagner la récompense promise, reviennent très vite, car ils ont peur. Néra y va courageusement. Le captif lui dit : « Prends-moi sur ton dos afin que je puisse aller boire avec toi. J'avais très soif quand j'étais pendu. » Néra accepte et porte le prisonnier dans une maison où « il y avait des cuves pour se baigner et se laver, et un breuvage dans chacune d'elles… Alors le captif but une gorgée dans chacun des baquets et souffla la dernière goutte hors de ses lèvres sur les gens qui se trouvaient dans la maison, de telle sorte qu'ils moururent tous ». Néra ramène le captif à la maison des tortures, mais en revenant vers Cruachan, « il vit quelque chose : la colline était brûlée devant lui et il aperçut un monceau de têtes coupées. C'étaient celles de ses gens. Il y avait aussi des guerriers sur le tertre. Il suivit la troupe dans les profondeurs de Cruachan ». Là, dans le *sidh*, on s'aperçoit de sa présence. Le roi lui dit : « Va dans cette maison. Il y a une femme seule qui t'accueillera. » C'est ainsi que Néra est « marié ». Il demeure longtemps dans le *sidh* jusqu'au jour où sa femme lui dit qu'il a été victime d'une illusion en voyant la forteresse de Cruachan détruite : « C'est une armée d'ombres qui est venue vers toi, mais ce sera vrai, sauf si tu avertis les tiens ». Néra lui demande comment les avertir. Elle répond : « Lève-toi et va vers eux, ils sont encore autour du même chaudron et ce qu'il contient n'a pas encore été retiré ». Néra est stupéfait : « Il lui semblait qu'il y avait trois jours et trois nuits[51] qu'il se trouvait dans le *sidh* ». Et la femme lui conseille d'avertir ses gens de se tenir prêts le jour de *samain* et de détruire le *sidh*, car sinon ce seront les gens du *sidh* qui détruiront la forteresse de Cruachan. Elle lui révèle qu'elle est enceinte de Néra et lui demande de venir, avant que ses gens ne détruisent le *sidh* afin de l'emmener, elle, ainsi que son fils à naître et son bétail. Ainsi est fait. Quand ses gens lui demandent d'où il vient, Néra répond : « J'étais en de beaux pays, avec de grands trésors, des choses précieuses, de riches ornements, de bonnes nourritures... » Au jour fixé par Ailill, il retourne dans le *sidh*, en ressort avec sa femme, son fils et ses vaches. Alors « les hommes de Connaught et l'armée noire de l'Exilé (= Fergus mac Roig) s'en allèrent vers le *sidh*. Ils détruisirent le *sidh* et s'emparèrent de tout ce qui s'y trouvait ». Parmi les trophées se trouve une couronne merveilleuse. Quant à Néra, il retourne dans le *sidh* et y demeure (Égerton 1782, *Cahiers d'Histoire et de Folklore*, VI, 66-72, repris dans L. Lengyel, *Le Secret des Celtes*, 268-270).

Cette histoire de Néra, dont le texte, qui est un remaniement, se révèle assez confus, ne manque cependant pas d'intérêt. Nous remarquons d'abord une épreuve, et cette épreuve est comparable à celle du Graal en ce sens qu'il s'agit d'accomplir une vengeance contre un prisonnier mystérieux, lequel prisonnier est pendu par les pieds, dans la position de ceux qui sont voués à Teutatès. Le geste de mettre de l'osier aux pieds du prisonnier prouve qu'il a été condamné à être brûlé. Mais avant que la sentence s'accomplisse, Néra aide le prisonnier qui meurt de soif. Le prisonnier, qui est vraisemblablement un être de l'Autre Monde, boit dans toutes les cuves, mais la dernière goutte est maléfique : elle tue tous les gens qui la reçoivent. Cela fait penser évidemment aux trois gouttes du chaudron de Keridwen qui donnent à Taliesin la science parfaite, tandis que le reste du chaudron empoisonne la rivière. Cela fait penser à la goutte qui coule de la lance de Celtchar et qui l'empoisonne. Cela fait penser à la blessure du Roi-Pêcheur et à la malédiction qui frappe les habitants du Château du Graal.

Cependant Néra a accompli l'épreuve. II est maintenant *ailleurs*, mais on remarquera que cet *ailleurs* n'est pas *spatial*, il est *temporel*, ou plus exactement, Néra se trouve brusquement *en dehors du temps* : il est dans l'Autre Monde.

Car l'Autre Monde Celtique a ceci de très particulier — et de très différent par rapport aux autres conceptions, méditerranéennes ou nordiques — qu'il est immédiatement à côté de l'univers habituel des humains. Il suffit de passer une rivière, un bras de mer, de franchir une colline, un bois, pour se trouver dans l'Autre Monde, pourvu qu'on sache le reconnaître. Et on ne peut le reconnaître, cet Autre Monde qui existe à côté de nous mais qui demeure invisible aux ignorants, que si on a satisfait à une épreuve. Seuls ceux qui connaissent *le mot de passe* peuvent y pénétrer. Une seule exception : le jour de *Samain*, ou plus exactement la nuit de *Samain* (mais en fait il s'agit de la durée des fêtes de *Samain*), les habitations de l'Autre Monde, c'est-à-dire les Tertres, les Demeures des Tuatha Dé Danann[52], le refuge des anciens dieux et des héros morts, ces lieux qu'on appelle les *sidh*, sont ouverts. Il peut donc y avoir communication entre les deux mondes, et cette communication est à double sens. Les gens du *sidh* peuvent envahir la terre des humains. Les humains peuvent envahir l'Autre Monde. Et il n'y a pas de privilèges réservés à ceux qui ont réussi l'épreuve en cette nuit de *Samain*, car c'est la grande fête celtique de l'unité des deux mondes : ces deux mondes ne sont en effet séparés que par l'apparence : ils *coexistent*. Quand on pense que la Fête de la Toussaint, au premier novembre, est la christianisation de la fête de *Samain*, on reste rêveur sur la permanence des traditions. Car qu'est-ce qui témoigne le plus de l'unité essentielle des deux mondes, celui des vivants et celui des morts, que la fête chrétienne consacrée au souvenir des disparus, c'est-à-dire à leur présence dans la pensée des vivants ?

Ainsi donc Néra se trouve brusquement plongé

dans l'Autre Monde, en dehors du temps. Il croit voir la ruine de la forteresse de Cruachan. Comme Taliesin, après avoir bu les trois gouttes du chaudron de Keridwen, il connaît l'avenir, mais il ne le sait pas. Tout est brûlé autour de Cruachan. N'est-ce pas là le spectacle de la *Gaste Terre* qui entoure le Château du Graal ? (« Peu à peu les campagnes autour de Perceval deviennent plus désolées ; il ne découvre ni hameaux ni cultures, mais partout des terres en friches, des herbes, séchées ; aux vergers abandonnés, pas un arbre qui porte un fruit... »). Alors, comme Perceval en proie au découragement, Néra suit la troupe des ombres et pénètre dans le *sidh*. Le roi l'accueille : il n'est pas question de lui faire du mal, puisqu'il a réussi l'épreuve, et probablement aussi parce qu'il a aidé le captif. Il est admis dans l'univers du *sidh*. Le roi lui donne une femme. Cette fois-ci, cela fait penser à Lancelot du Lac, accueilli et admis dans le château de Corbénie par le Roi Pellès *qui lui donne sa fille*, Helen, la porteuse du Graal, dont il aura un fils. Est-il raisonnable de parler de coïncidence ?

Et la Femme de Néra procure tout à celui-ci : affection, richesse et même gloire. C'est elle qui dirige tout dans cet univers du *sidh*, car c'est elle qui demande à Néra d'aller avertir ses gens pour qu'ils détruisent le *sidh*. Cette femme semble avoir plus d'autorité que le roi, puisqu'elle décide d'elle-même la destruction de sa propre race, ou plus exactement la destruction de tous ceux qui ne sont pas régénérés au contact de Néra. Car au fond, elle agit pour elle et son fils à naître : elle représente la souveraineté et la puissance, la richesse et la fécondité (le troupeau de vaches), et Néra n'est que son exécutant. Ainsi Néra, après la destruction du *sidh*, pourra réintégrer son domaine. Personne ne le lui disputera. Il sera Roi du Graal, comme Perceval. *Mais la Reine se trouvera toujours là.*

Ce sont vraisemblablement là les éléments de la quête mystique primitive. Il s'agit d'atteindre un état de permanence qui comporte la résolution du dilemme vie-mort et l'abolition du temps, puisque la notion du temps nécessite un commencement et une fin. Néra ayant réussi sa quête épique (encore marquée dans cette histoire par l'héroïsme et par l'expédition guerrière), il ne se trouve plus dans un monde ou dans l'autre, mais dans les deux à la fois. Si, après la destruction du *sidh* par Ailill et Medbh, il revient s'installer dans le *sidh*, c'est qu'au fond rien n'a changé pour lui : l'avenir n'est que le prolongement infini du passé, ou plutôt, le temps étant aboli, il n'y a plus ni passé ni avenir, mais un état différent, inexplicable par les mots, un défi à la logique traditionnelle. À l'image de la divinité qui est à la fois la Vie et la Mort, ou qui n'est ni l'une ni l'autre, Néra se trouve dans la situation d'être et de n'être pas. C'est le désir inconscient de l'humanité tout entière, mais les Celtes ont peut-être été ceux que ce désir a le plus tourmentés. Même en des temps assez rapprochés, n'était-il pas significatif d'entendre les Conteurs du Pays Breton commencer leur récit par cette réflexion moins bizarre que profonde : « Il y avait une fois et une fois il n'y avait pas et cette fois-là il y avait quand même[53]... » ?

C'est toute une mentalité, une structure de pensée qui s'exprime de cette manière heurtante, comme le goût des intellectuels baroques pour le « monde à l'envers », ou le « jeu des contraires » cher aux Surréalistes, ou encore l'œuvre de Lewis Caroll, ou encore cette *manie* des conteurs bretons de mélanger systématiquement, dans un récit ou dans un poème, les temps des verbes tout en intervertissant certains mots de la proposition (« Demain je suis allé au cochon pour vendre mon village. Je ne verrai pas celui que j'ai rencontré, mais il m'a payé une table au verre de l'aubergiste. D'ailleurs j'avais mouillé ma rivière en passant la chemise et je serai trempé lorsque je me suis trompé de vent en prenant la route... »).

Néra a donc atteint le stade de la royauté intemporelle qui est celui du Parzival de Wolfram. Mais il a pu parvenir à ce stade par la Femme, comme Parzival guidé par Kundry, double de Condwiramur, comme Peredur hanté par l'Impératrice aux multiples visages. Peredur-Parzival a accompli un long périple initiatique (c'est-à-dire un itinéraire intérieur débouchant sur la compréhension) qui va du départ du château où il était tenu à l'écart par sa mère (le ventre maternel) à l'union mystico-sexuelle par laquelle il devient Roi du Graal (retour au ventre maternel). Il y a, comme l'a montré René Nelli[54], une « érotique du Graal » qui n'est point tellement différente de l'Érotique des Troubadours, mais qui, *en plus*, bénéficie des apports celtiques les plus divers dans l'interprétation particulière du rôle de la Femme en tant qu'initiatrice. Robert Lafont, dans une remarquable étude sur les Troubadours[55], fait remarquer que « chez eux, la mort est peut-être tout autre chose qu'un arrêt du temps de vivre, une borne à franchir, un mystère à élucider. Elle semble une réalité quotidiennement vécue ». Cette transcription poétique de l'expérience de la mort ne peut pas être séparée de l'amour, comme il ressort de toute lecture des troubadours. Il en est de même dans la tradition celtique dont la légende de Tristan demeure à cet égard la plus significative ; il en est de même dans la version de la légende du Graal que nous présentent Chrétien de Troyes et Wolfram d'Eschenbach, version où, semble-t-il, se mêlent harmonieusement les thèmes des troubadours occitans et les thèmes des bardes celtiques.

Psychanalytiquement, la Quête du Graal s'explique par le retour du Fils à la Mère. Lorsque Peredur-Perceval s'est échappé de chez lui, lorsqu'il a fui sa mère, *il naît*, et cette naissance coûte la vie à sa mère qui tombe morte dès qu'il a franchi le pont. Mais Perceval ne s'en aperçoit pas, il ne le peut pas, car il est encore trop au stade de l'égocentrisme, il est ivre de liberté, ivre d'existence. Mais cet acte sera lourd de conséquence, puisque finalement, s'il ne peut, la première fois, guérir le Roi-Pêcheur et redonner la fécondité au Pays du Graal, c'est parce qu'il porte le poids du péché de sa mère morte[56]. Et Peredur-Perceval commence sa longue quête dont toutes les étapes ou presque sont marquées par des femmes. Puisqu'il doit expier la mort de sa mère, c'est-à-dire sa propre naissance, il doit donc retrouver, par ses propres moyens, le chemin qui le conduira au Château du Graal (*entouré d'eau et invisible la plupart du temps*) qui est le symbole évident de la Nouvelle Mère, celle à laquelle on ne peut accéder qu'en tant que fils ou en tant qu'amant, c'est-à-dire la même chose, car, répétons-le, tout amant est un fils qui s'ignore, comme toute maîtresse est une mère.

Il suffit pour s'en convaincre, d'examiner les textes relatifs à la quête accomplie par Perceval[57] après son initiation plus ou moins ratée que constitue son premier passage au Château du Graal. Non seulement les « femmes » que rencontre Perceval ressemblent étonnamment aux « fées » et aux divinités que rencontrent les héros des expéditions celtiques, mais aussi chacune d'elles semble jouer un rôle comparable à celui joué par les différentes pièces d'un jeu d'échecs. Et précisément, la Quête du Graal, considérée sous l'angle de la *Quête de la Femme* est une véritable partie d'échecs, dans laquelle il faut *battre le roi afin de prendre sa place*. Mais on ne peut vaincre le Roi sans le concours de la Reine, *la seule qui puisse, sur l'échiquier, se déplacer en tous sens et assurer la victoire définitive*. Cette multiplicité de mouvements de la part de la Reine, c'est-à-dire de la Femme considérée comme Souveraine, se traduit dans les épopées celtiques comme dans la Quête du Graal, par une multiplicité d'aspects ou d'apparences : en fait, pour reprendre un vers de Gérard de Nerval à propos de tout autre chose, « la treizième revient et c'est toujours la même ». Considérons donc la partie d'échecs qui se joue devant nous, avec comme personnage principal la Reine, dans ses manifestations les plus diverses.

Perceval (Chrétien de Troyes) : En sortant du Château, le héros rencontre une jeune fille qui pleure la mort de son ami. C'est en fait sa cousine, et elle lui révèle certaines choses concernant le Graal, les questions qu'il aurait dû poser, et l'épée magique qui se brisera. Puis Perceval réconcilie avec son ami la jeune fille qu'il avait embrassée de force, au début de ses aventures. Il songe alors à Blanchefleur, qu'il aime, et dont le souvenir le poursuit. Revenu à la Cour d'Arthur, il voit arriver la « hideuse demoiselle à la Mule » et se fait invectiver par elle. La demoiselle proclame ouverte la quête de l'Épée Magique, mais seul Gauvain comprend les indications, part pour accomplir des prouesses et parvient à découvrir la mère du roi Arthur.

Première Continuation (Pseudo-Wauchier I) : Gauvain continue sa quête, mais échoue.

Deuxième Continuation (Pseudo-Wauchier II) : Perceval pénètre dans un château au-delà d'une rivière, et se fait battre dans une partie d'échecs contre un (ou une) adversaire invisible. Pour l'amour d'une Jeune Fille (une Fée), il se lance à la poursuite du Blanc Cerf. Après de multiples aventures, il retrouve Blanchefleur qu'il abandonne bientôt pour revenir au château de sa mère. Là il dévoile son nom (qu'il ignorait avant l'épreuve du Château du Graal) à sa sœur. Il visite ensuite le « Château des Pucelles » (qui est évidemment la « Terre des Fées », île mystérieuse peuplée de femmes, si abondamment décrite dans les textes irlandais). Il y est reçu comme un héros. Une pucelle le guide dans la forêt vers une lumière ardente et étrange, mais il ne peut pas en savoir plus long. La Pucelle lui donne sa mule (c'est évidemment la même que la hideuse demoiselle à la Mule) afin qu'il puisse passer le Pont de Verre (qui le conduira vers l'Autre Monde, souvenir évident d'un mythe celtique reconnaissable dans le texte gaélique de la *Navigation de Maelduin*). Il retrouve la Dame du Château des Échecs et lui donne la tête du Blanc Cerf. Après de nouvelles amours avec cette Dame, celle-ci le conduit à une nef qui lui permet de passer de l'autre côté du fleuve. Il y rencontre une jeune fille qui lui explique d'autres détails sur le Graal et la Lance, et il pénètre à nouveau dans le Château du Graal.

Troisième Continuation (Manessier) : Perceval reçoit des explications sur les deux Pucelles qui tiennent le Saint-Graal et le plat d'argent (= le tailloir). Il est question d'une Reine qui fut tuée par son propre fils : Perceval doit, par une action héroïque, dans la Chapelle où repose la victime, mettre fin à l'enchantement[58]. Ensuite il échappe à une tentative du diable pour le noyer : le diable a, pour la circonstance, l'aspect d'une magnifique jeune fille (christianisation de la fée). Mais Perceval est guidé par une Pucelle qui l'emmène chez le forgeron Trébuchet, le seul qui puisse ressouder son épée brisée. Il revoit Blanchefleur et revient une troisième fois au Château du Graal. Cette fois il réussit l'épreuve. Revenu à la Cour d'Arthur, il apprend de la bouche d'une messagère (c'est encore la hideuse Demoiselle à la Mule) que le Roi-Pêcheur, *son oncle maternel*, vient de mourir et que c'est lui qui devient roi du Graal.

Quatrième Continuation (Gerbert de Montreuil) : Perceval est chez le Roi-Pêcheur. Celui-ci lui déclare qu'il n'est pas encore digne de connaître les secrets du Graal. Perceval reprend le chemin de la maison de sa mère. Il passe près d'un verger clos d'où émane une musique divine (image du Paradis, c'est-à-dire du Retour vers la Mère). Il ne peut y entrer et brise même son épée à la porte. Il parvient à une forteresse. Il y est reçu par la belle Escolasse que l'auteur nous présente particulièrement aguichante et « les reins larges pour mieux supporter les jeux du lit ». Elle s'offre à lui. Perceval refuse. Elle le conduit cependant à la caverne du forgeron Trébuchet, dans laquelle il pénètre, après avoir tué les deux serpents qui en gardaient l'entrée[59]. Il retrouve Blanchefleur et l'épouse.

La Quête du Saint-Graal (Lancelot en prose) : Perceval arrive dans un château désert où il engage une partie d'échecs contre un adversaire invisible. Il jette le jeu d'échecs par la fenêtre et se fait réprimander par une pucelle. Pris de désir pour la jeune fille, il la prie d'amour, mais celle-ci l'envoie à la quête du Blanc Cerf en lui confiant son petit chien. Au cours de la chasse du Blanc Cerf, une vieille femme (évidemment la belle jeune fille sous un autre aspect) lui dérobe le petit chien et l'oblige à combattre un homme noir. Finalement, il perd tout ce qu'il devait rapporter, c'est-à-dire le petit chien et la tête du Cerf, et ne retrouve pas le chemin du château. Plus tard, il doit combattre un chevalier (l'Uryen Reghed de la tradition galloise) défendu par une nuée d'oiseaux qui se révèlent être des femmes sous formes d'oiseaux, toutes au service de l'amie du chevalier, princesse parmi les fées (en réalité Modron, c'est-à-dire Morgane). Après son séjour décevant au Château du Graal, il rencontre la jeune fille qui pleure la mort de son ami (et qui est sa propre cousine) et perd son cheval. Une femme d'une merveilleuse beauté lui apparaît et lui donne un cheval. Perceval le monte, et peu s'en faut qu'il ne soit précipité vers la mer. Il comprend que cette femme était le diable. Le jour suivant, une nef aborde le rivage et une belle jeune fille l'invite à venir avec elle. Perceval, échauffé par le bon vin, va succomber à la tentation, mais il fait le signe de la croix et tout disparaît dans une fumée noire tandis que la voix de la jeune fille lui crie : « Perceval ! tu es un traître ! » C'est alors que, par mortification (?), Perceval se fait une large blessure à la cuisse gauche, à l'aide de son épée[60].

Parzival (Wolfram d'Eschenbach) : Après l'épreuve manquée au château du Roi-Pêcheur, Parzival rencontre sa cousine Sigune qui lui dévoile le sens du cortège du Graal. Il réconcilie ensuite la Belle Dame de la Lande avec son ami le chevalier Orilus. Il repense à Condwiramur (= Blanchefleur) qu'il aime et qu'il voudrait bien revoir. Revenu à la cour d'Arthur, il subit les reproches de Kundry la Sorcière, présentée sous un horrible aspect. Tandis que Gauvain part pour des aventures extraordinaires, Parzival se met à la recherche du Château du Graal. Il retrouve sa cousine Sigune devenue recluse. Après de multiples aventures, Parzival découvre son demi-frère Feirefiz. Kundry la Sorcière réapparaît complètement métamorphosée en belle jeune fille et guide Parzival et Feirefiz au château du Graal. Parzival y retrouve Condwiramur, devient roi du Graal, tandis que Feirefiz épouse Repanse de Schoye, la Porteuse du Graal.

Toutes ces versions de la quête du Graal mettent en lumière le rôle joué par les femmes dans la longue recherche de l'Objet sacré. On pourrait dire que les auteurs obéissaient à la mode de l'époque qui redonnait au sexe féminin une importance qu'il n'avait pas connue dans les siècles précédents. Mais trop de détails paraissent incompréhensibles, paraissent surgis du plus lointain passé mythologique, pour qu'on puisse s'arrêter à cette conclusion. Dans tous ces textes, la femme est à la fois *une* et *multiple*, à la fois stable et changeante, et les héros sont très préoccupés par la sexualité, même si leurs aventures sont pour ainsi dire censurées, à tel point qu'on est surpris, dans une quête mystique ayant pour but de retrouver un vase rempli du sang du Christ, de constater une *érotique* aussi nette et précise. Évidemment, tout est transposé, interprété, mais parfois avec tant de gaucherie que le caractère original réapparaît dans le mélange disparate des aventures. Et c'est peut-être dans le *Peredur* gallois que le rôle de la Femme se trouve le mieux souligné ; parce que ce texte représente une tradition orale plus populaire, donc plus *enracinée* que les textes français correspondants[61].

Peredur (Pays de Galles) : Après avoir quitté sa mère, Peredur entre sous la tente d'une Demoiselle. Celle-ci lui donne son anneau[62]. Il arrive à la cour d'Arthur au moment où un chevalier vient de ravir la Coupe destinée à Gwenhwyfar[63]. Peredur tue le chevalier et récupère la coupe. Il arrive ensuite chez son premier oncle maternel qui lui indique le chemin du Château Merveilleux où il est reçu par son deuxième oncle maternel[64]. Là il est le témoin du mystérieux cortège au cours duquel deux pucelles portent le plat contenant la tête sanglante. Après son départ du château, il rencontre une femme brune qui pleure la mort de son mari. Elle lui révèle que sa mère est morte à cause de lui. Après une longue errance, il parvient à un château où il est reçu par une belle jeune fille également brune qui vient le trouver dans sa chambre, la nuit, pour lui demander sa protection[65]. Il la délivre de ses ennemis et reste avec elle pendant trois semaines. Il part en lui promettant aide et assistance chaque fois qu'elle aura besoin de lui. Il réconcilie ensuite la jeune fille qui lui a donné l'anneau avec son ami et se retrouve dans le château d'une belle et majestueuse comtesse qui lui déconseille de passer la nuit en cet endroit à cause des sorcières de Kaerloyw qui viennent troubler la forteresse. Il reste cependant, lutte avec une des sorcières et ne lui fait grâce qu'à la condition qu'elle et les autres sorcières ne tourmenteront plus les domaines de la Comtesse et lui apprendront, à lui Peredur, des pratiques guerrières magiques[66]. Avec la permission de la Comtesse, il passe trois semaines (chiffre évidemment symbolique) auprès des Sorcières de Kaerloyw. Après quoi il tombe en extase devant un corbeau qui boit le sang d'un canard sur la neige blanche : ce spectacle lui rappelle le visage de celle qu'il aime le plus au monde[67]. Cela ne l'empêche pas, de retour à la Cour d'Arthur, de tomber éperdument amoureux d'Ygharat à la Main d'Or. Celle-ci refuse son amour et Peredur jure qu'il ne dira plus un mot à un chrétien avant qu'elle ne reconnaisse qu'elle l'aime plus que tout autre homme. Il recommence ses aventures, loge dans un château plus ou moins magique où il est aidé par la fille de son hôte. Après quelques aventures, il rentre à la cour d'Arthur, où Ygharat, ne le reconnaissant pas, lui fait une déclaration d'amour[68]. Pendant une chasse, il s'égare et pénètre dans un château où les valets jouent aux échecs. Une des trois pucelles auprès de qui il s'est assis lui révèle les dangers auxquels il s'expose de la part de son père, un homme noir. Il est vainqueur de l'homme noir et part à la recherche d'un serpent qui a une pierre merveilleuse dans la queue, après avoir décliné l'offre des trois pucelles de rester là et de choisir celle qui lui plaira. Il arrive à la

Cour du Roi des Souffrances et n'y voit que des femmes[69]. L'une des femmes ressuscite un jeune homme en le plongeant dans un chaudron. Il se propose de lutter contre l'*addanc*, un monstre qui tue les jeunes gens, mais au moment où il va pénétrer dans la grotte[70], il aperçoit « assise sur le haut d'un mont, la plus belle femme qu'il eût jamais vue[71] ». Celle-ci (qui sera nommée plus tard l'*Impératrice*) lui demande de promettre qu'il l'aimera plus que toute autre femme au monde. Moyennant quoi, elle lui donne une pierre qui lui permet de tuer l'*addanc*. Après un séjour chez la « Comtesse des Prouesses » et après avoir tué le serpent qui a une pierre magique dans la queue, il parvient à la cour de l'Impératrice, *qu'il ne reconnaît pas et dont il tombe amoureux*. Il accomplit des exploits. L'Impératrice lui révèle qu'elle est la même que celle à qui il a promis sa foi et qui lui a donné la pierre pour tuer l'*addanc*. Peredur demeure quatorze ans avec l'Impératrice[72]. Puis nous le retrouvons à la Cour du roi Arthur. Une jeune fille *aux cheveux noirs*, mais très laide, montée sur une mule[73], invective Peredur en lui reprochant de ne pas avoir posé de question lorsqu'il a été témoin du Cortège de la Tête Coupée. Puis elle indique qu'il existe un château où une jeune fille attend d'être délivrée. Gwalchmai part immédiatement, mais Peredur s'entête à chercher le Château du Cortège de la Tête, sans tenir compte de l'indication donnée[74]. Tandis que Gauvain se lance dans sa quête qui le mènera presque directement au Château des Merveilles, Peredur erre partout en demandant des nouvelles de « la jeune fille noire ». Il arrive à la cour d'un roi dont la fille passe la nuit avec lui[75]. Il accomplit des prouesses et se fait indiquer le chemin du Château des Merveilles. Il découvre un premier château, y joue une partie d'échecs contre un adversaire invisible et jette l'échiquier dans le lac. À ce moment paraît une *jeune fille noire* qui lui reproche d'avoir perdu le jeu d'échecs de l'Impératrice[76]. La jeune fille noire le guide vers le Château de l'Impératrice. Mais il n'y rencontre que la jeune fille noire qui lui dit de chasser le Cerf qui dévaste les domaines. Il coupe la tête du cerf, mais se fait voler la tête et le chien qu'on lui avait confié par une cavalière mystérieuse[77] qui lui reproche d'avoir tué son bien le plus cher (le cerf) mais lui indique la direction à prendre[78]. Après un ultime combat contre un homme noir qui surgit de dessous un dolmen, Peredur parvient au Château des Merveilles où Gwalchmai se trouve déjà. Là on lui apprend que la tête qu'il a vue était celle de son cousin, tué par les sorcières de Kaerloyw, et que c'est à lui de le venger[79]. Mais comme il est lui-même l'élève des Sorcières, il ne peut les tuer, il se contente de conduire au combat les chevaliers du roi Arthur qui accomplissent la vengeance.

Peredur traverse une forêt peuplée de trop de femmes pour que cela soit fortuit. S'il est vrai que toutes ces femmes ne sont que les différents aspects d'une seule, l'Impératrice, il y a donc, dans cette quête, les étapes d'une initiation. « C'est par la femme qu'on parvient à Dieu », chantait le troubadour Uc de Saint-Circ, et il semble bien, dans le cas de la quête de Peredur-Perceval, que ce soit une longue marche conduisant à la divinité, en l'occurrence une divinité féminine, celle qui représente la puissance et la Souveraineté. Nous avons remarqué que tout débutait par le rapt de la Coupe de Guenièvre-Gwenhwyfar. Mythologiquement, la quête du Graal est une tentative pour restaurer la Souveraineté dans ses droits, car celle-ci a été déplacée, elle a été *usurpée* par la violence masculine représentée par le chevalier ravisseur. Et pendant que la Souveraineté est usurpée, le royaume dépérit, le roi, chef de famille, n'est plus l'exécuteur ni l'équilibrateur des forces : il est impuissant. Seul un jeune homme fort, ayant prouvé sa puissance guerrière et virile (c'est la même), pourra reconstituer la situation primitive. Et ce jeune homme, c'est le neveu du roi blessé, le successeur désigné. Le thème, probablement très ancien, se retrouve, bien camouflé, dans les amours de Lancelot et de Guenièvre, primitivement de Gauvain et de Guenièvre, et aussi dans les amours de Tristan avec Yseult, la femme de son oncle maternel. Peredur-Perceval, lui aussi, épouse l'Impératrice. Et qui est l'Impératrice sinon la femme — ou la fille — du Roi-Pêcheur ? N'oublions pas que dans la version allemande de Wolfram, Kundry, autre visage de l'Impératrice-Souveraineté à l'aspect repoussant qui devient belle au moment où elle conduit le héros à Montsalvage, Kundry a eu des rapports très ambigus avec Amfortas, le roi blessé.

Nous ne possédons malheureusement pas la clef qui nous ouvrirait toute grande la porte du Château du Graal. Nous sommes un peu comme Lancelot qui n'est pas admis à la Cérémonie du Graal : il distingue, par la porte entrouverte, une lumière intense, et lorsqu'il veut s'approcher, une voix lui interdit d'aller plus loin. Car le Graal est lumière, comme la Femme est lumière, la lumière du soleil. Et si le caractère solaire du Graal, d'après la description de Chrétien de Troyes, est évident, il en est de même de la femme dans la plupart des mythes. Yseult est blonde comme le soleil. Grainné porte un nom qui vient du mot *grein*, soleil. Dans le cortège du Graal, le Graal se confond presque avec sa porteuse, et se trouve dans un halo lumineux qui fait pâlir les étoiles. On retrouve là le thème de la « Belle Matineuse », cher aux poètes de la Pléiade et aux Poètes Précieux :

« Alors voyant cette nouvelle aurore,
le jour honteux d'un double teint colore
et l'Angevin et l'Indique Orient. »

(Du Bellay.)

« Quand la nymphe divine, à mon repos fatale,
apparut, et brilla de tant d'attraits divers,
qu'il semblait qu'elle seule éclairait l'univers
et remplissait de feux la rive orientale. »

(Voiture.)

« Sacré flambeau du jour, n'en soyez pas jaloux :
vous parûtes alors aussi peu devant elle
que les feux de la nuit avaient fait devant vous. »

(Malleville.)

Cette image de la femme-soleil est encore accentuée dans certains textes où le Graal est vraiment une coupe, comme la *Quête du Graal* et les ouvrages postérieurs. Mais, chose curieuse, alors que la signification qui veut en être donnée est de plus en plus chrétienne (le calice), la référence est néanmoins très celtique païenne. Car on découvre le motif de la coupe dans plusieurs légendes irlandaises concernant la Souveraineté, en particulier dans un texte relatif au roi Conn aux Cent batailles.

L'Extase prophétique du Fantôme (Irlande). Conn, roi suprême d'Irlande, en se promenant sur les remparts de Tara, met le pied sur une pierre et cette pierre crie. Les druides, interrogés, répondent que c'est la pierre de Fâl, et que le nombre de cris qu'elle a poussés correspond au nombre de rois de la race de Conn qui régneront sur l'Irlande. Peu après Conn s'égare dans un brouillard magique. Un cavalier invite Conn à le suivre dans sa demeure. Ils parviennent dans une plaine où se trouve un arbre d'or, puis dans une maison où Conn aperçoit une fille « assise sur un siège de cristal et portant une couronne d'or ». En face d'elle est une cuve d'argent, et tout près une coupe en or. Le cavalier déclare alors qu'il est le dieu Lug et qu'il est allé chercher Conn pour lui dévoiler l'avenir de sa postérité. « Et la fille était la Souveraineté d'Irlande et elle donna de la nourriture à Conn. » Puis elle lui tend plusieurs fois une coupe de bière rouge[80] en demandant à chaque fois : à qui la coupe doit-elle être donnée. Et Lug répond en nommant tous les chefs qui régneront après Conn. Alors Lug, la fille et la maison disparaissent : il ne reste plus que la cuve de bière et la coupe (Myles Dyllon, *The Cycle of the Kings*, p. 12.)

Il n'y a aucun doute possible : la fille qui distribue la coupe est bien la Souveraineté, et le breuvage qu'elle donne à boire à Conn est le breuvage qui donne la puissance. On pense au mythe germanique de Kvasir : les Ases et les Vanes ayant craché dans un vase, il en naquit un homme, Kvasir, que deux nains tuèrent et dont le sang, mêlé à du miel, servit de breuvage d'inspiration et de sagesse. Mais si le breuvage est magique, comme celui que Keridwen prépare dans son chaudron, le récipient ne l'est pas moins. C'est l'objet sacré par excellence. Dans un curieux texte irlandais, il arrive une aventure à Cormac mac Airt qui ressemble bien à l'aventure de son grand-père Conn. Il s'égare lui aussi dans un brouillard et parvient à la *Terre de Promesse* où on lui fait don d'une coupe merveilleuse qui se brise en trois morceaux si on prononce sur elle trois mensonges. Dans le même texte, il est question d'une fontaine de Connaissance à laquelle s'abreuvent les gens de l'Autre Monde[81]. C'est évidemment une sorte de Fontaine de Jouvence, qui peut prendre parfois l'aspect de la « Fontaine de Santé ». En effet, dans *La Bataille de Mag-Tured*, les Tuatha Dé Danann blessés dans les combats vont se réconforter à cette fontaine qui guérit et même ressuscite ceux qui ont été tués[82].

Mais cette coupe, comme tout objet magique, donc sacré, est ambiguë. Il ne faut pas oublier que dans le chaudron de Keridwen, seules trois gouttes sont bénéfiques et donnent la connaissance parfaite : le reste empoisonne toute une rivière[83]. Ainsi dans le récit des *Aventures d'Art, fils de Conn*, récit qui semble être une des versions de la *Quête du Graal*, le thème de la coupe dangereuse se trouve mêlé au thème des épreuves à réussir pour découvrir la femme élue, but du voyage. Et cette femme élue, qui représente elle aussi la Souveraineté, est nécessaire à Art pour combattre les effets d'un *geis* qui frappe le royaume d'Irlande. L'analogie avec le *Gaste Pays* qui se trouve sous l'effet d'un sortilège, est assez nette, et cette version de l'histoire présente l'avantage d'être en dehors de tout contexte chrétien, ce qui permet de mieux analyser les épisodes en fonction de leur valeur propre.

Les Aventures d'Art, fils de Conn (Irlande) : Parce que le roi Conn aux Cent Batailles a pris comme concubine Bécuna Cneisgel, une femme des Tuatha Dé Danann exilée de la Terre de Promesse à la suite d'une faute mystérieuse, l'Irlande est frappée de stérilité[84]. On tente un sacrifice, celui d'un enfant auquel on substitue une vache[85]. Mais néanmoins, comme le roi est dans l'impossibilité de renvoyer sa concubine, car il est lié à elle par un *geis*, il manque toujours un tiers des récoltes d'Irlande. Or un jour, Bécuna Cneisgel joue aux échecs avec Art, fils de Conn, gagne sur lui et l'oblige, par un autre *geis* à ramener comme épouse une mystérieuse Delbchaen, fille de Morgan, qui se trouve sur une île lointaine. Art s'en va et doit surmonter des épreuves fantastiques ayant de se trouver face à la forteresse qui abrite Delbchaen. Il est reçu par la mère de celle-ci qui l'oblige à boire le contenu d'une coupe qu'il doit choisir. En effet, deux femmes tiennent chacune une coupe, l'une remplie de poison, l'autre de vin. Art, parce qu'il a été prévenu par une reine féerique, choisit la bonne coupe. Il ne lui reste plus qu'à couper la tête de la mère de sa dulcinée, à s'emparer de tous les trésors du château et à ramener Delbchaen en Irlande. Alors Becuna Cneisgel abandonne et quitte l'Irlande qui, immédiatement, retrouve sa prospérité[86] (J. M., *L'Épopée celtique d'Irlande*, p. 184-191).

On remarquera que la clef du problème apparaît ici comme étant la Femme. Les épreuves imposées à Art sont imposées par une femme et ont pour but la quête d'une femme. D'autre part, Art est aidé dans sa quête, par une reine mystérieuse, comparable à l'Impératrice de Peredur, et qui n'est peut-être qu'un autre aspect de Delbchaen. Enfin, c'est à cause d'une femme, d'une *mauvaise* femme, que l'Irlande est frappée de stérilité, et c'est dans une coupe tendue par une femme que le héros trouvera sa victoire. C'est dans cette coupe qu'il boira le vin, breuvage symbolique, qui lui permettra de mener à bien la dernière partie de sa quête, car ce vin lui donnera le courage et la force de conquérir définitivement la Souveraineté. On trouve un souvenir du même thème dans le roman français de *Huon de Bordeaux*, où le nain Obéron, voulant donner la puissance à Huon, lui confie son hanap : ce hanap se remplit de vin à volonté. Mais « nul ne peut y boire s'il n'est pur, sans tache… Aussitôt qu'un méchant veut y porter la main, il détruit la vertu du hanap[87] ». Il y a peut-être là l'explication du Graal qui perd son pouvoir s'il se trouve entre des mains indignes, comme le chaudron de l'Abîme chanté par le barde Taliesin ne peut pas bouillir la nourriture d'un lâche. Car le breuvage est réservé à ceux qui le méritent, qui ont d'abord accompli des prouesses, qui sont venus à bout des épreuves qui leur avaient été imposées.

Sur ce sujet, un texte écrit après le *Perceval* de Chrétien de Troyes, mais qui est censé lui servir d'introduction, *L'Élucidation*, est très précis : autrefois le Château du Graal était visible par tous et pouvait être visité. Des pucelles recevaient les voyageurs et leur offraient un breuvage réconfortant dans des coupes d'or. Mais un jour, le roi Amangon fit violence à l'une des pucelles et lui déroba sa coupe. Depuis ce geste insensé, le royaume est dévasté, les feuilles ont disparu des arbres, les prés sont desséchés, les eaux ont baissé. Quant au Château du Graal, il a disparu avec ses pucelles et plus personne ne connaît le chemin qui y conduit. Seul pourra rétablir la situation primitive celui qui saura retrouver ce chemin et reconnaître le Roi-Pêcheur sous ses multiples aspects, car celui-ci est un grand magicien capable de changer cent fois sa forme[88]. Ces pucelles font évidemment penser à toutes ces fées des légendes celtiques qui apportent à boire aux voyageurs égarés. Elles sont souvent juchées sur des tertres, et quelquefois à l'intérieur d'une sombre forteresse dont il n'est pas facile de franchir les murailles. Il est bien évident que ce thème persiste dans l'image de la Porteuse du Graal, fille du Roi-Pêcheur, celle qui détient avec le breuvage sacré la toute-puissance de la Souveraineté, et qui ne peut en servir que ceux qui sont privilégiés.

Ainsi donc, de quelque côté qu'on se tourne lorsqu'on analyse la légende du Graal et toutes les versions auxquelles elle a donné naissance, on est obligé de constater la permanence de thèmes fondamentaux : *Vengeance par le sang*, après une action qui a rompu l'équilibre du monde et provoqué la stérilité du royaume ; *impuissance du roi* qui ne peut plus gouverner ; *sacrifice rituel* soit humain, soit animal, soit par simple substitution de victime ou offrande ; *épreuves* infligées à ceux qui partent en quête ; *personnages féminins* appartenant au monde féerique et guidant les participants à la quête ; *reine*, *princesse ou impératrice* détenant le breuvage de puissance et de souveraineté qui n'est donné qu'à celui qui a surmonté toutes les épreuves[89]. La Quête du Graal se confond avec la Quête de la Femme. Celui qui trouve la Femme trouve le Graal. La Femme qui se désolait, seule et stérile au fond de son château enfoui, tandis que sa terre était frappée de malédiction, peut alors former le couple idéal et parfait grâce à l'arrivée de Celui qu'on attendait. Au Roi-Pêcheur languissant et impuissant succédera le nouveau roi du Graal, un jeune Roi, capable de redonner la fécondité au pays d'alentour, et symboliquement à la Femme qui tient la coupe, le plateau, ou la Pierre, cette femme qui est la prêtresse d'un culte dont nous ne connaîtrons jamais la véritable signification.

Une chose est certaine : une fois de plus, nous nous trouvons en présence d'un souvenir du culte d'une antique déesse, détrônée par les dieux mâles : c'est le sens du viol commis par le roi Amangon contre l'une des pucelles féeriques (et divines) du château du Graal. Amangon a forcé le destin, courbé la puissance féminine sous sa force aveugle et brutale de mâle, il lui a dérobé sa souveraineté sous la forme symbolique de sa coupe. En fait c'est le Père qui vient d'instaurer son autorité exclusive. Depuis ce temps, la société est à la recherche d'un équilibre qu'elle ne pourra retrouver que lorsque le *Jeune Fils de la Mère* viendra ou tuer, ou châtrer, ou éliminer le Père, afin de rendre à la Mère sa Souveraineté d'Antan. Ainsi, idéalement, mythiquement, et bien avant la christianisation du mythe, la Quête du Graal est, elle, la *Glorification de l'Élue*, la femme éternelle, divine, aux multiples aspects, qui règne toujours dans les souterrains du monde, et qui n'attend que son *plus jeune fils* (*Mabon*) pour reparaître à l'air libre et reprendre son titre de Grande Reine (Rhiannon-Matrona-Modron), équilibrant de nouveau la société de ses fils désunis et qui se réconcilieront dans l'amour de la Mère.

Notes

1. J. M., *L'Épopée Celtique en Bretagne*, p. 208-209.
2. Bâle, 1909. À la suite de ce livre, de nombreux celtisants ou arthurianisants ont dû se rendre à l'évidence : la quête primitive du Graal est *païenne*, et elle recouvre un rituel assez mystérieux, mais où l'élément de la vengeance sanglante est net.
3. *The Legend of Sir Gawain*, 1897. *The Legend of Sir Lancelot du Lac*, 1901. *The Legend of Sir Perceval*, 1906. *From Ritual to Romance*, 1915.
4. *La Bataille de Mag-Tured*, trad. G. Dottin, *L'Épopée irlandaise*, p. 37.
5. *La Mort des enfants de Tuirenn*, *Ogam*, XVI, 244.
6. R. A. S. Macalister, *Livre des conquêtes*, poème 66.
7. G. Dottin, *L'Épopée irlandaise*, p. 72-73.
8. *Ogam*, X, 371-380.
9. *Ibid.*
10. J. Loth, *Mab.* I, 297-299. J. M., *L'Épopée celtique en Bretagne*, 144.
11. J. Loth, *Mab.* II, 119.
12. Les trois fiefs héréditaires de Parzival sont les Galles

du Nord, les Galles du Sud et l'*Anjou*. Quand on sait que les Plantagenêt, rois d'Angleterre, sont comtes d'Anjou, cela en dit long, d'une part sur les maîtres que servaient l'Allemand Wolfram, maîtres qu'il voulait flatter en intégrant l'Anjou dans son histoire, et d'autre part, sur les sources anglo-angevines du récit des aventures de Parzival, par conséquent les sources insulaires et proches d'un archétype celtique. D'ailleurs quand il cite Kyot le Provençal, il désigne un homme écrivant en langue occitane, et l'Occitanie remontait jusqu'en Limousin, fut longtemps, avec l'Aquitaine, possession des Plantagenêt. Les discussions sur les sources de Wolfram sont passionnantes, mais nous mèneraient fort loin. C. Maurice Wilmotte, *Le Poème du Graal et ses auteurs*, 1930.

13. *Parzival*, trad. M. Wilmotte, p. 61.

14. Il dit seulement qu'on peut transporter une hostie dans le Graal.

15. *Cf.* tout ce qui concerne les traditions des Têtes Coupées dans le chapitre sur « Delphes et l'aventure Celtique », in J. M., *Les Celtes*, 91-119. Je ne reviens ici que sur les détails intéressant le Graal.

16. *Perlesvaus*, éd. Nitze, lignes 6 600 et suiv.

17. Éd. Nitze, ligne 6 685 et suiv.

18. Dans un acte datant du XVe siècle et conservé à la Bibliothèque nationale de Paris (fonds latin n° 9093), il est question des relations qu'aurait eues saint Patern avec le roi Karadoc, *cognomento Brech-Bras*.

19. Thème repris dans la *Quête du Graal* où la sœur de Perceval guérit une lépreuse par son sang et sa vie.

20. Les Latins et les Grecs avaient tendance à oublier que des sacrifices semblables étaient en usage chez eux, à l'aube de leur histoire, comme en témoigne la légende d'Iphigénie.

21. « En creusant sur cette montagne pour y creuser les fondations de l'édifice, on trouva une tête d'homme » (Pline, *Hist. nat.*, XXVIII, 2). « Quel est l'homme qui ne sache pas que le tombeau de Tolus Vulcentanus est dans le Capitole de Rome ? Quel est, dis-je, celui qui ne sait pas qu'en creusant les fondations, on trouva la tête d'un homme, qui y avait été enterrée depuis peu, soit qu'elle fût seule, soit qu'elle eût été séparée des autres membres » ? (Arnobe, *Contra Gentes*, VI). « Tarquin le Superbe fit construire en

509 un temple à Jupiter sur le mont Capitole… On trouva sous terre la tête d'un homme qui paraissait nouvellement tué, et le sang qui en découlait était encore tout chaud et vermeil» (Denys d'Halicarnasse, IV, 13). D'où le nom de *Caput Tolis*, donné à cette colline qui allait devenir la tête de la puissance romaine.

22. Le mot «clan» est impropre ici, mais je n'en trouve pas d'autres. Il s'agit en fait d'une sorte de société guerrière, mystico-religieuse, politique, les membres étant tous plus ou moins liés par la fraternité du sang.

23. *La Naissance de Conchobar*, *Ogam*, XI, 61. *Cf.* une étude sur «la Branche Sanglante du roi d'Ulster» dans *Ogam*, X, 139 et suiv.

24. Soit dit en passant, la science n'a réussi à faire des progrès que par la perspicacité de certains individus considérés comme de doux rêveurs, mais qui avaient le mérite de sortir des sentiers battus, et aussi le courage de leurs opinions, chose qui n'est pas fréquente dans un certain milieu dit scientifique.

25. Dans le récit de la *Mort de Cûchulainn* qui se trouve dans le Livre de Leinster (*Ogam*, XVIII, 352), Conall qui vient de venger Cûchulainn en tuant son meurtrier Lugaid, a posé la tête de celui-ci sur une pierre et l'a oubliée. Lorsqu'il revient la chercher, il aperçoit une chose étrange : «La tête avait fait fondre la pierre et était passée au travers.» Dans la version d'Édimbourg du même récit, Conall enfile les têtes qu'il a coupées et en particulier celle de Lugaid, sur une branche, ce qui lui évite des ennuis.

26. D'où son surnom de Conall «Le Louchon». Les femmes qui aimaient Conall se mettaient à loucher, comme celles qui aimaient Cûchulainn devenaient borgnes et celles qui aimaient Cuscraid devenaient bègues. Les «infirmités à de Conall et de Cûchulainn remontent à une lointaine mythologie que l'on retrouve parfois dans les mythologies grecques, celtiques, germaniques et mêmes latines. Ainsi Héphaistos est boiteux comme le Roi-Pêcheur, Nuada est manchot comme Tyr, Wotan est borgne comme Cûchulainn et Horatius Coclès.

27. Usage confirmé à la fois par la littérature et par l'archéologie. On a retrouvé, surtout en Irlande et en Écosse, des balles de fronde en pierre dure gravée ou en argile séchée.

28. J. Loth, *Mab*. II, 92. On pourrait comparer cette tradition relative à l'Éthiopie que l'on relève chez Solin (*Polyhist.* XXXI) : « On tire du cerveau des dragons la pierre dite *dracontias*, mais on ne peut l'avoir à l'état de pierre qu'en l'enlevant à un dragon vivant. Car si le serpent se sent mourir, en même temps qu'il expire, elle perd toute sa vertu et sa consistance... Les hommes les plus hardis explorent les cavernes, les trous où se retirent ces serpents, dans l'attente de leur proie. Ils vont aux lieux où se trouve le reptile, et s'avançant sur des chars rapides, ils répandent des produits soporifiques, coupent la tête du dragon endormi, et pour prix de cet acte audacieux, ils rapportent cette pierre. »

29. J. Loth, *Mab*. II, 94-95.

30. *La Bataille de Mag-Tured*, G. Dottin, *L'Épopée Irlandaise*, 37.

31. *La Race de Conairé le Grand*, *Eriu*, VI, 133.

32. Une glose dit : « *Fo-ail*, c'est-à-dire « sous-roc », autrement dit « roc sous un roi ». » On a essayé de voir entre le nom de Fâl et le nom de phallus une analogie, d'autant plus que dans certains textes, la pierre est appelée *Fâl ferb cluiche* (Fâl, phallus de pierre). Mais son caractère phallique n'apparaît pas du tout, tandis qu'au contraire son rôle de souveraineté est féminin.

33. *Extase prophétique du Fantôme*, Myles Dyllon, *The Cycle of the Kings*, p. 12.

34. *Estoire de Merlin*, J. Boulenger, *Les Romans de la Table ronde*, p. 100.

35. Éd. Roach, 192.

36. *Jupiter*, *Mars*, *Quirinus*, 228-230.

37. *Cf.* Athénée (IV, 9), d'après Posidonios : « Ceux qui servent à boire portent des coupes de terre ou d'argent façonnées comme des marmites. Les plats et les écuelles où l'on met les viandes sont de même matière. Il y en a néanmoins quelques-unes en cuivre ; et quelquefois, au lieu d'écuelles, ce sont des paniers tissés avec de l'osier. »

38. Voir dans J. M., *Les Celtes*, 350-357, ce qui concerne le Chaudron de science et de renaissance.

39. J. M., *Les Grands Bardes gallois*, 84.

40. *Cahiers du Sud*, n° 335, p. 16-17.

41. J. Loth, *Mab.*, I, 307.

42. J. Loth, *Mab*. I, 305.

43. J. M., *L'Épopée celtique en Bretagne*, 95-97.

44. *Cf. Latomus*, XIII, 376-383 (article de J. Gricourt).

45. Zwicker, *Fontes Religionis Celticae*, I, 51, 18.

46. C'est la société paternaliste qui, en mettant en valeur le rôle du père, et en insistant sur l'aspect répressif (la censure) de celui-ci, a créé une situation œdipienne manifestée par l'angoisse.

47. G. Dottin, *L'Épopée irlandaise*, 67.

48. Lequel ne comprend rien à sa source. Il s'agit de l'épée que l'on donne à Peredur et qu'il doit ressouder. Peredur réussit deux fois, mais rate la troisième épreuve (*Mab.* II, 63). Il y a certainement un lien avec la tête coupée que l'on présente ensuite à Peredur, mais l'auteur n'ayant pas fait le rapprochement, ou bien craignant que le contexte soit trop païen, est allé chercher la tête de saint Jean. La confusion, ou si l'on veut la transposition, n'en est pas moins révélatrice.

49. Éd. Nitze, ligne 2 300 et suiv. Il peut s'agir d'une sorte de communion anthropophagique. L'auteur y voit une allusion à la Cène.

50. « Certaines peuplades ont des mannequins de proportions colossales, *faits d'osier tressé*, qu'on remplit d'hommes vivants : on y met le feu, et les hommes sont la proie des flammes » (César, VI, 16).

51. Chiffre symbolique à ne pas prendre tel quel. L'expression que l'on retrouve souvent dans les textes épiques irlandais signifie un assez grand laps de temps, plusieurs mois.

52. Ce sont les monuments mégalithiques.

53. Per-Jakez Helias, *Le Pays bigouden*, Brest, 1971, p. 42.

54. *Le Graal dans l'ethnographie*, n° spécial des *Cahiers du Sud*, « Lumière du Graal », 1951, p. 13-36.

55. *Pour lire les troubadours*, *Cahiers du Sud*, n° 372, p. 163-194.

56. « C'est ton péché qui en est la cause, car tu as fait mourir ta mère de douleur » (*Perceval*, trad. L. Foulet, p. 84). « Ma souffrance au contraire vient de toi… parce que tu es cause de la mort de ta mère. Quand tu t'éloignas malgré elle, un glaive de douleur s'enfonça dans son cœur et elle mourut » (*Peredur*, J. Loth, *Mab.* II, 65-66).

57. Perceval nous semble le héros caractéristique de la Quête, d'abord parce qu'il a pour lui l'antériorité des textes

(Chrétien de Troyes) et parce que son nom est révélateur : Perceval est peut-être celui qui perce les secrets du val où se trouve le château du Graal. En tout cas son nom est en rapport avec celui de Peredur (où nous retrouvons le gallois *peir*, chaudron), et il y a pu y avoir une connexion populaire entre les deux termes ou une forme primitive que nous ignorons, mais dont découleraient les deux noms. Cela ne veut pas dire que le héros le plus ancien de la Quête ait été Perceval, car il semble bien, vu l'importance des aventures de Gauvain, que celui-ci ait joué le premier rôle (comme cela apparaît dans *Peredur*) en dépit de tout ce qu'on a pu dire contre cette hypothèse. Gauvain est sans aucun doute le Gwachmai des textes gallois, lequel nom apparaît dans le plus ancien roman arthurien, *Kulhwch et Olwen*, comme le neveu et le plus ancien compagnon d'Arthur. Son état de neveu, fils de la sœur d'Arthur, est d'une importance capitale, puisque c'est en rapport avec une législation celtique archaïque parfaitement attestée, celle de la filiation matrilinéaire avec droit d'héritage pour l'oncle maternel et le fils de la sœur. R. S. Loomis a cru voir dans le personnage gallois de Gwri Gwallt Euryn (premier nom de Pryderi, fils de Pwyll) le nom français de Gauvain, ce qui n'est pas prouvé. Gwachmai signifie, dit-on, « faucon de mai ». Mais nous trouvons dans le premier terme une racine celtique **wolh-o*, grande quantité (latin *volgus*, allemand *volk*, v. irl. *folc*, gallois *gwala*, satiété, bret. arm. *gwalc'ha*, rassasier), ce qui correspondrait avec le sens de la quête, qui doit redonner la prospérité et l'abondance au royaume frappé de stérilité et de disette. Quant à Galaad, nom du héros dans les textes les plus récents, il n'est peut-être pas tellement hébraïque, ou tout au moins, il peut résulter d'un croisement et d'une homophonie. En effet, on peut voir dans ce nom la racine celtique **Gal*, pouvoir (gaulois *Galli* et *Galates*, les « puissants », v. irl. *gal*, vaillance, gallois *gallu*, pouvoir, bret. arm. *galloud*, pouvoir), racine d'ailleurs sans rapport avec le breton-armoricain gali qui veut dire « français » (irl. gall, « anglais », gallois *gall*, « ennemi », venant d'un celtique *gallo, « étranger ennemi »), ni avec les mots gallois, *Wales* et *Welsh* qui sont d'origine saxonne. Quand on sait que la Quête du Graal est la quête de la Souveraineté, on demeure assez *troublé* par le sens qu'on peut ainsi donner au nom de Galaad.

58. C'est une allusion à peine voilée à sa propre situation vis-à-vis de sa mère : il est responsable de la mort de celle-ci et ne pourra réussir les épreuves définitives du Graal que lorsque le meurtre (inconscient) sera expié. Il y a là un souvenir très net de *geis* à la mode irlandaise.

59. Cette quatrième continuation est remplie d'éléments qu'on ne peut comprendre que par une analyse freudienne. Perceval ayant eu la révélation de son nom (c'est-à-dire de son existence), veut retrouver l'image du paradis perdu (le ventre maternel) où l'attirent de suaves musiques ; (sa sensualité fixée sur un désir œdipien). Mais il brise son épée, c'est-à-dire, étant donné le caractère phallique de l'épée ne peut pénétrer dans le ventre maternel, étant victime d'un choc psychologique (prise de conscience qu'il s'agit de sa mère), et même d'une impuissance physiologique, puisqu'il refuse la belle Escolasse (dont le nom est révélateur, c'est l'Initiatrice, la « Maîtresse d'École »). Mais celle-ci peut le guérir, Perceval est victime de ses fantasmes (les deux serpents devant la grotte, ce qui veut dire : des visions imaginaires devant l'image utérine, la peur de la castration). La belle Escolasse l'invite à lutter contre les serpents. Ainsi Perceval peut pénétrer dans la caverne où Trébuchet lui répare son épée (il retrouve sa virilité *ipso facto*). Il peut donc épouser Blanchefleur, qui n'est d'ailleurs qu'un des aspects de la Fée Souveraineté, comme Escolasse ou toute autre pucelle. Cette interprétation ne signifie pas que Gerbert de Montreuil ait été un « psychanalyste », mais que la quête de Perceval correspond, dans l'inconscient humain, à une initiation à la vie d'homme, par l'exploitation raisonnée de l'énergie sexuelle déclenchée par le désir œdipien primitif.

60. Ce détail nous prouve que les aventures de Perceval dans le récit de la *Quête*, où le véritable héros est Galaad, sont héritées de traditions païennes fort anciennes et qui gênent beaucoup le rédacteur chrétien. La blessure à la cuisse signifie que Perceval se châtre (moralement ou physiquement, peu importe), ce qui fait évidemment penser au mythe d'Attis et de Cybèle : Perceval, tout comme Attis, est atteint de folie (provoquée par la fureur de la déesse [ici la pucelle à la nef], et il se châtre pour se vouer au culte de celle qu'il a méprisée. Il y a trop d'insistance de la part de l'auteur à montrer que les apparitions féminines sont diabo-

liques pour que ce ne soit pas le souvenir de quelque culte rituel à base sexuelle. Il en est de même pour l'aventure au Château des Échecs et pour la chasse au Blanc Cerf, épisodes très importants de la *Deuxième Continuation* et du *Peredur* gallois. On notera que dans la *Quête*, comme dans *Peredur*, la Dame du Château des Échecs apparaît d'abord sous l'aspect d'une magnifique jeune fille, puis sous l'aspect d'une vieille femme, ce qui se réfère à la tradition irlandaise de la Souveraineté, vieille femme qui redevient jeune quand on lui donne un baiser, thème originel de la Hideuse Demoiselle à la Mule, *alias* Kundry la Sorcière.

61. En dépit de la méfiance qu'affichent envers *Peredur* presque tous les celtisants, parce que le texte n'est pas antérieur au XIIIe siècle. Philologiquement, Peredur est bien certainement du XIIIe siècle, bien souvent, il est une adaptation du texte de Chrétien de Troyes, mais ce qu'on ne sait pas, et ce qu'on ne peut savoir, c'est si l'auteur de Peredur a utilisé directement le texte de Chrétien ou un archétype commun. Étant donné que des détails de Peredur se retrouvent dans la *Deuxiètne Continuation*, dans la *Quête* et dans *Perlesvaux*, il serait sage de penser à un archétype commun, même écrit en français. Mais de toute façon, il y a des anecdotes qui ne se trouvent que dans Peredur, et qui montrent que l'auteur utilisait *aussi* une source celtique. L'épisode de la Tête Coupée, celui du Chaudron de résurrection, le thème de la vengeance, ne sont pas chez Chrétien et ils ont un tel caractère archaïque qu'on ne peut douter de souvenirs traditionnels fort anciens.

62. Chez Chrétien, Perceval ravit de force l'anneau. Le détail rapporté par l'auteur gallois est intéressant parce qu'il s'agit d'un don fait par une femme.

63. Le thème de la Coupe est en rapport avec le Graal, mais ce qui est plus important c'est que la Coupe était destinée à Guenièvre-Gwenhwyfar. En effet, si on en croit le passage correspondant de Wolfram, le chevalier ravisseur (doublet de Méléagant) était le cousin d'Arthur, venu réclamer son héritage. Or Guenièvre, on le sait, représente la Souveraineté, et la Coupe étant le symbole de Guenièvre, c'est la Souveraineté qu'emporte le chevalier et que récupère Peredur. Nous retrouverons plus loin le thème de la Coupe de Souveraineté.

64. Peu importe qu'ils soient deux, ou qu'il y ait un

dédoublement de personnage (il y en a bien un dans la *Quête* entre le Roi-Pêcheur et le Roi Méhaigné) : l'essentiel est que Peredur, comme Perceval dans toutes les versions, aille chez son oncle *maternel*. C'est en effet un souvenir très précis de l'époque où la société celtique était gynécocratique, car c'est un cas de filiation matriléaire où le rôle de premier plan n'est pas dévolu au mari, mais au frère de l'épouse. Il y a bien d'autres exemples de cet usage dans les épopées irlandaises.

65. C'est la Blanchefleur de Chrétien et la Condwiramur de Wolfram. On notera qu'elle est brune, alors que la beauté de l'époque était le blond artificiel. Il semble bien qu'il y ait le souvenir d'une déesse brune, autrement dit d'une divinité des ténèbres.

66. Le combat avec la sorcière de Kaerlooyw fait penser à l'animosité de Kundry la Sorcière contre Parzival. Pourtant, c'est Kundry qui *initiera* Parzival en lui montrant le chemin du château du Graal. D'autre part, l'élément celtique est ici très important, puisqu'il y a initiation magico-guerrière — et sans aucun doute sexuelle — de Peredur par des êtres féminins mystérieux. Voir à ce sujet l'*Éducation de Cûchulainn* (J. M., *L'Épopée Celtique d'Irlande*, p. 88-95) où le héros irlandais est initié à peu près de la même façon par les sorcières Scatach, Uatach et Aifé, ainsi que les *Enfances de Finn* (*Ibid*., p. 141-149) où le chef des *Fiana* reçoit une éducation bizarre chez des « femmes guerrières », puis chez un forgeron dont il épouse — temporairement — la fille. De toute façon les Sorcières de Kaerloyw sont la clef de cette quête mystérieuse de Peredur, comme on peut le voir à la fin de l'histoire.

67. Image poétique qui se retrouve dans le récit irlandais de l'*Exil des fils d'Usnech*. On notera encore l'importance de la chevelure brune (le corbeau), en rapport avec la déesse Modron-Morgane, maîtresse de la troupe des Corbeaux, et avec la déesse Bobdh-Morrigane, qui revêt souvent l'aspect d'une corneille.

68. L'épisode d'Ygharat prouve que Peredur est à la recherche de la Femme Idéale, celle qui a de multiples visages tout en étant la même, la déesse brune.

69. Souvenir évident de la « Terre des Fées » tant de fois décrite dans les épopées irlandaises, et où ne se trouvent que des femmes merveilleuses.

70. La grotte est évidemment l'image symbolique du

vagin. Il s'agit pour Peredur, non pas de tuer le père, qui occupe le vagin, thème cher à Freud, mais, étant donné que dans le mythe celtique primitif le père n'a pas grande importance, bien plutôt de vaincre les terreurs dont l'imagination masculine a peuplé les profondeurs du sexe féminin.

71. Il ne peut y avoir aucun doute sur le caractère sexuel et même scabreux de cet épisode. La grotte, c'est-à-dire le vagin, se trouve dans l'Autre-Monde, car Peredur n'y parvient qu'après avoir franchi un fleuve. Il retrouve donc la *mère*, la *femme*. Mais il ne peut pénétrer la femme qu'après avoir accompli certains actes *externes* : or, l'Impératrice, sur un *sommet*, représente — honni soit qui mal y pense ! — le clitoris. Ainsi la pénétration sexuelle (et par conséquent l'initiation) de Peredur sera complète.

72. Dans Wolfram, Parzival épouse Condwiramur. L'Impératrice, d'après cet épisode apparaît très nettement comme *multiforme*, changeant de visage et d'aspect, puisque Peredur ne la reconnaît pas. De là, on peut conclure qu'elle réapparaît ensuite sous d'autres formes et que c'est en tout cas la même que la jeune fille avec qui Peredur est resté trois semaines, la même qu'Ygharat à la main d'or. On voit ainsi toute la différence qui existe entre le texte gallois et les récits de Chrétien de Troyes et de ses successeurs, qui insistent uniquement sur le personnage de Blanchefleur-Condwiramur, tout en peuplant la quête d'êtres féminins. plus ou moins féeriques, sinon diaboliques.

73. C'est Kundry la Sorcière. Elle aussi a les cheveux noirs. Elle est donc un autre aspect de l'Impératrice qui vient relancer Peredur, lequel a l'air d'avoir oublié sa mission.

74. La Jeune Fille à la Mule vient de donner la clef du parcours, en même temps que le sens de la quête : il s'agit d'aller délivrer une jeune fille prisonnière. Or, ce n'est ni plus ni moins que la *Souveraineté*. Mais seul Gauvain comprend le message et c'est lui qui arrivera le premier au Château des Merveilles, c'est lui qui, dans cette version de la légende, deviendra véritablement *le roi du Graal*. Peredur, dans son entêtement et dans son aveuglement, ne pourra accomplir que l'acte final de la vengeance. Cet épisode a aussi le mérite de montrer que le rôle de Gauvain, devenu secondaire encore que très étendu, chez Chrétien et ses successeurs, était beaucoup plus important dans l'archétype celtique de la légende.

75. C'est encore un autre aspect de l'Impératrice qui parfait ainsi l'éducation de Peredur en l'obligeant à accomplir de nouveaux exploits.

76. La jeune fille noire est évidemment l'Impératrice elle-même.

77. C'est l'Impératrice, mais son aspect ressemble ici à celui de Rhiannon-Épona.

78. Ce qui veut dire que la mort du cerf était un sacrifice rituel nécessaire.

79. Détail curieux, c'est un jeune homme blond, cousin de Peredur, qui lui raconte tout cela, en prétendant qu'il lui est déjà apparu sous l'aspect de la « jeune fille noire ». Cela montre en tout cas le pouvoir magique — et divin — de l'Impératrice qui peut non seulement changer de forme, mais aussi de sexe. Or, comme le jeune homme est le cousin de Peredur, comme la Porteuse du Graal de Chrétien est la cousine de Perceval, on peut dire que tout cela est une affaire de famille, mais de famille maternelle, une sorte de succession matrilinéaire. Peredur qui est l'élève des Sorcières a désormais tous les pouvoirs de celles-ci. Elles peuvent disparaître. Il est à la fois l'héritier de son oncle maternel et des Sorcières de Kaerlooyw.

80. Il y a un jeu de mots, dans le texte irlandais, entre *flaith*, souveraineté et *laith*, breuvage.

81. *Les Aventures de Cormac à la Terre de Promesse*, T. P. Cross-Slover, *Ancient Irish Tales*, p. 503 sq.

82. « La fontaine porte un autre nom, *lac des herbes*, parce que Dian Cecht (le dieu médecin) y avait mis un brin de chaque herbe qu'il y avait en Irlande » (G. Dottin, *L'Épopée Irlandaise*, p. 45). Cette fontaine fait penser au chaudron de Brân et au chaudron dans lequel Peredur voit renaître un jeune homme mort. Le breuvage de guérison est bien connu en Irlande. Dans l'*Agallamh na Senorach* (*Colloque des Anciens*), nous voyons le héros Cailté, fils d'Oisin, blessé à la jambe et allant trouver saint Patrick pour lui demander : « Conduis-moi à l'endroit où habite Aed Minbrecc d'Assaroe ; sa femme Bedind, fille d'Elcmar, possède le breuvage de guérison et le remède des Tuatha Dé Danann ; c'est elle qui possède ce qui subsiste au Festin de Goibniu » (*Agallanh na Senorach*, 6789). Un texte du Livre de Lismore (f° 23 b A) nous présente saint Patrick interrogeant une femme-fée : « Comment avez-vous pu maintenir

à ce degré votre aspect et votre forme ? — Tous ceux qui ont bu du Festin de Boibniu, dit-elle, n'ont jamais subi de peine ni de maladie. » Ce festin de Goibniu est un *festin d'immortalité* (titre d'un ouvrage de Georges Dumézil sur ce sujet) au cours duquel on boit un breuvage mystérieux qui donne la santé et l'immortalité. Il faut noter, d'après le *Livre* de Fermoy (*Irische Texte*, I, 198), que c'est Manananan mac Lir qui établit les Tuatha Dé Danann dans les souterrains et les nourrit grâce à ce festin de Goibniu. Il est donc réservé aux gens de l'Autre Monde. Goibniu est le Dieu-Forgeron irlandais analogue au Govannon ap Dôn de la mythologie galloise. Nous retrouvons ici le mythe du forgeron habitant sous terre lié avec le mythe de la boisson des dieux et avec celui du Graal, source de vie, mais caché aux yeux des humains.

83. J. M., *L'Épopée celtique en Bretagne*, p. 96.

84. Le roi étant l'équilibrateur des forces divines et cosmiques, sa liaison avec une fille maudite rompt l'équilibre naturel. Il y a donc là une situation équivalente à celle du Roi-Pêcheur frappé d'impuissance après une aventure amoureuse interdite et dont le royaume est frappé lui aussi de stérilité.

85. C'est le mythe de la régénération par le sang, d'où les sacrifices d'enfants, surtout de premier-nés, fort nombreux à l'aube de l'histoire, comme en témoigne l'épisode biblique du sacrifice d'Isaac, ou encore l'histoire d'Hannibal enfant qui devait être sacrifié mais auquel on substitua un enfant d'esclave. On peut également comparer l'épisode de la Tour de Vortigern dans la *Vita Merlini* (J. M., *L'Épopée celtique en Bretagne*, p. 110).

86. Puisque Delbchaen représente la Souveraineté, la « bonne » souveraineté, Bécuna au contraire, représente la fausse puissance. Elle n'est qu'une usurpatrice et doit s'incliner devant Delbchaen, c'est-à-dire devant l'autorité légitime qu'a ramenée Art de son voyage initiatique.

87. *Huon de Bordeaux*, trad. J. Audiau, p. 58.

88. Éd. M. Thomson, 1931.

89. Il faut se souvenir que le nom de Galaad peut provenir du celtique **Gal* qui signifie *puissance*.

CHAPITRE VI

Yseult ou la dame du verger

Dans son roman *Le Rivage des Syrtes*, Julien Gracq conduit son héros dans un de ces jardins plus ou moins abandonnés et désuets qui parsèment la ville d'Orsenna. Et alors qu'il s'attendait à n'y trouver personne et à pouvoir méditer à son aise, voici qu'une jeune fille est accoudée à l'endroit où il avait l'habitude de s'accouder. Il se produit alors un bouleversement complet dans l'âme du jeune homme. « La beauté de ce visage à demi dérobé me frappait moins que le sentiment de *dépossession* exaltée que je sentais grandir en moi de seconde en seconde. Dans le singulier accord de cette silhouette dominatrice avec un lieu privilégié, dans l'impression de présence entre toutes appelée qui se faisait jour, ma conviction se renforçait que la *reine du jardin* venait de prendre possession de son domaine solitaire… Je ne devais me rendre compte que bien plus tard de ce privilège qu'elle avait de se rendre immédiatement inséparable d'un paysage ou d'un objet… Les choses, à Vanessa, étaient perméables. D'un geste ou d'une inflexion de voix merveilleusement aisée, et pourtant imprévisible, comme s'agrippe infaillible le mot d'un poète, elle s'en saisissait avec la même violence amoureuse et intimement consentie qu'un chef dont la main magnétise une foule[1] ».

Voilà donc, traduit en des termes poétiques, mais lourds de signification, le thème de la Femme initiatrice et transformatrice qui semble avoir été celui que les Celtes ont exploité avec le plus de génie et le plus d'originalité. La femme, dès son apparition au milieu d'un paysage, métamorphose l'aspect de ce paysage, et par voie de conséquence, l'observateur du paysage lui-même, puisqu'il appartient de fait à l'univers au centre duquel évolue l'être féminin. Ainsi l'observateur *ne sera plus jamais le même* après qu'il aura vu son paysage habituel transformé, et lui-même ne s'appartiendra jamais plus entièrement puisque la femme, insensiblement, aura assuré sa domination sur le paysage dont il fait partie. C'est d'ailleurs un des motifs pour lesquels la femme est apparue — et apparaît toujours à certains — comme un être redoutable, tant sa capacité de *possession* paraît inséparable de la vision qu'on peut en avoir. Mais si l'homme craint cette possession, il la recherche. C'est donc qu'elle lui apporte quelque chose *qui lui manquait* avant qu'il ne fît la rencontre de la femme. Nous sommes là en présence de la trame fondamentale de la légende de Tristan et Yseult, pourvu qu'on veuille bien faire abstraction de l'aspect parfois romantique de cette histoire d'amour et en analyser les éléments purement mythiques.

On sait que *Tristan et Yseult*, légende celtique la plus célèbre, nous est parvenue, à partir du XIIe siècle, par des textes fragmentaires mais qui se recoupent tous dans les grandes lignes et qui, par conséquent, témoignent d'une trame originelle, même si celle-ci a été perdue. Par les détails de l'histoire, c'est une légende pan-celtique, puisqu'on y trouve des éléments bretons armoricains, des éléments gallois, des éléments corniques, des éléments pictes (en particulier le nom de Tristan) et des éléments irlandais. Et tous ces éléments sont fondus en une grande fresque épique dont la beauté poétique ne peut faire aucun doute. Nous possédons avec cette légende de Tristan l'un des chefs-d'œuvre littéraires de l'humanité.

Les plus anciens textes sont français, plus exactement *anglo-normands*, ce qui indique une origine ou armoricaine, ou insulaire, puisque les Normands, maîtres de l'Angleterre, constituaient, au XIIe siècle, les intermédiaires constants entre les Bretons, grands ou petits, et les Français. Ces textes, ou ce qu'il en reste, sont complétés par des versions allemandes également fragmentaires et par une version abrégée scandinave[2]. Chose étrange, il n'y a rien en langue celtique sur la légende même de Tristan, sauf quelques épisodes tardifs[3]. Cependant l'ensemble des textes permet de reconstituer ce que pouvait être la légende primitive[4], et il est intéressant de reprendre cet ensemble en mettant en lumière les épisodes véritablement mythologiques, quitte à laisser de côté les fioritures romanesques ajoutées pour le charme littéraire du récit.

Tristan et Yseult : Fils de Rivalen de Loonois (en Pays de Galles) et de la sœur du roi Mark de Cornouailles (Kernyw), le jeune Tristan est orphelin. Il est élevé par Rohald le Foitenant et confié à l'écuyer Gorvenal. Il apprend l'art de la chasse, l'art militaire et aussi la musique et la poésie. Il excelle à jouer de la harpe, à chanter et à composer des « lais ». À l'âge de quinze ans, on l'envoie chez le roi Mark, à Tintagel, qui l'accueille à sa cour sans savoir qui il est. Trois ans plus tard arrive le terme du tribut dû par le roi Mark au roi d'Irlande, trois cents garçons et trois cents pucelles réclamés tous les cinq ans par un redoutable guerrier, le Morholt, frère de la reine d'Irlande[5], à moins qu'un chevalier de Cornouailles ne s'oppose à lui. Mais personne ne veut se risquer contre le Morholt, sauf Tristan qui décide d'aller le combattre et qui dévoile sa véritable identité à son oncle.

Le combat a lieu dans l'Île Saint-Samson. Tristan est blessé par l'épée empoisonnée du Morholt mais il frappe mortellement celui-ci, ébréchant même son épée dont un fragment demeure dans la tête de son adversaire. Tristan est fêté en héros, mais sa blessure s'aggrave et les efforts des médecins sont impuissants[6]. Tristan demande alors qu'on le laisse partir sur une barque munie d'une voile, avec des provisions et sa harpe : il naviguera au hasard, à la grâce de Dieu vers sa mort ou vers sa guérison[7]. Ainsi est fait. Le cinquième jour, Tristan aborde en Irlande. Là il est guéri par la reine et sa fille Yseult. Il a caché son identité et prétend s'appeler Tantris. Pour remercier la reine, il donne des leçons de chant et de harpe à la jeune Yseult. Puis il revient en Cornouailles où le roi Mark, qui n'est pas marié, pense faire de lui l'héritier du trône[8]. Mais les barons, jaloux de Tristan, somment le roi de se marier. Pour s'en débarrasser, Mark jure qu'il épousera seulement la fille à qui appartient le cheveu doré qu'une hirondelle vient de déposer. Tristan, qui a reconnu le cheveu comme appartenant à Yseult, offre à son oncle d'aller la demander en mariage[9]. Il part, déguisé en marchand et arrive en Irlande. Le pays est bouleversé par un dragon, un énorme « serpent crêté ». Le roi a promis sa fille à celui qui débarrassera l'Irlande de ce fléau. Évidemment Tristan part à la recherche du monstre et, après un dur combat, il parvient à le tuer[10]. Mais il a été blessé par l'haleine empoisonnée du serpent, et c'est un félon qui se vante de la victoire. Alors la reine et Yseult, soupçonnant la traîtrise, cherchent à savoir la vérité et découvrent Tristan inanimé. Elles le soignent et le guérissent. On découvre alors que l'épée de « Tantris » est ébréchée et qu'à cette entaille correspond le morceau de métal retrouvé dans la tête du Morholt. Yseult se saisit de l'épée de Tristan et veut venger son oncle en tuant le jeune homme, mais elle se laisse convaincre par les paroles de Tristan et lui pardonne[11]. Finalement Tristan demande en mariage Yseult pour son oncle le roi Mark, et le roi d'Irlande accepte : ainsi la paix sera rétablie entre les deux pays. Le jour du départ est fixé. La reine donne à Brangwain, suivante d'Yseult, un *philtre* qu'elle devra verser aux nouveaux époux le soir des noces pour qu'ils puissent s'aimer éternellement. Sur la nef qui cingle vers le pays de Cornouailles, Yseult se plaint d'être promise à un roi qu'elle ne connaît pas et montre une violente animosité envers Tristan[12]. Or un soir, alors qu'il fait très chaud, Tristan demande à boire. Brangwain se trompe et leur donne le philtre dans un hanap. Aussitôt qu'ils l'ont bu, Tristan et Yseult se sentent la proie d'un irrésistible amour[13], et ils passent la nuit ensemble, à la grande désolation de Brangwain. Cependant, à leur arrivée en Cornouailles, on célèbre le mariage d'Yseult et du roi Mark, et le soir, c'est Brangwain qui, à la faveur de l'obscurité, prend la place dans le lit du roi, afin que celui-ci ne se doute de rien[14]. Alors s'installe une situation ambiguë digne du vaudeville le plus vulgaire : Tristan et Yseult se rejoignent chaque fois qu'ils le peuvent, même sous le nez du roi. Mais leur endroit de prédilection est un verger[15]. Lorsque Tristan désire qu'Yseult vienne le rejoindre, il jette des copeaux ou des écorces dans un ruisseau qui prend sa source dans le verger et qui passe près du château royal. Ainsi Yseult peut-elle comprendre le message[16]. Cependant les barons et le nain du roi ne sont pas sans s'être aperçus des manèges des deux amants. Ils préviennent le roi[17] qui décide de les surprendre en se postant sur le pin qui est au milieu du verger. Mais Tristan et Yseult ont vu l'ombre du roi[18] sur la fontaine et rétablissent astucieusement une situation dangereuse. Cela ne les empêchera pas, plus tard, d'être vraiment pris sur le fait et d'être condamnés à mort par le roi Mark, furieux d'avoir été trahi par son neveu qu'il considérait comme un fils. Mais Tristan s'échappe, délivre Yseult qui allait être confiée à des lépreux, et les deux amants se réfugient dans la forêt de Morois où ils se cachent durant plusieurs mois[19]. Un jour, le roi Mark, seul, les découvre endormis et séparés par l'épée de Tristan. Il renonce à les tuer, et sans les éveiller, il substitue son épée à celle de Tristan et s'éloigne[20]. Cependant les deux amants, bouleversés par la clémence de Mark et comprenant que tout cela ne peut durer, décident de se réconcilier avec Mark. Tristan rend solennellement la reine à son oncle et part pour l'exil[21]. Il aboutit ainsi en Bretagne armoricaine où, après s'être brillamment illustré, il épouse la fille du duc Hoel, *parce qu'elle s'appelle Yseult.*

Mais le mariage de Tristan et d'Yseult aux Blanches Mains[22] n'est jamais consommé[23] car Tristan ne peut pas oublier celle à qui il est lié d'une façon indissoluble[24]. Il revient plusieurs fois en Cornouailles sous des déguisements divers afin de rencontrer Yseult la Blonde, et à chaque fois, c'est un nouveau déchaînement de leur passion. Un jour, il pénètre à la cour du roi Mark sous l'aspect d'un fou (= bouffon). Il tient au roi des discours en apparence fort décousus mais pleins de sous-entendus, et finit par lui proposer : « Roi, j'ai une sœur très belle, je vous la donnerai en échange d'Yseult que j'aime d'amour. » Mark s'amuse beaucoup de cette proposition et demande au fou comment il envisage de traiter la reine. Alors Tristan répond par cette parabole : « Là-haut, en l'air, j'ai une grande salle où je demeure ; elle est faite de verre, belle et grande ; au beau milieu, le soleil y darde ses rayons. Il est suspendu en l'air, et pend dans les nues ; quel que soit le vent, il ne chancelle ni ne balance. À côté de la salle se trouve une chambre faite de cristal et richement lambrissée. Quand le soleil se lèvera demain, il y répandra une grande clarté[25]. » Après ces préliminaires, Tristan se fait reconnaître d'Yseult et peut la voir secrètement. Cependant, de retour en Bretagne armoricaine, il fait façonner une image d'Yseult la Blonde aussi parfaite que possible et la tient en un château dont il sait les chemins secrets[26]. Il y vient très souvent, rappelant ainsi tous les souvenirs du bonheur passé. Il emmène son beau-frère Kaherdin avec lui en Cornouailles, et celui-ci tombe amoureux de Brangwain. Au retour d'un de ses voyages[27], Tristan doit aller au secours d'un certain Tristan le Nain dont l'amie vient d'être enlevée par Estout l'Orgueilleux de Castel-Fier[28]. Mais l'expédition tourne au désastre : Tristan le Nain est tué, Tristan « fut blessé d'un coup de lance empoisonnée qui lui traversa les reins. Mais il soulagea bien sa colère car il occit celui qui le blessa »[29]. Revenu tant bien que mal chez lui, il s'aperçoit que les médecins ne peuvent rien pour lui : sa plaie s'envenime de plus en plus. Alors il demande à Kaherdin de partir pour la Cornouailles et d'en ramener la reine Yseult. S'il réussit dans sa mission, il devra mettre une voile blanche à sa nef, sinon, une voile noire[30] — ainsi Tristan pourra savoir de loin si la reine est accourue à son secours. Kaherdin part et accomplit sa mission. Malheureusement la tempête, puis le calme plat ralentissent la navigation, à la grande souffrance d'Yseult[31]. Enfin les voilà cinglant vers le port. Mais Yseult aux Blanches Mains, qui avait surpris la conversation entre Kaherdin et Tristan, et qui est dévorée de jalousie, annonce à son mari que la voile est noire. Tristan n'a plus le courage ni la force de retenir plus longtemps sa vie. Il meurt, et lorsqu'Yseult parvient au palais, il ne lui reste plus qu'à mourir elle aussi. Ainsi les amants sont réunis dans la mort, et lorsqu'on les enterre côte à côte, dans deux tombeaux différents, une vigne et un rosier surgissent de chacun des tombeaux et s'entrelacent étroitement[32].

Une exégèse d'une légende si complexe et d'une telle portée poétique ou philosophique est nécessairement périlleuse. D'abord cette légende est *reconstituée* d'après différents textes, et cette reconstitution ne peut se faire qu'à travers le voile de nos préoccupations du XXe siècle, ce qui risque d'en fausser la structure même. Ensuite, les textes utilisés pour cette reconstitution ne sont pas très anciens puisqu'ils remontent seulement au XIIe siècle, alors que nous sommes persuadés que la légende existait bien avant : ces textes représentent déjà une interprétation à l'usage du public du XIIe ou du XIIIe siècle, et les préoccupations de ce public n'étaient certes pas les mêmes que celles du public celtique, gallois, breton ou irlandais des Ve ou VIe siècle, époque à laquelle est censée se dérouler l'action. Les motivations d'un Béroul et d'un Thomas sont très différentes, celles de Gottfried de Strasbourg, comme son contemporain et compatriote Wolfram d'Eschenbach, témoignent d'une certaine manie de sophistication. En reconstituant la légende de Tristan, on frôle continuellement le texte primitif, mais on ne le retrouve jamais véritablement[33].

Et puis il y a les récupérations de la légende. Ne parlons pas des fades affabulations dues au comte de

Tressan en 1782, car cette époque se prêtait encore peu à la compréhension du mythe. Parlons plutôt de Richard Wagner qui, lui, avait le sens du mythe et a montré qu'il était capable de les transposer. Mais si les mythes germaniques contenus dans la *Tétralogie* ont été magnifiquement exprimés à la fois par son texte et par sa musique, si le mythe celtique du Graal, revu et corrigé par Wolfram, a été réellement compris par ce grand compositeur, il faut bien avouer qu'il est passé à côté du mythe de Tristan. Car qui reconnaîtrait la structure de *Tristan et Yseult* dans le galimatias schopenhauerien et bouddhique de *Tristan und Isolde* ? Il n'est question que de « sublimation » (on ne sait pas de quoi), de « transfiguration » (on ne sait pas non plus en quoi) et d'anéantissement : les deux amants deviennent les symboles de l'humanité souffrante en proie au déchirement et qui finit par trouver une solution dans l'unité immobile et paisible du *Nirvâna*, après avoir réussi à abolir le « vouloir-vivre ». Cette philosophie germano-bouddhique, grâce à la beauté incontestable de la musique de Wagner, et bénéficiant de l'*aura* quelque peu ésotérique du Romantisme allemand, nous a tous égarés, en nous *charmant*, et nous avons tous plus au moins tendance à considérer l'histoire de Tristan et Yseult comme la plus belle et la plus touchante, mais aussi comme la plus significative des histoires d'amour du monde occidental.

Significative, la légende de Tristan l'est indubitablement. Mais est-elle vraiment à l'image de notre monde occidental, méditerranéen et aussi, ne l'oublions pas, *chrétien*, avec quelques souvenirs empruntés aux traditions celtiques et germaniques ? Il semble bien qu'on ait voulu faire de Tristan et Yseult la *justification de l'adultère*, comme étant une nécessité dans une société basée sur le mariage monogamique, à moins que ce ne soit la justification d'un *masochisme* (le *liebentodt*) très lié d'ailleurs à la « mélancolie » germanique. À cet égard, le comble de l'aberration mentale est atteint par le poète-diplomate (et actionnaire) Paul Claudel. Ce confiseur de bondieuseries à l'usage des snobs n'écrit-il pas en effet, dans une lettre à Jacques Rivière : « Combien les fumées romantiques de l'amour purement charnel et les braiments de ce grand âne de Tristan me paraissent ridicules ! L'amour humain n'a de beauté que quand il n'est pas accompagné par la satisfaction. »

C'est le piège où sont tombés la plupart des adaptateurs et des commentateurs de la légende de Tristan, Denis de Rougemont en tête, qui, pourtant, se révèle d'une grande finesse et d'une grande lucidité dans son très beau livre *L'Amour et l'Occident*[34].

C'est dans cet ouvrage que Denis de Rougemont fait une constatation lourde de sens, quant à la psychologie occidentale : « Le succès prodigieux du *Roman de Tristan*, écrit-il, révèle en nous, que nous le voulions ou non, une préférence intime pour le malheur. » Voilà qui est net, et, avouons-le, parfaitement exact. Mais a-t-on compris le *Roman de Tristan* ? N'avons-nous pas projeté sur lui des préoccupations qui, pour être celles de la société occidentale, romano-judéo-chrétienne, n'en sont pas moins diamétralement opposées à celles qui surgissent de l'analyse de l'œuvre en question ?

« On ne conçoit pas, écrit encore Denis de Rougemont, que Tristan puisse jamais épouser Yseult. Elle est le type de femme qu'on n'épouse point, car alors on cesserait de l'aimer, puisqu'elle cesserait d'être ce qu'elle est. Imaginez cela : Madame Tristan ! C'est la négation de la passion. » Il y a quelque chose de faux dans cette réflexion : Yseult est mariée au roi Mark et celui-ci *ne cesse pas de l'aimer*. Le problème est qu'Yseult n'aime pas le roi Mark, et cela pour différentes raisons dont la principale est qu'elle a été mariée sans son consentement propre, au mépris de sa liberté. À ce titre Yseult est en révolte contre la société paternaliste qui la force à obéir à des lois dont elle n'est pas responsable. Elle est l'équivalent de Blodeuwedd, c'est la Femme-Lilith, et l'on peut très bien admettre que si elle prend un amant, c'est par défi contre la société.

Or, cet amant, elle le prend *avant d'être mariée*. Ce n'est donc pas la raison essentielle. Nous tombons ici sur un problème que tous les troubadours ont examiné, et sur lequel se sont étendus toutes les Précieuses du XVIIe siècle : l'amour n'est pas compatible avec le mariage, parce que l'amour est un sentiment, incontrôlable, appartenant au domaine de l'affectivité, et que le mariage est une institution sociale, légale, régie par des lois. On peut obliger quelqu'un à se marier ou à rester marié, on ne peut pas l'obliger à aimer, *du moins dans la perspective logique qui est la nôtre*, par suite de notre héritage méditerranéen classique. Car nous verrons que le problème est tout différent dans un autre système de logique, celui des Celtes en l'occurrence. Mais il est certain que l'Occident a fait une erreur en superposant l'amour et le mariage, erreur qu'il paie par toute une série de drames dits « passionnels » et qui conduit à une culpabilisation de l'amour franchement visible dans la littérature européenne, même si l'adultère est devenu le nœud de toute intrigue. « Le mariage, dit encore Denis de Rougemont, n'avait pour les Anciens qu'une signification utilitaire et limitée. Les coutumes permettaient le concubinat. Tandis que le mariage chrétien, en devenant un sacrement, imposait une fidélité insupportable à l'homme naturel. » Effectivement le mariage, qui est à la base de la société paternaliste actuelle puisqu'il constitue la famille légale, n'a, en vérité, qu'un but social. Il s'agit de « faire » des enfants pour la survie de cette société, et de protéger ces enfants pour qu'ils puissent prendre le relais dans les meilleures conditions possibles. Où est l'amour là-dedans ? Quand on compare cette famille occidentale moderne avec la famille grecque, on est quelque peu surpris : le père de famille de la Grèce antique se mariait pour avoir des enfants et perpétuer sa race, mais trouvait l'amour chez les hétaïres, la sexualité chez les prostituées de bas étage et complétait sa vie affective et sensuelle par la pratique de la pédérastie, au sens propre du terme, laquelle avait d'ailleurs tendance à devenir une institution sociale. Et si on compare à la fois la famille occidentale moderne et la famille grecque ancienne avec la famille celtique, basée sur des rapports originaux entre le mari et la femme, et admettant parfaitement le concubinat et le mariage temporaire, on s'aperçoit qu'un fossé s'est creusé entre l'époque païenne et l'époque chrétienne. Il ne faut pas oublier que l'Église a commencé par *tolérer* le mariage, en prêchant la chasteté, parce qu'elle ne pouvait empêcher ni la conservation de l'espèce, ni la sexualité. Elle a simplement nié la sexualité en l'intégrant dans la fonction de reproduction, celle-ci surveillée étroitement par les codifications du mariage. Mais elle n'a même pas voulu prendre la responsabilité de ce mariage, puisque ce sont les époux qui s'administrent eux-mêmes le sacrement, et non le prêtre.

Bien entendu, en niant la sexualité, l'Église en arrivait à nier tout le système psycho-affectif de l'être humain. D'où cette fureur d'amour mystique qui a fait vibrer le christianisme pendant des siècles, car il fallait bien utiliser l'énergie ainsi refoulée : si l'amour humain ne pouvait s'épanouir librement (en dehors de la fonction de reproduction), il fallait le récupérer dans le cadre spirituel, le désincarner et l'intégrer dans une métaphysique parfois compliquée dont les écrits des grands Mystiques sont le témoignage le plus authentique et le plus troublant.

Or l'amour dit « courtois », ou, si l'on préfère, la « fine amor » des troubadours et des écrivains courtois des XIIe et XIIIe siècles, s'insère parfaitement dans ce cadre de préoccupations. Mysticisme et Sensualité font bon ménage dans toutes ces œuvres, de même que le christianisme y transpire de grosses gouttes de paganisme. La légende de Tristan et Yseult, telle qu'elle nous est parvenue, se trouve exprimée dans ce contexte. Si on veut la comprendre vraiment, on doit la débarrasser de ce contexte, la dépouiller de son vêtement *courtois*. Car si on ne le fait pas, on en vient à nier l'amour lui-même, ce que semblent avoir cherché à faire les auteurs courtois, comme le dit Denis de Rougemont sans même s'apercevoir de la force corrosive de sa réflexion : « Tristan et Yseult ne s'aiment pas... *Ce qu'ils aiment, c'est l'amour, c'est le fait même d'aimer*. Et ils agissent comme s'ils avaient compris que tout ce qui s'oppose à l'amour le garantit et le consacre dans leur cœur, pour l'exalter à l'infini dans l'instant de l'obstacle absolu qui est la mort. »

Soyons précis : l'amour étant une abstraction pure, Tristan et Yseult seraient alors la proie d'une chimère qu'ils poursuivent sans cesse sans jamais pouvoir l'atteindre. D'où la mort, qui à ce moment-là n'est plus « la rencontre dans la mort », n'est plus le « triomphe de l'amour sur la vie », mais bien au contraire un constat d'échec brutal. On oublie peut-être que l'amour est cependant une réalité dans la mesure où chacun des deux partenaires *agit*. Et l'action de chacun d'eux se manifeste par des *effets*. Étant donné que la notion d'amour est inséparable de la notion d'harmonie, d'entente, ces fameux effets ne peuvent être que complémentaires, *et non pas identiques* : une simple comparaison avec les phénomènes électriques dispense de tout commentaire. L'Éclair (pensons au « Coup de Foudre ») ne peut jaillir que s'il y a deux forces antagonistes et complémentaires en présence. Il y a donc, en premier lieu, dans l'amour, un *échange*. Là est la règle de l'altruisme. Tristan a quelque chose à donner à Yseult, Yseult a quelque chose à donner à Tristan : ce qui est évident sur le plan sexuel pur, ne l'est pas moins sur les plans intellectuel, psychologique et spirituel.

Denis de Rougemont a senti cette solution. « Si

la Dame (de l'amour courtois) n'est pas seulement l'Église d'Amour des Cathares, écrit-il, ni la Marie-Sophia des Gnostiques (le principe féminin de la divinité), ne serait-elle pas l'ANIMA, ou plus précisément la part *spirituelle* de l'homme, celle que son âme emprisonnée dans le corps appelle d'un amour nostalgique que la mort pourra combler ? » Le malheur est qu'une telle réflexion surgisse tout droit des élucubrations ésotériques de Jung, contraires aux lois fondamentales de la psychanalyse. D'ailleurs que viennent faire les Gnostiques dans l'interprétation d'une œuvre celtique ? Quant au rapport possible entre les légendes celtiques et le Catharisme (envisagé par Denis de Rougemont), il faut y renoncer d'emblée : ce qu'on sait de la pensée des Celtes est absolument contraire au dualisme manichéen, à la distinction formelle entre le Bien et le Mal, au partage de l'univers entre deux forces opposées, à l'existence de deux mondes séparés. Le dualisme est résolu chez les Celtes. Leur Autre Monde n'est pas *en bas* ni *au-dessus* : il est *à côté* et l'on y pénètre quand on veut, pourvu qu'on puisse le voir avec les yeux de l'intelligence instinctuelle.

Mais l'avantage d'une telle réflexion — et c'est en quoi elle approche la réalité de la légende de Tristan — c'est de mettre en évidence le rôle déterminant de la Femme, dans l'Amour courtois, et par conséquent dans les textes qui nous occupent. Nous sommes trop obnubilés par le personnage de Tristan, ce héros « de culture », ce chevalier « sans peur et sans reproche » (oui, mais sa trahison envers Mark, on n'en parle guère et on l'excuse : ce n'est pas sa faute, c'est celle du philtre !). Nous sommes dans une civilisation paternaliste où les principaux rôles sont tenus par des mâles. Or le personnage de Tristan, en dernière analyse, est l'image d'un « pauvre type ». C'est Yseult qui mène tout, et depuis le début. Nous allons le comprendre grâce à une légende irlandaise, plus ancienne que comme l'un des archétypes du Roman de Tristan et Yseult[35].

La Poursuite de Diarmaid et Grainné (Irlande) : La jeune Grainné, fille du roi suprême d'Irlande Cormac mac Airt, est demandée en mariage par le vieux roi des *Fiana*, Finn mac Cumail. Pour le décourager, elle lui demande en cadeau un couple de chaque animal sauvage se trouvant en Irlande. Mais Cailté, neveu de Finn, ramène les animaux demandés et Grainné ne peut refuser d'épouser Finn[36]. Cependant elle manifeste une haine terrible envers son époux[37]. C'est alors que Cormac organise un grand festin où il convie les *Fiana*. Grainné se fait nommer tous les *Fiana*, puis elle appelle sa servante et lui demande d'aller chercher une coupe d'or et de pierres précieuses qu'elle remplit d'un breuvage magique[38]. Elle fait porter la coupe à Finn et aux chefs Fiana en les priant de boire. Tous s'endorment après avoir bu, sauf Oisin et Diarmaid[39]. Grainné propose alors à Oisin de s'enfuir avec elle, mais Oisin refuse en alléguant qu'un *geis* (= interdit) l'empêche de prendre une femme qui ait appartenu ou qui soit promise à son père. Grainné n'insiste pas et se tourne vers Diarmaid O'Duibhné[40] : elle lui fait la même proposition. Diarmaid refuse. Alors Grainné prononce ces paroles lourdes de conséquences : « Je te place sous un *geis* de danger et de destruction, ô Diarmaid, si tu ne m'emmènes pas avec toi en dehors de cette maison, cette nuit, avant que Finn et les chefs d'Irlande ne se lèvent de leur sommeil[41] ! » Diarmaid ne peut pas reculer. Il demande conseil à Oisin et à d'autres *Fiana*. Tous lui répondent qu'il n'a pas le choix. Diarmaid s'enfuit donc en compagnie de Grainné qui lui explique qu'elle est depuis bien longtemps amoureuse de lui[42]. À son réveil, Finn est pris d'une violente colère et se lance à la poursuite des fugitifs, suivi à contre cœur par Oisin, Cailté et les *Fiana* qui sont favorables à Diarmaid qu'ils considèrent victime du *geis* et non pas traître au roi. Diarmaid et Grainné se réfugient dans une grotte[43]. Là, ils sont trahis par une vieille femme, elle-même trompée par Finn, mais parviennent à s'échapper. Oengus, le père nourricier de Diarmaid, protège alors les deux fugitifs[44] :

il emmène Grainné dans les plis de son manteau magique et donne à Diarmaid le don d'invisibilité qui lui permet de passer au milieu des *Fiana*. Enfin Diarmaid et Grainné sont réunis. Oengus leur prodigue le conseil de ne jamais rester au même endroit s'ils veulent échapper à la vengeance de Finn. Diarmaid se laisse aller à son désespoir de se voir ainsi dans une aventure qu'il n'a pas souhaitée[45], et l'on apprend ainsi que Grainné et lui n'ont pas encore eu de rapports sexuels. Un jour où ils sont tous deux en train de marcher sur un terrain boueux, une éclaboussure jaillit entre les cuisses de Grainné et elle s'écrie que cette éclaboussure est plus hardie que Diarmaid[46]. Diarmaid lui demande de s'expliquer. Grainné répond par un nouveau *geis* qui est aussi bien une accusation d'impuissance. Et Diarmaid ne peut faire autrement que d'obéir à Grainné. Désormais ils sont vraiment amants et Diarmaid, d'ailleurs, ne s'en porte pas plus mal, car il découvre le véritable amour que lui porte Grainné. Cependant Finn n'a pas renoncé à sa vengeance. Pendant sept années il poursuit les deux amants, se réconciliant même avec ses plus mortels ennemis pourvu qu'ils veuillent bien l'aider. Seuls les *Fiana* se montrent fort tièdes dans cette vengeance qui ne les concerne pas, en particulier Oisin, Cailté et Oscar, fils d'Oisin. Mais tout a une fin. Diarmaid et Grainné sont terrés dans une grotte où ils se croient en toute sécurité. Mais le ruisseau qui traverse la grotte, et qui les alimente en eau, entraîne également les détritus et ce sont ces détritus qui indiquent à Finn le chemin de la grotte[47]. Finn manigance subtilement la perte de Diarmaid. Il va l'entourer d'un réseau de *geisa* auquel il ne pourra échapper : ainsi il ne pourra pas être accusé d'avoir tué lui-même Diarmaid[48]. Parmi les obligations de Diarmaid, il y a celle-ci : il ne peut pas entendre les aboiements d'un chien poursuivant le gibier sans se joindre à la chasse. Qu'à cela ne tienne, Finn fait aboyer son chien près de la grotte, et Diarmaid sort[49]. Finn feint de se réconcilier avec lui et lui demande de venir avec lui chasser le sanglier de Ben Culbainn. Or, d'une part, Diarmaid a comme obligation de ne jamais refuser ce qui lui est demandé par un de ses compagnons (et Finn en se réconciliant avec lui est redevenu son compagnon), et d'autre part, le sanglier de Ben Culbainn n'est autre que le frère de lait de Diarmaid, métamorphosé en animal et dont le sort est lié à son propre destin. La chasse au sanglier s'engage. Diarmaid, ne pouvant faire autrement, tue l'animal, et ce faisant il transgresse un autre de ses *tabous* qui était de ne jamais tuer de sanglier. Finn, furieux de voir qu'il est sain et sauf, lui demande d'aller mesurer l'animal. Diarmaid obéit mais les soies empoisonnées de l'animal le blessent au pied d'une blessure par conséquent *mortelle parce qu'empoisonnée*[50]. Or Finn peut rendre la santé à n'importe quel homme s'il lui apporte lui-même de l'eau à boire. Son fils, son neveu et son petit-fils le pressent d'aller au plus vite chercher de l'eau. Il ne peut se dérober, mais il traîne, prend de l'eau dans ses mains et s'arrange pour qu'elle s'écoule à travers ses doigts. À la fin, son petit-fils Oscar le menace d'un combat singulier s'il tergiverse plus longtemps. Alors Finn revient avec de l'eau, mais il est trop tard, Diarmaid vient de mourir[51]. La fin de l'histoire diffère selon les versions. Dans l'une d'elles, Oengus vient se lamenter sur la mort de son fils adoptif et Grainné prévient les fils de Diarmaid qui engagent une lutte sans merci contre Finn. Et Finn, abandonné par tous les *Fiana*, doit faire amende honorable pour la mort de Diarmaid, mais parvient à décider Grainné à vivre avec lui. Selon une autre version, Grainné, apprenant la mort de Diarmaid, meurt de douleur et est enterrée dans le même tombeau que son amant[52].

De cette vaste fresque épique, dont les détails sont très souvent communs avec la légende de Tristan et Yseult, se dégagent trois éléments essentiels sur lesquels reposent les structures de l'épopée et qui nous aident à découvrir le sens profond de la légende de Tristan. C'est d'abord ce que les Irlandais appellent *geis*, mot à peu près intraduisible et que l'on peut rendre médiocrement par « interdit », « tabou », « obligation magique et religieuse ». C'est ensuite le rôle exceptionnel de la Femme dans cette histoire. Grainné étant la véritable meneuse du jeu, capable d'agir efficacement sur l'homme et d'opérer en lui une transformation complète, psychologique et spirituelle : Grainné est une *initiatrice* et une *transformatrice*. Enfin c'est le caractère *solaire* de Grainné, cet aspect indispensable, à la fois recherché et redouté : Grainné est une sorte de déesse *tyrannique*, reine et maîtresse du Verger dans lequel est parvenu l'homme. Ces trois éléments, qui se complètent et ne vont pas l'un sans les autres, constituent la clef de l'histoire, et en définitive, l'explication de tout *le Mythe de la Femme chez les Celtes*. Aussi importe-t-il de les étudier minutieusement.

LE GEIS

D'après tout ce que nous savons des pouvoirs des druides, grâce aux textes épiques irlandais et aux différents codes de lois, le *geis* est d'abord, et avant tout, un moyen d'action mis à la disposition du druide pour assurer son autorité personnelle et la valeur de ses prescriptions. Dans une société théologique, et la société celtique en est une, les pouvoirs de certains hommes privilégiés viennent des dieux, les lois sont dictées par les dieux, tous les manquements à la Règle sont sanctionnés par les dieux. On songera évidemment à l'usage de l'Interdit et de l'Excommunication pendant le Moyen Âge chrétien, bien que la comparaison ne soit pas strictement valable. On songera aussi à l'exemple de la religion romaine, religion formelle, religion de la cité qui visait, en dehors de toutes considérations métaphysiques, à insérer plus étroitement l'homme, le citoyen, dans le cadre politique : c'était donc une religion à but matériel mais recourant pour se faire respecter à une caution surnaturelle. Ainsi racontait-on que le premier législateur de Rome, le roi Numa Pompilius, avait édicté ses lois grâce aux conseils de la déesse Égeria avec laquelle il avait de fréquents entretiens. Il va sans dire que la notion de royauté de droit divin obéit aux mêmes préoccupations : faire accepter l'autorité d'un homme sur les autres hommes en la plaçant sous la tutelle à la fois rassurante et redoutable d'une puissance céleste à laquelle, d'ailleurs, on croit ou on ne croit pas.

À plus forte raison, dans la société celtique qui n'a pas de bases juridiques solidement établies, à la différence de la société romaine, le problème de l'acceptation de l'autorité s'est posé, et cela dès les origines mêmes de cette société : trop d'éléments divers entrent en jeu pour que la société celtique soit monolithe et seule la religion, le druidisme, a été le ciment de ces peuples dispersés un peu partout sur le continent et les îles Britanniques. Ainsi tous les contrats, toutes les conventions, qui dans la réalité sont toujours controversés par les uns ou par les autres, sont placés sous la protection directe des divinités, à charge pour les prêtres, les druides, de surveiller leur application. D'où l'abondance des serments qui consacrent les traités, et corollairement l'abondance des « malédictions » divines promises à ceux qui, ne respectant pas leurs serments, contreviennent à ces traités. C'est dans cette perspective qu'il faut examiner le pouvoir exorbitant, en théorie, des druides, et les moyens d'action qui leur sont dévolus.

Ne parlons pas du pouvoir de divination : c'est évidemment une manière excellente de faire agir les autres selon ce qu'on a prévu, et donc décidé. Mais le procédé a été universellement appliqué et n'a rien d'original : les druides s'en sont servis comme tous les autres prêtres de n'importe quelle religion. Ne parlons pas non plus des « pouvoirs magiques » des druides qui leur permettaient d'agir sur la nature : n'importe quel shaman, n'importe quel sorcier peut en faire autant par sa force de suggestion ou ses capacités para-psychologiques. Il y a surtout deux moyens qui font que les druides se différencient de leurs collègues des autres religions, le *glam dicin* et le *geis*. Tous deux se ressemblent d'ailleurs et il est difficile d'en fixer les limites respectives.

Le *glam dicin* est une sorte d'incantation satirique dirigée contre quelqu'un et qui a force d'obligation. C'est en fait une malédiction. Elle peut être prononcée pour une raison valable, manquement aux lois divines ou humaines, trahison, rupture de contrat, meurtre, mais aussi par simple désir personnel de vengeance ou par simple animosité. L'exemple du poète Athirne, que ses compatriotes Ulates tolèrent parce qu'ils ne peuvent rien contre lui et qu'ils redoutent ses *glam dicin* injustes et haineux, en est une preuve. Car non seulement les druides peuvent l'employer, mais également les poètes, autrement dit les *fili*, lesquels, à l'époque pré-chrétienne, avaient déjà tendance à usurper les pouvoirs des druides et à prendre leur place dans la société. En tout cas ce *glam dicin* est redoutable, parce qu'il place la personne qui en est frappé dans un état de honte, de maladie ou de mort. L'individu *satirisé* est rejeté de la société, et même si on le plaint, on ne peut plus rien pour lui.

Plus complexe est le *geis*. Il ne se lance pas n'importe comment ni pour n'importe quoi. Seule une raison très grave le justifie, car il touche au destin même de l'être humain (et parfois de l'animal). C'est une sorte d'interdit, jeté à la suite de certaines circonstances sur un individu et qui marque définitivement cet individu. Transgresser le *geis*, c'est s'exposer à de graves ennuis et finalement à une mort non seulement douloureuse mais *odieuse*, *ignominieuse*, car là encore la valeur morale et sociale de l'interdit fait que tout contrevenant s'expose fatalement à la honte, est rejeté de l'ordre social établi. Nous avons d'innombrables exemples de *geisa*. À sa naissance, un être humain est déjà la proie de ces *geisa*. Ainsi le roi Conairé le Grand est soumis à toute une série d'interdictions plus ou moins compliquées, et sa déchéance commencera au moment où un seul *geis* transgressé se ressemblent d'ailleurs et il est difficile d'en fixer les limites respectives.

Le *glam dicin* est une sorte d'incantation satirique dirigée contre quelqu'un et qui a force d'obligation. C'est en fait une malédiction. Elle peut être prononcée pour une raison valable, manquement aux lois divines ou humaines, trahison, rupture de contrat, meurtre, mais aussi par simple désir personnel de vengeance ou par simple animosité. L'exemple du poète Athirne, que ses compatriotes Ulates tolèrent parce qu'ils ne peuvent rien contre lui et qu'ils redoutent ses *glam dicin* injustes et haineux, en est une preuve. Car non seulement les druides peuvent l'employer, mais également les poètes, autrement dit les *fili*, lesquels, à l'époque pré-chrétienne, avaient déjà tendance à usurper les pouvoirs des druides et à prendre leur place dans la société. En tout cas ce *glam dicin* est redoutable, parce qu'il place la personne qui en est frappé dans un état de honte, de maladie ou de mort. L'individu *satirisé* est rejeté de la société, et même si on le plaint, on ne peut plus rien pour lui.

Plus complexe est le *geis*. Il ne se lance pas n'importe comment ni pour n'importe quoi. Seule une raison très grave le justifie, car il touche au destin même de l'être humain (et parfois de l'animal). C'est une sorte d'interdit, jeté à la suite de certaines circonstances sur un individu et qui marque définitivement cet individu. Transgresser le *geis*, c'est s'exposer à de graves ennuis et finalement à une mort non seulement douloureuse mais *odieuse*, *ignominieuse*, car là encore la valeur morale et sociale de l'interdit fait que tout contrevenant s'expose fatalement à la honte, est rejeté de l'ordre social établi. Nous avons d'innombrables exemples de *geisa*. À sa naissance, un être humain est déjà la proie de ces *geisa*. Ainsi le roi Conairé le Grand est soumis à toute une série d'interdictions plus ou moins compliquées, et sa déchéance commencera au moment où un seul *geis* transgressé entraînera la transgression en chaîne de tous les autres *geisa*[53]. Ainsi Cûchulainn, au moment où on lui donne son nom de « Chien de Culann », a pour *geis* principal de ne jamais manger de chien. Or, cerné et guetté par ses ennemis, il devra quand même manger du chien parce que ses ennemis l'emprisonnent à travers un faisceau de *geisa* : il ne peut échapper à tous, et un *geis* transgressé entraîne fatalement la transgression des autres. Cûchulainn est donc conduit irrémédiablement à la mort par le jeu magique lancé par les druides ou les satiristes.

Mais le *geis* n'a pas qu'un aspect négatif d'interdit. Il peut obliger quelqu'un à accomplir quelque chose sous peine de recevoir un châtiment, et c'est là où il acquiert sa véritable puissance et devient entre les mains de celui qui le détient un moyen redoutable contre lequel il n'y a aucune parade. Lorsque Grainné place Diarmaid sous un « *geis* de mort et de destruction », elle veut dire : « Viens avec moi. Si tu ne viens pas, tu es non seulement un homme mort, mais un homme déshonoré. » On en a la preuve lorsque Diarmaid demande conseil à Oisin et à quelques *Fiana*, tous tenus pourtant de faire respecter l'ordre établi et l'obéissance à Finn, leur chef tout-puissant : ils disent à Diarmaid qu'il n'y a pas autre chose à faire qu'à partir avec Grainné, et cela au mépris de toutes les lois humaines et divines. Il semble que la puissance du *geis* se place au-dessus des juridictions divines et humaines. Le *geis* suspend tout ce qui a été réglé antérieurement et à une ancienne situation qu'il détruit, il en substitue une nouvelle par la volonté même de celui ou de celle qui en a l'usage.

Car si primitivement l'usage du *geis* devait être réservé à la caste sacerdotale, druides ou *fili*, ou encore magiciens analogues aux shamans de l'Asie et de l'Europe orientale, il apparaît que d'autres personnes s'en sont emparé. Les textes les plus récents font état de *geis* lancés par de simples particuliers.

Mais dans l'histoire de Diarmaid et Grainné, c'est une femme qui prononce l'incantation magique, et il n'est pas dit que ce ne soit un souvenir d'une époque antérieure où les femmes, en tant que prêtresses, législatrices, ou même sorcières, avaient la possibilité d'imposer leur volonté par des moyens rituels, religieux et magiques. À considérer les traces de système gynécocratique que l'on discerne dans la société celtique, cette opinion n'aurait rien d'invraisemblable.

D'ailleurs les récits historiques concernant la fondation de Marseille signalent une coutume des Salyens, peuple classé comme « celto-ligure », qui se rapproche de notre sujet. C'est au cours d'un festin que la fille du roi des Salyens choisit elle-même parmi ses prétendants celui qui sera son époux. Ce détail est à rapprocher de la cérémonie indienne du *svayamvara* où c'est également la jeune fille qui choisit son époux parmi les prétendants assemblés. Il n'est pas jusqu'à l'*Odyssée* qui n'ait gardé le souvenir de ces institutions gynécocratiques : car comment expliquer autrement l'attitude de Pénélope recevant chaque jour ses prétendants dans le palais ? Elle tergiverse tant qu'elle peut, certes, retarde continuellement son choix, prend prétexte de la fameuse tapisserie, mais en fait, elle est là pour choisir, et aucun des prétendants ne serait assez fou pour s'imposer à elle par la violence. Ce ne serait pas légal.

C'est donc dans un contexte social hérité d'une ancienne civilisation aux tendances gynécocratiques qu'il faut envisager le *geis* lancé par Grainné sur Diarmaid. Mais nous avons bien d'autres exemples d'un tel *geis*, et le plus célèbre est celui lancé, à peu près dans les mêmes conditions, par l'héroïne Deirdré sur Noisé, le fils d'Usnech, *geis* qui est le point de départ d'une des plus sombres histoires du grand légendaire celtique.

Le Meurtre des fils d'Usnech (Irlande) : Au moment de la naissance de Deirdré, le druide Cathbad prophétise que cette fille sera cause de bien des meurtres parmi les Ulates. Mais après ces avertissements[54], les Ulates veulent tuer l'enfant. Alors le roi Conchobar s'oppose à leur projet : il prend la fille sous sa protection, déclare qu'il se charge de son éducation et qu'il se la réserve comme épouse[55]. Deirdré devient ainsi une belle jeune fille et Conchobar s'arrange pour qu'aucun homme ne puisse la voir. Or, un jour, Deirdré aperçoit sur la neige un corbeau qui boit le sang d'un animal blessé. Elle s'écrie : « Le seul homme que j'aimerai sera celui qui portera ces trois couleurs : la chevelure comme le corbeau, la joue comme le sang et le corps comme la neige[56]. » Et un peu plus tard, Deirdré rencontre par hasard Noisé, fils d'Usnech, qui correspond étroitement à l'image que s'était faite la jeune fille de son amant idéal[57]. Elle commence par s'offrir franchement à Noisé. Mais celui-ci, comme Diarmaid, a des principes : il la repousse, car il ne peut jeter les yeux sur une fille qui est promise au roi Conchobar. Alors Deirdré se précipite sur lui « et le prend par les oreilles : « voici deux oreilles de honte et de moquerie, dit-elle, si tu ne m'emmènes pas avec toi[58] ! » Noisé tente une dernière fois de conjurer le *geis* : « Éloigne-toi de moi, ô femme », dit-il. — "Je serai à toi", dit-elle. Aussitôt il fit entendre sa voix[59]. Quand les Ulates entendirent la voix, ils se jetèrent l'un sur l'autre. » Les frères de Noisé viennent aux nouvelles. Noisé leur raconte ce qui s'est passé. Ils disent alors : « Cela tournera mal. Quoi qu'il en soit, *tu ne seras pas exposé à la honte* tant que nous serons en vie. Nous irons avec elle en un autre pays. » Effectivement Noisé et ses frères émigrent en compagnie de Deirdré. Après de multiples aventures en Écosse, ils sont invités par Conchobar à revenir, sous la caution et la protection du héros Fergus mac Roig. Mais c'était un piège et Conchobar fait massacrer les fils d'Usnech, provoquant la colère et l'exil de Fergus. Deirdré devient la concubine de Conchobar et elle se lamente sans arrêt de son malheur et du sort des fils d'Usnech. Pour pousser plus loin sa vengeance, Conchobar la donne ensuite comme concubine au meurtrier de Noisé. C'est plus que Deirdré n'en peut supporter. Elle se précipite du char où elle se trouvait et se fracasse la tête contre un rocher[60].

On est quelque peu étonné de la *force* avec laquelle la femme amoureuse prononce, pourrait-on dire, les « paroles sacramentelles » qui la lient définitivement à l'homme qu'elle aime. Ce *geis* est sans appel : l'homme qui le reçoit est entraîné malgré lui dans une aventure qui lui est le plus souvent fatale, mais qu'au fond il ne regrette pas car elle lui permet de découvrir ce qu'est l'amour, alors qu'il l'ignorait jusqu'alors. C'est ce *geis* implacable qui est devenu le philtre, le « vin herbé », le « breuvage d'amour » que boivent Tristan et Yseult sur la nef qui les emmène à Tintagel, et par-delà, vers leur destin. Dans le contexte du XIIe siècle français, le *geis* en tant que tel n'aurait pas été compris. Il fallait d'abord le matérialiser : quoi de plus facile de prendre appui sur un breuvage de sorcière, ou un aphrodisiaque que l'on sublime afin d'en faire la cause de tout le drame et démontrer l'irresponsabilité des amants. On en a même profité pour détourner l'attention de l'amour qu'a Yseult pour Tristan : il n'était pas convenable pour la morale chrétienne que la future épouse du roi Mark fût consciente de son état et qu'elle accomplît elle-même le geste fatal. On a donc fait jouer ce rôle à sa suivante, la mystérieuse Brangwain, véritable déesse de l'Amour. Mais en fait, les déesses et les dieux ne sont pas autre chose que la représentation formelle et extérieure de ce qui se passe en réalité à l'intérieur de l'être humain.

Avec cette transformation, le thème est évidemment affadi et perd de sa valeur. Dans son film *l'Éternel Retour*, Jean Cocteau, qui a réussi à transposer la légende en gardant l'essentiel du mythe, a montré le philtre comme un simple objet à la valeur duquel personne ne croit vraiment, encore moins le spectateur : mais par contre, cet objet, un flacon sur lequel est collée une étiquette marquée « poison », est le catalyseur des énergies secrètes de Tristan et Yseult, et il est en outre l'expression matérialisée de *ce que sait Yseult-Nathalie*, à savoir qu'elle aime Tristan-Patrice, et qu'elle ne veut pas, telle la Princesse de Clèves à l'égard du duc de Nemours, se l'avouer par peur de succomber.

Le philtre excuse bien des choses, l'adultère en particulier et même l'inceste. Car après tout, Yseult est la tante de Tristan. Faire accepter par le public chrétien du XIIe siècle (et non seulement le faire accepter, mais le rendre sympathique !) un couple d'amants composé de la tante et du neveu, il faut le faire ! Ne soyons pas choqués, car sur le plan mythique, cet inceste est normal. Mark est le substitut du Père, Yseult le substitut de la Mère pour Tristan, qui, d'ailleurs, n'a jamais connu ses véritables parents. Il y a dans les rapports de Tristan avec Yseult la même ambiguïté que dans les rapports de Jean-Jacques Rousseau avec Madame de Warens, celle que, se conformant à l'usage local, mais quelle coïncidence ! — il appelait « Maman ».

D'ailleurs l'odeur d'inceste est persistante dans les mythes celtiques. Souvenons-nous de Guenièvre, qui, dans la tradition la plus archaïsante, après bien d'autres, a pour amant son neveu Gauvain, pudiquement éclipsé par Lancelot du Lac. Mais l'auteur de *La Mort le Roi Artu* a été bien ennuyé lorsqu'il s'est agi de montrer l'effondrement des institutions arthuriennes au moment où Guenièvre succombe au charme du *mauvais neveu* Mordret (qui se révèle en outre être le fils incestueux d'Arthur, belle famille !) : il s'en est tiré en montrant la reine prisonnière de Mordret, situation parfaitement contradictoire avec le mythe primitif, et avec le caractère de Guenièvre, à la fois sur le plan mythologique et sur le plan psychologique.

En ce sens les Grecs étaient allés plus loin, sans toutefois franchir le mauvais pas. Hippolyte ne répond pas aux avances de sa belle-mère Phèdre, et pourtant Phèdre ne manque pas de moyens : elle essaie tout, la persuasion, la malédiction, la menace. Hippolyte est inébranlable. En fait il ne comprend rien à ce que lui propose Phèdre, comme nous le verrons plus loin. Toutes ces histoires de neveu et de tante, de beau-fils et de belle-mère, de frère et de sœur (images déplacées du couple mère-fils) se réfèrent à une réalité fondamentale absolument étrangère au contexte chrétien et même au contexte juif, à savoir la transgression du tabou de l'inceste chez les Indo-Européens.

En effet, alors que les Sémites sont endogamiques (il est courant chez les Juifs de l'Ancien Testament de voir une veuve épouser son beau-frère, un oncle épouser sa nièce, et sans parler des filles de Loth !), les Indo-Européens sont exogamiques : ils ne peuvent pas avoir de rapports sexuels avec des membres de la même famille ou du même clan. Cette interdiction est générale, chez les Celtes comme chez les Grecs et les Romains, et concerne l'ensemble de la population. Mais les *héros*, les personnages hors du commun, ceux qui s'identifient avec les dieux, dans la mesure où ils ne sont pas comme les autres, peuvent transgresser l'interdit : car ils sont les acteurs de la fête rituelle du clan, fête annuelle ou saisonnière au cours de laquelle tous les excès non seulement sont permis mais recommandés. Les héros de légende sont les souvenirs des acteurs de ces lointaines fêtes rituelles qui transgressaient volontairement les tabous. Ils ont été débarrassés du contexte de la fête, on n'a plus retenu d'eux que leur caractère exceptionnel, mais dans ce caractère même, il y a la transgression[61].

C'est pourquoi il devenait nécessaire de remplacer le *geis* par le *philtre*. C'était rassurant et cela faisait passer tout le reste. Ni Tristan ni Yseult ne sont coupables. Or quand on voit la lucide détermination de Grainné et de Deirdré, on ne peut s'empêcher de constater que l'esprit du mythe a été faussé. L'Yseult primitive était parfaitement consciente de ce qu'elle faisait, et c'est elle qui a obligé Tristan à l'aimer.

D'ailleurs n'est-elle pas fée ou sorcière ? Et par là, n'est-elle pas divinité ? Elle est blonde comme la déesse-soleil. Elle est magicienne et se transforme en oiseau pour venir rôder autour de Tristan. Elle guérit Tristan deux fois d'une blessure inguérissable. Elle est la reine du Verger, c'est-à-dire du Paradis. Elle est souveraine et possède tous les pouvoirs de la déesse-mère : elle peut, en particulier, ordonner à son chevalier servant tout ce qui lui plaira et celui-ci devra obéir. Il est évident qu'il y a là des rapports avec la définition que l'on donne généralement de la Dame de l'Amour courtois, maîtresse absolue du comportement de son amant. Dans le *Lancelot* de Chrétien de Troyes, Guenièvre peut ainsi ordonner à Lancelot de se conduire de façon ridicule dans un tournoi avant de l'autoriser à vaincre. Lancelot ne sourcille pas : la honte qu'il a en subissant les moqueries des autres chevaliers ne fait pas le poids contre la honte qu'il ressentirait en désobéissant aux ordres de Guenièvre, ou même en hésitant. Cette volonté absolue de Guenièvre est l'équivalent du *geis* irlandais.

Nous avons un autre exemple de cette sorte dans le récit de *La Mort de Cûchulainn*. Le héros Ulate est aux prises avec les fils et les filles de Calatin qui ont juré sa mort et qui vont l'enfermer dans un réseau de *geisa* pendant que les Ulates sont en proie à leur maladie magique. Le roi Conchobar confie aux femmes, qui sont les seules à être bien portantes, le soin de protéger Cûchulainn et de l'empêcher de se précipiter vers les combattants suscités par les incantations magiques de ses ennemis. C'est surtout Niam, fille de Celtchar, « favorite » de Cûchulainn qui est chargée de cette mission. Elle entraîne donc le héros dans sa forteresse et le fait boire. Mais l'une des filles de Calatin, une sorcière qui sait métamorphoser son aspect et qui ressemble fort à la Morrigane, prend la forme de Niam et parle ainsi à Cûchulainn : « Ô mon âme, ô guerrier, ô Beau Chien... les armées sont venues jusqu'à

Emain, et c'est à moi que les nobles de la province ont fait le reproche *de te tenir en ne te permettant pas de venger la province et de repousser les armées*. Et je sais de plus que Conall me tuera si *je ne te donne pas la permission* de protéger la province et d'approcher les hommes d'Irlande[62] ».

Le fait de voir le héros Cûchulainn, qui a été capable de résister à lui tout seul contre quatre armées liguées, dépendre entièrement de la volonté d'une femme a de quoi laisser rêveur. Mais de même que Lancelot du Lac, il est en présence d'une autorité supérieure à sa propre force, autorité incontestable et incontestée puisqu'elle vient de la femme aimée, de la « Maîtresse », de la « favorite ». C'est là une des formes du *geis*. Il y en a bien d'autres.

On voit dans le *Livre des Conquêtes*[63] la curieuse histoire d'Elgnat, femme de Partholon, l'un des premiers conquérants de l'Irlande. Cette Elgnat invite un de ses serviteurs à coucher avec elle. Le serviteur refuse, par crainte de Partholon. Alors la femme « lui fait honte[64] » et le serviteur obéit. Quand Partholon apprend cela, il a d'ailleurs une réaction très philosophique : « Quand vient le désir d'accouplement, il n'est pas facile d'y résister ! »

Dans le récit de *L'Éducation de Cûchulainn*[65], le héros se trouve chez la « sorcière » Scatach pour apprendre les jeux guerriers. La fille de Scatach, dénommée Uatach (= Très Terrible), est amoureuse de lui et se glisse dans son lit. Cûchulainn la repousse et lui casse même un doigt. La fille place alors le héros sous un *geis* de destruction s'il ne consent pas à la garder avec lui, et Cûchulainn doit se résigner, tout en arrachant à Uatach la promesse qu'il aura une récompense. Le même Cûchulainn, dans *La Maladie de Cûchulainn*, est atteint d'un mal mystérieux qui lui est venu le jour où il a manqué son coup en chassant deux oiseaux, en réalité deux femmes-fées[66]. Il ne peut être guéri que parce qu'il va dans le monde des fées, à l'appel de l'une des deux femmes, Fand, qui était amoureuse de lui. C'est encore là un aspect du *geis* prononcé par une femme sur l'homme qu'elle aime, et nous le retrouvons dans le thème du chant des sirènes, lesquelles entraînent avec elles au fond de la mer le navigateur qu'elles ont choisi, et plus particulièrement, dans la mythologie celtique, l'histoire irlandaise de Connlé le Rouge à qui une femme-fée a donné une pomme, et qui ne peut résister à l'appel de l'Autre Monde. Enfin, la femme peut, sans prononcer de véritable *geis*, entreprendre une action équivalente. La jeune Derbforgaille, qui était tombée amoureuse de Cûchulainn à cause de ses prouesses, et sans l'avoir jamais vu, vient à lui sous forme d'oiseau. Cûchulainn la blesse, et comme elle reprend sa forme humaine, il suce le sang de la blessure qu'il vient de lui faire pour extraire la pierre de fronde. En vertu du lien du sang qui les unit désormais, Derbforgaille ne peut plus être à Cûchulainn, mais elle est *donnée* par celui-ci à un de ses amis que lui-même a choisi[67]. Le *geis* a tout de même créé un lien indissoluble entre les deux êtres et, lorsque Derbforgaille sera tuée, Cûchulainn mettra tout en œuvre pour la venger.

Si le *geis* apparaît nettement et formellement dans la tradition irlandaise, c'est sous une forme atténuée que nous le retrouvons dans la tradition brittonique, et par là, dans la tradition arthurienne. Quand Peredur va combattre l'*addanc*, le serpent monstrueux qui est au fond d'une grotte (on remarquera l'analogie de l'épisode avec celui de la légende de Tristan où le héros tue le Serpent Crêté et obtient ainsi la main d'Yseult), il rencontre une femme, la fameuse et mystérieuse « Impératrice ». Celle-ci l'avertit que l'*addanc* est invincible car il voit tous ceux qui pénètrent dans la grotte. Mais, ajoute-t-elle, « si tu me donnais ta parole de m'aimer plus qu'aucune autre femme au monde, je te ferai don d'une pierre qui te permettrait de le voir en entrant sans être vu de lui[68] ». Le caractère obligatoire du don que l'Impératrice fait à Peredur en échange de son amour[69] l'apparente évidemment au *geis* : l'impératrice profite de la situation, elle sait très bien que Peredur ne pourra pas refuser, elle le lie à elle, symboliquement, par la pierre, matérialisation du pouvoir magique de ses paroles, au même titre que le philtre bu par Tristan et Yseult. D'ailleurs l'Impératrice réapparaîtra tout au long du récit sous différents aspects, et à chaque fois elle *obligera* Peredur à accomplir quelque chose. Sous l'aspect de la Hideuse Demoiselle à la Mule (la Kundry de Wolfram d'Eschenbach), elle jette une sorte d'anathème sur Peredur-Perceval, lui reprochant de ne pas avoir rempli sa mission et le forçant à reprendre sa quête[70]. Sous l'aspect de la Châtelaine au Jeu d'Échecs, puis de la Jeune Fille Noire[71], elle l'oblige à se diriger vers le Château des Merveilles, permettant ainsi la fin de la Quête.

C'est aussi une sorte de *geis* qui lie, dans le récit gallois d'*Owein* comme dans le *Chevalier au Lion* de Chrétien de Troyes, le héros de l'aventure avec la « suivante » Luned, et par là, à sa maîtresse, la Dame de la Fontaine. Le récit gallois nous montre en effet Owein dans un grand embarras. Il vient de frapper à mort son adversaire, mais celui-ci l'a entraîné à l'intérieur de sa forteresse, et Owein est maintenant prisonnier, tandis que les hommes d'armes le recherchent. Mais il est sauvé par « une jeune fille aux cheveux blonds frisés, la tête ornée d'un bandeau d'or, vêtue de paille jaune, les pieds chaussés de deux brodequins de *cordwal* tacheté ». La jeune fille lui tient ce discours : « Ce serait le devoir d'une femme de te rendre service. Je n'ai jamais vu assurément jeune homme meilleur que toi pour une femme. Si tu avais une amie, tu serais bien le meilleur des amis pour elle ; si tu avais une maîtresse, il n'y aurait pas meilleur amant que toi ; aussi ferai-je tout ce que je pourrai pour te tirer d'affaire. Tiens cet anneau et mets-le à ton doigt. Tourne le chaton à l'intérieur de ta main et ferme la main dessus. Tant que tu le cacheras, il te cachera toi-même[72]. » C'est ainsi que Luned conduit Owein dans une chambre secrète, et de là, il aperçoit la veuve de sa victime dont il tombe éperdument amoureux. Luned s'arrange alors pour lui faire épouser la Dame de la Fontaine.

Il est bien évident que cet anneau d'invisibilité rappelle celui de Gygès, mais il est cependant compté parmi les treize merveilles de l'île de Bretagne. Il est évident aussi que Luned est une fée, une femme douée de pouvoirs magiques. De plus elle joue en quelque sorte le rôle d'entremetteuse, ou encore de véritable déesse de l'Amour, à peu près comme la Brangwain d'Yseult. Et c'est là où l'histoire devient curieuse : il y a un jeu confus et inexplicable entre Brangwain et Yseult, entre Luned et Laudine, la Dame de la Fontaine, de même que, d'ailleurs, dans le *Lancelot en prose*, entre la Pucelle Saraide et Viviane, la Dame du Lac. Il s'agit presque de deux visages de la même femme : toutes deux sont interchangeables (en fait Brangwain prenant la place d'Yseult dans le lit de Mark en est la preuve). On a l'impression que la fée Luned prononce sur Owein la fameuse formule d'incantation du *geis*, qu'elle lie Owein à elle, parce qu'elle en est amoureuse, mais elle ne se donne que sous l'aspect souverain de Laudine. Chrétien de Troyes, en relatant la même histoire, prend soin de la rationaliser : il justifie l'attitude de Luned comme une reconnaissance due par celle-ci au chevalier Yvain qui l'a aidée autrefois à la cour d'Arthur. Mais cette justification n'explique pas tous les échanges obligatoires qui ont lieu entre Luned et Owein-Yvain. À la fin du roman, lorsque Luned est pour ainsi dire condamnée au bûcher, Owein-Yvain se précipite à son secours, et il le fait en écartant toute autre considération. Il y a réellement un lien obligatoire entre la suivante-fée et le héros, et c'est par elle qu'Owein-Yvain atteint

Laudine, personnification du pouvoir, de la souveraineté. Nous reconnaissons ici le thème bien connu dans toutes les traditions, celtiques où la fée propose à l'homme la toute-puissance. S'il n'accepte pas, il n'est pas digne de vivre. Ce n'est pas autre chose qu'un *geis*.

Il en est de même dans l'histoire de Viviane et de Merlin. Le jour où Merlin fait la rencontre de la jeune Viviane, il est déjà sous le *geis*, car, tout en sachant que celle-ci sera sa « dominatrice », il ne peut s'empêcher de revenir la voir et de lui enseigner sa magie, par laquelle, d'ailleurs, se fera l'acte qui le liera à jamais. Quand Viviane fera neuf fois le tour de l'arbre au pied duquel Merlin est endormi, elle accomplira le rituel : Merlin sera transformé, transporté dans un château d'air (ou de verre) d'où il ne pourra plus jamais ressortir. N'est-ce pas là la matérialisation de l'état psychologique *et social* dans lequel se trouve plongé l'homme sur qui a été prononcé le *geis* ?

Et nous trouvons des traces de tout cela dans le folklore, aussi bien dans les contes, qui ne sont que des transpositions d'anciens mythes, que dans les superstitions et les pratiques de sorcellerie. Nous avons déjà parlé de « saint » Guengalc'h, ravi aux yeux de ses compagnons par une « femme de mer », et qui, malgré une confession et une vie exemplaire, mourut un an plus tard, victime de l'acte magique que la « femme de mer » avait accompli sur lui afin de le lier à jamais[73]. Mais que dire des pratiques bizarres concernant les mariages ?

Le folkloriste Paul Sébillot fait remarquer l'usage très répandu qu'ont les jeunes filles, qui veulent se marier à tout prix, de s'adresser à la statue d'un saint et de se comporter comme si la statue était de chair et d'os, véritable substitut de celui qu'elles aiment. Ainsi dans le Minervois, vers 1850, les filles défilaient devant la statue de saint Sicre et levaient sur sa tête une fourchette en lui disant, sous une forme rimée, qu'elles l'en frapperaient, si, dans un an, elles n'avaient pas trouvé un amoureux ou un mari[74]. Ce geste est révélateur : il s'agit d'une menace, et par conséquent, l'homme attendu par les filles (qu'elles le connaissent ou non) est représenté par l'effigie du saint, se doit d'obéir et de répondre à l'appel. S'il n'obéit pas, il sera frappé, meurtri, *honni*. Il en était de même dans l'Ain où les filles menaçaient saint Blaise de le jeter dans le Rhône, et à Sorbey (Meuse), où elles lapidaient saint Vildbrock, ou encore au Portugal, où elles lançaient une pierre sur la statue de saint Élisée, sur le Mont Lucie[75].

Ailleurs, le geste rituel est effectif dès la première parole. Ainsi à Perros-Guirec (Côtes-du-Nord), les filles enfoncent des épingles dans le nez du malheureux saint Guirec en lui demandant de leur trouver un homme. Au XVIe siècle en France, la fille brûlait un laurier, arbre consacré à Apollon, en souhaitant que l'amoureux s'enflamme et se consume d'amour. Dans le sud de l'Angleterre, la fille jetait du sel dans le feu, la nuit, trois vendredis de suite, en prononçant ces mots : « Ce n'est pas ce sel que je souhaite brûler mais le cœur de celui que j'aime… Qu'il ne puisse avoir ni repos ni bonheur avant qu'il ne soit venu et ne m'ait parlé[76] ! » En Cornwall et en Sussex, la fille, à minuit, la nuit de la Saint-Jean, lave un de ses vêtements et le met en silence à sécher sur une chaise, devant le feu de la cuisine, en laissant la porte ouverte. L'homme qu'elle verra retourner le vêtement sera l'élu. Le même procédé a cours dans le comté de Donegal (Irlande), mais le soir de la Toussaint, c'est-à-dire de l'antique fête celtique de *Samain*, c'est la chemise de la fille qui sert à cette épreuve, après avoir été lavée à l'eau courante[77]. La sorcellerie n'est pas éloignée de tout cela, et surtout le fétichisme du vêtement qu'on peut observer fréquemment aussi bien de la part des femmes que de la part des hommes.

Toujours dans le comté de Donegal, et à l'occasion

de la Toussaint, la fille qui veut se marier, ou tout au moins s'attacher un homme, fait le tour d'une meule de foin avant d'y enfoncer un couteau à manche noir en prononçant le nom du diable. Celui qui enlèvera le couteau sera l'élu[78]. On remarquera que le diable vient comme d'habitude s'infiltrer dans une pratique magique, parce qu'il symbolise *ce qui est interdit*. Cependant le geste de planter le couteau dans la meule de foin est caractéristique d'un rituel érotique, la meule de foin représentant la femme et le couteau l'homme : et par-delà cette signification simplement érotique se trouve le rappel de toutes les croyances concernant la nuit de la Toussaint, la fameuse fête de Samain, où le monde des morts (le Tertre, le *sidh*, représenté ici par la meule) s'ouvre aux vivants (le héros vainqueur de l'épreuve, qui entre et qui ressort, représenté ici par le couteau).

L'aspect érotique du *geis* n'a évidemment rien d'étonnant et n'est pas spécial aux peuples celtiques. Calypso, pour vaincre la résistance d'Ulysse, a dû lui faire quelque réflexion désagréable et injurieuse concernant sa virilité. Ruth a certainement usé de la même provocation vis-à-vis de Booz. Autrement à quoi servirait le fameux serment *in testiculis*, et d'où proviendrait-il ? C'est bien certainement une des formes du *geis* répandu dans le monde entier. Ce n'est pas pour rien, répétons-le, que Deirdré saisit les oreilles de Noisé lorsqu'elle prononce sur lui le *geis* : quel auteur pudibond a-t-il remplacé les testicules par les oreilles ? Il est vrai que les oreilles avaient leur symbolisme, elles aussi, et que la force du *geis*, et surtout sa portée morale, ne s'en trouvent pas diminuées pour autant. Or dans les superstitions populaires, l'aspect érotique existe toujours, parfois exprimé de façon fort crue. À Fougères (Ille-et-Vilaine) les filles qui voulaient un homme s'asseyaient sur une pierre creuse qu'on appelle « Chaire du Diable[79] ». À Carnac (Morbihan), elles relevaient leurs jupes avant de s'asseoir sur la table d'un dolmen appelé « la Pierre Chaude[80] ». De même à Dinan, les filles montaient sur le menhir de Saint-Samson[81]. En Provence, à Bonduen (Bouches-du-Rhône), il y avait un rocher formant un plan incliné derrière l'église : ce rocher était devenu poli à force d'avoir servi pour « l'écorchade », c'est-à-dire le frottement qu'accomplissaient à nu les filles sur lui pour demander un homme[82]. Ce même genre de frottement ou de glissade se faisait sur le Grand Menhir de Locmariaquer (Morbihan), et le contact de la chair nue et de la pierre était absolument obligatoire[83]. Aux environs de Grenoble, les filles et les veuves qui voulaient se marier restaient en prière devant l'oratoire de Brandes, tenant entre leurs genoux une sorte de terme de pierre appelé « Pierre de saint Nicolas[84] ». Et combien d'autres exemples de ces pratiques féminines au contact d'un rocher, d'un arbre, d'une statue ou d'un menhir ?

Un autre rituel extrêmement intéressant est attesté dans de nombreux endroits, en Aunis, en Saintonge, en Gironde, dans les Deux-Sèvres, en Vendée, aux environs de Rennes et de Dinan, particulièrement à Plessala (Côtes-du-Nord) : *la femme crache dans la bouche de celui qu'elle aime* et peut ainsi être assurée qu'il lui appartiendra[85]. On remarquera qu'il s'agit d'une forme inversée et anticipée de l'acte d'amour : la femme crache sa salive dans la bouche de l'homme parce qu'elle veut que celui-ci crache sa semence dans son ventre à elle. C'est un geste authentiquement magique, et de plus capable de déclencher des réactions physiologiques chez l'homme. C'est une *provocation.* Le *geis* n'est-il pas autre chose ? D'ailleurs le baiser sur la bouche, l'enfoncement de la langue et le mélange des salives appartiennent à la même catégorie d'actes qui sont signifiants sur le plan psychologique comme sur le plan purement physiologique. Cela va de la vie de tous les jours où la femme cherche à s'habiller de façon à attirer — même inconsciemment — les regards (et le désir) de l'homme, à l'*enivrer* littéralement par l'usage des parfums, à la vie religieuse, surtout dans l'Antiquité, où l'image de la déesse était souvent représentée non seulement nue, mais la robe relevée, exhibant avec impudeur ses parties sexuelles. Ce n'est ni plus ni moins, dans cette forme ancienne, comme dans sa forme aberrante actuelle considérée en tant que perversion, que de l'*exhibitionnisme*. Et pourtant, comment ne pas y voir une forme très atténuée et altérée du *geis* ? L'art et la littérature sont remplis d'exemples de ce genre[86].

D'ailleurs l'homme ne peut faire autre chose que de se laisser prendre à ce jeu. Le pouvoir magique de la salive rejoint le pouvoir magique du Philtre que boivent Tristan et Yseult[87]. En fait, pour être franc, le fameux philtre qu'ils boivent sur la nef, n'est pas rempli d'autre chose que de leurs propres salives mélangées. Et ils boivent ce mélange avec délices. Quelle horreur ! dira-t-on. Eh bien, que l'on réfléchisse un instant sur cette réalité brutale : l'acte d'amour consiste à accomplir quelque chose qui serait répugnant si on n'aimait pas le partenaire, c'est-à-dire si on n'avait pas envie de *se mélanger au partenaire*. À ce moment-là, plus rien d'autre n'existe, et en tout cas aucune des notions négatives de recul comme la pudeur ou le dégoût. L'homme, surtout, peut être envoûté — résultat logique du *geis* — par les émanations féminines : cela devient du véritable fétichisme, et dans le mot *fétichisme* s'insère tout un contexte religieux d'adoration obligatoire. Qu'on lise ce que dit Jean-Jacques Rousseau à propos de Madame de Warens : « Combien de fois j'ai baisé mon lit en songeant qu'elle y avait couché ; mes rideaux, tous les meubles de sa chambre, en songeant qu'ils étaient à elle, que sa belle main les avait touchés ; le plancher même sur lequel je me prosternais en songeant qu'elle y avait marché… Un jour à table, au moment qu'elle avait mis un morceau dans sa bouche, je m'écrie que j'y vois un cheveu : elle rejette le morceau sur son assiette, je m'en saisis avidement et l'avale[88] ».

Et si l'on juge Jean-Jacques Rousseau comme un esprit malsain, qu'on lise Michelet, historien et moraliste : « La femme nourrit l'homme à son besoin, à sa fatigue, à son tempérament connu ; elle approprie la nourriture, elle l'humanise par le feu, par le sel et par *l'âme*. Elle s'y mêle, y met le parfum de la main aimée… En ce qui doit être touché de la main même (et, disons-le, nécessairement mêlé des émanations de la personne), il est désirable et charmant que ce soit elle qui agisse. Telles pâtes et tels gâteaux, telles crèmes, ne peuvent être faites que par celle qu'on aime et dont on est avide[89] ».

Ainsi l'*envoûtement* réalisé par la femme sur l'homme n'est pas une invention de l'esprit. Bien au contraire, il s'appuie sur un instinct fondamental de l'homme, un instinct biologique : à la limite, ce serait le désir de retrouver le goût du lait de la mère, le goût de la peau de la mère, avec tout ce que cela comporte d'images hallucinatoires. Il suffit qu'une femme présente en bloc, devant l'homme qu'elle a choisi, l'échafaudage sensuel ainsi reconstitué visuellement, auditivement, tactilement et par l'odeur, pour que se déclenche le processus inconscient de réactualisation d'un état primitif qui était le bonheur. L'homme est lié à jamais par ses souvenirs. La femme le sait, et c'est ce qui fait sa force. Voilà pourquoi elle est capable d'utiliser le *geis* : philtre, parole, anneau, objet divers, tout n'est que support matérialisé d'un acte psycho-physiologique qui s'exprime aux mépris de toutes les contraintes, de tous les tabous, de toutes les lois morales divines et humaines : ce n'est plus le domaine de la Raison, mais celui autrement plus puissant de l'Instinct triomphant et retrouvé.

Qu'on relise aussi Chateaubriand, l'écrivain de langue française qui est incontestablement le plus celtique qui soit. N'est-ce pas un *geis* que la druidesse

Velléda jette sur Eudore pour obliger celui-ci à l'aimer au mépris de ses lois à lui, et de ses lois à elle ? Peu importe qu'en réalité Velléda soit le nom d'une prêtresse germanique, et que le décor soi-disant gaulois armoricain ne soit que de la pacotille. Chateaubriand restitue l'essence même du mythe : « Je savais bien que je t'attirerais ici. Rien ne résiste à la force de mes accents. » Ainsi s'exprime Velléda en voyant paraître Eudore. Et elle continue : « J'erre autour de ton château et je suis triste de ne pouvoir y pénétrer. Mais j'ai préparé des charmes ; j'irai chercher le Sélago : j'offrirai d'abord une oblation de pain et de vin ; je serai vêtue de blanc, mes pieds seront nus, ma main droite cachée sous ma tunique arrachera la plante, et ma main gauche la dérobera à ma main droite. Alors rien ne pourra me résister. Je me glisserai chez toi sur les rayons de la lune ; je prendrai la forme d'un ramier, et je volerai sur le haut de la tour que tu habites[90] ». Voilà bien une invocation magique qui ressemble à un geis. Et lorsque Velléda s'élance dans les flots, Eudore la retient par son voile et s'écrie la parole que la druidesse attendait : « Tu seras aimée. » Évidemment, dans le contexte de son livre, Chateaubriand ajoute : « L'Enfer donna le signal de cet hymen funeste. » Toute pratique magique est nécessairement sous l'égide du Diable. Mais le fait est là : Eudore et Velléda restituent le couple originel Tristan-Yseult, Diarmaid-Grainné, Noisé-Deirdré.

D'ailleurs à travers Velléda se dessinent les fantasmes de Chateaubriand, et par lui, les fantasmes de l'Homme occidental à la recherche de son idéal féminin. L'Amour, pour un Occidental, et particulièrement pour un Celte, consiste à transgresser un *tabou*, parce que l'Amour est lui-même un *tabou* plus fort que tout. Velléda transgresse le tabou de sa virginité pourtant consacrée. On remarquera qu'elle va plus loin qu'Atala, qui est pourtant le même personnage dans l'imagination de l'auteur. Atala s'était tuée plutôt que de transgresser le *tabou.* Du reste, toute sa vie Chateaubriand s'est trouvé face à un *tabou* qu'il n'a jamais pu consentir à transgresser : celui de l'inceste, et ce n'est que par la rêverie qu'il a réalisé la situation interdite, soit en ornant ses maîtresses du *charme* de sa sœur Lucile, soit en décrivant celle-ci sous les traits de la redoutable fée, druidesse ou divinité dont on ne doit point soulever le voile, et qui pourtant vous entraîne à l'aimer inéluctablement. « Lucile était grande et d'une beauté remarquable, mais sérieuse. Son visage pâle était accompagné de longs cheveux noirs ; elle attachait souvent au ciel ou promenait autour d'elle des regards pleins de tristesse ou de feu. Sa démarche, sa voix, son sourire, sa physionomie avaient quelque chose de rêveur et de souffrant… Par son attitude, sa mélancolie, sa vénusté, elle ressemblait à un Génie funèbre… Dans les bruyères de la Calédonie, Lucile eût été une femme céleste de Walter Scott, douée de la seconde vue ; dans les bruyères armoricaines, elle n'était qu'une solitaire avantagée de beauté, de génie et de malheur[91]. »

Cet être féerique, cette *sylphide*, cette *démone* qui *charme* (au sens étymologique du mot), n'est-elle pas la nouvelle incarnation de Grainné. Lisons encore le portrait d'Atala : « Des pleurs roulaient sous sa paupière… Elle était régulièrement belle ; l'on remarquait sur son visage je ne sais quoi de vertueux et de passionné, dont l'attrait était irrésistible. Elle joignait à cela des grâces plus tendres ; une extrême sensibilité, unie à une mélancolie profonde, respirait dans ses regards ; son sourire était céleste[92] ». On pourrait comparer avec Mila, l'Indienne qui n'épouse pas René, mais qui l'aime avec plus de violence que Céluta : « Enveloppée d'un voile, elle ne montrait au-dessus de l'eau que ses épaules demi-nues et sa tête humide ; quelques épis de folle avoine, capricieusement tressés, ornaient son front… On eût pris la petite indienne pour une malade qui avait dérobé la couronne de Cérès[93] ». Ou encore la première apparition de Cymodocée : « Est-ce que vous n'êtes pas un ange[94] ? » Et c'est encore le portrait de Pauline de Beaumont : « Ses yeux coupés en amande auraient peut-être jeté trop d'éclat, si une suavité extraordinaire n'eût éteint à demi ses regards en les faisant briller languissamment, comme un rayon de lumière s'adoucit en traversant le cristal de l'eau... Âme élevée, courage grand, elle était née pour le monde d'où son esprit s'était retiré par choix et malheur[95] ». Et puis Chateaubriand a bien avoué : « Cette charmeresse me suivait partout invisible... Pygmalion fut moins amoureux de sa statue : mon embarras était de plaire à la mienne... Je tombe aux genoux de la souveraine des campagnes d'Enna ; les ondes de soie de son diadème dénoué viennent caresser mon front, lorsqu'elle penche sur mon visage sa tête de seize années, et que ses mains s'appuient sur mon sein palpitant de respect et de volupté[96] ». Et elle a toujours cet aspect mélancolique qui en fait un être des deux mondes, celui des vivants et celui des morts : « Dans les petites rues de la Cité, à la porte obscure d'Héloïse, je revoyais mon enchanteresse : mais elle avait pris sous les arches gothiques et parmi les tombeaux, quelque chose de la mort ; elle était pâle, elle me regardait avec des yeux tristes ; ce n'était plus que l'ombre ou les mânes du rêve que j'avais aimé[97]. » Et il faudra attendre la sérénité de la vieillesse pour que Chateaubriand retrouve intégralement l'image éternellement jeune de la Sylphide : « Toi, pâlie par les reflets de la candeur de Diane, ô Cynthie, tu es mille fois plus gracieuse que ce palmier... Tes regards se croisent avec ceux des étoiles et se mêlent à leurs rayons... Le jasmin, l'Hébé d'albâtre, est une magicienne de Rome, née il y a seize mois de mai et la moitié d'un printemps, au son de la lyre, au lever de l'aurore, dans un champ de roses de Paestum[98] ». Triomphante, sous quelque nom qu'on puisse la nommer, la femme enchanteresse règne dans son domaine qui est celui du rêve, dans son verger quasi inaccessible, par la vertu de sa souveraineté et par les paroles magiques qu'elle prononce, paroles, *verbes* qui transforment l'aspect des choses, métamorphosent l'essence des êtres. Ainsi s'explique la puissance du *geis*.

LA NOUVELLE NAISSANCE

Cette acceptation par l'homme du *geis* a des conséquences que les textes littéraires nous présentent toujours comme redoutables et conduisant toujours à une fin tragique. On finirait par croire qu'il n'y a pas « d'amour heureux », comme si la notion de bonheur pouvait s'imbriquer dans un acte qui, par nature, est une *rupture d'équilibre*. L'acte d'amour peut conduire au bonheur, mais à ce moment, il n'est plus qu'un souvenir. Ce que les grandes légendes qui ont l'amour comme sujet veulent nous apprendre, ce n'est pas la recherche du bonheur (d'ailleurs qu'est-ce que c'est), c'est ce qu'apporte l'amour à un être humain, et plus particulièrement à l'homme. Car il semble bien que la femme détienne depuis l'origine le redoutable secret qui attire et fait fuir le mâle. « Dans le contexte de la création, la primauté du mâle est constamment soulignée, et la théorie ultérieure selon laquelle la sexualité est révélée à la femme par l'homme est une conséquence logique du récit. Cependant, le serpent qui n'a pas été fait rampant dans un premier temps, apparaît d'abord à Ève. Il lui tient des propos montrant que l'autorité divine peut être mise en cause, qu'il existe des choses « diablement » intéressantes. Ève, avertie, entraîne Adam à commettre le péché originel. Si nous nous en tenons au symbolisme sexuel du Serpent, *Ève a été la première à connaître la sexualité et elle oblige Adam à faire semblant de la lui révéler*. Ainsi l'élément inconscient qui passe à travers la ligne du récit est la révélation à l'homme de la sexualité par la femme[99] ».

De toute façon, qu'on prenne ou nom le texte de la Genèse à la lettre, on peut dire que la femme est responsable d'un changement de situation de l'homme. De nombreuses traditions, mythologiques à l'origine, puis devenues historisantes, nous présentent ce changement de situation comme une régression, comme une *chute* : ainsi la tradition biblique. Mais à cette conception sémite correspond la conception indo-européenne caractérisée par le personnage de Pandore, la femme créée par Prométhée et qui fait échapper de sa boîte tous les maux dont souffre l'humanité. C'est encore la conception chrétienne selon laquelle la femme, être diabolique, est faite pour tenter l'homme et pour l'abaisser. Mais à cette opinion si commune et si enracinée dans les esprits qu'il est difficile de soutenir le contraire, s'oppose cependant tout un courant de pensée, malheureusement très marqué par un ésotérisme qui l'étouffe : « On atteint Dieu par la femme », déclarait le troubadour Uc de Saint-Circ ; les pécheurs du Moyen Âge priaient la Vierge Marie pour que Dieu se laisse fléchir ; Goethe s'écrie dans *Faust* : « L'Éternel Féminin nous entraîne en haut. » Qui a tort ? Qui a raison ?

À s'en tenir aux conséquences apparentes des histoires d'amour qui nous occupent, le bilan peut sembler négatif. L'amour de Tristan et Yseult conduit à l'adultère, à la félonie, au mensonge, à la mort. L'amour de Diarmaid et Grainné mène aussi à la félonie, à la trahison et au crime. L'amour de Noisé et de Deirdré aboutit au parjure et au crime. De toute façon les catastrophes se déchaînent, non seulement sur le dos des deux amants, mais sur tous ceux qui, de près comme de loin, sont mêlés à l'histoire. Non, décidément, « il n'y a pas d'amour heureux ». Et lorsqu'on présente ses meilleurs vœux de bonheur à de jeunes époux qui viennent de convoler *en justes noces*, ce n'est pas le bonheur de leur amour qu'on espère, mais le bonheur d'une vie équilibrée dans le cadre d'un ménage socialement et légalement établi, cellule de base de l'édifice par lequel se maintient notre société. Il s'agit encore ici d'une confusion, consciemment entretenue par les censeurs de cette société, entre l'amour *affectif* et le mariage *juridique*. Mais il ne peut en être autrement dans le cadre social paternaliste, et comme le fait justement remarquer Marcuse, « au-delà de ses manifestations légitimes, l'amour est destructeur, et ne conduit guère à la productivité et au travail constructif ». D'où la mise en condition de l'amour sous le mariage et la condamnation sans équivoque de tout ce qui risque d'écarter l'amour de cette voie tranquillisante et rassurante. Les mythes de Tristan et Yseult, Diarmaid et Grainné, Noisé et Deirdré, sont donc un essai de libération de l'amour, un essai pour libérer l'amour de ses chaînes légales et obligatoires dans le sens social, et cela afin de lui redonner sa pleine force, son caractère entier. Mais alors, où conduit cet amour débarrassé de son contexte social ? La réponse est facile : il permet de découvrir *des choses diablement intéressantes*.

Si l'on reconstitue la structure logique de la légende de Tristan et Yseult, on s'aperçoit vite qu'Yseult est tout de suite amoureuse de Tristan. Mais dans le cadre paternaliste où elle vit, il ne lui est pas possible de se dérober à la loi du père. Elle doit attendre que Tristan la demande en mariage, ou tout au moins qu'il la prie d'amour. Or Tristan ne le fait pas, ou s'il le fait, c'est au nom d'un autre (qui ne peut être que le père tout-puissant, représenté ici par son oncle-roi). On peut se demander pour quelles raisons Tristan n'est pas amoureux d'Yseult. En fait il doit l'être, mais, ou bien il ne s'en est pas aperçu consciemment, ou bien il n'ose pas enfreindre la loi paternelle. En tout cas, il n'est pas libre, car être libre, c'est savoir, et il ne sait pas ce qui se passe en lui ni ce qui se passe dans l'âme d'Yseult. À ce moment de l'histoire, l'interdit qui pèse sur lui (crainte du père, respect du serment, peur de l'inceste) est un excellent alibi grâce auquel il peut avoir bonne conscience, comme on dit, mais en réalité absence totale de conscience. Tristan est un mâle épris de logique, ou tout au moins éduqué dans la logique des choses qui se font et qui ne se font pas.

Yseult, elle, est une femelle. La qualité dominante d'une femelle (ce terme étant pris dans son sens normal) est l'intuition. Yseult sait, par intuition, ce qui se passe en elle et ce qui se passe dans l'âme de Tristan. Elle est libre puisqu'elle sait. C'est à l'être libre d'agir, et elle va agir de façon à faire prendre conscience à Tristan, de façon à le réveiller de sa torpeur. D'où le thème du philtre, remplaçant, nous l'avons dit, le *geis* primitif. C'est alors que Tristan s'aperçoit qu'il y a, au fond du hanap d'argent, *des choses diablement intéressantes*. Désormais il peut transgresser l'interdit, nier les valeurs établies pour restituer les valeurs sous-jacentes, adopter une attitude *diabolique* parce que contraire à ce qui est l'ordre normal.

Et Tristan, se réveillant après la nuit qu'il vient de passer auprès d'Yseult, la fiancée officielle de son oncle-roi, n'est plus l'ancien Tristan, maladroit, ignorant et prisonnier : il est devenu le Nouveau Tristan, habile, savant et libre. L'acte d'amour l'a transformé. Le contact de la femme l'a fait renaître, car la femme est destinée à mettre au monde, que ce soit un enfant né de sa chair, que ce soit un homme repu de sa chair et englouti en elle comme l'être primitif l'était dans les eaux primordiales. Yseult a procuré à Tristan une *seconde naissance*, cette naissance que ne pouvait biologiquement et psychologiquement pas lui procurer sa mère. Ainsi s'explique la trame de *Tristan et Yseult* : c'est au prix d'un effort considérable de la femme (analogue au travail de l'enfantement) que l'homme peut franchir l'étape décisive qui fera de lui un véritable homme. Mais pour cela, il faut rompre les ponts avec le passé. Il faut transgresser l'interdit primitif.

La structure de la légende de Diarmaid et Grainné

est la même. Seules les nuances sont différentes. La part de responsabilité de la femme paraît plus grande (et en dernière analyse plus conforme au mythe primitif tel qu'il s'exprime dans la Genèse), car Grainné assortit son amour pour Diarmaid d'une authentique révolte contre l'ordre paternaliste, et au fond, elle entraîne Diarmaid dans cette lutte. D'autre part Diarmaid tarde à renaître, car il n'obéit qu'à l'aspect extérieur du *geis*, la fuite, donc la révolte contre Finn[100]. Il se contente donc de vivre avec Grainné en évitant soigneusement d'avoir des rapports sexuels avec elle comme s'il avait la terreur de réveiller en lui quelque chose de *diabolique*. Une des versions de la légende précise même qu'il avait l'habitude de planter chaque soir un piquet à la porte de la grotte ou de la cabane qu'il occupait avec Grainné, et sur ce piquet un quartier d'animal pour indiquer à Finn qu'il respectait sa femme. Finn n'intervenait pas, et il ne le fit que le jour où Diarmaid ne mit plus de piquet, prouvant ainsi que son union était consommée[101]. Il faut donc que ce soit Grainné qui prenne la décision. Elle prononce sur Diarmaid un nouveau *geis* qui l'oblige à l'aimer[102]. De là date la véritable métamorphose de Diarmaid, et le vieux roi Finn ne s'y trompe pas : il intervient pour tuer Diarmaid à qui Grainné a permis de connaître ce que lui seul, Finn, était en droit de connaître. Car Diarmaid est maintenant en possession *des secrets diablement intéressants*, il est donc dangereux pour Finn, qui doit absolument l'éliminer, même si, pour cela, il transgresse d'autres interdits. Quant à Diarmaid, on peut dire que la transgression du tabou paternaliste a été pénible pour lui, et qu'elle ne s'est opérée que par la puissance même de la femme.

Cette nouvelle naissance de l'homme grâce à la femme, dans l'acte d'amour, est inséparable de la nouvelle naissance accomplie pour elle-même par la femme, grâce à l'homme qu'elle s'est choisi. En effet, le désir inconscient de l'homme est de réaliser le paradis — perdu ou imaginaire peu importe — par la pénétration dans la femme, c'est-à-dire dans l'univers maternel. Mais le pénis étant le substitut de l'être masculin entier, l'homme ne peut réaliser ce paradis qu'en se résignant à être le *contenu* d'un tout qui le dépasse et qui est nécessairement plus puissant que lui : d'où cet état d'infériorité, ce « complexe », car c'en est un, de l'homme et toutes les inventions qu'il imagine pour donner le change et se prétendre le maître. Mais la femme réalise elle aussi la situation paradisiaque, de l'autre côté, en donnant asile à l'enfant — lorsqu'elle est mère — et à l'homme — lorsqu'elle accomplit l'acte d'amour. Pour elle, c'est, *dans les deux cas*, une nouvelle naissance. Car, la Psychanalyse l'a mis en évidence, l'infériorité de la femme consiste seulement à être privée de la reconnaissance de son vagin par les parents, alors que la reconnaissance du pénis par les parents permet au garçon d'occuper une place sociale réelle. Et à partir du moment où le pénis de l'homme est dans son vagin, et ensuite quand l'enfant se trouve dans son ventre (le fantasme est identique), la femme ressent la reconnaissance de ce vagin comme un triomphe, comme sa véritable entrée dans le monde social. C'est d'ailleurs pourquoi une femme mariée jouit d'une considération que n'a pas la jeune fille, qu'une veuve ou une divorcée peut se permettre une vie libre interdite à une jeune fille. Le fait d'avoir été déflorée — puis ensuite d'être mère — constitue pour la femme une nouvelle naissance. Ainsi trouverons-nous certaines femmes se réalisant dans leur vie amoureuse, d'autres dans leur vie de mère. Mais la prise de conscience est la même. La nouvelle naissance concerne aussi bien la femme que l'homme.

Cependant, d'après les légendes celtiques, et aussi d'après d'anciennes traditions des autres peuples indo-européens, il semble que la femme joue le rôle essentiel et que l'homme sorte de l'épreuve beaucoup plus transformé. C'est ce qui ressort du très vieux mythe de Circé, déjà récupéré dans *L'Odyssée*, au profit d'une société paternaliste qui en tire des arguments contre les femmes en montrant le redoutable pouvoir qu'elles possèdent, pouvoir qui ne peut être que négatif dans cette optique faussée. Il est bien dit que Circé transforme ses amants en animaux qu'elle garde dans une sorte de musée. Après tout cela vaut mieux qu'Antinéa qui faisait momifier ses amants, ou que Dahud-Ahès qui les faisait jeter dans un gouffre, ou encore Marguerite de Bourgogne qui s'en débarrassait dans la Seine, pourtant déjà fortement polluée à cette époque. Bien entendu le rusé Ulysse, type parfait de la société paternaliste (ne cherche-t-il pas à retrouver son père à Ithaque, son père qui est le symbole de la permanence du pouvoir, celui-ci étant représenté par Pénélope), Ulysse, donc, ne succombe pas aux charmes de Circé : au contraire il la combat et parvient à délivrer tous ceux qui s'étaient laissés prendre au piège. Il fait donc machine arrière. Il refuse à la femme, symbolisée par Circé, déesse et magicienne, le don de création, le pouvoir de transformer l'être humain. Cette idée *réactionnaire* a fait son chemin. On le retrouve partout dans des histoires concernant les « mauvaises fées », les « sorcières » et autres créatures du diable. En voici la version bretonne-armoricaine[103] :

La Groac'h de l'île du Lock (Bretagne armoricaine) : Le Léonard Houarn Pogamm, avant d'épouser Bellah Postik, a décidé de chercher fortune. Il quitte sa fiancée qui lui remet deux reliques (= objets magiques), la clochette de Saint-Koledok qui se fait entendre, quelle que soit la distance, à tous les amis de celui qui la porte lorsqu'il est en danger, ainsi que le couteau de Saint-Korentin qui rompt tous les enchantements. Bellah conserve pour elle-même la troisième relique, le bâton de Saint-Vouga, qui peut conduire son possesseur où il le désire.

Houarn s'en va à l'île du Lok où se trouve une sorcière, la Groac'h, qui garde de fabuleux trésors. Elle habite dans le lac qui occupe l'intérieur de l'île, et on parvient dans son palais merveilleux en embarquant sur un bateau en forme de cygne. Houarn se trouve donc en face de la Groac'h qui l'accueille aimablement, le fait boire et lui propose de l'épouser. Houarn est sur le point d'accepter quand il entend les poissons que la Groac'h vient de mettre dans la poêle pour les frire murmurer des choses incompréhensibles, et comme il les touche avec son couteau magique, il les transforme en hommes qui lui disent avoir été enchantés par la sorcière après l'avoir épousée. À ce moment, la Groac'h revient et lance son filet d'acier sur Houarn qui est métamorphosé en grenouille. Mais la clochette de Saint-Koledok sonne jusqu'aux oreilles de Bellah qui, vêtue en jeune garçon, arrive très vite, grâce au bâton de Saint-Vouga. La Groac'h, qui ne devine pas le déguisement, manifeste le désir d'épouser Bellah, mais celle-ci, avant de répondre, demande à capturer un des poissons qui s'ébattent dans le vivier avec le filet que porte la Groac'h à sa ceinture. Et Bellah lance le filet sur la Groac'h qui se transforme en hideuse reine des champignons et elle va la jeter dans un puits. Après quoi, grâce au couteau de Saint-Korentin, elle rend leur forme et leur liberté à Houarn et à tous les malheureux époux de la Groac'h. Enfin, Houarn et elle s'emparent des trésors qui étaient entreposés dans le palais merveilleux de la Groac'h (E. Souvestre, *Le Foyer breton*, réédité dans Gwenc'hlan le Scouëzec, *Histoires et Légendes de la Bretagne mystérieuse*, p. 131-143.).

Dans cette légende, les éléments du décor sont entièrement empruntés à la mythologie. La Groac'h (étymologiquement vieille femme, donc sorcière) est une fée des Eaux, vivant dans un palais qui se trouve sous un lac, dans une île. La situation géographique est éloquente : la femme au milieu des eaux représente la mère, la déesse-mère, qui reprend ses enfants et les transforme, leur donnant ainsi une nouvelle vie. Mais si la Groac'h représente la Mère, elle signifie aussi la puissance maternelle ancienne, autrement dit la coutume gynécocratique. Quand Houarn, conscient des périls qui le menacent, accepte d'aller trouver la sorcière en son palais merveilleux, il peut s'agir de deux choses : ou bien il fait retour dans le domaine du rêve qui est celui de son enfance et même de son état d'avant la naissance ; ou bien il sait au fond de lui-même qu'il n'est pas en possession de tous les pouvoirs, et qu'il suffit d'aller les chercher là où ils se trouvent, dans l'univers maternel, dans une société encore gynécocratique. Les trésors de la Groac'h sont évidemment les trésors de l'Autre Monde, mais cet Autre Monde n'est pas le paradis futur : c'est l'Autre Monde que l'on côtoie sans cesse et où il est nécessaire de plonger pour retrouver ce qui n'a pas encore été utilisé, ce qui a été méprisé par la société androcratique. En fait il s'agit d'un retour aux sources.

Mais Houarn n'est pas libre. Il est attaché à Bellah, laquelle représente la femme vue par la société paternaliste, femme pensée comme épouse légitime et respectueuse de la loi des hommes. Elle ne peut pas laisser partir Houarn sans couper le fil : d'où l'utilisation des talismans, clochette et couteau, qui permettent à Bellah d'intervenir et de « sauver » une situation compromise par l'abandon de Houarn, qui a succombé aux charmes de la Groac'h, lisons : qui a voulu tenter l'expérience gynécocratique. Car il est bien évident que dans l'état actuel du conte, on a masqué l'acceptation de Houarn sous un flot d'éloquence : ce n'est pas de sa faute, le vin qu'il a bu l'a échauffé, lui a ôté ses moyens de défense. C'est un refrain que l'on a souvent utilisé et qui est destiné à accentuer le rôle de tentatrice de la femme-serpent, de la femme-monstre, de *l'ogresse*. Quand la Groac'h jette son filet sur Houarn, la métaphore est claire : elle fait rentrer son fils dans son ventre et le fait régresser sous forme de grenouille (ou de poisson). Ce retour à l'état primitif est considéré, dans le contexte actuel du conte, comme une malédiction. Il faut donc rétablir d'urgence la situation actuelle : d'où le personnage de Bellah. Il y a donc ici un combat entre la Mère et l'Épouse (légitime bien entendu), ou encore entre la Mère et la Fille. C'est la Fille qui l'emporte parce qu'elle est soumise à la Loi paternelle.

Cette transformation subie par Houarn et les autres époux temporaires de la Groac'h est donc un retour vers une société gynécocratique où l'être humain trouve un nouvel équilibre dans des rapports affectifs différents et basés sur une complicité mère-fils, cette fameuse complicité que le Christianisme, du moins à l'origine, a essayé de restaurer dans le couple Marie-Jésus. Dans la légende qui nous occupe, il peut y avoir opposition entre deux types de christianisme, l'ancien représenté par la Groach, et le nouveau par Bellah. Une telle affirmation a certainement quelque chose de scandaleux, et pourtant bien souvent la véritable religion chrétienne, pure et idéologique, se trouve dissimulée sous le masque hideux du diable, tant a été bien organisée la machination paternaliste répressive qui a fait de notre société soi-disant évoluée une supercherie intégrale.

Car à travers ce symbolisme de la Groac'h, refoulé au fond de l'inconscient, nous retrouvons non seulement le christianisme authentique, celui du couple Marie-Jésus (qui n'est plus utilisé que pour des sermons bêtifiants), mais aussi la formulation ancienne des rapports entre l'homme et la femme. Ces rapports anciens sont réactualisés par l'amour de Tristan et d'Yseult, de Diarmaid et Grainné, de Noisé et Deirdré, amour qui s'oppose formellement à la légitimité du roi, qu'il soit Mark, Finn ou Conchobar. Ici, la Groac'h restitue à Houarn cet ancien type de rapports *qui n'est plus supportable par la société actuelle*, paternaliste, répressive sur le plan des instincts, axée sur la productivité par suite de la non-satisfaction. Alors Bellah, la *femme-objet*, création de cette société, vient à la rescousse, car elle a eu la prudence de ne laisser partir Houarn qu'après avoir donné à celui-ci le fil *d'Ariane*.

Car nous y voici : nous vivons, depuis le début de la Psychanalyse, sur un non-sens, une incompréhension totale du mythe d'Ariane, et partant de là, du mythe de Phèdre, lequel rôde sans cesse dans les légendes que nous étudions. *En réalité, le fil d'Ariane n'est pas le cordon ombilical qui rattache Thésée* (*donc l'homme*) *à Ariane* (*sa mère*), *mais le fil incassable qui lie l'Homme à la Société paternaliste*[104].

Si Ariane a donné le fil à dérouler à Thésée, ce n'est pas pour l'aider à tuer le monstre, ce n'est pas pour lui indiquer le chemin de l'intérieur, mais au contraire pour lui montrer la sortie, c'est-à-dire pour le faire revenir à elle. Cette constatation est d'une importance capitale, non pas parce qu'elle remet en question la signification d'un mythe, mais au-delà, parce qu'elle fait comprendre comment l'homme se laisse prendre aux images toutes faites que lui procure une société hiérarchisée et répressive. C'est le Labyrinthe qui est le symbole maternel évident, et le fait d'aller tuer le Minotaure, monstre hydride signifiant l'alliance contre-nature de la force masculine et de la fécondité féminine (le taureau et Pasiphaé), est un effort pour remonter aux sources, pour revenir, sous le couvert du ventre maternel, à un point où les rapports entre les deux sexes pourraient être repensés. Or Ariane, femme-objet, tire les ficelles du drame dont Thésée est le héros : elle fait semblant de donner la liberté à l'homme, mais elle le tient, il sera obligé de revenir et de se soumettre aux volontés qu'elle incarne.

Thésée cependant s'est révolté contre cet esclavage. Il a abandonné Ariane. Et celle-ci, que l'on plaint généralement, a pourtant mérité son sort : femme-objet, elle ne dure que ce que durent les objets.

Quand on n'a plus besoin d'un objet, on le jette à la poubelle. Et c'est Phèdre qu'épouse Thésée.

Là aussi, pour peu qu'on veuille être objectif et ne pas s'embarrasser des idées reçues, le mythe va s'éclairer sous un jour entièrement nouveau. Car le complexe personnage de Phèdre ne manque pas de grandeur. Quand Thésée épouse Phèdre, il épouse celle qui représente la liberté, l'initiation. Phèdre lui a certainement montré un vase rempli d'un breuvage magique, et au fond de ce vase, il y avait sans doute *des choses diablement intéressantes*, sans quoi il n'aurait pas abandonné Ariane pour Phèdre. Mais, dans le contexte de la société qui est la sienne, le roi Thésée, prenant la succession de son père, ne peut que jouer le rôle qui lui est imparti, celui de défenseur de la société qui l'a fait roi. Il trompe Phèdre et multiplie les aventures amoureuses qui, dans la fable, sont autant de symboles d'infidélité à ce que représente Phèdre, c'est-à-dire un pouvoir basé sur la sensibilité et l'instinct. Et voici Thésée à la poursuite de la Femme-Objet qui lui répugnait autrefois. À ce moment, Phèdre, horriblement déçue par ce héros qui s'abaisse sous la loi commune, ne peut que jeter ses regards ailleurs. Et où donc sinon sur Hippolyte, le jeune Hippolyte, le héros qui n'a certes pas fait ses preuves, mais en qui tous les espoirs sont permis, Hippolyte qui est l'aspect du nouveau Thésée, comme l'a si génialement exprimé Jean Racine :

> « Oui, prince, je languis, je brûle pour Thésée :
> Je l'aime ; non point tel que l'ont vu les Enfers,
> Volage adorateur de mille objets divers,
> qui va du dieu des morts déshonorer la couche ;
> mais fidèle, mais fier, et même un peu farouche,
> charmant, jeune, traînant les cœurs après soi... »

En Psychanalyse, on appellerait cela un phénomène de « transfert ». C'en est un en effet, mais il va beaucoup plus loin lorsqu'on lit la suite de la déclaration de Phèdre à Hippolyte dans la tragédie de Racine. Racine n'a jamais été aussi loin dans l'intuition de la véritable signification du mythe : en un éclair, il nous brosse la situation réelle. Tous les ressorts deviennent apparents et sont la justification morale et métaphysique de l'attitude de Phèdre :

> « Pourquoi, trop jeune encore, ne pûtes-vous alors
> Entrer dans le vaisseau qui le mit sur nos bords !
> Par vous aurait péri le monstre de la Crète,
> Malgré tous les détours de sa vaste retraite :
> Pour en développer l'embarras incertain,
> Ma sœur du fil fatal eût armé votre main.
> Mais non : dans ce dessein je l'aurais devancée ;
> L'amour m'en eût d'abord inspiré la pensée ;
> C'est moi, prince, c'est moi dont l'utile secours
> vous eût du Labyrinthe enseigné les détours.
> Que de soins m'eût coûtés cette tête charmante !
> Un fil n'eût point assez rassuré votre amante :
> Compagne du péril qu'il vous fallait chercher,
> Moi-même devant vous j'aurais voulu marcher ;
> Et Phèdre, au Labyrinthe avec vous descendue,
> Se serait avec vous retrouvée ou perdue. »

Étonnant Racine, le plus classique d'entre les Classiques, en plein siècle de logique cartésienne et de raison triomphante ! Quel paradoxe de trouver en ses œuvres la justification de toute une thèse concernant la femme celtique ! Il est vrai que la femme celtique est la femme universelle, *avant l'occultation*, et que Racine, cherchant avant tout l'universalité, devait fatalement se trouver en face de ce mythe fondamental. Mais il ne suffisait pas de se trouver en face du mythe, fl fallait l'expliquer ou du moins le sentir. Et c'est ce que Racine a fait, avec génie.

Tout est dit en effet. Si Hippolyte — ou un Thésée digne d'être conduit au fond du Labyrinthe[105] — s'était trouvé là, ce n'est pas Ariane, femme-objet, création de la société paternaliste, qui l'eût aidé. C'est Phèdre elle-même, et elle prend soin de préciser que, grâce à son amour (c'est en cela que nous rejoignons le mythe de Tristan), elle aurait marché *devant* Hippolyte, et qu'elle ne se serait pas faite la complice de la société en attachant un fil au poignet du héros. Phèdre aurait partagé le sort de Thésée-Hippolyte, Phèdre aurait marché devant lui, lui aurait servi de guide. Voilà qui change tout, et qui bouleverse l'opinion assez stupidement répandue (depuis Chateaubriand hélas !) selon laquelle Phèdre serait une chrétienne à qui la grâce aurait manqué. Phèdre est une initiatrice, une transformatrice, au même titre qu'Yseult, Grainné et Deirdré. Phèdre, descendante du Soleil (pensons à Grainné dont le nom vient du mot irlandais qui signifie « soleil », pensons à Yseult la Blonde, personnage éminemment solaire), Phèdre la Solaire conduisant le héros dans les sombres replis du Labyrinthe (le ventre maternel) à la recherche de la Vérité qui se trouve au fond de la matrice, il y a là de quoi rêver. Car au lieu d'une femme maudite, vicieuse, suborneuse de mineur, nous voyons apparaître le visage d'une fée qui offre à l'homme de le guider dans les sombres régions où elle seule peut éclairer le décor, où elle seule peut conduire, car elle seule connaît le chemin. *Et ce n'est pas le chemin du retour, c'est le chemin de l'aller*.

Bien entendu, pas plus que Thésée, Hippolyte ne comprend le message. Il s'éloigne avec horreur de Phèdre. Il a en fait la même attitude que Tristan qui fuit Yseult, que Diarmaid qui refuse à Grainné de le suivre, que Noisé qui écarte Deirdré parce qu'elle est promise à Conchobar. La Femme, la Femme authentique, réintégrée dans sa pleine puissance fait peur à ces sous-produits de la société paternaliste. C'est pour cela qu'Hippolyte sera détruit, parce qu'il est aveugle, parce qu'il n'entrevoit pas la possibilité qui s'offre à lui[106].

Et pourtant Phèdre a été très loin. Toujours dans la

tragédie de Racine qui représente la reconstitution du mythe primitif, nous voyons Phèdre *prononcer un véritable geis* sur Hippolyte, lorsqu'elle le provoque :

> « Venge-toi, punis-moi d'un odieux amour…
> Voilà mon cœur, c'est là que ta main doit frapper. »

Mais Hippolyte ne comprend pas la portée de ce *geis*. Alors Phèdre insiste :

> « Frappe…
> Ou si d'un sang trop vil ta main serait trempée,
> Au défaut de ton bras prête-moi ton épée ;
> Donne. »

Et Phèdre s'empare de l'épée d'Hippolyte. Cet objet, qui restera en sa possession et qui sera la pièce à conviction lorsqu'il s'agira d'accuser Hippolyte de tentative de viol, est donc l'instrument du destin : il est en fait la matérialisation du *geis*, comme le philtre de Tristan. Mais si Tristan, Diarmaid et Noisé ont eu la chance de pouvoir réaliser leur amour et d'arriver à la vérité, Hippolyte, ayant refusé d'obéir à l'obligation du *geis*, sera tout de suite perdu, sans avoir eu droit à une parcelle de connaissance quelconque.

D'ailleurs la situation créée dans la légende grecque était intolérable et devait se résoudre par la mort des antagonistes. Phèdre devait disparaître parce que monstrueuse : elle a eu le sort des traîtres qu'une société élimine obligatoirement. Hippolyte, d'une part parce qu'il est entraîné dans la mort par la vengeance de Phèdre, d'autre part parce qu'il risque d'être malgré tout contaminé par la dangereuse maladie que représentait Phèdre. C'est Poséidon, dieu tutélaire de Thésée, donc dieu protecteur des institutions androcratiques, qui se charge de l'accomplissement de la vengeance.

Dans une des versions celtiques de la légende, tout

se passe autrement, et comme si on n'attachait pas une importance particulière au thème de l'inceste :

L'Inondation du Lough Neagh (Irlande) : Un roi de Munster a deux fils, Rib et Ecca. « Ecca était sans repos et intraitable, et ses manières déplaisaient grandement au roi. Il dit à son frère Rib qu'il avait décidé de quitter la maison paternelle et de conquérir des terres pour lui-même dans quelque lointaine partie du pays. Rib essaya avec force de l'en dissuader, mais s'il réussit à le retenir un certain temps, il ne put s'opposer à son départ. À la fin, Ecca, *manœuvré par sa marâtre Ebliu*, causa un grave affront à son père et s'enfuit de Munster avec tous ses gens. Et son frère Rib et sa marâtre Ebliu partirent avec lui. » Les druides disent qu'il faut que les frères se séparent. Rib va se fixer dans une plaine et « là l'eau d'une fontaine jaillit de la terre » et le noie lui et ses gens. Quant à Ecca, il s'établit dans une autre plaine et construit une forteresse et une ville. Ce n'est que beaucoup plus tard que les eaux d'une fontaine envahissent la plaine et noient tout le monde sauf le gendre d'Ecca et Libane, la fille qu'il a eu d'Ebliu (J. M., *L'Épopée celtique d'Irlande*, p. 39-43).

Cette histoire est aussi une des versions de la Ville d'Ys. Mais il est remarquable de constater la complicité d'Ecca et de sa marâtre Ebliu : ils sont tous les deux opposés à la puissance paternelle. En fait ils réalisent ce que Phèdre et Hippolyte n'ont pas fait, ils substituent à l'autorité du roi de Munster, autorité masculine unique, un nouveau système beaucoup plus féminin et reposant sur un équilibre entre l'homme et la femme, entre le fils et la mère, puisqu'Ebliu, comme Phèdre, est l'équivalent de la véritable mère. C'est également le sens de l'image chrétienne de Jésus et de Marie. Il y a réussite dans la légende celtique, mais cette réussite ne sera qu'éphémère, elle ne peut durer parce que l'autorité masculine pure de la société paternaliste est bafouée. Les Celtes étaient, comme les autres, dans des structures androcratiques[107].

Constamment, avec les personnages de Phèdre, d'Ebliu, d'Yseult, de Grainné et de Deirdré, nous touchons au thème de la révolte de la Fille-Fleur. Il s'agit d'un autre aspect de Blodeuwedd, la femme-Lilith qui réapparaît sous le masque d'Ève. Le lien qu'elles établissent avec leur amant est quelque chose de redoutable, de magique, de définitif. La grande leçon qu'on peut en tirer est celle-ci : tout se passe comme si ces légendes mettaient en valeur le pouvoir *absolu et corrosif* de l'Amour. L'Amour est destructeur d'une société organisée parce qu'il isole deux êtres, qui se suffisent à eux-mêmes et se dressent contre le cadre juridique existant.

Phèdre, cependant, a échoué. Il y a d'autres exemples d'échecs de ce genre[108]. Elle se venge en entraînant Hippolyte dans la mort, elle accuse celui-ci de ce qu'il n'a pas fait[109]. *La machine infernale* est en route et plus rien ne pourra l'arrêter : car un *geis* non observé conduit à la perte irrémédiable et rapide de celui qui n'a pas franchi le pas. Et ce pas, ne l'oublions pas, est très difficile à franchir, puisqu'il s'agit de réfuter d'un seul geste, d'une seule parole, tout l'acquis d'une société paternaliste. C'est une sorte de blasphème, la transgression d'un interdit séculaire, celui de l'*Inceste*, et le retour à une situation antérieure. C'est cela que proposait Phèdre à Hippolyte[110]. C'est cela que proposait Yseult à Tristan au fond du philtre. C'est cela que Grainné proposait à Diarmaid en le menaçant de destruction s'il n'obéissait pas. C'est cela que proposait Deirdré à Noisé en lui tirant les oreilles. Parce qu'*après*, il y avait *des choses diablement intéressantes* à découvrir.

Ces *choses diablement intéressantes*, elles se trouvaient aussi au fond d'un chaudron célèbre dans la mythologie galloise, celui de la déesse-sorcière Keridwen. Et nous allons voir que cette Keridwen, qui ressemble beaucoup à la Groac'h de l'île du Lok, a aussi beaucoup de points communs avec Yseult, Grainné et Deirdré.

Histoire de Taliesin (Pays de Galles) : Keridwen a sa demeure au milieu du lac Tegid. Comme elle a un fils d'une laideur repoussante, elle décide de lui donner la connaissance parfaite, et pour ce faire, elle fait bouillir un « chaudron d'inspiration et de science ». L'opération doit durer un an. Keridwen charge un certain Gwyon Bach de surveiller le chaudron. Or un jour, « trois gouttes du liquide magique coulèrent du chaudron et tombèrent sur le doigt de Gwyon Bach. Et en raison de leur grande chaleur, il porta son doigt à sa bouche, et à l'instant même où les gouttes merveilleuses le touchèrent, il vit toutes choses à venir ». Keridwen, furieuse de voir son travail gâché, poursuit Gwyon. Mais celui-ci, qui a la connaissance parfaite, se transforme en différents animaux afin d'échapper à la colère de Keridwen. Keridwen se transforme elle-même en différents animaux, et finalement, sous la forme d'une poule, elle avale Gwyon Bach qui s'était métamorphosé en grain de blé. « Et à ce que dit l'histoire, elle fut enceinte. Quand vint l'époque de sa délivrance, elle n'eut pas le courage de tuer l'enfant en raison de sa beauté. C'est pour quoi elle le mit dans un sac de peau. Elle jeta le sac à la mer... » Et cet enfant sera le barde Taliesin, célèbre par sa connaissance du monde, véritable incarnation du druidisme (J. M., *L'Épopée celtique en Bretagne*, p. 94-97[111]).

Il est évident que le Chaudron de Keridwen est une des figurations du Graal primitif, dispensateur de richesses intellectuelles. Il est non moins évident que ce Chaudron a des rapports avec le Philtre que boivent Tristan et Yseult. Le liquide qu'ils contiennent tous deux est interdit à ceux à qui il n'est pas destiné. Or Gwyon Bach, comme Tristan, le boit *par mégarde* : ce qui veut dire que l'un et l'autre ont transgressé un interdit. En buvant le philtre, Tristan se lie définitivement et obligatoirement à Yseult. Yseult métamorphose complètement l'ancien Tristan et en fait un homme nouveau, qui est à la fois son fils et son amant. En buvant les trois gouttes du chaudron préparé par Keridwen, Gwyon Bach se lie définitivement et obligatoirement à Keridwen. Il essaie de s'échapper : il ne réussit pas, car les trois gouttes ont la valeur du *geis*. Et Keridwen *l'avale*. L'image est claire : il s'agit tout simplement de l'acte sexuel, de l'engloutissement de l'Amant par la Maîtresse, réalisation fantasmatique qui découle de l'absorption du pénis par le vagin. Gwyon Bach revient dans le sein de sa mère pour une nouvelle maturation, et quand il renaît, ce n'est plus sous la forme ancienne de Gwyon Bach, c'est sous la forme nouvelle de Taliesin. Keridwen a donné une nouvelle vie à celui qu'elle a englouti, celui qui est à la fois son fils et son amant. C'est l'illustration la plus éclatante de la métamorphose que la Femme fait subir à l'homme qu'elle a choisi et qu'elle aime. L'acte d'amour débouche sur une nouvelle naissance. Gwyon Bach, Tristan, Diarmaid, Noisé, ont réussi ce qu'Hippolyte n'a pas osé faire : en aimant, contre toutes les lois, contre toutes les obligations précédentes, celle qui est l'image de leur mère, ils ont franchi une étape fondamentale. À ce moment-là, par la vertu de l'Amour, comme par la vertu de la Poésie qui est elle-même une transformation, *Je est un autre*. On pense à la légende de saint Jean Chrysostome qui était un fort mauvais écolier. Un jour il pria la Sainte Vierge devant sa statue. Et la statue lui parla, lui demandant de venir embrasser ses lèvres. Il appuya donc ses lèvres sur celles de la Sainte Vierge, et par ce seul baiser, il fut pénétré d'une immense sagesse et de connaissances miraculeuses dans les arts : c'est pourquoi il fut appelé saint Jean « Bouche d'Or ».

Mais cette anecdote nous permet d'insister sur la transgression que constitue le geste d'amour. Il était presque blasphématoire pour saint Jean d'embrasser les lèvres de la Sainte Vierge. Il n'était pas moins blasphématoire pour Tristan de prendre la femme (ou la future femme) de son oncle. Il y a rupture d'équilibre, acte de révolte, défi à la société. C'est à ce prix que peut s'opérer la transformation de l'homme, et par-delà, la destruction de la société existante et son remplacement par une autre. Mais les héros de l'aventure sont encore des francs-tireurs, des hors-la-loi, des êtres bizarres. Dans toutes les mythologies l'amant de la déesse est un être exceptionnel, la plupart du temps promis à un sort tragique. Dans les contes populaires qui expriment non seulement les angoisses inconscientes de l'humanité mais aussi ses espérances, l'amant de la déesse est devenu l'aventurier qui réussit une épreuve : comme récompense, on lui donne la fille du roi, il devient le gendre du roi, et parce qu'il n'y a pas de hasard, ce roi n'a pas de fils. Par conséquent c'est l'aventurier, celui qui a osé transgresser le tabou de classe, qui devient l'héritier du trône. Pourquoi ? Parce que la Princesse est la Souveraineté et parce qu'elle a transformé l'homme qu'elle aime, faisant d'un pauvre vagabond un roi. Mais là, la boucle est bouclée. Car le nouveau roi va forcément être prisonnier de son rôle. Il sera le défenseur de l'ordre qu'il a combattu. C'est encore un constat d'échec.

Il est vrai que d'autres contes éludent cette fin. Il n'est question que de la force transmise par la femme. Ainsi une tradition du pays de Tréguier, passant sous silence les relations amoureuses du héros et de la fée, met néanmoins l'accent sur le rôle joué par la mère dans la transformation et la nouvelle naissance de l'enfant :

Histoire de Rannou le Fort (Bretagne armoricaine) : Une femme sauve une sirène qui s'était échouée et la remet dans la mer. En récompense, la sirène lui remet un breuvage qui doit rendre son fils plus fort et plus vaillant que tous les autres hommes. Elle précise qu'il ne faut pas répandre une seule goutte de ce breuvage parce qu'il peut être dangereux. La femme, avant de le faire boire à son fils, l'essaie sur son chat. Comme le chat ne semble pas se porter plus mal, elle donne donc le breuvage à son fils. « Le petit Rannou et le chat ressentirent bientôt la puissance du philtre magique. Le chat devint si grand et si fort qu'il fallut l'attacher à un rocher avec des chaînes de fer. Quant à Rannou, à l'âge de neuf ans, il cassait avec ses mains sept fers à cheval réunis. » Puis il prit tant de taille et tant de force qu'il devint un géant (Recueilli par Kerambrun et raconté par R. F. le Men, *Revue celtique*, I, p. 416).

La ressemblance avec l'histoire de Keridwen ne fait aucun doute. Le breuvage que donne la fée est comparable au breuvage contenu dans le Chaudron. Ce breuvage donne ici la force physique tandis que dans l'histoire galloise il donnait la connaissance parfaite. Nous trouvons encore un souvenir de Keridwen dans la pieuse légende de saint Conérin qui, tué par des malfaiteurs et brûlé par eux, est transformé en pomme, laquelle pomme est mangée par une jeune femme qui s'en trouve enceinte et lui redonne la vie, une nouvelle vie dans la sainteté et la connaissance de toutes choses[112].

C'est encore en Bretagne Armoricaine que nous trouverons un conte significatif dont l'origine se réfère au même mythe. Dans le contexte plus ou moins christianisé des contes populaires, l'amour de la fée et du héros est occulté au profit d'une amitié qui procure des dons magiques. Mais le thème est toujours présent : l'homme a obtenu ses pouvoirs; d'une femme mystérieuse et qui est l'image de la déesse polymorphe.

Koadalan (Bretagne armoricaine) : Le jeune Koadalan a obtenu la richesse et trois livres de magie grâce à une mystérieuse jument qui s'est transformée en femme[113]. Un jour, pour échapper à trois diables qui veulent s'emparer de lui[114], il prend l'aspect d'un bœuf, puis d'un chien. Les trois diables qui avaient l'allure de marchands courent après lui sous l'aspect de loups. Mais Koadalan-chien réussit à regagner sa demeure. Une autre fois, c'est sous l'aspect d'un cheval qu'il est fait prisonnier par les trois diables. Mais « le cheval saute dans la rivière et se change aussitôt en anguille. Les trois marchands y sautent après lui et se changent en trois grands poissons, pour poursuivre l'anguille. Mais celle-ci s'envole alors, sous la forme d'une colombe, et s'élève très haut en l'air, au-dessus de la ville. Les trois grands poissons la poursuivent encore sous la forme de trois éperviers ». Puis la colombe se change en bague d'or qui tombe dans un baquet que remplissait une servante. La servante met la bague à son doigt. Les trois éperviers se changent en trois musiciens qui vont jouer sous les fenêtres du château et réclament pour récompense la bague d'or de la servante[115]. Mais Koadalan reprend un instant sa forme d'homme pour dire à la servante de ne donner la bague qu'en la jetant dans un grand feu où les musiciens iront la chercher. Ainsi est fait. Mais la bague d'or se change en grain qui[116] se trouve dans le grenier. Les musiciens deviennent trois coqs qui se mettent à chercher le grain. Alors le grain se change en renard qui croque les trois coqs. Koadalan est débarrassé des diables. Quand il devient vieux, Koadalan, qui ne veut pas mourir et qui possède le secret pour re-naître, prend ses dispositions. Il fait venir une femme allaitant son premier-né, lui propose de demeurer six mois dans son château moyennant cent écus par mois. Elle ne devra voir personne, pas même son propre mari. Et Koadalan lui dit : « Je serai mis à mort et haché menu comme chair à saucisses ; puis, mon corps, ainsi réduit en morceaux, sera mis dans une grande terrine. Cette terrine sera enfouie dans un tas de fumier chaud, et deux fois par jour, pendant six mois, à midi et à trois heures, il vous faudra venir, une demi-heure chaque fois, répandre le lait de vos seins sur le fumier, à l'endroit où se trouvera la terrine. Mais prenez bien garde de vous endormir pendant que vous répandrez le lait de vos seins. Au bout de six mois, si vous faites exactement ce que je vous recommande, je me relèverai tout entier de la terrine, plein de vie et de santé, et plus fort et plus beau que je ne fus jamais ; et alors je ne mourrai plus jamais. » Tout est fait comme le demande Koadalan. Pendant des mois la femme accomplit son office, mais trois jours avant que le terme arrive, elle s'endort sur le tas de fumier. « Quand on découvrit la terrine, on retrouva le corps de Koadalan tout entier, sorti du vase[117] et sur le point de se relever. Encore trois jours et il aurait réussi ! » (Conté par Jean-Marie Guézennec, charpentier à Plouaret et recueilli par Luzel en 1869, *Revue celtique*, II, p. 106-131.)

Cette étrange histoire de Koadalan, le « Taliesin armoricain », fait songer à quelque rituel antique de régénération. On pense à Pélops, démembré et mis à bouillir dans le chaudron de Clothô. On pense à Osiris démembré par Typhon et reconstitué par Isis. Car la femme est là. C'est la déesse-jument, protectrice de Koadalan, qui lui a donné la possibilité d'échapper aux trois diables en se métamorphosant. C'est encore elle qui lui a donné la recette pour renaître dans un corps immortel. Pour cela il est nécessaire de mourir, du moins provisoirement. Faust pour rajeunir n'avait pas eu besoin de cette « cuisine », mais il avait dû vendre son âme à Méphisto. Koadalan ne vend pas son âme. Mais il ne réussit pas, à cause d'une inattention de la part de la femme. Et quelle est cette femme ? Le substitut de la déesse, la Nourricière, la Pourvoyeuse, celle que les Indiens appelle Anna Pourna, les Latins Anna Parenna, les Bretons sainte Anne. C'est de son lait qu'elle alimente Koadalan démembré et réduit en chair à pâté. Et où se trouve-t-il ? dans une terrine, ou un vase, image de la matrice. Et ce récipient est lui-même placé sous du fumier. On pense à la réflexion de saint Augustin : « nascimur inter faeces et urinam ». Mais le fumier est chaud, on le sait, c'est un endroit parfaitement favorable réellement et symboliquement à la maturation d'un être. Et de toute façon, il faut bien ramper dans la caverne remplie d'exhalaisons fétides, dans le labyrinthe sale et obscur, dans les eaux croupies des étangs, si l'on veut découvrir le palais enchanté de la déesse et s'ouvrir à ce monde étrange et paradisiaque sur lequel elle règne.

L'acte d'amour est lié à la mort, c'est bien connu. Chez certains animaux, comme la mante religieuse, le coït est suivi du repas nuptial, mais c'est le mâle qui en fait les frais. L'orgasme masculin, toutes les études médicales sur ce point sont d'accord avec les observations de la Psychanalyse, plonge l'individu dans un état proche de la mort. C'est la grande déchirure par laquelle le mâle « décroche du réel » pendant une fraction de seconde, et après laquelle, biologiquement il n'a plus de raison d'exister puisqu'il a transmis sa semence et que celle-ci peut donner naissance à un nouvel être. « L'expulsion des produits sexuels dans l'acte génital, dit Freud, correspond à peu près à la séparation du *soma*[118] et du *germen*[119] ; c'est pour cela que la satisfaction sexuelle totale ressemble à la mort. »

Mais cette *petite mort* n'en est quand même pas une pour l'être humain[120]. Et cela parce que l'orgasme, si complet soit-il, n'arrive cependant pas à la satisfaction *totale*. Comme on le dit d'une façon quelque peu vulgaire, il faut qu'il en reste pour le lendemain. La nature même du désir est « de ne jamais être totalement satisfait, ce qui est la condition de sa renaissance[121] ». La vie étant un perpétuel élan vers quelque chose, le désir en est la motivation profonde. C'est bien ce que disait Schopenhauer en prétendant que l'homme trouverait le repos et le bonheur dans une sorte de *nirvâna* lorsqu'il aurait réussi à abolir le *vouloir-vivre*, c'est-à-dire tout désir de vivre, et par conséquent tout désir pur, celui-ci conduisant à une renaissance perpétuelle.

Alors, comme il s'agit d'étudier le mécanisme véritable du mythe de Tristan et Yseult (et Diarmaid et Grainné, et Noisé et Deirdré), nous ne pouvons qu'y appliquer ces constatations. Et ce sera d'abord pour donner tort, une fois de plus, à Denis de Rougemont lorsqu'il affirme : « L'ardeur amoureuse… est une flambée qui ne peut pas survivre à l'éclat de sa consommation. Mais la brûlure demeure inoubliable, et c'est elle que les amants veulent prolonger et renouveler à l'infini. » Voilà bien une idée issue d'un romantisme superficiel et d'un wagnérisme suspect. Cette fameuse brûlure n'est autre que le désir lui-même, qui n'a jamais été satisfait. Et l'amour de Tristan et Yseult, modèle de l'amour parfait, se confond avec *un désir jamais satisfait totalement et qui oblige les amants à recommencer perpétuellement*. Ils ont approché la mort, ils ont ressenti la *petite mort*, mais ils ne sont jamais vraiment morts. Ils ont surgi de la torpeur qui suit l'orgasme, plus décidés que jamais à recommencer : c'est cela la permanence, la pérennité de l'amour avec un grand A, la possibilité de recommencer indéfiniment le même acte. Car si, du premier coup, ils avaient eu la pleine satisfaction de leur désir, ils n'auraient plus jamais eu envie de recommencer. Quant à la mort tragique qui termine les aventures de Tristan et Yseult, de Diarmaid et Grainné, de Noisé et de Deirdré, et de bien d'autres encore, ce n'est pas la consécration de leur amour par la satisfaction totale de ce désir, mais la vengeance de la société qui ne peut pas tolérer de les voir ainsi uniquement préoccupés d'eux-mêmes. N'est-il pas significatif de voir une vigne et un rosier surgir des tombes de Tristan et Yseult et s'entrelacer, prouvant ainsi que tout continue après la mort, et que les deux amants se cherchent encore, éternellement. C'est d'ailleurs une constatation beaucoup plus belle et beaucoup plus poétique que le *liebentodt* morbide auquel on nous a trop habitué.

Car au fond du philtre, répétons-le, et on ne le répétera jamais assez, il y a des *choses diablement intéressantes*. Ce sont ces choses que cherchent les amants dans leurs étreintes. Le pouvoir du *geis* a été tel qu'ils ont obtenu la connaissance de *ce qu'il y avait*, de toutes les possibilités qui s'offraient à eux. À partir de ce moment, il n'existe plus rien d'autre que cela, il n'y a plus d'univers, plus de société, plus de lois, plus de liens familiaux. C'est l'ultime transgression de tous les tabous ancestraux, de tous les partis pris, de tous les engagements antérieurs. Une situation nouvelle est créée par le *geis*, et cette situation, en déséquilibre constant par rapport aux normes existantes, mais aussi en progression constante, permet aux amants d'envisager une situation idéale paradisiaque où seront réalisés enfin tous leurs rêves d'enfance, car en définitive, c'est le monde de l'enfance, ou de la vie intra-utérine que veulent réactualiser les amants. Et c'est pourquoi, après chaque orgasme, Tristan et Yseult *renaissent*, et recommencent. Mais que ferait Tristan sans Yseult ? Ou plutôt qu'aurait-il fait si Yseult n'avait pas été là pour lui montrer les *choses diablement intéressantes* qu'il y avait au fond du philtre ?

Car toute vie prend naissance sur la mort et inversement. Si le grain ne meurt, il ne peut renaître. C'est dans la femme que se produit cette renaissance, qui est à la fois psychologique et biologique. Les concepts que nous avons vus au sujet de la femme répugnante et monstrueuse, ou plutôt de la femme présentée comme telle, ne sont que les symboles de cette réalité : nous naissons du fumier, que cette naissance soit réelle ou fantasmatique. Mais, compte tenu de ce qu'on lui a dit, le héros de l'aventure hésite à s'engager plus avant. C'est ainsi que Tristan ne veut pas d'abord aimer Yseult, que Diarmaid ne veut pas suivre Grainné, que Noisé cherche à s'écarter de Deirdré. Ils ont peur, ils ont cette peur que la société leur a inculquée vis-à-vis de la femme, être étrange et mystérieux, dispensatrice de vie et de mort, *fumier vivant* qui nourrit de son sang et de son lait l'enfant qu'elle porte en elle et qui n'est que la projection de l'homme lui-même. D'où l'image de Keridwen, la sorcière qui se nourrit de son amant pour donner naissance à son enfant. Mais Taliesin n'est que la renaissance de Gwyon Bach. Et Keridwen se présente comme redoutable, tyrannique : elle est la Maîtresse qui domine. Il est normal qu'on en ait peur et qu'on la fuie. Mais pourquoi est-elle la Maîtresse ?

LA MAÎTRESSE DU VERGER

Quand Peredur, à peine sorti de l'univers maternel, a franchi le pont qui est la frontière typique entre ce qu'il était et ce qu'il commence à être, la première personne qu'il rencontre est une pucelle, sous une tente, au milieu d'un verger. Il lui dérobe un baiser, un pâté et un anneau. Mais le vol qu'il commet le lie définitivement à la pucelle, et par là à toutes les femmes qui vont le guider au cours de son étrange quête. Le baiser représente l'aspect sentimental, affectif, psychologique de son périple : il promettra son amour à toutes les femmes qu'il rencontrera, et toutes ces femmes ne seront que les aspects temporaires d'une même déesse, l'Impératrice. Le pâté qu'il mange goulûment représente la nourriture que la Femme lui donne et qu'elle lui donnera encore, car, même sevré, privé du lait maternel, l'homme tient sa nourriture de la femme. C'est l'aspect naturel, matériel, animal de la pérégrination. Quant à l'anneau, c'est la préfiguration de celui que lui donnera l'Impératrice, c'est le *geis* qui engage maintenant tout son destin. C'est l'aspect magique, surnaturel, métaphysique de la Quête. Et c'est la Maîtresse du Verger qui en est la cause primordiale.

Quand Owein pénètre dans le verger pour subir l'épreuve qu'on appelle « la Joie de la Cour », la première chose qu'il voit est une pucelle, au milieu du verger. Et c'est à cause d'elle qu'existe le sortilège qui pèse sur le pays. La Maîtresse du Verger étend sa domination sur l'Univers entier, parce que le Verger est un univers en réduction, un microcosme. La Maîtresse du Verger est l'image poétique de la Déesse-Mère, celle qui tient entre ses mains la vie et la mort. Elle se tient près d'un arbre, un pommier, qui est l'axe du monde, autour duquel s'organise la vie. On pense au Jardin des Hespérides, au paradis de la Genèse.

Quand Jaufré pénètre dans le château de Monbrun, il s'endort dans un verger merveilleux où chantent des oiseaux cachés dans les branches des arbres. Et quand il se réveille, c'est le visage de Brunissen qu'il voit, penché sur lui, Brunissen, la déesse brune, qui tombe amoureuse de lui et qui le lie par une sorte de *geis*. Car Brunissen, affligée par un deuil, se lamente d'être abandonnée, elle attend le fils-amant qu'elle métamorphosera par son amour et avec qui elle régnera sur un univers enfin réconcilié, où le bien et le mal n'existeront plus, réalisant ainsi la situation d'avant le péché originel.

Quand une femme de la Terre des Fées vient trouver Bran, fils de Fébal, pour lui vanter les beautés de son pays et l'engager à y venir, elle lui précise qu'il y a là-bas « un vieil arbre avec des fleurs, sur lequel les oiseaux chantent les heures ». Et Manannann mac Lîr, pour encourager Bran à continuer son voyage, ajoute qu'il s'y trouve « un bois avec des fleurs et des fruits, sur lequel sont des feuilles de couleur d'or ». Et ce bois est dans l'île d'Emain, la Terre des Femmes.

Quand Cûchulainn est invité par la fée Fand à venir la rejoindre dans la Terre de Promesse, il envoie son cocher Loeg en éclaireur, et celui-ci lui raconte ce qu'il a vu : « À la porte de l'est, il y a trois arbres de claire pourpre, d'où chantent des oiseaux longuement, doucement… Il y a un arbre à la porte du château, arbre d'argent où brille le soleil ; sa splendeur est pareille à l'or… Il y a là trois vingtaines d'arbres, leur sommet se touche, ne se touche pas ; trois cents hommes se nourrissent de chaque arbre, de leur fruit multiple et simple… Il y a une fille dans la maison noble, qui se distingue des femmes d'Irlande ; elle est jolie, elle est habile, avec une chevelure qui flotte... Elle blesse le cœur de tout homme, par son amour et son affection[122] ».

Quand Conn aux Cent batailles quitte l'Irlande à bord d'un petit *coracle*, au gré des flots, il aborde dans une île merveilleuse. « L'île avait de beaux pommiers, de nombreuses belles fontaines d'où coulait le vin, une forêt remplie de grappes brillantes, des noisetiers autour des fontaines avec des noix magnifiques, jaunes d'or, avec des petites abeilles qui bourdonnaient harmonieusement sur les fruits dégoulinants de sucs parfumés[123] ». Et là Conn est reçu par une reine qui possède une « chambre de cristal » où le soleil brille à profusion dans une atmosphère douce et limpide.

Quand Viviane demande à Merlin de lui enseigner comment on peut endormir un homme, tous deux se trouvent dans un verger magnifique appelé « Repaire de Liesse ». Et c'est là que Merlin dévoile le secret par lequel, un peu plus tard il se trouvera prisonnier de Viviane, et qu'il lui révèle aussi trois mots magiques qui permettent à une femme d'empêcher un homme de la posséder charnellement si elle s'y oppose.

Quand Tristan veut rejoindre Yseult sians que personne ne s'en aperçoive, il jette des copeaux dans un ruisseau qui avertissent la reine. Alors elle quitte la chambre de son mari, le roi Mark, et vient dans un verger clos où son amant l'attend, en dehors du monde, dans un univers où Yseult est la seule reine toute-puissante, la chevelure comparable aux rayons du soleil dans une nuit pourtant complice.

Et l'on pourrait multiplier les exemples de cette sorte. Tout se passe comme si, dans un lieu hors de la terre, régnait une femme dont les caractéristiques sont la *beauté*, la *lumière* et l'*autorité*. Elle est la Maîtresse, volontiers tyrannique, toujours obéie, jamais repoussée. À ses pieds se trouve l'Amant qui « se recrée aux rayons de ses yeux ».

Ce qu'il est important de constater, c'est le caractère solaire de la Dame du Verger, quelle qu'elle soit. Nous ne sommes évidemment plus à l'époque où, à cause de l'école de Max Muller, il était de bon ton de découvrir partout des héros solaires et de considérer la mythologie comme le jeu de cache-cache du soleil et des planètes, ce qui de toute façon n'expliquait rien. Mais il n'empêche que le soleil est inséparable de la Maîtresse du Verger.

D'abord Yseult nous est présentée avec une chevelure blonde comme l'or, donc comme le Soleil. Grainné a un nom qui vient de l'irlandais *grein*, ce qui signifie soleil. La Reine de l'Île des Fées habite un palais de cristal, ou bien possède une chambre de cristal, ou une chambre de verre dans laquelle convergent tous les rayons du soleil. Lorsqu'on aborde dans l'île, on est frappé par la lumière qui semble surgir du paysage. On comprend alors que le Verger, qui se trouve sur l'Île des Pommiers (*Insula Pomorum*), est une sorte de temple solaire, le lieu où réside le Soleil lui-même.

Ensuite, le soleil est féminin dans les langues celtiques et germaniques, ce qui nous indique la permanence d'une divinité solaire féminine antérieure à l'image que nous nous faisons du dieu-soleil Apollon. Le fait n'est d'ailleurs pas spécial aux traditions celtique ou germanique, car on rencontre dans la mythologie japonaise une déesse-soleil, et l'antique divinité des Scythes était un personnage féminin assimilé au Soleil : c'est cette célèbre « Diane Scythique », devenue l'Artémis des Grecs, dont les auteurs de l'Antiquité nous parlent en insistant sur les rites cruels et sanguinaires qui accompagnaient son culte.

Tout rentre dans le cadre de la révolte de l'homme contre la femme, révolte marquée à la fois par la prise du pouvoir par une société de type androcratique sur une société de type gynécocratique, et aussi par un renversement complet des valeurs religieuses : le remplacement des divinités féminines originelles par des divinités masculines adaptées aux nouvelles structures de la société.

Le type de ce renversement est la légende d'Apollon. Sur le plan historique qui se dessine à travers le mythe, Apollon, dieu-soleil, vient combattre le serpent Python qui régnait à Delphes et il le tue. Bien entendu il le remplace. Cela signifie qu'à Delphes, autrefois, on adorait une divinité féminine tellurique représentée par le serpent. Ce culte primitif *féminin* de la déesse-mère a donc été remplacé par le culte d'un héros *masculin*. Mais, chose très remarquable, pour se faire entendre des humains, le dieu mâle Apollon a besoin des femmes : et son interprète est la *Pythie*, autrement dit la prêtresse de l'ancienne religion, qui est restée en place, qui porte encore le nom de l'antique déesse-mère, et qui voit malgré tout son importance grandir au cours des siècles.

Cela donne à réfléchir sur Apollon lui-même. Qui est-il ? Il est fils de Lêto et de Zeus, d'après la mythologie grecque littéraire qui est, nous le rappellent les historiens des religions, le résultat d'une sclérose de croyances que nous ignorons en grande partie. Mais on lui adjoint une sœur, Artémis, la Diane des Latins. Apollon est donc le Soleil et Artémis la Lune. Il y a eu, en réalité, inversion des rôles : on a adjoint Apollon à Artémis qui primitivement était la déesse-soleil. Artémis et Lêto sont des doublets. Artémis est à la fois la sœur (version récente) et la mère (version ancienne) d'Apollon. Cette argumentation s'appuie non seulement sur des constatations générales quant à l'évolution des religions, mais sur le mythe celtique de Modron et de Mabon[124].

Ce mythe de Mabon et de Modron, dont nous avons déjà parlé[125] recèle en effet des éléments archaïques qui le font remonter à la préhistoire, tout au moins à l'âge du bronze[126]. Mabon, étymologiquement, est *le Fils*[127]. Il correspond à la forme gauloise *Maponos* attestée dans des inscriptions comme surnom d'Apollon, ce qui ne laisse aucun doute sur son caractère solaire. Or dans le mythe révélé par le récit gallois de *Kulhwch et Olwen*, le héros Kulhwch ne pourra prétendre épouser Olwen, c'est-à-dire assumer son destin, que lorsque Mabon, qui est prisonnier dans un endroit qu'on ne connaît pas, sera délivré. Et l'on découvre, après bien des aventures, qu'il se trouve dans une prison accessible seulement par l'eau, sous la ville de Kaer Loyw (Gloucester) dont le nom signifie justement « citadelle de la Lumière ».

En quelque sorte, rien ne va plus dans l'univers parce que le soleil est retenu prisonnier de l'autre côté des eaux, c'est-à-dire dans la nuit, la croyance des anciens étant que le soleil faisait une navigation dans le fleuve océan pendant la nuit pour réapparaître le lendemain matin, plus jeune et plus fort que jamais. Cette croyance est illustrée par les fameux chars solaires de l'âge du bronze, qui sont des objets rituels, et dont on a retrouvé un assez grand nombre, surtout dans les pays nordiques, autour de la Baltique. Ces chars solaires, analogues aux barques solaires de l'ancienne Égypte, présentent le soleil sous forme de disque d'or ou de cuivre[128], c'est-à-dire sous une forme non-humaine et non-sexualisée[129].

Et la mère de Mabon est Modron, la *Matrona* gauloise, c'est-à-dire la « Mère ». Si Mabon est le jeune soleil qui attend sa délivrance (et l'on remarquera l'équivalence avec le mythe de Lêto que Héra empêche d'accoucher d'Apollon et d'Artémis), sa mère est nécessairement la déesse-soleil. Or Modron est dite fille d'Avallach, c'est-à-dire d'Avallon, et nous voyons que ce personnage est absolument lié au thème du verger, de l'Île des Fées, de la Pomme, symbole solaire, et aussi au culte préhistorique de l'Ambre, autre symbole solaire[130].

Il y a donc de fortes chances pour que les Celtes, comme les autres Indo-Européens, aient connu une déesse-soleil, représentée d'ailleurs dans l'iconographie et les inscriptions par la déesse *Sul* honorée à Bath en Grande-Bretagne. De même qu'Apollon a pris la place de sa mère-sœur Lôto-Artémis, Mabon prend la place de sa mère Modron, et s'affuble de surnoms divers, comme Belenos, « le Brillant ». Mais il n'en reste pas moins le souvenir de la mère, comme en témoigne Belisama (= la Très Brillante), et aussi des traces parfaitement visibles dans les différents mythes où les femmes jouent le rôle principal. C'est le cas pour l'histoire de Tristan et Yseult et pour tous ses archétypes ou équivalents. Yseult, comme Grainné, comme Deirdré, serait alors le nouvel et ultime aspect de la déesse-soleil ancienne, dont l'image s'est per-pétuée à l'intérieur d'une société masculinisée à l'extrême.

Ainsi la structure de l'histoire de Tristan et Yseult devient très simple, pour peu qu'on veuille la considérer comme le vestige d'un culte solaire féminin. Yseult (ou Essyllt, il est impossible de savoir quel est le nom originel, ni sa signification) est la Femme-Soleil, Mark (ou March, nom qui signifie « cheval ») est celui qui entraîne le soleil dans la Nuit, et qui fait attendre la renaissance du Soleil[131] : c'est le conducteur du char du soleil, rôle normal pour le dieu-cheval qu'il est à l'origine[132]. Tout cela est le développement littéraire de l'objet rituel de l'âge du bronze, le chariot solaire. Quant à Tristan, dont le nom d'origine picte (et brittonique) *Drustanos* peut signifier « force du feu », il est le zélateur de cette religion solaire, celui qui prend sa force au feu du soleil : *il est l'adorateur d'Yseult*, déesse solaire, et veut donc la ravir à Mark qui la maintient trop longtemps dans la nuit[133].

C'est ce caractère de divinité solaire qui confère à Yseult, et à toutes les héroïnes celtiques, l'aspect tyrannique sous lequel elles apparaissent bien souvent, et qui fait que le *geis* dont elles disposent a une valeur absolue et obligatoire. Et par voie de conséquence, l'amant d'Yseult (et de toutes les autres héroïnes) étant son adorateur, son zélateur, il est normal de le voir en extase devant le visage divin : c'est la source à laquelle il aspire, les rayons auxquels il se réchauffe, dont il se nourrit, dont il s'abreuve ; et c'est aussi à cause des rayons de la reine, maîtresse divine de la vie et de la mort, qu'il souffre et qu'il meurt. Car comme Apollon dispense le bonheur, la prospérité, la guérison, mais aussi les maladies et la mort, Yseult contient en elle-même les deux aspects fondamentaux de la même réalité : elle est le carrefour où s'enchevêtrent les contraires.

Elle est tyrannique. Toutes les *Dames* (du latin *Domina*, maîtresse) de l'Amour courtois sont tyranniques. Lancelot du Lac en fait l'expérience avec Guenièvre, dans le récit de Chrétien de Troyes. Grainné est peut-être le modèle le plus parfait de ce qu'une femme peut faire accomplir à un homme. Mais à la différence de l'héroïne grecque (Phèdre) qui ne peut pas se faire obéir, l'héroïne celtique est assurée que l'Amant la suivra et finira par la prendre dans une possession charnelle qui retranchera les deux personnages du monde social où ils évoluent. À la différence des héroïnes grecques que nous voyons chez Racine, telle Hermione devant qui rampe littéralement Oreste, au mépris de sa dignité et de son honneur, jamais une héroïne celtique, et Grainné en est la preuve, ne tolérera une attitude basse et vile. Ce que veut Grainné, c'est un homme, conscient de ses responsabilités, digne de son estime et de son amour. Et tout cela parce qu'elle est *tyrannique* au sens ancien du terme.

En effet, il serait bon de songer à la déesse-mère des Étrusques. Elle s'appelait *Turan*, et son nom provient d'une racine indo-européenne *tur* qui signifie « donner », racine encore reconnaissable dans le grec δῶρον. Si le tyran des époques historiques est un véritable despote, cruel et sanguinaire, il n'en était peut-être pas de même aux époques anté-historiques, surtout si la *tyrannie* était exercée non pas par des hommes, mais par des femmes[134]. De même que le roi celtique était, originellement, un roi d'ordre moral, qui avait pour mission de réunir les membres du *clan* et de leur *donner* nourriture et prospérité, la *reine-tyran* de sociétés à tendances gynécocratiques devait avoir pour mission de *donner* : donner la vie, donner la nourriture, donner la boisson, donner la prospérité, donner le bonheur, et aussi, bien entendu, donner la mort, puisque par la force des choses, on commence à mourir au moment précis où l'on naît. N'est-il pas significatif de trouver dans des grottes préhistoriques comme celles du Petit-Morin, ou dans des dolmens et des allées couvertes, comme à Locmariaquer, des figurations de la déesse qui est à la fois protectrice des moissons, de la chasse, de la pêche, et aussi divinité tutélaire des morts ?

Yseult donne tout à Tristan, la nuit où elle se donne à lui. Elle lui procure cette seconde naissance dont il avait besoin pour être authentiquement lui-même. Mais s'il a reçu un don (et quel don !) de la part d'Yseult, en vertu de la loi *biologique* (elle deviendra plus tard morale) de l'échange, *il doit lui aussi tout donner*. L'implacabilité du *geis* s'éclaire maintenant : si la Femme donne tout (et c'est ce qu'elle fait en s'offrant à celui qu'elle aime), l'Homme doit tout donner (c'est pourquoi l'Amant ne peut refuser). C'est un jeu subtil psychologique qui repose sur une base parfaitement biologique (les échanges constants de l'organisme avec l'extérieur), et qui remonte dans la nuit des temps. C'est aussi l'Amour, car l'Amour est un échange total entre deux êtres.

D'ailleurs, étant donné le caractère maternel inhérent à toute femme, il ne peut en être autrement. La mère donne tout à son enfant, puisqu'elle le met au monde et le nourrit, puisqu'elle lui apprend à vivre, à être autonome, puisqu'elle lui fait découvrir, inconsciemment et innocemment, précisons-le, la sexualité et l'affectivité. L'enfant, lui, commence par n'avoir pas d'autre horizon que le corps maternel, et s'il s'en écarte peu à peu, c'est en gardant un souvenir indélébile. Et dès lors, la fille s'identifiera à la mère, et le garçon voudra s'engloutir dans la mère. Les rapports entre deux amants ont nécessairement une composante incestueuse, où la situation de l'homme vis-à-vis de la femme sera une situation de dépendance envers la mère. Cela, l'homme a beau essayer de l'oublier, essayer de pallier à cette infériorité par des lois qui rabaissent la femme ou qui l'obligent à tenir un rang subalterne, il ne pourra jamais l'éliminer de ses réactions les plus instinctuelles. Le règne de la déesse-mère n'est pas terminé puisque celle-ci revit pratiquement tous les jours sous les traits de la Maîtresse tyrannique.

Ainsi se décante le rôle de la femme, non pas tellement dans l'histoire des Celtes, mais dans leur pensée mythique. C'est d'ailleurs beaucoup plus important, car il s'agit de la femme idéale, de la femme telle qu'elle pouvait convenir à des peuples dont le particularisme a permis de conserver intactes des notions que l'on croyait disparues.

On a trop vu les Celtes sous un angle classique cartésien, puis sous un angle trop romantique, au mauvais sens du terme. Le personnage d'Yseult a beaucoup souffert de la sentimentalité à l'eau de rose héritée du XIXe siècle bourgeois et puritain. On est choqué par les amours adultères de Tristan et Yseult, parce que cela ne se fait pas, du moins en plein jour. Mais on plaint les malheureux amants victimes de la fatalité. Or la fatalité est une invention commode pour masquer les défaillances de notre responsabilité. Jamais Tristan et Yseult n'ont été plus conscients de leur responsabilité qu'en buvant le contenu du hanap. Jamais Diarmaid et Grainné, en s'enfuyant, n'ont affirmé avec autant de violence leur responsabilité. Et il en est de même pour Noisé et Deirdré, pour Blodeuwedd et Gronw Pebyr, pour bien d'autres encore.

Mais aurait-on oublié que le don de soi ne peut être que volontaire ? Aurait-on oublié qu'il ne peut y avoir de responsabilité que s'il y a liberté ?

Or nous ne sommes pas libres. Nous sommes victimes de préjugés, nous sommes englués dans les routines qui nous lient, nous sommes saturés d'idées toutes faites. Et par manque de lucidité, nous sommes en pleine méconnaissance des véritables problèmes qui se posent à l'être humain.

Nous ne sommes pas libres. La femme, particulièrement, est devenue l'esclave de notre société qui est une société d'esclaves qui ne s'aperçoivent même par, de leur état de servitude parce qu'ils se gargarisent de mots. Il ne suffit pas de prononcer le mot de liberté et de le chanter sur tous les tons pour être vraiment libre, il faut l'être par des actes.

Si la femme occidentale moderne n'est pas libre, Yseult, Grainné et Deirdré étaient des femmes libres. La femme celtique était libre parce qu'elle agissait, et cela en pleine conscience de ses responsabilités. Et en étant libre, elle était capable d'aimer, car l'amour étant un sentiment échappant à toutes les contraintes et à toutes les lois surgies de la raison, seuls les êtres libres peuvent aimer. C'est là peut-être la plus grande leçon que puisse nous donner la merveilleuse histoire de Tristan et Yseult.

Notes

1. J. Gracq, *Le Rivage des Syrtes*, Éd. Corti, 1951, p. 55-56.

2. Principaux textes : Version dite commune : fragment de l'auteur français Béroul (milieu de la légende) datant de 1165 (publié par E. Muret en 1913) ; adaptation allemande

d'Eilhart d'Oberg comprenant le début de la légende. Version dite courtoise : fragment de Thomas d'Angleterre (fin de la légende) datant de 1170 (publié par J. Bédier en 1902-1905) ; adaptation allemande de Gottfried de Strasbourg (comprenant seulement le début et le milieu de la légende et s'interrompant à peu près où commence le fragment de Thomas) ; version danoise abrégée, *Tristan Saga*, écrit par Frère Robert en 1226 ; adaptation anglaise (*Sir Tristem*) et italienne (*Tavola Ritonda*). Poèmes épisodiques du XIIe siècle : les deux *Folie Tristan* et le *Lai du Chèvrefeuille* de Marie de France. Adaptations ultérieures : *Tristan en prose* (XIIIe siècle) et *La Mort d'Arthur* de Thomas Malory (XVe siècle).

3. En particulier un récit gallois très court concernant la réconciliation — forcée — de Tristan et de Mark, l'*Ystoria Trystan* (J. Loth, *Revue celtique*, XXXIV, p. 358). *Cf.* J. Markale, *L'Épopée celtique en Bretagne*, p. 215-223.

4. La première et la plus célèbre est celle de Joseph Bédier (Éd. Piazza, 1922). Sans nier la beauté de cette reconstitution, il faut signaler qu'elle utilise trop la version dite courtoise au détriment des autres fragments pour donner une vue d'ensemble du problème. D'ailleurs il semble bien que la légende primitive de Tristan échappe totalement à la casuistique amoureuse de l'époque courtoise. Aussi préférerons-nous l'adaptation d'André Mary, *Tristan* (Gallimard, 1941, puis en Livre de Poche), laquelle conserve de nombreux détails empruntés à de multiples versions de la légende. Parmi les nombreuses adaptations théâtrales ou cinématographiques, citons *L'Éternel Retour* de Jean Cocteau et Jean Delannoy, qui est une *transposition* de la légende mais qui en respecte scrupuleusement la structure mythique.

5. Il est devenu habituel de prétendre qu'il y a là une influence grecque tant cet épisode est proche de la légende du Minotaure, lequel réclame lui aussi un tribut de jeunes gens et de jeunes filles. Mais ce serait avoir une vue étroite des choses que de conclure à une transposition de la légende grecque, car le thème existe dans la littérature épique irlandaise, ne serait-ce que par l'épisode de la *Courtise d'Emer* où l'on voit Cûchulainn délivrer la fille d'un roi promise en tribut à un Fomoré (*cf.* J. M. *L'Épopée celtique d'Irlande*, p. 95). On sait que les Fomoré sont un peuple mythique

maritime qui aurait envahi l'Irlande avant que ne les en chassent les Tuatha Dé Danann, constructeurs de mégalithes et introducteurs de la magie druidique. Il est bien évident que le Morholt, arrivant par la mer au large des côtes de Cornouailles et combattant Tristan dans une île, *est* un Fomoré, c'est-à-dire une sorte de divinité maritime, au même titre que le Minotaure enfermé au fond du labyrinthe (lisez au fond de la mer) de la Crète. Le Morholt et le Minotaure sont tous deux issus de la mythologie indo-européenne ancienne, ils sont les deux aspects d'un même thème, probablement un souvenir d'une lutte ancienne entre des peuples maritimes et des peuples terriens soumis aux premiers, autrement dit la trace d'une rivalité entre civilisation maritime et civilisation terrienne. À moins qu'en allant au-delà du symbole, il ne faille voir dans le Morholt, frère d'une reine magicienne, et dans le Minotaure, fils de la déesse honnie Pasiphaé, les défenseurs d'une certaine gynécocratie face aux tenants de l'ordre masculin qui veulent (Tristan comme Thésée) se libérer du joug féminin. Mais cela n'est que pure hypothèse.

6. Il faut noter que Tristan est blessé à la hanche. C'est évidemment une blessure symbolique comme celle du Roi-Pêcheur à la cuisse.

7. C'est un thème très fréquent dans la mythologie celtique : le héros se laisse porter par les flots et les vents dans une barque sans pilote. Dans *Les Aventures d'Art*, *fils de Conn* (*Cf.* J. M., *L'Épopée celtique d'Irlande*, p. 186-187), le roi d'Irlande Conn aux Cent batailles, puis son fils Art confient eux aussi leur destinée à une barque naviguant au hasard sur la mer et qui les amène dans une île où règne une fée bienfaisante. La fameuse « nef de Salomon » de la *Quête du Graal* est une embarcation sans pilote qui mène les héros vers le Graal. Il y a sans doute là la même tradition que chez Procope (*De bello gothico*) à propos de la mystérieuse navigation des âmes sur des barques non dirigées et qui aboutissent à l'île des Bretons. Mais la légende la plus proche de l'histoire de Tristan paraît être celle de Guigemar, d'origine armoricaine probablement, comme tous les « lais » de Marie de France. En effet, Guigemar, blessé par une flèche à la cuisse, ne pourra être guéri que par la femme qui l'aimera et qui souffrira pour lui, et c'est en s'embarquant sur une

nef sans pilote qu'il parviendra à la cité où réside la femme prédestinée.

8. C'est un trait typique de filiation matrilinéaire : Mark est l'oncle maternel de Tristan, donc non seulement son père adoptif mais aussi le dépositaire des biens maternels. On peut comparer les rapports entre Gwyddyon et son oncle maternel Math dont il est l'héritier, notamment quant aux pouvoirs magiques.

9. Il est évident que *l'hirondelle est Yseult*, amoureuse de Tristan, et qui vient rôder autour de lui. C'est encore un thème fréquent dans la mythologie celtique, celui de la femme-oiseau. Il ne faut pas oublier que la reine d'Irlande est magicienne, que sa fille Yseult a appris cette magie. Or, comme la légende, dans l'état où nous la connaissons, est historicisée, il est fort probable que la reine d'Irlande est la transposition de la reine de l'Île des Fées, telle Morgane, qui, elle aussi, peut se transformer en oiseau. Quant à la reconnaissance du cheveu d'Yseult par Tristan, il témoigne d'un certain intérêt *inconscient* de celui-ci pour la jeune princesse.

10. Thème que nous avons déjà étudié : c'est celui de la caverne interdite et protégée par un serpent, autrement dit de la *femme* qui est possédée par le Père. C'est en tuant le serpent — c'est-à-dire le père — que Tristan obtient la fille.

11. Ce qui prouve qu'Yseult aime déjà Tristan.

12. C'est encore la preuve qu'Yseult aime Tristan et qu'elle est horriblement déçue de l'attitude de Tristan qui l'a demandée en mariage *pour un autre*. Dans le film *L'Éternel Retour*, Jean Cocteau a fort bien mis en valeur cet épisode essentiel pour comprendre le mécanisme du mythe.

13. Le fait de boire le philtre est une justification de l'amour adultère de Tristan et Yseult auprès du public chrétien. Mais comme nous le verrons, le philtre, bien qu'il ait revêtu une vague apparence magique, est le thème primordial, d'origine celtique très ancienne, de tout le mythe de Tristan.

14. Rappel d'une croyance très ancienne camouflée sous l'idée morale qu'une jeune épousée doit être vierge. En fait il s'agit de l'acte rituel qu'accomplit le roi en déflorant une vierge, acte considéré comme extrêmement dangereux et réservé au roi ou au prêtre qui seul est capable de supporter le *choc maléfique* résultant de l'écoulement du sang

virginal. D'où le fameux « droit de cuissage » qui, loin d'être un privilège, fait partie des *obligations* du seigneur vis-à-vis de ses vassaux. De même lorsque les textes disent que Brangwain prend la place d'Yseult dans le lit royal, c'est pour expier sa faute, il y a rationalisation du mythe. En effet, bien que le personnage de Brangwain soit encore inexpliqué mythologiquement parlant, il est probable que, comme l'a prétendu Joseph Loth, la suivante d'Yseult est la même que l'héroïne galloise Branwen, sœur de Brân le Béni. Ce serait alors une sorte de déesse de l'amour, rôle qu'elle assume nettement dans la légende de Tristan, puisqu'elle est la dépositaire du philtre. On pourrait aussi la comparer à une autre suivante, celle de Laudine, la Dame de la Fontaine, car Luned, qui est fée, *machine* véritablement le mariage de Laudine avec Yvain-Owein.

15. Thème bien connu et exploité à outrance par les troubadours. Le Verger est l'endroit idéal pour la rencontre des amants, car c'est un endroit clos. De plus la signification symbolique du Verger, ou du Jardin, n'est plus à démontrer : c'est le *Paradis* (ce nom persan veut dire « verger »). Les Amants, réunis dans le Verger, reconstituent un état primitif paradisiaque. La Femme est donc la Reine du Verger, comme c'est le cas dans de nombreux contes celtiques ou autres. C'est dans le Verger de Monbrun que Jauffré tombe amoureux de la reine Brunissen. C'est dans un verger que le jeune Peredur-Perceval a sa première aventure amoureuse. Un conte d'Andersen, le *Jardin du Paradis*, raconte l'histoire d'un jeune prince qui parvient dans le verger merveilleux où règne une jeune fille d'une beauté incomparable ; mais il est soumis à une épreuve : chaque soir la jeune fille l'appellera et il ne devra pas venir vers elle. Bien entendu, il succombe dès le premier soir à la tentation et le Jardin du Paradis disparaît. Cette histoire moralisante est le résultat d'une culpabilisation du mythe primitif. On peut aussi mettre en parallèle l'Île d'Avalon où règne la Fée Morgane, et qui est un verger de pommiers, et encore le Jardin des Hespérides.

16. Le détail des copeaux se retrouve dans la légende irlandaise de *Diarmaid et Grainné*, archétype de Tristan, mais là ce sont les copeaux qui indiquent au roi Finn la retraite où se cachent les deux amants. Dans le récit de *La Mort de Cûroi*, la femme de Cûroi, Blathnait, donne rendez-

vous à son amant Cûchulainn en versant du lait dans un ruisseau.

17. Ce sont les *gelos* et les *losengiers* des troubadours : ils guettent constamment les amants, les envient et les dénoncent. Dans de nombreux poèmes occitans du Moyen Âge, les amants qui passent la nuit dans le verger sont protégés par un guetteur qui surveille les environs pour déceler la présence des ennemis du couple.

18. Psychanalytiquement, comme le roi Mark est le père adoptif (et l'oncle maternel protecteur) de Tristan, donc l'image du père, alors qu'Yseult, épouse de l'oncle-père, est le substitut de la mère, il y a là la traduction d'un état d'angoisse. Tristan et Yseult sont troublés par l'image du père *sur les eaux* qui vient s'interposer entre eux et empêcher, momentanément, l'accomplissement de l'acte adultère et même incestueux. C'est un cas typique d'inhibition temporaire.

19. La forêt est l'équivalent du verger. De plus c'est un symbole féminin maternel. Dans la version allemande (Gottfried de Strasbourg), ce n'est pas dans la forêt de Morois que se réfugient les amants mais *dans une grotte* dont la voûte est faite de pierres précieuses et au milieu de laquelle se trouve un lit de cristal. C'est évidemment *la Chambre d'Amour*, et symboliquement le *fond* du sexe féminin. Tristan et Yseult, en s'y réfugiant, y reconstituent la situation antérieure *paradisiaque*. En langage psychanalytique, ce serait la réactualisation de la vie intra-utérine. Et tout cela fait partie d'un rituel érotico-religieux. Comme nous le dit Denis de Rougemont (*L'Amour et l'Occident*, p. 122), cette grotte d'amour (*Minnegrotie*) « nous est décrite comme une église... Mais sur le lit substitué à l'autel, lit consacré à la déesse Minne comme l'autel catholique au Christ, s'opère le sacrement courtois : les amants communient dans la passion ». Il y a cependant une remarque à faire sur l'interprétation de Denis de Rougemont. Il ne s'agit pas de *sacrement courtois*, mais de la simple traduction du désir sexuel le plus intense et le plus instinctuel pour retrouver la situation intra-utérine, l'utérus étant symbolisé par la grotte. Car dans l'archétype irlandais de *Tristan*, Diarmaid et Grainné se réfugient eux aussi dans une grotte, et le texte irlandais échappe à toute influence « courtoise ». Tout cela est en rapport avec l'anecdote du grand serpent

crêté qui défend l'entrée de la caverne, c'est-à-dire Yseult elle-même.

20. Cette substitution de l'épée marque la tendresse qu'a Mark pour les deux amants dans les textes français, et cela en dépit de ses colères. Mais dans le fragment épique gallois (*Revue celtique*, XXXIV, 358 et suiv.) qui donne une conclusion originale à la légende, nous apprenons la véritable raison du *pardon* ou soi-disant pardon du roi Mark, et cette raison est beaucoup plus authentiquement ancienne et celtique. En effet, Mark *ne peut pas tuer* Tristan parce qu'une des particularités de Tristan était « que quiconque lui tirait du sang mourait, que quiconque à qui il tirait du sang mourait aussi ». Par conséquent, Mark, s'il avait frappé Tristan, même pendant le sommeil de celui-ci, apparemment en toute sécurité, était quand même voué à la mort. La substitution de l'épée est la constatation de son impuissance en même temps *qu'une invitation à échanger la reine* : car étant donné que les armes des héros sont *personnelles*, Tristan voudra récupérer son épée, et pour ce faire, il devra l'échanger contre Yseult. Quand on lit la légende dans ses moindres détails, ligne par ligne, on s'aperçoit combien nous en avons une idée fausse par un excès de romantisme. La structure ancienne de la légende est très fruste, très brutale, tout à fait en dehors de la problématique courtoise, et c'est d'ailleurs en cela qu'elle est originale et pleine d'intérêt.

21. Là les versions diffèrent. Pour Béroul et la tradition dite « commune », l'effet du philtre était limité dans le temps. Trois ans jour pour jour après avoir bu le breuvage, Tristan et Yseult sont dégrisés et ne s'aiment plus ; il est donc normal, *rationnel* et satisfaisant pour la morale que la reine soit rendue au roi. Dans la tradition dite « courtoise », l'effet du philtre est illimité, ce qui semble plus conforme à l'archétype irlandais où le *geis*, acte de magie auquel on a substitué le philtre, a un caractère d'obligation et de pérennité indiscutables. D'autre part, dans l'épisode gallois déjà cité, le roi Mark ne pouvant agir de lui-même contre Tristan, demande l'arbitrage du roi Arthur. Celui-ci décide que Mark et Tristan se partageront Yseult, une moitié de l'année chacun. Comme Mark choisit la saison où il n'y a pas de feuilles aux arbres, Yseult, toute joyeuse, déclare qu'elle appartiendra toujours à Tristan puisque trois espèces d'arbres, « le houx, le lierre et l'if », gardent leurs feuilles pendant l'année

entière (*cf.* J. M., *L'Épopée celtique en Bretagne*, p. 215-223). Denis de Rougemont (*L'Amour et l'Occident*, p. 14) prétend que la version primitive est celle de Béroul parce que l'effet du philtre y est limité. Par contre, « Thomas, imbu de fine psychologie, et plein de méfiance pour le merveilleux, qu'il juge grossier, réduit autant que possible l'importance du philtre et présente l'amour de Tristan et Yseult comme une affection spontanée, apparue dès la scène du bain (quand Yseult reconnaît en Tristan le meurtrier du Morholt et est tentée de le tuer) ». Denis de Rougemont considère trop le problème à travers la psychologie masculine de Tristan et méconnaît le sens du mythe primitif : « Dans les légendes celtiques, c'est l'élément épique qui commande l'action et le dénouement, tandis que dans les romans courtois, c'est la tragédie intérieure (*Ibid*, p. 118). » L'erreur de Denis de Rougemont est de ne pas considérer le thème du philtre comme une dégénérescence rationalisante d'un élément magico-religieux qui touche la vie intérieure des êtres et les *oblige psychologiquement.* La légende primitive est plutôt dans la version de Thomas, même si celui-ci mêle au mythe des considérations courtoises.

22. Dans les triades galloises, il est question de deux *Essyllt* (nom gallois d'Yseult : d'ailleurs la graphie française *Yseult* semble provenir de la graphie galloise, car le Y gallois se prononce comme E ou EU, sans qu'on puisse dire qu'Essyllt est la forme originelle du nom de l'héroïne). La première est qualifiée Essyllt *Fyngwen* (mutation de *Myngwen*), c'est-à-dire « à la crinière blanche (ou blonde) ». Comme on en fait l'amante de *Drystan* (nom gallois de Tristan qui se réfère au modèle picte *Drustanos*), c'est donc elle qui est Yseult la Blonde. Mais il y en a une deuxième, Essyllt *Vinwen* (mutation de *Minwen*), c'est-à-dire « aux Lèvres Blanches ». Il est probable que par suite d'une mauvaise traduction (le cas est assez fréquent, ainsi Caradoc *Brief-bras*, « aux bras courts » provient de *Brechvras*, « aux grands bras » !), Essyllt Vinwen est devenue Yseult aux Blanches Mains, *Min* s'étant prononcé comme *main* et *wen* ayant été normalement traduit par *blanche*. Ces considérations sur le nom des deux Yseult prouverait, sinon une origine de la légende au Pays de Galles, du moins une étape galloise de son évolution.

23. Un détail de la version de Thomas se réfère exacte-

ment à l'archétype irlandais, l'histoire de Diarmaid et Grainné. Lorsque Diarmaid s'est enfui avec Grainné, il n'a fait qu'obéir à l'obligation magique que celle-ci avait jetée sur lui, mais il n'a pas consommé son union avec elle. Or Grainné, un jour, marche à côté de Diarmaid sur un terrain bourbeux et son pied fait jaillir de l'eau entre ses cuisses. Elle s'écrie : « Éclaboussure lumineuse, tu es plus hardie que Diarmaid ! » (*Revue celtique*, XXXIII, 46. *Cf.* J. M., *L'Épopée celtique d'Irlande*, p. 160). Dans le roman de Thomas, Yseult aux Blanches mains se promène aux côtés de son frère Kaherdin et une éclaboussure lui jaillit entre les cuisses. Yseult se met à rire et explique à son frère : « cette eau qui m'éclaboussa les jambes monta plus haut que ne fit jamais main d'homme, ni que Tristan jamais n'exigea » (*Tristan* de Thomas, trad. Herbomez et Beaurieux, p. 71). Ainsi Kaherdin apprend-il que le mariage de sa sœur n'a jamais été consommé. Sur les raisons de cette non-consommation, Thomas s'étend avec complaisance en faisant appel à toute une psychologie compliquée. Mais quelques réflexions sont significatives : « La passion de Tristan pour la reine éteint son ardeur envers la jeune fille, paralyse sa volonté et rend la nature impuissante... Ce n'est pas que Tristan ne soit fort disposé à caresser sa jeune femme, mais un autre amour le retient (*Ibid.*, p. 62) ». C'est donc un cas d'impuissance psychologique, une *inhibition*.

24. Les *retours* de Tristan vers Yseult la Blonde deviennent une nécessité vitale pour lui, et pour ce faire il est prêt à braver le monde entier. Ce n'est pas tellement le caractère de *fatalité* qui est mis en évidence ici, comme on le dit trop souvent, mais le caractère d'*obligation* magique. Comme Yseult représente le Soleil (et ce symbolisme est prouvé par le nom de son archétype Grainné, nom qui vient de l'irlandais *grein*, soleil), Tristan a besoin de reprendre des forces au contact d'Yseult. C'est une question de vie ou de mort. On pense au poème *Délie*, de Maurice Scève, poète du XVIe siècle (« Comme des rais du soleil gracieux / se paissent fleurs durant la primevère, / je me recrée aux rayons de ses yeux ») ou encore à Agrippa d'Aubiné (« À l'éclair violent de ta face divine, / n'étant qu'homme mortel, ta céleste beauté / me fit goûter la mort, la mort et la ruine / pour de nouveau venir à l'immortalité... / J'ai vécu de nec-

tar, j'ai sucé l'ambroisie, / savourant le plus doux de la divinité »).

25. Cette anecdote, dont la beauté poétique est remarquable, ne se trouve pas dans les versions commune ou courtoise, mais seulement dans le poème épisodique *La Folie Tristan* (manuscrit d'Oxford). On y retrouve le symbolisme solaire d'Yseult. Mais le thème de la « chambre de cristal » est celtique. C'est le lieu où s'accomplit la fusion mystérieuse des êtres, sous les rayons *recréants* du soleil. Ainsi dans la *Courtise d'Étaine* (J. M., *L'Épopée celtique d'Irlande*, p. 47), l'héroïne, transformée en insecte par une sorcière, est recueillie par le dieu Oengus qui l'emmène dans sa « chambre de soleil » pour qu'elle se réconforte et reprenne vie. Dans le récit des *Aventures d'Art fils de Conn* (*Ibid.*, p. 189), le héros est reçu par la reine des fées de l'Île Mystérieuse, « en sa chambre de cristal : belle était l'apparence de cette chambre, avec ses portes de cristal et ses cuves intarissables, car bien qu'elles ne fussent jamais remplies, elles étaient toujours pleines ». De même Grainné, archétype d'Yseult, et dont le nom est l'équivalent du soleil, raconte comment elle est tombée amoureuse de Diarmaid : « Dans ma chambre à la belle vue, à travers mes fenêtres de verre bleu, je t'ai aperçu et je t'ai admiré. *Et je tournai la lumière de mes yeux sur toi ce jour-là*, et depuis je n'ai jamais donné mon amour à un autre que toi et je ne le ferai jamais » (*Ibid.*, p. 159). Dans *La Navigation de Maelduin* (*Ibid.*, p. 199), les héros accèdent par un « pont de verre » à une forteresse où une fée leur distribue une nourriture et un breuvage merveilleux. Notons également que la fée Viviane enferme Merlin dans un château d'air ou de *verre*, et que dans toute la tradition brittonique, l'Autre Monde est souvent appelé *Kaer Wydr* (*Castrum Vitreum*). Chrétien de Troyes qualifie le pays de Méléagant, ce dieu de la mort qui ravit Guenièvre, de *Royaume de Gorre* ou de *Voirre* (verre), et dans son *Erec et Enide* il insiste : « Maheloas (= Maelwas-Méléagant), un haut baron, le sire de l'Île de Verre. En cette île il n'hiverne ni ne fait trop chaud ; on n'y entend jamais le tonnerre, on n'y voit foudre ni tempête, et bots et serpents n'y séjournent. » La chambre de cristal où Tristan veut emmener Yseult est évidemment l'image du Paradis, puisque l'amour de Tristan et Yseult vise essentiellement à réactualiser la situation paradisiaque primitive.

26. D'après la version de Thomas. Dans les autres versions, il s'agit d'une grotte qui est gardée par le géant Beliagog que Tristan a vaincu en combat singulier et qui lui a juré fidélité. Par opposition à la « chambre de Cristal », image d'un paradis *céleste* et *solaire*, la Salle ou la Grotte aux Images est une sorte de paradis transitoire où Tristan s'efforce de recréer solitairement la situation originelle, mais au lieu d'être céleste, cette salle est terrestre, emprisonnée dans la matière. Néanmoins le motif est dans la lignée de la grotte du Serpent Crêté et de la Caverne où Gottfried de Strasbourg fait se réfugier les deux amants. Il y a aussi une salle aux images dans l'histoire de Lancelot du Lac : celui-ci, prisonnier de Morgane, peint sur les murs de sa chambre les souvenirs de ses amours avec Guenièvre (*La Mort le Roi Artu*).

27. C'est là que Thomas intercale une réflexion intéressante quant aux sources de la légende : il reproche à certains auteurs d'avoir inventé la fin de l'histoire, « ils s'écartent ici de *Bréri* qui enregistre gestes et contes de tous les rois, de tous les comtes qui vécurent en Bretagne ». Encore une fois nous butons sur une difficulté : s'agit-il de l'île de Bretagne ou de la Bretagne armoricaine ? Cependant, il est à peu près certain que *Breri* est un personnage authentique, car il y a de nombreux témoignages sur son existence dans des textes différents, sous les formes *Breri*, *Bleri*, *Blédri*, *Bledhri* et *Bledhericus*. C'est un Gallois, Giraud de Cambrie, auteur du début du XIIIe siècle, qui se réfère à lui. « Bledhericus, ille famosus fabulator » (*Descriptio Cambriae*, chap. XVII). Joseph Loth a démontré que « *Breri* est sûrement le *Bledhericus* de Giraldus Cambrensis : il représente le nom bien gallois de Bled-ri, avec un *d* spirant. La graphie de Giraldus représente, en faisant abstraction de la terminaison analogique en *icus*, la prononciation galloise » (*Mab*. I, 73). D'autre part, on trouve mention du personnage dans la *Seconde Continuation de Perceval* (version du mss. de Londres) : « Comme le conte *Bleheris* qui fut né et élevé en Galles, dont je sais le conte, et qui le contait au comte de Poitiers qui aimait l'histoire et la tenait en grande mémoire. » Et J. Loth commente ainsi le fait : « Le Bleheri gallois, évidemment le Breri de Thomas et le Bledherieus de Giraldus Cambrensis, aurait donc directement transmis son récit à un comte de Poitiers. La famille

de Poitiers a été longtemps en relations étroites avec la famille royale d'Angleterre. Miss Jessie Weston suppose qu'il s'agit plus spécialement de Guillaume III qui mourut en 1137. D'après le témoignage d'autres manuscrits... la transmission se serait faite par écrit et non oralement... Il en résulterait que la transmission de la matière de Bretagne, pour un poème important, se serait faite directement d'un Gallois à un Français, par écrit, et qu'en outre... il a existé des romans arthuriens gallois avant Thomas et Chrétien» (*Mab*. I, 75). (*Cf*. Jessie Weston, *Romania*, XXXIII, p. 333; R. S. Loomis, *Romania*, LIII, p. 82, et *Arthurian Traditions* [1949], p. 18).

28. Tristan n'a pourtant pas l'intention d'aider son homonyme. Or celui-ci, pour le décider, utilise une méthode typiquement celtique et dont on trouve de nombreux exemples dans l'épopée irlandaise : il joue sur le surnom qu'il donne à notre héros en lui disant que s'il s'appelle *Tristan l'Amoureux*, il doit se mettre au service de tous les amoureux; sinon il sera en contradiction avec son nom et se verra honni. Cela constitue une véritable *satire druidique* qui oblige Tristan à obéir. Tout le récit de la *Mort de Cûchulainn* (voir mon *Épopée celtique d'Irlande*, p. 131-137) est rempli de détails analogues : le héros, pris entre la connaissance qu'il a de son avenir et l'interdiction de désobéir aux paroles magiques de ses adversaires, doit aller jusqu'au bout de son destin pour ne pas être déshonoré. Mais c'est en pleine conscience qu'il le fait : il n'est pas le jouet aveugle d'une Fatalité toute-puissante comme dans la légende grecque.

29. C'est la troisième blessure que reçoit Tristan au cours de son histoire, et donc de sa vie. Le chiffre trois est évidemment symbolique. On notera qu'aucune de ces blessures ne dément la réflexion qui se trouve dans l'épisode gallois déjà cité : «quiconque tirait du sang à Tristan mourait et quiconque à qui il tirait du sang mourait également». En effet, blessé une première fois par le Morholt, il le tue. Blessé une deuxième fois par le Serpent Crêté, il le tue. Blessé une troisième fois, il tue son adversaire. Et à chaque fois, il s'agit d'une blessure empoisonnée, magique en quelque sorte, et qui ne peut être guérie que par une fée ou une magicienne, en l'occurrence Yseult. Les deux premières fois, Yseult le guérit à temps. La troisième fois, elle arrive trop tard.

30. Ici l'influence de la légende grecque de Thésée paraît évidente, mais il s'agit seulement d'un détail, car la situation est toute différente.

31. On pourrait voir ici, à travers ce déchaînement de la nature contre les deux héros, une sorte de transposition d'un mythe solaire. N'oublions pas qu'Yseult *est* le soleil, du moins pour Tristan. Il a besoin de *se recréer aux rayons de ses yeux*. Or la navigation du soleil est ralentie, l'Aube se lève trop tard. Il faudrait peut-être lier à cette idée le détail de la voile noire qui représente la nuit retenant (par le mensonge d'Yseult aux Blanches Mains) le Soleil (Yseult la blonde) prisonnier, thème fréquent dans les mythologies primitives et qui doit remonter au culte solaire de l'âge du bronze.

32. Ce détail se trouve seulement dans une des versions du Tristan en prose, mais il apparaît dans un ancien texte irlandais, *L'Histoire de Bailé au doux langage* : là, les deux amants se sont également rejoints dans la mort et sont enterrés dans deux tombeaux. Sur l'un pousse un if, sur l'autre un pommier. Plus tard, on coupe l'If et le pommier et on en fait des tablettes ; or lorsque les deux tablettes viennent à entrer en contact, « elles s'unirent comme le chèvrefeuille s'enroule à une branche, et il n'était pas possible de les séparer » (G. Dottin, *L'Épopée irlandaise*, p. 186).

33. Il faudrait aussi tenir compte de la seconde Yseult, celle aux « Blanches Mains ». Elle n'est pas seulement le doublet de la première, elle joue un rôle indispensable dans la fin de la légende et aussi dans la mort des amants. C'est le mérite de Per-Jakez Hélias d'avoir mis l'accent sur ce personnage dans son œuvre dramatique *An Isild a-heul* (*Yseult seconde*), parue en édition bilingue bretonne et française (Emgleo, 1969). Cette Yseult, si touchante par l'amour sincère qu'elle porte à Tristan, est en quelque sorte le symbole de l'accomplissement des amants dans la mort. C'est peut-être un autre aspect de la première Yseult, mais un aspect plus rationnel, plus humain, en face de « la Sorcière d'Irlande ».

34. Paris, Plon, 1939.

35. Cette légende, *La Poursuite de Diarmaid et Grainné*, ne nous est parvenue complète que dans des versions orales recueillies au XVIIIe siècle. Mais l'ancienneté de la légende est confirmée par des fragments conservés dans les plus

vieux manuscrits. Voir G. Dottin, *L'Épopée irlandaise*, p. 160; *Revue celtique*, XXXIII, p. 52 et XXX, p. 168. Version orale complète dans Cross et Slover, *Ancient Irish Tales*, p. 370. J'ai tenté une reconstitution sommaire d'après l'ensemble des textes dans *L'Épopée celtique d'Irlande*, p. 153-164. *La Poursuite des Diarmaid et Grainné* est une épopée appartenant au Cycle de Finn, ou des *Fiana*, ou encore du Leinster : ce cycle a été profondément marqué par la mythologie gaélique et s'est rapidement acclimaté en Écosse où le folklore en a gardé de nombreux souvenirs. C'est de ces souvenirs que Mac Pherson a tiré ses poèmes ossianiques. Mais en dehors de l'élément mythologique, il y a des traces historiques dans ce cycle qui se réfère à l'existence d'une milice guerrière, les *Fiana*, aux IIe et IIIe siècles de notre ère. Conjecturalement, les épopées de ce cycle peuvent remonter à cette époque dans leur structure la plus ancienne, même si elles ont été réintégrées ensuite dans d'autres traditions. En tout cas, on peut affirmer que cette légende est plus ancienne que celle de Tristan et que les auteurs du Tristan primitif (pourquoi pas Breri ?) la connaissaient parfaitement.

36. On remarquera que c'est le neveu de Finn qui accomplit l'épreuve, de même que c'est Tristan, neveu de Mark, qui va chercher Yseult en Irlande, réussissant l'épreuve du Serpent Crêté.

37. Là les versions diffèrent. La version orale du XVIIIe siècle place l'origine du drame au repas de noces, alors que le mariage de Finn et de Grainné n'est pas encore consommé, ce qui permet une sorte d'excuse morale à Grainné. Mais la version la plus ancienne, conservée par le Yellow Book of Lecan, place le festin longtemps après le mariage, alors que Grainné est déjà en proie au désespoir et à la haine.

38. On voit où les auteurs du *Tristan* ont trouvé le thème du breuvage. Mais ce breuvage magique, ici, sert seulement à endormir les convives. Quant à la servante et à la coupe, elles se reconnaissent dans Brangwain et dans le hanap d'argent.

39. Le breuvage magique ne se contente pas d'endormir, il *choisit*. Seuls Oisin et Diarmaid sortent vainqueurs de cette épreuve, et ce sont donc les seuls que Grainné peut aimer sans honte.

40. Diarmaid est un vague cousin de Finn, et son père nourricier est le fameux Oengus Mac Oc, l'un des Tuatha Dé Danann. À la suite d'un accident, le frère de lait de Diarmaid est mort et a été transformé en sanglier magique ; un *geis* pèse sur Diarmaid après cet événement, car il vivra autant que le sanglier et le sanglier sera la cause de sa mort, d'où la défense expresse faite à Diarmaid de tuer un quelconque sanglier par crainte qu'il ne tue son frère de lait métamorphosé, image symbolique de son destin. Dans d'autres récits, on apprend que Diarmaid a un grain de beauté qui le rend irrésistible aux femmes. C'est un don que lui a conféré une fée.

41. C'est ce *geis* qui est devenu le philtre, en se rationalisant et en concrétisant l'aspect magique sous forme de breuvage comparable à un aphrodisiaque, dans le contexte chrétien du XIIe siècle. Il est évident que les auteurs français de l'époque courtoise ne pouvaient comprendre la valeur profonde du *geis* qui se réfère exclusivement à une civilisation différente où le christianisme n'avait pas encore éliminé le druidisme, ou tout au moins les pratiques druidiques.

42. De même, Yseult est amoureuse de Tristan depuis son premier séjour en Irlande, alors que sous le nom de Tantris il a été guéri par elle et lui a enseigné le chant et la harpe.

43. Le thème est repris dans la version allemande de Gottfried de Strasbourg qui fait d'une caverne le refuge de Tristan et Yseult, tandis que les auteurs français les font aller dans la forêt de Morois. Mais ici, il ne semble pas que l'union sexuelle de Diarmaid et Grainné soit consommée. C'est dans une autre grotte, alors qu'ils seront vraiment des amants, qu'ils se feront surprendre par Finn.

44. Dans le *Tristan* de Béroul, Dieu protège sans cesse les amants, comme s'ils n'étaient pas coupables. Ici, c'est l'obligation du père nourricier envers son fils adoptif.

45. Dans le *Tristan* de Béroul, c'est le désespoir et la mélancolie qui saisissent Tristan et Yseult après le terme des trois ans, durée d'action du philtre. Le texte de Béroul fait parler Tristan à peu près comme Diarmaid (*cf. Revue celtique*, XXXIII, p. 54), et on peut penser que la source est la même pour le poème irlandais du « Reproche de Diarmaid » et pour le récit de l'auteur français.

46. Anecdote qu'on retrouve telle que dans le *Tristan* de

Thomas, à la seule différence que c'est Kaherdin, frère d'Yseult aux Blanches Mains, qui marche à côté de celle-ci, et qui apprend ainsi que le mariage de sa sœur et de Tristan n'a pas été consommé. Cette identité d'épisodes n'est assurément pas une coïncidence.

47. Une autre version dit que Diarmaid avait fait prisonnier Oisin et l'avait emmené dans la grotte. Oisin avait, taillé des copeaux et les avait lancés dans le ruisseau pour indiquer à Finn l'endroit où il était captif. De toute façon le thème des copeaux ou des détritus dans l'eau du ruisseau est encore un thème commun à la légende de Diarmaid et à celle de Tristan et celui-ci se sert des copeaux jetés dans le ruisseau pour donner rendez-vous à Yseult. Là encore, il est très difficile de parler de coïncidence.

48. Aucun texte irlandais ne parle d'une interdiction selon laquelle Finn ne pourrait pas tuer Diarmaid. Après tout, Diarmaid a rompu son serment de fidélité envers son roi. Mais dans tous les textes, Finn tient à rester en dehors de la mort de Diarmaid : il en arrive même à dire, après la mort de Diarmaid, que cette mort n'est la faute d'aucun des *Fiana*, bien qu'Oengus puisse les en accuser. Il semble que seul l'épisode gallois du *Tristan* donne l'explication de cette attitude de Finn. Il sait qu'il ne peut pas tuer lui-même Diarmaid sans risquer sa propre vie. D'où la casuistique invraisemblable de ses raisonnements et de ses actions.

49. C'est l'équivalent de l'épisode de Husdent dans la forêt de Morois, d'après le *Tristan* de Béroul : lorsque Tristan et Yseult sont cachés dans la forêt, le chien de chasse de Tristan, Husdent, retrouve la trace de son maître et fait retentir les bois de ses cris. Tristan se demande s'il ne va pas tuer l'animal qui risque de les trahir, mais sur les conseils d'Yseult, il dresse Husdent à chasser sans aboyer. Même si les circonstances sont différentes, le thème est le même, et ce n'est pas non plus une coïncidence.

50. Il y a identité entre la mort de Tristan, victime d'une blessure empoisonnée reçue au cours d'une guerre qu'il n'a pas voulue mais où il a été entraîné par suite d'un véritable *geis* (la menace sur l'honneur évoquée par Tristan le Nain), et la mort de Diarmaid, conduit à cette chasse malgré lui, sous la contrainte des *geisa*, et victime, lui aussi, d'une blessure empoisonnée.

51. Encore une identité entre Diarmaid et Tristan : la

guérison arrive trop tard. Pourtant Finn, comme Yseult, avait le pouvoir de guérir. La mauvaise volonté de Finn fait pendant à la tempête et au calme plat qui empêchent Yseult d'arriver à temps.

52. C'est évidemment la version qui se rapproche le plus de *Tristan*, et la plus conforme à la logique de l'histoire. Car comment admettre que Grainné, qui a manifesté sa haine contre Finn et son amour pour Diarmaid au point de renoncer à tout, puissance, richesse, tranquillité, puisse se réconcilier avec Finn et vivre avec lui ?

53. Voir la liste impressionnante des *geisa* de Conairé dans J. M., *L'Épopée celtique d'Irlande*, p. 177. Voir aussi *ibid.*, p. 131-137, le récit de *La Mort de Cûchulainn*.

54. Ces avertissements constituent d'ailleurs un véritable *geis* qui engage la destinée de Deirdré. On comparera avec un épisode commun à de nombreux contes folkloriques : une fée ou un enchanteur, lors de la naissance d'un enfant prononce un vœu bénéfique ou maléfique qui aura des répercussions la vie entière de l'enfant.

55. Cette attitude de Conchobar n'est pas gratuite, ni provoquée par le désir de possession. Il s'agit d'une croyance remontant à la plus lointaine préhistoire. Deirdré porte sur elle le malheur. Si les Ulates la tuaient, le malheur, ou la malédiction, retomberait sur eux. Seul le roi, par sa puissance, est capable de supporter le poids de cette malédiction. Voilà pourquoi, non seulement il ordonne de laisser en vie Deirdré, mais il l'éloigne du contact des hommes et se la réserve pour lui.

56. Image poétique qui se retrouve à peu près identique dans le *Peredur* gallois et dans le *Perceval* de Chrétien de Troyes, mais cette fois-ci à propos de la femme aimée par Peredur-Perceval.

57. Il faut admirer la justesse psychologique de cet épisode. Dans bien des cas, ce qu'on appelle le « coup de foudre » n'est que la reconnaissance d'une image rêvée, ou plutôt la projection de celle-ci sur une image réelle. D'où un vague sentiment de « déjà vu » analogue à ce qui se produit dans le phénomène si courant de la paramnésie (ou hypermnésie) qui consiste en la reconnaissance d'un paysage soi-disant déjà vu ou familier.

58. Voilà un rituel de *geis* qui nous montre que l'essentiel dans la formulation est la menace sur l'honneur. On

pense aux « oreilles d'âne ». Ce n'est probablement pas par hasard que Deirdré saisit Noisé aux oreilles, car les oreilles peuvent rougir sous un accès de honte. Les mythes de Midas aux oreilles d'âne et du roi Mark aux oreilles de cheval sont loin d'être de simples contes pour distraire les enfants.

59. Sans doute un cri de lamentation. Mais ce cri, première conséquence du *geis* lancé par Deirdré, est aussi la preuve que le *geis* qui pesait sur Deirdré (elle ne devait pas être vue par les hommes d'Ulster, sinon ceux-ci s'entre-tueraient) vient d'être transgressé : ainsi les Ulates commencent-ils à se battre.

60. Traduction française dans G. Dottin, *L'Épopée irlandaise*, p. 76-85.

61. De là viennent les épisodes mythologiques scabreux concernant les dieux, et cela dans toutes les mythologies. L'ordre moral appartient aux hommes, non aux dieux. Les dieux, par eux-mêmes, sont capables d'échapper aux retombées maléfiques de leurs actes. Les héros acteurs de têtes rituelles en s'identifiant aux dieux, et revêtus du même masque qu'eux, sont des êtres exceptionnels. Mais bien souvent, dans les formes altérées où nous sont parvenues les légendes, on ne discerne plus très bien ce caractère sacré primitif qui, n'ayant pas été compris par les transcripteurs successifs, eux-mêmes certainement choqués, a perdu sa portée magique et rituelle.

62. *Celticum*, VII, p. 517.

63. Éd. et trad. R. A. S. Macalister, III, p. 41-42.

64. Cet aspect du *geis* consiste pour la femme à mettre en doute la virilité de l'homme. Celui-ci, touché dans sa dignité même, dans ses « parties nobles », pourrait-on dire, ne peut éluder l'épreuve.

65. J. M., *L'Épopée celtique d'Irlande*, p. 92.

66. *Ibid.*, p. 122-128.

67. *Ibid.*, p. 106-108.

68. J. Loth, *Mab.* II, 94-95.

69. Mais non de l'exclusivité : il s'agit de la femme élue, de la « favorite », celle qui surpasse toutes les autres.

70. *Ibid.*, II, 104-105.

71. *Ibid.*, II, 114-117.

72. J. Loth, *Mab.* II, 19-20.

73. *Bulletin de la Société archéologique du Finistère*, IX, p. 66.

74. P. Sébillot, *Le Paganisme contemporain chez les peuples celto-latins*, p. 103.
75. *Ibid.*
76. *Ibid.*
77. *Ibid.*, p. 95.
78. *Ibid.*, p. 96.
79. *Ibid.*, p. 97.
80. *Ibid.*, p. 98.
81. *Ibid.*
82. *Ibid.*
83. *Ibid.*, p. 99.
84. *Ibid.*, p. 99.
85. *Ibid.*, p. 108-109.
86. Il en va de même du strip-tease, qui, dans sa forme actuelle, est une récupération commerciale masculine d'un instinct fondamental féminin. la femme ne dévoile jamais tout en même temps, ne se livre pas entièrement tout de suite (voir la Carte du Tendre qui est la codification morale de cette attitude). Dans ce qu'on pourrait appeler — faussement d'ailleurs — la parade amoureuse, c'est la femme qui mène le jeu, même si l'homme croit être le plus fort, même si la femme, par suite de son éducation, n'est pas consciente du rôle qu'elle joue. Les danses « lascives » orientales sont un témoignage de cet instinct, transposé au rang de l'art et de l'érotisme masculin.
87. Ce pouvoir apparaît d'ailleurs dans son aspect agressif et négatif dans le fait de cracher sur quelqu'un et dans l'expression « cracher son mépris à la figure de quelqu'un ».
88. J.-J. Rousseau, *Confessions*, I, 3. Il va sans dire que le cas de Jean-Jacques n'est pas exceptionnel, et qu'il reste d'ailleurs dans des limites normales. Mais il y a, on le sait, des formes totalement aberrantes de ce genre de fétichisme, allant jusqu'à la conservation des linges souillés, à l'absorption des vomissures, sécrétions et excréments. Ce sont peut-être des cas cliniques, guérissables médicalement ou psychologiquement, mais ils prouvent que le *geis* se greffe obligatoirement sur un instinct fondamental de l'homme qu'il peut réveiller jusqu'à ses extrêmes limites.
89. Michelet, *L'Amour*, II, 6.
90. *Les Martyrs*, livre X.
91. *Mémoires d'outre-tombe*, III, 6.
92. *Atala* (Les chasseurs).

93. *Les Natchez*.
94. *Les Martyrs*, livre I.
95. *Mémoires d'outre-tombe*, XIII, 7.
96. *Ibid.* III 10.
97. *Ibid.*, IV, 13.
98. *Ibid.*, V, 15.
99. Braunschweig-Fain, *Éros et Antéros*, Paris, Payot, p. 103-104.

100. Dans une version orale de la légende recueillie par Campbell dans les Higldands, Diarmaid refuse de suivre Grainné : « Je n'irai pas avec toi ; ni par douceur ni par dureté, tu ne me décideras à te prendre. Je ne te mènerai pas dans ma maison, ni ne te conduirai au loin ; je ne te prendrai ni à cheval ni à pied. » Et Diarmaid se retire dignement chez lui. Or Grainné vient un matin à sa porte et lui demande d'aller chez elle. Diarmaid répond : « Je ne te prendrai ni à pied, ni à cheval, ni en dehors, ni en dedans. » Mais il s'aperçoit alors que Grainné se trouve entre les deux côtés de la porte, ni en dehors, ni en dedans, et qu'elle est montée sur un banc, donc ni à pied, ni à cheval. Diarmaid, alors, ne peut plus refuser (Loys Brueyre, *Contes populaires de la Grande-Bretagne*, p. 168-169).

101. On rapprochera ce détail de l'épée fichée en terre entre Tristan et Yseult endormis et surpris par le roi Mark.

102. Dans la même version orale de Campbell, Grainné, méprisée par Diarmaid, jette son dévolu sur un vieillard et décide avec lui de se débarrasser de Diarmaid en le tuant. Grainné elle-même enfonce un couteau dans la cuisse de Diarmaid qui s'enfuit. Il revient un autre jour, tue le vieillard, et se fait retirer le couteau de sa cuisse par Grainné car Diarmaid n'avait pas voulu le retirer (L. Brueyre, *op. cit.*, p. 170-171). Cette anecdote semble un souvenir mythologique altéré mais en ne peut douter du caractère sexuel du couteau, de la blessure à la cuisse et du geste de Grainné lançant le couteau, puis le retirant. C'est vraisemblablement une illustration concrète du *geis*.

103. Étant donné que cette légende a été recueillie par Émile Souvestre, elle est suspecte, car Souvestre était doué d'un esprit inventif et subissait les contrecoups du romantisme. Cependant, même s'il a arrangé la légende, elle n'en est pas moins caractéristique d'un état d'esprit et peut donc

être utilisée comme argument dans cette discussion, sous réserve de ne pas lui donner de date précise.

104. Ainsi quand Lederer (*Gynophobia*, p. 138) dit : « Tout au long des siècles, la femme a joué auprès de lui l'Ariane qui tenait le fil conducteur au bout duquel il explore l'étrange labyrinthe de la vie ; c'est elle qui lui permettra enfin de retrouver en toute sécurité le chemin du retour », il ne se rend pas compte de la portée de son affirmation. En effet, il s'agit bien d'un fil qui permet de retrouver le chemin du retour, mais qui corollairement *empêche l'homme de se libérer*. À force de s'être obnubilé sur la signification « cordon ombilical », les auteurs les plus sérieux se sont trouvés prisonniers de ce même fil d'Ariane, qui est donc, soulignons-le, un objet parfaitement efficace.

105. Ici s'imbrique la notion de grâce efficace qui, d'après la doctrine janséniste, ne peut être accordée par Dieu que si l'être humain en cause mérite vraiment d'être sauvé après avoir fait la preuve qu'il le méritait. *Fortuna audaces juvat !* Après tout, le Jansénisnie n'est pas si éloigné, en dépit de toutes les querelles, du pélagianisme qui professe que l'homme peut se sauver s'il décide vraiment, par un effort de volonté, de se sauver. Et l'on sait que par derrière le pélagianisme se profilent tous les souvenirs du druidisme.

106. Encore un trait janséniste, il ne va pas au bout, il s'arrête en chemin, il ne mérite pas la grâce, même s'il est juste, s'il n'a pas accompli de mauvaise action. Car Hippolyte a un aspect négatif, est l'image de la morale négative qui consiste à ne pas faire. Or la morale janséniste est positive et insiste sur l'effort. Dieu vomit les tièdes et Hippolyte est un tiède. Dieu ne peut que refuser sa grâce, même si cela doit choquer le sens de la justice.

107. Mais l'engloutissement de la ville d'Ecca peut avoir une signification différente de celle de châtiment. Comme nous l'avons vu dans le chapitre consacré à la Princesse engloutie, c'est une sorte de victoire que cette noyade qui permet à l'être de faire son retour à l'origine des choses. La ville engloutie a quelque chose de commun avec le labyrinthe, d'abord parce qu'on ne peut y pénétrer que dans certaines circonstances et en étant initié, en ayant le *mot de passe*, ensuite parce que l'une et l'autre représentent le fond de l'inconscient humain. Et cette perspective, l'engloutissement d'Ecca et de son peuple peut passer comme un châti-

ment du point de vue strictement sociologique, mais au point de vue religieux ou mythologique, il peut être un succès total.

108. Il faut penser à l'histoire biblique de Joseph et de la femme de Putiphar. C'est une version sémite — ou hamite — du même mythe. On y trouve à peu près les mêmes circonstances, Putiphar jouant le rôle de père adoptif, et Joseph refusant l'offre, abandonnant son vêtement aux mains de la femme. Chez Euripide, Phèdre, avant de se donner la mort, a écrit une accusation contre Hippolyte.

109. Racine, dans sa préface de *Phèdre*, déclare avoir jugé la dénonciation comme indigne d'une princesse. Inconsciemment il a compris que Phèdre ne devait être pour rien dans la perte d'Hippolyte, puisque celle-ci découlait de la non-observation du *geis*.

110. On remarquera que tous les héros de Racine sont des crétins incapables de volonté, persuadés de leur bon droit. Tout se passe comme si Racine avait voulu se livrer à une entreprise de démolition du concept de héros. En cela il rejoignait les conceptions jansénistes selon lesquelles l'homme, aussi puissant qu'il soit, est un être faible et incapable de quoi que ce soit sans le secours de Dieu. Par contre les femmes sont fort intéressantes, même celles qui échouent. Il y a d'abord les femmes-monstres, les passionnées du type Hermione, Roxane, Phèdre. Mais il y a aussi les soi-disant timides et douces, qui sont bien plus redoutables parce que lucides, intelligentes, rusées et inébranlables dans leurs décisions prises consciemment : Andromaque qui finit par devenir reine d'Épire, ou Aricie qui recueille la succession de son « geôlier » Thésée. Le « tendre » Racine, la « douce » Andromaque sont autant de clichés à mettre à la poubelle en compagnie des réflexions éculées sur les auteurs classiques ou romantiques qui traînent malheureusement encore bien trop dans les livres scolaires.

111. *Cf.* dans J. M., *Les Celtes*, le chapitre consacré à « Taliesin et le druidisme », p. 341-382.

112. *Annales de Bretagne*, XI, p. 174-177. Voir le chapitre sur « la Grande Reine ».

113. Nous avons parlé du début de ce conte dans le chapitre sur « Notre-Dame de la Nuit ». Il développe un autre thème, celui de la déesse-jument (Epona-Rhiannon).

114. Comme le conte de *Koadalan* est une sorte de

pot-pourri de traditions diverses, le lien entre les différentes parties n'est pas très apparent. Ici, on ne comprend pas très bien ce qui se passe, car Koadalan oblige son père à aller le vendre — sans qu'il sache la vérité — au marché sous forme de bœuf, puis de cheval. Quant aux diables, ils apparaissent seulement à cet endroit du conte et doivent symboliser les ennemis de Koadalan qui veulent s'emparer de ses secrets (ses livres de magie).

115. Il est surprenant de retrouver dans ce conte armoricain entendu par Luzel en janvier 1869 (et Luzel est le plus fidèle et le plus honnête de tous les folkloristes) ces séries de métamorphoses qui constituent l'élément de base du récit gallois de l'*Histoire de Taliesin*. Cela prouve d'une part l'ancienneté du conte de Koadalan (sous réserve des ajouts, des manques et des altérations), et d'autre part que ce thème des métamorphoses au cours d'une poursuite est commun aux Gallois et aux Bretons, donc remonte avant la séparation des deux Bretagnes. Comparer l'*Histoire de Taliesin* : Keridwen « courut donc à toute allure après Gwyon Bach. Il la vit et se changea en lièvre avant de disparaître, mais elle se changea elle-même en lévrier et le rejoignit. Alors il se précipita vers la rivière et devint poisson. Mais Keridwen, sous forme d'une loutre, le pourchassa sous les eaux si bien qu'il dut se changer en oiseau. Elle le suivit alors sous l'apparence d'un faucon » (J. M., *L'Épopée celtique en Bretagne*, p. 96-97.).

116. Encore un détail non lié. Le grain est noirci dans le feu et se trouve brutalement dans le grenier. Mais la ressemblance avec l'*Histoire de Taliesin* est frappante : « Et juste comme elle était sur le point de fondre sur lui et qu'il avait peur de mourir, il aperçut un tas de grains qu'on venait de battre, sur l'aire d'une grange. Il s'y précipita et, se changea en grain. Mais Keridwen prit la forme d'une poule noire surmontée d'une haute crête, et, en grattant avec ses pattes, elle découvrit le grain et l'avala (*Ibid.*, p. 97).

117. Le texte dit *ha kazi deut e-meaz ar boudez* « et presque sorti du vase ». Le mot *boudez* est une forme locale trégoroise probablement issu de *poteo*, lui-même emprunté au français *pot d'eau*. On remarquera qu'il s'agit d'un récipient qui sert à contenir de la nourriture ou de la boisson : cela fait penser au chaudron de Brân ou au bassin de Peredur, qui ressuscitent les morts.

118. Le *soma* est une partie de la matière vivante qui ne prend pas part à la reproduction et qui meurt avec l'individu.

119. Le *germen* est une partie de la matière vivante qui participe à la reproduction et qui survit donc à la mort de l'individu au sein de l'espèce.

120. Ce qui n'est pas le cas pour les animaux inférieurs.

121. Braunschweig-Fain, *Éros et Antéros*, p. 244.

122. « La Maladie de Cûchulainn », G. Dottin, *L'Épopée irlandaise*, p. 133.

123. J. M., *L'Épopée celtique d'Irlande*, p. 186.

124. Les mêmes structures se retrouvent chez beaucoup d'autres peuples, par exemple chez les Incas. « Leur roi, appelé Fils du Soleil, accomplissait de ses propres mains les rites les plus sacrés. Il ne pouvait épouser que sa sœur aînée. Personnage divin, il était le soleil même sous une apparence humaine et seuls pouvaient prononcer son nom les hommes de même sang » (Vincent Bounoure, *La Peinture américaine*, p. 189). Chez les Aztèques, c'est le dieu cynocéphale Xolotl, dieu de l'Éclair qui accompagne dans sa course un soleil dont le sexe n'est pas précisé (*Ibid.*, p. 201).

125. Voir le chapitre sur « Notre-Dame de la Nuit ».

126. Notamment le rôle du saumon, et celui du sanglier Twrch Trwyth. *Cf.* J. M., *L'Épopée celtique en Bretagne*, p. 146-152. Il faut noter les analogies entre la quête de Mabon et les recherches concernant le dieu fécondateur Télépinou, fils du dieu-soleil, lui aussi disparu, dans la mythologie hittite.

127. Son équivalent irlandais est Oengus, le *Mac Oc* (= Jeune Fils), « qui possède une chambre de soleil ». On pense à Horus, jeune soleil, fils d'Osiris, le vieux soleil. *Cf.* le chapitre sur « Notre-Dame de la Nuit ».

128. On notera que ce disque solaire en cuivre réapparaît curieusement dans *Le Chevalier au Lion* de Chrétien de Troyes : « dans une cour au milieu de laquelle pendait un disque de cuivre… Le vavasseur prit un marteau qui était pendu à un poteau et en frappa le disque ». À ce signal, les gens du château semblent se réveiller, et le héros est reçu par une pucelle belle et avenante, grande et élancée, qui le tient sous son charme pendant tout le repas (A. Mary, *Le Chevalier au Lion*, p. 130). Chrétien de Troyes a dû puiser cette anecdote dans une source assez archaïque, car on ne

retrouve pas les mêmes éléments dans le récit gallois correspondant. Par contre, les détails sont complémentaires et montrent fort bien que l'on se trouve dans un temple solaire, car l'endroit s'appelle « le Château étincelant », il est « baigné par les flots », le maître de céans et ses deux fils ont des « cheveux blonds frisés » et il y a aussi « vingt-quatre pucelles en train de coudre de la soie, près de la fenêtre », lesquelles symbolisent évidemment les heures du jour (J. Loth, *Mab*. II, p. 5-7).

129. Comme le dieu égyptien râ qui, avant d'être anthropomorphisé, était simplement le Disque Solaire. Notons aussi la déesse galloise Arianrod dont le nom signifie « Roue d'Argent ».

130. *Cf*. J. M., *Les Celtes*, p. 52-54. Il faut remarquer que les perles d'ambre sont appelées dans l'antiquité « larmes d'Apollon » et « larmes des Héliades ». Diodore de Sicile en fait même les « larmes des sœurs de Phaéton ». L'île d'Abalum, dans la Baltique, était un des principaux centres de récolte de l'ambre. Et Abalum était une Insula Pomorum. D'ailleurs le nom d'*Aballum* est le même qu'Avalon ou Avallach, et les Irlandais appelaient la Terre des Fées Emain Ablach.

131. Cette hypothèse est confirmée par l'épisode gallois de la légende, dont nous avons parlé plus haut, et qui fait dire à Mark sommé de partager Yseult avec Tristan, qu'il choisit l'époque de l'année où les nuits sont plus longues.

132. Le souvenir en reste dans la légende populaire armoricaine du roi Marc'h « qui avait des oreilles de cheval ». De toute façon, dans de nombreuses traditions, le cheval est psychopompe.

133. Ce qui n'est pas contradictoire avec la situation œdipienne, puisque Mark représente le père et Yseult la mère.

134. Un souvenir très précis de ces époques persiste dans les épopées celtiques : c'est l'éducation magico-guerrière par les femmes. Le récit irlandais *L'Éducation de Cûchulainn* et celui de *La Courtise d'Emer* nous en montrent des détails archaïques. Cûchulainn qui est déjà fort doué pour le métier des armes est envoyé en Écosse afin de se perfectionner auprès de femmes mi-sorcières, mi-guerrières, lesquelles ont toutes un aspect redoutable. C'est d'abord une certaine Dordmair dont la description correspond à peu près à celle de la Hideuse Demoiselle à la mule du *Perceval*

de Chrétien de Troyes et du *Peredur* gallois, autrement dit Kundry la sorcière, la vierge guerrière, gardienne du Graal chez Wolfram d'Eschenbach. Puis c'est Scatach, dont le nom signifie « celle qui fait peur », et sa fille Uatach, dont le nom veut dire « la très terrible ». Dordmair tombe amoureuse de Cûchulainn, mais celui-ci la repousse. Scatach procure à Cûchulainn « l'amitié de ses cuisses », et le héros prend Uatach comme concubine. Enfin c'est Aïfé, que Cûchulainn épouse pour un an et qui lui donne un fils. Il est évident que l'initiation magico-guerrière par les femmes ne peut se faire que s'il y a des rapports sexuels entre la « maîtresse » (aux deux sens du mot français) et l'élève (*Cf.* J. M., *L'Épopée celtique d'Irlande*, p. 88-95). Un autre récit irlandais, *Les Enfances de Finn* (*Ibid.*, p. 141-143), nous montre comment Finn mac Cumail, le roi des *Fiana* fut élevé par deux femmes guerrières qui l'initièrent à la chasse et à la guerre. Et c'est chez un forgeron dont il épouse la fille pour un an (coutume du concubinat limité) qu'il parfait son éducation et qu'il acquiert ses armes. Dans la tradition galloise, le thème apparaît dans le récit de *Peredur* : le héros est définitivement éduqué par les neuf sorcières de Kaerloyw qui lui apprennent des tours guerriers et aussi des tours magiques (J. Loth, *Math.* II, 75-76). Il y a également des traces de cet usage dans l'éducation de Lancelot chez la Dame du Lac, c'est-à-dire la fée Viviane, et encore dans l'espèce de parrainage que lui donne la reine Guenièvre. Et par là, nous retrouvons le véritable caractère ancien de Guenièvre-Gwenhwyfar qui initie ses amants à la prouesse et aux faits d'armes. La Dame de l'Amour courtois, qui surveille attentivement le comportement de son amant lors des tournois, qui arme elle-même son chevalier-servant, qui développe en lui le sens de la prouesse, est au fond l'héritière de ces femmes guerrières celtiques dont l'existence, vu les documents épiques qui les concernent, ne saurait être mise en doute, mais certainement à une époque très lointaine.

EN GUISE DE CONCLUSION
LA FEMME-SOLEIL

La légende de Tristan et Yseult est probablement la plus connue de toute la tradition celtique, et aussi la plus essentielle pour la compréhension de la mentalité des peuples qui ont précédé, en Europe occidentale, les civilisations de type méditerranéen que les Romains, puis les Chrétiens (autrement dit les mêmes) ont introduites et universalisées depuis deux millénaires. La version archétypale de cette légende peut être reconstituée à partir des nombreuses variantes médiévales et aussi par les multiples prototypes qu'on découvre dans l'ancienne épopée irlandaise. Une étude comparative fait apparaître clairement le rôle déterminant d'Yseult (ou des héroïnes qui en sont les modèles), c'est-à-dire de la Femme, dans le déroulement et le *sens* de l'histoire. Ce *sens* est orienté indubitablement vers la mise en valeur d'une féminité essentielle qui trouve sa justification aussi bien sur le plan psychologique et sur le plan sociologique que sur le plan des substrats mythologiques. Yseult est la *Femme-Soleil* alors que Tristan, pourtant paré de toutes les vertus, est *l'Homme-Lune*, totalement inexistant s'il n'est pas « nourri », « maturé » par la lumière qui émane de cette Femme-Soleil.

C'est une constatation et non une hypothèse. Mais cette constatation ne concerne que *l'image de la femme chez les Celtes*, l'image qu'ils ont léguée dans leur tradition épique et mythologique, donc déjà sous une forme « littéraire ». Cela ne doit en rien préjuger du rôle réel assumé par la femme dans les sociétés de type celtique[1]. Les Celtes étaient de civilisation indo-européenne[2], ils vivaient donc dans des structures patriarcales pour ne pas dire paternalistes, et il est bien évident que dans le cadre du quotidien, la femme ne jouissait pas de cette situation privilégiée qu'on discerne dans les légendes. Ces légendes ne font que rendre compte d'une tradition plus ancienne, celle d'un état antérieur, probablement pré-indo-européen, à tendance plus nettement gynécocratique[3]. Ce sont des réminiscences gynécocratiques qui sont à l'origine du « mythe » de la Femme-Soleil et de l'éclosion, puis de l'épanouissement de la légende de Tristan et Yseult. Ces mêmes réminiscences expliquent le rôle, tout de même privilégié par rapport à d'autres civilisations, de la femme dans les sociétés celtiques des périodes historiques.

Il faudrait d'ailleurs s'entendre sur cette notion de « féminité » du Soleil. Il ne s'agit certes pas ici d'astrologie, ni d'une quelconque référence à des divinités stellaires répertoriées et nommées selon des critères à la fois zodiacaux et mythologiques. La confusion peut naître du fait que la position des astres dans le ciel, à un moment déterminé (par exemple lors de la naissance de quelqu'un, ou encore à l'occasion d'un événement remarquable), attire l'attention sur la globalité de l'univers où rien ne peut être isolé du tout, sans pourtant inclure le moindre déterminisme — ni le moindre fatalisme — dans cette globalité. L'être humain, qu'il le veuille ou non, appartient à l'univers tout entier, quelles que puissent être les influences ou les interactions réelles qu'on y discerne parfois. Ce n'est pas pour tenter d'expliquer tel ou tel phénomène qu'on en est venu à considérer les astres comme des entités plus ou moins divines, capables d'agir sur les destinées du monde, mais seulement pour les charger d'une signification liée au psychisme humain, et dans la mesure où ce psychisme, pour atteindre un niveau de conscience claire, doit utiliser des supports concrets sous forme de symboles et d'allégories. Dire que la Lune est masculine et que le Soleil est féminin, cela n'est rien d'autre que projeter sur des éléments extérieurs hétérogènes, en l'occurrence cosmiques, certaines données intérieures de la conscience.

Il faut donc insister sur l'importance relative de cette classification sous peine de la rendre abusive. En grec, en latin (et aussi en français), l'usage veut que le Soleil soit du genre masculin : cela veut dire qu'il est revêtu, par les peuples gréco-latins, de qualités masculines. Par contre, dans les langues celtiques, germaniques — et aussi en hébreu, ce qu'on oublie souvent —, ce même Soleil est du genre féminin, ce qui veut dire qu'il est affecté, chez les peuples concernés, de qualités féminines. Est-ce par hasard ? Le genre des « choses » et des abstractions paraît souvent bien arbitraire, et, de toute façon, peu logique. Cependant, si l'on constate que le mot « arbre » est féminin en latin alors qu'il est masculin en français, que le mot « navire » est féminin en latin et en anglais, mais masculin en français, cela doit vouloir dire quelque chose. L'usage linguistique est toujours provoqué par une tournure d'esprit, une structure mentale, pour ne pas dire une option philosophique : par-delà la langue et ses systèmes plus ou moins complexes, plus ou moins compliqués, apparaît le mythe qui, assurément, est le noyau de la comète dont la chevelure de flammes empêche de discerner la nature réelle.

Dans ces conditions, le thème de la Femme-Soleil, tel qu'il est mis en valeur dans la légende de Tristan et Yseult, appartient à une structure mentale qui dénote elle-même tout un système de pensée probablement hérité du plus lointain passé. « La lune est étroitement liée au principe du soleil dont elle reçoit la clarté », écrit Marie-Louise von Franz, la plus fidèle disciple de Jung, dans *L'Interprétation des contes de fées*. « Le soleil, source de conscience dans l'inconscient, est vraiment une divinité, car il représente un facteur psychique actif capable de créer une conscience plus grande. La lune, elle, symbolise un état de conscience moins clair, plus primitif, plus doux et plus diffus. Lorsque, comme en allemand, le soleil est du genre féminin, cela signifie que la conscience se trouve située dans l'inconscient et qu'il n'existe pas encore de conscience parvenue à maturité ; elle est pleine de pénombre et comporte une profusion de détails qui ne sont pas clairement distingués. »

Cette interprétation psychologique moderne du mythe de la Femme-Soleil conduit, à travers les différents récits celtiques, et particulièrement à travers les péripéties de la légende de Tristan et Yseult, à élargir considérablement un débat qui concerne non plus seulement des individus exemplaires mais les sociétés auxquelles appartiennent ces individus. Ici, l'ontogenèse et la phylogenèse sont inextricablement mêlées, et pour ainsi dire identifiées. Tristan, *avant Yseult*, est dans un état de latence, de conscience indifférenciée. Il est l'Adam primitif avant la manducation de la pomme interdite que lui présente Ève. Tristan, *après Yseult*, devient l'Homme Nouveau, quels que soient les ennuis auxquels il s'expose dans sa nouvelle condition (banni du royaume, exilé dans la forêt, hors-la-loi et adultère). Il est le second Adam, celui qui se voit nu après la « faute », c'est-à-dire qu'il se révèle à lui-même en pleine conscience, mais il doit payer cette maturation de la conscience par une lutte constante contre un univers devenu hostile (auparavant, il ne savait pas que cet univers était hostile). Tout cela ressemble fort à des épreuves initiatiques au centre desquelles brille de tous ses feux le personnage solaire de la Femme, qu'elle soit Yseult ou qu'elle soit Ève. Mais si Yseult sort magnifiée du jugement moral émis par l'opinion publique (parce que l'Amour rachète tout), la malheureuse Ève est tenue, par la même opinion, comme responsable de tous les maux dont est affligée l'humanité. Or il est bien évident qu'Yseult et Ève ne sont que deux visages (et deux noms) d'un unique personnage, celui de la Femme-Soleil, l'initiatrice et la révélatrice, sans laquelle l'humanité, représentée dans le mythe par l'individu mâle actif, ne peut sortir des ténèbres de l'inconscience, c'est-à-dire en fait de la non-existence. «Toutes les Grandes Déesses», remarque le psychanalyste jungien Pierre Solié dans son ouvrage sur la *Femme essentielle*, «eurent leur heure solaire fécondant la lune — "stérile" et passive — de leurs rayons. C'est à ce *hieros-gamos* inversé — commun à de nombreuses mystiques — que nous convie la plupart des héros des épopées celtiques. L'amour, au niveau de l'âme, n'est plus seulement le désir brutal pulsionnel, mais un amour déjà divinisé.» C'est dire que ce qui est considéré comme la *faute*, depuis la rédaction tronquée de la *Genèse*, n'a, en réalité, aucune connotation morale, mais concerne uniquement un passage d'un niveau de conscience à un autre, passage que seule la Femme, même la version tronquée et moralisatrice en convient, était capable de provoquer et de mener jusqu'à son terme.

Au reste, la femme celte, telle qu'elle apparaît dans le légendaire, ne fait que refléter un état antérieur qui a vu la prééminence de la Femme-Soleil en tant que symbole révélateur. «Nos soupçons se confirment, écrit Michel Cazenave, quand on constate encore plus, dans cette perspective singulière où la lune, par son humidité, devient la médiation de la chaleur solaire fécondante et induit précisément la fécondité générale dans la transformation du brasier en un feu doux et tiède, que les dieux-lunes des plus vieilles religions gouvernaient en effet la fertilité de la terre, et qu'on pense aux doublets irlandais de Tristan — l'amant de Deirdré, Noisé, grâce à qui "toute vache et tout animal qui l'entendait donnait deux tiers de lait en plus", ou Diarmaid dont les lits légendaires possédaient une telle vertu que les femmes stériles s'y rendaient pour être guéries de leur mal[4].» De là l'importance du couple mythique Tristan-Yseult, qui, en concrétisant, dans le cadre d'une *histoire*, la volonté de revenir à l'unité primordiale (androgynat primitif d'avant la côte d'Adam) qui met d'ailleurs l'accent sur la *fusion des êtres* par rapport à la *procréation* si chère à la tradition judéo-chrétienne. Et il n'est pas étonnant de relever, dans une des versions de la légende de Diarmaid et Grainné, prototype irlandais de celle de Tristan, ces quelques vers significatifs placés dans la bouche de Grainné, s'adressant à son amant qu'elle veut endormir : « Mon cœur se briserait de douleur / si jamais je manquais à te voir. / Nous séparer serait séparer / l'enfant de sa mère, / éloigner le corps de l'âme. » Au-delà du chant d'amour proprement dit, qui est particulièrement émouvant, il y a bien autre chose : une réalité essentielle. Il ne faut pas oublier que le nom de Grainné provient du gaélique *grian*, qui signifie « soleil ». Dans la symbolique stellaire, il est évident que séparer la Lune (Diarmaid) de Grainné (le Soleil) serait *séparer le corps de l'âme*. Tristan ou Diarmaid n'existe en tant qu'individu que par la présence d'Yseult ou de Grainné, de même que la Lune est invisible (donc inexistante) sans la lumière qui lui parvient du Soleil.

Mais si l'héroïne est Femme-Soleil, il faut lui reconnaître des qualités *ignées*, avec tout ce que cela suppose. Denis de Rougemont parlait de la *brûlure* des amants, ne faisant ainsi que reprendre de façon logique l'effet des flèches de Cupidon dans la littérature faussement mythologique des Gréco-Latins.

Avant lui, des poètes de toutes les époques ont voulu exprimer la notion « d'amour l'ardente flamme », à tel point que cette image est devenue un des lieux communs les plus fréquents de la littérature universelle, particulièrement de l'école dite pétrarquisante. À cet égard, c'est peut-être le calviniste Agrippa d'Aubigné, austère pourfendeur de jésuites et non moins violent amant de la très catholique Diane de Talcy, qui semble avoir été le plus loin dans la subtile compréhension du rôle de la Femme-Soleil dans son union amoureuse avec son amant-prêtre, union qui est, assurément, le hiérogame parfait dans toute sa splendeur :

« À l'éclair violent de ta face divine,
N'étant qu'homme mortel, ta céleste beauté
Me fit goûter la mort[5], la mort et la ruine
Pour de nouveau venir à l'immortalité.

Ton feu divin brûla mon essence mortelle,
Ton céleste m'éprit et me ravit aux cieux ;
Ton âme était divine, et la mienne fut telle :
Déesse, tu me mis au rang des autres dieux[6]. »

Au fond, tout cela n'est que la réactualisation d'un thème très archaïque que la tradition celtique a conservé à travers ses diverses fluctuations et qui trouve son apogée poétique dans le texte de *La Folie de Tristan*, probablement la plus haute expression de la féminité considérée dans sa dimension divine : il s'agit du thème de la *Chambre de Soleil* dans laquelle Tristan, pour la circonstance déguisé en fou (mais est-ce un travestissement réel ou symbolique ?), prétend emmener la reine Yseult, et cela à la grande joie du roi Mark qui ne comprend évidemment rien à ce qui se passe, thème semble-t-il connu des Celtes, puisqu'on le découvre déjà dans des textes irlandais bien antérieurs[7]. Il est nécessaire de répéter la description de cette chambre (ou de ce palais). Elle est tout en verre. « Le soleil y rayonne de toutes parts. Elle flotte dans le ciel, suspendue parmi les nuages, et nul vent ne l'agite ni ne l'ébranle. Elle comporte une chambre de cristal, toute pavée de marbre. Le soleil à l'aube, l'illuminera tout entière[8]. » Et n'oublions pas non plus que dans la magnifique histoire irlandaise d'Étaine, cette chambre de cristal est un endroit de *régénération*, un lieu où s'opèrent de subtiles métamorphoses qu'on pourrait classer comme alchimiques[9].

Il y a de multiples interprétations à donner de ce thème. Sans aller au fond des choses, force nous est d'abord de constater que « la salle est entièrement aérienne, qu'elle s'est donc détachée de la lourdeur de la terre et de la Mère primitive et qu'elle flotte, immobile, au royaume de l'esprit : quand Yseult y vivra, elle sera réellement cette femme du soleil qu'elle était par essence, *anima* célestielle et *Sophia caelestis*. Ce n'est pas pour rien d'ailleurs que cette salle est de verre, car elle est de ce fait illuminée des rayons de la conscience de l'astre qui se lève (renvoyant de la sorte à la divinité qui se révèle), en même temps que le couple qui y mènerait son amour le ferait forcément à la vue éblouie de la création tout entière[10]. » Le changement de plan est plus qu'évident, qu'on le définisse en termes psychologiques ou en termes métaphysiques. Telle qu'elle est décrite, la « Chambre de Soleil » s'identifie à l'athanor des alchimistes, le vase où, par suite des délicates opérations du Magistère (dissolution, mort et coagulation, passage de l'état brut à un état intermédiaire calciné, noir, avant de retrouver le blanc et de parvenir au rouge), la *Materia Prima* deviendra Pierre philosophale. Mais, de même que la *Materia Prima* est une appellation symbolique de la *Magna Mater*, de la « Déesse des Commencements », cette même entité divine, féminine et solaire, se confond avec l'athanor, lequel devient alors la matrice divine d'où surgit toute vie. Mystiquement et ésotériquement parlant, c'est le concept de la Vierge Marie, en tant que *theotokos*, qui prend le relais à l'intérieur de la tradition chrétienne. La « Reine des Anges », la « Porte du Ciel », n'est-elle pas l'image assagie et entièrement désexuée de la *Magna Mater* primitive, celle qui *doit donner naissance au jeune dieu salvateur*, c'est-à-dire à l'Homme Nouveau dans sa transcendance absolue, Christ ressuscité des morts.

Ce qui caractérise la Chambre de Soleil, ou encore l'athanor, c'est la lumière, et cette lumière est évidemment mise en opposition avec les ténèbres du Chaos primordial, matière première des alchimistes, conscience non encore maturée de Tristan avant sa rencontre (sa *conjonction*) avec Yseult. Celle-ci est donc le soleil naissant qui vient illuminer le monde indifférencié. C'est là le résultat d'un postulat qui a toutes les chances d'être faux (les ténèbres ne peuvent être conçues que par rapport à la lumière, comment donc expliquer que la lumière jaillisse des ténèbres ?). Mais si l'on considère les ténèbres primitives — ou primordiales — comme le Chaos originel qui contient à la fois les Ténèbres et la Lumière, on se retrouve en conformité avec le *fiat lux* de la *Genèse*, ainsi qu'avec toutes les cosmogonies de ce type. Si l'on admet ce nouveau postulat, on en arrive fatalement à une conclusion imprévue : *La Chambre de Soleil ne représente-t-elle pas l'aboutissement de la Création, le moment où, parallèlement à ce qui se passe dans les origines, la Lumière contient en elle-même les Ténèbres* ?

C'est, on le sait, la signification profonde qu'on peut tirer des opérations du Magistère alchimique, puisque, de l'aveu des « philosophes », ces opérations ne visent qu'à un but : reproduire de façon concrète le processus de la Création tout entière. Et cette Création n'est pas un moment dans l'Histoire, elle est perpétuelle, jamais achevée, jamais parfaite au sens strict du terme. Il ne s'agit donc pas alors de cette nostalgie du paradis perdu *passé* qui serait projetée dans un avenir vague, comme le prétendent les théoriciens de l'athéisme, ni du *regressus ad uterum* (équivalent de la mort) si cher aux psychanalystes, mais d'un authentique *egressus ad ultima*, d'une « sortie vers l'ultime ». Mais là encore, la Chambre de Soleil, comme l'athanor alchimique, est la *matrice divine*, d'où la notion de divinité féminine primordiale qui s'impose à l'humanité depuis des millénaires et quelles que soient les idéologies religieuses dominantes... La femme est la clé de toute la Création, et particulièrement de la *seconde création* de l'humain, quand le soleil-conscience monde les ténèbres de la lune-inconscience, quand Tristan s'éveille au contact d'Yseult.

Cette seconde création de l'humain est un *éveil* à peu près dans l'acception bouddhique de ce mot, un éveil qui concerne bien entendu l'Homme-Lune, révélé à lui-même par la Femme-Soleil, mais qui permet également à cette dernière d'atteindre sa plénitude, c'est-à-dire un niveau de conscience supérieur, puisqu'en se projetant sur l'autre elle se crée elle-même en tant que valeur fonctionnelle. Yseult était peut-être la totalité avant sa rencontre avec Tristan, mais elle n'en avait pas conscience et n'avait donc pas *réalisé* le processus fonctionnel qui la justifie. Il en est de même pour la Belle au bois dormant : la jeune princesse endormie n'atteint sa seconde naissance que par le baiser du Prince charmant, lequel accède, par son geste, et par le contact qu'il a avec la Femme-Soleil endormie, à un degré supérieur de conscience (et de connaissance). Mais le château où rêve la Belle est figé, immobile, au milieu d'une forêt où les ronces et les taillis constituent des remparts que n'ose affronter l'imaginaire. Tout autre est la forteresse où dort la Valkyrie Sigfrida avant d'être réveillée par le héros Sigurd. Dans sa *Tétralogie*, Richard Wagner, tout en conservant le thème du cercle de flammes, a singulièrement réduit la signification de la scène : c'est en triomphant de sa peur que Siegfried traverse les flammes et se saisit de Brünhilde, ce qui insiste sur la prouesse de l'homme et sa victoire sur la femme. Le modèle mythologique (en l'occurrence, ce n'est pas le texte du *Nibelungen* allemand, mais celui des *Eddas* scandinaves) est bien différent : la Valkyrie — qui, ne l'oublions pas, est une « Chercheuse de *Val* », c'est-à-dire de guerriers héroïques morts sur les champs de bataille et destinés à servir de rempart aux dieux contre les géants — se trouve dans une forteresse située sur une montagne (ou même entre ciel et terre, comme la Chambre de Cristal), et le caractère solaire de ce lieu est évident. C'est par un bond de son cheval (un cheval divin psychopompe) que Sigurd franchit la barrière de flammes, et la brûlure qu'il ressent de son exploit, exprimant bien sûr l'amour qu'il ressent pour la Valkyrie, est avant tout celle de son initiation, de la révélation qu'il a de lui-même grâce à la conscience claire et lumineuse que représente Sigfrida, la Femme-Soleil. Faut-il voir une origine commune et unique entre le mythe celtique de Tristan et celui, germano-scandinave, de Siegfried-Sigurd ? Très probablement. Les mentalités celtiques et germaniques admettent la « féminité » du soleil[11].

Mais tout se passe comme si l'on avait voulu à tout prix réduire le rôle de cette Femme-Soleil, d'abord en opérant (dans l'aire méditerranéenne) le renversement de polarité entre soleil et lune (indice du patriarcat), ensuite en réservant à cette femme, pourtant reconnue comme essentielle, un rôle qui pour être important n'en est pas moins un rôle d'*assistance*. Les sociétés occidentales contemporaines sont, on le sait, les héritières directes de l'idéologie judéo-chrétienne, revue et corrigée par le synchrétisme hellénistique (saint Paul) et la romanité (la papauté qui s'appuie sur le discutable *tu es Petrus*). De ce fait, la conception chrétienne de la féminité, qui a certes bien évolué dans le monde moderne, surtout depuis le concile de Vatican II, est redevable à la fois du legs gréco-latin et des options hébraïques. Oubliant les personnages féminins de la Genèse, qui sont pour le moins surprenants, les scripteurs de la Bible ont rabaissé la femme en la rendant impure et inapte, par exemple, au sacerdoce. Les Pères de l'Église n'ont fait que justifier et codifier « cette haine de la femme — qui vient en fait de la peur de la femme — jusqu'au délire, s'accrochant aux moindres détails physiologiques et les exploitant de manière à constituer des barrières prohibitives infranchissables. Les Pères de l'Église et les théologiens du Moyen Âge sont des types parfaits d'obsédés sexuels[12]. » Il est vrai que quoi que puissent entreprendre les théoriciens chrétiens, ils sont esclaves de ce fameux verset de la *Génèse*, quand, après la « faute », le seigneur dit à Ève : ton désir te portera vers l'homme *et lui te dominera*. Cette parole de base est responsable de bien des malentendus : « Le dogme chrétien n'a pas peur d'aller jusqu'à l'absurde en déclarant que la mère du Christ a conçu sans intervention sexuelle, condamnant ainsi le Sauveur à n'être qu'un demi-homme à l'instar de Bacchus[13]. » Et pourtant, juste revanche des choses, dans le culte chrétien, la place de la Vierge Marie, mère de Dieu, par conséquent une femme, est absolument en dehors de toute commune mesure.

Car, en cette fin de XXe siècle, dans les brumes d'un millénarisme insidieux qui draine les terreurs ancestrales d'une humanité en quête de son identité (il faut dire que celle-ci a été malmenée, ne serait-ce qu'au cours des siècles dits historiques), le problème de la femme non seulement n'est pas résolu mais bute toujours sur des fantasmes qui sont l'expression aussi bien d'interdits parfaitement irrationnels que de partis pris solidement implantés. *Après les grandes mutations des deux guerres mondiales, après la prise de conscience d'une rupture de civilisation en mai 1968, après les tur-*

bulences des mouvements de revendications féministes, qu'en est-il du rôle et de l'image de la femme dans les sociétés postindustrielles contemporaines ?

Apparemment, mais seulement dans les pays de culture humaniste, la femme a vu son statut social s'améliorer considérablement. Le *sexisme* étant illégal dans la plupart des constitutions démocratiques, la femme bénéficie des mêmes droits — et est astreinte aux mêmes devoirs — que l'homme, tant sur le plan de la liberté individuelle que sur celui de sa place dans la hiérarchie sociale. Mais les lois ne sont que l'expression d'un absolu trop souvent idéal : les faits peuvent les tourner, voire les contredire, tant est grande la pesanteur des habitudes et des idées toutes faites. Cette réalité quotidienne n'est pas nouvelle : chez les Celtes, on observe le même décalage entre l'image de la femme, telle qu'elle apparaît dans le mythe, et son rôle effectif au sein d'une société qui était incontestablement de type patriarcal. Plus que jamais, même si on prétend le contraire, la femme, magnifiée dans les discours masculins, est en *liberté surveillée*.

C'est dans le cadre de la vie privée que la femme a obtenu, semble-t-il, le plus de satisfactions. L'égalité dans le mariage, le partage de l'autorité parentale, la gestion commune des biens et des ressources de la famille, la possibilité de conserver son nom patronymique même en étant mariée, le divorce « sur requête conjointe », c'est-à-dire par consentement mutuel, le statut de la mère célibataire (et non plus de la « fille mère »), tout cela est assurément le résultat d'une lente conquête et contribue à l'épanouissement de la femme, même si on est en droit de s'étonner qu'il ait fallu tant de temps pour en arriver là. Et surtout, c'est dans le domaine le plus spécifique de la femme, celui qui touche la *maternité*, que la femme s'est le plus émancipée.

Pendant des siècles, à force de considérer la femme

essentiellement comme une « reproductrice », et de la protéger comme telle (ce qui permettait évidemment tous les abus de pouvoir), on a fini par la persuader elle-même de son infériorité. On peut mesurer l'ampleur de cette aberration quand on analyse le processus dans lequel l'Europe d'entre les deux guerres mondiales s'est livrée corps et âme aux pires formes de dictature. Les circonstances économiques, la peur, la fuite devant les responsabilités, l'incapacité de se prendre en charge, les pulsions émotionnelles les plus louches, n'expliquent pas tout. « Ce qui est nouveau dans le fascisme, c'est que *les masses elles-mêmes consentirent à leur propre soumission et s'employèrent activement à la réaliser*[14]. » Il y a là une passivité que l'usage identifiait à la féminité. « Hitler promit que la femme serait soumise à l'homme, l'abolition de l'indépendance économique de la femme, son exclusion du processus de toute vie sociale déterminante, et sa relégation à la maison et au foyer. Les femmes, dont la liberté individuelle avait été supprimée depuis plusieurs siècles et chez qui s'était développée, à un degré particulièrement intense, la peur d'une manière de vivre indépendante, furent les premières à l'acclamer[15]. » Et c'est bien cela qui est terrifiant.

Dans ces conditions, on ne peut guère s'étonner de la réaction qui a suivi et qui se manifeste par une véritable révolution dans l'attitude *féministe* : la femme, ayant pris conscience que son sexe (en fait, son ventre) était propriété exclusive de l'homme, a brutalement rejeté cette sujétion et s'est posée en être actif, parallèle sinon antagoniste devant un partenaire masculin jeté à bas de son piédestal et surtout désacralisé. Cela ne pouvait se faire sans outrance, en retournant le mépris dont étaient l'objet les femmes vers les hommes, chargés des pires malédictions. Juste revanche des choses qui a le mérite de renvoyer à chacun une image de l'autre déconcertante… C'est toujours *ce qui dérange* qui provoque l'innovation. La femme a donc affirmé, avec violence, que son corps lui appartenait en propre et que l'homme devait non seulement l'admettre, mais se préparer à s'en passer. Les tendances homosexuelles des mouvements féministes ne sont pas d'ordre biologique, mais constituent une arme — très efficace — qu'Aristophane avait déjà mise en valeur (tout en en démontrant l'échec) sans son *Lysistrata*. Mais cette violence d'attitude et de langage, cette remise en cause, par les femmes, du principe de la masculinité, a eu pour conséquence une certaine libération sexuelle de la femme. Dorénavant, grâce à la contraception (et dans une moindre mesure grâce à l'interruption volontaire de grossesse légalisée), la femme est *maîtresse de son ventre*, c'est-à-dire libre d'assumer ou non sa fonction maternelle quand elle le veut et avec qui elle veut, ce qui est d'une importance exceptionnelle par rapport à toutes les habitudes et contraintes d'un passé encore très récent.

C'est d'ailleurs le seul aspect vraiment positif de cette révolution féministe. Car on a essayé de détourner le débat vers une simple libération sexuelle ou le sexe a été considéré comme un *but* et non plus comme une *fonction*, de la même façon que, pour certains, la voiture individuelle et un appareil ménager peuvent constituer une finalité et non un moyen pour parvenir à une autre finalité. Ce n'est pas parce qu'une femme peut avoir des relations sexuelles — sans danger de grossesse — avec n'importe qui qu'elle verra s'épanouir sa personnalité : Yseult n'a, que l'on sache, jamais confondu sa valeur de Femme-Soleil avec une prostitution, fût-elle sacrée. Et la libération sexuelle de la femme n'a aucun sens si l'homme lui-même n'accomplit pas cette révolution. Mais c'est là où la pesanteur se fait peut-être sentir le plus fortement. La complémentarité de l'homme et de la femme serait à redéfinir sur des bases nouvelles, en tenant compte du fait que toute synthèse résulte de l'absorption des oppositions, voire des contradictions. La libération de la femme, sur tous les plans, passe par la libération de l'homme, et *inversement*.

Car le problème de la femme, en dernière analyse, n'est pas la sexualité, laquelle n'est qu'un *moyen et non une fin* pour parvenir à une transcendance à la fois de la corporéité, de la conscience psychique et de ce que, faute de mieux, on appelle « âme ». Et si on voulait user d'une kabbale phonétique (seulement valable en français), le mot « âme » suscite le mot « amour ». L'amour des êtres et des choses, l'amour des bêtes, l'amour humain, l'amour divin, l'amour de l'autre en définitive, qui n'est pas différent de l'amour de soi, puisqu'on ne peut aimer son prochain que si l'on s'aime soi-même. L'amour universel des êtres et des choses n'est peut-être pas pour demain, mais il est une finalité absolue : la réconciliation d'un univers déchiré, aussi bien par les pulsions contradictoires que par la conscience d'une *coupure* (puisque telle est la signification réelle de « sexe »). Que de blessures — qui ne saignent pas ! — avant d'en arriver à la cicatrisation. Sont-ce des jeux de mots ? Sûrement pas : « La raison de l'amour. La raison d'aimer l'aimée, c'est l'aimée. Et la mesure de l'aimer, c'est de l'aimer sans mesure. » Ces paroles sont de saint Bernard de Clairvaux. Elles auraient pu être dites par André Breton, dans *L'Amour fou*. Oui, vraiment, le problème de la femme, qu'elle soit contemporaine, qu'elle soit celte, n'est pas autre chose que le problème de l'Amour.

C'est ce que les dialecticiens chevronnés de l'Église catholique romaine ne semblent pas avoir encore compris, du moins au niveau de l'expression. Garant d'une tradition plus que millénaire, dépositaire d'un *message* qu'aucune personne sensée ne songerait à lui disputer, le Christianisme roman en est encore à tergiverser à propos de la femme. Prisonnier qu'il est d'un antiféminisme mosaïque, et cherchant malgré tout à surmonter sa contradiction interne, ce christianisme officiel, s'appuyant sur le dogme de l'infaillibilité pontificale (pourtant bien discutable d'un point de vue strictement théologique), ne pouvait pas ignorer ce problème, et d'étranges propositions se font jour à travers les tirades ambiguës de certains textes pontificaux contemporains, pour peu qu'on veuille bien lire entre les lignes.

Tout se passe en effet comme si on voulait noyer la « dépendance » de la femme dans l'exaltation de son rôle « utilitaire ». « La femme est forte *par la conscience de ce qui lui est confié*, forte du fait que "Dieu lui confie l'homme", toujours et de quelque manière que ce soit, même dans les conditions de discrimination sociale où elle peut se trouver[16]... » Autrement dit, la femme doit se soumettre à son destin, l'accepter, et c'est dans cette acceptation qu'elle trouve sa grandeur, puisque son rôle *maternel* est ainsi mis en évidence : Dieu lui a confié l'homme, pas forcément le mâle, mais l'humanité entière. L'exégèse concernant la Vierge Marie, mère de Dieu, mais également mère de tous les hommes, n'est pas loin, mais cette exégèse n'est pas dangereuse, puisqu'elle fait silence sur le rôle *provocateur* que pourrait tenir la femme au profit exclusif de ce rôle *protecteur*, c'est-à-dire maternel, dont on la glorifie. Tout cela est plein de bonnes intentions. Mais ne faut-il pas voir plus loin ? « Si l'homme est confié par Dieu à la femme d'une manière spécifique, cela ne signifie-t-il pas que le Christ compte sur elle pour accomplir le *sacerdoce royal*[17]. » En somme, Jésus-Christ ne peut réaliser son destin — triompher de la mort après avoir subi celle-ci en vue de régénérer l'humanité — sans le secours efficace et nécessaire de la femme, en l'occurrence la Vierge Marie, modèle de toutes les femmes. Mais à réfléchir, ces paroles pontificales contemporaines ne sont qu'une exaltation de la maîtresse de maison, gardienne du foyer, qui nourrit la famille, et de *la parfaite secrétaire qui aide son patron à diriger quotidiennement son entreprise*. C'est, en dernière analyse, très peu encourageant pour la femme de se voir ainsi reléguée au rang nettement subalterne (et pourtant magnifié, cela ne coûte pas cher !) d'*assistante*. Qu'on se rassure, les décisions sont prises par l'homme, en l'occurrence le Christ, et tout est mis en œuvre, même l'abaissement de la féminité, pour que s'accomplisse son « sacerdoce royal ». Vive le roi, mais que la reine se tienne dans l'ombre, au service de son maître et seigneur…

Tout cela ressort de l'escroquerie intellectuelle la plus pure. Mais il fallait bien dire quelque chose, les femmes, à l'heure actuelle, constituant le plus important contingent des fidèles de l'Église catholique romaine. On s'explique alors l'efficacité d'un culte marial tout entier consacré au rôle nécessaire, efficace, mais *modeste*, de la Vierge Marie, et les encouragements auxquels il donne lieu de la part des autorités ecclésiastiques. Il s'agit bel et bien de canaliser et d'endiguer le féminisme, à l'intérieur d'un dogme rassurant, qui ne risque certes pas de provoquer le moindre bouleversement dans la conscience qu'ont les femmes de leur rôle. Ainsi se perpétue le lent et sournois travail de sape entrepris par l'Église depuis que le christianisme est devenu religion officielle de l'empire romain et l'instrument docile d'un pouvoir temporel à prétentions universalistes, héritier de César, de Néron et autres dictateurs que d'ailleurs cette même Église s'acharne à déconsidérer à la face du monde[18]. Il serait peut-être temps de revenir à la pureté originelle des textes évangéliques et autres écrits des témoins (ou dits tels) apostoliques. L'Église romaine prétend appuyer son dogme sur des textes, mais elle se garde bien de livrer à ses fidèles l'intégralité de ces textes. Au cours des siècles, elle a pris soin d'en éliminer, et de tronquer, au gré des exigences de ses positions doctrinales (qui recoupaient ses positions temporelles), ceux qu'il était impossible d'égarer ou de déclarer apocryphes. Pourquoi, par exemple, avoir

« gommé » le rôle de la mystérieuse Marie de Magdala, quitte à s'offusquer (et à adopter une attitude franchement fasciste) lorsqu'un romancier grec et un cinéaste italien se permettent d'interpréter à leur manière et selon leur sensibilité cette énigme évangélique[19] ?

Et pourtant... Il suffirait de si peu de choses... Le texte du pape Jean-Paul II, publié à l'occasion de l'année mariale de 1988, contient une proposition qui va plus loin que l'on pourrait penser en premier lieu, sans que l'on puisse savoir s'il s'agit d'une pensée sous-jacente qui s'infiltre dans un discours conservateur ou d'une volonté consciente de provoquer une nouvelle interprétation des faits. Il s'agit précisément de Marie de Magdala, la « Madeleine » que la tradition populaire persiste à considérer comme la « pécheresse » repentie, et qui, en réalité, semble avoir été une veuve très riche et l'une des premières disciples de Jésus. Jean-Paul II rend en effet un hommage appuyé à la Madeleine, et après avoir rappelé que, selon l'Évangile de Jean, elle fut le premier être humain à avoir vu Jésus sortir de son tombeau, il ajoute : « C'est pour cela qu'on l'a même appelée l'Apôtre des Apôtres. Marie de Magdala fut, avant les apôtres, témoin oculaire du Christ ressuscité et, pour cette raison, elle fut aussi la première à lui rendre témoignage devant les apôtres. » Cette réflexion a le mérite de situer l'importance de l'événement considéré et de mettre en lumière, si l'on en croit Jean — l'évangéliste qui semble le mieux informé, en tout cas le plus fiable parce que le plus ancien —, les circonstances mêmes qui ont entouré l'événement. Quand on y songe, en effet, cela paraît « énorme ». Jésus, qui appartenait à une société éminemment patriarcale, qui est présenté comme régissant une troupe d'apôtres exclusivement masculins, aurait donc pris comme premier témoin de sa résurrection une femme, non pas sa mère, mais celle avec qui il semble — si on lit entre les lignes — entretenir des rapports affectifs privilégiés.

Quelle est en effet la signification de cette scène ? Une lecture historicisante, telle qu'elle est pratiquée depuis vingt siècles par les commentateurs officiels de l'Église, ne met pas en doute la réalité des faits. Mais déjà, à travers un événement que l'on peut admettre comme authentique, la présence de Marie-Madeleine est étrange. Serait-elle la seule, parmi les apôtres, à croire à ce qu'affirmait Jésus, à savoir qu'il ressusciterait le troisième jour ? Tous les apôtres, hormis Jean, sont scandaleusement absents du Golgotha : pour eux, tout était perdu et il ne leur venait même pas à l'esprit que Jésus pût ressusciter. Ils sont absents au tombeau. Mais il y a Marie de Magdala — et si l'on en croit les synoptiques, accompagnée d'autres femmes, ce qui ne modifie en rien le sens de la scène. D'un point de vue strictement historicisant, tout cela est bien surprenant, et le rôle de la femme comme premier témoin du corps *glorieux* de Jésus est singulièrement magnifié, à plus forte raison s'il s'agit d'une pécheresse repentie. Et si la scène n'était que symbolique ?

Entendons-nous : il ne s'agit ici aucunement d'affirmer ou de nier la réalité d'une résurrection de Jésus, il s'agit seulement d'une *donnée* dont les composantes méritent réflexion. Or cette réflexion est à la fois mythologique, alchimique, métaphysique et bien entendu proprement religieuse, même si on peut y faire intervenir des éléments psychologiques, ceux-ci étant inhérents au reste. Le Tombeau est le ventre de la Terre, de la Terre-Mère, pourrait-on dire. On y a placé Jésus pour qu'il y soit maturé, recréé, *régénéré* comme la Matière première des philosophes. Corps inerte, soumis à la mort et à la décomposition — mais de ce fait à la *purification* —, il va, au terme d'une gestation symbolique de trois jours (en fait de quarante-huit heures), surgir de l'athanor (ou de l'utérus de la Terre-Mère). C'est une *naissance*, un véritable *accouchement*. Mais qui préside à cet accouchement ? une femme. Et ce n'est pas sa mère, mais *une autre*.

En somme, dans cette version *symboliste* du récit de la résurrection de Jésus, ce dernier est l'équivalent du dieu-lune (qu'était à l'origine, d'ailleurs, le Yaveh hébraïque), autrement dit l'Homme-Lune qui, dans son tombeau, est encore en proie à la nuit de l'inconscience, dans les ténèbres de la non-réalisation de son *sacerdoce royal*. Si l'on admet cette identification, que faire de Marie-Madeleine, sinon la Femme-Soleil, incarnation de la conscience pleine et entière, qui fait surgir cette conscience dans l'inconscient de Jésus-Lune sortant du tombeau, c'est-à-dire de la nuit indifférenciée ? Marie-Madeleine, qui tient ici le rôle de la Nouvelle Mère, autre visage de la Vierge Marie, porte sur elle des caractéristiques bien solaires. Et n'oublions pas que nous sommes à l'aube du troisième jour. Dès lors, le parallélisme entre cette scène évangélique et l'histoire de Tristan et Yseult (ainsi que de toutes les femmes celtes) apparaît comme une évidence qui pourrait se passer de tout commentaire.

Cela risque de choquer terriblement. Mais qu'y faire ? Yseult et Grainné, Guénièvre et Keridwen sont les aspects que prend parfois la Déesse des Commencements, la Femme-Soleil sans laquelle aucun Homme-Lune ne peut prendre conscience de son existence et de son *sacerdoce royal*. Marie de Magdala, la mystérieuse Madeleine, comme la Vierge Marie dont elle n'est que la nouvelle image, rajeunie et rajeunissante, est la Femme-Soleil dans toute son intensité, sa splendeur et sa *brûlure*, qui permet au Christ d'accomplir les Écritures, d'instaurer sur cette terre une ère où l'Esprit domine la matière qui n'en est d'ailleurs que l'émanation (mais on l'avait oublié !). Marie de Magdala, comme Yseult et toutes les héroïnes de la tradition celtique, est celle qu'André Breton, sous couvert de la beauté, décrivait comme « convulsive, érotique-voilée, magique circonstancielle » sous peine de non-existence. Et d'insister : « Amour, seul amour qui sois, amour charnel, j'adore, je n'ai jamais cessé d'adorer ton ombre vénéneuse, ton ombre mortelle. Un jour viendra où l'homme saura te reconnaître pour son seul maître et t'honorer jusque dans les mystérieuses perversions dont tu t'entoures[20]. » *Ombre vénéneuse*... N'est-elle pas l'ombre d'Yseult, de Grainné, de Guénièvre, de Keridwen, et aussi de Marie de Magdala ? N'est-ce pas pour cela qu'on a cru bon d'occulter le rôle de cette dernière dans les textes canoniques ? Et pourtant, n'est-elle pas Yseult, la Femme-Soleil dans tout son éclat et dans toute sa *terrifiante* intensité ?

Terrifiante, elle l'est assurément, à tel point qu'elle aveugle et que le troupeau des hommes cherche désespérément à se cacher les yeux devant elle. « On comprend dès lors pourquoi, devant la menace du *Tristan*, l'Occident a cru bon de dresser la figure de la dame que l'on aime dans un amour lointain — triste galerie de ces princesses de Clèves, de ces Mme de Mortsauf, de ces doña Prouhèze qu'on ne peut jamais posséder et qu'on renvoie dans le ciel de l'amour idéal pour ne pas affronter ce qu'elles pourraient nous offrir — et qui laisse cours par là-même, dans un processus dialectique, à la gauloiserie la plus franche, ou suscite, dans un retour mortifère du refoulé archétype, la figure légendaire de cette *femme fatale* si sombrement magnifique qui a hanté nos consciences depuis la Phèdre de Racine jusqu'à Heide qui habite les volutes d'Argol[21], ou certains personnages de Barbara Stanwick dans la fantasmagorie délirante des studios d'Hollywood[22]. » Les terreurs ancestrales sont toujours latentes dans l'inconscient qui est sur le point de franchir le seuil.

« Vénéneuse », « fatale », « convulsive », « érotique-voilée ». On croirait entendre les vaticinations des Pères de l'Église en plein délire maniaco-dépressif. Et pourtant, ce sont des termes employés par des hommes qui reconnaissent — et clament bien haut — la transcendance du féminin. Le mythe de Circé serait-il l'expression la plus universelle et la plus intemporelle de la vision de la femme par l'homme ? « La fille de la mer, charmante et traîtresse, / moitié femme et moitié poisson, / qui chante pour charmer les marins / et faire briser leurs navires[23]. » Ce n'est plus une vague crainte en face de l'inconnu, c'est l'expression même de l'ambiguïté fondamentale qui existe dans la structure mentale de l'homme, cette attirance/répulsion qu'il éprouve devant l'être qui lui a donné sa naissance biologique (ce qu'il accepte bien volontiers) mais qui peut lui donner également sa *naissance à l'esprit* (ce qu'il refuse avec terreur). Y aurait-il un point tel dans le psychisme humain où la lumière deviendrait tellement aveuglante que l'*homo sapiens* redeviendrait l'hominien primitif hanté par le vertige de s'engloutir dans les flammes de l'enfer utérin d'où pourtant il sort tout droit ? Où alors, faut-il accuser le contexte socio-culturel (et par conséquent religieux) d'avoir gravé des images infernales (comme sur certaines fresques médiévales) parmi lesquelles se distingue particulièrement le mythe de la Femme-Hibou (Blodeuwedd) ou encore l'oiseau de nuit que les Hébreux appelaient Lilith ?

La Femme-Soleil rôde toujours dans l'inconscient humain, mais par le jeu du refoulé qui n'ose garder son aspect antérieur, elle devient Femme-Nuit, se confondant ainsi avec les ténèbres. La culpabilisation des rapports sexuels, d'origine socio-culturelle, a largement contribué à cet effacement progressif de la femme en l'homme, et, par voie de conséquence, elle a provoqué une surestimation du pouvoir masculin dans l'inconscient féminin, ce qui ne fait qu'alimenter la « guerre » dans laquelle sont engagés, bon gré, mal gré, les deux sexes. À force de se masquer l'Autre, on risque de prendre peur de ce qu'on n'ose point voir. À l'angoisse de castration qui saisit tout être masculin en face d'un être féminin répond, chez la femme, une méfiance qui touche au morbide, et qui peut s'exprimer, dans certains cas — psychiques ou mystiques —, par une surévaluation de la virginité. La parthénogénèse fait partie des fantasmes les plus profonds de la femme, et celle-ci, dans sa révolte, peut aller jusqu'aux pires aberrations, sans pour autant résoudre son conflit intérieur. Des comportements comme le refus du soutien-gorge et du porte-jarretelles en tant qu'objets de l'oppression sadique masculine sont aussi dérisoires que cette réflexion d'Odon, abbé de Cluny (879-942) : « Cette grâce féminine n'est que Suburre, sang, humeur, fiel. Et nous qui répugnons à toucher même du bout des doigts de la vomissure et du fumier, comment pouvons-nous désirer de serrer dans nos bras le sac d'excréments lui-même ? » L'absurde semble la chose du monde la mieux partagée.

Il est temps de chasser les miasmes délétères qui s'échappent encore de cette Suburre romaine, tant de fois décriée, mais tant de fois restaurée dans son ignominie, lieu absolu de toutes les prostitutions, de l'esprit comme de la chair. L'image de la femme celte, même si elle est rêvée plutôt que réellement vécue, est incontestablement plus belle et plus riche de sens que la servile hétaïre par laquelle les Méditerranéens ont trop souvent remplacé la Déesse des Commencements, celle qu'on honorait à Éphèse, bien avant qu'on y plaçât la demeure de la Vierge Marie. Ainsi, dans la pleine lumière du soleil, se dessinent les contours d'une autre femme, « une femme aux boucles blondes / et aux beaux yeux de fumée. / De digitale sont ses joues pourpres, / et le trésor de ses dents / est une neige de l'hiver[24]... » Les poètes seraient-ils les seuls à avoir compris que la femme est, comme disait Novalis, « le but de l'homme ». Mais il faudrait ajouter qu'elle est aussi *la conscience de l'homme*.

Avant d'atteindre Yseult, Tristan doit combattre et anéantir le Morholt, personnage de l'ombre, qui représente le Chaos originel, *son propre chaos à lui, Tristan*, *sa propre conscience non encore éveillée*, puis, avant d'être en quelque sorte dévoré par les flammes de la Femme-Soleil dans son amour absolu et incompréhensible, il doit combattre et anéantir le Dragon, autre aspect des inhibitions ténébreuses qui s'opposent à toute naissance à la Lumière.

Pour retrouver dans sa plénitude la Déesse des Commencements, il est nécessaire de détruire les monstres chaotiques et ténébreux qui s'interposent entre le héros et la Dame de Lumière. Ainsi peut apparaître la mystérieuse Dana, dont les Irlandais faisaient la mère des Dieux, que les Bretons ont reconnu, même inconsciemment, sous les traits de sainte Anne, celle qui peut prendre tous les noms et tous les visages, la Femme-Soleil. « La treizième revient, c'est encor la première », disait Nerval. En fait, c'est toujours l'Unique. Elle porte entre ses mains le Graal d'où émane une lumière surgie de nulle part. Il suffit de le savoir.

Janvier 1989
Saint-Anne d'Auray

Notes

1. Compte tenu de la durée (de – 500 à – 50 pour la Gaule, à 1 200 ap. J.-C. pour l'Irlande), et de l'espace (Gaule, Grande-Bretagne, Irlande, Galatie), il vaut mieux parler de multiples sociétés de type celtique.

2. Sans aucune connotation raciale, les Indo-Européens se distinguent des autres peuples par une langue commune à l'origine et des structures sociales identiques.

3. Il vaut mieux parler de tendances gynécocratiques que de « matriarcat », celui-ci n'ayant jamais été prouvé.

4. Michel Cazenave, *La Subversion de l'âme*, Paris Seghers, 1981, p. 62-63.

5. On peut voir ici une sorte de transposition profane de l'expérience de saint Paul sur le chemin de Damas : la vision de Paul, fulgurante et *brûlante* est une révélation du divin, mais dans l'optique baroque du XVIe siècle, qui ne fait que réactualiser les théories courtoises des XIe-XIIIe siècles, la brûlure produite par le contact avec l'être aimé, toujours supérieur, toujours « céleste », est une façon d'atteindre la transcendance. Les « prostituées sacrées » des temples d'Ishtar-Astarté, substituts matériels de la grande Déesse, n'avaient pas de rôle. Voir J. Markale, *L'Amour courtois, ou le couple infernal*, Paris, Imago, 1987.

6. A. d'Aubigné, *Stances*, XIII.

7. En particulier dans l'*Histoire d'Étaine* et dans la *Navigation d'art, fils de Conn*. Voir J. Markale, *L'Épopée celtique d'Irlande*, Paris, Payot, 1971 ; et *Merlin l'Enchanteur*, Paris, Retz, 1981.

8. D'après le texte de *La Folie de Tristan*, manuscrit d'Oxford. Le thème du « Château dans les Airs », avec ou sans chambre de soleil, se retrouve dans de nombreux contes de la tradition populaire orale, surtout en Bretagne armoricaine. Voir J. Markale, *La Tradition celtique en Bretagne armoricaine*, Paris, Payot, 1975.

9. Cela fait évidemment penser à un culte solaire du type qu'on peut imaginer dans le célèbre château cathare de Montségur. Voir J. Markale, *Montségur et l'énigme cathare*, Paris, Pygmalion, 1986. Il y a aussi des rapports certains avec les cultes mégalithiques, comme en témoigne l'orientation de certains monuments comme Stonehenge, New-Grange et Dissignac en Saint-Nazaire où le soleil levant, pénètre à l'intérieur de la chambre centrale lors du solstice. Voir J. Markale, *Carnac et l'énigme de l'Atlantide*, Paris, Pygmalion, 1987.

10. M. Cazenave, *La Subversion de l'âme*, p. 257.

11. Sur ce sujet, voir J. Markale, *Siegfried, ou l'or du Rhin*, Paris, Retz, 1984.

12. André de Smet, *La Grande Déesse n'est pas morte*, Paris, 1983, p. 165.

13. A. de Smet, *ibid.*, p. 225. L'auteur de cette réflexion

est un prêtre catholique romain, ce qui en dit long sur le malaise qui sévit dans l'Église à propos de la Femme et de son aspect sexuel toujours terrifiant et toujours connoté avec le péché.

14. Wilhelm Reich, *La Fonction de l'orgasme*, Paris, l'Arche, 1970, p. 188.

15. *Ibid.*

16. Jean-Paul II, *Mulieris Dignitatem*, Rome, 1988.

17. *Ibid.*

18. On peut lire avec profit, sur ce sujet, le très beau livre du théologien calviniste Jacques Ellul intitulé *La Subversion du christianisme*, Paris, Le Seuil, 1984.

19. Ceci, qui concerne le film de Martin Scorsese, *La Dernière Tentation du Christ*, d'après le roman de l'orthodoxe Kazantzakis, n'est pas un jugement de valeur, ni une acceptation du sujet, mais la *constatation* d'un problème qui existe.

20. André Breton, *L'Amour fou*.

21. Allusion à l'héroïne du roman *Au château d'Argol*, de Julien Gracq. Le mot *Heide* signifie « bruyère » en allemand, et renvoie a quelque divinité des landes sauvages et désolées, divinité évidemment dangereuse et fatale.

22. M. Cazenave, *La Subversion de l'âme*, p. 277.

23. « *Ar mor-verc'h koant, ken draitourez / hanter-besk hag hantervaouez, / o kana flour d'ar verdaidi / da lakaat brevi o listri.* » Prosper Proux (1812-1873), poète breton.

24. Prophétie du druide Cathbad dans le récit irlandais de l'*Exil des fils d'Usnech*, à propos de l'héroïne Déirdré, l'un des aspects primitifs d'Yseult.

REPÈRES BIBLIOGRAPHIQUES

AUBAILLY J.-C., *La Fée et le chevalier*, Paris, 1986.
D'ARBOIS DE JUBAINVILLE, *Cours de littérature celtique*, 8 vol., Paris, 1883-1895.
BATAILLE G., *L'Érotisme*, Paris, 1957.
BEAUVOIR S. de, *Le Deuxième Sexe*, Paris, 1954.
BORON R. de, *Le Romain du Graal*, Paris, 1981.
BOULENGER J., *Les Romans de la Table ronde*, Paris, 1941.
BRAUNSCHWEIG-FAIN, *Éros et Anteros*, Paris, 1969.
BRÉKILLEN Y., *La Mythologie celtique*, Paris, 1980.
BRIL J., *Lilith*, Paris, 1981 ; rééd. 1991.
CARRER P., *Le Matriarcat psychologique des Bretons*, Paris, 1983.
CAZENAVE M., *La Subversion de l'âme*, Paris, 1981.
— *Tristan et Yseult*, Paris, 1986.
CHASSEGUET-SMIRGEL J., *La Sexualité féminine*, Paris, 1971.
DAVID C., *L'État amoureux*, Paris, 1967 ; rééd. 1990.
DONTENVILLE H., *La Mythologie française*, Paris, 1971.
— *Dits et récits de la mythologie française*, Paris, 1969.
DOTTIN G., *L'Épopée irlandaise*, nouv. édit., Paris, 1981.

Dumézil G., *Les Dieux des Indo-Européens*, Paris, 1949.
ÉLIADE M., *Traité d'histoire des religions*, Paris, 1971 ; rééd. 1989.
— *Le Chamanisme*, Paris, 1976 ; rééd. 1988.
— *Aspects du mythe*, Paris, 1967.
EVOLA J., *Métaphysique du sexe*, Paris, 1969.
FARAL E., *La Légende arthurienne*, 3 vol., Paris, 1929.
FERENCZI S., *Thalassa*, Paris, 1962 ; rééd. 1992.
FRAPPIER J., *Le Chevalier de la Charrette*, Paris, 1967.
FREUD S., *Totem et Tabou*, Paris, 1961 ; rééd. 1989.
GRENIER A., *Les Gaulois*, Paris, 1967.
GUYONVARC'H C.-J., LE ROUX F., *Les Druides*, Rennes, 1978.
HARDING E., *Les Mystères de la femme*, Paris, 1955.
HUBERT H., *Les Celtes*, 2 vol., Paris, 1932.
HUCHET J.-C., *L'Amour discourtois*, Pontoise, 1987.
LECOUTEUX C., *Mélusine et le chevalier au cygne*, Paris, 1982.
LEDERER W., *Gynophobia ou la peur des femmes*, Paris, 1970 ; rééd. 1980.
LENGYEL L., *L'Art gaulois dans les médailles*, Paris, 1954.
LÉVI-STRAUSS C., *Structures élémentaires de la parenté*, Paris, 1965.
— *Race et Histoire*, Paris, 1967.
LOTH J., *Les Mabinogion*, 2 vol., Paris, 1913. Nouv. éd. 1 vol., Paris, 1979.
MALINOWSKI B., *La Vie sexuelle des sauvages*, Paris, 1966.
MARCUSE H., *Éros et Civilisation*, Paris, 1965.
MARKALE J., *Les Celtes et la civilisation celtique*, Paris, 1969 ; rééd. 1992.
— *L'Épopée celtique d'Irlande*, Paris, 1971 ; rééd. 1979.
— *L'Épopée celtique en Bretagne*, Paris, 1971 ; rééd. 1985.

— *La Tradition celtique en Bretagne armoricaine*, Paris, 1975 ; rééd. 1988.
— *Le Roi Arthur*, Paris, 1976 ; rééd. 1989.
— *Contes populaires de toutes les Bretagne*, Rennes, 1977.
— *Aliénor d'Aquitaine*, Paris, 1979 ; rééd. 1988.
— *Contes populaires de toute la France*, Paris, 1981.
— *Merlin l'Enchanteur*, Paris, 1981.
— *Le Graal*, Paris, 1982.
— *Contes occitans*, Paris, 1982.
— *Mélusine ou l'androgyne*, Paris, 1983.
— *Lancelot et la chevalerie arthurienne*, Paris, 1985.
— *Contes de la mort*, Paris, 1986.
— *L'Amour courtois ou le couple infernal*, Paris, 1987.
— *Brocéliande et l'énigme du Graal*, Paris, 1989.
MARX J., *La Légende arthurienne et le Graal*, Paris, 1954.
MARY A., *Tristan*, Paris, 1943.
— *La Chambre des dames*, Paris, 1944.
MÉLA C., *La Reine et le Graal*, Paris, 1984.
MICHA A., *Lancelot*, 2 vol., Paris, 1983-1984.
NELLI R., *L'Érotique des troubadours*, Toulouse, 1967.
PAUPHILET A., *La Quête du saint Graal*, Paris, 1949.
PIZAN C. de, *La Cité des dames*, Paris, 1986.
PRZYLUSKI J., *La Grande Déesse*, Paris, 1950.
RANK O., *Le Traumatisme de la naissance*, Paris, 1964 ; rééd. 1990.
REICH W., *La Révolution sexuelle*, Paris, 1968.
ROUGEMONT D. de, *L'Amour et l'Occident*, Paris, 1984.
SÉBILLOT P., *Le Folklore de la France*, 8 vol., Paris, 1982-1986.
SMET A. de, *La Grande Déesse n'est pas morte*, Paris, 1983.
TONNELAT E., *Parzival*, 2 vol., Paris, 1934.
VRIES J. de, *La Religion des Celtes*, Paris, 1963 ; rééd. 1988.

TABLE

Imprimé par CPI Black Print (Barcelone)
en avril 2022
Dépôt légal : mai 2022

Imprimé en Espagne